中國文學史新講

（上）
修訂版

王國瓔　著

目次

上冊

第一編　中國文學的源頭──先秦文學

下冊

第六編　散體古文發展之高峰——唐宋古文的盛行及其後續

第八編　唐宋詞的發展演變及餘響

總　緒

　　本書《中國文學史新講》，乃是針對中國文學作品自先秦至晚清，亦即民國之前，其演變過程與發展面貌的歷史回顧。著重的主要是，論述分析各種不同體式的文學類型，諸如詩歌、文章(包括散體古文與駢儷之文)、戲曲、小說諸文類之發展演變大勢，並介紹不同時代之文壇現象，以及探討各時代重要作家作品於文風流變中之承傳與開拓，期使在歷史進展過程中，掌握中國文學各種體式文類之時代風貌及演變軌跡。

　　中國文學史之編寫出版，東西學界均不遑多讓，一般或以日本學者古城吉貞於1897年出版的《支那文學史》，以及英國學者Herbert A. Giles於1901年出版之*A History of Chinese Literature*爲開山之作[1]。惟以中文撰寫者，則當推林傳甲(1877-1921)爲京師大學堂國文課程編寫之《中國文學史》講義(光緒三十年[1904]印行，署名林歸雲)爲先驅，至今已超過一百年歷史。不過，林傳甲於序言中自稱，乃是仿日本早稻田大學笹川種郎《支那歷朝文學史》(東京：博文館，明治三十一年[1898])之意而成書。按，林傳甲的文學史，主要是依據中國傳統學術範圍爲體例，其中包羅傳統圖書分類之經史子集，故而舉凡文字、音韻、訓詁、文章、群經，乃至金石、書法等均涉及，實際上類似有關中國國學之微型百科全書。其書之基本格局乃是按照時代先後，說明各類文體，介紹知名作者，尚缺少作品本身發展之「史觀」。其後有黃人(1866-1913)於1905年，繼而曾毅於

1　Herbert A. Giles 於該書序言云："This is the first attempt made in any language, including Chinese, to produce a history of Chinese literature." (New York: Grove Press Inc., 1958), p. v.

1915年，先後出版的《中國文學史》，始將詩歌、戲曲、小說諸文類收入，或可視爲中國文學史撰寫的里程碑[2]。爰及謝無量《中國大文學史》、胡適《白話文學史》(上卷)、胡雲翼《中國文學史》、鄭振鐸《插圖本中國文學史》、劉大杰《中國文學發展史》諸著之陸續問世，中國文學史的格局體例，方正式成形。近數十年來，海峽兩岸均不斷有學者致力於中國文學史的編寫撰述，有的屬多位學者的集體成果，有的則是個人成就。雖各有側重與貢獻，惟格局體例已大致定型。

當今所見一般中國文學史的格局體例，大多以朝代之更替來劃分文學發展的階段。如先秦文學如何，兩漢文學如何，魏晉文學又如何等等；對於某一朝代之文學現象，亦提供時代背景，點出文壇風氣，尤其是針對個別著名作家之身世遭遇、人格思想及其文學整體成就之詳盡介紹，貢獻均有目共睹。不過，本書則擬從不同的角度觀點出發，亦即嘗試從不同文類的文學作品本身之源流演變爲筆墨重點，論述中國文學之發展演變狀況。

當然，中國文學始終與其所處之朝代，有難以分割的關係。可是政治的「朝代」並不能完全等同於文學的「時代」。何況文學的發展演變乃是一個循序漸進的過程，不可能因爲朝代旗幟的突然變換更替，隨即展現出各自截然不同的風格特徵。不過，撰寫中國文學史面對的首要難題是，任何「史」的論述，畢竟離不開因朝代之輪替而可能產生的時代現象。因此，本書的結構，基本上仍然依循時代先後次序，且將朝代的稱號列入，以備讀者的掌握。諸如：中國文學的淵源始自先秦，起步與飛躍於兩漢，成熟於魏晉唐朝，蛻變於宋元等。惟論述之際，則擬以某時期某種文學類型之形成發展的高峰，爲筆墨重點，並追溯其前源，瞻望其後繼。例如，中國詩歌中一些重要的類型，諸如擬古詠史、綺情相思、遊仙隱逸、田園山水、詠物宮體等，其主要的類型特徵，均形成於兩晉南朝時期，於是依

---

2 米列娜(Milena Dolzelova-Velingerova)，〈被忽略的早期中國文學史學的里程碑：曾毅的《中國文學史》1915〉，收入北京大學中國傳統文化研究中心編，《文化的饋贈——漢學研究國際會議論文集》語言文學卷(北京：北京大學出版社，2000)，頁94-99。

其成形之先後，分別作爲論述兩晉南朝詩歌發展之重點，並追溯各種詩歌類型之前源背景與發展方向。又如，文言短篇小說發展之高峰是唐代的「傳奇」，因而論及文言短篇小說之發展，則留待討論「唐代」文學之際，方以傳奇故事爲筆墨重點，並且追溯其前身，亦即魏晉六朝文人筆記中志怪、志人故事之發生，以及唐傳奇之後，兩宋乃至明清文言短篇小說之繼承與演變概況。其他文類，諸如散體與駢體文章、戲曲、白話小說，包括話本短篇、章回長篇等，亦盡量如是。或許可以與坊間以朝代劃分文學發展階段，且以諸朝代中個別主要作家的成就爲關懷重點之文學史，有互補之益。

　　本書之撰寫，實源自分別在新加坡大學及臺灣大學任教期間，曾先後爲中文系及外文系同學講授中國文學史課程之講稿，邊講邊寫，且逐年增補修改清理。由於中國文學史的範圍龐雜，而筆者的專業有限，因此主要還是在前賢或當今學者研究成果的基礎上，增添一些個人的認識與見解，意圖從宏觀角度，將中國文學中諸文類作品發展的大概趨勢與演變軌跡，掌握脈絡，理出頭緒而已。至於歷代著名個別作家之身世遭遇與其作品之個人風格特徵，已有其他文學史或相關專書專文可供參考，故而除了少數的例外，均不作詳細的介紹。當然，對於個別作家的文學成就，實不容忽略，惟本書重視的乃是，個別作家作品流露的時代特徵，其在中國文學發展過程中扮演的承先啓後角色，以及其作品中顯示的發展演變痕跡。

　　進入中國文學「歷史的回顧」之前，或許應該先思考一番，什麼是「中國文學」？在中國這樣一個古老民族文化中孕育出來的文學作品，會顯現哪些令人矚目的傳統特質？中國文學整體的發展演變，是否可以歸納出一個大概的總趨勢？其作者主要包括哪些類群？作品中又有哪些常見的場域背景？

第一節　中國文學的傳統特質

　　本書所稱「中國文學」，乃指民國以前的傳統古典文學作品，大概包

括幾個主要的文體類型：亦即詩賦(涵蓋詞與散曲)、文章(包括散文與駢文)、戲曲、小說，各有其類型之文體特徵，並且擁有各自的文學傳統與審美趣味。這些不同體式類型的文學作品，當然又會因時因人因地，而有其個別的發展脈絡與風格特徵。不過，既然均在華夏民族的文化土壤之中孕育滋長，又始終用同一的語言文字撰寫，整體視之，必然會呈現某些有異於其他民族地區，或與其他非漢語所寫文學作品的不同風格與傳統特質。

倘若從宏觀角度觀察，所謂古典中國文學，或許可以歸納出以下幾種傳統風格特質：

一、歷史悠久傳統持續

如果將中國文學放在世界文學的大螢幕上來觀察，最凸顯的特質，就是中國文學歷史之悠久，傳統之持續不斷。這是現今的任何西方國家之文學史所望塵莫及者。雖然當今西方文學史家，往往視西元前數百年的希臘神話與荷馬史詩爲其文學源頭，惟值得注意的是，此後卻因在不同地區民族意識的興起，加上各地區方言的強勢發展，遂紛紛形成不同族群語言的「國家」，乃至產生不同國家地區自有的文學傳統，各有其文學史的範疇。已故美國漢學家海陶瑋教授(James Robert Hightower)即嘗於其論〈中國文學在世界文學中的地位〉一文中指出，在西方諸國家之中，如果論及英國文學，通常從第8世紀初的英國史詩〈貝奧沃夫〉(Beowulf)開始；法國文學，乃從11世紀的法國傳奇詩〈羅蘭之歌〉(Chanson de Roland)開始；西班牙文學，則從12世紀的西班牙傳奇詩〈熙德〉(Cid)開始；義大利文學，則從13、14世紀義大利詩人但丁(Dante, 1265-1321)的作品開始……。反觀中國文學，僅從《詩經》中收錄的作品算起，已有三千多年歷史，其傳統始終持續不斷 [3]。這當然和中國文化傳統之持續，文字之統

3　見James Robert Hightower, "Chinese Literature in the Context of World Literature," in *Comparative Literature*(University of Oregon), vol. V (1953) , pp. 117-124.

一，不無關係。

其實在漫長的歷史過程中，中國的政治社會，於治平之間亦曾屢經危機動盪。包括政權的分崩離析，各種內亂外患，導致朝代的盛衰興亡，社會的紛擾不安。其間還經過少數民族的征服統治，不同族群文化傳統的激盪。例如第4至6世紀時，鮮卑與突厥族長期統治北方，形成南北政權的對峙。第10至13世紀，契丹與女眞族又占據北方領土，並導致五代十國之紛爭；第13、14世紀，蒙古族又統治中國；第17至20世紀初，源自女眞的滿洲族入主中原。但是，由於秦始皇統一文字的貢獻，加上漢民族華夏文化之堅韌性和包容性，彷彿是一個可以接納並消化不同族群文化的大熔爐，一方面吸收外來族群文化的影響，同時又成功的保持了自己文化的連貫與完整，而且一直不斷的自我充實，自我更新與繁衍。相應的是，中國文學雖也不斷發展、演變，但是，卻始終保持其同樣的書寫文字，同樣的古老傳統，同樣的民族特質。

二、文學範圍雜而不純

西方國家的文學傳統，主要是以「純文學」為正宗，包括詩歌、小說、戲劇，加上具有審美趣味與藝術性質的文章，便是認可的「文學」範圍。但是中國文學的範圍則頗為龐雜，而且始終顯得雜而不純，乃至往往文、史、哲不分，只要具有一點文學色彩，或審美趣味，無論歷史著述，哲學論著，均可歸屬於文學範圍。就是一些實用性的文字，諸如哀祭、碑文、墓誌銘、詔誥、章奏、疏表等諸「應用文」，通常亦視之為「文學」作品。甚至當今各種版本的中國文學史，幾無例外，都會把歷史著述諸如《尚書》、《左傳》、《史記》，或哲學典籍諸如《論語》、《孟子》、《莊子》等論著，攬入文學發展史的論述中。此外，即使單篇文章亦如此。著名者例如，諸葛亮〈出師表〉，乃是人臣上君主的公文，韓愈〈祭十二郎文〉，則是祭奠死者，哀悼往生之祭文……，這些章表、哀祭之文，均屬具實用目的之「應用文」，也同樣視為文學作品。這當然和中國傳統的「文學」觀念本身即雜而不純有關。

　　按，中國「文學」觀念之形成，乃是漸進的、緩慢的，而且腳步經常是搖擺不確定的。當然，先秦時期，尚無獨立的「文學」觀念，即使「文學」一詞，其含意亦不同於當今，通常是泛指整個學術文化。兩漢時期，隨著重視辭章才智的辭賦之盛行，「文」與「學」，亦即「文學」與「學術」方開始分離，只是名稱仍然有些混淆。文學一般稱「文章」、「文辭」，或簡稱「文」；學術則稱「文學」、「儒學」，或簡稱「學」。

　　試看司馬遷(前145-前90?)《史記・孝武本紀》中有云：

　　　　上鄉學術，招賢良，趙綰、王臧等以文學爲公卿。

　　司馬遷所謂「文學」，應該是指「儒學」。又見班固(32-92)《漢書・公孫弘傳贊》：

　　　　文章則司馬遷、相如。……劉向、王褒以文章顯。

　　按，班固此處所稱「文章」，當指現今所謂「文學」，其中所舉代表人物，司馬遷雖是史學家，不過亦有散文及辭賦之作，其餘諸如司馬相如、劉向、王褒三人，皆屬當世的辭賦名家。可見班固所謂「文章」(文學)與「文學」(儒學)，已經開始有所區別。此後東晉范曄(398-445)的《後漢書》，於〈儒林傳〉之外，又特別另設〈文苑傳〉，有意將儒林學者與文苑作者分別立傳，由此似乎說明，至少在觀念上，當時之「文學」與一般「學術」(主要指儒學)，已經開始分途。

　　不過，這種分途並不徹底。事實上，魏晉以後，文人士子心目認知中，文學的範圍仍然雜而不純，其中可以包含許多非文學的成分。即使以「文學自覺時代」見稱的魏晉，亦如此。例如曹丕(187-226)〈典論論文〉即嘗云：

　　　　夫文，本同而末異，蓋奏議宜雅，書論宜理，銘誄尚實，詩賦欲
　　　　麗。……蓋文章，經國之大業，不朽之盛事。

　　蓋曹丕所舉各種文體，從今天的觀點，除「詩賦」一類屬於純文學範圍，其他奏議、書論、銘誄，都是具有實用目的之應用文，至多只能歸於「雜文」的範疇。此後又如陸機(261-303)〈文賦〉，專門討論文學的創作過程，舉出十種不同文體，包括詩、賦、碑、誄、銘、箴、頌、論、

奏、說等。其中也只有「詩、賦」屬純文學。同樣的，蕭統(501-531)
《昭明文選》，分文章為三十八類，劉勰(465?-520?)《文心雕龍》，則
列三十三體，甚至爰及清代姚鼐(1731-1815)《古文辭類纂》，劃定十三
大類，其中亦均包括大量具實用目的之應用文體。中國文學範圍之雜而不
純，可見一斑。

　　當然，南朝時期的文人士子，曾經引起「文筆之辯」，討論純文學與
雜文學之分界問題。所謂「文」，一般指情思婉轉，並能引人詠嘆之美
文，所謂「筆」，則指章奏論述之類具實用目的之應用文。可惜這樣的分
界，並未得到穩固的發展，也始終未能形成文論者長遠的共識。乃至中國
文學的發展過程中，文學與非文學的因素，一直彼此交織滲透，相互縈繞
糾纏，從來未曾斷然分開。甚至直到當今出版的文學史，包括本書之撰
寫，論及先秦兩漢文學，均不會將諸子論著及歷史著述排除在外；論及唐
宋以來的文章，也不免概括章表書奏或說理議論之文在內。倘若與只重視
「純文學」的西方文學史相比照，仍然顯得「雜而不純」。

三、作品反映現實人生

　　在近代西方文學觀念中，文學作品是「創造」出來的，作者則是「創
造者」，因此「虛構」與「想像」乃是文學作品不可或缺的要素。無論抒
情詩、史詩、戲劇、小說，其中所反映的，均屬虛構的、想像的世界，不
能視為作者現實人生中實際發生的情況 [4]。可是中國文學，包括詩歌、文
章、戲曲、小說，無論其取材的範圍，或宗旨的表達，往往與作者個人在
現實生活中的人生實際經歷與感受，密切相關，同時讀者也期待，從作品
中，應該可以讀出作者本人在現實生活中的觀點立場，或人生經歷和人格
情性，甚至其所處政治社會的局面。

　　其實早在《孟子‧萬章》，已經從讀者的角度簡要點出：

4　Rene Wellek & Austin Warren論及「文學的特質」(the nature of literature)，見二氏
　　之經典著作*Theory of Literature*(New York: Harcourt, Brace & Company, 1962)，
　　p. 14。

　　頌其詩，讀其書，不知其人可乎？是以論其世也。

　　所言或許可以說明，中國文學的傳統讀者，如何視作品與作者本人之人格情性、身世遭遇，及其所處的時代世局，密不可分。換言之，文學作品並非憑空想像「創造」出來的，而是作者所處日常現實政治社會狀況，或個人生活經驗的眞實反映。作品中所言，乃源自作者在現實生活中，切身的經驗與感受，因此，可以「頌其詩，讀其書」，而「知其人」，甚至「論其世」。上引《孟子・萬章》的觀點，始終深入人心，或許由此亦可以解釋，何以中國文學作品往往視爲研究作者的身世遭遇，或其所處時局現象的珍貴資料，乃至爲作家編著「年譜」，撰寫「詩文繫年」，以及考證詩文背後的「本事」，探索戲曲與小說中人物角色的「影射」或「眞相」，至今仍然是中國文學研究的重要門類。

　　正由於文學作品反映的往往是作者在現實人生中之經驗感受，乃至促使「抒情詩」成爲中國文學的主流。

四、抒情詩是文學主流

　　所謂「抒情詩」，是指抒發作者個人的人生經驗感受或情懷意志爲筆墨重點之作。中國文學的範疇雖然繁雜廣闊，惟其中則以抒情詩之成就最高，同時也一直是中國文學的主流。按，中國詩歌(包括詩、詞、散曲)，均以短篇見長，而且多「重實」，往往以個人的抒情言志述懷爲宗旨，即使「山水詩」中景物狀貌聲色之「客觀」摹寫，以及追述歷史事件，緬懷古人事跡的「詠史」、「懷古」之章，甚至有關獨處空閨女子的「怨情」之訴，也往往與作者的身世遭遇，或當前的生活處境與心情懷抱，密切相關。像西方學者一再推崇的古希臘或古印度那樣純粹客觀敍述的史詩，或長篇敍事詩，則闕如。其結果是，中國敍事文學始終不發達，戲曲與小說均起步遲緩，而且長期被排斥於正統雅文學的大門之外。中國可說是一個特別重視「詩」的國度，中國詩歌的抒情傳統，始自西元前數百年之《詩經》，從來不曾間斷，雖然歷經朝代的更替，少數民族的征服統治，甚至一直延續到今天，還有人在作詩、塡詞、寫曲，以抒發己懷。

此外，中國詩歌從量的方面看，也沒有任何西方國家的詩壇能出其右。從質的方面看，雖然範圍比較狹窄，例如沒有史詩，敘事詩又不發達，可是與西方同類型的抒情詩歌相比，則毫不遜色。

再者，中國詩歌之普及性，亦超越其他國家地區。例如在西方社會，詩歌創作通常視爲一件最富想像力、最崇高的文學活動，乃是極少數具有文學修養的知識菁英之專利。然而在傳統中國，無論作詩填詞寫曲，則是讀書人的家常便飯，幾乎每個讀書人都能夠即興賦詩，依曲填詞。而且，中國詩歌與社會生活、政治環境關係之密切，亦是其他地區文學所罕見。諸如朝廷宗廟祭祀大典，通常要頌詩；同僚宴會，送行告別，要賦詩；友朋男女，因離情相思，則以詩相贈答酬和；行旅外出，造訪名勝古蹟，往往會即景起興題詩；就連科舉考試，也要考詩，詩作得好，居然是步入仕途，獲取功名的重要條件。此外，春秋時代各諸侯王國之間的外交場合，經常會藉賦「詩」、頌「詩」來表達意思，聽聞者居然也能明白其旨意。這種「詩歌外交」，亦是中國所特有。詩歌與社會、政治關係如此密切，恐怕也只有中國才有。

詩歌的普及，還可從其他文學體式類型諸如小說或戲曲中，通常包含大量的詩、詞、曲諸韻文，得以證明。其實無論唐人傳奇、宋元話本、明代擬話本、明清長篇章回小說，都往往穿插著詩、詞、曲等韻文。而中國的戲劇，基本上是以曲辭爲主體的「詩劇」，其中金諸宮調、元雜劇、明清傳奇，劇中人物角色的唱曲，乃是全劇的精華，故一般均稱之爲「戲曲」。另外不容忽略的是，即使辭賦，亦是熔韻文和散文於一爐。詩歌在中國文學中的主導性與普遍性，是其他國家地區文學中，難以找到的。

五、政教倫理色彩濃厚

中國文學在其漫長的發展演變過程中，與政治教化、倫理道德，始終維繫著密切關係，也可說是很難擺脫儒家強調的政教倫理之影響。這當然和傳統中國作家多在儒學教育下成長，加上儒學在傳統中國政治社會與思想觀念方面地位之穩固，而且與儒家又特別重視「實用」的文學觀相連。

其實早自先秦儒家，就已經明確表示重視文學的政治教化功能。例如
《論語・陽貨》引孔子語云：

> 子曰：「小子何莫學夫詩？詩可以興，可以觀，可以群，可以
> 怨；邇之事父，遠之事君；多識於鳥獸草木之名。」

爰及漢儒的〈詩大序〉，則更進一步把詩的功能衍化成：

> 正得失，動天地，感鬼神，莫近於詩。先王以是經夫婦，成孝
> 敬，厚人倫，美教化，移風俗。

漢儒這種繼承先秦儒家詩教，強調文學的政治道德教化功能之實用文
學觀，從此屹立不倒，引起後世文論者不斷呼應，相繼附和，即使偶爾出
現一些異議，也從未受到真正的挑戰。

雖然「文學觀」大多是針對文學的創作現象而歸納產生，惟觀念的提
出，難免會對文學創作產生一定程度的引導規範作用，進而影響作者的審
美傾向，以及作品的內涵旨趣。甚至南朝以後，在許多作者與讀者認知
中，文學已經可以獨立成科了，這類強調政教倫理的文學觀，仍然不絕如
縷，對中國文學的整體發展，影響既深且遠。乃至中國作家創作之際，往
往偏重與政治社會、倫理道德相關聯的內涵題旨，流露的通常是作者心懷
君王社稷的群體意識，以及對政教倫理的依附。不僅是那些明顯反映或批
評政治社會的詩篇如此，即使個人情懷意念的抒發，乃至大凡自然山水田
園的詠嘆，友朋男女的離情相思，也往往難免和作者在政治上「出處進
退」的人生道路相關，或與社會倫常息息相通。至於源自市井通俗文藝的
戲曲和小說，甚至更多表現具有勸善懲惡、教化人心的宗旨，乃至其中人
物角色往往忠奸分明，而且結局通常宣揚邪不勝正，在在顯示作者對於社
會道德倫常的執著關注。中國文學與政教倫理的密切關係，是其他地區文
學中罕見的。

不過，值得注意的是，中國文學作者雖然難以擺脫儒家政教倫理觀念
的束縛，惟於作品中公然或僵硬刻板的說教論道，則並非作者抒情述懷之
際常用的方式，同時也並不符合讀者的品味。

六、含蓄委婉韻味為高

中國文學雖然往往以政教倫理為依歸，在作者情懷意念的表達方面，則講求抒情言志述懷之際感情的節制，乃至作品內涵情境的流露，通常以含蓄委婉為高。其實這也和傳統儒家的道德理想和行為規範有關。正如〈詩大序〉所云：

> 發乎情，止乎禮義。

所謂「發乎情」，指情有所動，心有所感，而「止乎禮義」，則指在禮義上符合倫理道德的規範，自我節制。用今天的話來說，就是作品雖然「發乎情」，卻不能「失控」。由於儒家思想體系講求的是，社會群體人際關係之和諧與穩定，任何個人情懷意志的過度膨脹，都視為可能對社會的和諧穩定造成威脅，甚至破壞。

且看《論語・八佾》中所錄孔子於對《詩經・周南・關雎》之稱揚：

> 樂而不淫，哀而不傷。

按，就〈關雎〉本身之內涵視之，其實是男女愛慕之辭，其所以受孔子稱揚者，就是指其抒情的適度。所謂「樂而不淫，哀而不傷」，即指其音樂歌辭中抒發的哀樂之情，均不過分，而是適可而止。這樣的抒情之作，正符合儒家「中正和平」的理想，展現儒家「溫柔敦厚」的詩教。猶如《禮記・經解》中有云：

> 孔子曰：「入其國，其教可知也。其為人溫柔敦厚，詩教也。」

所言「溫柔敦厚」的詩教，對中國文學的傳統觀念與創作風格之影響，可謂既深且遠。乃至以抒情詩為文壇主流的中國文學，很少浪漫激情之作；一個堪稱為「詩的國度」，卻少見狂熱奔放的愛情詩。

溫柔敦厚的詩教，自然也培養出一種中國文學特有的審美品味，導致含蓄委婉意境的追求，成為中國文學的一種理想特質。按「含蓄」，並非不欲人知，而是在字面上不說破，不明言，旨趣情味自在其中。歷來宣揚並形容文學作品含蓄委婉的辭語真是不勝枚舉，諸如：言外之意、味外之旨、韻外之致、象外之象、景外之景；或不著一字，盡得風流；或言在此

而意在彼等……。重視的均是，讀者通過作品，與作者之間，無須明言而心領神會的互動關係。此外，又由於中國詩歌通常篇幅短小，一般詳細道來的長篇大論之作比較罕見，所以特別重視表情達意的含蓄委婉，力求作品言近意遠，遂可在短小篇幅中令讀者感到韻味無窮。於是作者創作之際，往往利用中文語法的靈活，語意的不確定，為讀者開放出想像的空間，可以引發言外之意的聯想，讓讀者自己去體味，去發現，並完成作品中可能隱藏的，或潛伏其中的言外之旨趣情味。即使漢大賦，通常洋洋灑灑鋪敘天子林苑之盛美，遊獵之壯觀，宮殿之華麗，其諷諫宗旨卻並不明言，而是「委婉」勸戒。此外，源自民間的通俗文學，諸如戲曲和小說，其作者對現實生活中人物的嘲諷，對政治生態的批評，以及社會風氣敗象的挖苦，乃至道德教訓的呼籲，往往也都是頗有節制，且適可而止。在中國文學的傳統中，無論作者、讀者，均以含蓄委婉，令人感覺有餘味，留下想像空間之作為高。

第二節　中國文學的發展大勢

宏觀視之，中國文學史可說是一部作品逐漸顯示「文學化」、「個人化」的發展演變史。具體而言，即文學作品，包括詩歌、文章、戲曲、小說各種文體類型，自先秦兩漢以來，均在各自的時代與傳統中，試圖擺脫政教倫理的束縛，由經史的附庸地位，逐步走向獨立自主的演變史。在諸般文學類型各自漫長迂迴的發展演變過程裡，我們會不時發現，作者的視野，往往由外在的政治社會，逐步轉向個人一己的身心；作品的關懷，則從群體逐步轉向個人。無論詩歌、文章、戲曲、小說，都可以看到類似的發展演變趨勢。當然，為了討論的方便，姑且按時代先後，大致可分為以下三個主要的發展階段：

一、形成期：先秦兩漢

中國文學之初步形成，展現在先秦兩漢時期作品的發展趨勢，其主要

脈絡乃是：巫官文學→史官文學→作家文學。

　　按，先秦早期的文學，往往和原始巫術宗教、音樂舞蹈諸宗教文化形態混合在一起。諸如遠古神話、歌謠，以及殷商甲骨的卜辭，即使以後《詩經》中收錄的一些屬於早期的頌神、祭祖詩篇，仍然含有巫官文學的色彩。其後《尚書》、《春秋》諸史書的出現，則標誌著史官文學的形成。及至春秋戰國之交，因歷史著述的興起，遂擺脫了巫官文學，正式由史官文學主導文壇。繼而才有屈原、宋玉等「楚辭」個別作家的崛起，加上其後漢代文士，包括賈誼、司馬相如、揚雄等辭賦大家，以及流行民間的樂府歌詩，與現存無名氏作者的五言古詩，先後共同掀開了作家文學時代來臨的序幕，標誌著中國文學已經由起步開始飛躍。

　　中國文學的發展在這第一階段中，已經明顯展示，文學從巫官文學、史官文學，逐漸起步走向作家文學的過程。倘若由作品本身之內涵風貌視之，則展現出，中國文學作品試圖從宗教、哲學、歷史的附庸地位，逐步掙脫出來，終於建立自己特有的格局體式。其過程可謂曲折漫長，直到魏晉時期，才初見分曉。

二、成熟期：魏晉南北朝隋唐

　　魏晉時期的文學觀念業已接近成熟，文學的創作開始從宗教、哲學、歷史中分離之現象，亦日益顯著，爰及南北朝已開始具有獨立的文學特質。

　　首先令人矚目的是，詩歌發展中尚情好藻的傾向，包括個人情懷的抒發，藝術技巧的講究，審美趣味的開拓。就在魏晉南北朝時期，中國詩歌從兩漢詩歌已建立的抒情言志傳統，進而開拓至體物圖貌的審美領域；且大凡中國詩歌的主要題材類型，皆一一出現。至隋唐時代，終於達至辭采與情韻兼美之境。

　　其次則是文章體式的多樣。抒情敘事記遊的文章，如山水記遊之類，記述個人經驗感受的作品，多量出現。而且舉凡章奏書表、論述贊頌、碑銘哀誄諸應用雜文，在魏晉南北朝時期均已臻至成熟，又由於重視文章的

審美趣味，乃至講究麗辭、用事、對偶、聲律之美的駢文盛行。此外，自魏晉始，無論辭賦或文章，均有明顯的小品化、抒情化、個性化，甚至虛構化的趨勢。

再者，帶虛構、想像成分的筆記小說，亦於此時期正式產生。魏晉以來各種志怪故事的記述，雖然作者仍然自以爲是用「史筆」紀實，不過這些作品的文學性與審美性加強了，終於在唐代文人筆下，形成中國文言小說發展之高峰──唐傳奇。宋元之後的文言短篇小說，不過是因循唐代傳奇故事的後續而已。

三、蛻變期：宋元明清

這時期的文壇，值得注意的是，出現雅文學與俗文學相互激盪、消長、融匯的現象，促使中國文學在質的方面發生很大的蛻變。當然，傳統的雅文學，諸如詩歌與文章，從先秦爰及明清文人筆下從未中斷，惟從中國文學的發展大勢宏觀視之，此時期通俗文學的興起，當屬中國文學史上之大事。

首先是，宋元時期通俗文學的昌盛。除了出身歌壇的詞曲流行之外，宋元話本、宋金雜劇、金諸宮調、元雜劇等，亦各自成爲其時代的文學主流。這些原先流行民間瓦舍勾欄的通俗白話文學，衝擊了向來爲文人士大夫主掌的文壇，讀者群亦開始由民間拓展至士林，作品的審美趣味也相應變化。過去不登大雅之堂的市井文化，城市生活點滴，遂湧進了文學的題材範圍。

其次是，明初到清代中業期間(鴉片戰爭之前)，通俗文學的突飛猛進。最令人矚目的，除了明清傳奇戲曲的蓬勃之外，還包括明代擬話本白話短篇小說《三言》、《二拍》的問世，以及長篇章回小說，諸如《三國演義》、《水滸傳》、《金瓶梅》、《儒林外史》、《紅樓夢》等巨著，均完成於此時期。

最後是，鴉片戰爭之後到清末年間，雅俗文學彼此影響、相互融匯的時代來臨。詩詞文章已屬固有的文學傳統，繼作者未嘗消歇，不過小說與

戲曲，則在有心之士的呼籲下，普遍受到文壇的重視，通俗文學不再被排斥於正統文學之外。諸如黃遵憲大力提倡白話詩，梁啓超刻意推崇小說對喚起民心、改革政治社會風氣的功能，乃至爲中國文學重新戴上政教倫理的光環。一直到五四運動的文學革命，正式宣告新文學的誕生，以後的中國文學雖然已屬於現代文學的範圍，惟文學到底爲何而寫的爭執與辯論，仍然持續不斷。

第三節　中國文學的作者類型

一、作者遍布各階層

　　古代中國文學的創作，並非單單屬於少數知識階層或社會菁英的專利。中國文學的作者，實際上就其社會角色而言，幾乎遍布於社會各個不同階層角落。可謂上自宮廷、士林，下至市井、鄉鎮。其中包括君王貴族、宮廷侍從、官宦士子、僧侶道士、落魄市井的失意文人，以及在市井鄉鎮遊娛場所謀生的民間藝人，諸如樂工、演員與歌妓。當然，無論入仕在朝爲官者，或落魄市井爲民者，善屬文，乃是文學創作的基本條件。惟不容忽略的則是，其間君主王侯作家與民間無名藝人對中國文學的貢獻。

　　中國君主王侯雖屬政權的擁有者，萬民之統治者，惟其中能文者不在少數。諸如漢高祖劉邦、武帝劉徹、魏武帝曹操、文帝曹丕，或多或少均留下一些即興之章，或立意抒情述懷之作。南朝帝王幾乎人人能文，尤其是蕭梁的君主王侯，幾乎人人有文集流傳。此後唐太宗、宋徽宗，乃至金元明清各朝的君王，留下文學作品者，亦不在少數。此外，民間無名藝人則爲通俗文學，諸如樂府、詞曲、戲劇、小說傳統之形成，貢獻亦可謂既深且遠。中國文學史，就是有賴上自君主王侯，下至民間藝人的共同努力，方能形成大局，並持續發展演變。當然，就目前資料視之，中國文學之豐碩成果，主要還是靠文人士子。

二、文人士子為主幹

蓋「文人士子」，指的主要是一群受過良好教育、擁有豐沛知識或各種才學的「讀書人」。這些文人士子，或許可統稱為「文士」。當然，倘若就個別人物的社會角色或行為表現歸類，則有遊士、策士、儒士、名士、隱士、學士等之別，不過，這些「士」，卻均以他們留下的作品，共同形成中國文學作者的主幹。

由於傳統中國社會基本上並無真正的職業作家，文學創作對於文人士子而言，不過是其整個文化活動的一部分，是生命過程中，個人抒情述懷、言志立名的文學表現而已。然而，基於儒家「學而優則仕」的傳統訓導，入仕為官，干預政治，關懷民生，發揮所學，乃是一般文人士子的首要志願。其次才是，倘若時代混濁，或逢時不遇，則不如隱身而退，或優游山林，或歸隱田園，或寄居市井，或講學授徒維生，閉門著書寫作，既可保命全身，亦可維持個人的人格尊嚴與節操。像這樣為文人士子規畫的，入仕或退隱的兩種人生途徑，雖嫌狹窄，惟自先秦至晚清，未嘗改變，始終是文人士子生涯規畫的兩項主要選擇。即使史稱因「不堪吏職」而唱詠〈歸去來兮〉的陶淵明，亦曾在徘徊顧盼中數度返回仕途；再如宋代的柳永，乃因科舉失利，落魄潦倒市井之際，只得為樂壇填詞作曲，獲得一些報酬維持生活；還有元代的關漢卿、馬致遠，亦因失意仕途，為謀生計，而加入書會，成為書會才人，以編寫戲曲為生。可是，他們的人生志向，還是以仕宦生涯為首要目標。中國文學的作者，就是有賴這些文人士子，在個人生涯命運的因應下，出處進退的選擇中，通過文學的創作，展現其對於現實社會人生的觀察，以及個人生活的經驗與感受。

三、集體創作之普遍

值得注意的是，中國文學作品中，除了有主名個別作者留下的詩賦、詞曲和文章之外，其他諸如兩漢樂府歌詩，無名氏五言古詩，以及魏晉一些志怪故事，還有宋元以後的戲曲和小說，在定型之前，往往歷時既久，

經手亦多，乃至作者不明，只能視爲「集體創作」的現象相當普遍。

所謂「集體創作」，意指其「作者」並非單屬一人一時，而是由多人累積共同經驗與視野之成果。譬如，就詩歌而言，《詩經》個別篇章的原始作者，其身世遭遇已難考核，又經過朝廷官方的編輯潤色，當屬「集體創作」。現存漢魏以後詩歌的作者，雖多屬知名的朝廷官員或一般文人士子，可是綜觀現存兩漢的樂府歌詩，主要還是「集體創作」。其中包括最初流行於民間的歌者，以及採集來之後，爲之修改潤色的宮廷文人和樂工，還有模擬民間樂府歌詩的文人。同樣的，傳統戲曲作者，一般是流落民間，依附書會的落魄文人。但是現存的戲曲，無論其作者署名與否，就其題材內涵視之，大多數都是綜合歷史故事、民間說話、前人歌舞劇而成，亦清楚展現累集前人創作資源的痕跡。至於文言小說，如唐傳奇，主要是文人寫給文人看的，自然不乏個別文人署名之作者。可是，就其故事來源，亦往往取自現成的資料，包括魏晉以來的文人筆記，各類野史傳說與社會傳聞。宋元以後的白話小說，無論短篇話本故事或長篇章回小說，亦多是經過長期的流傳，又經過無數文人的潤色加工修改，方才定型。即使有主名的作品，諸如馮夢龍的「三言」，凌濛初的「二拍」，主要也還是累集前人的資料，再敘述或改寫而成。長篇章回小說更是如此。在《金瓶梅》問世之前，諸如《水滸傳》、《三國演義》、《西遊記》，均是經過無數說書人、戲曲家、敘述者的集體貢獻，方成爲定稿。至於施耐庵、羅貫中、吳承恩等，不過是最後定稿的編撰者而已。

「集體創作」在中國文學史上，尤其是通俗文學形成過程中，乃是相當普遍的現象。由此造成，許多重要文學作品的作者難考，甚至身分不明，身世不清，也是中國文學的一大特色。

四、女性作者非主流

中國文學在題材內容上，無論詩歌、小說、戲曲，均不缺少涉及女性的生活經驗與心情感受之關懷，可是在文學史的發展過程中，除了極少數的例外，女性作者一般鮮少受到重視。例如《詩經》中許多思婦與棄婦

之辭,或許乃出自女子自謂,惟原作者姓名無考,又經過文人樂官之加工潤色,經手既多,已屬集體創作。此後,由兩漢至明清,幾乎每個朝代都有女性作家作品流傳下來,包括詩詞、曲賦、文章、戲曲、小說,甚至論說之文。尤其在明清時代,女性作家作品獲得輯集成「集」者,已不在少數[5],她們的身世遭遇與作品特色,業已成為當今學界女性研究的熱門課題。但是,回顧中國文學史,除了班婕妤(前48?-前6?)、蔡琰(162?-234?)、魚玄機(844?-871?)、李清照(1084-1152?)等少數幸運兒,其餘絕大多數女性作家,均未受到中國文學史家之青睞。就其原因,或許在於:

首先,這顯然與傳統中國社會婦女地位不高,何況一般受教育不多,乃至作品相對稀少有關。其次,傳統社會觀念習慣以男主外、女主內,對女性的要求,主要在於婦德的遵守,一般女性在社會的要求下,往往將其才力專注於家庭,即使知書習文之女子,其生命的主要任務還是在家相夫教子,乃至社會生活經驗欠缺,閱世淺,對於政治社會「大」問題的體認與關懷不夠,倘若在閨閣中寫作,其人生經驗與胸襟視野難免有所局限。再次,正由於傳統社會對女性當以「家庭」為生活重心的要求,即使其作品有幸能一時傳閱於世,往往僅傳為「佳話」,令主導文壇的男性讀者,對於居然有此「才女」、「名媛」,油然而生欣悅眷顧之情,遂有意「提拔」加以編選刊印而已[6]。最後,更重要的則是,自屈原〈離騷〉以男女喻君臣,棄婦擬逐臣,男性作家往往以「代言」之姿,為身居「弱勢」的女性發言,也奪去了真正身為女性的發言臺。乃至在漫長的中國文學史上,除了少數幾位女性作者,還能占有一席不容忽視的地位,其他女性作者,即使有文集傳世,甚至受到同時期的男性讀者之矚目與賞愛,亦均處於中國文學發展的主流圈外,對於中國文學時代風格潮流的形成,未能造成影響。

---

5 根據曹正文〈中國女性作家簡表〉:「從漢代至清代,中國女性作者共有三千餘人,其中二千餘人都留下了詩、詞、曲、散文、戲劇、小說、論文等文學作品。」收入曹著《女性文學與文學女性》(上海:上海書店,1991),頁165-226。

6 見孫康宜,〈從文學批評裡的「經典論」看明清才女詩歌的經典化〉,收入孫著《文學的聲音》(台北:三民書局,2001),頁19-40。

第四節　中國文學的場域背景

　　中國文學作品中涉及的場域背景，有其長遠的傳統，而且始終展現相當的局限性。這當然和作者多屬文人士子，往往囿囿於個人功業聲名的現世情懷，以及其在仕和隱之間生涯規畫之人生經驗與視野，密切相關。

　　綜觀中國文學作品中的場域背景，不外是作者心繫或面臨的朝廷廟堂、山林田園、市井鄉鎮，或許還可包括閨中院內。文人士子所創作的一般「雅文學」，諸如詩賦與文章，涉及的場域背景，通常與作者仕宦生涯中「出處進退」的選擇和立場態度相關聯。或心繫朝廷，情懷廟堂，或優游山林，思慕田園。當然，流行民間或文人創作的「通俗文學」，包括樂府歌詩、詞曲戲劇、白話小說，則稍稍擴大了作品中人物的活動範圍，會以鄉鎮地方風光、市井瓦舍勾欄，或秦樓楚館，設爲作品中的場域背景。另外就是以女子的愛情婚姻經驗感受爲主題的詩歌詞曲，其場景則往往困守於封閉的閨房中，或狹窄的庭院之內。

　　當然，回顧中國文學作品，其間並非沒有超越現實的場域背景。諸如古代神話故事的荒誕不經，楚辭中帶有巫術性質的上天下地之精神漫遊，漢魏以後的遊仙詩，以及志怪小說中的神仙鬼怪世界，還有唐傳奇中的神異夢幻故事，乃至長篇章回小說中《西遊記》的神魔世界，《紅樓夢》中的太虛幻境等，均足以證明，中國文學作品想像之神奇豐富，場域背景亦可以顯得如何遼闊超遠。然而，不容忽略的是，這些作品中出現的超現實之場域背景，往往只是作者對現世社會人生的影射、襯托、隱喻，或鏡鑑，換言之，屬於寫作之際的藝術運用而已 [7]。這主要是因爲，傳統中國文學作者的關懷，始終針對現世人生，其筆墨即使涉及一些超現實的神話

7　David Hawkes曾針對中國詩歌中超現實成分之顯現與運用，有精闢的觀察。見"The Supernatural in Chinese Poetry,"　收入其論文集 *Classical, Modern and Humane: Essays in Chinese Literature*（ J. Minford & S.K.Wong ed., Hong Kong: The Chinese University Press, 1989），pp. 43-56.

傳說，神仙鬼怪或神奇夢幻之境，其宗旨仍然是反映現實人生。中國文學作品中展現的情懷意境，或涉及的場域背景，往往與作者心目中現世的政治社會，或個人經歷的生活處境密切相關。

第一編
中國文學的源頭
——先秦文學

第一章
緒說

　　先秦文學是中國文學的源頭，已是中國文學史論者之共識。所謂「先秦」，乃是概指秦始皇統一天下(前211)之前漫長的歷史時期。雖然中國有文字可考的歷史將近四千年，不過在西周之前，作品遺留不多，現存先秦作品，少數產生於西周，大多則出現於春秋戰國時期。因而此處所稱「先秦文學」，主要是以周平王東遷之後，亦即出現在春秋戰國時期的作品爲討論重點。

一、先秦文學的興起背景

　　自周平王東遷，王室衰微，宗法制度破壞，禮樂崩壞；且諸侯爭霸，列國兼併，爭戰頻繁。這時期無論是政治、經濟、社會、思想，各方面均發生劇烈的變化。惟其中兩項背景條件，與先秦文學的興起，關係最爲密切：

(一)士階層的崛起

　　此處所謂「士」，乃指在商周時代原來屬於貴族的最低階層，包括可以遊仕四方的武士、文士、策士等。由於春秋戰國時期，正屬諸侯爭相用人之際，爲了爭取霸權或鞏固政權，諸侯「禮賢下士」蔚然成風，於是「士」可以憑藉其才學見識，遊走活躍於諸侯列國之間，其社會地位自然日益重要。這些所謂的「士」，大抵受過「六藝」的教育，屬於一批有知識、有文化、有能力才幹的人物，其中最引人矚目的就是「文士」，亦即具有學識的「文學之士」。這些文士中，有不少是以從事講學授徒和學術著述，來宣揚自己的哲學理念或政治主張，不但是促進先秦思想蓬勃自由

的生力軍，也是助長先秦文學興盛的主動力。

(二)思想蓬勃自由

自平王東遷，西周時代原先「學在官府」的局面已成過去，私人聚徒講學的風氣興起，教育或學識已非官方貴族階層的專利，乃至諸子百家的學說主張應運而生。包括儒、墨、道、法、縱橫諸家，各逞其說，放言爭辯，且互相影響，彼此滲透，遂形成中國歷史上罕見的思想蓬勃自由、百家爭鳴的局面。諸子論著與歷史著述的勃興，雖然在中國哲學史或思想史上，擁有不容忽略的地位，不過，從文學史的立場，二類著作以散行單句的行文說理敘事，亦可說是中國敘事文與說理文的源頭。此外，《詩三百》的收錄編輯整理，則爲中國詩歌奠定了傳統；再者，思想蓬勃自由，畢竟提高了個體意識的伸張，戰國時期楚人屈原發憤以抒情，宋玉惆悵而自憐，可謂是形成自我抒情述懷文學的先驅。

二、先秦文學的普遍特徵

現存的先秦文學，作品之體制樣式多端，風格亦各異，不過仍然出現一些共同的普遍性的特徵，已經顯示出中國文學的一些傳統痕跡：

(一)尚實用，政治教化色彩濃郁

無論《詩經》、「楚辭」，或史家之著、諸子之說，乃至策士之辭，其撰述、採集，或編輯整理，多以「實用」爲宗旨。或爲了迎合在上位者之要求，以示君恩浩蕩；或藉其著述以圖自顯，博取聲名；或爲批評當權者在政治品德方面的缺憾，以示勸戒；或爲宣揚傳播自己的學說理論，以求任用、抒己懷；或爲發洩個人在政壇受挫的激慨憂傷，以抒憤懣……。雖然作者或編撰者之目的各異，惟在作品內涵上，往往流露出對當前的政治社會、道德倫理之強烈關懷，乃至對後世中國文學的發展，造成既深且遠的影響。

(二)多非一人之作，作者難以確指

現存先秦時期的文學作品，無論詩或文，由於時代久遠，甚至原作者之姓名與確實時代均有難以考核者，加上官方之收集與編撰者之增潤修

飾，乃至大多不是出於一人一時一地，故作者與寫作時代往往難以確指。
試看《詩經》三百零五篇，流傳既久，經手亦多，除少數幾篇僅自稱作者
之名外，其餘均屬無名氏之作。此外，現存「楚辭」，其中有的作品，或
許可以大致認定爲屈原所作，惟除了〈離騷〉、〈九歌〉、〈天問〉、
〈九章〉之外，其他作者到底屬誰，則歷來始終爭議不斷。即使〈九歌〉
組詩，一般也認爲，或許是屈原根據荊楚一帶民間祀神祭歌改寫潤色而
成。至於歷史著述中，諸如《尙書》、《左傳》、《國語》、《戰國策》
等，顯然亦均非出自一人之手。另外諸子之文，包括《論語》、《墨
子》、《莊子》等，則主要屬於某一學派師徒集體之筆，亦並非單純出於
某一特定作者之手。即使《孟子》一書，其中也有弟子的參與記錄，又經
後人增潤者。

(三)文史哲不分，文學與非文學並存

　　前面論及中國文學的傳統特質，已經點出，文學的範圍雜而不純，乃
是一特色。先秦文學作爲中國文學的源頭，其範圍，除了《詩經》、「楚
辭」以外，諸子論著，史家著述，往往亦涵蓋在內，乃至文史哲不分家，
文學與非文學並存。這種現象，或可歸因於：首先，純文學的觀念尙未確
立，此時期的作者，對於文學的本質尙無明確認識，亦無文學創作意識的
自覺。其次，後世讀者在諸子論著與史家著述中，的確發現了一些影響後
世文學作品內涵與風貌的元素。因此，當代每一部中國文學史的撰寫，似
乎都用心良苦，特別爲先秦的哲學論著和歷史著述，貼上一個「散文」的
標籤，如「諸子散文」、「歷史散文」，表示注重的乃是其散體行文的文
學色彩與文學價值而已。本書亦未敢例外。

第二章
古代神話

第一節　緒說

一、何謂「神話」

　　其實當今所謂「神話」，乃譯自外來名詞 *myth*，源自古希臘文 *mythos*，是近代才從西方引入的一個概念。就內容視之，中國古代「神話」主要乃是有關宇宙自然諸神靈的故事，屬於人類社會童年時期的產物，反映初民對自然現象的原始理解和天真玄想。由於初民對於變幻莫測的自然現象，諸如日月運轉、星雲變幻、洪水山崩……往往感到迷惑、驚異，對自然界的無窮威力感到恐懼、敬畏，於是產生了對自然的崇拜。認為大自然都有神靈操縱、指揮，並且依據自己生活中的體驗，將自然形象化、人格化，進而通過想像，編造出種種神靈的故事，以解釋諸般自然現象，甚至企圖抗拒自然，改造自然，或支配自然。

　　古代神話的流傳，最初應該主要是靠巫師之口輾轉相傳。繼而在口述流傳中，代代相承，直到經後人用文字記錄下來。這些用文字記錄的有關諸神的事件，今天姑且借用西方文學的概念，稱之為「神話」。當然，從口述流傳到文字記錄，其間神話的內容面貌，必定會產生巨大的變異。現存的古代神話，實際上大多已經是戰國至秦漢間的記述，其中到底保存了多少原始面貌，自然已無法考核。

二、相關文獻

中國古代神話是在春秋戰國之後,才經人陸續用文字記錄下來。由於記錄者之目的各異,並非有意爲「保持」神話本身的原始面貌而記錄,加上時代久遠,流傳零散,因此所錄神話往往顯得凌亂片段,不成體系,甚至因記錄者之隨意增潤修改而變形,亦在所難免。姑且根據現存的資料,其中涉及部分神話或神話片段的主要文獻包括:

(一)《山海經》十八卷

這是目前所知「保留」古代神話最豐富的重要文獻。惟《山海經》作者無考,顯然並非一人一時之作,大約是戰國初至秦漢間人的陸續記錄。明人胡應麟(1551-1602)《四部正僞》即認爲,《山海經》乃「古今語怪之祖」。清代《四庫全書總目提要》則將其歸於「小說」,亦即道聽塗說之類。魯迅《中國小說史略》則認爲是「古之巫書」。根據當今學界的研究,整部《山海經》,可能是古代巫師、方士,以其所具有的有關地理和歷史知識,附會民間的神話、仙話、傳說,以及種種奇聞怪事,而編寫成的一部巫書,也就是志怪故事之書,或許是巫師方士之流,施行巫術儀式之際,所講述的神怪故事之結集。其中保留了一些古代神話之零星片段而已[1]。

(二)《楚辭》

現存《楚辭》乃是西漢劉向(前77-前6)所輯錄楚人的歌辭,其中有的篇章,亦保存一些神話片段痕跡。如〈九歌〉中所祭祀的諸神,或可提供各神靈的隱約情事。另外就是屈原的〈天問〉,提出一連串的疑問,其中即包括有關神話故事的問題。可惜〈天問〉僅只是提出疑問,其文本身並無敘述,亦未提供神話故事之大概輪廓。對當今的神話研究,貢獻有限。

(三)《淮南子》

1　羅永麟,〈論《山海經》的巫覡思想——兼答袁珂先生〉,收入羅著《中國仙話研究》(上海:上海文藝出版社,1993),頁254-279。

西漢淮南王劉安（前179-前122）及其門客所撰《淮南子》，歷來雖主要視爲有關道家思想哲理之著，惟作者之文筆縱橫蔓衍，多所旁涉，其中偶爾亦涉及一些神話故事，或可作爲研究古代神話的資料。不過，其中到底保存了多少神話的原貌，亦無法確知。

（四）《穆天子傳》六卷

《穆天子傳》乃是西晉咸寧五年（279）汲縣人不準，盜伐魏襄王古墓所得。主要是記述周穆王西遊天下的神奇遭遇，實際上已屬神仙思想的內容，惟當今學界認爲，其中尙保存了一些古代神話痕跡。

此外，還有《尙書》、《墨子》、《莊子》、《國語》、《左傳》、《韓非子》、《呂氏春秋》、《列子》諸歷史著述或哲學古籍中，亦偶爾引述一些有關於神話故事的零星片段，不過，大多僅作爲某種理論或現象的比喻而已。

值得注意的是，現存中國古代神話都是一些極爲零星片段，一鱗半爪的記載。今天學界所稱「神話」者，不過是指神話的粗略內容故事，而且每每仍須多方收集，幾經拼湊，才能大致成形，其原來的形式面貌，已無法考知。

第二節　古代神話的主要類型

此處再度強調，現存中國古代神話，因散見於不同的古籍文獻中，只是一些零星片段的記載，非但故事不夠完整，亦不成系統，往往必須多方收錄，才能拼湊成大概的輪廓。惟即使如此，已然可證明中國古代神話的內容，並不狹窄，從宇宙的形成、人類的起源、意圖與自然的抗衡，以及部落之間的戰爭，都包含在內。整體觀察，大致可以歸納成三種主要的類型：其中「創世神話」與「自然神話」，應該屬於比較早期的神話，多半還展現原始神話的渾沌狀態，譬如每每出現人獸共體，而且缺乏完整的故事，尙不足以幫助表明人性的發展，亦無善惡是非的價值觀念。不過，其後「英雄神話」中，有的已經流露比較明顯的「人性」，換言之，開始從

「人」的立場，來觀照宇宙大地，甚至逐漸浮現爲民除害、爲民謀福祉的念頭，可說是爲中國文學尚實用的特質，點出基調。當然，這些神話類型，只能從後世的文獻記載中，獲得些許訊息了。

一、創世神話

初民對於宇宙形成和人類起源的迷惑與解釋，乃是構成「創世神話」的基本內涵。其中涉及天地是如何開闢的？人類又是如何產生的？最有名的例子，就是有關「盤古開天闢地」與「女媧造人補天」的神話。

(一)盤古開天闢地——宇宙的形成

唐代歐陽詢(557-641)等編撰之《藝文類聚》卷一引徐整《三五歷紀》云：

> 天地渾沌如雞子，盤古生其中。萬八千歲，天地開闢，陽清爲天，陰濁爲地。盤古在其中，一日九變，神於天，聖於地。天日高一丈，地日厚一丈，盤古日長一丈。如此萬八千歲，天數極高，地數極深，盤古極長。後乃有三皇。數起於一，立於三，成於五，盛於七，處於九，故天去地九萬里。

按，徐整乃是三國時吳人，其《三五歷紀》原書已佚。惟據當今學界的研究與推測，徐整可能是吸取當時南方少數民族關於「盤古」的神話傳說，再添上自己的想像和哲理的引申，寫成「盤古開天闢地」的神話故事。就看其中所言「神於天，聖於地」，顯然已經是徐整個人的觀點；加上其間的數字推衍以及陰陽概念，當亦非神話的原貌。惟所述故事的基本架構，仍然帶有原始的神話色彩。

徐整另外還撰有《五運歷年紀》，其中記述盤古神話故事的進一步發展。據清代馬驌(順治進士)《繹史》卷一〈開闢原始〉引《五運歷年紀》佚文云：

> 首生盤古，垂死化身；氣成風雲，聲爲雷霆，左眼爲日，右眼爲月，四肢五體爲四極五嶽，血液爲江河，筋脈爲地里，肌肉爲田土，髮髭爲星辰，皮毛爲草木，齒骨爲金石，精髓爲珠玉，汗流

爲雨澤。身之諸蟲，因風所感，化爲黎甿。

上文所述，顯然乃是在盤古開天闢地的基礎上，進而引申出，山川田土、日月星辰、雨露甘霖之形成，都是盤古身軀的某一部分轉化而來。值得注意的是，盤古那長達幾萬里的巨大體魄，完全貢獻給創造宇宙萬物之偉業。按，盤古神話，雖然經過文人多次的加工與潤色，似乎仍然保存古樸的風格。而且，其氣魄之宏偉壯闊，想像之縱橫時空，予人一份無比壯美的感受。接著盤古開天闢地之後，則是有關人類起源的神話。

(二)女媧造人補天──人類的起源

自盤古開天闢地之後，天地間的人類又如何產生？這或許是令先民疑惑，亦令記錄神話者關心的問題。關於人類的起源，流傳最廣，且影響最深遠者，即是有關女媧造人的神話。據宋代李昉(925-996)等編《太平御覽》卷七十八，引漢人應劭(140?-206?)《風俗通義》云：

俗說天地開闢，未有人民。女媧摶黃土作人，劇務，力不暇供，

乃引繩絚於泥中，舉以爲人。故富貴(一本下有「賢智」二字)

者，黃土人也；貧賤凡庸者，絚人也。

按，「女媧」的名稱，現存最早的文獻記載，見於《楚辭・天問》：「女媧有體，孰制匠之。」屈原提出的問題是：人類的身體是女媧所造，那麼女媧自己的身體又是由誰造成的？或許由此推測，屈原時代，荊楚一帶已經流傳女媧造人的神話。關於女媧的形象，根據文獻資料，漢代王逸(約89?-158年間在世)《楚辭・天問》注云：「女媧，人頭蛇身。」惟值得注意的是，近年中國大陸的出土文物，如漢代石刻，以及長沙馬王堆漢墓絹畫上的女媧，正是「人頭蛇身」。

按，應劭《風俗通義》所錄女媧造人的神話，令人矚目的有三點：首先，人類的創造者乃是一位女性。這或許反映史前時代母系氏族社會的現象，故認爲人類的祖先是女性。其次，女媧造人的原料乃是黃土，則頗值得玩味。至於人類是由泥土造成，這和其他地區的神話相通。就如古巴比倫的楔形文字嘗記載稱，神如何在六天之中創造世界，然後又怎樣用黏土塑成第一個人。以後古猶太人借用這個故事，載入自己的《聖經》，稱上

帝耶和華用地上的塵土造成亞當，又從亞當身上抽出一根肋骨，製出夏娃……。此外，古埃及、古希臘也有用泥土塑造爲人的類似神話。有趣的是，中國的女媧，用的乃是「黃土」。當今學界一般推測，或許因爲中國擁有廣大的黃土區域，而中國人的膚色又與黃土相近。再者，據《風俗通義》所記，女媧造人，居然分「富貴」與「貧賤」人之別，則已明顯流露階級上下的社會意識，這是原始氏族社會不可能發生的，顯然已是應劭之類的文人，於整理神話資料過程中，摻入了貴賤貧富的階級觀念。

　　值得注意的是，在中國古代神話系統裡，女媧不僅是人類的始祖神，還是修補天地的大神。女媧不但創造了人類，甚至又爲人類提供了一個安全美好的生活環境。爲此，在「造人」之外，女媧的另一項勳業，就是「補天」，亦即對洪荒時代有缺陷的天地，加以修補。試看《淮南子‧覽冥訓》所述：

> 往古之時，四極廢，九州裂，天不兼覆，地不周載。火爁焱而不滅，水浩洋而不息。猛獸食顓民，鷙鳥攫老弱。於是女媧鍊五色石以補蒼天，斷鼇足以立四極(按，此二句亦見《列子‧湯問篇》)，殺黑龍以濟冀州，積蘆灰以止淫水。蒼天補，四極正，淫水涸，冀州平，狡蟲死，顓民生。

　　引文中首先展現的是，往古之時的一片慘烈景象：由於新開闢的天地，畢竟結構不牢，乃至支撐天空的四根巨大梁柱崩坍了，隨即半邊天幕垮了下來。這時天空出現一個大洞，陸地也破裂出一道深溝。換言之，天不像以前那樣覆蓋著地，地也不像從前那樣牢固地載負著天；即使森林和草原都燒著炎炎烈火，洪水則從地底奔湧而出，四處氾濫；尤甚者，猛獸還吞食善良的人民，凶禽用銳利的爪子抓捕老弱婦孺……。這樣一幅悽慘的「人類受難圖」，即使是後人的記載，畢竟體會到出自初民在現實生活中的經驗感受，反映遠古初民經歷的一些天地劇變的自然災害，諸如地震天搖、火山爆發、洪水、猛獸……。初民在驚懼慌恐中，難免渴望消除這些災難，於是，借助幻想，構思出女媧補天的神話，遂令自然宇宙可以回歸正常的秩序，人類恢復正常的生活。

上引所述女媧補天的工程，顯然十分浩大。女媧在人類遇難之際，不僅鍊取五色石塊去彌補天上的洞，又為防範天幕再度倒塌，而折斷巨龜的四隻腳，充當天柱，遂令天空像帳篷一樣撐持著。除此之外，女媧又還殺死那條興風作浪、造成洪水氾濫的黑龍，故而大地得以安寧。至於那些殘存的積水，則用蘆柴燒成的灰燼堙墊。正由於女媧的努力，宇宙自然終於恢復正常的秩序，人類又獲得安定的生活環境，人類的創造神女媧，也成為人類的拯救神。對於女媧造福人類的功勳，《淮南子·覽冥訓》嘗云：

　　考其功烈，上際九天，下契黃壚；名聲被後世，光輝熏萬物。

意指其功勳高可達天，深可入地，聲名永傳於後世，光輝照耀於萬物。這當然已經是神話故事的記錄者，對女媧的推崇和讚頌，含蘊的是，文人對功業與聲名的重視與嚮往。

至於女媧後來的結局如何？則必須另外從《山海經·大荒西經》中之零星記載方能獲知：

　　有神十人，名曰女媧之腸，化為神，處栗廣之野，橫道而處。

按，女媧在完成其造人補天偉大的功業之後，終於倒下死去。不過，女媧之死，也是不同凡響。實可謂與開天闢地的盤古一樣，女媧的屍體，也為天地增添了異彩：她的腸子化為十個大神，排列在廣闊的大荒之野，「橫道而處」，永遠為人類守護著原野。女媧畢竟遺愛人間，精神永垂。

二、自然神話

在初民心目中，大自然往往是具有人格並擁有意志的實體。目前所存有關大自然的神話，主要反映初民對大自然的敬畏和崇拜，迷惑與解釋，同時也流露意欲與大自然爭勝、抗衡，甚至意圖克服自然、支配自然的幻想。其中以「共工怒觸不周山」、「夸父與日逐走」、「精衛填海」最具代表性。

(一)共工怒觸不周山——自然秩序的形成

大自然森羅萬象，千變萬化，但是又有一定的秩序。如山高水低，河水一直滔滔東流，日月星辰永恆循環運轉……。這一切在先民心目中，都

顯得神奇莫測，於是幻想出「共工怒觸不周山」的神話，解釋大自然秩序的形成。或許可視爲女媧造人補天神話的進一步演繹。其中流傳最廣的就是「共工與顓頊爭神」的說法。試看《列子‧湯問篇》所載：

> 共工氏與顓頊爭帝，怒而觸不周山，折天柱，絕地維。故天傾西
> 北，日月星辰就焉；地不滿東南，故百川水潦歸焉。

按，顓頊原是統治北方宇宙的天神，據《國語‧周語下》：

> 星與日辰之位，皆在北維，顓頊之所建也。

天神顓頊爲帝，顯然相當專橫，把日月星辰全都拴在北方的天空上，固定在那兒，不得移動。這樣一來，有的地方永遠黑暗寒冷，有的地方則永遠光明炎熱。共工則是水神，不滿顓頊的作爲，於是起而與顓頊爭奪天帝之位。兩神交戰，一直打鬥到西北地方的不周山腳下，憤怒的共工，猛的朝不周山撞過去。惟不周山原來是一根擎天柱，經共工這麼一撞，不周山轟然倒塌，隨即半邊天空就塌陷了下來，大地一角也給碰缺了一個口，自然宇宙隨即發生了巨變。由於西北的天空失去撐持，而傾斜下來，遂使得原先拴繫在北方天幕的日月星辰，脫離顓頊原先所固定的位置，於是紛紛朝西天移動。從此日月開始循環運轉，晝夜更迭，春夏秋冬，亦四季輪替，整個宇宙變得有節奏、有秩序了。此外，又由於東南地勢因受到震動而凹陷下去，乃至形成了海洋，大小河川遂夾著塵土紛紛向東方流去。按，中國大陸的地勢是西高東低，河流永遠朝東滾滾流入大海，這原來是共工不滿顓頊專橫，與之爭帝位，怒觸不周山造成的！共工怒觸不周山，顯然是一次對自然秩序的改造，而且是一次相當成功的改造。

關於共工的下場，據《淮南子‧原道訓》：

> 昔共工之力觸不周山，使地東南傾。與高辛爭爲帝，遂潛於淵，
> 宗族殘滅，繼嗣絕祀。

共工怒觸不周山之後，繼而又與高辛爭帝位，可惜又失敗了，只得逃入深淵中躲藏起來，以後竟然宗族絕滅，就此消失在神話的國度裡。不過，共工的「怒觸不周山」，在人間則留下了不朽的痕跡。

初民在求生存和發展的歷程中，不僅努力尋求種種自然現象來龍去脈

的解答，更在極端困難的生活條件下，意圖與自然抗爭，意圖控制自然，
駕馭自然，甚至克服自然。於是通過誇張的幻想，創造出一系列與自然爭
勝，意欲克服自然的神話，寄寓著一份鍥而不捨、死而後已的雄心壯志與
宏偉氣魄，構成中國古代神話中最撼人心魂的部分。其中「夸父追日」與
「精衛填海」，最爲動人。

(二)夸父與日逐走——與自然爭勝、抗衡

　　夸父與日逐走，即含有與太陽爭勝，一比高下的意味。相關的神話故
事，主要見諸以下三則記載。試先看《山海經・大荒北經》所云：

> 大荒之中，有山名曰成都載天。有人，珥兩黃蛇，把兩黃蛇，名
> 曰夸父。
> ……夸父不量力，欲追日景，逮之於禺谷。將飲河而不足也，將
> 走大澤，未至，死於此。

再看《山海經・海外北經》：

> 夸父與日逐走，入日；渴，欲得飲，飲於河、渭；河、渭不足，
> 北飲大澤。未至，道渴而死。棄其杖，化爲鄧林。

按「鄧林」，即指桃林[2]。另外，又見《列子・湯問篇》：

> 夸父不量力，欲追日影，逐之於隅谷之際。渴，欲得飲，赴飲
> 河、渭，河、渭不足，將走北飲大澤。未至，道渴而死。棄其
> 杖，尸膏肉所浸，生鄧林。鄧林彌數千里焉。

　　將以上這些零星的片段，拼合起來，可以看到夸父追日神話的大致面
貌。夸父意欲追上太陽的影子，追到隅谷(即虞淵，太陽沒入之處)之際，
太陽卻已經沒入了。曾一路狂奔的夸父，既熱且渴，雖喝乾了黃河與渭水
兩條大河的水，還不足以解渴，於是又朝北方大澤地區奔去，可惜還沒抵
達大澤，半路上就渴死了。夸父可說是抱著壯志未酬的憾恨而死。但是，
夸父臨死之前，把手杖一擲，然後又以他自己腐化的身軀，滋潤那根手

2　據袁珂，《古代神話選釋》(北京：人民文學出版社，1982)，頁147-148，引清代
　　畢沅注：「鄧林即桃林也。」

杖，遂使之化成一片綿延數千里的桃林，爲後世的人類不但提供清涼的蔭庇，還有豐美的果實。

夸父追日的神話，展示的主要是初民意圖與自然抗爭而引起的縱橫時空的玄想。值得注意的是，《山海經‧大荒北經》對夸父的評語：「夸父不量力，欲追日景。」顯然是《山海經》作者的評語，隱約流露當「順應」自然的意味，並不代表原始初民的意思。整體視之，夸父追日神話蘊含的文學意義，是豐美多樣的：(1)或是起於對黑暗的恐懼，追求永無黑暗的光明世界。(2)意圖戰勝時間和死亡。(3)死後手杖化爲桃林，造福後人，顯示中國人重實惠的民族性，不能白白死了，總得留點好處；同時，也符合中國人文精神中所稱頌的「遺愛人間」，留聲名於後世的理想。(4)代表堅強的意志力，鍥而不捨的精神，近乎癡頑的鬥志。(5)其帶有悲劇性的結局：與日爭勝，終於「道渴而死」，展現的是，與自然抗爭，與天命搏鬥，一定會敗下陣來。

(三)精衛木石填海——克服自然，改造自然

共工撞倒了不周山，中國陸地的東南方遂下陷成了海洋，於是百川滔滔不斷向東奔流，浩浩蕩蕩注入大海，增添海洋的水量。可是，汪洋大海，狂風巨浪，對人類很可能造成災害。儘管在海洋面前，人顯得如此渺小、脆弱，還是忍不住引起或許可以改造大海，克服大海的幻想。「精衛填海」的神話，即是代表。

據《山海經‧北山經》所載：

> 發鳩之山，……有鳥焉；其狀如烏，文首，白喙，赤足。名曰「精衛」，其鳴自詨。是炎帝之少女，名曰「女娃」。女娃游於東海，溺而不返。故爲精衛，常銜西山之木石，以堙於東海。

原來這隻小鳥，當初是炎帝的小女兒，本名女娃，只因到東海遊玩，被狂風巨浪吞噬，溺水而死，再也無法回家。死去的女娃，竟然化爲一隻精衛鳥，彷彿對於自己被大海奪去了青春生命，充滿懊惱，「其鳴自詨」，時時呼喚著自己的名字：「精衛！精衛！」且常常銜著西山的樹枝和石子，投入大海中，似乎期望把浩闊無邊的大海填平。精衛鳥就這樣銜

著木石，在山海之間來回飛翔，不斷忙碌。而且不知疲倦的，一點一滴的，從事一件無比浩大，卻也不可能完成的填海工程。雖然小小精衛鳥的努力，是微不足道的，不可能完成的，卻持之以恆，不眠不休，無怨無悔地堅持下去。

精衛填海的神話，引起近年一些學者，強調精衛的「復仇意識」，以及為人類消災除害的「大愛精神」。換言之，精衛鳥乃是忿恨無情的大海奪去自己寶貴的生命，同時推而廣之，意欲不讓大海再度吞噬其他人的生命，才以填海為志。這樣的觀點，自然有其言之成理的立場。然而，不容忽略的是，《山海經・北山經》所錄精衛鳥一面銜著木石填海，一面不斷呼叫自己的名字「精衛！精衛！」所代表的可能含意，亦值得重視。按，精衛「其鳴自詨」，似乎代表一份無限的懊惱，永恆的怨悔。其「銜西山之木石，以堙於東海」，雖為一項「壯舉」，但是卻揉雜著悲愴和哀怨，含蘊著一份，對於已經不可挽回的事，卻仍然意圖挽回的癡頑，亦即「明知不可為而為之」的癡頑。這正是中國文學作品中，令作者與讀者在生命體味中，均反覆吟味的情懷。

三、英雄神話

原始初民的生活環境是十分艱苦的，洪水、乾旱、風災、地震等自然災害層出不窮；加上凶禽、猛獸、毒蛇等輪番侵襲，都直接威脅著初民的生命安全。在中國古代神話中，於是出現一些為民消災除害的「英雄」。除此之外，初民亦開始懂得群居互賴的重要，逐漸有了群體意識。相應的是，不同氏族或部落之間，為爭奪利益而引發衝突，甚至戰爭。這時無論成敗，一些神話英雄遂應運而生。

(一)羿射十日

「羿」是天神，原來是天帝帝俊派到人間來解除各種災難的「神」。與傳說中夏代有窮氏的君主「后羿」，其實並非同一人。按，「后羿」也是一個英雄，但卻並非天神，而是具有神力的「人」，曾取代夏朝的暴君，自己做天子。惟因相關紀錄中，兩者名字頗為類似，又均以善射見稱，乃

至後世往往將兩者混淆起來[3]。其實天神羿的神話,乃是和有關十個太陽的神話密切相關。

試先看《山海經‧內經》所言羿的身分:

> 帝俊賜羿彤弓素矰,以扶下國。羿是始去恤下地之百艱。

此外,神話故事中那十個太陽,原來是帝俊與羲和所生的孩子。如《山海經‧大荒東經》所云:

> 東海之外,甘水之間,有羲和之國。有女子名曰「羲和」,方浴
> 日於甘淵,羲和者,帝俊之妻,是生十日。

這十個太陽,原先是輪流值班,一個出去照耀,其他九個就在扶桑樹上休息。後來,不知爲何緣故,在帝堯之時,十個太陽竟然一齊跑出來,鬧出了大亂子。且據《淮南子‧本經訓》的記載:

> 逮至堯之時,十日並出,焦禾稼,殺草木,而民無所食。猰貐、
> 鑿齒、九嬰、大風、封豨、脩蛇,皆爲民害。堯乃使羿誅鑿齒於
> 疇華之野,殺九嬰於凶水之上,繳大風於青邱之澤,上射十日而
> 下殺猰貐,斷脩蛇於洞庭,擒封豨於桑林。萬民皆喜,置堯以爲
> 天子。

羿除了「射十日」的大功績之外,還「繳大風」,又「殺凶獸,誅毒蛇」。可見羿確實是一個爲民除害、神通廣大的英雄。以後就受到民間的崇拜。《淮南子‧氾論訓》中即云:「羿除天下之害,而死爲宗布。」直到漢代,民間還有祭祀羿的牌位。據高誘注,羿即是「今人室中所祀之宗布也」。宗布即統轄萬鬼,使鬼魅不敢害人的一種大神。

有關羿的神話,值得注意的有以下三點:(1)是中國古代神話裡少有的故事比較完備者。羿的來歷(帝俊所派)、使命(恤下地之百艱)、本領(善射)、業績(上射十日,下殺凶獸),以及後世對他的崇拜(奉爲宗布神),都交代得很清楚。(2)羿乃是一個手持弓箭的神射手,顯示這個神話,當產生於原始社會的末期,弓箭已經普及的時代。流露出初民對弓箭

---

3 在《楚辭》中,如屈原的〈離騷〉、〈天問〉,已將羿和后羿相混。

武器的愛慕和希望，是人類進入文明社會的開始。(3)羿為民除害，除了
「上射十日」之外，還殺了一些「皆為民害」的凶禽猛獸。顯示人類已經
自別於神祇禽獸之外，有自己的獨特形象，不再是人獸共體，渾沌不分。
因此有了人獸之別，善惡之分，同時有了利益價值觀念。這是人類心智逐
漸脫離天真、開始趨向成熟的表現，也是人類意識到自己局限的開始。以
後，有關羿的妻子嫦娥，偷吃靈藥成仙、飛往月宮的故事，則是神仙思想
中，嚮往長生不死之產物，已是「仙話」，而非遠古「神話」了。關於這
一點，容後再論。

（二）鯀、禹治水

　　洪水氾濫往往為初民帶來無比災難，於是幻想出，鯀、禹父子相繼治
水，為民除害的神話。《尚書‧大禹謨》嘗云：「洚水儆予。」按，洚水
即洪水，表示洪水滔天，乃是天帝為了懲罰、儆戒不服從其旨意的下民而
特意降施的。不過，洪水氾濫卻引起了一位天神鯀的惻隱之心。按，在神
話故事的體系中，鯀乃是黃帝的孫子或曾孫。據《山海經‧海內經》：

　　洪水滔天，鯀竊帝之息壤以堙洪水，不待帝命；帝令祝融殺鯀於
　　羽郊。鯀復（腹）生禹，帝乃命禹卒布土，以定九州。

又據《國語‧晉語八》：

　　昔者鯀違帝命，殛之於羽山；化為黃熊，以入於羽淵。

　　鯀「不待帝命」，一心為民除害消災，卻遭到天帝的嚴酷懲罰，心中
自然懷著無比的憾恨和冤屈。被殺之後，居然從肚子裡生出一個禹來，而
自己則化作一隻黃熊，躍入羽山旁邊的羽淵。另一種說法是，鯀最終化為
一條黃龍。按，無論化為黃熊或黃龍，總之，鯀是不死的，拒絕死亡。這
或許表現了初民對這位失敗英雄的同情與懷念。

　　據說鯀被殺之後，其子禹接受舜的指示，改變了鯀先前採用的「水來
土掩」辦法，而取疏導洪水的策略，鑿開山崖，引水入河。見《淮南子‧
本經訓》：

　　舜之時，共工振滔洪水，以薄空桑。龍門未開，呂梁未發，江淮
　　通流，四海溟涬。民皆上丘陵，赴樹木。舜乃使禹疏三江五湖，

> 辟伊、闕，導廛、澗，平通溝陸，流注東海。鴻水漏，九州乾，
> 萬民皆寧其性，是以稱堯、舜為聖。

鯀、禹父子先後相繼治水的神話，值得注意的有以下幾點：(1)顯示中國文化中的倫理意識：父子相襲，前仆後繼治理洪水，亦流露對於血緣關係的重要。(2)鯀為了拯救人類，冒犯天帝，因此付出巨大的代價。(3)鯀被殺後，從肚子裡生出禹，繼續他未完成的功業，一方面展示壯志未酬，心有不甘的怨忿，同時亦展示，在神話中，鯀才是真正的英雄。與後世史書因受到以成敗論英雄的影響，而對鯀治水失敗的批評，有很大的不同。

(三)黃帝戰蚩尤

在中國古代神話裡，曾出現許多均稱作「帝」的天神。如帝俊、炎帝、黃帝等。這些具有神格的「帝」，各自主管自己的領域，並不存有任何從屬關係。這就是《山海經》中所說的「眾帝」、「群帝」。但在稍後的神話裡，這些「眾帝」之間，開始發生矛盾衝突，進而互相追討、拚殺。眾帝中當以黃帝的本事最大，先是打敗了炎帝，又懾服了東、南、西、北四帝，遂成了中央天帝，或稱「皇天上帝」。於是東南西北四方，春夏秋冬四季，都由黃帝分派的天帝管轄，黃帝則坐鎮「中央」，由一個叫「后土」(夸父的祖父？)的臣子輔佐。這個黃帝，生著四張臉，分別監視一方，可以無所不見，所以管理得井然有序。但是，這一切的安寧平靜，卻被一個叫蚩尤的天神破壞了。蚩尤野心勃勃，想奪占中央天帝黃帝的寶座，於是引起了黃帝與蚩尤之戰。看來這回的爭戰，相當激烈，據《山海經‧大荒北經》所載：

> 蚩尤作兵，伐黃帝。黃帝乃令應龍攻冀州之野。應龍蓄水，蚩尤
> 請風伯雨師，縱大風雨。黃帝乃下天女曰「魃」。雨止，遂殺蚩
> 尤。魃不得復上，所居不雨。

為了制服蚩尤，黃帝先派能蓄水行雨的應龍出招，而蚩尤則請來風伯雨師「縱大風雨」，遂使應龍不能施展法力，敗下陣來。黃帝於是便派自己的女兒「魃」來助戰。魃的本領是令雨水乾旱，因此即刻止住了大風

雨。蚩尤技窮了，終於被殺。黃帝的女兒魃，在完成任務後，因其神功消耗殆盡，再也無法上天，只能逗留人間。此後，凡是魃居住之處，就長期乾旱，成爲一個不受人間歡迎的神。據說應龍也因神功耗盡，不能歸天，只好到南方住下，以至南方成爲多雨地區。有關黃帝戰蚩尤的神話，還有另一說法，見《太平御覽》卷十五引虞喜《志林》：

> 黃帝與蚩尤戰於涿鹿之野。蚩尤作大霧。彌三日，軍人皆惑。乃令風后(黃帝之臣)法斗機，坐指南車，以別四方，遂擒蚩尤。

黃帝與蚩尤「戰於涿鹿之野」，戰況激烈，加上「蚩尤作大霧」，足足三天不能分勝負。最後黃帝終於「坐指南車，以別四方，遂擒蚩尤」。換言之，黃帝是以「智」取勝，以「科技」戰勝了蚩尤。

黃帝與蚩尤之戰的神話，反映氏族社會的末期，各部落之間的衝突。黃帝代表中原地區的漢人部族，蚩尤則代表長江中游的少數民族部族(苗族？)。依文獻記載，整個神話故事的同情心，明顯在黃帝這一方。蚩尤被說成是一個肇事者，麻煩製造者，戰爭的發動者；黃帝不過是後發制人的應戰者，卻以「智者」成爲最後的勝利者。黃帝戰蚩尤的神話，也是人類終將進入文明社會的預兆。

(四)刑天舞戚──與黃帝爭神

原始社會末期，不僅各氏族或部落之間會發生衝突，同族之內也出現爭奪權位或財物的火併。刑天與黃帝爭神的神話，即是代表。至於刑天是何許人／神，古籍記載不詳，僅知其與神農(炎帝)似有臣屬的關係。刑天與黃帝爭天神之位，顯然是居下者向在上者的挑戰或抗爭。據《山海經‧海外西經》：

> 刑天與帝爭神，帝斷其首，葬之常羊之山。乃以乳爲目，以臍爲口，操干戚以舞。

按，刑天即「斷首」之意。刑天爭神位不遂，被黃帝斬首之後，其身軀則葬在常羊山上。但是，刑天的頭雖然斷了，那股抗爭到底的志氣，不肯服輸的精神，則永遠留傳下來。因爲他遭斷首之後，仍以其乳爲目，臍爲口，手中還不斷揮舞著長斧大盾，彷彿還在繼續其生前未完成的志業。

刑天舞戚神話反映的是，超越生死界線的鬥志，以及死不服輸的倔強，還
有壯志未酬的憾恨，一直引起後人的讚嘆與同情。

　　黃帝戰蚩尤，刑天與黃帝爭神，與前面介紹的神話，雖然存在某些相
通之處，卻也有明顯的區別。按，從盤古開天闢地，到鯀禹父子治水，表
現的主要是人和自然宇宙的關係，而黃帝戰蚩尤和刑天舞戚的神話，則已
經是人與人之間的矛盾衝突，反映的是，人類社會關係的日趨複雜。此
後，古代神話就要讓位給人類的歷史傳說。儘管如此，從中國古代神話的
傳統特色，或許可以觀察到，屬於中國文學作品中某些特有的色澤韻味。

第三節　古代神話的傳統特色

　　就上節所論主要神話類型的內容而言，顯然是「荒誕不經」的。但是
這些神話所展示出來的古樸姿態和天然風韻，令人聯想起童年時期的純樸
天真，充滿了意欲認識環境、改造世界的信心與樂觀意志，洋溢著不屈服
於命運的奮鬥意識和不受阻擋的進取精神。諸如女媧補天、夸父追日、羿
射十日、精衛填海、鯀禹治水、刑天舞戚等，正是這種精神和意志的體
現。而且其間流露的奇異的幻想，荒誕的情節，無不充滿浪漫的奇情異
彩。中國古代神話與古希臘神話一樣，也具有兒童的天真，古樸的格調，
浪漫的色彩，煥發著「永久的魅力」。不過，在中國特殊的土壤環境，華
夏民族文化傳統中孕育出的神話，畢竟有其不同於其他地區神話的特色。

一、記載零星片段，缺乏完整體系，影響敘事文學的發展

　　中國古代神話在先秦與漢初的古籍中，只有零星片段的記載，甚至經
過編撰者之加工修改而變質，導致面目失真。現存古代神話，既無鴻篇巨
制，亦無系統完整的紀錄，只是零星散見於不同的古籍中。一些著名的神
話，諸如女媧補天、夸父追日、羿射十日、精衛填海、鯀禹治水、刑天舞
戚等，大多只是形象的描繪，簡略的記錄，不足以形成一種情節模式。不
但顯得神話文學極為粗淺簡陋，對中國敘事文學的不發達，亦造成一定程

度的影響。

　　西方神話之所以有完整體系，主要歸功於後人的編纂。首先是西元前
10世紀荷馬史詩的加工創造，如〈伊利亞特〉（*Iliad*），〈奧德賽〉
（*Odyssey*）。乃至從此希臘神話有了體系，繼而由荷馬史詩向前發展，之
後則衍生出傳奇和小說。換言之，西方在西元前6世紀時，已經由神話直
接演變出相當成熟的敘事文學。不過，這時在中國，卻正是人文精神抬頭
的時代，往往用理性去解釋神話，刻意去掉神話的奇異與幻想色彩，把神
話看成是曾經發生過的眞實故事，當作早期發生的「歷史」，從中可以記
取現實人生的教訓。

二、原始意味濃厚，往往人獸同體，乃至物類變形者居多

　　中國古代神話雖然經過後代編錄者之加工潤飾，還是或多或少保持了
一些原始意味。尤其是多屬物類變形神話，有的是以半人半獸的形象出
現，有的顯然只是怪獸，還不能算是「人」。例如：

　　　盤古：「龍頭蛇身，噓爲風雨，吹爲雷電。」（徐整《五運歷年
　　　　記》）

　　　女媧：「人頭蛇身。」（《楚辭・天問》王逸注）

　　　共工：「人面蛇身，朱髮。」（《山海經・大荒西經》）

　　　西王母：「豹尾，虎齒而善嘯。」（《山海經・西山經》）

　　　黃帝：「四面。」（《太平御覽》卷七十九引《尸子》）

　　　蚩尤：「人身牛蹄，四目六手。」（《述異記》）

　　　夸父：「珥兩黃蛇，把兩黃蛇。」（《山海經・大荒北經》）

　　　又「梁渠之山，……有鳥焉，其狀如夸父，四翼一目龍尾。」

　　　　（《山海經・北山經》）

　　此外，中國古代神話，亦大多涉及「物類變形」，亦即不同物類之移
轉變化。例如盤古垂死化身，爲日月星辰，其屍體諸蟲則化爲黎甿；夸父
「道渴而死，棄其杖，化爲鄧林」；鯀死後「化爲黃熊（或黃龍）」；炎帝
之女死後化爲「精衛」鳥；女尸化爲瑤草……。都是以「變形」來因應死

亡的危機和困境，把不可避免的死亡事實，化爲一片生機。於是草木人獸神靈，可以是一個「生命共同體」。當然，這些「變形」的敘述是極爲簡陋的、直率的，沒有原因和過程的交代，亦無情節的鋪衍，只須說「某某化爲某某」或「某某作爲某某」即可。這些或許是比較原始的神話，似乎還帶著原始部族圖騰崇拜性質。這樣的神話，似乎與原始宗教信仰更爲接近，距文學領域則較遠。惟古希臘神話則不然，有一個龐大的神的家族生活，與世俗生活相當接近，幾乎所有的神都和人相似。不但住在地上，彼此交往，也和人一樣有「人」性的缺點，諸如任性、虛榮、愛嫉妒、喜報復、爭權奪利，甚至還會鬧點風流韻事。倘若涉及「變形」，則其過程始末之敘述，往往交代詳盡細膩[4]。這種神話顯然已進入文學的領域，自然地成爲荷馬史詩、希臘悲劇的一個直接來源，成爲孕育西方敘事文學的胚胎。

三、宇宙自然、生命死亡、功業偉績爲主要的內涵與關懷

中國古代神話雖然零星片段，記述的故事情節亦簡陋不全，仍然可以看出，宇宙自然、生命死亡與功業偉績，是其最主要的內涵與關懷。值得注意的是，這些內涵與關懷裡，含蘊著一些人生意義的體味、文學主題的胚胎。以後會不斷浮現在中國文學作品中，成爲中國文人反覆吟詠、一再迴盪的母題。整體視之，大致可以分爲以下四點：

(一)與自然爭勝，向權威挑戰的挫折與憾恨

無論夸父與日逐走，共工與顓頊爭帝，刑天與帝爭天神之位，或鯀之「不待帝命」而治洪水，他們的行爲舉止，都是渾然原始的。而且不標舉任何理由，不編造任何藉口，不含一絲猶疑，即可與自然爭勝，向統治宇宙的至上權威挑戰。惟最後均遭遇了挫折，空餘壯志未酬的憾恨。這樣的題材，在中國文學作品中，成爲個人與天運抗爭必然會敗下陣來的永恆

---

4 如羅馬詩人奧維德Ovid〈變形記〉Metamorphoses中，有關河神女兒變成月桂樹的敘述。見樂蘅軍，〈中國原始變形神話試探〉，收入樂著《古典小說散論》(台北：純文學出版社，1976)，頁1-38。

母題。

(二)建功立業，遺愛人間，留名青史的嚮往

例如盤古開天闢地，建立豐功偉業，又「垂死化身」，把自己的軀體每一部分都奉獻出來，遺愛人間。女媧造人類，補蒼天，其功業上可達天，深可入地，聲名永傳於後世，光輝照耀於萬物。羿則上射十日，下殺凶禽猛獸，為民除害，遺愛百姓。夸父逐日，死後擲其杖，化為一片鄧林，也遺愛人間。此外，黃帝造指南車，殺蚩尤，平定戰亂，獲得和平。鯀、禹父子則前仆後繼為民治水，均豐功偉業，造福人類，聲名永垂。這些神話人物的宏偉功業，留名青史，是歷代文人士子在有限的生命中，衷心嚮往的理想人生境界，而且不斷流露在他們的作品中。

(三)明知其不可為而為之的執著與癡頑

夸父與日逐走，實在是一場人和大自然的競爭，亦是一場人的生命和自然生命的競爭。自然的生命是永恆地循環運轉，永無止盡地周而復始，人的生命卻是短暫無常，只限於一生一世。夸父與日逐走，代表的正是一種明知不可為而為之的執著與癡頑。當然，夸父並未完全失敗，在日落之處總算追上了太陽，只是太陽已經沉沒，而夸父亦「道渴而死」，最後夸父還是輸了。此外，精衛填海的神話，亦是知其不可為而為之的典型。就在波濤洶湧、浩闊無邊的海面上，一隻小鳥，銜著微木細石，意圖填平滄海。她飛翔於山海之間，去而復來，夜以繼日，年年歲歲，從事一項徒勞而無功的工作。這種執著與癡頑，也是中國文學作品中反覆出現，一再吟味的母題。

(四)時光流逝，生命短暫的恐懼與焦慮

夸父追日，亦可視為意欲抓住時光、抗拒死亡的象徵。含蘊的則是一份對時光流逝，生命短暫的恐懼與焦慮。夸父雖然道渴而死，不過卻「棄其杖，化為鄧林」，既造福人類，亦獲得再生。古代神話中，這種死而再生之例甚多。如盤古死後，身軀化為日月星辰，山岳河川。女娃死後，化為精衛鳥。鯀被殺後，化為黃熊，或黃龍，且肚子裡又生出禹。在在都顯示初民對死亡的恐懼與焦慮，進而對死亡的否定，以及通過變形則可獲得

再生的信仰或幻想。對初民而言，死而不死，死亡即是再生。值得注意的是，神話故事中這種對時光流逝、生命短暫的恐懼與焦慮，以及死後留聲名於後世，成就不朽的意願，從此亦成為中國文學作品中的永恆母題。

第四節　古代神話的演變趨勢

中國古代神話的演變，有其特殊的途徑和方向。歐洲神話是向文學方面演變，如古希臘神話直接演變為荷馬史詩，以及古希臘悲劇。繼而史詩持續向前發展，則衍生出傳奇和小說。

荷馬史詩最初是在民間口頭傳誦的史詩短歌，西元前8世紀時由盲詩人荷馬收集綜合整理定型，又過了大約二百年，在西元前6世紀才正式形諸文字。古希臘悲劇作家，主要都生存於西元前6世紀至5世紀。換言之，歐洲在西元前6世紀時，神話已直接演變出相當成熟的敘事文學。而中國這時期正值春秋末期和戰國初期，正是孔子(前551-前479)生活的時代。在此之前，經過周公制定禮樂制度，崇尚禮教，已表現出一種遠離神教的理性精神。其實自周朝開始，社會文化的宗教氣氛已經逐漸淡化，爰及孔子時代，已是一個理性精神抬頭、人文主義興起的時代。無論儒家、道家都嘗試把神話理性化、人文化。乃至把神話說成歷史，用來宣揚政治道德教化，或用神話來闡釋人生哲學理念，不惜按照自己的理解和需要，改造神話，改寫神話。遂造成中國神話本身的發展與流傳，受到強力的阻礙，在本質上開始演變。

中國神話最主要的演變方向，就是神話歷史化，其次是神話寓言化，再次是神話神仙化。這三點，加上前述中國神話記載之零星片段，缺乏完整體系，可視為中國神話發展中斷，導致神話文學不發達的主要緣由。

一、神話歷史化

所謂「神話歷史化」，就是把神話解釋為古史，把形狀怪異、力量無比的天神，離奇的行為事跡，都解釋為人間社會真實發生過的事件。神話

歷史化，遂使神變成人，而且變成人間的帝王，而神話中諸神的譜系，變成了人間帝王的家族世系。乃至神話中種種奇幻性的內容，都給予符合邏輯常識、符合人間社會倫理道德規範的解釋。這多少與儒家重視現世人生意義相關。試看《論語・述而》中，孔子如何看待超越現世人生的現象：

　　子不語怪、力、亂、神。

　　孔子對超越現世的鬼神，向來持有一種審慎態度。傳統中國知識分子，就是因為基於關懷現世人生、重視人文精神的立場，於是視神話為歷史的誇張記載，將神話歷史化。例如《太平御覽》卷七十九引《尸子》所云：

　　子貢曰：「古者黃帝四面，信乎？」孔子曰：「黃帝取合己者四
　　人，使治四方，不計而耦，不約而成，此謂之四面。」

　　在神話中，天神黃帝原有四張面孔，孔子則解釋為黃帝曾派四名助手分別去治理四方，這四名助手與黃帝不謀而親，不約而同，步調一致，就好像只有一個人辦事一樣，因而說「黃帝四面」。如此將虛幻神奇事物，加以理性的解釋，將不合常理的事，合理化了，神話遂成為歷史，黃帝變成了歷史人物。

　　又如《山海經・大荒東經》中記載的「夔」，原來是一種僅有「一足」的無角怪獸：

　　狀如牛，蒼身而無角，一足……其聲如雷。

　　可是據《韓非子・外儲說左下》所云：

　　魯哀公問於孔子曰：「吾聞夔一足，信乎？」曰：「夔，人也。
　　何故一足？彼其無他異，而獨通於聲。堯曰：『夔一足矣，使為
　　樂正。』故君子曰：『夔有一，足。』非一足也。」

　　孔子把「夔一足」解釋為「夔有一，足。」意指「像夔這樣的樂官，一個就夠了。」因此除去了神話的神奇幻想色彩，把夔視為現實生活中的一個樂官而已，而且將原本的神話，變成引申發揮儒家政治理想的歷史故事，失去了神話原有的奇幻與天真色彩。

　　此外，自先秦到兩漢的歷代史官，也曾苦心將神話中的人物編排到帝王世系中去，刪除或修改那些誇張怪異成分，添上了道德說教成分。這樣

一來，神話中的天神、英雄，都成了「聖賢」，神話故事則轉型爲古史，史官文化遂覆蓋了巫官文化。此外值得注意的是，神話歷史化的過程中，形成「史貴於文」的觀念，其直接後果就是神話轉型爲「古史」，神話被歷史意識所掩埋，只留下零星片段的記述。

按「史貴於文」的觀念，對文學的影響既深且遠。首先，就是延緩了中國小說的誕生。歷史講求事實，輕視杜撰之辭，而以虛構爲特性的小說，遲至唐代才正式誕生。其次，令中國小說的創作，長期在史實與虛構之間徘徊，不僅延緩了中國小說的發展，同時也促成中國小說往往虛實相雜的特色。

二、神話寓言化

神話本身即寓含一定程度的哲理。後世一些哲學家、思想家，爲了宣揚自己的哲學觀點、政治主張或倫理道德觀念，從神話中選取自己需要的部分，加工、潤飾，改造爲寄託某種哲理思想的寓言。這便形成神話的寓言化。主要出現在先秦諸子著作中，尤其是《莊子》一書，堪稱是神話寓言化的寶庫。

例如有關「渾沌」的神話，《莊子》將其改爲「儵、忽與渾沌」的寓言。試先看《山海經‧西山經》中所記：

> 有神焉，其狀如黃囊，赤如丹火，六足四翼，渾敦無面目，是識歌舞，實爲帝江也。

渾敦(渾沌)在神話中，原是一種怪獸之類的「無面目」水神。惟《莊子‧應帝王》則改寫成以下的寓言故事：

> 南海之帝爲儵，北海之帝爲忽，中央之帝爲渾沌。儵與忽實相與遇於渾沌之地，渾沌待之甚善。儵與忽謀報渾沌之德，曰：「人皆有七竅以視、聽、食息，此獨無有，嘗試鑿之。」日鑿一竅，七日而渾沌死。

莊子將渾沌的故事，用以宣揚「順物自然」道理之重要。另外《山海經‧中山經》與《山海經‧海內東經》中有關「姑媱之山」的神話，在

《莊子・逍遙遊》中則修飾爲「藐姑射山神人」的寓言，用以說明「逍遙
無爲」的思想。還有《山海經・大荒東經》及《山海經・海外東經》中有
關河神與海神的神話，《莊子・秋水》則加工爲「望洋興嘆」的寓言，用
以說明囿於一端則不識大道的哲理。這些都是神話寓言化的現象。神話一
但成爲寓言，自然失去其本來的天眞面目，成爲說理論道的材料而已。

三、神話神仙化

神仙思想是原始宗教巫術思想的後裔，源自對死亡的恐懼，對長生的
幻想。在春秋戰國時期的燕、齊地區，經過方士的推廣，流傳於民間。神
話中的神，原本就是初民信仰或崇拜的對象，所以神話流爲仙化，向神仙
故事的方向傾斜演變，是很容易的事。例如，神話中西王母神話和月亮神
話，逐漸演變爲仙話，即是典型的例子。兩者的共同點是：主角由女神化
爲仙女，形象由怪異變爲美麗。

試先看《山海經・西山經》中的西王母形狀：

　　其狀如人，豹尾虎齒而善嘯。

可是到了漢代的神仙故事中，如〈漢武帝內傳〉，西王母則已變成：

　　顏容若十六七女子，甚端正……。美容貌，神仙人也。

又如羿，在神話中是射日的天神英雄，於仙化後的神話中，竟然變得
害怕死亡，而且最終也必須面對死亡。例如《淮南子・覽冥訓》所載，顯
然已是業經仙化的神話故事：

　　羿請不死之藥於西王母，姮娥竊以奔月。悵然有喪，無一以續
　　之。……羿死於桃棓。

又據高誘「注」：

　　姮娥，羿妻，羿請不死之藥於西王母，未及服之，姮娥盜食之，
　　得仙，奔入月中，爲月精。

按，神話中爲民除害的神射手羿，經過後人有意識的加工、潤飾、修
改，摻進了方術之士的神仙觀念，遂由天庭淪落人間，必須接受凡人的生
命局限，乃至有了苦惱，必須接受死亡。

神話流爲仙話，實與神話歷史化、寓言化的結局相同，均失去了原始神話的純樸天眞，無疑亦是中國古代神話趨向消亡的主要緣由。

第三章

第一部詩歌總集——《詩經》

　　本章雖以《詩經》爲筆墨重點，不過，在文學史上，《詩經》與「楚辭」一直視爲早期中國詩歌的雙璧。前者是北方中原文化的產品，後者則是南方荊楚文化的產品。表面上看是南轅北轍，了不相干。但是，首先，兩者同爲中國詩歌的源頭，同爲後世詩人頻頻回首顧盼甚至追隨模仿的典範。其次從詩歌發展的層面看，自《詩經》到「楚辭」，其間雖然經過三百年的沉默，這時期的文壇主流，乃是史家之文與諸子之文，惟兩者之間，仍然可以看出中國文學自先秦詩歌由群體創作走向個人創作的發展傾向，以及分別從音樂舞蹈以及宗教儀式中逐漸獨立出來的演變痕跡。

第一節　緒說

一、《詩經》的名稱、時代、地域、作者

　　《詩經》實際存詩三百零五篇，另外有六篇有目無辭。《詩經》在先秦時期，原來只稱「詩」，或「詩三百」或「三百篇」。直到漢代，武帝獨尊儒術，設置「五經博士」，與儒家關係密切的「詩三百」，地位大大提高，並由官方正式列爲儒家五經之一，才稱爲「詩經」，而且成爲宣揚倫理道德和治國之道的教科書。

　　就時代而言，這三百零五篇作品，大致屬西周初年到春秋中葉（西元前11世紀至前6世紀），五百年間作品。事實上乃是一部周代的詩歌總集。

　　就地域而言，《詩經》作品來源，分布地域，甚爲遼闊。主要是以北

方的黃河流域為中心,向南擴展到江漢流域,包括現在的陝西、山西、河南、河北、山東、安徽等地區。惟就其中十五國風所收諸作品之風格意境,實相差不遠,各地方之風土氣味已經不顯著,可知乃是經過周王朝官方的收集採錄,又經過編輯者一番加工潤飾,統一陶鑄的結果。

就作者而言,三百零五篇作品,除少數幾篇可知作者之名外,其餘絕大多數作者均不可考。其中包括貴族官員所獻之詩,亦有採集自不同地區、流傳民間無名氏所作,經過朝廷樂官加工潤色與修訂而成。故《詩經》篇章之作者實難以確指。總之,《詩經》乃是歷經各代王官樂師採集、累集,並經周王朝的樂師加以整理、增潤、修改、編訂而成,且流傳既久,經手亦多,均已非復原作,可謂是「集體創作」,非一人一時一地之作。

二、《詩經》的編訂與分類

根據《論語》的記載,「三百篇」全部都可以絃歌。換言之,《詩三百》原先皆入樂可歌,實際上是一部樂歌之總集。可惜古樂失傳,如今只剩下歌辭。

(一)《詩經》的編訂

《詩經》的結集成書,大約在西元前6世紀中葉。學界一般認為乃出於周王朝的樂師、樂工之手。當然,孔子或許亦做過一番整理工作。關於《詩經》的編訂,根據現存資料,大略有「采詩」、「獻詩」,以及孔子的「刪詩」之說。

1. 采詩說

據班固(32-92)《漢書‧藝文志》,古代有所謂「采詩之官」,專門到民間去採集詩歌,作為一種「民意調查」,獻給王者:

> 古有采詩之官,王者所以觀風俗,知得失,自考正也。

采詩目的,乃是以備王者「觀風俗,知得失,自考正」。當然,采詩的具體制度與實際情況究竟如何,已不得而知。但采詩之事,則很可能存在。另外還有:

2. 獻詩說

據《國語‧周語上》：

> 故天子聽政，使公卿至於列士獻詩，瞽獻曲，史獻書，師箴，瞍
> 賦，矇誦，百工諫，庶人傳語，近臣盡規，親戚補察，瞽、史教
> 誨，耆、艾修之，而後王斟酌焉，是以事行而不悖。

周天子聽政，令公卿列士獻詩，瞽師矇瞍等樂官編唱……，均意在以便君王「補察時政」。至於三百篇的選錄，一般則認爲與孔子「刪詩」有關：

3. 刪詩說

據《史記‧孔子世家》：

> 古者詩三千餘篇，及至孔子，去其重，取可施於禮儀，上采契、
> 后稷，中述殷、周之盛，至幽、厲之缺。……禮樂自此可得而
> 述，已備王道，成「六藝」。

此即所謂孔子「刪詩」說。此說影響頗大，不過自唐代孔穎達已疑其說，後世學者亦多有不信者。惟據又《論語》中相關的記載，或許孔子曾經作過一些「正樂」之類的整理工作。

按《詩經》基本上乃是由各代王官樂師採集，加以整理編訂而成，並不是把作品的原貌保存下來。而且流傳既久，經手亦多，因而有「集體創作」性質。惟今天所見的《詩經》，已非周代樂官編輯的版本，乃是漢代以後流傳下來的定本。

(二)《詩經》的分類

《詩經》是按風、雅、頌分類編排，其中包括：

> 風：有十五國風，包括周南、召南、邶風、鄘風、衛風、王風、
> 　　鄭風、齊風、魏風、唐風、秦風、陳風、檜風、曹風、豳
> 　　風。共收一百六十篇作品。
> 雅：有大雅三十一篇；小雅七十四篇。
> 頌：有周頌三十一篇；魯頌四篇；商頌五篇。

至於《詩經》何以如此分類編排，古今論者曾經對此聚訟不已。不過當今學界比較趨於一致的意見，則是從這些詩「皆入樂可歌」方面去解

釋。認為風、雅、頌乃是按照音樂的不同特點來劃分者：

風：乃是指地方音樂曲調之意。所謂「國風」，即指當時流傳於各諸侯國所轄地區的樂曲，猶如今天的地方樂調，具有地方本土色彩者。十五國風，即十五個諸侯地區的本土歌曲。如〈秦風〉所錄，即是用陝西秦腔來唱，〈鄭風〉用河南腔唱，〈唐風〉則用山西腔唱等等。

雅：按，雅意即「正」，且與「夏」通。蓋指周室王畿一帶(今陝西西境)的音樂。王畿乃周王朝政治文化中心，故其言稱「正聲」，亦稱「雅言」，意指標準音，類乎今天的標準「普通話」或「國語」。當時宮廷和貴族所用樂歌即為正聲、正樂。按，《詩經》中的〈雅〉乃是針對地方「土樂」而言的「正樂」。〈雅〉又有大雅、小雅之分，現今學界大多認為亦與兩者音樂功能不同相關。〈大雅〉所錄主要用於朝會，〈小雅〉所錄則主要用於燕饗。

頌：則是用於朝廷、宗廟重要典禮的樂章，主要是祭神、祭祖時所用具有宗教性的歌舞曲。〈毛詩序〉即云：

　　頌者，美盛德之形容，以其成功告於神明者也。

〈頌〉所錄者，主要是廟堂樂章，篇幅大多簡短，韻律缺乏規則，且不分章不疊句，證明是音調緩慢莊重，配合舞蹈的宗教性祭祀歌舞。

風、雅、頌，代表三種不同的音樂曲調，分別用於不同的場合，提供不同的功能，其實並無高低優劣之別。就如《左傳》中記載季札觀樂之事，其對各國的「風」，大都冠以「美哉！」的讚語。

三、《詩經》的應用與流傳

《詩經》的應用與流傳，隨時代變遷大概可以分為以下幾個階段：

春秋時期，「詩三百」主要流傳於上層社會的王公貴族生活圈。原先主要是用於祭祀、朝會、宴饗、婚禮等各種官方典禮儀式上演奏、歌唱。繼而熟習「詩三百」則成為貴族士人不可或缺的文化素養。此外，列國的卿大夫在朝會聘享或外交場合，常常「賦詩言志」，「詩三百」遂又成為外交辭令的一部分。

　　戰國時代，諸子百家中引證「詩三百」的例子已相當普遍，不僅儒家的《孟子》、《荀子》，墨家的《墨子》，法家的《韓非子》，雜家的《呂氏春秋》，乃至《戰國策》，也都出現引「詩」現象。可見「詩三百」在戰國時代，其流傳已相當普遍，而且用「詩」者已經不獨屬儒家一派。

　　爰及秦始皇焚書禁學，「詩三百」則只能靠口耳相傳方得以保全。漢初，朝廷廣開獻書之路，先秦典籍於是陸續出現。至漢武帝設置「五經博士」，倡導學經，「詩三百」地位大爲提高，並正式尊爲儒家經典。

　　漢初傳授《詩經》者共四家，亦即四個學派，包括齊人轅固生、魯人申培、燕人韓嬰、魯人毛亨、趙人毛萇。所傳分別簡稱齊詩、魯詩、韓詩、毛詩。其中齊、魯、韓三家，後人稱「三家詩」，西漢時均列爲官學，而獨獨「毛詩」則「未得立」。此外，一般習慣把前三家稱爲「今文家」（今文經學），因爲這三家傳授《詩經》時，用的乃是漢代通行的隸書繕寫。「毛詩」則由於未曾在朝廷設立的官學中傳授，大抵仍然是口耳相傳，所用的底本，還是戰國時人用的古體文繕寫，因此稱「古文家」。這四個學派對《詩經》的解釋，當然常有不同。有趣的是，四派都認爲自己才是「孔門眞傳」。

　　東漢以後，「毛詩」反而日益興盛，並且爲官方所承認。齊、魯、韓三家卻逐漸衰落，到了南宋，「三家詩」竟然完全失傳。今天所見《詩經》，則是「毛詩」一派的傳本。

第二節　《詩經》的主題內涵

　　當今《詩經》中所錄詩篇，來源不一，時代不同，風格亦相異，關懷的事件情況也各有區別。從祖先功德、歷史事件、政治社會狀況到個人生活的經驗感受都涉及。整體視之，大略可分爲七種主要的主題內涵範圍。

一、先祖德業之頌美

　　《詩經》中頌美先祖德行功業的作品，多屬廟堂樂歌，主要出自公卿

列士或樂官之手，用於宗廟祭祀典禮，是《詩經》中最早期的作品。可以
〈周頌〉爲代表，其中尚可看出歌、樂、舞混合一體的痕跡。換言之，
「詩」不過是宗教儀式中樂舞的一部分。

試先以〈周頌·清廟〉爲例：

於穆清廟，肅雝顯相。濟濟多士，秉聞之德。

對越在天，駿奔走在廟。不顯不承，無射於人斯。

這是〈周頌〉的首篇，是一篇祭祀文王的詩。當屬西周初，周室王公
貴族聚集在文王的宗廟舉行祭祀典禮時，配合樂舞所演唱的歌辭。篇幅很
短，主要是讚美清靜莊嚴的宗廟，稱揚那些懷著虔誠、恭敬之心來參加祭
祀的人，都秉持了文王之德，他們的精神與文王同在，而且會世世代代延
續下去。全詩浮現著慎終追遠、肅穆莊嚴的氣氛，表現出一種對於先祖懷
著近乎宗教性的景仰和崇拜。

再看一首頌美武王的舞詩〈周頌·酌〉：

於鑠王師，遵養時晦。時純熙矣，是用大介。

我龍受之，蹻蹻王之造。載用有嗣，實維爾公允師。

按，「酌」即「勺」，原是歌頌武王滅商功勳之樂舞曲，也是宗廟祭
祀的著名樂章，上引「酌」詩的文字，即是此樂舞曲的歌辭。首六句頌美
武王克商立國之功，後二句則祭告周朝祚胤永錫，以慰先王。全詩主要是
從政治道德觀念出發，對武王克商立國的功績稱頌讚美，同時奏告文王，
由他奠定的帝業，已後繼有人。

這類頌美先祖德業之作，是朝廷宗廟祭祀的舞曲歌辭，表演時，須配
合莊重的打擊樂器和禮儀程序，並保留肅穆的宗教氣氛以及載歌載舞的形
式。歌辭篇章短小，又沒有分章，樂曲和節奏一定緩慢疏朗，所以歌辭的
語言顯得典重板滯，而語氣則莊重嚴肅。再者，這類宗廟祭祀之詩，重在
奏告先王，不再具有早期宗教祭祀的娛神性質。歌辭內容則展現一種奏請
的文告色彩，所以這類詩篇，多具有結構鬆散，不分章、不押韻的散文式
的特點。尚無意於剪裁，並無令詩句整齊畫一的痕跡。當然，頌辭的詩意
或詩趣也比較薄弱。惟不容忽略的是，《詩經》中這些頌美先祖德行功業

的詩篇，爲兩漢以後朝廷官方舉行宗廟祭祀大典所追隨模仿，同時也是兩漢以後個別詩人創作「述祖德」詩的源頭。

二、民族歷史之追述

周人對祖先的頌美，除了虔誠的舉行宗廟祭祀之外，還進一步把祖先創業的功績和奮鬥歷程，揉雜著神話傳說的材料記錄下來，作爲當下在位者的楷模，未來子孫的榜樣。這類作品明顯已進入歷史敘述的範圍。〈大雅〉中即保存了五首作品：〈生民〉、〈公劉〉、〈緜〉、〈皇矣〉、〈大明〉，記述從周民族始祖后稷，到周王朝的創立者武王滅商的歷史。當今學界一般就稱之爲周民族的「史詩」。

其實〈大雅〉主要是朝會之樂，亦即宮廷樂歌，可視爲宗廟樂歌〈頌〉的演進。試看〈生民〉第一章：

厥初生民，時維姜嫄。生民如何？克禋克祀，以弗無子。

履帝武敏歆，攸介攸止。載震載夙，載生載育；時維后稷。

全詩共八章，記述周民族始祖后稷神奇的誕生，頌揚他長於農事，勤奮創業的功德事跡。后稷的母親姜嫄，爲求子而「克禋克祀」，在宗教儀式中，用腳踩踏天帝的腳印，終致懷孕，生下后稷。可是又不知爲何原因，起初不敢養育，甚至把后稷丟棄在野地裡。惟后稷卻大難不死，不但牛羊來庇護他、餵養他，禽鳥也用翅膀覆蓋他。姜嫄覺得后稷簡直有神助，於是才決定養育他，並取名爲「棄」。后稷長大後，發明農業，大凡種豆、種麥、種瓜，什麼都會，並且還教人種植，遂爲周人帶來福祉，成爲周民族的始祖，並尊爲農業之神。這顯然是一首帶有神話色彩的詩歌，也可看出神話歷史化的痕跡[1]。

繼而有〈公劉〉，亦舉第一章爲例：

篤公劉！匪居匪康。迺場迺疆；迺積迺倉。

---

1 《春秋》、《國語》、《左傳》、《史記·周本紀》等歷史著述，均記載此事作爲周民族的誕生。

迺裹餱糧，于橐于囊。思輯用光。

弓矢斯張，于戈戚揚，爰方啓行。

全詩共六章，乃是歌詠后稷的曾孫公劉，如何帶領族人，背著乾糧，拿起武器，避亂遷徙之事。是一首比較完整的敘事詩，與〈生民〉相比，〈公劉〉已無神話色彩，敘述的全然是歷史人物事件。

〈棉〉則是記述公劉十世孫古公亶父的事跡。古公亶父即文王的祖父，亦是周民族基業的奠定者。全詩記述古公亶父如何帶領族人，趕著馬匹到岐山下，與姜女一起選擇適當之處築室定居，從事農業，又大修宗廟宮室，委任官吏，最後是文王受命，繼承遺烈。

以上三首，敘述周文王出現之前周民族的歷史，大概是西周初年，王朝的史官和樂師利用民間傳說寫成。另外，〈皇矣〉主要是敘述文王如何繼承先祖遺烈，發展壯大周民族的功績。〈大明〉則敘述文王、武王父子的功業，著重頌揚武王伐紂滅商、取天下的事跡。兩首詩大抵也出於史官、樂官之手。這五首詩，合而觀之，剛好可以形成一組組詩，從周民族祖先之誕生寫起，中經業績的開創和發展，直到推翻商紂統治，建立周王朝，概括的反映西元前21世紀至西元前11世紀周人的社會歷史生活，並成為後世史家寫史的重要材料。除此之外，西周後期的〈小雅〉作品中，也有一些史詩性的敘事詩，如〈出車〉記周厲王時大將南仲征伐玁狁之事，〈常武〉記述周宣王親征徐夷之事。

《詩經》中這些追述周民族歷史的作品，雖然當今一些學者稱之為「民族史詩」，卻並不像希臘史詩那樣，經過荷馬及其後代詩人的組織整理，成為完整的長篇史詩。其實《詩經》中的民族史詩，只是一些簡略的短篇敘述，而且各成片段，並未經後人整理為連續的長篇。不過，《詩經》中這些追述歷史事件，頌美歷史人物的「史詩」，或可視為後世「詠史詩」的先驅。值得注意的是，西周敗亡之後，〈雅〉詩便告終結，接著是史官把敘述歷史的任務接收過去，二〈雅〉中的史詩，則成為「史料」，編入《春秋》、《國語》、《左傳》等歷史著作中。

三、君臣燕饗之樂歌

　　除了朝會之樂外，〈小雅〉中還保留了不少燕饗的樂歌，同樣也是宮廷之樂。主要是歌詠君臣宴飲之歡、嘉賓之樂。內容情感與宗廟祭祀的頌歌不同，沒有宗教色彩，也不是對祖先的崇敬，只是君臣賓主共樂的場合，純粹是當下的「人間世界」，其宗旨不是娛祖先之神靈，而是娛人之樂。這類作品，不僅反映王公貴族的宴樂生活，更重要的是，展示理想的君臣關係，以及貴族階層的文化素養，重禮重德的人文精神。其中最著名的就是《小雅‧鹿鳴》：

> 呦呦鹿鳴，食野之萍。我有嘉賓，鼓瑟吹笙。
> 吹笙鼓簧，承筐是將。人之好我，示我周行。／
> 呦呦鹿鳴，食野之蒿。我有嘉賓，德音孔昭。
> 視民不恌，君子是則是效。我有旨酒，嘉賓式燕以敖。／
> 呦呦鹿鳴，食野之芩。我有嘉賓，鼓瑟鼓琴。
> 鼓瑟鼓琴，和樂且湛。我有旨酒，以燕樂嘉賓之心。

　　顯然是一首君主歡宴群臣嘉賓之詩。起興句「呦呦鹿鳴」，乃是藉鹿群呼喚同伴之鳴聲，以喻君子之邀宴。首章中君主以瑟笙之樂，娛悅嘉賓，招請嘉賓，又以筐盛著璧帛之禮，贈與嘉賓，以助酒興，勸請群臣暢飲，表現君主宴客之厚情。值得注意的是，在宮廷中宴娛嘉賓，原本是君主惠下的行為，然而詩中的「我」，卻不以施惠者自居，反而從嘉賓之光臨，體會出自己是受惠者。原本是君主賜給臣屬以酒殽、璧帛之禮，卻說嘉賓昭示自己以道義，從嘉賓身上獲得教益。「示我周行」即是讚揚嘉賓示我以正道。如此謙和有禮，如此欣然大度，當然是理想的君主。第二章承「示我周行」進一步展開。嘉賓「德音孔昭」，美好的聲譽，昭彰顯著，不但是人民的榜樣，也是君子所效法，君主自然也在效法之列。「德音孔昭」的嘉賓，是道義的傳播者，設宴待客的君主，則成為受惠者。上下之情，通過燕饗而暢通，在君子敬讓之禮中，相互交融，彼此歡洽。

　　整首詩，場面熱鬧和諧，塑造了一個有敬讓之德的君主形象，也是周

人標榜的、理想的君臣相得之樂的景象；並且強調，君臣的融洽，相敬以禮，相愛以德，相享以樂，相慰以酒，是可以增友誼、敦風俗的。難怪，歷代朝廷舉行大宴之時，多喜以「鹿鳴」為名，或奏此樂章以助興。

另外〈小雅·湛露〉則是夜宴同姓諸侯之樂詩：

> 湛湛露斯，匪陽不晞。厭厭夜飲，不醉無歸。／
> 湛湛露斯，在彼豐草。厭厭夜飲，在宗載考。／
> 湛湛露斯，在彼杞棘。顯允君子，莫不令德。／
> 其桐其椅，其實離離。豈弟君子，莫不令儀。

詩中強調的，不僅是「不醉無歸」的宴飲之樂，同時還有賓主君子的「令德」、「令儀」值得稱揚。

《詩經》中這類描述宮廷燕饗的樂歌，強調君臣融洽、相敬相愛的和樂情境，或可視為漢末建安時代風行於鄴下的「公讌詩」之先河。

四、農事活動之記錄

周人以農立國，涉及農業活動之詩，為數頗多。包括春耕秋收之際的祭祀或酬神的樂歌，以及記述民間農事活動的樂章。不難發現，在周代社會，從天子到庶民，都會不同程度的參與各種農事活動。〈小雅〉中的〈甫田〉、〈大田〉，〈豳風〉中的〈七月〉等，皆是記述農事詩的名篇，可視為周代農事活動的指南手冊，也是研究周代農業社會的重要資料。不過，比較具有文學意味的農事詩，還是那些帶有民歌色彩之作。

試看〈周南·芣苢〉：

> 采采芣苢，薄言采之。采采芣苢，薄言有之。／
> 采采芣苢，薄言掇之。采采芣苢，薄言捋之。／
> 采采芣苢，薄言袺之。采采芣苢，薄言襭之。

芣苢即俗稱車前草。據說食之可幫助受胎生子，亦可治難產。上引之詩，學界一般視為或許是婦女採摘芣苢之際所唱的山歌。可以想見農村婦女成群結隊到野外去採摘芣苢草的歡愉熱鬧情景，邊採邊唱，滿山遍谷迴盪著歌聲。清代方玉潤(1811-1883)《詩經原始》對這首詩推崇備至：

　　讀者試平心靜氣，涵詠此詩，恍聽田家婦女，三三五五，於平原
繡野、風和日麗中群歌互答，餘音裊裊，若遠若近，忽斷忽續，
不知其情之何以移而神之何以曠，則此詩不必係繹而自得其妙焉。
　　再看〈魏風・十畝之間〉：

　　十畝之間兮，桑者閒閒兮。行與子還兮。／
　　十畝之外兮，桑者泄泄兮。行與子逝兮。

　　或當屬採桑女採桑將結束，呼伴同歸途中之歌。篇章結構平實無奇，
語言簡單樸拙，主題亦單純，就是呼喊同行者，一齊「與子還」，一齊
「與子逝」，如此而已，應該是民歌本色。不過，由於這些採桑者所還、
所逝之處是何處，並未明言，留下想像的空間，乃至宋儒朱熹（1130-
1200）《詩集傳》，解讀為「賢者歸隱」之作。

　　《詩經》中的這些農事詩，主要是周代社會農事活動的記錄，與以後
陶淵明開拓的「田園詩」相去甚遠。兩者實屬不同的文學傳統。農事詩一
般是農業社會群體活動的反映，陶淵明的田園詩則是個人田居生活經驗感
受的記錄（詳後）。

五、政治社會之怨刺

　　就時代而言，這類怨刺政治社會之詩，主要產生於西周末期，亦即周
厲王、幽王時期及其後之作。其中有些或出自公卿列士之手，屬貴族士人
憫時傷亂、諷諭勸戒之作，流露作者繫心君王社稷的忠誠深情。有的則可
能出自民間，而經樂官整理後保存下來的作品，其中或埋怨統治者的劣
績，或諷刺王公大人的行徑和醜態。〈小雅〉中的怨刺詩，多屬王道衰
落、禮崩樂壞、政教不行、人倫廢喪之際的產品。可謂是亂世中，詩人的
怨忿之音，不平之鳴，往往流露詩人對時代所懷深切的關懷與憂患意識。
　　試摘錄〈小雅・節南山〉首末二章為例：

　　節彼南山，維石巖巖。赫赫師尹，民具爾瞻。
　　憂心如惔，不敢戲談。國即卒斬，何用不監。（首章）
　　昊天不平，我王不寧。不懲其心，覆怨其正。

家父作誦，以究王忉。式訛爾心，以蓄萬邦。(末章)

其實全詩共十章，署名周大夫「家父」所作，「家父」是誰，已不可考。惟就其內涵，顯然是一首政治諷諭詩。作品宗旨則是譴責太師尹的殘暴，並怨刺幽王之不察。其中發出的強烈怨天之聲，明顯展示因身處亂世，乃至敬天尊祖的觀念，已開始動搖。

再看〈小雅‧正月〉首三章：

正月繁霜，我心憂傷。民之訛言，亦孔之將。

念我獨兮，憂心京京。哀我小心，鼠憂以痒。／

父母生我，胡俾我瘉。不我自先，不我自後。

好言自口，莠言自口。憂心愈愈，是以有侮。／

……。

是一首共十三章的抒情長詩，既怨刺幽王之不是，並抒己情之憂傷，當屬某一周大夫所作，大概寫於西周已亡、東周尚未鞏固之時。按，此處「正月」，乃指周曆六月，已屬初夏季節，卻出現繁霜。氣候的反常，引出「我心憂傷」。全詩以「我」之身世遭遇，帶出憂患之情，逐步推進而及平民百姓的困苦。詩人埋怨昊昊蒼天之無情，以及世事、朝政的昏暗，甚至將筆端直指卑劣的新貴。「我」是時代、社會和人生不幸的承受者，也是幽王政績敗壞的詰難者。詩中傳達的個人的悲憤、焦慮、恐懼、憂慮、孤獨等複雜情緒，其憂心之切、哀痛之深，是社會大動亂之下的憂患之情，是一個知識分子關懷國是民生的心聲，也是以後杜甫在安史之亂期間，將個人的經歷見證與家國的憂心關懷熔於一爐之作的濫觴。

采自各諸侯地方的〈國風〉詩歌，其中之怨刺詩，則主要站在一般平民百姓的角度，抒情述懷或敘事。如〈魏風‧碩鼠〉：

碩鼠碩鼠，無食我黍。三歲貫女，莫我肯顧。

逝將去女，適彼樂土。樂土樂土，爰得我所。(一章)……

以貪婪無已的碩大老鼠，比喻不斷向農民徵糧抽稅的貪婪官員。全詩三章，其中首二章複沓重唱，雖然只換一個字，層層推進：埋怨官府吃了我的黍，又吃我的麥，甚至還吃我的秧苗。這樣的地方，實在住不下去

了，所以幻想出一個美好的樂園，可以離開此地，從此脫離苦海。當今有的學者，就把這首詩視為中國「樂園文學」的始祖。

以上這些作品，或憫時傷亂，或諷諭勸戒，或埋怨指摘。開創了中國政治抒情詩的傳統。詩中表現的憂國憂民情懷，並從道德立場，對當政者行為措施的不當，予以批評或指摘，卻又避免過分張揚個人對統治者的怨忿，均為後世的政治諷諭抒情詩，譜出基調。

六、征戰行役之哀嘆

西周晚期，王室衰微，戎狄交侵，征戰不休。平王東遷之後，諸侯兼併，大國爭霸，戰事更是連年不斷。兵役、徭役為一般人民帶來痛苦和災難，導致終年行役在外，父母失養，夫妻離散，個人流離失所。於是產生許多抒寫征戰行役之苦、流離失所之悲、征夫思婦之情的詩篇。這些作品，可說是《詩經》中的精華，對兩漢的樂府歌詩，以及唐代的新樂府、邊塞詩，均影響深遠。

試先看〈小雅·何草不黃〉：

> 何草不黃！何日不行！何人不將！經營四方。／
> 何草不玄！何人不矜！哀我征夫，獨我匪民！／
> 匪兕匪虎，率彼曠野。哀我征夫，朝夕不暇。／
> 有芃者狐，率彼幽草。有棧之車，行彼周道。

全詩四章，屬征夫之辭。主要是以一個士兵立場發言，埋怨戰爭之久長，征夫行彼曠野，無止無休之勞苦，以及拋妻別子，奔波在外，不得歸家的悲哀。

再看〈小雅·采薇〉：

> 采薇采薇，薇亦作止。曰歸曰歸，歲亦暮止。
> 靡室靡家，玁狁之故；不遑啟居，玁狁之故。（一章）……
> 昔我往矣，楊柳依依；今我來思，雨雪霏霏。
> 行道遲遲，載渴載飢。我心憂傷，莫知我哀。（末章）

以一個曾經參與玁狁之戰的邊防戍士發言，於歸途中追述征戰行役之

經驗與感受。全詩六章,均以這個戍士口吻道出,而且用倒敘手法敘事。
前三章回顧征戰之久長,出征之辛苦;不能回家,不得休息,又飢渴交
迫。四、五章則追述行軍陣容之浩大,戰爭之激烈,曾經「一月三捷」,
日日戒備的緊張生活。六章則遙接首三章盼歸之情,轉而抒發當前歸途中
的感慨與悲哀。詩中主人公原先是盼歸而不得歸,故而悲哀愁怨,如今終
於可以回家了,卻在撫今追昔之際,往事的辛酸苦楚,又一幕一幕浮現眼
前。於是,辛酸委屈,怨懟愁苦,一起湧上心頭,「昔我往矣,楊柳依
依;今我來思,雨雪霏霏」。這幾句的今昔之感,是傳誦千古的名句,其
感染力之強,詩意之濃,影響之深遠,恐怕是《詩經》中之最。

　　還有一首〈小雅·東山〉,也是表達一個出征多年的士兵,回家途中
的複雜感情。這類作品,不能簡單的稱為「反戰詩」,只能說是「厭戰
詩」。因為詩中抒發的情緒是以憂傷哀怨為主調,並沒有憤怒或抗議。或
許因為,出征禦敵畢竟是男子必須履行的義務,即使妨害了個人生活的平
靜和幸福,也是無可奈何的。此外還有一首影響深遠的〈王風·黍離〉,
雖看不出征戰或徭役的背景,不過卻可視為亂世中流離飄泊者的悲歌:

　　　　彼黍離離,彼稷之苗。行邁靡靡,中心搖搖。

　　　　知我者謂我心憂,不知我者謂我何求!悠悠蒼天,此何人哉!／

　　　　彼黍離離,彼稷之穗。行邁靡靡,中心如醉。

　　　　知我者謂我心憂,不知我者謂我何求!悠悠蒼天,彼何人哉!／

　　　　彼黍離離,彼稷之實。行邁靡靡,中心如噎。

　　　　知我者謂我心憂,不知我者謂我何求!悠悠蒼天,此何人哉!

根據〈毛詩序〉:

　　　　〈黍離〉,閔周室也。周大夫行役至於宗周,過故宗廟宮室,盡

　　　　為禾黍,閔周室之顛覆,彷徨不忍去,而作是詩也。

　　此說在過去為歷來學者所接受。「黍離」一辭,在後人作品中,已是
亡國之痛的代名詞,所謂「黍離之悲」,即本於此。不過,細味此詩,乃
是以行役者在途中眼見「彼黍離離」起興,反覆吟詠心中的憂傷。單從字
面上看,並未指明「彼黍離離」是長在西周宗廟宮室的廢墟上。當然,離

離下垂的黍子，與行役者遲緩的腳步，沉沉的心情，似乎頗相契合。田中的「彼稷之實」，經過由出苗到秀穗，到結實的全部過程，行役者終年奔波於途的辛苦，已含蘊其間。其蹱蹱獨行，中心搖搖，徬徨遲疑，恍惚不寧的情貌，宛然可見。雖然反覆吁嘆心中憂思，無人了解，卻又不明說令其憂思的原因。留下很大的空間，可令讀者自己去體味。

整首詩反覆吟嘆的乃是一種沉重的、縈繞不去的憂思，一種無人理解、無法說清的憂思。這顯然並不局限於行役羇旅之愁，乃至令人將之與周室的顛覆、宗廟宮室已盡爲禾黍的亡國之痛、故國之思聯想起來。因此，儘管詩中並無憑弔故國宗廟之辭，後人仍然願意取〈毛詩序〉的解釋，並使「黍離之悲」成爲表達故國哀思的成語。當然，若將此詩解爲行役者流離之悲，或遊子飄泊之愁，亦未嘗不可，畢竟「詩無達詁」。

征戰行役爲一般百姓帶來的災難悲苦，並非局部的、偶然的，而是全面性的。除了將領士兵、大夫官員，經歷奔波勞累之苦，還影響及家庭生活，造成夫妻長期分離，妻子被迫獨守空閨，飽嘗孤寂相思之哀。因此，除了征夫、行役者的悲歌，還有閨中思婦的哀怨。《詩經》中的思婦之辭，可說是中國閨怨詩之濫觴。

試先以〈衛風・伯兮〉爲例：

> 伯兮朅兮，邦之桀兮。伯也執殳，爲王前驅。／
> 自伯之東，首如飛蓬。豈無膏沐，誰適爲容！／
> 其雨其雨！杲杲出日。願言思伯，甘心首疾。／
> 焉得諼草，言樹之背？願言思伯，使我心痗。

首章傳達閨中女子目睹自己夫君出征之際[2]，何等威武雄壯，爲君王之先鋒，充滿自豪。可是二章，所有對夫君的榮耀與自豪，都消失了，這才發現自己竟然一直「首如飛蓬」！自從夫君出征之後，日子難挨，心情沮喪，變得慵懶，不愛打扮了，甚至連頭髮也懶得梳理。因爲夫君不在

2　據高亨，「周代婦女呼丈夫爲伯，等於現在呼哥哥。」見高著《詩經今注》（台北：里仁書局，1981），頁91。

家，就是打扮梳理了，也無人欣賞、無人疼惜啊！三章，進一層表示，日日盼望夫君歸來，在無盡的思念中度日，即使頭痛，也無以抑止思念之切。四章，或許忘憂草可解相思之苦吧，但她的綿綿相思，實已無藥可救，無法解脫，乃至都相思成病了。

此詩第二章，對後世閨怨詩影響頗大。從此，歷代模仿之作層出不窮，懶得梳洗，懶得畫眉，幾乎成了思婦的標準形象，不但表示「女為悅己者容」的傳統觀點，同時還是「貞節不渝」的標誌。因為夫君不在家，妻子不打扮、不修飾，可以避免招蜂引蝶之嫌。

另外〈王風·君子于役〉，也是一首夫君行役在外的思婦之辭：

> 君子于役，不知其期。曷至哉？
> 雞棲于塒，日之夕矣，牛羊下來。
> 君子于役，如之何勿思？／
> 君子于役，不日不月。曷其有佸？
> 雞棲于桀，日之夕矣，牛羊下括。
> 君子于役，苟無飢渴！

前一首詩強調的是，容貌的忽視，加上頭痛、心痛的難受，傳達閨中思婦的相思情意。此詩強調的，則是日常家居生活的細節與關懷。由於雞、羊、牛等家畜的出現，引起對夫君飢渴的掛慮，遂給予全詩一份日常生活氣息。但主題是一樣的，就是夫君(或情郎？)行役在外，自己獨守空閨，「教我如何不想他！」

《詩經》中大凡有關征戰之詩，表達的都是「厭戰」情懷。從來沒有以戰爭為榮、以殺敵為志者的歌詠。這些詩篇，都不是從朝廷或社稷立場看待戰爭，而是從個人立場，面對戰爭可能帶來的生離死別。即使寫於周室全盛時期之作，如〈采薇〉、〈出車〉等，詩人之悲哀愁怨，亦充滿字裡行間，強調的往往是憫生悼死之嘆，傷離怨別之情。基本上，中國沒有歌頌戰爭之詩，只有厭戰之詩。即使《楚辭·國殤》，也只是對戰死亡魂的追悼。在傳統中國文化裡，戰爭帶來的是生離死別的痛苦，不是榮耀與永恆。這在《詩經》中已可看出端倪。

此外值得注意的是，在征夫思婦之辭中，有關思婦懷想夫君或情郎之辭者較多，而征夫懷婦者則較少。思婦在征夫心目中，通常只是其懷鄉之情的一部分而已。這已經顯示中國詩人寫離情相思的特色，也是中國愛情詩的特色：亦即女方思念男方者居多，害相思病的，多半是女子，而思鄉的，則多半是男子。畢竟男主外，女主內，男兒奔波在外的機會較多，女兒只能在家居環境中等待夫君的歸來。其實思婦之辭流露的相思情意，與愛情婚姻之吟詠，往往有重疊之處。

七、愛情婚姻之吟詠

以男女愛情婚姻爲主題之詩，多集中在〈國風〉，是《詩經》中經常受稱道的部分，也是往往引起解讀分歧的作品。其中包括相思之苦，相遇之樂，幽會之歡，以及遺棄之哀。值得注意的是，訴說愛之情的主人公，屬於男性的並不少。但是，訴說有關婚姻失敗的經驗感受者，則主要以女子爲發言人。

試先看《詩經》第一首〈周南·關雎〉：

關關雎鳩，在河之洲。窈窕淑女，君子好逑。／

參差荇菜，左右流之。窈窕淑女，寤寐求之。

求之不得，寤寐思服。悠哉悠哉，輾轉反側。／

參差荇菜，左右采之。窈窕淑女，琴瑟友之。

參差荇菜，左右芼之。窈窕淑女，鐘鼓樂之。

根據〈毛詩序〉的解讀：

〈關雎〉，后妃之德也。〈風〉之始也。所以風天下而正夫婦也。故用之鄉人焉，用之邦國焉。

按，〈毛詩序〉出於漢儒之手，道德教化意味太濃，當今學界往往不取。但〈毛詩序〉也並非全無道理，此處所言，當指〈關雎〉之音樂曲調而言，〈關雎〉原是用於鄉禮或國宴所奏之樂。就如《論語·八佾》所云：

孔子曰：「〈關雎〉樂而不淫，哀而不傷。」

主要也是針對音樂而言，不過，用來評此詩之文意，也頗恰當。顯然

這是一首男求女的情歌。其各章發端起興句，如「關關雎鳩，在河之洲」，「參差荇菜，左右流之」，寫出雎鳩遠在河中洲上「關關」鳴叫，荇菜在水中蕩漾不定的狀況，引發一種求之不得之情。淑女不可徑取，愈發增濃了「君子」的悅慕之情，於是「寤寐思服」、「輾轉反側」，希望把淑女娶回來。此詩最後一章，或可有二解：(1)由相思到追求成功，有情人終成眷屬。琴瑟鐘鼓之樂，是婚禮上所奏。(2)男方繼續單相思，後面的婚禮，不過是求之不得的白日夢。

綜觀全詩三章，一章四句，寫愛情的發芽；二章八句，求之而不得，卻「哀而不傷」；三章八句，無論是最終得之為樂，或夢想中為樂，均「樂而不淫」。這種含蓄委婉，「發乎情，止乎禮義」，適可而止的愛情，頗符合周代重禮的社會要求，是儒家「溫柔敦厚」詩教的典範，也是以相思為主調的中國愛情詩之濫觴。過度的哀傷，瘋狂的追求，畢竟是違反禮教的。

再看〈邶風·靜女〉：

　　靜女其姝，俟我於城隅。愛而不見，搔首踟躕。／

　　靜女其孌，貽我彤管。彤管有煒，說懌女美。／

　　自牧歸荑，洵美且異。匪女為美，美人之貽。

是一首以男子口吻吟出的可愛小詩。寫男女相約幽會，女方未到之前，男方起伏不定的心理狀況，既真實，又天真有趣。亦是跨越時空，古今相同的愛情滋味和感受。另外〈陳風·月出〉也是一首男孩思念女孩的作品：

　　月出皎兮，佼人僚兮。舒窈糾兮，勞心悄兮。／

　　月出皓兮，佼人懰兮。舒懮受兮。勞心慅兮。／

　　月出照兮，佼人燎兮。舒夭紹兮，勞心慘兮。

愛情會帶來甜蜜，也往往會在甜蜜中揉雜著相思之苦。皎潔的月光，嬌美的容顏，在此詩中，已融為一體。可能是中國詩歌中最早的見月懷人的作品。

又如〈鄭風·野有蔓草〉：

> 野有蔓草，零露漙兮。有美一人，清揚婉兮。
>
> 邂逅相遇，適我願兮。／野有蔓草，零露瀼瀼。
>
> 有美一人，婉如清揚。邂逅相遇，與子偕臧。

自述一個春天早晨，一對男女在野外草坪上偶然相遇，爲對方那雙明亮又會說話傳情的眼睛迷住了，於是沉入愛河。原野的蔓草，草上的露水，很容易引發讀者對二人已經「逾越禮教」的聯想。不過，這畢竟是讀者的聯想，詩中並未明言。何況發話的主人公「我」，是男是女，尚難確定。因爲「美」有「善」的意思，「美人」一詞，在先秦時期是男女通用的。姑無論主人公的性別，這可算是「一見鍾情」愛情故事最早的版本之一。

另外〈鄭風‧溱洧〉則記述鄭國風俗「三月上巳」(農曆三月初三)暮春佳日，一個有宗教性的廟會，男女彼此相悅，相約同遊之情事：

> 溱與洧方渙渙兮，士與女方秉蘭兮。女曰：「觀乎？」士曰：
>
> 「既且。」「且往觀乎！洧之外洵訏且樂。」維士與女，伊其相
>
> 謔，贈之以勺藥。／溱與洧瀏其清矣，士與女殷其盈矣。女曰：
>
> 「觀乎？」士曰：「既且。」「且往觀乎！洧之外洵訏且樂。」
>
> 維士與女，伊其將謔，贈之以勺藥。

明顯的是以第三人稱口吻敘事，敘說一對男女，手執蘭草，相邀一起去參加上巳之日在溱與洧水邊舉行的宗教廟會活動。二人在河邊沐浴祓除不祥，說一些戲謔情話，分手時，則互贈勺藥，以表離情。詩中男女相邀同遊，自然大方，毫不忸怩作態。所述既有情節，亦有對話，已經點出漢魏樂府歌詩多以敘事爲主，且往往夾雜對話的發展方向。

值得注意的是，周代社會男女交往，其實並不像有的學者所強調的那樣自由開放。當然，在特別的節慶，或官方制定的特別場合，令男女匯集，大夥一齊調笑，是允許的[3]。但這並不表示，男女私下交往，完全沒有約制，沒有顧慮。〈鄭風‧將仲子〉可證：

---

3 據《周禮‧地官》「媒氏」條，朝廷設有媒官，「中(仲)春之日，令會男女，於是時也，奔者不禁。」(《十三經註疏》本)，卷十四，頁10a。

將仲子兮，無踰我里，無折我樹杞。豈敢愛之？
畏我父母。仲可懷也；父母之言，亦可畏也。／
將仲子兮，無踰我牆，無折我樹桑。豈敢愛之？
畏我諸兄。仲可懷也；諸兄之言，亦可畏也。／
將仲子兮，無踰我園，無折我樹檀。豈敢愛之？
畏人之多言。仲可懷也；人之多言，亦可畏也。

當今學界大多視爲，此詩女主人公乃因父母兄長反對，人言可畏，萬不得已，而拒絕男方的追求。此說亦通。惟詩中展示的，也可能是一個年輕女孩私下已經交往了男友，擔心父母兄長反對之辭。雖滿心想他、念他，卻又怕小伙子眞的來相會，若是不顧一切，走進村子，翻過圍牆，撞倒樹枝，跑進院子裡，讓父母兄長街坊鄰居發現，責怪起來，那就糟了。在後世文學作品中，「仲子」已成爲「情郎」的代稱。值得注意的是，父母兄長對女孩子擅自交男朋友的約束，甚至反對，已經出現了。換言之，「禮」的約束已出現在民間社會。當然，即使父母反對，因按捺不住，私下交往，偷偷戀愛的情形，古今相同。

《詩經》中的愛情詩，既包括相愛相聚之樂，也有離情相思之苦，其中最予人以美的感受之作，當屬〈秦風・蒹葭〉無疑：

蒹葭蒼蒼，白露爲霜。所謂伊人，在水一方。
溯洄從之，道阻且長。溯游從之，宛在水中央。／
蒹葭淒淒，白露未晞。所謂伊人，在水之湄。
溯洄從之，道阻且躋。溯游從之，宛在水中坻。／
蒹葭采采，白露未已。所謂伊人，在水之涘。
溯洄從之，道阻且右。溯游從之，宛在水中沚。

是一首抒發思慕追尋之情的詩。詩中「在水一方」的「伊人」，乃是思慕追尋的對象，不過，至於對象是男是女，則不能確定，也並不重要。全詩的主題，就是在一分思慕追尋的意趣中，流蕩著一份朦朧縹緲之美，溫柔纏綿之情，悠遠空靈之境。秋水伊人，可望卻不可即，引起的淒迷與惆悵，既甜美又傷感的情調，是《詩經》中的絕唱。詩中展現的情愛之

境，如夢似幻，是虛猶實，只能意會，無法確指，可以引發不同的聯想。詩中主人公所思慕追尋的，是情人？是知音？還是一種難以明說的朦朧理想？

愛情雖然甜美，令人著迷，但是人心非金石，愛情也會變質，尤其在結婚之後。《詩經》中有不少棄婦之辭，抒發被夫君或情郎遺棄之後的悲哀愁怨。其中最著名的有兩首，均為「敘事詩」。先看〈衛風・氓〉：

> 氓之蚩蚩，抱布貿絲。匪來貿絲，來即我謀。
> 送子涉淇，至于頓丘。匪我愆期，子無良媒。
> 將子無怒，秋以為期。／乘彼垝垣，以望復關。
> 不見復關，泣涕漣漣。既見復關，載笑載言。
> 爾卜爾筮，體無咎言。以爾車來，以我賄遷。／……

是一首棄婦自訴之辭，以悔恨的口吻和沮喪的心情，自述其戀愛、結婚，勤勞持家，夫君卻始愛終棄的經過。敘事中夾雜著抒情，且行文流暢，波瀾起伏。既埋怨夫君不是，又自傷己身不幸，同時悔恨當初跌入情網。更糟的是，被棄之後，回到娘家中，還受到自己兄弟的恥笑。女主人公深深為過去的癡情和輕信而後悔，同時也以自己的不幸結局為教訓，提醒其他女子，不要重蹈她的覆轍。其悔恨勸戒的語調，符合儒家的道德教化意識，歷來頗受稱頌。

另一首則是〈邶風・谷風〉：

> 習習谷風。以陰以雨。黽勉同心，不宜有怒。
> 采葑采菲，無以下體。德音莫違，及爾同死。／
> 行道遲遲，中心有違。不遠伊邇，薄送我畿。
> 誰謂荼苦，其甘如薺。宴爾新昏，如兄如弟。／……

同樣也屬棄婦自述之辭。原以為可以夫妻偕老，沒料到夫君變心，得新忘舊，恩斷情絕。可是女主人公卻情絲難斷，悲哀、埋怨中，還揉雜著不捨之思，纏綿之意。後世評論者，對詩中流露的溫柔敦厚，怨而不怒，讚不絕口。這也成為後世絕大多數棄婦詩的共同特色。大凡棄婦詩中的棄婦，都是一心一意、勤勞持家的模範婦女，而那個負心漢，都是二三其

德、見異思遷的薄倖郎。這類作品，從此成爲作者表彰婦德、爭取讀者同情而慣用的模式，以圖達到勸戒或諷諭的效果。通過棄婦之美德，來對比男子的薄情寡義，把婚姻悲劇、道德化了，不但是個人的悲劇，也是社會道德的問題。

《詩經》中這些吟詠愛情婚姻的作品，占有很大的分量，是周代詩歌之主流，可說是中國愛情詩的高峰期。兩漢樂府歌詩之後，詩歌開始文人化，除了少數的例外，如東漢秦嘉的〈贈婦詩〉、西晉潘岳的〈悼亡詩〉，表達了對妻子的情愛，其他文人作者，如果寫男女的綺情相思，多屬樂府古辭中遊子思婦之情之模擬，或效仿屈原於〈離騷〉中以男女之情比喻君臣之義。一般文人很少將自己的愛情經驗入詩。直到齊、梁時代、晚唐之際，愛情詩才在文人筆下稍稍恢復身價，但在中國詩歌發展的長流裡，也只是次要的、短暫的現象。

第三節　《詩經》之特色與傳統的開創

雖然《詩經》作品在漫長的五百年間，有其發展演變趨勢，作爲一部詩歌總集，經過文人樂官的整理、加工、潤色，仍展現出一些共同的特色。這些特色，從文學史的觀點，便具有傳統的開創意義。在許多方面，成爲後世詩歌的典範，可以看出中國詩歌的一些特質以及未來發展的方向。

一、頌美怨刺吟詠情懷

頌美怨刺是《詩經》中吟詠情懷的重點。不過，整體視之，頌美之詩少，怨刺之作多，歡愉之情少，憂傷哀怨之情多。這最初可能只是出於采詩者或編錄者的立場，卻已經爲未來的中國詩歌，點出以悲哀爲美的大致基調。雖然《詩經》爲後世詩歌開啓了抒情與敘事的傳統，但是，除了〈大雅〉中五首有關周民族的「史詩」，以及散見於〈頌〉、〈小雅〉，及〈國風〉中的一些個別篇章外，絕大部分作品，都是抒情詩，屬於個人吟詠情懷之作。即使那些可以稱得上「敘事」之作，如〈豳風·七月〉、

〈衛風‧氓〉等，也往往夾雜著抒情詩句(如〈七月〉)，或點染著濃郁的抒情意味(如〈氓〉)。周民族的史詩，雖屬敘事之篇，惟其目的在於記述史實，頌揚祖先，乃至於故事情節與人物形象未受重視。何況《詩經》中真正屬於敘事詩者並不多。由此可看出，從《詩經》開始，已顯示中國詩歌乃是以抒情爲主，不太重視敘事詩的傾向。

反觀與《詩經》大體屬同時代，如西元前10世紀左右古希臘的荷馬(Homer)史詩，〈伊利亞特〉(*Iliad*)及〈奧德賽〉(*Odyssey*)，兩部著名史詩，成爲西方詩的先驅，開創了史詩的傳統，也奠定了西方文學以敘事傳統爲主的發展。《詩經》則奠定了中國詩歌的抒情傳統，導致抒情詩成爲中國文學的主流。

二、人間世界現實生活

《詩經》中的詩篇，反映的主要是人間世界的現實生活經驗和感受，洋溢著濃厚的生活氣息與人間情味。除了極少數的例外(如〈生民〉)，其中沒有憑藉幻想虛構，或超越人間的神話世界，也沒有諸神和英雄的特異形象與經歷。展現的主要是有關現實人生的政治社會，包括祭祀燕饗、征戰行役、春耕秋收、家庭倫理或情愛婚姻的悲歡哀樂；在在體現出西周至春秋時期，重人事、求實際、講現實的理性精神。雖然周朝繼承殷商的天下，但是殷人敬鬼神，受巫術宗教影響很大，及至周朝，基本上已經推崇「禮樂」文化，乃至宗教漸漸脫離巫術迷信，進入倫理、政治的範疇，重視的是人間世界，現實生活中的倫理、政治。周人祭祀的，不是鬼神，而是人魂，亦即祖先神靈，是周朝的創始人、奠基者。以後的中國詩，乃至其他的文學樣式，諸如散文、小說、戲曲，主要也是從人間世界現實生活爲中心素材，流露的也是現實社會的生活氣息與人間情味。

三、政治色彩道德意識

周代重視禮樂文化，認爲音樂之美必須建立在符合禮儀的基礎上，以便發揮政治教化的功能。這自然會影響到詩歌歌辭的內涵情境。無論是先

祖德行功業的頌美，民族史跡的追述，君臣燕饗的樂歌，農事活動的記錄，政治社會的怨刺，征戰行役的哀嘆，都染上顯著的政治色彩、道德意味。即使愛情婚姻的吟詠，經過漢儒說詩的喧嚷，也往往令作品中彷彿具有「美刺」的宗旨。當然，《詩經》中的作品，最初也是因為有實用價值，才能輯集成書，流傳於世。儒家強調詩可以陶冶人性、潛移默化的功能，經過編輯者，以及文人樂官的加工整理潤色，成為「官方」文學，自然難免帶有政治道德色彩。加上漢代以後，這些詩篇已奉為「經」，成為五經之一，並認為《詩經》之創作，都具有「厚人倫、美教化、移風俗」之功能。後世的詩歌，乃至散文、小說、戲曲，也往往步其後塵，或是真的關懷政治教化，以政教倫理的傳播為使命，或者勉強屈服於傳統的要求，在作品中，附帶一些言不由衷的道德教訓。

四、感情基調溫柔敦厚

《詩經》中的抒情詩，無論是憫時傷亂，厭戰思歸，離情相思，無論是頌美，還是怨刺，感情基調都相當節制，看不到噴湧而出、一瀉無遺的激情。即使對政治社會的批判、埋怨、諷刺，往往也含蓄節制，適可而止。即使是《詩經》中最普遍的情緒——「憂」，無論源自家國的悲痛，或個人的哀傷，表現的也是一種「低回吟詠」的情調。加上儒家對《詩經》詩教功能的推崇：「溫柔敦厚，詩教也。」從此為後世詩歌譜出基調。

五、四言句式聯章複沓

《詩經》中的詩，是在不同時代，從不同地區收集來的樂歌，惟經過樂官的加工整理、修改潤色，方形成大體一致的體制。今天稱三百篇為「四言詩」，乃是一個籠統的概念，如〈周頌〉就不分章節，句子長短並不整齊，其他二〈雅〉與〈國風〉中，也偶爾雜有二至九言的句式。不過整體視之，四言仍可說是《詩經》的基本句式。四言句式標誌了詩歌語言對日常口語的突破，也說明語言的「詩化」過程，是一個形式化的過程。整齊劃一的四言句式，可以推想，演唱時，音樂旋律節奏，應該相當平和

穩重，甚至有點單調。漢代以後，五言「流調」興起，四言「正體」雖然斷斷續續一直有人在寫，甚至西晉時代還出現四言詩「中興」現象，但是在中國文學史的長流中，四言正體與五言流調相比，畢竟是日趨衰微不振，一般只有朝廷大典，或宗廟祭祀等隆重官方場合的樂歌，才沿襲四言句式的傳統。惟不容忽略的是，四言句式，雖由五、七言所取代，不過中國詩的詩句，一般要求字數大致相等，也可謂是《詩經》奠定的傳統。

除了四言的基本句式之外，《詩經》中也常用聯章複沓的形式，亦即重複幾章之間，意義和字面都只有少量改動，形成複沓迴環，一唱三嘆的效果。每章四句，複沓三章組成一篇詩，是〈國風〉中最基本的形式。這原來是民歌的特色，流露集體唱和的遺跡。四言詩衰微後，這種聯章複沓形式也隨之沒落。

《詩經》為後世詩歌開創的傳統，以及對後世詩人創作的影響，顯然並不限於主題內涵，或表面的軀殼體制，還有其為傳達情思意念而採用的修辭技巧。

六、賦比興的修辭傳統

〈毛詩序〉首先提出詩有「六義」說：

《詩》有六義焉：一曰風，二曰賦，三曰比，四曰興，五曰雅，
六曰頌。

按，「風雅頌」的含意，主要與音樂有關，前面已論及。至於「賦比興」三者，其實都是漢人眼中《詩三百》的修辭手法。關於賦、比、興的含意，歷來學者往往有不同的解釋、不同的體會。有時，一首詩運用的，到底是賦是比是興，甚至意見分歧。不過，大體而言，賦、比、興是指作品中三種主要的表現手法。

賦：就是陳述鋪敘，特點是直接敘述事物，直接抒發感情，猶如當今所謂的「白描」。整首詩用賦者，如〈周頌・清廟〉、〈酌〉，還有〈大雅〉中的民族史詩等。局部用賦者，則不勝枚舉，差不多每一首都有。如〈小雅・正月〉：

正月繁霜，我心憂傷。……不自我先，不自我後。

又如〈王風・黍離〉：

知我者謂我心憂，不知我者謂我何求！

均是不用比喻或象徵的直接敘述語句，這樣的表現手法，就是「賦」。

比：即是比喻，包括明喻和隱喻(暗喻)，如〈衛風・伯兮〉：

自伯之東，首如飛蓬。

明白說出首「如」飛蓬一般雜亂，以「飛蓬」喻「首」，即是明喻。另外〈魏風・碩鼠〉：

碩鼠碩鼠，無食我黍。……

通篇表面上寫碩鼠之可惡，實際上卻暗喻貪官。故而是隱喻。

興：是以自然景物作為詩的發端起興，引起感情的聯想，頗接近西方文學觀念的「意象」（imagery），尤其是具感發性的意象（evocative imagery）。《詩經》中，一般置於一首詩或一章詩的發端，如〈小雅・鹿鳴〉：

呦呦鹿鳴，食野之苹。

鹿群呼喚伴侶的呦呦鳴聲，可以引起殷勤邀請群臣赴宴之情，並為整首詩強調的，君王設宴、君臣和樂融洽相處的基調。又如〈王風・黍離〉：

彼黍離離，彼稷之苗。

離離下垂的黍子，隨著季節的推移而茁長的稷苗，與終年飄泊行役無止者的沉重心情相符合。

《詩經》中的發端興句，不單單具有主題的暗示、氣氛的營造、情緒的醞釀等文學功能，還往往兼有「比」的作用。因此在傳統論詩者中，常常引起爭論。如〈毛詩序〉或許指某詩發端句為「興也」。朱熹《詩集傳》有時不同意，則云：「比也！」其實賦比興三者，有時在一首詩中交互出現，很難截然劃分。直接陳述的「賦」，還算容易認定，「比」和「興」，往往混雜；因此，後世詩論者乾脆不分，就說「比興」如何如何。乃至「比興」一詞，就成為通過意象、象徵、比喻等修辭手法，來傳

達有關政治教化情思意念之通稱。詩中「比興」的運用，反映詩人避免直接抒情的傾向，可令詩歌之抒情顯得含蓄不露，委婉曲折，增添詩的言外之意，使之有韻味，令人回味不已。這是最受傳統詩論者所稱道者。而《詩經》中「比興」手法的大量運用，在詩歌史上是開創性的，從此「比興」成為中國詩人遵循沿襲、且不斷發展的基本表現手法。

七、解讀分歧詩無達詁

《詩經》所收錄者，原來都屬樂歌，惟音樂失傳之後，才把這些樂歌的歌辭當作書面的詩來閱讀。自漢代以來，無數學者以恢復《詩經》原貌，找出《詩經》原意為志業。不過，畢竟由於時代久遠，資料欠缺，《詩經》中之作品常常引起不同的解讀，即使排除漢儒以政教倫理說詩之影響，當今學界仍然有解讀分歧的現象。當然，作品歷時既久，經手亦多，又無作者主名，是令歷代讀者解讀分歧的主要原因。不過就《詩經》作品本身的表現，或許可以找出解讀這些詩篇所以會引起分歧的緣由：

首先，《詩經》中除了少數敘事作品之外，多屬抒情之章，而抒情詩所抒發的，主要是一份個人的情懷意念或心情感受，加上往往本事背景不明，詩中主人公的身分背景，亦缺乏具體事件的提供，自然容易引起解讀之分歧。

其次，主人公的人物形象模稜。即使當事人是從「我」的角度自述，有時，甚至主人公是男是女，均性別難斷。何況《詩經》中之作品，多非一人一時之作，原屬累集的集體創作。因此，沒有明確的個人語言，不聞獨特的個人聲音。抒發的情懷和心境，乃至傾向於一般化。

其三，大凡君臣、父子、夫婦、朋友諸人倫關係，均有相通之處。乃至詩人的悲哀愁怨，或忿恨懊惱之經驗感受，亦往往類似。有時，到底是逐臣之辭，棄婦之辭，朋友之辭，的確令人躊躇。加上《楚辭》中已開始以男女喻君臣、棄婦擬逐臣，何況又受漢儒說詩之影響，因此後世讀者也就習慣於把男女之情，解讀為君臣之義，導致以男女比君臣，逐漸成為文人遵行的創作傳統。

其四，字詞訓詁有異，造成解讀分歧。例如「君子」一詞，在《詩經》中，凡是「士」階層以上的貴族男子，皆可稱「君子」。因此，一首詩中的「君子」，到底是指夫君？或君王？或其他貴族？往往引起爭議，進而影響詩的解讀。

其五，慣用的套語，甚至詩句借用現象頻繁。相同或幾乎相同的詩句，往往互相借用，乃至出現在不同詩篇中，失去其獨特性，變得一般化起來，亦影響讀者的解讀。

其六，發端興句難解。詩中多用比興，不明說其旨，難免引起不同的解讀。

以上這些現象，往往造成《詩經》中的作品，均具有令讀者解讀之際各取所需的包容性。猶如崔述(1740-1816)《讀風偶識》所云：

縱作詩者不必果有此意，而讀此詩者自可以悟此理。

亦即董仲舒(前179-前104)所稱「詩無達詁」也。《詩經》中之詩篇，由作者之創作，賦予生命，復經讀者之解讀，獲得再生。解讀之分歧，證明其生命力之充沛旺盛。

小結：

《詩經》主要是北方中原文化系統中之產品，可說是一部周代的詩歌總集，攬括的時間，自西周初年到春秋中業，大約前11世紀至前6世紀，長達五百年左右。儘管時代久遠，經手亦多，個別作品的創作時間、作者的身世背景，均難以確指，惟整體而言，還是可以觀察出其間發展的大致方向，掌握其逐漸演變的整體趨勢。

《詩經》中的詩歌，主要由宗教儀式，進而成為宮廷娛樂，再進入社會生活，以及個人的經驗感受。換言之，《詩經》中的詩篇發展大勢是：

宗廟→宮廷→社會→個人

《詩經》詩人的關懷，也就是從社會的群體生活逐漸轉向個人的身心。這樣的發展演變趨勢，將會是中國文學史中各種文學類型屢見不鮮的狀況。

第四章
作家文學的開端——「楚辭」

第一節　緒説

一、何謂「楚辭」

　　「楚辭」原來是泛指楚國地區的歌辭，以後成爲專稱，則指戰國後期(前4世紀)出現於荊楚一帶(江漢流域)的一種新的詩體，主要以屈原(前340?-前277?)的創作爲代表，其次則是宋玉。「楚辭」之所以稱之爲「楚辭」，就作者而言，最初由於其代表作家屈原、宋玉均是楚人；就其表現的形式而言，「楚辭」具有濃厚的地方色彩。蓋楚辭作者主要是藉楚國的山川風物、草木鳥獸，敍述個人的經驗感受，乃至開創一種不同於北方《詩經》詩篇的獨特文體。漢代模仿楚辭體的作家，即使並非楚人，但在體式與情懷方面，或祖式屈、宋，乃至其作品也歸於「楚辭」之下，沿用其名。此外，又由於〈離騷〉是楚辭的代表作，故楚辭亦簡稱「騷」，或「楚騷」。

　　「楚辭」富於變化的句式，一開始就偏離《詩經》詩歌趨向整齊句式的大方向。這種長短不齊，具有散文傾向的騷體詩，遂成爲四言詩與樂府古詩之間的一種特殊類型。隨著以後的發展，楚辭的抒情性逐漸削弱，最終演變成一種以鋪敍描寫爲主，散韻兼備的新文體——賦。

　　「楚辭」作品的創作與流傳，曾因秦之滅楚而中斷。及至漢初，由於高祖、武帝、淮南王劉安，均好楚辭，經過一番收集，才重見天日。西漢成帝時(在位：前30-前7)，劉向(前77-前6)輯錄屈、宋諸作，加上後人的

模擬之作，包括劉向自己的〈九嘆〉，集爲一書，統題爲《楚辭》。東漢王逸(89?-158)繼而作《楚辭章句》，又將自己的〈九思〉收入。從此《楚辭》即作爲這一詩歌總集的書名流傳於世。不過歷代的《楚辭》一書，除了收錄的屈、宋之作外，內容上有很大的出入。惟王逸以其注屈賦之首功，後人還是習慣以王逸的章句版本爲《楚辭》的「正宗」本子。

楚辭這一文學類型，「奇蹟」般產生，自然有其孕育的因素背景。

二、楚辭形成之背景

後世論及楚辭，或認爲楚辭必然受《詩經》之影響，是「詩三百」的繼承者。其實不然，楚辭與《詩經》並無直接的繼承關係，而是另起爐灶，別創新體。有其獨特的形成背景，也有其獨特的體式風格。

(一)荊楚文化的孕育

中原文化主要是以典重質實爲基本精神，而荊楚文化則是以絢麗浪漫爲其主要的特徵。其實中原文化中，原來亦有不少巫教色彩，惟在西周以後已明顯消褪，可是南楚地區，直到戰國時期，據《漢書・地理志》，君臣上下仍然「信巫覡，重淫祀」，民間的巫風則更盛。惟值得注意的是，楚人祭祀鬼神，不只是爲了祈福消災，而且「其祀必作歌樂、鼓舞以樂諸神」。歌舞樂的表演，自然不單單是娛神，也達到娛人的效果。

此外，中原文化的音樂、舞蹈、詩歌，通常視爲「禮」的一部分，當作調節群體生活、表現倫理關係的媒介，強調的是「中正和平」、「溫柔敦厚」。而楚國的歌舞樂，無論娛神或娛人，都比較講究審美、愉情作用，而且重視人的情感的發洩；因此展示出比較顯著的個體意識，比較激烈動盪的情感，奇幻華麗的表現形式。再者，南方氣候溫和，謀生較易，政治組織、宗法制度不嚴密，個人受群體的壓抑較少，個體意識相應地也比較強烈。一直到漢代，楚人性格地桀驁不馴，仍然舉世聞名(《史記》、《漢書》)。這些對楚辭作品中激盪的情感表現不無影響。

(二)楚聲楚歌的滋養

《詩經》的〈周南〉、〈召南〉中，偶爾出現采自楚地的詩歌，惟所

用形式和後來典型的楚辭，並不一致。劉向的《說苑》收有一首著名的〈越人歌〉：

> 今夕何夕兮，搴舟中流？今日何日兮，得與王子同舟？蒙羞被好
> 兮，不訾詬恥；心幾煩而不絕兮，知得王子！山有木兮木有枝，
> 心悅君兮君不知！

據《說苑》，楚康王（在位：前559-前545）之弟，鄂君子晳駕舟出遊，舟者是越人（今廣東），抱槳而歌，鄂君子晳不懂越國土語，因此找人翻譯成楚歌形式。其參差不齊的句式，語氣詞「兮」字的運用，與楚辭相若。稍後數十年，又出現《孟子·離婁上》所引，相傳為孔子所聞之〈孺子歌〉：

> 滄浪之水清兮，可以濯我纓；滄浪之水濁兮，可以濯我足。

楚歌體式和中原詩歌顯然不同，並非整齊平穩的四言體，句式可長可短，而且句尾或句中，時常夾雜語氣詞「兮」字。再就是現在保存於《楚辭》集中的〈九歌〉。今傳〈九歌〉或許經過屈原的修改加工，但畢竟還保存了祭祀諸神時演唱的楚歌形式，其句式的變動，應該不會太大。

值得注意的是，楚辭雖然脫胎於楚地的歌謠，卻發生了重大的變化。亦即脫離了音樂，獨立出來，成為書面文學，而且篇幅大大加長了。漢人稱楚辭為「賦」，取義是：

> 不歌而誦謂之賦。（《漢書·藝文志》）

屈原的作品，除〈九歌〉之外，〈離騷〉、〈天問〉、〈招魂〉等，都是長篇巨制，顯然不適宜歌唱，不應該作歌曲來看待。據說楚辭需要一種特別的「楚聲」腔調來誦讀。可能類似古希臘史詩的「吟唱」形式。當然，「楚聲」早已失傳，漢宣帝（在位：前74-前49）時，能以楚聲誦讀楚辭者，已罕見了，所以才特地遠至九江徵召一個衰老的「被公」，到宮裡來吟誦楚辭（《漢書·王褒傳》）。

三、「楚辭」與屈原（前340?-前277?）

楚辭的出現，在文學史上是一件非常特異的現象。據《孟子·離婁》：

《詩》亡然後《春秋》作。

　　整個戰國時期乃是歷史與諸子散文的天下，獨有荊楚一隅，產生了具有濃厚抒情色彩的楚辭。楚辭可說是由屈原奠定基礎，也在屈原手中登峰造極。而後有宋玉、景差、唐勒幾位辭人，成就均不如屈原，作品亦罕有流傳。至秦滅楚，統一天下，楚辭的發展便告終止。後世的「騷體詩」、「騷體賦」，大都不脫模擬痕跡。因此，楚辭這一文學類型的興起、繁盛、衰敗，總共不過數十年間，而且幾乎由屈原一人獨立完成。楚辭和屈原是不可分的，沒有屈原的創作，便沒有楚辭。因此，論及楚辭，不能不論及屈原。

　　關於屈原的生平事跡，主要見於司馬遷(前145-前90?)《史記·屈原列傳》，儘管所記頗爲簡略，且時有交代不清之處，卻仍然是最早、最可靠的資料。屈原生卒年問題，歷來意見分歧，迄今尚無定論，目前比較通行的是：前340?-前277?，據《史記·屈原列傳》，屈原名平，生當楚懷王與頃襄王時代，出身貴族，與楚懷王同姓，屬「宗臣」，嘗任「三閭大夫」。據王逸注，三閭職掌王族三姓：昭、屈、景之宗族事務，並負責督導楚王室貴族子弟的教育，爲楚王朝培育人才。又任楚懷王「左徒」，是君王近臣，最初頗得楚懷王的寵信，「入則與王圖議國事，以出號令；出則接遇賓客，應對諸侯。王甚任之」。惟同朝的上官大夫與之爭寵，在懷王面前進讒言，懷王「怒而疏屈平」。屈原被疏後，「疾王聽之不聰也，讒諂之蔽明也，邪曲之害公也，方正之不容也，故憂愁幽思而作〈離騷〉」。此後懷王受張儀矇騙，和齊國斷交，爰及得知中了反間計，又怒而兩次伐秦，均遭慘敗。繼而又聽信小兒子子蘭的建議，親自到秦國去會談，結果囚秦而死。之後頃襄王即位，其弟子蘭又令上官大夫在頃襄王面前進讒言詆毀屈原，頃襄王又「怒而遷之」，把屈原貶謫到江南。屈原「雖流放，睠顧楚國，繫心懷王，不忘欲反。冀幸君之一悟，俗之一改也。其存君興國，而欲反覆之，一篇之中，三致意焉。然終無可奈何，故不可以反」。這時楚國已是內無賢臣，外無良將，國勢危殆。西元前278年，秦將白起攻破郢都，燒毀楚先王的墓陵。屈原眼見祖國淪亡，悲憤傷

痛之餘，懷石自沉汨羅江而死。傳說是農曆五月初五日。

　　屈原悲劇性的一生，在司馬遷充滿同情悲憫的筆下，從此成爲人臣「信而見疑，忠而被謗」懷才不遇者的典範，是後世的遷客逐臣緬懷、認同的對象。在文學史上，屈原是「騷體」文學的創始者，個人創作的第一人，作家文學的開端者。其長篇自敘的政治抒情詩〈離騷〉，以一單篇作品，地位之崇高，影響之深遠，在文學史上是絕無僅有的。

第二節　《楚辭》主要作品概覽

　　據《漢書・藝文志》著錄，屈原有作品二十五篇，然未列篇名。東漢王逸《楚辭章句》標明屈原之作也是二十五篇，不過後世論者對這些作品真僞問題，眾說紛紜。目前比較一致的看法是：〈離騷〉、〈天問〉是屈原所作，已屬共識。〈九章〉(九篇)雖雜有後人擬作之嫌，基本上仍視爲屈原之作。〈招魂〉雖還有異議，大多還是遵循《史記》，當成屈原作品。〈九歌〉(十一篇)則是屈原在宗教祭歌基礎上的加工潤色改造。

　　《楚辭》中這些作品，形式不同，長短不一，且主題各異。惟作爲一種「文類」，其共同特色是：首先，皆與荊楚文化密切相關；其次，和楚歌的形式有類似之處；再者，與屈原之生平遭遇、經驗感受彷彿相連。另外一點值得注意的是《楚辭》作品的標題，如〈離騷〉、〈天問〉、〈涉江〉、〈哀郢〉、〈懷沙〉、〈招魂〉等，已不再像《詩經》作品那樣，取首句中辭語爲題，而是與作品主題內涵密切相關，透露出有意識的創作痕跡，這是文學史上一大進步。

一、〈九歌〉──祭神歌舞劇的加工潤色

　　〈九歌〉是一套祭神的樂歌，這已是學界的共識。就其內容，顯然是由巫師表演，由巫覡扮演祭祀的神靈(假托有神靈附身)，又有群巫載歌載舞，以便達到迎神、送神、頌神、娛神的作用。但是，〈九歌〉辭章之優美，抒情寫景之細膩，已表現出濃厚的文學意味。王國維《宋元戲曲史》

甚至認爲〈九歌〉已包含「後世戲劇之萌芽」。

(一)名稱來源與寫作年代

「九歌」原是古歌舞曲的名稱。「九」並非實指，乃表示由很多樂章組成之意。這種由很多樂章組成的祭神歌舞曲，早在楚辭登上詩壇之前，已流傳於沅湘之間。據王逸注，〈九歌〉是屈原在祭神歌舞曲辭的基礎上，加工改編而成的作品。關於屈原改寫〈九歌〉的年代，大體有早期和晚期二說。一說認爲，從內容視之，〈九歌〉源自民間宗教祭歌，經修改之後，作爲民間祭祀之用。其寫作，當有一段收集、整理過程，或非一時一地之作。但最後寫定，應是屈原晚年放逐江南，流浪沅湘之時。另一說認爲，〈九歌〉雖屬民間宗教祭歌，經加工潤色整理之後，可能曾用於楚宮之宗教祭祀活動，爲宮廷祭典的樂神之歌。或作於屈原任楚國三閭大夫期間(約楚懷王五至十年，亦即前324-前319)，大約二十九至三十四歲左右。二說之寫作年代雖不同，惟共同點是，〈九歌〉乃是祭祀活動中演唱之用。

(二)篇章體制與所祀諸神

〈九歌〉的演唱實際情況，已難以確知。不過學界目前的共識是，〈九歌〉原是楚國的巫歌，是巫師執行祭祀職務時所唱的歌辭，而且載歌載舞，同時還扮演神鬼演唱。其中有巫師對神靈的讚美，巫師和神靈的對話，也有神靈與神靈的對話。這些以歌舞演唱的巫覡，可說是最早的職業演員。這樣的祭祀場面，本身就具有賞心悅目的娛樂效果。

蓋〈九歌〉共十一篇，除〈禮魂〉爲終禮送神之曲外，其餘每篇均各有其祭祀對象。就其內涵，或可大略分爲兩組：

1. 祀天神者五篇

其中〈東皇太一〉祭祀最尊貴的天帝；〈雲中君〉祭雲神(一說月神)；〈大司命〉與〈少司命〉乃祭司命之神，惟前者掌壽夭，後者掌子嗣；〈東君〉則是祭日神者。

2. 祀地祇、人鬼者五篇

祭祀地祇者，有〈湘君〉與〈湘夫人〉，均爲湘水之神；〈河伯〉是

河神；〈山鬼〉是山神。祭祀人鬼者，則是〈國殤〉，乃爲國陣亡之戰士。

(三)主題情調與香草花木

屈原改編〈九歌〉歌辭的動機，已不得而知。不過，從〈九歌〉本文視之，其中並無巫術咒語，即使祈福的禱辭，亦不明顯。反而是娛神的歌舞場景，濃濃的抒情意味，成爲筆墨重點。這正是〈九歌〉是詩，而不是巫歌的原因。同樣是宗教性的祭祀樂歌，如《詩經·頌》中的作品，都是莊重肅穆的，顯得板滯無趣，而且神靈往往高高在上，與祭祀者相隔遙遠；〈九歌〉則不同，其祭祀場面活潑生動，神靈由巫師扮演，並有群巫伴隨或歌或舞，在敬神娛神之際，亦產生娛人的效果。神靈人格化了，賦予人的性格與情感，反映荊楚宗教文化中人神共處的特點。尤其顯著的是，〈九歌〉中展現的主題，流露的情調，細緻的描繪，不但是〈離騷〉的濫觴，同時也點出騷體詩抒情及描寫藝術的發展方向。

1. 離情相思的纏綿

〈九歌〉雖是祀神樂歌，但除了〈東皇太一〉、〈東君〉、〈國殤〉之外，其他都以離情相思爲主調，或是神靈之間的戀歌，或是巫覡與神靈之間的依依離情。不論相思或離情，往往都含有相會無緣或相聚恨短的惆悵淒哀，流露出人間情懷的纏綿與無奈。如〈湘君〉與〈湘夫人〉的愛情，〈河伯〉與情人的愛情，〈山鬼〉對情郎的相思。還有〈雲中君〉、〈大司命〉、〈少司命〉中巫覡祈求神靈降臨時的唱辭，宛如對情人的企盼，神靈匆匆離去時，又如何不捨……。予人的整體印象是，不但神與神之間，甚至神與人(巫覡)之間，彷彿都會產生戀情，都在追求愛情，而最後總是好景不常，留下追求無望的淒哀與孤寂。

試看〈湘君〉：

> 君不行兮夷猶，蹇誰留兮中洲！美要眇兮宜脩，沛吾乘兮桂舟。令沅、湘兮無波，使江水兮安流。望夫君兮未來，吹參差兮誰思！駕飛龍兮北征，邅吾道兮洞庭。薜荔柏兮蕙綢，蓀橈兮蘭旌。望涔陽兮極浦，橫大江兮揚靈。揚靈兮未極，女嬋媛兮爲余太息。橫流涕兮潺湲，隱思君兮陫側。桂櫂兮蘭枻，斲冰兮積

雪。采薜荔兮水中，搴芙蓉兮木末。心不同兮媒勞，恩不甚兮輕
絕。石瀨兮淺淺，飛龍兮翩翩。交不忠兮怨長，期不信兮告予以
不閒！朝騁騖兮江皋，夕弭節兮北渚。鳥次兮屋上，水周兮堂
下。捐余玦兮江中，遺余佩兮醴浦；采芳洲兮杜若，將以遺兮下
女。時不可兮再得，聊逍遙兮容與。

當是祭祀湘水之神的樂歌，由扮演女神湘夫人的女巫演唱，與另一篇
〈湘夫人〉可能是一對配偶之神。〈湘君〉以湘夫人(女神)的口吻訴說，
等待湘君(男神)不至，而感到怨慕悲傷(有舊說或謂湘君即舜，湘夫人即
舜之二妃)。整首詩抒發的是一份愛而不見、思而不遇的挫折與悲哀。同
樣的，〈湘夫人〉：

帝子降兮北渚，目眇眇兮愁予。嫋嫋兮秋風，洞庭波兮木葉
下。……

相傳舜妃爲帝堯之女，故稱「帝子」。屬祭祀湘水女神之辭，由扮演
湘君之覡(男巫)演唱，以湘君思念湘夫人的語氣，極寫望之不見、遇之無
因的凄哀心情。

再如〈少司命〉：

秋蘭兮青青，綠葉兮紫莖。滿堂兮美人，忽獨與余兮目成。入不
言兮出不辭，乘回風兮載雲旗。悲莫悲兮生別離，樂莫樂兮新相
知。……

少司命乃是掌管人的子嗣之女神，由主祭的男巫演唱。詩中歌出巫師
對少司命相知相愛的企盼，以及匆匆相遇又匆匆離別的悲哀。

值得注意的是，〈九歌〉中歌詠之纏綿的離情相思，其中含蘊的失
望、挫折、凄哀、無奈諸情緒，會再度出現在屈原的〈離騷〉裡。

2. 時光流逝的無奈

在《詩經》中已經表現了對於時光流轉的意識。如〈唐風·蟋蟀〉：

今我不樂，日月其除。

但這只是一種惜取光陰、及時行樂觀念的表露，並沒有像《楚辭》中
那樣對時光流逝感到深切的惋惜、焦慮、悲哀。這在宗教祭祀的〈九歌〉

中已見端倪。如上舉〈湘君〉最後一段：

> 朝騁騖兮江皋，夕弭節兮北渚。鳥次兮屋上，水周兮堂下。捐余
> 玦兮江中，遺余佩兮醴浦；采芳洲兮杜若，將以遺兮下女。時不
> 可兮再得，聊逍遙兮容與。

上句說到早晨，下句已是黃昏了。在朝夕時光的流轉中，女巫(扮演湘夫人)迫不及待地奔波於水涯和洲渚上，企圖尋找湘君的蹤影。但是湘君始終沒有出現，江面的景象是一片淒寂。一隻鳥靜靜的佇立在祭堂上，江水無聲地流著，而追尋湘君的時光，卻一去不返，思念埋怨都沒有用了，女巫在徬徨失意之餘，只得想法自我排遣：「時不可兮再得，聊逍遙兮容與。」

又如〈大司命〉：

> 折疏麻兮瑤華，將以遺兮離居。老冄冄兮既極，不寢近兮愈疏。

此乃女巫祈求主掌生命(壽夭)之神大司命的唱辭。意指將香草繩麻和瑤華摘下來，送給即將離去的大司命，且自嘆年華老去，若不能及時與之親近，以後就愈來愈疏遠了。再看〈山鬼〉中女神出場，來到約會地點，自唱之辭：

> 表獨立兮山之上，雲容容兮而在下。杳冥冥兮羌晝晦，東風飄兮
> 神靈雨。留靈修兮憺忘歸，歲既晏兮孰華予。

寫山中女神赴約，情郎卻始終未現，淒哀孤寂中，湧起一份被遺棄的感覺，無望的等待中，引發美人遲暮之悲。

這種時光流逝的無奈感，在〈九歌〉中俯拾皆是，連日神「東君」，對自己的徘徊流轉，也會長長嘆息，試看〈東君〉：

> 暾將出兮東方，照吾檻兮扶桑。撫余馬兮安驅。夜皎皎兮既明。
> 駕龍輈兮乘雷，載雲旗兮委蛇。長太息兮將上，心低佪兮顧懷。
> 羌聲色兮娛人，觀者憺兮忘歸。

或屬巫覡扮演日神的唱辭。日神眷戀人間的歡樂，眼見群巫祭祀，載歌載舞，祭壇聲色迷人，觀眾看得憺然忘返，就連日神自己也依戀不捨，不想任時光流逝。

上舉對時光流逝的焦慮和無奈，也處處浮現在〈離騷〉中。當然，這樣敏銳的時光意識，非常個人的感受，在《詩經》作品展示農業社會的群體活動中，是較難出現的。

3. 傷感情調的徘徊

〈九歌〉雖是娛神娛人的歌舞祭辭，卻總是流蕩著一份徘徊不去的傷感情調，這份傷感情調，實與巫祀的傳統有一定程度的關係。當然，這種以「悲」為美的巫歌，與有節制的「哀而不傷」的〈國風〉，有所不同。蓋〈國風〉的悲哀愁怨，大多表現為一種感情的直接流露，〈九歌〉則表現為一種瀰漫著對生命失望、追尋受挫的傷感情調和氣氛。祭神的巫覡，焦慮地期待神靈現身，又目睹神靈彷彿已駕臨卻又匆匆離去，對神靈變幻莫測的態度，除了感到哀傷與無奈，同時也有一種被疏遠、被遺棄的焦慮，以及追求誠信、嚮往情愛的挫折與失望。彷彿是一個心誠志潔的人格，總是遭受失戀的痛苦，面臨遲暮的焦慮，經歷被遺棄的悲哀。這些都會再度出現在屈原的抒情長詩〈離騷〉裡，也將是以後心懷君王社稷的人臣，抒發懷才不遇作品的主調。

4. 香草花木的描繪

〈九歌〉中處處可見各類香草花木的名稱，充分展現對於「美」的體會與喜悅。這些芳香美麗的植物，或描繪為神靈降臨之處的點綴裝飾，如〈湘夫人〉中的祭壇：

> 築室兮水中，葺之兮荷蓋。蓀壁兮紫壇，采芳椒兮成堂。桂棟兮蘭橑，辛夷楣兮藥房。罔薜荔兮為帷，擗蕙櫋兮既張。白玉兮為鎮，疏石蘭兮為芳。芷葺兮荷屋，繚之兮杜衡。

整個祭壇都是以香草花木點綴而成。以祭壇如何芳香美麗，作為歌頌的重點，目的是，盼望神靈能夠受美麗場面的吸引而降臨。又如〈少司命〉首四句展現的神堂景物之美：

> 秋蘭兮蘼蕪，羅生兮堂下。綠葉兮素華，芳菲菲兮襲予。

巫覡歌頌秋蘭蘼蕪生滿堂下，綠葉白花香氣襲人，為的是渴望神靈為美麗的祭壇所吸引，應邀出現。這樣的詩句，當然亦明顯流露一份對美景

當前的感動。

　　此外，香草花木亦可作爲身上的裝飾。有的神靈就喜歡用香草花木來裝飾自己的身體。如少司命的裝束是「荷衣兮蕙帶」，山鬼的打扮是「被薜荔兮帶女羅」，以此強調神靈愛美、好修飾的性格。爲了取悅喜愛香草的神靈，祭神者亦往往用香草來裝飾自己，以芬芳美麗的身體，強調自己的芳香純潔，以求與神靈的認同。試看〈東皇太一〉中日神所見：

　　　　靈偃蹇兮姣服，芳菲菲兮滿堂。

　　形容群巫舞姿綽約，服飾美麗，滿屋都瀰漫著芬芳。又如〈雲中君〉所見：

　　　　浴蘭湯兮沐芳，華采衣兮若英。

　　女巫在灑滿芳香蘭草的水中沐浴，又以繽紛的花朵作爲衣飾，以取悅神靈。既然神靈與巫覡都喜愛香草花木，於是採集香草，或贈送香草，便成爲表示人神交接的神祕經驗之慣用語。試看：

　　　　采芳洲兮杜若，將以遺兮下女。（〈湘君〉）

　　　　折疏麻兮瑤華，將以遺兮離居。（〈大司命〉）

　　　　被石蘭兮帶杜衡，折芳馨兮遺所思。（〈山鬼〉）

　　〈九歌〉中的香草花木，增添了詩情畫意，引發了美的感動，同時也淨化了巫歌原有的巫術成分，成爲純潔和癡情的象徵。

二、〈離騷〉──第一篇自敘長篇抒情詩

　　〈離騷〉是中國文學史上第一篇由詩人自覺的創作，個人獨立完成的自敘長篇抒情詩，也是文學史上篇幅最宏偉的抒情詩。全篇三百七十二句（另有兩句衍文），凡兩千四百九十字（據游國恩）。當今學界均公認〈離騷〉是屈原的代表作，也是楚辭的代表。歷代評論者在推崇〈離騷〉之餘，往往將〈騷〉與〈詩〉（或〈風〉）並稱，「詩騷」或「風騷」一詞，遂成爲中國文學傳統的最高標準，甚至成爲文學造詣、文化素養的代稱。

(一)題意與寫作年代

　　關於〈離騷〉題意的解釋，歷來頗多異說，當今學界大致認爲，可能

還是以司馬遷、班固的解釋最合古意。試看：

司馬遷(前145-前90?)《史記·屈原列傳》云：

> 離騷者，猶離憂也。

班固(32-92)〈離騷贊序〉之訓釋更爲明確：

> 離，猶遭也。騷，憂也。明己遭憂作辭也。

關於〈離騷〉的寫作年代，司馬遷於〈屈原列傳〉云：「(懷)王怒而疏屈平。」之後又於〈報任安書〉謂：「屈原放逐，乃賦離騷。」前後說法並不一致，遂引起後世的疑惑與爭論。歷來對〈離騷〉寫作年代主要有二說：或作於懷王時代，遭讒見疏期間；或寫於頃襄王時代，亦即放逐江南期間。目前學界較一致的看法是，作於被疏之後，亦即詩人將老未老之際，楚國將敗未敗之時。換言之，即楚懷王入秦、頃襄王嗣立之際。

(二) 內涵與結構組織

〈離騷〉主要是屈原自述其個人在政治生涯、人生道路上的努力、挫折與憂傷。其中交織著，對楚國政治黑暗的憂憤，對楚王的忠誠和留戀，乃至在悲哀愁怨中不忍離去的複雜情懷。全詩內容繁富，規模宏偉，而且重疊反覆，一唱三嘆，甚至抒情主人公的角色，忽男忽女，隨時改變，令讀者迷惑難解。即使經過歷代注疏家的努力，甚至每個字，每句話的意思均解釋出，但整首詩到底說了些什麼，還未必能完全弄清楚。或許弄清全詩的脈絡層次與結構組織，是讀通〈離騷〉最關鍵的一步。但是歷代讀者對〈離騷〉段落層次的說法，就有數十種之多。目前姑且在前人研究的基礎上，斟酌考慮，將〈離騷〉由序曲到尾聲，共分五個段落，以覽其內涵之大概：

1. 序曲：自述身世懷抱

> 帝高陽之苗裔兮，朕皇考曰伯庸。……乘騏驥以馳騁兮，來吾道
> 夫先路。

首先樹立自己高貴不凡的形象：與楚王同宗，家世高貴，生辰吉祥，名字嘉美；且才德出眾，既有內美，又修身養德；唯恐虛度年華，功業無成，故朝夕勤奮，期能及時奉獻，輔佐君王。繼而追述其政治生涯。

2. 努力與挫敗：致君堯舜的理想破滅

　　或可分為四個小段，自述經驗感受，並明心志：

(1)讒佞當道，君王昏昧

　　　　昔三后之純粹兮，固眾芳之所在。……余既不難夫離別兮，傷靈
　　　　修之數化。

　　標舉堯舜之耿介，作為楷模，並對比桀紂之猖披，提出警告。可惜讒
佞當道，我之忠誠不二，楚王卻不察，乃至信而見疑，忠而被謗。

(2)培養人才，勵精圖治；人才變質，賢者變惡

　　　　余既滋蘭之九畹兮，又樹蕙之百畝。……雖不周於今之人兮，願
　　　　依彭咸之遺則。

　　強調自己雖盡心盡力為楚國培植人才，勵精圖治，惟人才變質，群小
囂張，賢者變惡；唯有我執善獨行，不同流合汙。

(3)群小排擠，矢志不屈：挫敗後的心情

　　　　長太息以掩涕兮，哀民生之多艱。……伏清白以死直兮，固前聖
　　　　之所厚。

　　人生固然多艱，自己修身潔行，「雖九死其猶未悔」，可惜靈修浩
蕩，不察我心。即使「眾女嫉余之蛾眉兮」，造謠誣衊，我亦不會與惡劣
的環境妥協。

(4)重複前意，絕不妥協，考慮遠離政治，獨善其身

　　　　悔相道之不察兮，延佇乎吾將反。……雖解體吾猶未變兮，豈余
　　　　心之可懲。

　　此處已流露出打算退出政壇、獨善其身之意願。不過，下文卻又宕開
筆墨，另闢蹊徑，表露一份鍥而不捨，追求理想的精神。

3. 追求與幻滅：叩閽見拒，求女不成，周遊歷覽

(1)聽女嬃規勸

　　　　女嬃之嬋媛兮，申申其詈予。……世並舉而好朋兮，夫何煢獨而
　　　　不予聽。

　　乃是設想女嬃(姊姊？侍女？)出言規勸，開導自己。蓋因舉世好朋，

我這孤高好修者，當然無人了解。繼而又向重華(舜帝)陳詞：

(2)向重華陳詞

> 依前聖以節中兮，喟平心而歷茲。……攬茹蕙以掩涕兮，霑余襟
> 之浪浪。

列舉歷史上亡國之主與聖賢之君，說明得道則興、失道則亡之理，並哀嘆自己生不逢時。但是，他仍然不肯放棄，於是上天下地，繼續追尋：

(3)上下求索：叩閽見拒，求女無成

> 朝吾將濟於白水兮，登閬風而緤馬。……懷朕情而不發兮，余焉
> 能忍與此終古。

上下求索，為的是追求理想明君。首先，叩閽見拒，欲見天帝而不得。表示不見容於君王。繼而是求女無成(求宓妃、簡狄二姚)。蓋因閨中邃遠，哲王不寤，宓妃信美卻無禮，簡狄又無適當的媒人。換言之，自己既不見容於君，又不獲知於世。既然舉世無知音者，於是，求助於靈氛之占卜，遂引發不如去國遠遊、往觀四方之意。

(4)卜決：遠逝與戀鄉

> 索藑茅以筳篿兮，命靈氛為余占之。……僕夫悲余馬懷兮，蜷局
> 顧而不行。

經靈氛占卜，指出楚國黨人不辨賢愚，勸其去國遠逝。可是，卻又「心猶豫而狐疑」。繼而巫咸降神，舉前世之事為例，勸其乘年歲未衰，不如去國遠遊，或許還可遇到明主賢君。經過一番考慮，既然楚國不可留，決定取靈氛之勸，遠逝自疏。於是，駕飛龍乘瑤車，浩浩蕩蕩，如帝王出巡，卻「忽臨睨夫舊鄉」，看見故國郢都，乃至悲傷不已。連僕人、馬匹都舉步不前，他又如何忍心離去。

(5)尾聲：從彭咸所居

> 亂曰：已矣哉！國無人莫我知兮，又何懷乎故都？既莫足與為美
> 政兮，吾將從彭咸之所居。

最後於「亂曰」中，直陳本意。既然舉世滔滔，無一知我者，何必懷念故都？既然世無足以與我共同為理想美政而效力者，姑且「從彭咸之所

居」。[1]

(三)特色與傳統開創

1. 抒情主人自我形象的塑造

　　〈詩經〉中亦不乏優美動人之章，惟歷時既久，經手亦多，基本上是集體創作。屈原則是文學史上第一位自覺地從事文學創作的個人作家。其自敘抒情長詩〈離騷〉，已經展現個體意識的自覺，因此流露鮮明的人格特徵。全文主要是以自我為模型，通過個人一己的理想、遭遇、憂患、痛苦、激情，塑造成一個光彩照人的抒情主人公的高大形象。其以第一人稱，強烈的自我意識，自述世系、出身、品德、抱負，描述其政治生涯，人生道路上的經驗感受。儘管屈原始終繫心楚王，關懷楚國，尚未能完全擺脫君臣之間的群體意識，卻在忠君愛國的道德前提之下，保持獨立的人格，埋怨君王不寤，指摘奸佞當道，表達其強烈的愛與憎，流露其絕對的自尊與固執，為抒情主人公打上鮮明的人格烙印，標誌著中國文學創作的一個新時代。

2. 懷才不遇遷客逐臣的宣洩

　　〈離騷〉顯然是一首政治抒情詩，抒發的主要是屈原在政治生涯中的經驗感受。〈離騷〉大致作於見疏於懷王、遭讒受貶於頃襄王期間，換言之，此時屈原是以遷客逐臣之身抒發情懷。強調的是，身為楚國宗臣，卻信而見疑，忠而被謗，以及遭讒見疏被逐之後，仍然眷顧楚國，繫心懷王之憂憤。其中或悲命運不濟，忠而受讒；或怨君王失察，奸賢不辨；或嘆世渾濁不分，變白為黑，倒上為下。而遷客逐臣在心煩慮亂、踟躕徬徨中，難免有賢君不可得之悲，孤寂之感，漸老之嘆。可說都是有志不獲騁、理想落空之後的宣洩。這些或可歸納為賢人失志、懷才不遇之悲情，

1　屈原最後自沉汨羅江，當屬可信，惟〈離騷〉中，是否已吐露自沉之意，則有不同的看法。據林庚，〈彭咸是誰〉，〈離騷〉所云：「吾將從彭咸之所居。」以及〈九章·悲回風〉所云：「托彭咸之所居。」乃是隱遁之辭，並非自沉之意。收入林著《詩人屈原及其作品研究》(上海：棠棣出版社，1953)，頁63-73。之前，聞一多即認為「彭咸之所居」，非自沉之辭，當指下文「高巖之峭岸」。見聞著《楚辭校補》，收入《聞一多全集》(上海：開明書店，1948)，冊二，頁436。

從此為後世遷客逐臣，懷才不遇者之心聲，立下文學典範。其後漢代辭賦作家悲士不遇之作，魏晉南朝，乃至唐宋以後詩人，因仕途受挫而抒發之遷謫情懷，即相因相承。亦是中國文學中，縈繞不去的主題。

3. 香草美人君臣男女的寄託

〈離騷〉中有關香草花木的大量鋪寫描繪，主要是源自巫覡的宗教祭祀，如前面論及之〈九歌〉可證。但〈九歌〉中採集香花，佩戴香草，始終與祭神的儀式有關。其用意不過是企圖通過香草花木芬芳美麗的「魔力」，吸引神靈，召喚神靈降臨。屈原〈離騷〉中的香草花木，不再是宗教儀式的一部分，不再是發揮「魔力」的媒介，而是詩人有意識的運用，有意作為文學的比喻。諸如：

(1)採集香草喻及時修德：

朝搴阰之木蘭兮，夕攬洲之宿莽。

(2)佩戴香草喻品德貞潔：

扈江離與辟芷兮，紉秋蘭以為佩。攬木根以結茝兮，貫薜荔之落葉。……非世俗之所服。

製芰荷以為衣兮，集芙蓉以為裳。

(3)種植香草喻培植或延攬人才：

余既滋蘭之九畹兮，又樹蕙之百畝。畦留夷與揭車兮，雜杜衡與芳芷。

(4)服食香草喻修養人格之高潔：

朝飲木蘭之墜露兮，夕餐秋菊之落英。

折瓊枝以為羞兮，精瓊爢以為粻。

〈離騷〉中的香草花木，以其原有的芳香潔淨的自然品質，作為內美的外現，獲得一份美感，以及其中具有象徵的道德含意，在中國古典詩詞中，直接成為品德高尚的「君子」之化身。其幽香，象徵君子的人格，其枯萎，則象徵君子的寂寞。從此，香草始終與屈原的名字聯繫在一起，也是君子的化身。

此外，以「美人」為喻之處，亦不少。按，「美人」一詞在先秦並不

特指漂亮的女性，也可指有道德修養之士。換言之，「美人」可代表聖王、賢臣或善者。屈原於〈離騷〉中，有時以「美人」自居：

> 惟草木之零落兮，恐美人之遲暮。

此處美人當是喻「君子」，並強調青春年華之可貴，對草木衰落，時光流逝的嘆息，總是和恐懼衰老，擔心功業無成，乃至理想難以實現的緊迫感，聯繫在一起。惟有時美人也象徵理想的賢君，或知音者。按，〈離騷〉中描述三次「求女」的行為，即比喻對理想人物的追尋。不過，有時對疏遠他的君王，排擠他的黨人表示不滿，於是變換角色，從一個「求女」（求婚者）的男子，轉變為一個因遭嫉而失寵的女子：

> 眾女嫉余之娥眉兮，謠諑謂余以善淫。

進而用癡心女子責備情郎的口吻，埋怨楚王二三其德：

> 初既與余成言兮，後悔遁而有他；余既不難夫離別兮，傷靈修之
> 數化。

這種模仿失寵遭棄女子口吻，發洩政治際遇的牢騷，從此開創了中國文學中，以男女喻君臣，以棄婦擬逐臣的傳統。在男女之情的表層下，寄寓著為人臣者懷才不遇的「政治失戀」。

4. 上下求索追尋母題的濫觴

屈原〈離騷〉在失意受挫之餘，上下求索理想的「追尋」母題，其實源自巫術宗教儀式中，巫覡對神靈的追求，或神靈與神靈之間的追求。如〈九歌・湘君〉中，女巫扮演湘夫人「望夫君兮未來」，於是決定駕飛龍去尋找：

> 駕飛龍兮北征，遭吾道兮洞庭。……

結果神靈始終沒有出現，女巫只得丟些禮物到湘水中，寄望湘君的女侍或傳信者通報一下，猶如如登門拜訪，主人不在，只好留下名片，悵然而去。

值得注意的是，屈原在〈離騷〉中如何借用巫歌的上下求索母題，賦予文學的生命與功能：一次「叩天門」，三次「求女」，均代表對賢君、或同好君子的追尋，也是對生命理想的追尋，而且是不可能成功的追尋。

從此成爲後世文學作品中追尋母題的濫觴。

5. 依次類舉周遊母題的開啓

　　與追尋母題往往密切相關的，就是「周遊」母題。試看〈離騷〉中，詩人駕著飛龍拖的車子上征，後面還跟著一群光彩奪目的神靈，宛如帝王一般，浩浩蕩蕩的出巡：

> 駟玉龍以乘鷖兮，溘埃風余上征。……

> 爲余駕飛龍兮，雜瑤象以爲車。……

　　這類題材，原本也是巫師祭祀時的儀式。通過宗教信仰的幻想，周遊宇宙四方，逍遙往返於天地之間，以展示自己的法力。此外，〈離騷〉中，詩人數次以「朝夕」對句，列舉其周遊所及的地點之寥廓，諸如：

> 朝發軔於蒼梧兮，夕余至乎懸圃。……

> 朝吾將濟於白水兮，……夕歸次於窮石兮。朝濯髮乎洧盤。……

> 朝發軔於天津兮，夕余至乎西極。……。

　　除了強調朝夕之間時光流逝之外，更重要的是，空間上的秩序安排。簡言之，在天地宇宙的重要處，依次類舉，總攬空間範圍之寥廓，同時顯示井然有序的宇宙秩序。這種「依次類舉」的周遊母題，開啓了後世文學作品中，平衡對稱的描寫傳統。如漢大賦總攬宇宙的空間描寫，還有南朝山水詩上下四方的山水景物描寫，均淵源於此。

6. 神話傳說麗辭典故的運用

　　屈原〈離騷〉是中國文學史上，第一篇有意識地以神話傳說作爲文學題材的作品，也是第一篇將古史作爲文學典故之作；充分顯示作家文學，文人作品的特色。由於〈離騷〉大量運用楚地的神話材料，通過奇麗的幻想，擴展了詩歌的境界，顯示出恢弘瑰麗的特色，爲中國古典詩歌的創作，開闢出一條嶄新的道路。諸如神話中的地名：崑崙、蒼梧、懸圃、扶尋；人名如：鯀、羲和、望舒……，傳說中的堯舜、伊尹、傅巖……等，還有古史中的呂望(姜太公)、甯戚(齊桓公時)作爲君臣遇合的典故。

　　此外，〈離騷〉中大量鋪陳華美豔麗的詞藻，增添了詩歌本身的美質。或可視爲講究文采，注意華美的前導，也是篇幅宏偉的漢大賦之先驅。

三、〈九章〉——遷客逐臣悲情的宣洩

(一)名稱、篇章真偽、寫作年代

〈九章〉包括九篇作品。據王逸《楚辭章句》，依次為〈惜誦〉、〈涉江〉、〈哀郢〉、〈抽思〉、〈懷沙〉、〈思美人〉、〈惜往日〉、〈橘頌〉、〈悲回風〉。不過，〈九章〉之名，並非原來就有。司馬遷《史記》中，除〈離騷〉外，只舉〈懷沙〉、〈哀郢〉諸篇，並未言及「九章」。蓋「九章」之名，可能是劉向編輯《楚辭》時所定。

關於〈九章〉個別篇章之真偽，眾說紛紜，甚至有謂〈思美人〉以下，均屬後代假托之作。即使歷來論者相信〈九章〉均屬屈原之作，對其寫作年代，亦說法不一；當今學界認為非一時一地之作，則屬共識。其中〈橘頌〉最早，可能作於屈原被疏之前。〈惜誦〉、〈抽思〉、〈思美人〉則可能作於被疏之後。〈哀郢〉、〈涉江〉、〈悲回風〉、〈惜往日〉、〈懷沙〉等，則可能作於放逐江南時期。

(二)主題內涵

按，〈九章〉的主題，其實與〈離騷〉大體類似，所表達的內涵情境，往往與屈原遭讒受逐的身世遭遇有關。其中除〈橘頌〉之外，各篇均反映某一生活片段，甚至與〈離騷〉辭句雷同之處亦不少。只有〈橘頌〉一篇，則獨具一格。篇中主要是以橘自喻，藉頌橘而自頌其志，抒發美好的理想，歌頌高潔的品質與情操。名為〈橘頌〉，實為詩人峻潔人格的寫照。又因為其中對橘樹的細緻描繪與刻畫，一般認為是開啓後世「詠物詩」的先河。另外，〈懷沙〉則通篇自述生平懷抱，彷彿流露一份向人世間告別的語氣，因此自司馬遷始，不少讀者均視〈懷沙〉為屈原的絕命辭。

四、〈天問〉——問蒼天

(一)題意與寫作年代

「天問」即問天之意，亦即表示對上天之詰難。這樣一篇充滿知識興趣的作品，應該是文人創作的標誌。歷來注疏家，均認為作於屈原遭放逐之

時。由於篇中不時流露的憤懣憂思之情,可能作於懷王末年,亦即屈原遭讒被疏,流於漢北一帶時期。〈天問〉之所以受到一般文學史家的重視,不單單是因爲視其爲屈原之作,更重要的是,其中保存了不少有關古代神話故事的零星線索,乃至成爲當今中國神話研究者,難以忽視的重要資料。

(二)內容與形式

就內容與形式而言,〈天問〉乃是中國文學史上絕無僅有的一篇奇文。全文包括三百七十多句,一千五百餘言。作品以一個「曰」字領頭,通篇皆用問語,一口氣提出一百七十多個問題,舉凡天地山川,神話故事,歷史傳說,天命人事,現實生活諸方面的疑難,均有所涉及。充分展現作者的「學識」。在形式上,則主要以四言爲句,四句爲節,而且韻散相間,錯落有致。如:

> 曰:遂古之初,誰傳道之?上下未形,何由考之?冥昭瞢闇,誰
> 能極之?馮翼惟像,何以識之?明明闇闇,惟時何爲?……日月
> 安屬?列星安陳?……

宛如一篇散韻相間的「賦」,而且有明顯論事說理的傾向,無疑已經顯示出漢代散文賦體發展的訊息。

五、〈招魂〉──魂兮歸來

按「招魂」意指招亡者之魂歸來。原本是楚湘地區一種民間習俗,通常由巫師致辭以招亡魂。〈招魂〉當屬改造民間巫師招魂的形式,再創作而成。

(一)作者、主旨、年代

〈招魂〉的作者是誰?詩中所招之魂,又是何人之魂?這兩個問題歷來都是爭論的焦點。司馬遷認爲〈招魂〉是屈原的作品,王逸則認爲是宋玉所作。目前學界大多取司馬遷說。有關〈招魂〉主旨亦有二說,一是屈原自招其魂,二是屈原招楚懷王之魂。不過,從〈招魂〉所敘宮室之美,服食之奢,歌舞之盛,則其所招之魂,當非君王莫屬。故屈原作〈招魂〉以招懷王之魂,此說較爲可信。如此一來,〈招魂〉的寫作年代也就解決

了：蓋懷王囚死秦國不久，屈原仍流放於江漢一帶時。

(二)內容與形式

〈招魂〉是一篇近三百句的長詩。全篇開頭一段爲引言，說明招魂的緣由：乃是因爲有人魂魄離散，所以需要招魂。中間部分則爲招魂之辭，大概可分爲兩部分：前半部乃假托「巫陽」之言，呼叫「魂兮歸來」，極力渲染東西南北，以及天下、幽都之可怕，勸請亡魂不可留居。後半部亦頻頻呼叫「魂兮歸來」，並竭力鋪陳楚國宮廷的富麗奢華，以招亡魂歸來。最後則以楚國沿途的風景描寫，表達對亡魂歸來的殷切企盼作結，流露出無限深情。試看其最後一段：

> 亂曰：獻歲發春兮，汨吾南征。綠蘋齊葉兮，白芷生。路貫廬江兮，左長薄。倚沼畦瀛兮，遙望博。青驪結駟兮，齊千乘。懸火延起兮，玄顏蒸。步及驟處兮，誘騁先。抑騖若通兮，引車右還。與王趨夢兮，課後先。君王親發兮，憚青兕。朱明承夜兮，時不可以淹。皋蘭被徑兮，斯路漸。湛湛江水兮，上有楓。目極千里兮，傷春心。魂兮歸來哀江南。

〈招魂〉不同於〈離騷〉或〈九章〉之以抒情見長，而是以鋪陳描寫藝術見稱。無論「外陳四方之惡」，或「內崇楚國之美」，都極盡鋪陳誇張之能事。其中鋪陳楚國宮廷之富麗奢華，已爲後世強調聲色之娛的宮廷文學，點出發展的方向。此外，〈招魂〉中描寫環境的鋪陳，詞藻的華美，實開漢賦之先河。尤其是「亂曰」一段，江南風景的抒情描寫，以後會不斷以各種形式出現在後世詩人作品中。

第三節　楚辭的流派與後繼

屈原不僅開創了楚辭這一嶄新的詩體，而且開創了文學史上第一個詩歌流派。據司馬遷《史記·屈原列傳》，屈原之後，楚國有宋玉、唐勒、景差之徒，均「好辭而以賦見稱」。可惜唯一有作品流傳後世，且有一定影響者，只有宋玉，故而得以與屈原並稱「屈宋」。

宋玉(前320?-前263?)生平事跡，已難詳考。從一些零星記載，得知宋玉是戰國晚期的楚人。出生寒微，曾入仕頃襄王，惟才高位低，頗不得志。現存宋玉名下的作品，上承屈賦，下開漢賦。就其內涵題旨，或許可以分為兩類，在文學史上，均有開創之功。

一、悲秋文學的濫觴——宋玉〈九辯〉

「九辯」之名，亦如「九歌」，原來是古曲名稱。宋玉乃是襲用古題，創為新制。按，「九」代表多數，「辯」通「變」、「遍」。一遍即一闋，「九辯」當指由多闋樂章組成，或反覆多遍演奏的樂曲。不過，現存〈九辯〉並非歌唱之辭，而是書面文學。

宋玉的〈九辯〉基本上是一篇師法屈原、模擬屈賦之作。其中直接襲用或間接採用〈離騷〉、〈哀郢〉等作品中之現成句，有十餘處之多。重述屈原論調，模仿屈原語氣者更多。但〈九辯〉亦有其獨創性，乃是一首藉憫惜屈原而自述懷抱、自抒胸臆的長篇抒情詩。其中敘述事君不合，慨嘆生不逢時，憂慮國事危殆，譴責讒佞當道，與屈原之作相同，透露了一些自己不遇的身世。不過，〈九辯〉作者並非君王近臣，而是以「貧士失職」之身抒情述懷，乃至與後世一般遭時不遇的文人士子之身分地位與經驗感受遙相呼應。而且，論感覺的細緻、語言的精巧，宋玉並不在屈原之下。〈九辯〉尤其善於寫景抒情，形成一種備受後世論者稱頌的情景交融境界。特別是開頭一節「悲秋」的描寫，對環境氣氛的渲染，個人失志情懷的抒發，最令人矚目：

> 悲哉秋之為氣也！蕭瑟兮草木搖落而變衰。慄慄兮若在遠行，登山臨水兮送將歸。泬寥兮天高而氣清。寂寥兮收潦而水清。憯悽增欷兮，薄寒之中人。愴怳懭悢兮，去故而就新。坎廩兮，貧士失職而志不平。廓落兮，羈旅而無友生。惆悵兮而私自憐。燕翩翩其辭歸兮，蟬寂漠而無聲。雁廱廱而南遊兮，鶤雞啁哳而悲鳴。獨申旦而不寐兮，哀蟋蟀之宵征。時亹亹而過中兮，蹇淹留而無成。……

　　此處將肅殺蕭瑟的自然秋景，與悲涼淒愴的詩人心情，融為一體。大大開拓了詩的情味意境，具有濃厚的悲傷情緒和感染魅力。文士悲秋情懷，從此成為詩歌創作中反覆吟詠的母題。

　　宋玉的〈九辯〉，顯然是藉悲秋情懷，抒發一個「貧士失職而志不平」的悲哀。主要是以一分壓抑的哀愁，傳達其「惆悵兮而私憐」的情懷，塑造出一個坎坷不遇、憔悴自憐的貧士形象。宋玉的文名，他的不遇和牢騷，乃至見秋景而生悲的抒情模式，將會不斷出現在後世詩人自悲不遇的作品中。

二、豔情文學的先河———〈高唐賦〉、〈神女賦〉、〈登徒子好色賦〉

　　《昭明文選》第十九卷「賦」類，設有「情」這一項目，其中選錄宋玉〈高唐賦〉、〈神女賦〉、〈登徒子好色賦〉三篇作品，可視為中國豔情文學的先河。當然，這些作品，是否真屬宋玉之作，至今仍有爭議。

　　〈高唐賦〉與〈神女賦〉是前後連續的姊妹篇，均是敘寫楚王夢遇巫山高唐神女之事。〈高唐賦〉寫楚懷王，描述懷王夢遇神女之美，以及遊高唐景物之盛，全篇筆墨重點，在於鋪陳高唐的景物奇觀。〈神女賦〉則寫楚襄王，描述襄王夢遇神女之情態，雖然神女儀態萬千，引人遐想，卻不可凌犯，最後以禮自防終結。惟全篇筆墨重點，在於寫神女之美。另外〈登徒子好色賦〉，則寫登徒子在楚襄王面前詆毀宋玉好色，襄王於是責問宋玉，宋玉就以楚國最美的女子「東家之子」，「登牆窺臣三年，至今未許也」為例，說明自己其實並不好色，好色者乃是登徒子本人。全文以勸誡楚襄王當專心國事、不為美色所亂為宗旨。

　　值得注意的是：首先，這三篇作品均運用美女的形象，來寫纏綿跌宕的情思，但是已經不同於屈子〈離騷〉中的「求女」。按，屈子求女，乃是藉求女表示求賢，是從政治教化的角度出發，而宋玉筆下之求美女或神女，雖有諷諭設為作品的架構，基本上還是從人生享樂出發，以聲色之娛為重。其中細筆描述女性體貌神態之美，開創以後一系列寫愛情主題的賦

篇。諸如曹植〈洛神賦〉、〈美女篇〉，王粲〈閑邪賦〉、陶淵明〈閑情賦〉，甚至影響到齊梁時期盛行的、以描述女子容姿體態之美爲筆墨重點的宮體豔情詩。

其次，倘若將宋賦與屈賦比照視之：語言上，宋賦更講究追求辭藻形式的華美，狀貌形態的描寫亦更爲細膩，可謂開啓了漢賦描寫藝術的滋生發展。內容上，宋賦雖然也含諷諭之旨，但「終莫敢直諫」（司馬遷語），而是以委婉勸誡爲主，此亦爲以後漢代的辭賦，在極盡鋪陳之能事中，又以勸戒爲宗旨的文體特色。

第四節　小結——從《詩經》到「楚辭」

從〈九歌〉到屈原〈離騷〉，到宋玉〈九辯〉等作，雖然只有數十年時間，在楚辭本身的發展脈絡上，我們發現，與攬括五百年間作品的《詩經》，頗有類似之處。首先，「楚辭」作品顯然同樣也展現中國詩歌由群體的生活逐漸步入「個人化」的傾向。其次，雖然「楚辭」和《詩經》孕育於南北不同的文化土壤，表現出不同的風格氣質，但是兩者濃郁的政治關懷與道德意識，以及以抒情爲主流的傳統，卻有其共通之處。自司馬遷《史記・屈原列傳》引西漢淮南王劉安(前179-前122)所謂：

〈國風〉好色而不淫，〈小雅〉怨誹而不亂；若〈離騷〉者，可謂兼之矣。

後世詩文評論家，亦往往將兩者並稱。無論或云「詩騷」，或云「風騷」傳統，均成爲中國詩歌創作與鑑賞的共同源流。

不過，從《詩經》到「楚辭」，倘若從中國詩歌發展的長流視之，或可觀其發展之大勢：乃是從「集體創作→個人創作」的演變痕跡。相應地，文辭的修飾，亦顯現逐漸考究的傾向。亦即麗辭、偶句、排比逐漸增多。簡言之，在屈原、宋玉等個人有意識的創作前提下，詩歌不僅要抒情，同時還要展現作者審美的趣味，令作品富有文采，令讀者賞心亦悅目。這是先秦文學作品擺脫文學實用性，排除其功利價值，走向「文學化」的標誌。

第五章
敘事文學的前驅——歷史散文

第一節　緒說

一、何謂「散文」

　　一般文學史中所謂「散文」，實指「散體古文」，乃是針對其行文與一般韻文、駢文相異的體式而言。按，韻文，主要包括詩賦詞曲；駢文，則是指魏晉六朝以來，流行文壇，以駢儷爲主，在辭句上特別講究對偶，並且重視音韻與用典的一種特殊文體(詳後)。於是，大凡韻文、駢文以外的文章，一切以散行單句爲體式的文章，包括史傳、議論、奏啓、序跋、書信等，無論有無文學性，均可歸類於「散文」。惟五四以後，受西方文學觀念的影響，始將文學作品分爲詩歌、散文、戲曲、小說四大類別。這時所謂「散文」，不僅區別於韻文、駢文，也區別於戲曲和小說，專指帶有文學性的抒情、寫景，或敘事、說理的文章。

　　傳統的散文概念，把一切散體文章均稱爲「散文」，而且「文史哲」不區分，甚至文學與非文學混爲一談，也影響到今天文學史編寫的態度與範圍，乃至先秦史學與諸子著作之散體文章，均視爲文學史中散文的源頭。當然，先秦時期的散文，本質上還是屬於歷史記述或哲理學術著作。散文作爲一種獨立自主的文體，尙未確立，只是依附於歷史或諸子著作而存在。

　　不過，從作品對後世影響的角度視之，諸子散文，以論說道理爲主，是論說文的典範；歷史散文，則以敘述人物事件爲主，屬敘事文學，或可

視爲古典小說敘事傳統的奠基者。

二、散文的萌芽——早期的文字記載

　　散文的產生，始於文字的記事。中國有文字可考者，由殷商的甲骨刻辭和銅器銘文開始。按，殷商時代，文字掌握在巫官手中，巫官身兼神的代理者，爲王室的各種活動占卜，以文字推測或記錄凶吉。因此，巫官「筆下」的卜辭，可視爲散文最早的胚胎。試看：

（一）甲骨卜辭

　　刻畫在占卜用的龜甲或獸骨上的文辭，是殷商王室活動的占卜紀錄。這些文辭很簡單，只是概括記錄問答之辭，而且通常有句無章，往往語焉不詳。但偶爾也出現句型完整，語意明確之句。茲根據郭沫若《卜辭通纂考釋》，試舉二例：

　　　　戊辰卜，及今夕雨？弗及今夕雨？

　　意指，於戊辰日占卜，問的是，今夕會不會下雨。宛如今人對氣象局天氣預測的訊問。再看：

　　　　癸卯卜，今日雨。其自西來雨？其自東來雨？其自北來雨？其自
　　　　南來雨？

　　意指，癸卯日占卜，說今日會下雨；不過，這雨到底從西邊來？還是從東邊來？還是從北邊來？還是從南邊來？則難以確定。展現氣象預測的困難。

　　從文學史的觀點，戊辰與癸卯當日，巫師對氣象之預測，是否準確，已無考，同時亦並不重要。惟值得重視的是，在散文的萌生與發展演變過程中，這些卜辭所顯現的，句型完整、語意明確的表現。

（二）銅器銘文

　　現存商周兩代青銅器上的文辭，通常稱「金文」或「鐘鼎文」，大多記載王公貴族的事功，或對朝臣百姓的垂訓頒賞。按，現存銅器銘文多爲散體，惟偶爾也有用韻文者。商代銘文通常每則十幾字或數十字，文辭簡短，記述板滯，僅能勉強表達基本意思，仍屬文字記載的雛形階段。爰及

周代的銘文，篇幅則加長了，甚至有長達三、五百字者。這樣一來，可以
較完整的記錄歷史上某件大事。試看周宣王(在位：前827-前782)時的
〈虢季子白盤銘〉，記述作器者與北方玁狁族作戰立功受賞的情況：

> 博伐玁狁，于洛之陽，折首五百，執訊五十，是以先行。
>
> 王賜乘馬，是用佐王。賜用弓同矢其央。賜用鉞用征蠻方。子子
> 孫孫萬年無疆。

文字雖短，這已經展示出簡單的記敘文的架式，同時亦可說是記述文
的源頭。

(三)《周易》卦爻辭

《周易》被儒家尊爲經典，分爲「經」和「傳」兩部分。「經」就是
卦爻辭。所謂「卦辭」主要是說明一個卦的總體，「爻辭」則解釋組成每
個卦的各爻。雖然《周易》原是占卜用的筮書，卻也涉及商周之際的史事
與民俗。其中卦爻辭，幾乎都是支離片段的句子，不過，語氣已經比甲骨
卜辭或銅器銘文較爲生動活潑。例如《周易・离・九四》：

> 突如其來如，焚如，死如，棄如。

意指，突然之間，敵人來了，燒毀房舍，殺死民眾，棄尸遍野。文辭
簡潔，敘述生動，筆墨重點是在狀況的敘述。再看《周易・中孚・六
三》：

> 得敵。或鼓，或罷，或泣，或歌。

這是當今文學史或散文史，論及淵源之際，最樂於引述的例子。意指
軍隊得勝歸來了，獲得不少俘虜；有人擊鼓歡慶，有人疲倦歇息，有人熱
淚滾滾，有人則放聲高歌。這已經涉及戰勝之後人的感情反映的生動敘
述。展現的是，《周易》中的敘事，已經初露文學的形容。當然，其敘述
仍然簡短片段，且有句無章，只能算是散體文章開始萌芽的階段。

卜辭、銘文、卦爻辭，各就其本身性質而言，並非歷史記載，僅對後
人有史料價值而已。在文字表達方面，仍然相當簡陋，不夠成熟，而且文
學意味淡薄。散文若要作爲一種文體之誕生與成熟，仍有賴史家、諸子之
筆的耕耘。

三、散文的雛形——《尚書》：第一部歷史文獻集

古代散文的成形，實際上與史官著述的關係甚爲密切。如經史官記錄而保存下來的《尚書》，是中國第一部歷史文獻集，也是第一部兼記事(敘述)記言(議論)的總集，爲後代散文的發展，奠定了基礎。

(一)《尚書》的名稱、性質、編訂

「尚書」即「上古之書」之意。原本簡稱「書」，漢代以後因歸入儒家經典，故又稱「書經」。《尚書》其實是一部歷史文獻匯編，是春秋以前歷代史官所記錄並保存下來的政府重要文件和政論文字，其中包括虞、夏、商、周之書。《尚書》之成書年代難以確考，由何人輯集爲定本，亦難確知。惟根據傳統說法，孔子或許是「編次其事」者之一，但未必是最後的定稿者。

(二)今古文之分及僞古文《尚書》

自漢代以來，《尚書》即有今文與古文不同版本之分。

今文《尚書》指的是，秦始皇焚書後，由漢初經師，故秦博士，濟南伏生憑記憶口授，用當時通行的隸書寫成。古文《尚書》則有兩種：一是漢武帝時陸續發現，由孔安國所獻，用秦漢以前的「古文」書寫者。惟漢代以後，古文《尚書》失傳，現僅存篇目。不過，另外則有東晉時期豫章內史梅賾獻給朝廷，聲稱是孔傳古文《尚書》。惟自宋代以來，已證明此乃是後人「僞託」，並非先秦之作。故而現今所謂《尚書》，仍以「今文」版本爲依據。

今文《尚書》共存二十八篇，其中〈商書〉、〈周書〉，雖也難免經過後人增益刪改，作爲商周古籍，是可信的。至於所謂〈虞書〉、〈夏書〉，恐是口耳相傳的祖訓之類，由春秋戰國時人追記或假托之作，並非真正的虞、夏之書。

(三)《尚書》的文學價值

《尚書》收集的主要是官方文告，乃是一批不相連屬的官府檔案。不過，與甲骨卜辭、銅器銘文等相比，篇幅已經大爲增長，無論敘述或論

說，已開始注意條理和層次，甚至講求結構藝術。當然，用現代眼光看，《尚書》還說不上是文學作品，惟其中已存在不少文學因素。可謂是中國文學史上第一部「散文集」，其本身就具有奠基的意義。

　　按，《尚書》的文章，多屬「記言」之作，其中亦不乏「記事」之文。風格特點是古樸簡要，往往直書胸臆，慷慨陳詞，不事藻飾。不過，畢竟因時代遙遠，對後世讀者而言，《尚書》文字顯得古奧艱澀，往往語句拗口難讀，即所謂「佶屈聱牙」，欠流暢，是《尚書》在語言上的特點。儘管如此，仍然有的篇章卻並不顯得單調乏味。例如〈商書〉，乃是殷商王朝史官所記錄君王貴族的誓、命、誥、辭，其中〈盤庚〉上篇，記載商王盤庚欲自黃河以北，遷於殷，最初百姓不願遷徙，盤庚便告誡大臣和庶民，要服從王命。其中有不少精采的片段和句子：

> 非予自荒茲德，惟汝含德，不惕予一人。予若觀火，予亦拙謀，作乃逸。
> 若網在綱，有條而不紊。若農服田力穡，乃亦有秋。汝克黜乃心，施實德于民，至于婚友，丕乃敢大言，汝有積德！乃不畏戎毒于遠邇，惰農自安，不昏作勞，不服田畝，越其罔有黍稷。……

這可謂是殷王盤庚打算遷都時對臣民的演講紀錄。所言大意是：並非我盤庚拋棄先王的德政，而是你們群臣，掩蓋了我的美德，對我毫無畏懼。我現在就像熱火一樣，有旺盛的威嚴，只是沒有計謀好，才使你們大為放縱起來。要像網結在網繩上，才能有紊不亂；又好像農夫努力耕種，方能指望好的秋收。換言之，只有聽從我的命令，辛苦遷徙，才能一勞永逸。文中所言，雖然語辭顯得古奧，但盤庚講話時的語氣和決心，充沛的感情，尖銳的談鋒，傳達出來了。前六句顯示出威嚴，後四句則規之以訓導。特別是「若網在綱，有條而不紊。若農服田力穡，乃亦有秋」的比喻，已是相當明顯的文學「技巧」。

　　此外還有〈周書〉，載錄周初至春秋前期的官方文獻，其中許多文章，寫得更為流暢生動。如〈無逸〉篇中，周公勸戒成王，要勤於國事，

不能貪求安逸享受。從「君子」與「小人」對「勞」與「逸」的不同態度
說起，繼而列舉勤於國事的先王事跡作爲榜樣，以及荒淫耽樂的昏君引爲
殷鑑。最終告誡「嗣王」(成王)謹記。不但層次分明，敘事清楚，流露出
一個老臣對天子的拳拳忠心，又表現出長輩對晚輩的諄諄教誨之意。試節
錄其中一段爲例：

> 周公曰：「嗚呼，君子所其無逸！先知稼穡之艱難，乃逸，則知
> 小人之依。相小人，厥父母勤勞稼穡，厥子乃不知稼穡之艱難，
> 乃逸，乃諺既誕。否則侮厥父母，曰：『昔之人無聞知！』」

意指在上者居於其位，是不許貪圖安逸的。應該先懂得農耕的艱難，
然後才考慮享受，這樣就可以了解人民的痛苦。看那些小民，他們父母在
田裡辛勤勞動，兒子卻不知勞作的艱難，只想如何享受，而且粗暴不恭，
又放肆無禮，乃至於輕侮他們的父母，說什麼「昔之人無聞知」(上了年
紀的人啥也不懂)！用這些近乎家常語，動之以情，又曉之以理，身爲老
臣之忠心，長輩之慈愛，含蘊其間。

這樣的文字表達，已具文學意味與修辭技巧，與甲骨卜辭，已不可同
日而語，比《周易》也有明顯的進步。即使與《尚書》中的〈商書〉之文
相比，也可看出記述逐漸趨於流暢的發展痕跡。

《尚書》可說是中國散文發展的一個重要階段的標誌。其行文簡潔，
對古代散文傳統語言風格的形成，有一定程度的影響。另一方面，由於
《尚書》距今畢竟年代久遠，其中語言面貌和今日之差別頗大，加之口語
和書面表達的不一致，以及當時書面表達受到刻寫工具的限制，因爲在甲
骨、銅器或竹簡上刻字時，只能比口語更「節省」，乃至顯得艱澀難讀。
《尚書》之後，散文由於用途之不同，逐漸分化爲敘事與說理兩種類型，
亦即歷史散文與諸子散文。

第二節　歷史散文的興起與發展

總趨勢：由簡而詳，由質而文；由記事記言而敘事寫人。

一、背景概述

西元前5世紀至西元前3世紀，亦即春秋末期到戰國末期，是中國社會大動盪、大變革的時期，不但舊制度崩潰，且出現了新的社會階層和政治集團。這時代表不同階層、集團的政治理念、哲學思想，紛紛出現，代表不同學派的思想家，也應運而生。尤其值得注意的是，知識分子階層，即所謂「士」階層的崛起，促成諸子學說爭鳴，歷史著述爭相出現。諸子之文為後世的說理文、議論文立下典範，而史家之文，則為後世敘事文學奠定了基礎，甚至對後世中國小說的敘述模式與人物形象的塑造，均有深遠的影響。

歷史散文的興起，實際上與時代的急劇變化有關。種種盛衰興亡的時代事跡，促進歷史觀念的形成，認識到借取歷史經驗教訓的重要。各國的史官，累積大量的歷史資料，此時，像過去《尚書》那樣記載王朝、諸侯詔命言辭之類的文字，已無法滿足現實的需要，於是產生了新型的歷史著作。

二、記事與記言的濫觴──《春秋》與《國語》

(一)《春秋》概覽──第一部史傳散文，以記事為主

《春秋》是中國第一部編年史，筆墨重點以記事為主，也是第一部史傳性的散文。試介紹如下：

1. 名稱與體例

「春秋」一名，原本為周代史書通用之名稱。東周時期，一些較大的諸侯國，都有自己的國史，而且均採用編年記事的方式撰寫，一般都稱之為「春秋」。換言之，所謂「春秋」，就是指歷史記載。如魯國史書即名「春秋」。相傳孔子即據此，修訂而成的第一部編年斷代史，亦以「春秋」為名，於是「春秋」遂變為專名，專指孔子編訂的《春秋》。

《春秋》實際上開創了編年體的先例，是一部編年體的大事記。乃是按魯國國君「十二公」(魯隱公至魯哀公)的順序，分年記事，從魯隱西元

年至魯哀公十四年(前722-前481),以魯國爲主體,兼記與他國相關之歷史大事。其記事不僅展現時代背景,且揭示同一時代,此一史實與彼一史實之間的相互關係。這一體例的產生,是一大開創。

2. 作者及成書年代

歷來認爲孔子是《春秋》的作者。實際上,當今所見主要乃是魯國的《春秋》,爲魯國不同歷史階段之史官集體所撰,孔子則是在此基礎上予以加工、修訂。換言之,《春秋》是孔子依據魯史,修訂而成的著作。學界一般認爲當屬孔子(前551-前479)晚年之作。當然,從文學史立場,《春秋》仍然展現其某些文學特點。

3. 文學特點

(1)記事簡明扼要

其實《春秋》不過一萬八千餘字,卻記載二百四十二年的歷史。其記事之簡明扼要,頗類似今天的新聞標題,往往只用提綱挈領式的三言兩語,記述大事梗概,很少細節的描述。不過,每一記述,都標明時間、地點、人物和事件,已經具備歷史記載的幾個要素,可以算是春秋二百四十年間的大事記或歷史提綱。而且用語嚴謹凝鍊,有所謂「一字褒貶」的特點,與「佶屈聱牙」的《尚書》相比,標誌著散文的發展和進步。如《春秋‧隱西元年》云:

> 夏五月,鄭伯克段於鄢。

僅以如此寥寥之語,記載鄭莊公在鄢地擊敗其弟共叔段的反叛事件。其間的微言大義,遂成爲歷代讀者爭相探討分析的焦點。

(2)內容微言大義

孔子修撰《春秋》,主要是爲了正君臣內外的名分。因此,有鮮明的政治意圖,濃厚的道德色彩。並在修史過程中,暗寓了自己的「褒貶」態度,即後世所謂的「春秋筆法」。如上引「鄭伯克段於鄢」一句,貌似尋常,實深含對鄭伯的貶意。首先,君討臣當爲「討」,國與國戰爭,戰勝方稱「克」。此處卻用「克」,而不用「討」,意謂共叔段乃是不尊其君,如同二君之戰。其次,稱鄭莊公爲「鄭伯」,是說他不像一個國君,

有意放縱其弟，養成其惡，然後又消滅他。故稱「鄭伯」，是「譏其失教也」，沒有做到為兄的責任義務。其文之微言大義是：指稱鄭莊公與其弟共叔段二人，不君不臣，不兄不弟。

(3)文學意味淡薄

　　《春秋》基本上是一部記述歷史事件的著作，文學意味淡薄。由於其文重視一字之褒貶，後世讀者亦視為一部具有「微言大義」的經典。或許又因此書與孔子的關係密切，乃至對後世的影響既深且遠。後世的歷史著作，或隱或顯，都會效法幾許「春秋筆法」，表達一些作者的褒貶之意。此外，那些在遣詞造句上，刻意推敲者，往往亦自認是繼承孔子的「春秋筆法」。

(二)《國語》概覽──第一部國別史，以記言為主

1. 名稱與體例

　　《國語》乃是國別史之祖，因分別記載周王朝及諸侯各國之史事，又以記言為主，故稱「國語」。全書共二十一卷，分國記載周(三卷)、魯(二卷)、齊(一卷)、晉(九卷)、鄭(一卷)、楚(二卷)、吳(一卷)、越(二卷)八國史事。時間則上起周穆王，下迄魯悼公。大體包括西周末年至春秋時期(約前967-前453)，前後五百餘年的歷史大事。

2. 作者及成書年代

　　舊說是春秋時期，與孔子大略同時的盲者左丘明所作。但是，當今學界一般認為不可信。由於《國語》乃是各國史料匯編而成，並非出於一人一時一地，比較可靠的說法是：《國語》源自春秋時期各國史官的記述，可能與左丘明的傳誦有關。後來又經過熟習歷史掌故者的排比潤色，在戰國初年或稍後編纂成書。

3. 文學特點

(1)記言為主，言中見人

　　按《尚書》多載訓誡之辭，《春秋》於史實中寄寓了褒貶之意，《國語》則多記教誨之語。目的都在善善惡惡，記取歷史教訓。《國語》雖以記言為主，記錄貴族的言論，卻言中見人，不同程度的揭示當時形形色色

的政治人物(共敘及三百多人物)，而且所敘人物中，已經有一些性格鮮明的人物形象。如〈晉語〉中的重耳、驪姬，〈吳語〉中的夫差，〈越語〉中的句踐等，較之《尚書》、《春秋》，已大有進展，更具文學趣味。

(2)情節結構，有所創新

《國語》中包括兩百多則長短不同的故實，各含繁簡不等的情節，其中甚至出現不乏虛構和想像成分者，雖曾被責爲「荒唐誕妄」，不過正是這些「荒唐誕妄」不實的記述，類似「創作」，體現出《國語》在情節構思上的「文學性」，受到文學史家的重視。此外，《國語》因重教誨，其所記載，往往不忘從中引出某種教訓，作爲「主題」。故無論文章長短，大都交代前因後果，有些篇章，已是線索清楚，層次井然，結構完整，標誌著史家之文的新發展，亦是散文藝術的一大進步。試看《國語上·召公諫弭謗》一段所言：

> 厲王虐，國人謗王。召公告王曰：「民不堪命矣。」王怒。得衛巫，使監謗者。以告，則殺之。國人莫敢言，道路以目。王喜。告召公曰：「吾能弭謗矣，乃不敢言！」召公曰：「是障之也。防民之口，甚於防川。川壅而潰，傷人必多；民亦如之。是故爲川者決之使導，爲民者宣之使言。故天子聽政，使公卿至於列士獻詩，瞽獻曲，史獻書，師箴，瞍賦，矇誦，百工諫，庶人傳語，近臣盡規，親戚補察，瞽史教誨，耆艾脩之：而後王斟酌焉。」是以事行而不悖。民之有口也，猶土之有山川也，財用於是乎出。猶其有原隰衍沃也，衣食於是乎生。口之宣言也，善敗於是乎興。行善而備敗，所以阜財用衣食者也。夫民慮之於心而宣之於口，成而行之，胡可壅也？若壅其口，其與能幾何？王弗聽。於是國人莫敢出言。三年乃流王於彘。

引文敘述西周厲王時期，因政治黑暗，民怨沸騰。而厲王卻企圖以「殺人滅口」的方法，堵塞民意，消除民怨。召公認爲這樣會造成反效果，就如防止洪水，不能用堵塞的辦法，而必須排除障礙，使水流暢，開導人民，讓他們把心裡話說出來。

　　整體視之，《國語》重在記言，偏重說理，不在記事。如上舉召公的諫辭，記錄相當詳細，至於事情的結果，只寫了三言兩語：「王弗聽，於是國人莫敢出言。三年，乃流於彘。」當然，就其文章本身而言，可謂首尾俱全，層次清晰，結構也算完整；語言平實自然，明白流暢。與《尙書》的「佶屈聱牙」，已頗不相同，與《春秋》之簡略，亦大有區別。

三、敘事傳統的奠定──《左傳》與《戰國策》

(一)《左傳》概覽──第一部敘事詳盡的編年史，史傳文學的濫觴

　　傳統讀者多認爲，《左傳》乃是爲解釋《春秋》中之微言大義而作，故又稱「左氏春秋」或「春秋左氏傳」，且與「春秋公羊傳」、「春秋穀梁傳」，並稱「春秋三傳」。其實《左傳》並不傳《春秋》，亦非經學之著，而是一部獨立撰寫、自成一家之編年紀事體的歷史著作。當然，其記事之詳盡，有助於說明《春秋》，故也不能說與《春秋》毫無關係。惟値得注意的是，《左傳》所記，除了史實之外，還添加了不少傳聞和閒話，因而增添了文學趣味。

1. 作者與成書年代

　　司馬遷認爲《左傳》乃春秋時代左丘明所作。不過唐代以後讀者對此，多懷疑其可靠性。其實《左傳》與《國語》一樣，並非成於一人之手。《左傳》乃是把《春秋》所述綱要式的編年記事，擴大爲近二十萬字的史傳記事。始自魯隱西元年，終於魯悼公十四年(前722-前453)，比《春秋》增多二十七年。大約成書於戰國初年，與《國語》之成書同時或稍後。

2. 文學特點

　　《左傳》之文，就其文學特點而言，無論敘事、寫人、記言，均已臻至成熟。

(1)敘事

　　《左傳》最突出的成就，即是善於敘事。從《春秋》那種綱要式的記述大事梗概，發展爲詳情細節的描述。例如：前引《春秋》篇章中簡短的

一句:「鄭伯克段於鄢」,爰及《左傳》中,則已變成洋洋灑灑的長篇記述。事情有了來龍去脈,人物也增多起來。而且人物之間的複雜關係,個別人物的性格,都展現出來了。基本上,《左傳》之敘事,可謂文約而事豐,簡潔而生動,而且結構首尾完整。比起以前任何一種歷史著作,其敘事技巧之成熟,已不可同日而語。許多頭緒紛雜、變化多端的歷史大事件,都可以處理得有條不紊,繁而不亂,其中關於戰爭的描述,尤其爲後人稱道。

①敘述角度

《左傳》作者主要是以記錄者的身分,採取無處不在,身臨其境的第三人稱角度,向讀者報告他的見聞。作者本人,並不介入所敘的事件中,只是會毫不遲疑地,在許多地方,帶權威性地,以「君子曰……」提出自己的判斷,並評論人物事件。值得注意的是,作者雖然從第三人稱客觀角度敘述,卻有鮮明的道德立場。所述人物的成敗,戰爭的勝負,都與雙方陣容的道德人品密切相關。

②情節結構

《左傳》所敘人物事件的情節結構,主要是線型發展。首先,全書是按年代順序記述,從西元前722至前463年,包括春秋時期的主要政治、社會、軍事方面的重大事件。相關個別事件,也是順時間逐步展現。其次,無論是以人物爲中心的傳記性情節,或以政治、軍事的事件爲中心的戲劇性情節,都是線型發展,且有明確的時間,總不忘提醒讀者,某年某月又如何……。再者,重視事件發生的全部過程,追究前因後果,講求結局的完備。往往展現:起因→發展→結局,三部曲的模式。以後的《史記》,乃至唐宋以後的小說,大都沿襲這樣的傳統模式。

③戰爭描寫——最爲出色

《左傳》作者寫當時最著名的幾次大規模的戰役,諸如秦晉韓之戰(僖公十五年)、晉楚城濮之戰(僖公二十七和二十八年),均善於將每一戰役都放在大國爭霸的背景下展開。不僅結構完整,情節動人,作者且居高臨下,駕馭全局,交代戰爭的來龍去脈,以及勝敗的內外因素,揭示前因

後果，故而顯得波瀾起伏，動人心弦。如「城濮之戰」，乃是楚成王與晉文公彼此較量，以圖爭霸的一場重要戰爭，結果因楚國將帥不得其人而戰敗，遂令晉文公鞏固了霸業。作者用了許多篇幅，介紹戰爭之前，晉楚雙方的準備情況，關於楚將子玉的「治兵」，晉侯的「教民」，均詳細記述，於此中預示戰爭勝負的跡象，令人悟出，最後戰爭的勝負，並非偶然。試看《左傳・僖公二十七和二十八年》有關「城濮之戰」一小段的描寫：

> 楚子將圍宋，使子文治兵於睽，終朝而畢，不戮一人。子玉復治兵於蔿，終日而畢，鞭七人，貫三人耳。國老皆賀子文，子文飲之酒。蔿賈尚幼，後至，不賀。子文問之，對曰：「不知所賀。子之傳政於子玉，曰：『以靖國也。』靖諸內而敗諸外，所獲幾何！子玉之敗，子之舉也；舉以敗國，將何賀焉？子玉剛而無禮，不可以治民。過三百乘，其不能以入矣。苟入而賀，何後之有？」冬，楚子及諸侯圍宋。宋公孫固如晉告急。先軫曰：「報施救患，取威定霸，於是乎在矣！」狐偃曰：「楚始得曹，而新昏於衛。若伐曹、衛，楚必救之，則齊、宋免矣。」

　　子玉是楚國大軍的統帥，其剛愎不仁的個性與行為，就已經預示了這場戰役的結局。其實《左傳》中的戰爭描寫，對後世歷史演義小說有關戰爭的描述，有深遠的影響。《三國演義》中精采的「赤壁之戰」，乃至《水滸傳》中「三打祝家莊」等，都有模仿《左傳》的痕跡。

(2)寫人

　　《左傳》涉及形形色色的歷史人物。全書有姓名可稽考者，近三千之眾，其中形象鮮明的，具有一定個性的人物，為數亦不少，可說是第一部開始注意「人」的作品。其中令歷代讀者印象深刻的人物，包括老謀深算、虛偽奸詐的鄭莊公；歷經艱難、終成大業的晉公子重耳；勇於進取、厲行改革的吳王闔廬；忍辱負重、志在雪恥的越王句踐等，都是著名的例子。試看《左傳》僖公二十三、二十四年(前635、前634)記述晉公子重耳之出奔：

> 晉公子重耳之及於難也，晉人伐諸蒲城。蒲城人欲戰，重耳不可，曰：「保君父之命而享其祿，於是乎得人；有人而校，罪莫大焉。吾其奔也！」遂奔狄。從者狐偃、趙衰。過衛，衛文公不禮焉。出於五鹿，乞食於野人，野人與之塊。公子怒，欲鞭之。子犯曰：「天賜也。」稽首，受而載之。及齊，齊桓公妻之，有馬二十乘。公子安之，從者以爲不可。將行，謀於桑下。蠶妾在其上，以告姜氏。姜氏殺之，而謂公子曰：「子有四方之志，其聞之者，吾殺之矣！」公子曰：「無之。」姜曰：「行也！懷與安，實敗名！」公子不可。姜與子犯謀，醉而遣之。醒，以戈逐子犯。……

重耳乃是晉獻公的兒子，不過晉獻公因受驪姬讒言，逼迫太子申生自縊而死，重耳與夷吾同時出奔。事件以重耳的流亡爲重點，敘述他如何在多年顛沛流離的艱辛歷程中，飽經磨難，終於在秦穆公支持下返國，奪取君位，成爲一個建立春秋霸主之業的晉文公。所述重耳的出亡，長達十九年，總共經歷八個國家，牽涉的人物眾多，事件繁雜瑣碎，然而卻能有條不紊。上引這段只是敘述重耳經過衛國、齊國的遭遇。重耳在衛國時，受飢餓之苦，在齊國，則因受齊國國君厚待，且爲他娶妻，於是終日飽食暖衣，生活安逸，似乎並無大志……。

全篇故事，情節生動曲折，頗具戲劇性的效果，且已具有歷史小說的意味。就文學史的角度，《左傳》值得注意的是：

①以言行刻畫人物

《左傳》作者很少直接告訴讀者，某個人物的性格是什麼樣的，也沒有人物外貌特徵的直接描繪，只是偶爾會描寫一下人物的穿著。刻畫人物最主要的方式，就是通過人物的言行，亦即聽得見，看得到的對話和行動，有時還通過其他人物的口頭評論。例如上段引文中，重耳拒絕浦城人願意爲他作戰，爭取權益，卻寧願自己出奔的一段言行記述，已經點出公子重耳的仁厚性格。

②人物形象類型化

　　《左傳》中的人物，雖然不乏形象生動者，可是，一旦被作者固定為某一種類型，如明君、忠臣、奸官、惡吏……，通常就保持固定不變。乃至人物性格沒有成長或發展的空間，很少有機會能跳脫出其固定的類型。因此，展現在讀者面前的，往往是靜止的、平扁的類型人物。這些類型的人物，在整個故事中，通常保持不變的性格，固定的形象。就如晉公子重耳，出亡前和出亡後，基本上維持同樣的仁厚性格形象，儘管他遊歷了八個國家，總共歷時十九年之久。不過，吳王夫差，似乎是少有的例外。他的性格，前後發生明顯的變化，而且是一個由「好」變「壞」的例子。

　　《左傳》中人物的類型化，為以後的《史記》指出「歸類立傳」的方向，並且為中國古典小說中人物類型化之傳統，立下典範。

③道德鏡鑑的傾向

　　《左傳》作者撰述過去的歷史，或許可以補充並說明《春秋》中所載之簡略編年事件。不過其更重要的宗旨，則是以史為鏡鑑。亦即由前代的治亂興亡，可以記取教訓，為在位者提供歷史鏡鑑和榜樣。乃至往往以道德規範來概括人物形象的性格特徵。例如晉公子重耳，即以其仁愛忠厚之性格，最終方能夠扭轉逆勢，而且成就霸業。

(3)記言

　　就《左傳》之記言視之，可謂言而有「文」，是其特點。《左傳》的行文，不僅簡潔凝鍊，委婉含蓄，而且典雅博奧。尤其是所記各國外交活動時的外交辭令，往往言簡而意深，委婉而有力。其實，春秋時期，諸侯之間的外交，諸如盟會或聘問，已相當頻繁。尤其屢遭欺侮的弱小之國，外交活動中的出使者，肩負重要的使命，其外交辭令，已成為弱國保護自身利益，爭取生存空間的一種重要手段。外交官的「辭令」，甚至關係到此國之安危。

3. 小結

　　《左傳》可說是中國古代歷史散文的典範，為後世的歷史著作指出發展的方向。從文學角度看，《左傳》最值得注意之處，還是在於記敘歷史事件與歷史人物時，並不完全從史學價值考慮，而是時常注意到事件的生

動有趣。常用細緻生動的情節,逼眞的對話,來表現人物的形象。這些都是顯著的文學因素,且直接影響了《戰國策》、《史記》的寫作風格,形成文史結合的傳統。

(二)《戰國策》概覽——第一部以策士活動與辯辭為主之史著

《戰國策》不僅是戰國之史,也是策士縱橫家言。換言之,既是一部歷史著作,也是一部以策士言論爲主的散文匯編,其中亦史亦文,史實與傳聞參半。

1. 名稱、作者、年代

《戰國策》在未經編校成書之前,有各種不同的名稱,諸如《國策》、《國事》、《短長》、《事語》、《長書》、《脩書》等。西漢成帝時,劉向(約前77-前6)受詔領校祕書,始將所見各本加以整理匯編,除其重,得三十三篇,輯集爲一書,定其名爲《戰國策》。其記事時代,則上接春秋,下至秦併六國,約二百四十年(前460-前220)之歷史。

《戰國策》實並非一人一時一地之作,乃是經劉向編校成書,其作者已不可確指。不過從書中之鮮明「縱橫」色彩看來,除了史官的記載之外,不少材料當出於戰國末期,或秦漢之際的縱橫家,或習縱橫家之術者。

2. 文學特點

全書可謂是匯集並保存戰國時代一些重要的史實與傳聞,並無系統完整的體例,均是彼此獨立的篇章。主要是記述當時的謀臣策士,遊說各國或互相辯論時,所提出的政治主張和策略。其間眞僞參半,不可盡信,這也正是其文學價值所在。

(1)以人物活動爲記敘中心

按,《戰國策》因不受「編年」的限制,開始以人物的遊說活動爲記敘中心,進而記言、記事。由於策士通常是遊走各國,可以擇君而輔,比較自由,所以書中往往強調「士」的尊嚴,肯定個人在政治外交諸事件上的功能。有時當然不免誇大,但這誇大中,顯示「士」的階層的自信,社會地位的崛起,同時點出「個人」言行的重要性。

《戰國策》中,涉及的人物層面,相當廣泛,上自國君、太后、王孫

公子，下至遊士謀臣、俠客策士、嬖臣寵姬，均收羅於書中。而且所寫人物，各具姿態，各有性格。同樣的，主要還是通過言與行來刻畫人物性格，與《左傳》相比，則顯得更為細緻。試看〈齊策〉中記述「馮諼客孟嘗君」一段：

> 齊人有馮諼者，貧乏不能自存，使人屬孟嘗君，願寄食門下。孟嘗君曰：「客何好？」曰：「客無好也。」曰：「客何能？」曰：「客無能也。」孟嘗君笑而受之曰：「諾！」左右以君賤之也，食以草具。居有頃，倚柱彈其劍，歌曰：「長鋏歸來乎，食無魚！」左右以告。孟嘗君曰：「食之比門下之客！」居有頃，復彈其鋏，歌曰：「長鋏歸來乎，出無車！」左右皆笑之，以告。孟嘗君曰：「為之駕，比門下之車客！」於是乘其車，揭其劍，過其友曰：「孟嘗君客我！」後有頃，復彈其劍鋏，歌曰：「長鋏歸來乎，無以為家！」左右皆惡之，以為貪而不知足。孟嘗君問：「馮公有親乎？」對曰：「有老母。」孟嘗君使人給其食用，無使乏。於是馮諼不復歌。

全篇文章實由三個部分組成，以上引文只是第一部分，寫馮諼客孟嘗君的經過。主要以「彈鋏作歌」，展現馮諼以非同尋常的方式，試探孟嘗君，隱約透露出這位寄食者身上異於常客的氣質。其後第二部分，敘述馮諼為孟嘗君「市義」的舉動。按，孟嘗君原先不過是派馮諼到薛地去收債，未料馮諼卻矯命焚燒債券，目的是為孟嘗君收買民心，顯示其膽略才幹和奇謀異智。第三部分，則寫孟嘗君在齊國被免官，馮諼如何替他到魏國去宣揚，乃至魏國派遣使者意欲聘孟嘗君為相，引起齊王的注意，終於恢復了孟嘗君的相位。

就上引這一段所寫馮諼的奇特言行，顯示他如何富於心計，企圖藉此試探孟嘗君輕財好士的誠意。不過要在三千門客中引起孟嘗君的注意，並非易事。因此，馮諼沒有正面誇耀自己的才幹，卻以異於一般門客，自稱「無能」、「無好」的方式，引人矚目。繼而又三次彈鋏作歌，有求於孟嘗君，甚至提出非分的要求，進一步顯示自己與眾不同。這些言行，實際

上都是設法從反面印象引起孟嘗君對他的注意和興趣，同時又反襯出孟嘗君的胸襟和抱負。通過馮諼的言行，與孟嘗君的反映，兩個人物的人格特徵，都展現出來了。

(2)以環境描寫渲染氣氛，烘托人物

《戰國策》作者，有時還通過描寫環境，渲染氣氛，來烘托人物的精神風貌，增強故事的感染力。如〈燕策〉中著名的「荊軻刺秦王」，描寫荊軻為報答燕太子丹的知遇之恩，決定為他去行刺秦王。當時秦國國勢何其強大，秦王戒備又何其森嚴，此去，無論能否刺殺成功，荊軻都必死無疑。荊軻心裡清楚，他的好友高漸離也知道，燕太子丹，還有他的部下門客也都知道。試看〈燕策〉中荊軻上路時，「易水送別」一段的動人的描述：

> 遂發，太子及賓客知其事者，皆白衣冠以送之。至易水上，既祖取道，高漸離擊筑，荊軻和而歌曰：「風蕭蕭兮易水寒，壯士一去兮不復還！」復為慷慨羽聲，士皆瞋目，髮盡上指冠。於是荊軻遂就車而去，終已不顧。

這段描述，有強烈的感情色彩，濃厚的文學意味。在慷慨悲壯的環境氣氛中，荊軻「為知己死」的英雄形象，極為動人。後來司馬遷幾乎未加改動，將《戰國策》中有關荊軻的部分，錄入《史記‧荊軻列傳》。

另外，《戰國策》中所記一些策士的說辭，常常引用生動的寓言故事，其中有些一直流傳至今，成為日常生活中習用的成語。如〈齊策〉中的「畫蛇添足」，〈楚策〉中的「狐假虎威」，〈魏策〉中的「南轅北轍」等均是。

《戰國策》雖是一部史書，在散文史上則具有承先啟後的作用。司馬遷《史記》中人物形象的塑造，在很大程度上受到《戰國策》的影響。此外，秦漢的政論文章，漢代的辭賦，都延續《戰國策》辭采華麗、鋪排誇張的風格。

第三節　小結

先秦歷史散文，從甲骨卜辭，到《周易》卦爻辭，到《尚書》、《春秋》、《國語》，到《左傳》、《戰國策》，實經過漫長的演變過程。其發展的軌跡大致如下：

作者方面，由巫官到史官到民間史家，逐漸脫離宗教，走向人文。作品方面，則是由官方文獻，到私人著述。就內容視之，乃是從貴族的言行，擴大到「士」階層的言行記錄；由實用的歷史文獻，官方文告，到文學性的歷史敘述。就其敘述風格視之，則是由簡而繁，由疏而密的發展。亦即從單純的記錄（記言記事），到具有文采的敘述描寫（敘事寫人），換言之，從粗略記言記事，進而為敘事生動、描寫人物形象鮮明的史傳文學。

綜合上述，或許可以看出先秦歷史散文的發展總趨勢：亦即官方色彩逐漸削弱，文學意味相應的增強，乃至作品流露逐漸文學化的痕跡。對君臣社稷的群體關懷，則逐漸轉向個體身心的關懷。顯示由於「士」的地位崛起，個人開始受到重視，個人在歷史上扮演的角色，為史家所注意。因此，《史記》、《漢書》等，以人物為中心的紀傳體的史撰文學，將要應運而生。

當然，先秦散文中，除了上面章節介紹的歷史散文之外，同時還出現許多說理議論的哲學著作，對於後世的說理議論文章，亦有一定程度的影響，文學史一般將之歸類於「諸子散文」。

第六章
說理文章的肇始——諸子散文

第一節　緒說

　　所謂「諸子散文」，乃是指先秦諸子論著中，以散體古文撰述的說理議論之文而言。其實，諸子論著之興起，與歷史著述相同，也是在周室衰微、政治社會動盪變革之下的產物。按，春秋之前，學在官府，並無私人之師，亦無私家著述。惟自春秋後期到戰國末，王道既衰，禮崩樂壞，乃至學術下移，遂導致具有學識文化的「士」階層之興起，官學於是流入民間，私人講學盛行，私家論著也相繼問世，因而出現了「百家爭鳴」、紛紛著書立說的盛況。惟所謂「百家」，並非實指其數，不過是強調當時學術流派之「多」而已。班固於《漢書・藝文志》即嘗標舉儒、道、陰陽、法、名、墨、縱橫、雜、農、小說等十家。當然，諸子各家各派之論著，特色各異，風格不一，各有其獨特的思想體系與理論重點，提出不同的政治主張或人生哲理，並且成為中國學術思想的鼻祖。

　　儘管先秦諸子論著的主要貢獻在於宣揚各家的學術或哲學主張，並且成為中國學術並哲學思想研究的中心，惟就文學史的立場，重視的乃是，這些諸子論著的「文學」意義與可能影響。包括各家以散體古文為主的寫作風格，如何在不同程度上展現了文采，並將說理議論之文推展至一個高峰，成為文學史上說理議論文章的重要源頭。

第二節　諸子散文的興起與發展

　　總趨勢：由簡而繁，由疏而密；由片段語錄而長篇說理議論

　　先秦諸子散文也經歷了由簡而繁，由疏而密，亦即由片段簡短語錄體而朝長篇專題論文的發展過程。不但展現哲理宣揚的高度自覺性，同時在文章本身，顯示組織漸趨嚴整，說理越來越周密的現象。尤其值得注意的是，某些諸子之文，在說理議論過程中，講求文辭技巧，流露抒情意味的現象。就散文的體式而言，先秦諸子之文，大體上是從簡潔的語錄體(包括對話)，朝向長篇說理議論之文的方向發展。

一、早期語錄體：《論語》、《墨子》

　　論及先秦說理之文，首先必須提及的影響人物，即是孔子(名丘，前551-前479)與墨子(名翟，前480?-前420?)。兩者分別為先秦儒家、墨家的開山祖師。有關他們的言論，主要見於春秋戰國之交的《論語》和《墨子》，分別為儒、墨兩個學派的經典著作。惟在散文藝術的發展上，則同樣是早期語錄體的代表。

(一)《論語》概覽

1. 成書與體例

　　其實《論語》之名，乃是編纂者所定。根據班固(32-92)《漢書‧藝文志》：「《論語》者，孔子應答弟子時人及弟子相與言而接聞於夫子之語也。當時弟子各有所記。夫子既卒，門人相與輯而論纂，故謂之《論語》。」當今學界亦大致同意班固的意見，並認為所謂「論」，乃指論次編纂，「語」則指孔子及其弟子的言語談話。「語」經「論」纂，故稱《論語》。

　　《論語》基本上是輯集孔子的言行錄，兼及孔門弟子和時人的言行之著，大約是戰國初年，由孔子弟子或再傳弟子輯錄編纂而成書。是歷來研

究孔子思想以及先秦儒家哲學之寶典。《論語》全書近一萬六千字，共二十篇，每篇包含若干小節，主要是由零星片段的語錄匯集而成，各篇並無中心題旨，篇內各章之間也無必然關係。而且每章語句簡短，主要是表示觀點，並無進一步的引申論證。最短的章節不到十個字，最長的〈侍坐〉章，也僅三百一十五字。但是，《論語》在中國散文發展史上仍然有其不容忽略的地位。

2. 文學特點

　　《論語》主要是語錄體，就文學史重視的「散文」立場視之，其基本風格特色是，言簡意賅，含蓄雋永，而且由於頗為忠實記錄孔子與弟子之間的言談對話，用的是通俗平易的口語，乃至往往出現相當生動傳神、雋永有味之處，令讀者如聞其聲、如見其人。這些均對後世散文有深遠影響。試舉以下數例：

(1)孔子自道生平、情操——簡潔扼要，親切可感

　　　　子曰：「吾十有五而志於學，三十而立，四十而不惑，五十而知
　　　　天命，六十而耳順，七十而從心所欲，不踰矩。」（〈爲政〉）

　　這應當是孔子暮年時期，向弟子回顧自己一生，在學業德行上，如何隨著年齡的增長，而因應變化的人生境界。短短六句，完整的概括一生，的確簡潔扼要。而且所錄語言淺白易懂，語氣親切可感，並流露一分自信。再看：

　　　　子曰：「飯疏食飲水，曲肱而枕之，樂亦在其中矣。不義而富且
　　　　貴，於我如浮雲。」（〈述而〉）

　　其實孔子一生都追求入世問政，以實現政治理想的機會，但是於上引言談中卻宣稱，吃粗食，飲冷水，仍然可以枕臂而樂，只因爲：「不義而富且貴，於我如浮雲。」這顯然是人生態度、道德情操的宣示。

　　不容忽略的是，上舉二例，均是與弟子直接言談中的自述，文字淺白易懂，卻蘊含著寓教於言的深意，故而又顯得含蓄委婉。

(2)孔子與弟子論政、說理——比喻生動，觀點明確

　　就《論語》所錄，孔子似乎從來不會用枯燥抽象的語言來說理論教，

而經常運用一些意象的語言，生動的比喻，明確傳達其對政治、道德的觀點。試看：

> 子曰：「爲政以德，譬如北辰，居其所而眾星共(拱)之。」
> (〈爲政〉)

按「爲政以德」，乃是孔子終其身一貫的政治主張。值得注意的是，「北辰居其所而眾星共之」的比喻運用，展現出「爲政以德」者的光輝燦爛景象。這已經涉及文學的修辭藝術。再看：

> 子曰：「歲寒，然後知松柏之後凋也。」(〈子罕〉)

此處以「歲寒」，比喻環境的惡劣，又以「松柏」不畏霜寒，在惡劣環境中仍然傲然自處，英姿挺拔，以喻人格的高貴與意志的不屈。再看：

> 子在川上曰：「逝者如斯夫，不舍晝夜。」(〈子罕〉)

以河川流水日以繼夜不斷流逝，比喻時光永恆的流逝，流露身爲有識之士對於有生之年能否在德行功業上留下一些痕跡的關懷或焦慮。

記錄人物言行的「語錄」體，除了表現人物的觀點意見，自然也會通過生動的言談對話，流露不同人物的人格情性。在《論語》中，除了孔子本人之外，通過與弟子的言談，也會展現出各自不同的人格形象。儘管《論語》中展示孔門弟子人格特徵的例證俯拾皆是，惟其中最引人矚目，歷來公認最精采，且展現文學意味的，乃是《論語‧先進》中的〈侍坐〉章：

(3)孔子與弟子並坐言志──師徒人格情性的表露

> 子路、曾晢、冉有、公西華侍坐。子曰：「以吾一日長乎爾，毋吾以也，居則曰：『不吾知也！』如或知爾，則何以哉？」子路率爾而對曰：「千乘之國，攝乎大國之間，加之以師旅，因之以飢饉；由也爲之，比及三年，可使有勇，且知方也。」夫子哂之。「求，爾何如？」對曰：「方六七十，如五六十，求也爲之，比及三年，可使足民。如其禮樂，以俟君子。」「赤，爾何如？」對曰：「非曰能之，願學焉。宗廟之事，如會同，端章甫，願爲小相焉。」「點！爾何如？」鼓瑟希，鏗爾，舍瑟而作，對曰：

「異乎三子者之撰。」子曰：「何傷乎？亦各言其志也。」曰：
「莫(暮)春者，春服既成，冠者五六人，童子六七人，浴乎沂，
風乎舞雩，詠而歸。」夫子喟然嘆曰：「吾與點也！」三子者
出，曾皙後。曾皙曰：「夫三子者之言，何如？」子曰：「亦各
言其志也已矣。」曰：「夫子何哂由也？」曰：「爲國以禮，其
言不讓，故哂之。」「唯求則非邦也與？」「安見方六七十，如
五六十而非邦也者？」「唯赤則非邦也與？」「宗廟會同，非諸
侯而何？赤也爲之小，孰能爲之大？」（〈先進‧侍坐〉）

　　此章所記錄的，乃是孔子與子路、曾皙、冉有、公西華等四個弟子，
師徒同坐閒話並彼此言志的融洽情景。全章主要是以師徒之間的言談對話
構成，通過師徒對話，孔子的和藹可親，循循善誘，鼓勵弟子各抒己志的
良師形象，展露無遺。四個弟子的不同人格情性也躍然紙上。子路的「率
爾」發言，以及自信能治理好「千乘之國」，保證三年之內，人民「可使
有勇，且知方也」，自詡其治軍之才。子路剛直好勇，坦率自負的個性，
立即浮現在讀者面前。冉有則是在孔子點名之後才發言，謂其意欲治理的
不過是「方六七十」或「五六十」之地，三年之內，或「可使足民」，表
示其自認有財政之才，不過又說「如其禮樂，以俟君子」。與子路對比之
下，流露出冉有較爲謙虛謹慎的個性。接著孔子又點名公西華，公西華則
比冉有更爲謙虛，只願繼續學習，最多作一名主管宗廟祭祀的「小相」而
已。最後曾皙應孔子點名之後所言之「志」，卻與其他三弟子大異其趣。
首先，別人在回應孔子問政之「志」，他卻獨自在一旁鼓瑟，其所言「異
乎三子」之「志」，又並非治國之志，卻是一種在太平盛世可以優游自
在、無所欲求的生活情趣。曾皙的瀟灑自在，忘懷得失，以樂其志之人格
氣質，已含蘊期間。而孔子的「吾與點也」，亦含蓄的揭露，孔子對於太
平盛世優游生活的嚮往。

　　《論語》主要是孔門弟子爲宣揚孔子思想言行而輯錄之著，可謂首創
諸子論著語錄之體。當然，「語錄」作爲文章的形式，自有其局限，但是
其間行文之流暢自然，言談之生動活潑，乃是後世文人推崇追摹的典範。

《論語》雖爲研究儒家思想之寶典，惟既淺白易懂，又含蓄委婉的語言藝術風格，在中國散文特質傳統的形成中，亦扮演著重要的角色。

(二)《墨子》概覽

1. 成書與體例

《墨子》一書乃是墨家學派著作的總匯，包括墨翟(前480?-前420?)講學的記錄，故以「墨子」名稱。惟其成書較晚，主要是墨子弟子或後學，在戰國初期，墨家已分爲三派(有相里氏之墨、有相夫氏之墨、有鄧陵氏之墨)，各將有關墨子言行及學說記錄下來，經過多人整理、匯編而成。班固《漢書・藝文志》著錄《墨子》七十一篇，今存五十三篇。惟其書內容相當複雜，體例也不盡一致。就如〈尚賢〉、〈尚同〉、〈兼愛〉、〈非攻〉、〈節用〉、〈節葬〉、〈天志〉、〈明鬼〉、〈非樂〉、〈非命〉等十篇，應是墨家三派弟子各有所記，合而成書，故每篇分上、中、下，內容亦大同小異。

在中國散體古文的發展史上，《墨子》的影響雖不及《論語》，然而在文體因革方面，卻展現出承先啓後的痕跡。

2. 文學特點

《墨子》雖然是爲推崇發揚墨家思想之著，就先秦諸子散文的發展角度視之，可謂爲是將《論語》簡潔的對話語錄體，推向說理辯論的專論體之先驅。

(1)質樸無華，不重文采

整體視之，質樸無華，不重文采，乃是《墨子》一書的語言風格。這當然與墨家尚質尚用的主張，以及旨在說理傳道有關。按《韓非子・外儲說左上》即認爲，墨子講學立言，是爲「傳先王之道，論聖人之言，以宣告人。若辯其辭，則恐人懷其文，忘其直，以文害用也。」此後猶如劉勰(465?-520?)《文心雕龍・諸子》的觀察：「《墨子》意顯而語質。」《墨子》文章，的確文意明顯清晰，語言不重文采雕飾，顯得質樸無華。也正因爲如此，往往予人以不夠生動，缺乏韻味的印象。其文學意味，不及單純語錄體的《論語》。不過，就說理文的發展而言，還是有其貢獻。

(2)篇章標題，題旨集中──專論體的萌芽

按，《論語》各篇的標目，與《詩經》一樣，各取自首章的首句二三字，並不代表該篇的中心思想，各篇實際上也無一定的主題。惟爰及《墨子》，每篇均以簡明扼要的標題，概括全篇的主旨。表現出思想理論的系統化，也說明寫作或編輯的進步。諸如〈尚賢〉、〈尚同〉、〈兼愛〉、〈非攻〉、〈節用〉、〈節葬〉、〈天志〉、〈明鬼〉、〈非樂〉、〈非命〉等篇均是。其中雖然還是由墨子若干段的語錄連綴組合而成，但每一篇中各段語錄之間，不再是各自零星孤立之言，而是有一定的聯繫。或自設問答，或假設反對者之詰難，然後分別引「子墨子曰」或「夫子曰」，一一解說或作答。展現的是，全篇均圍繞著一個中心論題而存在，且所言有頭有尾，層次分明，顯示出專題論文已經萌芽的痕跡。

(3)講求邏輯，重視論辯

講求邏輯，重視論辯，亦是《墨子》文章的另一特色。按《墨子‧小取》即云：「夫辯者，將以明是非之分，審治亂之紀，明同異之處，察名實之利，處利害，決疑焉。」《墨子》所記錄的言論，已經不是片言隻語，而是理論性的言談及概括的論辯之辭，不但有結論，還有推理和論證。此外，謀篇布局方面，也已初具章法，頗有論辯文章的架式。

試看〈兼愛中〉的一段：

> 諸侯先愛則不野戰，家主相愛則不相篡，人與人相愛則不相賊，君臣相愛則惠忠，父子相愛則慈孝，兄弟相愛則和調，天下之人皆相愛，強不執弱，眾不劫寡，富不侮貧，貴不傲賤，詐不欺愚。凡天下禍篡怨恨，可以使毋起者，以相愛生也。……

再舉〈非攻上〉一段為例：

> 今有一人，入人園圃，竊其桃李，眾聞則非之，上為政者得則罰之。此何也？以虧人自利也。至攘人犬豕雞豚者，其不義又甚入人園圃竊桃李。是何故也？以虧人愈多，其不仁茲甚，罪益厚。至入人欄廄取人馬牛者，其不仁義又甚攘人犬豕雞豚。此何故也？一其虧人愈多。苟虧人愈多，其不仁茲甚，罪益厚。至殺不

辜人也，拖其衣裘取戈劍者，其不義又甚入人欄廄取人馬牛，此
何故也？以其虧人愈多，苟虧人愈多，其不仁茲甚矣，罪益厚。
當此天下之君子，皆知而非之，謂之不義。今至大爲攻國，則弗
知非，從而譽之，謂之義。此可謂知義與不知義之別乎？

像以上引文中，如此侃侃而談，層層推進，充分展現《墨子》文章論
述集中，主題明確，且邏輯清楚，重視論辯的風格。不過，或許由於墨家
對自己的學說，具有一分近乎宗教的信仰與熱誠，所言雖已初具論辯文的
架式，今天讀起來，卻有點像坐在教堂裡，聆聽傳教士熱情地對人絮絮叨
叨傳道的意味。

二、語錄體至說理文之橋梁：《孟子》、《莊子》

先秦諸子散文發展的第二階段，可以《孟子》和《莊子》之文爲代
表。二書在思想體系上，分屬儒、道兩家，在散文發展史上，不但共同扮
演著從語錄體通往長篇論說文之間的橋梁，也是諸子文章中，最具文學意
味者。

(一)《孟子》概覽

1. 成書與體例

孟子(前372?-前289?)名軻，受業於孔子嫡孫孔伋(字子思)之門人，
嘗自謂：「乃所願，則學孔子也。」(《孟子·公孫丑上》)是孔子所創儒
家學派的忠實傳人。根據《史記·孟子荀卿列傳》，孟子爲宣揚自己的政
治主張，嘗遊說魏(梁)、齊、滕、宋等諸侯。齊宣王時，曾一度仕齊爲客
卿。可惜因其推行以仁義治國的主張，與當時以詐力奪取天下的時俗不
合，無人聽信，終不見用，於是「退而與萬章之徒序《詩》《書》，述仲
尼之意，作《孟子》七篇」。

《孟子》七篇(各分上下)，凡二百六十一章，三萬四千多字。不過，
關於《孟子》一書的作者，當今學界的一般看法是，並非全屬孟子所著，
其中摻有孟門弟子的記錄。

2. 文學特點

　　《孟子》文體與《論語》相近，基本上也屬語錄體，包括孟子的獨白，以及與諸侯或門生弟子的對話。不過，《孟子》一方面繼承了《論語》的文采辭章，同時還繼承了《墨子》的長篇說理論辯，並使兩者融合一體，有逐漸向比較成熟的說理文發展的趨勢，並且形成孟子本人獨特的，既有氣勢、又具文采的散文風格。已經初見散文「個性化」的端倪。

(1)氣勢浩然，明快流暢

　　從文學角度觀察，《孟子》之文最明顯的特點，即在於其文筆雄健，鏗鏘有力，以氣勢見長。而這分「氣勢」，顯然來自其高張的道德意識，以及對個體人格的自信。孟子即嘗自謂：「我知言，我善養吾浩然之氣。」（〈孟子・公孫丑上〉）意指其所以「知言」，乃是因為有學識道德的修養，內心充滿天地之間的浩然正氣。這卻也正好可以用來形容《孟子》文章的氣勢。

　　試以《孟子・梁惠王上》首章中著名的「孟子見梁惠王」一段為例：

　　　孟子見梁惠王。王曰：「叟！不遠千里而來，亦將有以利吾國乎？」孟子對曰：「王！何必曰利？亦有仁義而已矣。王曰：『何以利吾國。』士庶人曰：『何以利吾身。』上下交征利，而國危矣！萬乘之國，弒其君者必千乘之家；千乘之國，弒其君者必百乘之家。萬取千焉，千取百焉，不為不多矣。苟為後義而先利，不奪不饜。未有仁而棄其親者也，未有義而後其君者也。王亦曰仁義而已矣，何必曰利？」

　　開門見山，劈頭就點出其宣揚的中心思想：非利而主仁義，且層層推進，前後呼應，無處不緊扣「利、義」二字。雖然形式上仍然是客卿與諸侯君主的對話，可是孟子這一席以仁義之道、討伐唯利之私的言辭，舉著仁義道德的旗幟，侃侃而談，理直而氣壯，充滿自信自負。單就文章本身而言，予人的印象，的確是氣勢浩然，明快流暢。

　　同樣是儒家經典，倘若將《孟子》與《論語》之文相比照，《孟子》文中的辭句更加明快，感情更為強烈，個性也更為鮮明。正可謂「讀其書，想見其人」。

(2)運用比喻，穿插寓言

說理議論之際，運用比喻，穿插寓言，亦是當今學界認為《孟子》文章具有「文學」意味的一大特色。無論比喻或寓言，往往針對不同對象，就其身分、愛好，聯繫其切身事例作為比喻。如對好戰的梁惠王，「請以戰喻」，對好樂的齊宣王，則「臣請為王言樂」。值得注意的是，《孟子》中的比喻或寓言，多取材自日常生活，淺近易懂，平易近人，為其言辭增添了文學氣息與通俗色彩。諸如「緣木求魚」、「以五十步笑百步」、「揠苗助長」等比喻或寓言故事，已是歷來家喻戶曉的「成語」。試看《孟子‧公孫丑上》所錄「揠苗助長」的故事：

> 宋人有憫其苗之不長而揠之者，茫茫然歸。謂其人曰：「今日病矣，予助苗長矣。」其子趨而視之，則苗槁矣。

孟子本意是要說明養生之道，切勿作出違背自然規律的蠢事，那樣只會適得其反。故事可謂首尾完整，僅四十來字，交代動機，說明效果，並展現了行為，記錄了言語，且流露神態和口吻。這是論及文學散文藝術不容忽略之處。

(3)長篇獨白，發表議論

《孟子》中有一些單純發表議論，類似長篇獨白(或演說辭？)的篇章，已經展現說理議論文的雛形。試看歷來百引不厭的《孟子‧告子下》一段：

> 故天將降大任於是人也，必先苦其心志，勞其筋骨，餓其體膚，空乏其身，行拂亂其所為，所以動心忍性，增益其所不能。人恆過，然後能改，困於心，衡於慮，而後作；徵於色，而後喻。入則無法家拂士，出則無敵國外患者，國恆亡。然後知生於憂患而死於安樂也。

此處並非在意於「生不逢時」者的「抑鬱」情懷，而是精闢地概括卓越人物如何經歷世事的磨難，人生的挫折，恰好是砥礪心智，培養正氣，成就功業，實現理想的必經過程。當然，文中為鼓勵追求功業理想的受挫者，再接再厲，無須氣餒的「勵志說教」意味濃厚，惟就文章本身而言，

不容忽略的則是，其行文之明快流暢，氣勢之浩闊，頗能動人心弦。

《孟子》雖然是為宣揚儒家思想而撰寫輯錄的著作，在中國散文發展史上，對唐宋「古文運動」影響極大。韓愈就曾以孟子的繼承人自居，稱讚「孟子醇乎醇乎也」，這不單單是指儒家思想而言，亦包括文章風格在內。柳宗元論文，主張「參之孟荀以暢其文」。蘇洵平生尤好《孟子》，曾端坐讀之凡七八年，著有《蘇批孟子》行世。王安石曾注《孟子》，為文亦學之。南宋以後，《孟子》成為《四書》之一，是學子必讀而科舉必考的官方教材。

(二)《莊子》概覽

1. 成書與體例

《莊子》是闡揚道家哲學思想的經典，其中包括莊周（前368?-前288?)本人的著述，也有門人後學之作。《漢書‧藝文志》著錄「《莊子》五十二篇」，惟今之通行本僅存三十三篇，乃晉人郭象(?-312)之刪定本。計有「內篇」七篇，「外篇」十五篇，「雜篇」十一篇，共存約七萬字。其中內篇各篇皆有標題，點出中心題旨，外篇、雜篇則大都只取篇首二三字以資標識。當今學界的一般看法是，內篇屬莊子自作，已無疑義，外篇、雜篇中，則除了門生後學承襲莊子思想之作外，亦很可能也有莊子所作。

莊子雖然與孟子同時，其最大的不同，就是對人生的規畫各異。莊子雖然家境貧寒，「嘗為蒙漆園吏」謀生，卻因傲視王侯卿相，鄙夷功名利祿，而謝絕楚威王聘請為相：「我寧遊戲汙瀆之中自快，無為有國者所羈，終生不仕，以快吾志焉。」（《史記‧老子韓非列傳》）這也是重視個體身心逍遙自在的道家，與以入世問政為人生目標的儒家，在人生哲學上之分野。

2. 文學特點

《莊子》已開始擺脫語錄體的格局，雖然有些篇章還保留著對話的痕跡，部分文章已經展現專題討論的形式。《莊子》可謂是先秦諸子之文中，最富想像力、最具有文學意味的著述。甚至予人的印象是，莊子是在

用文學手法來寫哲學著作。就散文的發展角度觀察，通過大量神奇怪譎的寓言故事來說理，是《莊子》的一大特點；筆沾詼諧，語帶抒情，則是其語言風格。

(1)寓言說理，神奇怪譎

《史記‧老子韓非列傳》稱莊子，「其學無所不闚，然其要本歸於老子之言。故其著書十餘萬言，大抵率寓言也。」當然，《孟子》、《墨子》書中也會用寓言故事說理，但是，《莊子》則「寓言十九，藉外論之」（《莊子‧寓言》），全書有近二百則寓言故事，有的篇章如〈逍遙遊〉、〈人間世〉、〈天下〉等，基本上就是一連串的寓言故事組成，其理論觀點就寄寓在寓言故事之中，乃至抽象理論與文學審美，顯得水乳交融。

由於《莊子》書中的寓言，往往以「謬悠之說，荒唐之言，無端崖之辭」（〈天下〉）寫成，乃至無論文章之構思、意境，都顯得神奇怪譎，令人嘆爲觀止。試以〈逍遙遊〉中的首段爲例：

> 北冥有魚，其名爲鯤。鯤之大，不知其幾千里也；化而爲鳥，其名爲鵬。鵬之背，不知其幾千里也。怒而飛，其翼若垂天之雲。是鳥也，海運則將徙於南冥；南冥者，天池也。齊諧者，志怪者也。諧之言曰：「鵬之徙於南冥也，水擊三千里，摶扶搖而上者九萬里。去以六月息者也。」……蜩與學鳩笑之曰：「所決起而飛，槍榆枋，時則不至，而控於地而已矣；奚以之九萬里而南爲！」……

據郭象《莊子注》，〈逍遙遊〉的主旨是：「夫大小雖殊，而放於自得之場，則物任其性，事稱其能，各當其分，逍遙一也，豈容勝負於其間哉！」就文章本身而言，莊子於此，一發端，即凌空起筆，言出意外，鯤鵬突兀而來。但見幾千里大的巨鯤，瞬息間化爲幾千里大的大鵬；待其奮起而飛，背負青天，翅膀就像垂掛在天空的雲影。繼而大鵬南徙，展翅拍擊水面達三千里之遙，乘旋風扶搖而上九萬里的高空……。其間超凡的想像，神奇的構思，誇張的形容，浩闊的意境，可謂恣意揮灑，異趣橫生。在先秦諸子散文史上，甚至中國文學史上，如此誇張，純屬虛構的描述，

實爲創舉。以後李白著名的〈大鵬賦〉即是繼其緒的擬作。

(2)筆沾詼諧，風趣怡人

在中國文學傳統中，政教倫理的嚴肅關懷，自先秦以來，始終爲大多數文人學士所遵行沿襲，乃至風趣詼諧是比較罕見的元素。然而《莊子》的說理文章中，即使意在說理論道，卻不時流露風趣詼諧的意味。試以〈應帝王〉一則筆沾詼諧的寓言故事爲例：

> 南海之帝爲儵，北海之帝爲忽，中央之帝爲渾沌。儵與忽時相遇於渾沌之地，渾沌待之甚善。儵與忽謀報渾沌之德，曰：「人皆有七竅，以視聽食息，此獨無有，嘗試鑿之。」日鑿一竅，七日而渾沌死。

按，順乎自然天成，不任人爲智巧，當是這段故事的寓意所在。然而，南海、北海、中央三帝的名字，在寓意中就顯得風趣詼諧。繼而儵與忽兩者在感念之餘，爲報答渾沌之友善，決定將原本無面目的渾沌，改造成宛如人一樣有七竅；於是「日鑿一竅，七日而渾沌死」。值得注意的是，莊子於此，顯然並無意於嚴格譴責儵與忽的無知和愚蠢，不過是以輕鬆詼諧之筆，調侃或嘲笑那些未能理悟「自然之道」者，傳達其強調的「順乎自然」之理而已。其他例子，如〈齊物論〉中「莊周夢蝴蝶」、〈養生主〉中「庖丁解牛」、〈秋水〉中「河泊自喜」等，均不同程度的流露《莊子》文章中的風趣詼諧。遂令《莊子》在文學意趣上，超越其他諸子之文。

(3)語帶抒情，文學意濃

先秦諸子之文，其宗旨主要是宣揚各家之哲學思想理論，即使儒家的《論語》、《孟子》，也不例外，因而一般較少出現文學史重視的抒情成分。但是，在《莊子》中，語帶抒情之文，處處可見。儘管莊子在哲學思考與理論上，主張去情、去智、無己、忘我，但是其文章，卻不時流露濃厚的個人抒情意味。試看〈徐無鬼〉中寫莊子送葬惠施的感嘆：

> 莊子送葬，過惠子墓。顧謂從者曰：「……自夫子死，吾無以爲質矣！吾無與言之矣！」

　　惠施屬名家玄虛派，與莊子友善。《莊子》書中，惠施與莊子，經常對於種種人生哲理而論辯，顯示二人的觀點並非一致。然而，對莊子而言，失去了一位足以言談辯論的朋友，實在是生命中一大損失，所以才會有「自夫子死，吾無以爲質矣！吾無與言之矣！」之深切喟嘆。

　　儘管莊子自詡「獨與天地精神往來……上與造物者遊，而下與外生死無終始者爲友」（〈天下〉），彷彿已經超然世俗人生之外了。但是莊子卻是一個十分深情的人，不但傷悼友人之亡，亦慨嘆妻子之死。〈至樂〉篇即有如下之記載：

　　　　莊子妻死。莊子曰：「是其始死也，我獨何能無慨然！」

　　莊子之深情，不但表現在與友人或妻子的生死離別的感慨中，亦不時流露在對於人生的普遍感慨裡：

　　　　吾生也有涯，而知也無涯。以有涯隨無涯，殆矣！以而爲知者，殆而已矣！（〈養生主〉）

　　　　死生，命也，其有夜旦之常，天也。人之有所不得與，皆物之情也。（〈大宗師〉）

　　　　人之生也，與憂俱生。（〈至樂〉）

　　其中包括爲人臣者之無奈：

　　　　知其不可奈何而安之若命，德之至也。爲人臣子者，固有所不得已。（〈人間世〉）

　　亦有面臨大自然之欣悅，以及對人生哀樂無常的悲嘆：

　　　　山林與！皋壤與！使我欣欣然而樂與！樂未畢也，哀又繼之。哀樂之來，吾不能御；其去，弗能止。悲夫！世人直爲物逆旅耳！（〈知北遊〉）

　　還有送人遠行之依依不捨：

　　　　君其涉於江而浮於海，望之而不見其崖，愈往而不知其所窮。送君者皆自崖而反，君自此遠矣。（〈山木〉）

　　或遊子對故鄉的懷思眷戀：

　　　　舊國舊都，望之暢然，雖使丘陵草木之緡，入之者十九，猶之悵

然。(〈則陽〉)

儘管《莊子》原是一部論述道家哲學理念的著述,其書中處處流露的,對人生種種的體味與感慨,洋溢著濃厚的抒情意味,不但為說理之文開拓了新境,並且預示中國文學未來的走向:亦即以抒情為主的發展趨勢,同時為漢魏以後文人詩歌的主要關懷,諸如生命之無常、離情之悲哀、羈旅之愁怨,以及山水自然之賞愛,譜出基調。

三、長篇論說文之開啓:《荀子》、《韓非子》

荀況的《荀子》與韓非的《韓非子》,是戰國末期分別宣揚儒家和法家思想的著作,在散文的表現上,兩者同樣標誌著諸子散文已從語錄對話的議論或論辯,發展成長篇的專題論說文。

(一)《荀子》概覽

1. 成書與體例

荀況(前313?-前238?)又稱荀卿或孫卿,是戰國末期一位傑出的儒學大師,與孟子同樣是孔門學說之正傳。不過孟子繼孔子之仁義學說,荀子則繼承孔子之禮樂學說。孟子專就內在之仁,主張性善,荀子專就外在之禮,主張性惡。荀子一生行事亦與孔、孟相若,始則治學,繼而周遊、出仕,終則講學著書。今傳《荀子》三十二篇,乃是西漢末期劉向(前77-前6)根據官方所藏《荀卿書》三百二十二篇編輯整理而成,爰及唐代楊倞作注時,對篇目次第又有所移動。其書中難免有弟子門生之雜錄,但是大部分為荀子自著,基本上保存了荀子的學術思想觀點和文筆風格。《荀子》一書,在體例上可分為三類:其中〈成相〉與〈賦〉兩篇屬韻文;〈大略〉以下六篇或為雜論,或是對話體的短小故事;餘下的二十四篇,除〈議兵〉、〈強國〉等少數幾篇還帶有語錄對話的痕跡,其他都屬於專題性的說理議論文章。

2. 文學特點

(1)專題論文,論旨明確

《荀子》書中的說理議論文章,每篇都有概括性的標題,點明主題。

如〈勸學〉篇論學習，〈修身篇〉論道德修養，〈王制〉、〈王霸〉論政治問題，〈君道〉、〈臣道〉論君臣綱紀，〈富國〉論經濟，〈議兵〉論軍事，〈性惡〉論人性等。這些論說文不再是零散綴合的片段記述，而大多是立意集中，體制宏博的長篇，已屬專題說理議論之文。而且篇章結構完整，論旨明確，論證嚴密，明顯標誌著說理文章的成熟。

試節錄其〈勸學〉篇為例：

> 君子曰：學不可以已。青，取之於藍，而青於藍；冰，水為之，而寒於水。木直中繩，輮以為輪，其曲中規；雖有槁暴，不復挺者，輮使之然也。故木受繩則直，金就礪則利；君子博學而日三省乎已，則知明而行無過矣。故不登高山，不知天之高也；不臨深溪，不知地之厚也；不聞先王之遺言，不知學問之大也。……騏驥一躍，不能十步。駑馬十駕，功在不舍。鍥而舍之，朽木不折。鍥而不舍，金石可鏤。……吾嘗終日而思矣，不如須臾之所學也；吾嘗跂而望矣，不如登高之博見也。登高而招，臂非加長也，而見者遠；順風而呼，聲非加疾也，而聞者彰。假輿馬者，非利足也，而致千里；假舟楫者，非能水也，而絕江河。君子生非異也，善假於物也。

一發端即開宗明義，從總體上說明學習的重要，接著從不同方面論述學習的具體作用，繼而交代學習過程中應注意的種種事項，最後歸納至學習的態度上：必須堅持不懈，堅定不移。就全文視之，可謂論旨明確，其間脈絡分明，首尾貫通。文中用喻之多，亦令人目不暇接，惟用意十分明確，均為說明「勸學」之宗旨。已明顯展示專題論文的格局。

(2)排比鋪張，講究修辭

《荀子》尚實用，反對言過其實，認為語言文辭之應用，關鍵在於明道：「當其辭，以務白其志義者也。」（〈正名〉）換言之，為文只要能明道，便無須在文辭上過於修飾。正如孔子所謂：「辭，達而已矣。」但是，綜觀《荀子》諸篇之行文，卻與荀子宣稱尚實用的文章觀點，並不盡然相符。蓋《荀子》文章中展現的排比駢偶，講究修辭，亦是其語言風

格。試以〈天論〉篇中之兩段爲例：

> 強本而節用，則天不能貧；養備而動時，則天不能病；修道而不
> 貳，則天不能禍。故水旱不能使之饑，寒暑不能使之疾，妖怪不
> 能使之凶。

> 本荒而用侈，則天不能使之富；養略而動罕，則天不能使之全；
> 悖道而妄行，則天不能使之吉。故水旱未至而飢，寒暑未薄而
> 疾，妖怪未至而凶。

兩段文字，在字句上均工整相對，形成駢偶，又疊用連串的並列句，排比而出，遂令文章顯得緊湊綿密，整齊勻稱，有節奏，有氣勢。

再如前舉〈勸學〉篇中，除了排比鋪張，同時明顯展示荀子特別重視「譬稱以喻之」的修辭藝術。其中一些警語，如「青出於藍」、「鍥而不舍」，均言簡意賅，至今沿用不絕。

《荀子》書中，另有〈成相〉一篇韻文，以及總稱〈賦篇〉的五首小賦(詳後)，乃是用通俗文字宣揚政治主張。就散文而言，《荀子》之文，已標誌先秦諸子說理議論文的成熟，再經過《韓非子》政論文的相繼推展，說理議論文終將成爲散文中之一「體」。

(二)《韓非子》概覽

1. 成書與體例

韓非(前280-前233)與荀子有直接的師承關係，是先秦諸子中最後一位大家，也是先秦法家的主要代表。惟其學術思想淵源不一，其中包括商鞅的「明法」，申不害的「任術」，愼到的「乘勢」等，並將三者冶於一爐，而自成體系，成爲刑名法術之學。據《史記・老子韓非列傳》：「韓非者，韓之諸公子也。喜刑名法術，而其歸本於黃、老。非，爲人口吃，不能道說，而善著書。與李斯俱事荀卿，斯自以爲不如非。」秦王見其書，頓生思慕之心。可惜韓非未及信用，最後竟被李斯等讒害而死。

今本《韓非子》五十五篇，與《漢書・藝文志》著錄數量相同。全書約十餘萬言。當今學界一般認爲，除了少數篇章爲其弟子或後人所述，大多出於韓非本人之手。《韓非子》的文章，大部分是政論文。惟體例並不

一致，其中包括長篇政論，短篇雜文，以及通篇用韻的韻文體。

2. 文學特點

(1)重質輕文，辭鋒犀利

　　韓非的學術中心是「法治」，對文學(學術)著述，主張重質輕文，反對文飾。嘗於〈解老〉篇云：「禮爲情貌者也，文爲質飾者也。夫君子取情而去貌，好質而惡貌。」表示其所以重質輕文，乃是因爲擔心「覽其文而忘其用」、「以文害用」。又於〈亡徵〉篇云：「喜淫而不周於法，好辯說而不求其用，濫於文麗而不顧其攻者，可亡也。」不過，韓非之文，雖不重文飾，卻因強調實用，爲了把宣揚的道理說清楚明白，往往以辭鋒犀利，說理透闢見長。試以〈說難〉的首段爲例：

> 凡說之難，非吾知之，有以說之之難也；又非吾辯之，能明吾意之難也；又非吾敢橫佚，而能盡之難也。凡說之難，在知所說之心，可以吾說當之。所說出於爲名高者也，而說之以厚利，則見下節而遇卑賤，必棄遠矣。所說出於厚利者也，而說之以名高，則見無心而遠事情，必不收矣。所說陰爲厚利而顯爲名高者也，而說之以名高，則陽收其身而實疏之；說之以厚利，則陰用其言顯棄其身矣。此不可不察也。
>
> 夫事以密成，語以洩敗，未必其身洩之也，而語及所匿之事，如此者身危。……

　　按，〈說難〉乃是一篇討論遊說之術的專文。一發端即以「凡說之難」四字，點出全篇之綱。強調的是，對人主遊說進諫之困難與危險，順之以招禍，逆之以制禍，稍不留心，便命喪身亡。最後以「人主亦有逆鱗，說者能無嬰人主之逆鱗者幾矣」，總結全篇。全文不重藻飾，雖然稍嫌欠缺文采，惟說理透闢，筆鋒犀利，已是相當成熟的說理文。

(2)寓言薈萃，博喻之富

　　韓非文章之另一特色，乃是運用大量寓言來說理論政。韓非之前，寓言故事都是零散的存在於諸子或歷史著述之中，作爲說理或敘事的一部分。即使以「寓言十九」見稱的《莊子》亦如此。爰及韓非，開始有系統

的收集整理，並且分門別類編輯成為各種形式的寓言故事。《韓非子》書中寓言之眾多與集中，可謂是先秦諸子文章之冠。劉勰《文心雕龍・諸子》即稱之為「博喻之富」。主要集中於〈內外儲說〉、〈說林〉、〈喻老〉、〈十過〉等篇。這幾篇共有寓言故事，約二百七十餘則。

試先以〈外儲說左上〉一則為例：

> 郢人有遺燕相國書者，夜書，火不明，因謂持燭者曰：「舉燭！」而誤書舉燭。「舉燭」非書意也，意也。燕相國受書而說之，曰：「舉燭者，尚明也。尚明者也，舉賢而任之。」燕相白王，王大悅，國以治。治則治矣，非書意也。今世學者多似此類。

這就是著名的「郢書燕說」，目的是諷刺當時某些著書立說的學者，在徵引和解釋前人著述時，往往穿鑿附會，望風捕影。再看〈外儲說右上〉中之一則：

> 宋人有沽酒者，升概甚平，過客甚謹，為酒甚美。縣幟甚高著，然而不售。酒酸，怪其故，問其所知里長者楊倩。倩曰：「汝狗猛耶？」曰：「狗猛則酒何故而不售？」曰：「人畏焉！或令孺子懷錢，挈壺甕而往沽，而狗迓而齕之，此酒所以酸而不售也。」

售酒者之酒甚美，且服務態度周到，酒旗也懸掛得很高，然而酒就是賣不出去，乃至酒都變酸了。其原因就在於，有個猛狗看門。這個故事顯然是告誡為君者，為延聘人才，就必須除掉那些看門的「猛狗」。

《韓非子》中這些寓言故事的組織，往往經過精密的安排，論述之際，先點明論題主旨，然後分門別類將若干寓言排列在一起，以期佐助說明論點，於是就產生了初具系統的「寓言故事集」。為中國古代寓言故事，由陪襯附庸，開始具有獨立存在價值，鋪上先路。

第三節　小結

　　先秦諸子散文，自《論語》到《韓非子》，從文體本身看，明顯展示，從片段的語錄，到有意識地採用問對方式闡述某種理論觀點，逐漸朝長篇說理議論文演進的痕跡。不過，值得注意的是：首先，說理文雖然從語錄體演進而來，並不表示語錄體的消失，事實上語錄體始終繼續存在於歷代的著述中。從揚雄《法言》到朱熹《朱子語類》，均屬有意模仿《論語》的語錄體式者。其次，由於諸子各家的政治哲學和人生態度的不同，表現在文章風格上，也各具特色。綜觀先秦諸子之文，除了個別情況，如莊子其人其書之外，主要都是在遊說人君過程中產生，多爲匡時救世之作。所謂儒、墨、道、法等派別的文章，從本質上看，都在某種意義上是個人或群體學說的宣傳品。惟儒、墨、法三家的孔、孟、墨、荀、韓等著書立說，鼓吹的主要還是自己的政治主張，以期受到人主君王所用，重視的是，個人與君王社稷之間的群體關係，強調的是政教倫理的意識，流露的是作者入世問政的抱負。可是莊子卻是一個傲視王侯卿相、鄙夷功名利祿者，《莊子》學說重視的是，個人身心的自由逍遙，是個體意識的宣揚者、倡導者，其筆墨所及，多針對個人在人生天地間的經驗感受以及因應選擇，因此，《莊子》之文，在先秦諸子著述中，最具文學意味，是最接近抒情意味者，對後世抒情文學的影響，也最爲深遠。

第二編

中國文學的起步與飛躍

——兩漢文學

第一章
緒　說

　　漢王朝之建立，是在春秋戰國長期分裂戰亂之後並繼秦代的統一王朝，亦是中國歷史上第一個由庶族平民建立的王朝。西周以來施行的宗法制度從此解體，個人的社會角色與生存地位，無須再受宗族血緣定尊卑階級的支配，這顯然是一種對個體身心人格某種程度的解放。加上漢初一統江山之後，力行修養生息，推崇黃老無爲，在政治社會方面，均產生一定程度的鬆綁效應，爲個人一己生命意義與生存價值的關懷，以及人格獨立的覺醒，提供良好的孕育滋長環境。在文學創作上，因面向「新時代」的產生，乃至充滿新變的機會與要求，不僅詩歌體制發生了變化，題材內容也隨著時代的變革而產生變異。其中最值得注意的，就是作品中流露的個體意識之自覺。

　　當然，由於漢王朝政權的統一，君權的集中，尤其自武帝盛世，倡導儒術獨尊，強調群體綱紀，基本上還是一個重視群體綱紀的時代[1]。影響所及，甚至促成中國文學強調政教倫理實用功能的長遠傳統。幸運的是，朝廷官方對於文學創作，顯然並未橫加干涉，容許作者思索、體味，並重視個人生命的意義與存在價值，擁有表現自我、抒發己情的空間。從現存漢代楚歌、辭賦、樂府、古詩諸作中，不時浮現的，無關政教倫理的個人

1　余英時即認爲，漢代基本上是一個重視「群體意識的時代」（an age of collectivism）。見Ying-shih Yu, "Individualism and the Neo-Taoist Movement in Wei-Chin China", in Donald Munro（ed.）, *Individualism and Holism: Studies in Confucian and Taoist Values*（Ann Arbor: Center for Chinese Studies, University of Michigan, 1985）, pp. 121-155.

情懷，蘊含著漢代作家對個人生命意義和存在價值的關注，清楚顯示，個
體意識自覺的訊息，爲文學的自覺開出先路，同時爲中國文學的個人抒情
傳統，譜出歷久不衰的基調。

　　不容忽略的是，流露個體意識自覺的漢代文學作品，並不局限於某一
固定群體的作者，亦非集中於某一特殊的文學樣式，而是散布於不同的社
會階層，表現於不同類型的作品。其間展現的，對於自我生命意義與存在
價值的關注，乃是屬於一個時代的共同傾向，顯示漢代文學作品中個體意
識的自覺，自西漢初始，已經逐漸形成一個時代的文學現象。文學作品中
個體意識的自覺，正是促使中國文學以個人抒情爲主流的推動力。因而此
處以「中國文學的起步與飛躍」作爲兩漢文學的標誌。

第二章
兩漢辭賦的發展

第一節　緒說

一、「賦」與「辭賦」

　　「賦」這個詞原本是《詩經》的「六藝」(風雅頌賦比興)之一,指的是詩歌中一種表現技巧,其特點是,不用比喻,不假象徵,只是「直書其事」,把話直截了當的說出,近似今天所謂的「白描」。「賦」作為一種文學體裁的名稱,則是介於詩和文之間的奇特文體,既有詩歌之用韻,又有散文之自由。其體式風格之形成,深受楚辭、先秦散文,以及戰國時縱橫家談風的影響。學界一般認為,賦,作為一種文體,萌芽於戰國後期,正式產生於漢初,極盛於西漢中葉,一直延續到東漢末年,可說是漢代文學的主流,囊括了兩漢四百多年的文學天才與功力,文學史上習慣稱之為漢賦。正如唐詩、宋詞、元曲、明清小說,代表一個特定時代的文學最高成就。

　　由於賦受楚辭之影響很深,兩者關係密切,許多賦篇在辭句上、腔調上還保持楚辭的餘味,因此漢代人往往把賦和辭混稱。如司馬遷(前145-前90?)《史記‧屈原賈生列傳》:

　　　　屈原乃作〈懷沙〉之賦。

　　按〈懷沙〉乃是《楚辭‧九章》中的一篇,司馬遷此處仍稱其為「賦」。又如班固(32-92)《漢書‧揚雄傳》:

　　　　賦莫深於〈離騷〉,……辭莫麗於相如。

此處以〈離騷〉爲「賦」，司馬相如之作則稱「辭」。不過，有時又會將辭與賦合併使用。如《史記‧司馬相如列傳》：

會景帝不好辭賦。

《漢書‧王褒傳》亦是辭賦合稱：

辭賦大者與古詩同義，小者辯麗可喜。

其實一直到今天，仍然保持這個傳統，或簡稱賦，或稱辭賦。不過，辭和賦兩種文體還是可以大概區分開來。一般而言，辭比較偏向於言情，個人抒情意味較濃，賦則偏向於體物，客觀描寫的性質較強。

賦，作爲一種獨立的文體，自然應有其基本的特質。劉勰(465?-520?)《文心雕龍‧詮賦》言之甚確：

賦者，鋪也；鋪采摛文，體物寫志也。

意指「賦」就是鋪陳，作爲一種文體，其特點就是鋪陳辭藻，講求文采，以便描寫物象，表達情志。其所云「鋪采摛文」，點出賦體在語言上的特色，「體物寫志」，則點出賦體在內涵上的宗旨，也包括作者寫賦的「目的」。兩者實相輔相成，同樣是構成賦體的要素。

二、漢代辭賦的類型──騷體與散體

根據現存的漢代辭賦作品，可以看出西漢初期的賦篇，基本上承襲楚辭風格，不僅在選辭造句上，就是內涵情味上，也與屈原作品的悱怨悲世相似，一般稱之爲「騷體賦」，可視爲漢代文人士子的抒情詩。但是這種抒情之賦，並非漢賦的主流，亦非漢賦的典型，只是漢賦的一股支流而已。典型的漢賦，則是以散文爲主的「散體大賦」，其中夾雜著韻文。在主題內涵上，則有相當的局限性，大多以描寫天子遊獵的盛況，京城都邑的壯觀，爲主要內容，但在體制上，卻兼具體物、敘事、抒情、寫志的功能。這類賦篇，正呈現劉勰所謂的「鋪采摛文，體物寫志」的特質。而漢大賦中所寫的「志」，往往含蘊著作者以人臣之身，對天子王侯的諷諭或歌頌。班固即曾經以「賢人失志」之賦(《漢書‧藝文志》)和「潤色鴻業」之賦(〈兩都賦序〉)，分別指「騷體賦」和「散體賦」，大致點出兩

種類型賦在基本內涵和功能方面之差異。

第二節　漢代辭賦興起的背景

一、文體本身發展趨勢

　　四言詩是周代文學的主流，春秋戰國以來，則是史家之文與諸子之文的天下，四言詩逐漸衰微。經過儒家的推崇，《詩經》三百篇已成為儒家經典，離開文學的範圍，成為聖賢之書。戰國時期，繼《詩經》而興起的新詩體，則是楚國的歌辭，亦即楚辭。但是楚辭作品，在屈原、宋玉筆下，似乎已達到了高峰，及至漢朝，除了因襲模仿，似乎已很難有什麼創新。不過，戰國末期出現的「賦」，正成為可以接續楚辭的一種新文體。

　　現存最早以賦名篇，並且粗具散文韻文交織特色的作品，見於戰國末期荀況（前313?-前238?）的《荀子》，其中有五個獨立的短篇：〈禮〉、〈知〉、〈雲〉、〈蠶〉、〈箴〉，皆以「賦」字名篇。這幾篇賦，基本上是四言為主，偶句押韻。顯然是受《詩經》句式的影響。不過採用的主要是君臣問答對話的布局，也有韻文散文混合敘述的情形。其次是宋玉（前320?-前263?）的作品，如〈風賦〉、〈笛賦〉、〈高唐賦〉等。這些作品則兼用四言、五言、七言，同時亦用主客問答對話的布局。詩的成分減少，散文的成分已增加，與漢賦的基本特質已相當接近。比方說，作品均是為提供帝王貴族閱讀欣賞而寫，雖亦有諷諫的意圖，但更多的是鋪敘、誇耀貴人的威風和豪華。

　　這些初步的嘗試，爰及大一統的漢王朝，正接續著這個潮流，於是辭賦交互影響，形成漢賦的鼎盛。就文體本身的發展上，漢賦的興起，乃是一種必然的趨勢。劉勰《文心雕龍‧詮賦》即云：

　　　　賦也者，受命於詩人，拓宇於楚辭也。

　　意指賦作為一種文體，乃是起源於《詩經》，發展開拓於楚辭。點出文體本身發展的淵源。不過，亦如劉勰《文心雕龍‧時序》篇中的名言：

「文變染乎世情，興廢繫乎時序。」時代的因素，外在的環境，對文學的影響，亦不容忽視。

二、帝國空前統一繁榮

經過春秋戰國的長期分裂，秦朝三十年的「苛政」，漢王朝的建立，在政治經濟上都達到空前的安定和繁榮，疆域版圖之大，也是歷史上前所未有，文化上則是南北文化融匯合流，大大開闊了文人的胸襟和視野。此外，在宇宙萬物間，「人」本身的力量，尤其是君王——大漢帝國統治者——的力量，得到具體的肯定。各種珍奇物品的收集，豪華宮殿的建設，田獵遊樂的好尚，乃至帝王對死後繼續享受榮華富貴的神仙長生之想，都成為漢賦作家的題材。漢賦中對天子威武遊獵的盛況，林苑中山川景物的誇示，京城都邑、文物典章的鋪敘，就充分表現對天子擁有無比權勢與財富的讚嘆，對帝國統一與富庶境況的自豪。因此，或可說，漢賦的興起，與漢王朝空前的統一、強盛、繁榮的局面，密切相關。

三、天子王侯獎勵提倡

漢賦作家絕大多數都來自文人學士階層。有的是寄身宮廷王府的文學侍從，有的則是遊身於權貴之間的待聘學士，而「賦」的盛行，得力於天子王侯的獎勵提倡。文人獻賦，可以成為博取聲名、獲得俸祿的捷徑。例如司馬相如即因獻〈上林賦〉，得封為「郎」，任職宮廷。枚乘賦「柳」，獲得賜絹五匹。相如又賦「長門」，得黃金百斤……。此外，東方朔、枚皋等，都是以辭賦得官。

天子王侯提倡辭賦，一方面出於政治的需要，利用這些文人來宣揚大漢天威，以「潤色鴻業」，另一方面同時也為宮廷生活提供一些娛樂，增添風雅的趣味。賦，既然是為天子王侯所寫，作者當然經常把天子王侯的權勢，帝國封畿的繁榮，作為構思的前提。這些文人，除了作賦以逢迎天子王侯之外，自己確實也感受到這是一個值得歌頌的「盛世」。於是大批的辭賦作家出現了，大量頌美帝國君王的賦篇應運而產生。

第三節　漢代辭賦的發展與流變

綜觀現存的漢代辭賦，不難發現，雖同屬漢賦，其實從內容到形式，並不完全一樣。從這些作品本身可以觀察到，順著時代先後，賦這種文體，從詩的賦化，到賦的詩化，一直在不斷的發展演變。大致可以分為以下三個階段：

一、漢賦的形成——詩的賦化

(一)騷體短賦的典範——楚騷餘緒

西漢初期，從高祖到武帝初年(前206-前140)，大約六、七十年間，是漢賦的形成期。這時漢王朝自身的文化，尚未顯出其特色，在文學創作上，抒情意味濃厚的楚歌流行，辭賦亦繼承楚騷餘緒，往往以抒發個人情懷為宗旨，流露的是一己的詩情。即使英雄帝王之吟詠，亦以個人生活的經驗感受為主調。例如項羽的〈垓下歌〉、漢高祖劉邦的〈大風歌〉，各自在不同場合即興吟出的楚歌，也是對個人失志、人生無常之悲嘆，以及對個人生存命運無法掌握，豐功偉業難以常保之焦慮[1]。全然是詩人的情懷，楚聲的迴盪。西漢初期的辭賦創作一般亦以抒情為主調，流行的是「騷體賦」，主要是採用楚騷形式，抒情的意味濃厚。就主題內涵而言，或可分為懷才不遇之悲與孤獨寂寞之哀兩種類型。前者是為人臣者的感慨，後者則純然是一己孤獨處境的感受。

1. 懷才不遇之悲

1　根據《史記·項羽本紀》，西楚霸王項羽，被劉邦大軍圍於垓下，眼見大勢已去，走投無路，又夜聞四面楚歌，面對平生最心愛的美人與駿馬，不禁慷慨悲歌：「力拔山兮氣蓋世，時不利兮騅不逝。騅不逝兮可奈何！虞兮虞兮奈若何！」又據《史記·高祖本紀》，高祖於討伐英布之後，還歸過沛，召故人父老子弟縱酒，酒酣之際，自擊筑為歌：「大風起兮雲飛揚，威加海內兮歸故鄉，安得猛士兮守四方。」兩首楚歌均是面對個體人生，關心自我生命，抒發一己情懷之作。

這類賦篇的內容，主要是抒發己身的懷才不遇，或藉哀悼他人的懷才不遇來發洩個人在仕途上的挫折。賈誼(前200-前168)即是這時期的代表作家。

賈誼年少時即以文才見稱，亦胸懷大志，頗受漢文帝寵信，年二十餘即爲博士，官至大中大夫。可惜雖提出種種改革政制的建議，卻受到當時主張「無爲」的當權人物反感。漢文帝又聽信元老大臣的讒言，開始疏遠賈誼，並出爲長沙太傅。當時的長沙地處偏僻，形同貶謫。四年後雖被召回，拜爲梁懷王太傅，不料懷王墮馬而死，賈誼以自己失責，深感內疚，不久即憂傷抑鬱而終，年僅三十三。

賈誼遭讒受貶的境遇，及其幽怨抑鬱的心情，和屈原頗相似，在長沙時，寫了一篇〈弔屈原賦〉，試節錄其首尾：

> 恭承嘉惠兮，俟罪長沙；側聞屈原兮，自沉汨羅。造托湘流兮，
> 敬弔先生：遭世罔極兮，乃殞厥身。嗚呼哀哉！逢時不祥。鸞鳳
> 伏竄兮，鴟梟翱翔。闒茸尊顯兮，讒諛得志。賢聖逆曳兮，方正
> 倒植。……
> 訊曰：已矣！國其莫我知兮，獨壹鬱其誰語？鳳漂漂其高遠兮，
> 固自引而遠去。……

全文乃是藉弔屈原的冤魂來哀悼自己的失志不遇，其中反覆運用比喻以鳴不平，以斥讒佞，宛如屈原苦悶靈魂、幽怨情感的再現。這篇辭賦，在體制形式和氣氛情調上，顯然均「拓宇於楚辭」。但是，首先，賈誼〈弔屈原賦〉中，已經明顯點出「鳳漂漂其高逝兮，固自引而遠去」，亦即意欲避世遠去，潔身自好，擺脫君臣社稷群體關係的意圖，這是與始終繫心君王、執著於人臣身分的屈、宋作品最大的不同。其次，前一段連用許多鋪排句，第二段又多用反詰句和感嘆句，形成一種鋪張揚厲的風格，具有戰國策士說辭一般雄辯的餘風。

賈誼這篇抒發個人情志的騷體賦，影響頗巨。以後莊忌(後人因避漢明帝諱改爲嚴忌，前188?-前105?)〈哀時命〉、董仲舒(前179-前104)作〈士不遇賦〉、司馬遷作〈悲士不遇賦〉、揚雄(前53-18)〈逐貧賦〉，

還有兩漢之間，崔篆（約25-30年間舉賢良）〈慰志賦〉、馮衍（?-70?）〈顯志賦〉、東漢班固（32-92）〈幽通賦〉等，均可歸類於「賢人失志」之賦。這類作品的創作緣起，猶如莊忌〈哀時命〉所云，乃是「志憾恨而不逞兮，抒中情而屬詩」，不是為取悅或諷諭天子王侯所寫，而是心感自己生不逢時，志不得逞，乃至以抒發個人失志不遇的哀怨憂憤為宗旨。作者衷心關懷的是，個人生命的意義與存在價值，以及個體人格的尊嚴；重視的是，一己身心之安危，進而引發避世遠禍、求仙隱逸等純粹有關個人身心幸福之思。

2. 孤獨寂寞之哀

　　孤獨寂寞乃是個人對一己處境的心理感受，也是個體意識自覺的表露。個人的孤寂之感，通常源自與他人之間關係疏離的體會，源自預期或實質聯繫之斷絕與破滅。這樣的情懷，在論及屈、宋作品以及漢人失志不遇篇章中，已有所著墨。但是，在現存漢代辭賦中，幾篇訴說個人孤獨寂寞情懷之作，則主要是以君王后妃之間男女的情思意念為筆墨重點。如漢武帝為悼念寵姬李夫人而作的〈李夫人賦〉，訴說天人兩隔的離別相思之情。還有相傳為司馬相如為陳皇后失寵於武帝而寫的〈長門賦〉，則集中筆墨抒發一個失寵后妃在孤寂中的幽怨與悲哀。其後有班婕妤（前48?-前6?）失去漢成帝寵愛後所寫，具有自傳意味的〈自悼賦〉，追述自己在宮中的生活經歷，自傷自悼個人身世命運的悲苦不幸。

　　三篇辭賦之作者，分屬君王、后妃、文人等不同的社會身分，惟其情懷意念，則明顯展示漢初辭賦「詩化」的現象。三篇作品均屬面向自我身心、針對個人處境之作，為以後的宮怨詩立下典範，且為漢人辭賦中的個體意識，增添一分女性的溫柔。不過，〈長門賦〉與〈自悼賦〉兩篇作品中的失寵后妃，對君王始終念念不忘，則與楚辭中人臣對君王的依戀相若，尚未能完全擺脫君臣之間的群體意識。惟漢武帝〈李夫人賦〉，則是純粹個人的離情相思。試看：

　　　　美連娟以修嫮兮，命樔絕而不長，飾新供以延貯兮，泯不歸乎故
　　　鄉。慘鬱鬱其蕪穢兮，隱處幽而懷傷。釋輿馬於山椒兮，奄修夜

之不陽。秋氣潛以淒淚兮，桂枝落而銷亡，神莞莞以遙思兮，精
浮游而出疆。……驪接狁以離別兮，宵寤夢之芒芒，忽遷化而不
反兮，魄放逸以飛揚。……超兮西征，屑兮不見，寖淫敞況，寂
兮無音，思若流波，怛兮在心。……

作者不是以帝王之尊發言，彷彿只是一個普通的夫君，在離情相思
中，傷悼妻子愛侶的早逝，訴說他的孤獨寂寞情懷。這或許是文學史上第
一篇「悼亡」之作，為以後西晉潘岳的〈悼亡詩〉，鋪上先路。

上舉這些漢代騷體賦，是詩化的辭賦，可謂是表現個體人格與生命態
度的抒情詩。無論是為自我抒情述懷，或為他人代言寫情，其中對個體人
生命運的關注，對個人情懷意念的體味，已經顯示出，作者對個人生命意
義與存在價值的重視。漢代這類賦篇，儘管只是漢賦的支流，其所開創的
個人抒情方式，則為後世抒情詩歌點出發展演變的方向。

(二)騷體短賦的轉變——句式散化

騷體賦的轉變，展現出漢賦發展的方向，則可從作品句式的散文化，
觀其大概。其實在漢初賈誼作品中，已經可以看出端倪。賈誼另有一篇
〈鵬鳥賦〉，寫其如何通過老莊哲理對生死榮辱的體悟：

單閼之歲兮，四月孟夏，庚子日斜兮，鵬集予舍，止于坐隅兮，
貌甚閒暇。異物來萃兮，私怪其故；發書占之兮，讖言其度，
曰：「野鳥入室兮，主人將去。」請問于鵬兮：「予去何之？吉
乎告我，凶言其災。淹速之度兮，語予其期。」鵬乃嘆息，舉首
奮翼；口不能言，請對以臆，曰：「萬物變化兮，固無休
息。……禍兮福所倚，福兮禍所伏；憂喜聚門兮，吉凶同
域。……」「且夫天地為鑪兮，造化為工；陰陽為炭兮，萬物為
銅。合散消息兮，安有常則？千變萬化兮，未始有極！忽然為人
兮，何足控摶；化為異物兮，又何足患！小智自私兮，賤彼貴
我；達人大觀兮，物無不可。貪夫徇財兮，烈士徇名。夸者死權
兮，品庶每生。怵迫之徒兮，或趨西東；大人不曲兮，意變齊
同。……」

　　此賦在內涵情境上，比〈弔屈原賦〉更進一步抒發作者「進則仕，退則隱」的人生選擇。不過在形式體制上，儘管還是楚騷體，但是其間已經夾雜著問答的散文句式。雖然還缺少典型漢大賦中，那種華麗的詞藻與誇張的形式，這篇〈鵬鳥賦〉，可說是楚騷的轉變體，已經顯示出，漢賦開始走向句式「散文化」的痕跡，並且指出此後漢賦發展的方向。

(三)散體大賦的成熟──散文為主

　　上承賈誼、下開司馬相如一派散體大賦作家者，則是枚乘(?-前140)。按，枚乘活躍於文帝、景帝時期，大約與賈誼同時。其〈七發〉雖然沒有以賦名篇，實際上已是一篇典型的散體大賦，在漢賦發展史上，占有極為重要的地位。就體制視之，〈七發〉已是〈子虛〉、〈上林〉之類散韻兼備賦體的先聲。就內涵而言，〈七發〉已指出漢賦諷諭勸戒的旨趣。全文主要是說七件事，以啟發太子，是為勸戒當時膏粱諸侯子弟而作。試看：

> 楚太子有疾，而吳客往問之，曰：「伏聞太子玉體不安，亦少閒乎？」太子曰：「憊，謹謝客。」客因稱曰：「今時天下安寧，四宇和平；太子方富於年。意者：久耽安樂，日夜無極；邪氣襲逆，中若結轖。……」

　　開頭一段是序曲，以楚太子有疾，吳客探病發端。吳客指出，楚太子的病是養尊處優、生活腐化所致，不是藥石針灸所能奏效：

> 客曰：「今太子之病，可無藥石針刺灸療而已，可以要言妙道說而去也。不欲聞之乎？」太子曰：「僕願聞之。」

　　接著就用六段文字描述六種治療方案，期望能治療楚太子之病。包括：欣賞動聽的音樂，品嘗美味的食物，駕馭穩健的車馬，遊覽華麗的宮苑，參與盛大的田獵，觀賞浩蕩的濤水。但是，太子對每種治療方案均曰「僕病未能也！」換言之，太子的病情毫無起色。於是，吳客最後說出第七發，亦即推崇聖賢之要言妙道，這才使楚太子聽了之後，出一身冷汗，霍然而癒：

> 於是太子據几而起，曰：「渙乎若一聽聖人辯士之言，忽然汗

出，霍然病已。」

枚乘的〈七發〉，雖並未以賦名篇，顯然已具有漢大賦的一些特徵。
諸如：

1. 散韻結合，主客問答

全篇以散文為主，偶爾雜有楚辭式的韻文。其中又用反覆的問答句
式，亦即主客對話模式，為以後司馬相如所寫的大賦，奠定了基礎。

2. 層層推進，篇幅漸長

漢初的賦，如賈誼的〈弔屈原賦〉、〈鵬鳥賦〉，不過三五百字。但
是〈七發〉已發展到二千三百多字。全文鋪敘章法分明，明顯受到《楚
辭·招魂》的影響；並且與先秦縱橫家辯論的表現形式，也頗相近。其特
色是，一件件事說下去，上下左右四方，包攬無遺，層層推進，篇幅也就
愈集愈長，表現出雄偉浩大、滔滔不絕的氣勢。〈七發〉之後，不少文人
競相模擬，興起了所謂「七」體。如東方朔〈七諫〉、張衡〈七辯〉、曹
植〈七啟〉即是。

3. 誇張解說之筆墨

於行文中誇張解說這一點，〈七發〉表現得相當突出。試看吳客所說
第六發「廣陵觀濤」一段中有關濤水的描寫：

> 客曰：「將以八月之望，與諸侯遠方交遊兄弟，並往觀濤乎廣陵
> 之曲江。至則未見濤之形也，徒觀水力之所到，則卹然足以駭
> 矣。觀其所駕軼者，所擢拔者，所揚汨者，所溫汾者，所滌汔
> 者，雖有心略辭給，固未能縷形其所由然也。怳兮忽兮，聊兮慄
> 兮。忽兮慌兮，俶兮儻兮，浩瀇瀁兮，慌曠曠兮。秉意乎南山，
> 通望乎東海；虹洞兮蒼天，極慮乎崖涘。流覽無窮，歸神日母；
> 汨乘流而下降兮，或不知其所止。或紛紜其流折兮，忽繆往而不
> 來。……」

形容江濤如何浩蕩無邊，望不真切，浪聲滾滾，令人驚駭；浪濤無
邊，茫茫一片，浩大無邊，洶湧跌宕，令人膽戰心驚……。繼而進一步形
容撼人耳目、洞人心魂的濤水，聲勢神力之巨：

……疾雷聞百里。江水逆流，海水上潮；山出內雲，日夜不止。
衍溢漂疾，波湧而濤起。其始也，洪淋淋焉，若白鷺之下翔；其
少進也，浩浩澄澄，如素車白馬帷蓋之張；其波湧而雲亂，擾擾
焉如三軍之騰裝；其旁作而奔起也，飄飄焉如輕車之勒兵。……
直使人踣焉，洄闇悽愴焉。此天下怪異詭觀也，太子能彊起觀之
乎？

　　對濤水的形狀、聲響、起伏、遠近、虛實，無不極力摹寫，令人驚心
動魄。彷彿企圖透過動人心魂的描寫神力，來解釋、說明，並分析江濤形
狀聲勢的宏偉壯觀和神妙。這種誇張的、解說的，而且滔滔不絕、層層道
來的描寫藝術，宛如戰國時代縱橫家施展雄辯藝術的重現。也就是憑自己
的辯才來說服對方，或令對方目眩口呆，無言以對。其實縱橫家與辭賦家
都有逞才的動機，若要驚人耳目，令人心服，誇張與解說是勢所難免。不
過，縱橫家發揮雄辯的工具是語言，辭賦家表現描寫技巧的媒介是文字，
而漢代小學的發達，正是促進漢賦的描寫藝術成功的重要因素。〈七發〉
中這種誇張解說的描寫，已為司馬相如、揚雄等大賦作家鋪上先路。

4. 勸戒諷諭的意圖

　　作者假設楚太子有疾，吳客前往探問。先與太子討論病源，然後陳說
奇聲、奇味、騎射、遊宴、校獵、觀濤等六事，以啟發太子，最後第七事
則歸於「聖賢」的要言妙道。枚乘此賦的宗旨，或許是為了勸戒諷諭當時
一些諸侯子弟，引導他們揚棄腐化享樂生活，歸於聖賢正道。這種勸戒諷
諭的意圖，已經脫離楚辭抒發個人一己情懷的傳統，也正是漢大賦的普遍
特徵。

二、漢賦的全盛──散體大賦

　　西漢中葉，亦即武帝(在位：前140-前87)、宣帝(在位：前74-前49)
時代，是漢賦創作的全盛期。據《漢書・藝文志》的記載，賦作有九百餘
篇，作者六十餘人，而絕大多數是西漢中葉時期的作品。

(一)散體大賦的典範──體物圖貌的特色

　　此時期流行的是散體大賦，多鋪寫帝國的威勢，都邑的繁榮，物產的豐饒，林苑宮室的富麗，還有天子王侯田獵的壯觀，同時亦隱約流露，對天子王侯豪華奢侈生活的不滿，乃至委婉的勸戒諷諭。這類賦篇，形式上通常是長篇巨制，而且鋪張揚厲，詞藻華麗，散韻兼行。在這期間，司馬相如是最著名的賦家，其代表作品〈子虛〉、〈上林〉，也是漢大賦的典型，已完全脫離楚辭的作風，建立了以散體爲主幹的漢賦傳統。

　　司馬相如(前179-前117)字長卿，蜀郡成都人。與枚乘一樣，曾是梁孝王的門客。據說武帝讀了他的〈子虛賦〉，大加讚賞，嘆云：「朕獨不得與此人同時哉！」宮中爲皇家養獵犬的「狗監」楊得意，是相如同鄉，遂趁機向武帝推薦司馬相如。經武帝召見，司馬相如又寫了一篇〈上林賦〉進獻，終於被封爲「郎」，任職宮中。據《漢書·藝文志》，司馬相如有賦二十九篇。惟如今保存完整的，只有六篇，其中以〈子虛〉、〈上林〉爲代表。由於這兩篇賦的辭意相銜接，合起來也稱〈天子遊獵賦〉，長達三千五百多字。

　　〈子虛賦〉乃是假藉楚國派遣使者子虛出使齊國，向齊國的烏有先生誇耀楚國在雲夢湖地區之遼闊，物產之豐美，遊獵之盛況，乃至受到烏有先生的詰難。繼而在〈上林賦〉中，亡是公則詳述漢天子校獵上林苑的盛況，遠非齊、楚之所能及。最後漢天子認識到「此大奢侈」，於是下令將上林苑開放爲民用田地、魚池，從此天子不再遊幸，甚至還發糧倉以救貧窮，補不足……。這些當然是虛美之辭。惟歌頌推崇天子的林苑，最後則歸之於節儉，作者勸戒諷諭的意圖，甚爲明顯。當然，賦作爲一種文學體裁，講求的是鋪陳，作者可以鋪陳文辭來體物寫物，又沒有長度的限制，可以在廣面上、細節上盡力發揮，是一種很適宜表現描寫藝術、炫耀辭章才智的文體。試先看〈子虛賦〉：

　　　楚使子虛使於齊，王悉發車騎，與使者出畋。畋罷，子虛過姹烏
　　　有先生，亡是公存焉。坐定，烏有先生問曰：「今日畋樂乎？」
　　　子虛曰：「樂。」「獲多乎？」曰：「少。」「然則何樂？」對
　　　曰：「僕樂齊王之欲夸僕以車騎之眾，而僕對以雲夢之事也。」

曰：「可得聞乎？」子虛曰：「可。王車駕千乘，選徒萬騎，畋
於海濱。……」

以下則是藉亡是公因應子虛、烏有二人對楚、齊兩國的吹噓，引起對
漢天子管轄下雲夢湖的描寫：

雲夢者，方九百里，其中有山焉。旗山則盤紆茀鬱，隆崇崔崒；
岑崟參差，日月蔽虧。交錯糾紛，上干青雲；罷池陂陁，下屬江
河。

首先繪出湖中間山嶽的外貌形勢，不僅聳立峻絕，擁蔽日月，高入雲
霄，與青天相接，而且蜿蜒廣闊，與遠方的江河相連，繼而列出山中蘊藏
的各種燦爛奪目的珍奇名貴礦土和玉石：

其土則丹青赭堊，雌黃白附，錫碧金銀……。其石則赤玉玫瑰，
琳瑉昆吾……。

然後就依次從湖的東南西北，高低上下來形容雲夢地區山水物產之
盛美：

其東則有蕙圃：衡蘭芷若，芎藭菖蒲……。其南則有平原廣澤：
登降陁靡，案衍壇曼……。其高燥則生……其埤濕則生……其西
則有湧泉清池：激水推移……其中則有神龜蛟鼉……其北則有陰
林：其樹楩柟豫章，桂椒木蘭……其上則有鵷鶵孔鸞……其下則
有白虎玄豹……。

作者巨細不遺、井然有序的刻畫形象，分析土石，羅列景物，展現的
彷彿是一張鋪排靡麗、雕繪滿眼的雲夢湖空中攝影，也像一頁構畫嚴整、
秩序井然的雲夢湖旅遊指南。

司馬相如的賦篇，除了巨細不遺、井然有序的刻畫之外，還有誇張解
說的特色。如〈上林賦〉中，描寫天子遊獵場所「上林苑」的浩闊，周旋
往來其間的河水如何四通八達，就極盡「吹噓」之能事：

左蒼梧，右西極，丹水更其南，紫淵徑其北。出入涇、渭、酆、
鎬、潦、潏，紆餘委蛇，經營乎其內；蕩蕩乎八川分流，相背而
異態。東西南北，馳騖往來……。

甚至誇張南北的距離遙遠得連氣候都有寒暑的不同,令人覺得「上林苑」的範圍,簡直跟整個大漢帝國的版圖相當了:

> 其南則隆冬生長,湧水躍波……其北則盛夏含凍裂地,涉水揚河……。

為了誇示上林苑物產的豐美富足,作者似乎把他所有能想像得到的珍奇物產都陳列出來。例如河水溪流中潛藏著稀罕的蛟龍赤螭、各色魚類,聚積著燦爛的明珠美玉,漂浮著多姿的珍禽水鳥。山岳谿谷之間,又布滿各種美麗芬芳的奇花異草。作者特別強調,這些山巒河流,以及其間的各色景物,繁盛得令人眼花撩亂,而且是看不完、觀不盡的:

> 周覽泛觀,繽紛軋芴,芒芒恍忽。視之無端,察之無涯。

再者,還有分布於上林苑南北地區的各種珍怪野獸,以及滿山遍谷的離宮別館、果樹花木,也是「視之無端,究之無窮」。

作者對山水景物分類構畫,刻意描寫的目的,是為了誇示上林苑的富足與壯觀。事實上,上林苑不過是根據所處地理環境的天然形勢,再加上人工塑造的山水勝景,可是在作者的誇示之下,卻有若天地間自然宇宙的縮影,也彷彿是富庶雄偉的大漢帝國的縮影,而天子就是其中的主宰。當然,不容忽略的是,除了誇示之外,作者的另一創作目的,是為勸戒諷諭天子王侯的奢豪浪費。但是,由於其過分鋪陳事物,雕繪詞采,以致歌頌誇示的意味濃厚,雖有勸戒諷諭之意,實際上往往收不到預期的效果。最著名的例子就是,漢武帝好神仙,司馬相如獻〈大人賦〉諷諭之,武帝讀了之後,結果卻反而更加飄飄欲仙了。

這類散體大賦,大都以主客問答的格式開端,彼此誇張形勢,極言奢侈之盛事。並以「若乃」、「於是乎」之類語氣轉換詞,連結成文。一般是首尾用散,篇中夾雜用韻。且句式長短不一,選韻變化亦無定。行文則甚為鋪張揚厲,語言華麗雕琢。通常以描寫帝王的生活為手段,以勸戒諷諭帝王之淫奢為旨歸。司馬相如的賦篇,標誌著漢大賦發展的最高峰,成為此後兩漢賦家效法模擬的對象。如揚雄〈甘泉賦〉、班固〈兩都賦〉、張衡〈二京賦〉等名篇,無不取式於〈子虛〉和〈上林〉。

（二）散體大賦的模擬──體物圖貌的繼承

西漢末期至東漢中葉，已進入漢大賦的模擬時期。自司馬相如之後，漢賦的體制、格調均已定型，後輩作者無法跳脫出〈子虛〉、〈上林〉的範圍，模擬之風大盛。可以揚雄（前53-18）、東漢班固（32-92）、張衡（78-139）爲代表。

揚雄字子雲，蜀郡成都人，是西漢末期的代表賦家。年輕時即崇拜司馬相如，「每作賦，常擬之以爲式」。四十歲後才由蜀郡來遊京師，經人推薦其「文似相如」，於是被漢成帝召入宮廷，經常隨成帝遊獵、祭祀，於是寫了〈甘泉賦〉、〈羽獵賦〉等。這些賦篇，都是以司馬相如的賦爲藍本，從題材的攝取，情節的安排，語言的運用，幾乎無不受〈子虛〉、〈上林〉的影響。

雖然揚雄晚年嘗後悔曾經創作賦篇，認爲賦之文乃是「童子雕蟲篆刻」，故而「壯夫不爲」。不過，在漢賦的發展上，還是頗有貢獻。首先，揚雄的賦，將描寫的對象，由天子的禁苑移至地方，寫出賦史上第一篇地方都市賦〈蜀都賦〉。以後班固〈兩都賦〉、張衡〈二京賦〉，乃至西晉左思〈三都賦〉等，均受到揚雄〈蜀都賦〉的啓示和影響。其次，擴大了賦的描寫領域，跳出帝王宮廷生活的圈子，舉凡貴族的生活、官僚的內幕，以及古代歷史人物，都攝入賦中。如其〈長揚賦〉，對漢高祖、文帝、武帝的功勳之敘述，開創了敘事賦的端倪。

東漢初期辭賦主要作者是史學家，亦即《漢書》的作者班固。班固字孟堅，扶風安陵（今陝西咸陽）人。其代表賦篇是〈兩都賦〉，包括〈西都賦〉和〈東都賦〉。西都指長安，東都指洛陽。文中虛擬西都賓客與東都主人，競誇兩都之盛美，重心卻在〈東都賦〉。通過東都主人之口，對比兩都的長短，大肆宣揚光武帝建國以來的盛事，終於令西都賓心悅誠服，收回成見。這樣的作品，當然是爲定都洛陽製造輿論，旨在勸阻和帝（在位：89-105）遷都，以安定政治局勢，避免勞民傷財。

班固〈兩都賦〉顯然是模擬〈子虛〉、〈上林〉之作。其後張衡又寫了〈二京賦〉，結構組織亦相類似，只是篇幅更爲長大。〈兩都賦〉已達

四千六七百字，而張衡的〈二京賦〉竟達七千五六百字，是漢賦中篇幅最長的大賦。是以勸戒諷諭天子的奢侈爲宗旨，同時也批評富商巨室、土豪惡霸的行徑。行文方面則更爲鋪張，描寫方面亦更見雕琢。東漢以來，辭賦已不再是因應王侯之詔而作，漢大賦到張衡的〈二京賦〉，就算發展到尾聲，以後就一蹶不振。幸好騷體賦之不絕如縷，乃至抒情小賦的出現，爲賦體帶來生機。

(三)騷體傳統的延續——抒情言志的徘徊

其實騷體賦的抒情傳統，自西漢初賈誼〈弔屈原賦〉、〈鵩鳥賦〉以來，從未中斷，只不過是在散體大賦的聲勢之下，靠邊站而已。如前面已指出，抒發「賢人失志」情懷之作，自〈弔屈原賦〉之後，有莊忌〈哀時命〉、董仲舒〈士不遇賦〉、司馬遷〈悲士不遇賦〉，都是抒發個人政治理想落空，在仕途中的挫折和悲哀。作者衷心關懷的，顯然並非君王社稷，亦非政教倫理。揚雄也留下一篇抒發個人身世感慨的〈逐貧賦〉，可稱是文學史上第一篇，以貧士自居的抒情述懷作品，遙示東晉陶淵明的述貧詩。此外，兩漢之間，崔篆的〈慰志賦〉、馮衍的〈顯志賦〉，單從標題，已可看出是抒情言志的作品。試看崔篆〈慰志賦〉節錄：

> 慇余生之不造兮，丁漢室之中微。……乃稱疾而屢復兮，歷三祀而見許。悠輕舉以遠遁兮，托峻峗以幽處。……遂懸車以縶馬兮，絕時俗以進取。嘆暮春之之成服兮，闔衡門以掃軌。聊優遊以永日兮，守性命以盡齒。貴啓體之歸全兮，庶不忝乎先子。……

崔篆因看不慣王莽時代(9-23)政壇的黑暗，遂告病辭歸不仕。於上舉賦中，即明確表示，基於「慇余生之不造兮，丁漢室之中微」，乃至意圖輕舉遠遁，隱處山林，目的是，棄絕時俗之進取，可以幽居衡門，優游度日，保全性命以享天年。值得注意的是，其中所言棄絕時俗的進取以保命全身的人生選擇，清楚流露，作者在個體意識中，對自我身心幸福的重視。

漢代辭賦家，因失志不遇轉而重視自我身心幸福的宣示，隨著東漢時

期宦官專權、朝政日非的政治環境，以及文人士大夫競以名行相高，不肯入仕的士風，開始迅速擴散。加上文士階層的政治權益遭受排斥，甚至身家性命也遇到威脅，儒家強調的群體綱紀，已不足以維繫人心，乃至意識到，道家的避世隱遁可以保命全身、優游行樂的重要。漢賦的主題內涵，亦相應而轉變，西漢盛世時期出現的散體大賦，對都邑的稱頌，帝王的推崇與諷諭，已明顯消褪。這時作者衷心關懷的，不是君王社稷，亦非政教倫理，而是個人在一己生命旅程中「縱心物外，聊以娛情」的自由逍遙。

三、漢賦的轉變──賦的詩化

(一)散體大賦的沒落

東漢中葉以後，漢帝國已開始由盛轉衰，這時宦官與外戚兩個政治利益團體，彼此爭奪政治主導權，社會民生日益窮困。在知識階層中，強調群體綱紀的儒學衰微，重視個人身心幸福的道家思想，應運流行。相應地，專以鋪采摛文、炫耀自己的文章才智為能事，歌頌大漢天威，讚嘆都邑盛況，以「潤色鴻業」的大賦，也日漸沒落。當然，後世文人還是有繼續寫散體大賦者，如晉代的左思〈三都賦〉；但畢竟已是偶然零星的模擬作品，再也不能引起熱烈的回響。隨著散體大賦的沒落，「睹物興情」的抒情小賦，代而興起。文人士子開始以辭賦來抒發個人一己的情懷志趣。這種轉變，就現存資料，乃是由張衡開其端緒。

(二)抒情小賦的興起

儘管文人士子在漢代已經擁有憑藉文學入仕的機會，並且逐漸形成在傳統中國社會結構中的一個新興的「統治階層」[2]，其實他們的政治地位是沒有保障的；有時完全依靠皇室權貴的寵信，有時還得與其他的當權集團，如外戚、宦官等相抗衡，因此在仕途上並不容易一帆風順。又由於漢王朝政權的集中統一，文人士子已經不可能像在春秋戰國時期的封建政體

2　有關漢代文人學士在漢代社會結構中的地位，詳見Ch'u T'ung-zu, *Han Social Structure*(*Han Dynasty China*, Vol. I, ed. By Jack L. Dull, Seattle: University of Washington Press, 1972), pp. 101-107。

之下的策士或術士那樣，擁有遊仕列國的多種出路，因此更容易面臨「士不遇時」的悲哀。從漢賦中那些抒發「賢人失志」的作品中，就明顯寫出文士階層在政治社會中受挫的普遍失望和悲憤，而且往往流露對政治社會的疏離感，以及想要突破或避開現實政治社會環境的意願。這時他們最關懷的問題，就從外在的政治環境，轉向自我的身心，因此，他們目中所見，不再是天子的威風或帝國的偉大，而是遠離政治社會的傾軋，避世隱居可以獲得的身心逍遙自適。東漢後期張衡的抒情小賦〈歸田賦〉，雖然以對政治之失望、悲己身之失志發端，惟整體視之，顯然已是關懷個人生命意義與價值，嚮往隱居生活的自由逍遙為中心題旨之作。試看其文中對於鄉居生活的逍遙自在，就推崇備至：

> 遊都邑以永久，無明略以佐時；徒臨川以羨魚，俟河清乎未期。感蔡子之慷慨，從唐生以決疑；諒天道之微昧，追漁父以同嬉。超埃塵以遐逝，與世事乎長辭。於是仲春令月，時和氣清，原隰鬱茂，百草滋榮。王雎鼓翼，鶬鶊哀鳴，交頸頡頏，關關嚶嚶。於焉逍遙，聊以娛情。
>
> 爾乃龍吟芳澤，虎嘯山邱。仰飛纖繳，俯釣長流，觸矢而斃，貪餌吞鉤，落雲間之逸禽，懸淵沉之魦鰡。于時曜靈俄景，係以望舒，極般遊之至樂，雖日夕而忘劬。感老氏之遺誡，將迴駕乎蓬蘆；彈五弦之妙指，詠周孔之圖書。揮翰墨以奮藻，陳三皇之軌模；苟縱心於物外，安知榮辱之所如！

全賦只有二百十一字，簡短明暢，乃屬清新小品，一掃漢賦以歌功頌德，或勸戒諷諭為宗旨的傳統。雖然以「遊都邑以永久，無明略以佐時……」發端，但感慨自己的不遇時、卻沒有一般騷體賦中流蕩的纏綿哀怨腔調，並且脫離散體大賦鋪采摛文，堆砌辭藻的陳習。只是以平淺清新的文句，直抒個人情懷，寄託一己的生活理想。其中描繪的，逍遙遊娛於自然山水之間，彈琴、讀書、寫作的隱逸生活，以及忘劬勞、外榮辱的人生態度，是作者對一己生命意義探索之際，所構畫的理想人生情境。這是中國文學史上第一篇以描寫隱居生活之樂為主題的作品，是魏晉隱逸文學

的先聲，是現存第一篇比較成熟的駢文賦，也是現存東漢第一篇完整的抒情小賦。此後漢末的趙壹、蔡邕等，亦繼其餘緒，以抒情小賦見稱，共同爲魏晉以後的抒情小賦，鋪上先路。

漢賦發展至此，由漢初的騷體轉爲散體，又由散體大賦的長篇巨制，變爲簡短篇章，行文則從帶有楚騷色彩到以散文爲主，繼而又在散文中逐漸雜有駢偶成分，並且展現賦的詩化痕跡。同時亦顯示，漢代作家的視野，自漢初以抒發個人不遇之懷爲筆墨重點，至西漢中葉以君王帝國爲主要關懷，之後逐漸由朝廷都邑，轉向山林田園，由君王社稷，轉向自我個體，其筆墨重點亦逐漸由描寫帝王、京城、宮殿、遊獵，轉爲表現個人的經驗感受，一己的情懷志趣。整個發展過程，表面上看，似乎是轉了一個圓環，回到原點。但是，卻也說明，抒情述懷在中國文學中的重要性。

第四節　漢代辭賦的特色與文學地位───承傳與開拓

辭賦是漢代文學的主流，囊括了兩漢四百多年的文學天才與功力。根據現存的漢代辭賦作品，或許可以探究，辭賦作爲一種文體，有哪些共同的特色，及其在文學史上的地位。試從主題內涵與藝術風貌兩方面來觀其大概。

一、主題內涵方面

漢代辭賦在體制上，雖然兼具體物圖貌與抒情寫志的功能，在主題內涵方面，卻有相當的局限性。大概可以分爲兩大主要體系：爲天子王侯所寫的「潤色鴻業」之賦，以及爲自己所寫的「賢人失志」之賦。惟從文學發展史的立場視之，則有其不容忽略的承先啓後之地位：

(一)擴大文學作品題材範圍

辭賦是繼《詩經》、「楚辭」之後而風行文壇的一種文體，本身在主題內涵上，雖然有一定程度的局限性，但是從文學史的整體立場來看，無疑擴大了文學的題材範圍。漢代辭賦把過去作家尚未充分注意到的題材，

諸如帝王宮廷生活，京城都邑繁榮盛況，以及隱居鄉野田園的樂趣，都寫到了。

以描寫帝王宮廷生活與京城都邑盛況為筆墨重點的作品，多出現在以體物圖貌為主的散體大賦中，是漢賦的主流。作者誇示天子王侯林苑之浩闊、遊獵場景之壯觀，或稱頌京城都邑地區，物產之豐富，文物典章之盛美，主要是為娛樂天子王侯的耳目，同時也藉此炫耀自己辭章之才智。雖意存勸戒諷諭，但過分在描寫上誇奇鬥勝，乃至效果似乎並不佳。予讀者的一般印象是，歌頌讚美的成分為主調，含蘊著對天子王侯擁有權勢財富的讚嘆，對大漢帝國空前的統一與繁榮境況的自豪。司馬相如〈上林賦〉即是典型的例子。其他類似作品，諸如揚雄〈蜀都賦〉、〈羽獵賦〉，班固〈兩都賦〉、張衡〈兩京賦〉等，都是或隱或顯的以漢帝國的最高主宰——天子——為全篇焦點。遊獵賦則通常以天子獵罷後之威武顯現，為全篇之高潮，京都賦則往往以天子的豐功偉業、仁心德政作為通篇要旨。除此之外，當作者的視野，由外在的朝廷社稷轉向個人一己身心的逍遙自在，隱居鄉野田園的生活細節，也成為辭賦創作的題材。這些在題材內容上的開拓，為中國文學的發展後續，點出某些方向。

(二)遙接《詩經》美刺傳統

典型的漢賦，乃是以散文為主的散體大賦，多以描寫天子遊獵盛況，京城都邑壯觀，為主要內容，其作者除了藉此誇示自己辭章的才智，極盡鋪敘描寫之能事外，其最終目的，往往是對天子王侯權勢地位的歌頌讚美，或生活奢侈浪費的勸戒諷諭，這樣的創作意圖，正遙接《詩經》中的「美刺」傳統。所謂「美」，就是對天子王侯歌功頌德，所謂「刺」，就是對天子王侯言行不當的勸戒或諷諭。當然《詩經》作者創作之際是否真的胸懷「美刺」，已難以考核證明，惟這正是漢儒說《詩》所立下的詩教傳統，是儒家思想體系中的文學觀念，也是重視政治教化與倫理道德的中國文學之一大傳統。

(三)承揚「楚辭」不遇情懷

現存漢代辭賦，亦有不少抒發個人感世傷己情懷，表達在政治社會中

的失望與悲憤，顯然是「楚辭」中不遇情懷之繼承。這類主題大多出現於以抒情言志爲主的騷體賦篇裡，是漢賦的支流。但是其創作，自漢初至漢末以來，從未中斷。諸如賈誼〈弔屈原賦〉、〈鵩鳥賦〉，以及莊忌〈哀時命〉、董仲舒〈士不遇賦〉、司馬遷〈悲士不遇賦〉、崔篆〈慰志賦〉、馮衍〈顯志賦〉、張衡〈歸田賦〉等，均寫出文人學士在現實政治社會中受挫的普遍失望或悲憤。這類作品不再是爲天子王侯所寫，只是爲了抒發個人的情懷。作者的視野，已由朝廷都邑，轉向山林田園，由君王社稷，轉向個體自我。因此，以個人的生死進退，身心之幸福，作爲構思之前提。

　　值得注意的是，漢代辭賦中出現這兩種情調絕然不同的主題內涵，不僅並行，而且同一作家，可以既寫歌頌天子王侯，讚嘆帝國盛況的作品，也寫抒發個人感世傷懷，甚至避世隱居的作品。因爲前者是以儒家的入世精神爲後盾，基於現實生活的需要；後者則是以道家的出世精神爲依歸，出自理想生活的需求。這正是傳統中國文人士大夫，「進則仕，退則隱」的儒道調和的處世態度和生命情調，經過漢王朝政治統一的局面，以及南北文化的交流融匯，從西漢初期就開始具體的表現在中國文人的思想裡，並且成爲進退取捨的行爲準則。同時也是中國文學作品中，不斷出現、反覆吟詠的情懷。這是漢代辭賦家建立的傳統。

二、藝術風貌方面

(一)承繼主客對話的布局

　　典型的漢大賦，往往運用主客對話來開頭作引子。如司馬相如的〈子虛〉、〈上林〉，一開始，出現子虛、烏有、亡是公三人。先是子虛和烏有先生對話，亡是公在旁邊聽著；由子虛盛誇楚國雲夢湖之大，以及楚王遊獵之樂；烏有先生聽後，就盛誇齊國疆域之遼闊，物產之豐富；接著亡是公則批評二人說的並不正確，不該「爭遊獵之樂，苑囿之大」，「以奢侈相勝，荒淫相越」，這不但不能「揚名發舉」，恰好只能「貶君自損」。接著話鋒一轉，就誇耀起漢天子的上林苑來。其他漢大賦的布局，

也相類似，都是以主客對話形式，各自誇耀己方，一方壓倒另一方，後來者居上。最後則是一方向另一方表示心悅臣服而結束。

這一項特色，基本上是承繼戰國時期荀子「賦」篇中，君臣問答對話的布局。不過在荀子的賦篇中，只是偶然現象，到了漢賦，已成爲散體大賦的定格。

(二)確立散韻兼備的行文

漢大賦的開端，往往有一段文字交代起因，末尾又有一段文字交代結果。這兩段文字，一般用散文，而中間誇奇鬥勝、鋪敘事物部分，則側重於用韻文。當然，偶爾也有以韻文結尾的。不過，賦中的韻文，與詩歌之用韻並不相同，不但句子的長短可以不斷變化，而且這些韻文中，也時常夾雜著散文，並非一律都用韻的。其實，這種散韻兼備的行文，也是在荀子的賦篇中已經出現，到了漢大賦行文裡，才成爲通例。

(三)奠定狀景寫物的傳統

賦的本義是「鋪」，也就是鋪陳其事，在廣面上總攬一切，細節上鏤畫入微。因此，鋪陳乃是其文體的主要特點，是一種很適合表現描寫藝術的體裁。惟鋪陳之際，往往有一定的程式：例如說「其山」如何，「其水」如何；「其高」如何，「其低」如何；「其東」如何，「其南」如何……。這種井然有序、上下四方的鋪陳方式，實源自戰國時期縱橫家的說辭公式。如蘇秦、張儀每遊說一個君主時，總要說一通「大王之國，東有……西有……」。漢代辭賦中這種上下四方，高低遠近，且巨細不遺，整蔚有序的描寫，可說是臨摹自然宇宙空間秩序的嘗試，並爲後世山水詩中以對舉方式狀景寫物的描寫藝術，奠定傳統。

(四)肇始尚辭好藻的文風

漢代辭賦作家鋪陳之際，多以「鋪采摛文」爲能事，猶如班固在《漢書·揚雄傳》中所言：「必推類而言，極麗靡之辭，閎侈鉅衍，竟於使人不能加。」換言之，作者鋪陳之際，會將同類事物排比在一起，盡量運用最華麗的辭藻來誇飾。或許由於漢賦作家諸如司馬相如、揚雄等，都是「小學家」，故而顯得尚辭好藻，往往通過文字的巧用，把稀奇罕見的事

物，以華麗的辭藻，堆砌羅列在賦篇裡，形成漢大賦的特色。當然，有時予讀者的印象，彷彿是在編寫字典，或是記流水帳。以後班固的賦篇，甚至西晉左思的大賦，也依循尚辭好藻的文風。

　　但是，不可否認的，漢賦作者在用字鍊句上的用心，以及他們尚文求美的傳統，的確為魏晉六朝尚辭好藻的文壇風氣開闢了先路。

第三章
史傳文學的楷模──司馬遷《史記》

第一節　緒說

　　司馬遷(前145-前90?)的《史記》，是中國歷史上第一部由個人獨立
完成的歷史著作，並且開創了「紀傳體」的先例，也是第一部規模宏大、
體例完整的通史，上自傳說時代的三皇五帝，下迄漢武帝太初年間(前
104-前101)，上下三千多年。同時也是中國歷代「正史」之始。不過，
《史記》之後的正史，多屬朝廷主持、受命君王而修的「官史」，司馬遷
的《史記》，乃是繼承父志，自己主動撰寫，準備「藏之名山」的私人撰
著，直到漢宣帝時期(在位：前74-前49)，才由其外孫楊惲(?-前55或56)
獻出。從記述歷史的傳統來看，《史記》不再以年代或事件為本位，而是
第一部以「人」為本位的歷史巨著，以人的生平遭遇來展現歷史。因此，
無論史學上，或文學上，《史記》的影響都既深且遠。

一、《史記》的作者與名稱

(一)作者及撰寫緣起

　　司馬遷之生平事跡，資料來源主要是其〈太史公自序〉、〈報任安
書〉(亦稱〈報任少卿書〉)，以及《漢書·司馬遷傳》。

　　按，司馬遷字子長，夏陽(今陝西韓城)人。其父司馬談嘗為太史令，
是朝廷史官，掌天時星曆，並負責記錄、收集、保存典籍文獻。值得注意
的是，在漢代專制體系下，史官地位低微，近乎卜祝巫官之間。司馬談原

想繼承孔子撰《春秋》，寫一部體系完整的史書，可惜只做了一些準備工作，就於元封元年（前110）病逝。臨終前囑咐司馬遷，一定要完成他寫史的志業。三年後，司馬遷繼任太史令，成爲漢武帝朝廷的史官，有機會參閱宮廷藏書，收集資料，遂於太初元年（前104）開始撰寫《史記》。

天漢二年（前99），時司馬遷大約四十二三歲，李陵敗降匈奴，司馬遷爲李陵辯護，得罪漢武帝，乃至入獄，甚至判死罪。惟根據漢代刑法，爲免一死，可以或出錢贖罪，或接受宮刑。司馬遷家境清寒，友朋亦不願援手，爲了繼承父志，完成歷史著作，只得接受宮刑，忍辱偷生。悲憤之下，遂以刑後餘生的全部精力，奉獻於《史記》的撰寫，大概於征和二年（前91），也就是五十三四歲時完成這部空前的巨著。此後事跡不詳，卒年亦不能確定。

司馬遷撰寫《史記》，目的是總結歷史的經驗教訓，爲在上者提供借鑑，同時爲自己在歷史上留下一點痕跡。其撰寫《史記》的態度、目的、心情，從其著名的〈報任安書〉，亦是漢代的散文名篇，可略知一二：

> 僕之先人，非有剖符丹書之功；文史星曆，近乎卜祝之間，固主上所戲弄，倡優蓄之，流俗之所輕也。假令僕伏法受誅，若九牛亡一毛，與螻蟻何異！而世又不與能死節者比，特以爲智窮罪極，不能自免，卒就死耳。何也？素所自樹立使然！人固有一死，死有重於泰山，或輕於鴻毛，……所以隱忍苟活，函糞土之中而不辭者，恨私心有所不盡，鄙沒世而文采不表於後也。古者富貴而名摩滅，不可勝記。唯俶儻非常之人稱焉。蓋西伯拘而演《周易》；仲尼阨而作《春秋》；屈原放逐，乃賦〈離騷〉；左丘失明，厥有《國語》；孫子髕腳，兵法修列；不韋遷蜀，世傳《呂覽》；韓非囚秦，〈說難〉、〈孤憤〉；《詩三百篇》，大抵聖賢發憤之所爲作也；此人皆意有所鬱結，不得通其道，故述往事，思來者。及如左丘明無目，孫子斷足，終不可用，退論書策，以舒其憤，思垂空文以自見。僕竊不遜，近自託於無能之辭，網羅天下放失舊聞，考之行事，稽其成敗興壞之理，凡百三

十篇。亦欲以究天人之際，通古今之變，成一家之言。草創未
就，適會此禍，惜其不成，是以就極刑而無慍色。僕誠已著此
書，藏之名山，傳之其人，通邑大都，則僕償前辱之責，雖萬被
戮，豈有悔哉！然此可為知者道，難為俗人言也。

（二）名稱及其由來

其實「史記」之名，原是漢代對古代「歷史」之通稱，大凡史官記事
之書，通稱「史記」。司馬遷亦屢次稱古史為「史記」，而自名其書為
《太史公書》（〈太史公自序〉），後人或因習慣以作者的官銜名書，或稱
《太史公》，或稱《太史公記》，或稱《太史公傳》。最早稱《史記》為
《太史公書》者，應是班固《漢書·五行志》。不過，這可能是指司馬遷
所寫的歷史之書而言，並非專書之名稱。直到曹魏時期，才以《史記》作
為《太史公書》的專書名稱。以後就沿用至今 [1]。

二、《史記》的取材與體例

（一）取材範圍

《史記》取材範圍之廣泛，乃是空前的。除了《詩》、《書》、
《易》、《春秋》、《國語》、《左傳》、《戰國策》，以及諸子之書，
還有宮廷專藏的文獻檔案，其中包括法令、詔告、詔令、奏議等，以及民
間流傳和私家收藏的古文書傳。經司馬遷或親自訪問、實地考察得來的資
料，加上其父親司馬談生前收集下來的資料，故其取材之豐，涉獵之廣，
前所未有。

（二）體例開創

司馬遷的《史記》，開創了紀傳體的先例。全書共一百三十卷，五十
二萬餘字，由「本紀」、「表」、「書」、「世家」、「列傳」五種體例構成：
(1)「本紀」十二卷：以編年方式，記述歷代帝王事跡。且以身居帝王，

1　家父王叔岷，〈史記名稱探源〉，收入黃沛榮編，《史記論文選集》（台北：長安
　　出版社，1982），頁181-197。

或相當於帝王者的名字爲篇名，諸如〈高祖本紀〉、〈項羽本紀〉等，構成一條歷史發展的基本線索，是全書的總體大綱。

(2)「表」十卷：乃是以表格形式，分項列出各歷史時期的大事。以此貫通史事之脈絡，是各歷史時期的簡要大事記。

(3)「書」八卷：則是個別制度或知識的專史。其中包括禮、樂、律、曆、天官(天文)、封禪、河渠、平準(商賈)等，以展現社會生活的橫切面。

(4)「世家」三十卷：主要記述世襲諸侯家族的興衰，以及輔漢功臣的生平事跡。值得注意的是，孔子雖非世襲諸侯貴族，然歷代祭祀不絕，故亦歸之於世家類。另外，陳涉則屬於反秦，而革命未成功者，亦置於世家。可見司馬遷並未以「成者爲王，敗者爲寇」的傳統觀念所束縛。

(5)「列傳」七十卷：乃是本紀與世家之外的各色人物志。以個人名字或職稱爲篇名，如有命運事跡相類者，往往合傳，如〈屈原賈生列傳〉、〈刺客列傳〉、〈遊俠列傳〉等，加上幾篇邊緣地帶各民族的歷史，如〈匈奴列傳〉、〈西南夷列傳〉。

綜觀《史記》一書，實包含古代史傳論述體裁的全部，是古史的總匯，集古史之大成。乃是將三千多年的歷史，通過五種不同的體例，相互配合，彼此補充，構成一個完整的歷史體系。這種體例，即稱「紀傳體」，從此成爲歷代正史的通用體例。當然，文學史重視的，畢竟還是《史記》所表現的文學特色，以及其對後世文學作品之影響。

第二節　《史記》的文學特色與影響

司馬遷的《史記》，雖然是一部史書，卻是亦史亦文，不但是後世史傳文學的楷模，對中國古典小說傳統的形成，亦有既深且遠的影響，在文學史上占有一席極爲重要的地位。

一、第一部以「人」為本位的史傳文學

　　《史記》的主體部分，包括本紀(十二卷)、世家(三十卷)、列傳(七十卷)，共一百一十二卷。可見全書基本上乃是由人物的傳記構成，是以「人」為本位來記載歷史，表現出人在歷史長河中，地位與作用的重要性。當然，過去的歷史著作，也記錄人在歷史中的活動，或以歷史中某段時間，或某項事件為本位，而個人不過是某一特定時間，某一重大事件中的一個角色而已。但是《史記》卻是以「人」為本位。換言之，在司馬遷的筆下，乃是由「人」主導歷史，人的活動創造了歷史。因此，大凡《史記》立傳的人物，範圍已不再局限於上層社會，或政治人物，而是擴大到整個社會層面，遍及不同的行業領域。除了帝王將相之外，非政治人物，甚至社會中下層人物，也能成為一個傳記的主角。從文學家、思想家，到刺客、遊俠、賭徒，到商賈、俳優、卜者……。

　　此外，每一篇人物傳記，都有一個中心題旨，或某種人格特質。就如寫項羽，主要強調一種狂飆突起的精神，以及其蓋世英雄，壯志未酬，兒女情長的憾恨。劉邦，則具有開國君王的大度與豪氣，夾雜著流氓無賴的性格特徵。又如管(仲)晏(嬰)之傳，強調朋友之道；信陵君傳，強調禮賢下士；荊軻傳，則強調士為知己者死……。這些人物，分別展現人類生活的不同側面，各自演出可歌可泣的故事，且共同組成繁富豐美，波瀾壯闊的歷史畫卷。

二、為古典小說格式體制與敘述模式立下典範

　　《史記》的文學成就，最主要的還是為古典小說的格式體裁與敘述模式立下典範。當然，司馬遷為人物立傳，敘述人物的生平遭遇和最終命運，對後世「紀傳體」的傳記文學之影響，自然不容忽視。惟這種由《史記》開創的紀傳體，對中國古典小說的影響，尤其深遠。首先表現在格式體制及敘述模式上。

(一)格式體制

　　司馬遷寫人物傳記，從命題，以至篇章的開頭與結尾，都有一套基本的格式，為中國古典小說，特別是早期的小說所繼承。乃至大凡早期的小說，都具有《史記》中歷史人物傳記的特點。

1. 傳、記名篇

　　敘述歷史人物生平事跡的「傳」，可謂是司馬遷首創。之後從魏晉六朝的筆記小說，到晚清的譴責小說，都出現以「傳」或「記」名篇的作品。唐代傳奇尤其普遍，諸如〈李娃傳〉、〈南柯太守傳〉、〈枕中記〉等，都是以個別人物傳記的形式來敘述。

2. 開頭與結尾

　　《史記》中的人物傳記，通常是一開頭便先對人物的姓名、鄉里、家世、外貌、性格，作概括性的介紹。如〈項羽本記〉的發端：

> 項籍者，下相人也，字羽。初起時，年二十四。其季父項梁。梁
> 父即楚將項燕，為秦將王翦所戮者也。項氏世世為楚將；封於
> 項，故姓項氏。

　　介紹過項羽的姓氏鄉里與家世，遂得知原來項家與秦有宿仇，乃至世代居楚。接著敘述項羽的教育與抱負：

> 項籍少時，學書不成，去，學劍，又不成。項梁怒之。籍曰：
> 「書，足以記名姓而已；劍，一人敵，不足學。學萬人敵！」於
> 是項梁乃教籍兵法。籍大喜，略知其意，又不肯竟學。

　　上引文字，可知項羽少時雖學書、學劍均「不成」，惟對「兵法」有興趣，雖「略知其意，又不肯竟學」，已勾勒出項羽秉性粗獷，能開新局面，卻難以竟齊全功的性格特徵。繼而說明其起兵源起：

> 項梁嘗有櫟陽逮捕，乃請蘄獄掾曹咎書，抵櫟陽獄掾司馬欣，以
> 故，事得已。項梁殺人，與籍避仇於吳中，吳中賢士大夫皆出項
> 梁下。每吳中有大繇役及喪，項梁常為主辦，陰以兵法部勒賓客
> 及子弟，以是知其能。

　　接著再概括項羽的抱負與粗獷外貌，以及胸無城府的英雄氣概：

> 秦始皇帝游會稽，渡浙江，梁與籍俱觀。籍曰：「彼可取而代

也！」梁掩其口，曰：「毋妄言！族矣!」梁以此奇籍。籍長八

尺餘，力能扛鼎，才氣過人，雖吳中子弟，皆已憚籍矣。……

　　秦始皇是何等人物，項羽卻脫口而出「彼可取而代也！」其野心、自信與不凡的氣概，以及坦率毫無心機的人格情性，栩栩如生的展現出來。讀者對項羽，已經有了初步的認識。

　　以後古典小說大都沿襲《史記》這種紀傳體介紹人物的開頭方式。甚至長篇章回小說中，每一個重要人物出場，也有類似的介紹；使和戲曲中人物初次登臺亮相時，必做一番自我介紹的情形雷同。

　　此外，《史記》的人物傳記，往往「包舉一生」。既要載其生平事跡，也要記其死，交代一個人最後的結局，如何死？何時死？以及死後的大略情況如何。尤其是那些與他關係密切的人物，結果如何了？甚至後代子孫的下場，均有交代。例如項羽，最後是：

乃自刎而死。王翳取其頭。餘騎相蹂踐，爭項王，相殺者數十人。最其後，郎中騎楊喜、騎司馬呂馬童、郎中呂勝、楊武，各得其一體；五人共會其體，皆是。分其地爲五……。項王已死，楚地皆降漢，獨魯不下。漢乃引天下兵，欲屠之。爲其守禮義，爲主而死節，乃持項王頭視魯。魯父兄乃降。……諸項氏枝屬，漢王皆不誅。乃封項伯爲射陽侯、桃侯、平侯、皋侯、玄武侯，賜姓劉。

　　中國古典小說與《史記》一樣，對主人公的結局，通常都明確交代。即使人物的生死去留不明，最後也要說「莫知所終」、「莫知所之」、「不知所適」，或「遂亡其所在」之類的話。後世小說往往清楚交代主人公生與死，具有人物傳記的開頭和結尾，顯然受《史記》紀傳體的影響。

3. 序言與論贊

　　《史記》中某些人物傳記，在正文前往往還有一段序言，其中或交代資料來源，或說明寫作目的，或概括正文內容。其作用在於引起讀者對人物生平記敘之外，屬於「非情節」部分的重視。如〈遊俠列傳〉：

韓子曰：「儒以文亂法，而俠以武犯禁。」二者皆譏，而學士多

稱於世云。至如以術取宰相、卿、大夫,輔翼其世主,功名俱著
於春秋,固無可言者。及若季次、原憲,閭巷人也,讀書,懷獨
行君子之德,義不苟合當世,當世亦笑之。固季次、原憲終身空
室蓬戶,褐衣蔬食不厭;死而已四百餘年,而弟子志之不倦。今
游俠,其行雖不軌於正義,然其言必信,其行必果,己諾必誠,
不愛其軀,赴士之阨困。既已存亡死生矣,而不矜其能,羞伐其
德,蓋亦有足多者焉。……

主要是說明爲何遊俠之士,值得爲之立傳,作爲整篇列傳的序言。

此外,《史記》人物傳記之後,還有「太史公曰」一段論贊,對傳主
的人格情性或生平事跡加以評論。有時是說明作傳緣起,有時則就事實加
以考核、商榷。如〈項羽本紀〉最後,以「太史公曰」評論項羽的功過:

太史公曰:「吾聞之周生曰:『舜目蓋重瞳子。』又聞項羽亦重
瞳子,羽豈其苗裔邪?何興之暴也!夫秦失其政,陳涉首難,豪
傑蜂起,相與並爭,不可勝數。然羽非有尺寸,乘勢起隴畝之
中,三年,遂將五諸侯滅秦,分裂天下,而封王侯,政由羽出,
號爲霸王,位雖不終,近古以來未嘗有也。及羽背關懷楚,放逐
義帝而自立,怨王侯叛己,難矣。自矜功伐,奮其私智而不師
古,謂霸王之業,欲以力征經營天下,五年卒亡其國,身死東
城,尚不覺悟,而不自責,過矣。乃引『天亡我,非戰之罪
也』,豈不謬哉!」

以後的小說,大多也有引入話題的「序言」,同時也往往在結尾處,
宛如「太史公曰」一般,由作者出面發表一段議論,對故事中人物事跡,
加以品評。

(二)敘述模式

1.第三人稱與客觀立場

司馬遷《史記》乃是以第三人稱客觀立場敘事,亦即以目擊者敘述歷
史。而且往往以全知視角,客觀敘述所見所聞,乃至一些應當屬於機密事
件或情況,諸如人物之間的密談、悄悄話,甚至內心翻轉的念頭,也瞭如

指掌。當然，作者基本上仍然是站在事件之外，讓人物自己演出，只是在最後「論贊」部分，才登場露面，作評論，表示自己的觀點看法。但在敘述之際，則往往「寓褒貶於敘述中」，作者對人物事件的褒貶立場與態度，昭然若揭。以後的唐代傳奇小說，亦沿襲這種敘述模式。

2. 時間順序與敘述角度

《史記》中的人物傳記，有「個人傳記」與「類型傳記」之別。個人傳記通常按時間順序敘述，以人物生平的始與終為脈絡，予人的印象是，有頭有尾，魚貫而下，有時偶爾還會穿插著年月日期的提示。以後的文言小說，如唐傳奇，亦多按照時間先後順序敘述的模式。但是，《史記》中的「類型傳記」，則往往以同類型人物的共同特色為筆墨重點，乃至無意於人物在時間過程中的始與終。例如〈遊俠列傳〉、〈儒林列傳〉，主要展示個別遊俠或儒者，在言行舉止方面，符合其「遊俠」或「儒士」的標誌，因此筆墨重點在於人格情性的刻畫，不在於個別人物在人格情性方面的變化。這對以後的傳記文學，以及小說，乃至戲曲中人物性格的塑造，影響深遠。

3. 連鎖情節與線型結構

《史記》個別人物的列傳，無論是否按時間先後順序，敘述人物的生平事跡，往往由一系列故事性，甚至戲劇性的情節串聯起來，乃至整體上形成一種線型結構。例如〈信陵君傳〉，是由親迎侯生、竊符救趙、從博徒、賣漿者遊等一系列故事構成。〈廉頗藺相如傳〉，是由完璧歸趙、澠池會、負荊請罪等故事構成。〈項羽本記〉，則由鉅鹿之戰、鴻門宴、垓下之圍等故事構成。這些個別的人物傳記，多由大大小小相關的故事情節，按時間順序，逐步完成其生命歷程，從頭到尾貫穿人物的遭遇與命運。這是史傳文學的敘述線索，也成為日後古典小說往往展現線型敘述的傳統。

三、為古典小說人物形象與性格塑造奠傳統

從文學史的觀點，《史記》可謂是一部以人物為中心的傳記文學。書

中人物來自社會各階層，從事各種不同的行業與活動，經歷不同的人生命運。從帝王將相，到人臣官吏，到市井小民，其中有成功者，亦有失敗者，有賢能的人臣，剛烈的英雄，亦有無恥的小人；有彬彬君子，也有地痞流氓……。形形色色的人物，共同組成一個社會中豐富多采的人物畫廊。在這些人物中，給讀者留下深刻的印象的，就有近百人之多。

當然，《左傳》已經頗善於寫人物，但畢竟是編年史，在體例上受到時間的限制，只能在某一段時間範圍之內來寫人物。此外，《戰國策》是國別史，雖也長於寫人物，無須受紀年的限制，描寫人物之際，比《左傳》自由；但是《戰國策》往往以重大歷史事件為中心，又過分注重人物的辯論語言。換言之，《左傳》、《戰國策》主要是截取人物的生活橫斷面來描寫人物，《史記》卻是從人物的一生，予以完整的敘述，試圖把握歷史人物的全貌。

(一)外貌形態的點染

其實《史記》很少詳細描繪人物的外貌。基本上，沒有人物肖像的描繪，往往只是簡略的點出人物外貌某些特徵。如〈高祖本紀〉寫劉邦：

> 高祖為人，隆準而龍顏。美鬚髯，左股有七十二黑子。

當然，所稱劉邦「左股有七十二黑子」，當取自傳聞，實在難以考核。另外，〈項羽本紀〉寫項羽外貌，亦同樣簡略：

> 籍長八尺餘，力能扛鼎，才氣過人。

再看〈留侯世家〉寫張良狀貌，只一句話：

> 狀貌如婦人女子。

又如〈李將軍列傳〉寫李廣，更為簡略，只有五個字：

> 為人長，猿臂。

在司馬遷筆下，人物外貌顯然並不重要。重要的是，人物的性格特徵。後世的小說，如唐人傳奇，亦往往如此。對人物的外貌形態，往往只用一些陳腔套語，點到為止。如寫年青小伙子，或「唇紅齒白」，或「方面大耳」，寫妙齡少女，則或是「閉月羞花」，或是「沉魚落雁」……很難看出人物的個別肖像。

(二)性格特徵的刻畫

《史記》中人物性格特徵的刻畫，主要乃是通過人物的行動和語言表現出來。為了凸顯傳主的人格特質，除了援引相關的傳聞軼事之外，作者甚至可以「遙體人情」，運用「入情合理」的想像，「筆補造化，代為傳神」[2]，虛擬出人物在某種特定環境情況中之行為舉止、言談對話，甚至獨白，以揭示人物的神態或心理狀況，展現傳主的性格特徵。這樣含有「虛擬」的記錄，當然容易予人以文史界限並未嚴格區分的印象。

1. 對話言談

人物的對話言談，往往洩漏人物的生活經歷，文化修養，社會地位，甚至心理狀況。這是刻畫人物形象最基本的手法。例如劉邦、項羽，早年都曾混在人群中觀看過秦始皇巡遊，目睹其威儀氣派，各自說了一句話，分別洩漏不甘心久處低微的意念。劉邦說：

> 嗟乎！大丈夫當如是也！

所言充滿羨慕之情，卻含蓄的表達自己的野心。同時亦在場觀看的項羽，則說：

> 彼可取而代也！

野心畢露。可看出，二人同樣有野心，同樣懷抱壯志，惟劉邦之語，顯得穩重踏實，含蓄沉著；項羽所言則情懷畢露，聽者了然，全無城府。難怪項梁聽了，嚇一跳，立即「掩其口，曰：『毋妄言！族矣！』」

2. 行動舉止

在《左傳》、《戰國策》中，作者已經運用人物的具體行動和對話來刻畫人物。爰及司馬遷《史記》，則更為傳神，更為生動。往往由生活瑣碎細節中的人物行動，或戲劇性場景中的人物行動，即使人物眾多，也各

2　錢鍾書，《管錐編》(北京：中華書局，1979)論及《左傳》常云：「史家追敘真人實事，每須遙體人情，懸想事勢，設身局中，潛心腔內，忖之度之，以揣以摩，庶幾入情合理。蓋與小說、院本之臆造人物，虛構境地，不盡同而可相通。」又針對《史記‧項羽本紀》所載「項王乃悲歌慷慨。……美人和之」情節，引周亮工《尺牘新鈔》三集卷二釋道盛〈與某〉云：「吾謂此數語，無論事之有無，應是太史公筆補造化，代為傳神。」冊二，頁166及278。

自展現其性格特徵。試以〈項羽本紀〉中「鴻門宴」的一段精采描寫爲例。

　　按，事情的序幕是，項羽欲入函谷關而不得，聞說劉邦已破咸陽。後來項羽雖然入了關，卻又聽說劉邦要在關中稱王。謀士范增即獻策云：「急擊勿失！」這時倘若要開打，項羽的軍勢必勝無疑，並建議設下「鴻門宴」，等劉邦諸人抵達之後，一舉拿下，免除後患。劉邦當然知道此去可能凶多吉少，但迫於形勢，又不能不去。謀士張良於是建議劉邦赴宴，並向項羽請罪，表示並無野心，同時還交代武將樊噲隨侍在側，以防萬一。於是：

> 沛公旦日從百餘騎來見項王，至鴻門，謝曰：「臣與將軍戮力而攻秦，將軍戰河北，臣戰河南；然不自意能先入關破秦，得復見將軍於此。今者，有小人之言，令將軍與臣有卻。」項王曰：「此沛公左司馬曹無傷言之。不然，籍何以至此？」項王即日因留沛公與飲。項王、項伯東嚮坐；亞父南嚮坐，亞父者，范增也；沛公北嚮坐；張良西嚮侍。范增數目項王，舉所佩玉玦以示之者三。項王默然不應。范增起，出，招項莊，謂曰：「君王爲人不忍。若入，前爲壽，壽畢，請以劍舞，因擊沛公於坐，殺之。不者，若屬皆且爲所虜！」莊則入爲壽。壽畢，曰：「君王與沛公飲，軍中無以爲樂，請以劍舞。」項王曰：「諾。」項莊拔劍起舞，項伯亦拔劍起舞，常以身翼蔽沛公，莊不得擊。於是張良至軍門見樊噲。樊噲曰：「今日之事何如？」良曰：「甚急！今者項莊拔劍舞，其意常在沛公也。」噲曰：「此迫矣！臣請入，與之同命！」噲即帶劍擁盾入軍門。交戟之衛士欲止不內，樊噲側其盾以撞，衛士仆地。噲遂入，披帷西嚮立，瞋目視項王，頭髮上指，目眥盡裂。項王按劍而跽曰：「客何爲者？」張良曰：「沛公之參乘樊噲者也。」項王曰：「壯士！賜之卮酒！」則與卮酒。噲拜謝，起，立而飲之。項王曰：「賜之彘肩！」則與一生彘肩。樊噲覆其盾於地，加彘肩上，拔劍切而啗之。項王曰：「壯士！能復飲乎？」樊噲曰：「臣死且不避，卮

酒安足辭！夫秦王有虎狼之心，殺人如不能舉，刑人如恐不勝，天下皆叛之。懷王與諸將約曰『先破秦入咸陽者王之』。今沛公先破秦入咸陽，毫毛不敢有所近，封閉宮室，還軍霸上，以待大王來。故遣將守關者，備他盜出入與非常也。勞苦而功高如此，未有封侯之賞，而聽細說，欲誅有功之人，此亡秦之續耳，竊為大王不取也！」項王未有以應，曰：「坐！」樊噲從良坐。坐須臾，沛公起如廁，因招樊噲出。沛公已出，項王使都尉陳平召沛公。沛公曰：「今者出，未辭也，為之奈何？」樊噲曰：「大行不顧細謹，大禮不辭小讓。如今人方為刀俎，我為魚肉，何辭為！」於是遂去。乃命張良留謝。……項王曰：「沛公安在？」良曰：「聞大王有意督過之，脫身獨去，已至軍矣。」項王則受璧，置之坐上。亞父受玉斗，置之地，拔劍撞而破之，曰：「唉！豎子不足與謀！奪項王天下者，必沛公也！吾屬今為之虜矣！」沛公至軍，立誅殺曹無傷。

　　實在像一篇精采的短篇小說，也是一齣雛形的戲劇。文中人物，除了劉邦和項羽之外，還有謀臣、勇士。從這場「鴻門宴」中人物的行動舉止，包括他們的言談對話，生動的展現：劉邦的圓融老練，項羽的坦直粗率，張良的機智沉著，樊噲的忠誠勇猛，項伯的迂腐老實，還有范增的果斷急躁。儘管有「項莊舞劍，意在沛公」的戲劇演出，項羽終於因其「為人不忍」之心，讓劉邦藉「如廁」而逃之夭夭。最糟糕的是，項羽還把向自己報密者曹無傷給洩漏出來了。劉邦也真夠狠，一回到自己軍中，毫不手軟，「立誅殺曹無傷」。短短一句話，一個行動，在性格上，劉邦之狠毒與項羽之仁厚，形成對比，也是果斷與優柔的對比，奪取江山成功者與失敗者的對比。項羽坐失殺劉邦的良機，而劉邦得張良、蕭何、韓信諸人之助，勢力日益坐大，一心要消滅項羽。兩軍交戰無數次，不分勝負。項羽因見楚漢相爭持久未決，丁壯老弱均受苦，於是向劉邦建議，何不雙方單打決雌雄，劉邦卻宣稱「吾寧鬥智不能鬥力」。不肯出面接受挑戰。項羽不免性起，衝到漢軍中奮勇戰鬥，結果陷於大澤中，為漢軍所迫，而且

迫得作最後一戰。試看司馬遷筆下「垓下之圍」與「霸王別姬」的動人描述：

> 項王軍壁垓下，兵少食盡，漢軍及諸侯兵圍之數重。夜聞漢軍四面楚歌，項王乃大驚曰：「漢皆已得楚乎？是何楚人之多也！」項王則夜起，飲帳中。有美人名虞，常幸從；駿馬名騅，常騎之。於是項王乃悲歌慷慨，自爲詩曰：「力拔山兮氣蓋世，時不利兮騅不逝，騅不逝兮可奈何！虞兮虞兮奈若何！」歌數闋，美人和之。項王泣數行下。左右皆泣，莫能仰視。

項羽在漢軍重圍之下，但聞漢軍四面楚歌，疑幻疑眞，以爲漢軍皆已得楚。然後點出美人、駿馬，回顧一下項羽過去叱吒風雲、不可一世的英雄情懷，同時展現英雄落魄、孤單寂寞的處境，面對美人駿馬而獨自傷神的悲哀。又藉項羽慷慨悲歌，表現他既英雄蓋世又兒女情長無限失意的心情。眞是「一腔憤怒，萬種低回」。最後，美人和而歌數闋，項羽揮下了英雄熱淚。此情此景，人何以堪！所以「左右皆泣，莫能仰視」。這樣動人的景象，顯然是文學的描述。

再看另一段，寫項羽終於衝出重圍，欲東渡烏江時的情節：

> 於是項王乃欲渡烏江。烏江亭長檥船待，謂項王曰：「江東雖小，地方千里，眾數十萬人，亦足王也。願大王急渡。今獨臣有船，漢軍至，無以渡。」項王笑曰：「天之亡我，我何渡爲！且籍與江東子弟八千人渡江而西，今無一人還，縱江東父兄憐我而王我，我何面目見之！縱彼不言，籍獨不愧於心乎！」乃謂亭長曰：「吾知公長者。吾騎此馬五歲，所當無敵，嘗一日行千里，不忍殺之，以賜公！」乃令騎皆下馬步行，持短兵接戰。獨籍所殺漢軍數百人。……

這是項羽自刎前的一段小故事。項羽和渡江船人的對白，以坐騎駿馬騅相贈的行動，流露出視死如歸的英雄氣概，以及憐惜坐騎、尊重長者的善良心腸。

也就是通過這些言談對話，行動舉止，刻畫出項羽這樣一個英雄形象，一個不可一世的英雄，一個最終失敗的英雄。他的逞強好勝，他的粗

率坦白，他的善良心地，乃至優柔寡斷的性格，展現在讀者面前。

司馬遷刻畫人物形象，主要就在具體的行動中，生動的對話言談裡，展現人物之間的矛盾衝突，以及面對命運變化的不同反映，同時呈現人物的性格特徵。以後的中國小說，刻畫人物之際，主要也就是以對話言談，行動舉止來展現人物的性格特徵，顯然深受《史記》的影響。

(三)人物類型的建立

《史記》是以人的活動為中心，人物的生平事跡，言行表現，自然是敘述的主體。不過，史家撰寫歷史，不會單純的追述史實，更重要的是以史為鏡鑑，敘人事以明王道，由前代之治亂興亡，可以記取教訓。司馬遷撰《史記》，其意即在於繼孔子作《春秋》之旨，通過歷史事件的敘述及人物的言行操守，以頌美明主賢君、忠臣死義之士，並為閭巷之人，「欲砥行立名者」，留下聲名，或可「善善惡惡，賢賢賤不肖」（〈太史公自序〉），達到諷諭勸戒的效果。也就是由於《史記》帶有這種以歷史為鏡鑑的意圖，遂造成史傳中展現的人物形象，有明顯的類型化或典型化傾向。

此外，將歷史人物「歸類立傳」，並以類目名篇，亦是自《史記》開始。所謂「歸類立傳」，即大凡人物之社會角色、生平事跡有相類似者，即視為具有某種共通性的人物類型，於是合為一傳，如〈屈原賈生列傳〉即是。有時則以不同人物共同扮演的社會角色類型為篇目，諸如〈儒林列傳〉、〈遊俠列傳〉等即是。在這些「類傳」中，史家筆墨重點，並不在於探索個別人物複雜多樣的面貌，而在於展現屬於某種人物類型的群體共同特徵。因此，同傳人物之「共性」，往往多於「特性」[3]。乃至《史記》中的人物，往往屬於某種社會角色的既定類型或典範，為中國文學建立了一批人物類型典範的「資料庫」。後代的小說、戲劇中的帝王將相、英雄豪傑、俠客儒生、清官酷吏……各種人物形象，很多都是以《史記》中的人物類型為楷模。例如《三國演義》中的劉備，《水滸傳》中的宋

3　有關中國史傳「歸類立傳」之傳統特質，見Denis Twitchett, "Problems of Chinese Biography," in Arthur F. Wright & Denis Twitchett（eds.）, *Confucian Personalities* (Stanford: Stanford University Press, 1978), pp. 24-39。

江，在他們的形象中，不時浮現劉邦的影子。諸葛亮及吳用的性格中，往往流露出張良的痕跡。後世的小說刻畫人物，也往往以人物的類型特徵爲筆墨重點。

四、文筆疏宕從容，為唐宋「古文」立典範

《史記》乃是以「散體古文」敘述，文筆疏宕從容，行文自然流暢，不拘於整齊的形式，也很少用駢儷句法。讀起來，似乎是不經意的自然寫出，並無著意雕琢的痕跡，但卻有生氣、有韻味。既有史家的冷靜客觀的陳述，又有人物對話言談的模擬，偶爾又還流露濃厚的抒情意味。這樣的文筆，使得古代歷史人物的性格特徵、生活經歷、爲人行事，在讀者面前活躍起來，其效果與閱讀小說無異。

《史記》之文，以散行單句爲主，是純正的散文，被後世讀者視爲是「古文」的典範，是唐代韓愈、柳宗元等「古文運動」諸大家追隨模範的對象。甚至北宋歐陽修等倡導的文體革新運動，明代前後七子倡導的文學復古運動，都曾以《史記》之文爲「古文」的最高模範。

《史記》雖是一部歷史著作，其本身的文學氣質，對後世文學的影響，不容忽視。同時，《史記》也是中國文學史中，文史難分家的有力證據。

第四章
兩漢詩歌的發展

　　兩漢四百年歷史，只留下六百多首詩歌，其中還有很多是斷篇殘簡。不過，就現存有限的漢代詩歌，其體式類型與內涵情境則繁富多樣，而且可以看出南北文化合流，域外胡樂融入的影響，以及審美品味逐漸生活化並世俗化的現象。從現存詩歌篇目看，文人的創作比例增加，惟仍以無名氏之作居多，乃至大部分漢詩，只能有一個大概的寫作年代估計，其中有些作品，甚至到底屬西漢時期或東漢時期，均難以確定，學界亦尚未取得共識。儘管如此，從漢代詩歌作品本身的表現，一方面沿襲先秦詩歌的舊傳統，一方面也開創了漢代詩歌的新風貌，讀者還是可以從漢代詩歌中一些繼承與革新的痕跡，掌握其發展演變的大勢。

　　就詩歌體式風行之先後視之，漢詩大致可以分為三種主要類型，亦即詩騷體、樂府詩、五言詩，同時亦顯現其發展演變的三個階段。就內涵情境視之，儘管武帝以來，儒術獨尊，漢儒說詩又強調政教倫理，卻並未在詩歌創作上橫加干擾，作者有充分的創作自由，乃至關心自我生命意義與價值，抒發個人情懷，則是漢詩發展的總體傾向。

第一節　詩騷餘緒

　　從漢初到武帝初年約七八十年間，詩歌的創作，基本上仍以詩騷體為主。所謂「詩騷體」，即指沿襲《詩經》雅、頌體的四言之章，以及「楚辭」的騷體楚歌。西漢流傳下來的詩歌雖然很少，但從漢代詩歌的整體發展趨勢來看，已經是一個詩騷體逐步走向衰落，各種新詩體醞釀萌起的時

期。一方面不歌而誦的辭賦，正在逐漸形成文人士子的創作重點，另一方面，一些新體的詩歌體，如五言、雜言之作，也開始興起。

一、雅頌體的徘徊

(一)祭祀燕饗之章──朝廷之樂

劉邦正位後，天下既定，百廢待舉，命叔孫通制定禮樂，為新王朝建立統治秩序，並教化百姓以彰顯功德。其中一項重要措施，就是創設宗廟祭祀雅樂。不過，由於叔孫通因秦時樂人所製之宗廟雅樂：〈嘉至〉、〈永至〉、〈登歌〉、〈體成〉、〈永安〉等五章，早已失傳，現存僅高祖唐山夫人根據楚聲而製作的〈安世房中歌〉[1]，遂成為漢初雅樂的代表作品。

〈安世房中歌〉可能是朝廷祭祀祖廟大典之樂章，亦可能是以楚聲演唱的宮中燕樂賓客之樂。全詩共十七章，在內容上，主要是讚揚高祖、歌頌孝道。試看其首章云：

大孝備矣，休德昭清，高張四縣，樂充宮廷。

芬樹羽林，雲景杳冥，金支秀華，庶旄翠旌。

七始華始，肅倡和聲。神來宴娭，庶幾是聽。[2]

發端兩句「大孝備矣，休德昭清」，即揭示全篇之主旨。沈德潛(1673-1769)《古詩源》即指出此詩之宗旨：

首言「大孝備矣」，以下反反覆覆，屢稱孝德，漢朝數百年家法，自此開出，累代廟號，首冠以孝，有以也。[3]

第三、四章又云：

我定歷數，人告其心。敕身齊戒，施教申申。

乃立祖廟，敬明尊親，大矣孝熙，四極爰轃。

---

1 有關〈安世房中歌〉乃高祖唐山夫人所作之論證，見趙敏俐，〈《安世房中歌》作者、時代考〉，收入趙著《漢代詩歌史論》(長春：吉林教育出版社，1995)，頁49-54。

2 按此詩各本偶有分章不盡相同者，今依逯欽立輯校，《先秦漢魏晉南北朝詩》(北京：中華書局，1983)所載為據。

3 見朱太忙注釋，《詳註古詩源》本(揚州：江蘇廣陵古籍刻印社，1991)，頁37。

　　王侯秉德，其鄰翼翼，顯明昭式，清明鬯矣。

　　皇帝孝德，竟全大功，撫安四極。

以下五章詠唱的，均是皇帝如何體現上天之意志，其孝德如何施教宗室、文臣武將，以及黎民百姓等。第六章，則是教導公卿侯伯：

　　大海蕩蕩水所歸，高賢愉愉民所懷。大山崔，百卉殖。民何貴？

　　貴有德。

意指大海浩蕩，眾水歸之，明君賢德，則民人依之。就如大山崔嵬，百卉茂盛，君王德高，則萬民崇敬。再看第九章，教導黎民百姓：

　　雷震震，電燿燿，明德鄉，治本約。治本約，澤弘大。

　　加被寵，咸相保。德施大，世曼壽。

以雷震電燿喻王者之威，明示德義之方，治國本之於當初高祖對人民之「約法三章」，君王的恩澤廣被。德政所加，人民受寵渥，則老幼相保，得以延年益壽。以後諸章反覆詠唱的，亦不離這種歌功頌德的調子。就全詩的內涵意境視之，其宣揚政教倫理之旨昭然若揭，卻顯得簡古典雅，頗有《詩經》中頌詩的餘韻。

　　惟值得注意的是，〈安世房中歌〉在繼承先秦雅樂傳統之際，於藝術風格上展現的一些變新痕跡。首先，詩中句式已出現或三言，或四言，或三七雜言的變化。其中四言共十三章，另外三言三章，雜言一章。四言者固然是沿襲《詩經》體式，三言與雜言者，則是從楚辭的句式演變而成。如上舉第九章，若在其句中增添一「兮」字：「雷震震兮電燿燿，明德鄉兮治本約。……」便與楚辭〈九歌〉一些句法相同。其次，一些場景的描寫，亦不同於雅頌體的雅正古奧。如上舉第一章中祭祀場景的描寫：「高張四縣，樂充宮廷。芬樹羽林，雲景杳冥，金支秀華，庶旄翠旌。」就頗有〈九歌・東皇太一〉日神出場之際的富麗堂皇熱鬧氣氛。第六章的「飛龍秋，遊上天」，第十章的「乘玄四龍，回馳北行，羽旄殷盛，芬哉芒芒」，亦染上了善幻想的楚文化色彩，與〈九歌〉中描繪的神靈往來相彷彿。這些不同於先秦雅樂之處，正是漢代詩歌在南北文化交流融匯過程中，逐漸脫離先秦詩歌的起步。

(二)諷諭勸戒之章——人臣之詩

　　現存漢初有主名的文人詩，極為有限，可以韋孟(前225-?)的四言〈諷諫詩〉為代表。據《漢書・韋賢傳》，韋孟在漢文帝(在位：前180-前157)、景帝(在位：前157-前141)時，先後為楚元王傅及其子夷王和孫夷王戊的太傅。其〈諷諫詩〉即乃是以人臣之身，勸戒荒淫不守正道的夷王戊而作。《昭明文選》即選錄為「勸勵」類第一首代表。不過，詩的發端，卻先將筆墨圍繞在自己的家世和身分，以冗長的篇幅，歷敘韋氏祖先自商周以來，如何致力輔佐商周諸君主王室之德行功業：

> 肅肅我祖，國自豕韋。黼衣朱紱，四牡龍旂。
>
> 彤弓斯征，撫事遐荒。總齊群邦，以翼大商。……

繼而才開始勸戒：

> 如何我王，不思守保。不惟履冰，以繼祖考。
>
> 邦事是廢，逸遊是娛。犬馬繇繇，是放是驅。
>
> 務彼鳥獸，忽此稼苗。蒸民以匱，我王以媮。
>
> 所弘非德，所親非俊。唯囿是恢，唯諛是信。
>
> 睮睮諂夫，咢咢黃髮。如何我王，曾不是察。
>
> 既藐下臣，追欲從逸。嫚彼顯祖，輕茲削黜。……

　　所言苦口婆心叮嚀夷王戊，須敬慎其職，以繼承祖先之業績；切勿疏遠忠賢，聽信諂諛，追求安逸遊樂，疏忽稼穡，困匱民人，導致侯國危殆。全詩言辭懇切，諄諄善誘，耿耿忠心溢於言表。是一首典型的繼承《詩經・大雅》中人臣匡諫君主的漢代四言詩。

　　儘管韋孟這首〈諷諫詩〉仍然頗有「雅頌餘韻」，畢竟已是漢代文人的作品，詩中追述的、推崇的，已不再只是君主王室先祖的功勳，而是作者自己先祖的德業，流露出對自己先祖輔佐王業的自豪，對個人身分家世傳統的珍視。乃至為漢魏以後敘先烈、述祖德之文人詩開闢了先路。或許由於後世詩人較少具有像韋孟那樣三代老臣的身分經驗，可以寫詩匡諫其幼主，姑且循其恭謹態度和勸戒語氣，發展成各自推崇先人、訓誡子孫的詩歌類型，以自勵或勵人。韋孟之後出現的四言「自勵詩」、「誡子詩」，

即相繼師法〈諷諫詩〉的模式，往往率先自述先祖德行功業爲發端。

二、楚歌體的迴盪

　　由於西漢開國君臣多爲楚人，分封於南方的諸侯又多喜愛楚聲，所以原來楚國的文學樣式——楚辭和楚歌，風行一時。隨著楚人占據了政治舞臺中心，用楚地方言歌唱、楚地音樂伴奏的楚歌，也就流行於社會，乃至宮廷。楚歌在體式上比《詩經》四言正體顯得自由無拘束，可以比較隨意且活潑的形式，傷感而悠揚的調子，詠唱新時代的心聲。漢初楚漢相爭的風雲人物，項羽和劉邦，就分別留下動人的作品。

　　根據《史記·項羽本紀》，西楚霸王項羽，被劉邦大軍圍困垓下，眼見大勢已去，走投無路，又夜聞四面楚歌，面對平生最寶愛的駿馬、美人，慷慨悲歌，於是唱出這首〈垓下歌〉：

　　　力拔山兮氣蓋世，時不利兮騅不逝。

　　　騅不逝兮可奈何！虞兮虞兮奈若何！

　　首句「力拔山兮氣蓋世」，蓋世霸主的英武氣概，立即躍然紙上，可是二句筆鋒逆轉：「時不利兮騅不逝」，彷彿從萬丈高空突然墜落下來，稱霸四方的英雄，偏偏遇時不利，馳騁疆場的駿馬，再也不能奔馳前行。該怎麼辦呢？回顧身邊的愛姬，又忍不住哀嘆：「虞兮虞兮奈若何！」虞姬啊虞姬，該怎麼安排你啊！一個二十四歲即起兵，身經七十餘戰，叱吒風雲的英雄，雄蓋一時之霸王，落得山窮水盡，面臨敗亡，連心愛的美人，竟然也無法保護了。詩中出現的是，逗引遐思、令人稱羨的英雄、美人、駿馬，抒發的卻是，蓋世英雄窮途末路的極端無奈與哀傷，回天乏力的挫折與悲慨。同時流露出，項羽既英雄蓋世，又兒女情長的人格情性。值得注意的是，〈垓下歌〉內涵的深層含意，亦即個人失志不遇的悲哀，以及人生無常的無奈。這將會是漢魏以後文人詩歌吟詠不輟的主題。

　　劉邦的〈大風歌〉，根據《史記·高祖本紀》，作於高祖十二年(前195)，時討伐英布，還歸過沛，置酒沛宮，悉召故人父老子弟前來縱飲歡慶。酒酣耳熱之際，情動於衷，不禁擊筑而歌：

　　　　大風起兮雲飛揚，威加海內兮歸故鄉，安得猛士兮守四方。

　　按，劉邦自沛宮駕返長安，大約半年之後即駕崩，所以這首〈大風歌〉，當是垂暮之年的作品。發端句「大風起兮雲飛揚」，氣勢壯麗奇偉。以拔地而起的大風，飛揚雲煙，席捲塵埃的自然景象起興，隱含劉邦一生戎馬倥傯，掃除群雄，建功立業的輝煌歷程。語氣間躊躇自滿之情，溢於言表。二句「威加海內兮歸故鄉，」則是對自己統一天下，君臨寰宇，登峰造極之帝業的自豪。同時也隱含一分創業成功英雄的寂寞，所以才會以帝王之尊，還歸故里，誇耀於故人父老子弟之前，享受「衣錦榮歸」的喜悅。可是，表面的熱鬧歡騰，並不能紓解內心深處的寂寞，緊接著一股無常之感，憂慮之思湧入心頭。無常之感不但是因為創業不易、守成艱難，更何況英雄遲暮，而人生短暫，事業功名畢竟只能與身始終，轉眼即化為雲煙，又有誰能夠傳諸萬世永保江山？所以說：「安得猛士兮守四方！」劉邦在悲歌之後，「令兒皆和習之」，自己也起而舞之，而且「慷慨傷懷，泣數行下」。全詩抒發的是，一個創業之主不可一世的壯志與豪情，揉雜著英雄遲暮的寂寞和悲涼，功名富貴難以永恆的焦慮與無奈。

　　兩首楚歌，乃即興唱出，直抒胸臆，吐露一己情懷之作。在創作目的及內涵情韻上，與現存朝廷祭祀燕饗之樂，人臣諷諭勸戒之詩，有很大的不同。值得注意的是，其中繼承楚騷傳統的濃厚抒情意味，歌者對個人自我命運的關注，對人生苦短、生命無常的感慨，已經預示出漢代詩歌中經常浮現的，對個體生命意義的自覺意識。為樂府新聲的繁榮和文人五言詩的發展，鋪上先路。

第二節　樂府新聲

　　漢代詩歌發展的第二階段，以漢武帝立樂府，采歌謠為標誌。從武帝時代開始，漢帝國不但進入空前強盛時期，漢詩的發展，也開始了一個新的時代。最令人矚目，且影響深遠的，就是漢武帝仿秦制立樂府，成為一個新時代的體制，創造新的宗廟祭祀之樂，開始了新時代新詩歌的收集。

令漢樂府詩成為一個以雜言與五七言為主的新的詩歌形式，同時也通過這種新的詩歌形式，表現出漢人的生活與感情，揭開了中國中古樂府詩發展的序幕。

　　漢代是中國詩歌開始發生變化的重要時期，不僅見於詩體的變更，還表現在內容也隨著時代的變革產生變異。即使那些產生於漢初楚騷體的詩歌，無論帝王貴族的創作，或宗廟祭祀的樂章，均顯示一種新的時代氣象。更重要的是，潛藏在這種詩體變革的背後，還存在著文學觀念的變新。如體現在散體大賦中，以宏麗為美的審美趣味；體現在樂府歌詩中的享樂意識；體現在騷體賦以及部分詩歌中個人的人生觀念。三者共同奏響了漢武帝盛世的時代之音，也使這一時代成為漢代詩歌發展中，最輝煌的年代；從詩歌體式上看，是中國中古詩歌諸體兼備的確立期；從創作風貌上看，可稱之為漢代詩歌的鼎盛期。

一、樂府歌詩的產生

（一）樂府官署設立

　　「樂府」一詞，原指掌管朝廷音樂演奏之事的官署名稱，在先秦時已有類似的機構，惟情況不詳。漢初承秦制，也設有樂府官署，不過規模較小，主要只是掌管朝廷郊廟朝會的音樂。爰及武帝時，才擴大了樂府機構的規模和職務。根據班固(32-92)《漢書‧禮樂志》：

> 至武帝定郊祀之禮，祠太一於甘泉，就乾位也；祭后土於汾陰，澤中方丘也。乃立樂府，采詩夜誦，有趙、代、秦、楚之謳。以李延年為協律都尉，多舉司馬相如等數十人造為詩賦，略論律呂，以合八音之調，作十九章之歌。……

　　按，郊天、祀地、祭太一，均屬朝廷大典，必須合用大批相關人員，才能擔負起這樣的重任，所以須特別設立一個官署機構。又見《漢書‧藝文志》：

> 自孝武立樂府而采歌謠，於是有趙、代之謳，秦、楚之風，皆感於哀樂，緣事而發，亦可以觀風俗，知薄厚。

　　自武帝立樂府官署，樂府歌詩遂蓬勃的發展起來。武帝立樂府的主要目的：其一，令文臣創作歌詩，作爲宗廟郊祀頌神之歌，以張揚大漢天威，光耀祖考。其次，仿效周代采詩制度，從各地區採集那些流行民間「感於哀樂，緣事而發」的歌詩，以便「觀風俗，知薄厚」，同樣也可以宣示漢王朝的盛德。其三，無論郊祀頌神歌詩，或宮廷樂師或文人所作歌詩，以及各地採集來的民間歌詩，均配樂演唱，可以豐富宮廷生活，娛樂帝王耳目。

(二)樂府歌詩界說

　　一般所稱「樂府詩」，當指樂府官署成立之後所採集或創作的歌詩，包括宗廟郊祀送神之章，文人或樂師所作之歌，或從民間採集的歌詩。這些作品，魏晉以後，就統稱爲「樂府」。其特點是，在當時均可配樂演唱。不過，後來凡是文人模擬樂府古題所作的詩歌，並不入樂演唱，也都稱爲「樂府」，或「樂府詩」。所以樂府詩的範疇相當廣泛，其作者來自社會各階層，上有宮廷文人和樂工，下有落魄民間的文人和樂伎。惟民間藝人與文人，或貴族之作，皆可配樂演唱。

　　正由於漢代樂府詩原來都是合樂演唱的，所以命題多以曲調的類別，如某某「歌」、「行」、「曲」、「引」、「吟」等來名篇，顯示其合樂歌唱的密切關係。以後文人模擬樂府，並不入樂演唱，也沿襲這個傳統。可惜漢樂府歌詩大都失傳，少數作品則保存在宋代郭茂倩所編《樂府詩集》中。

二、樂府歌詩的類型

　　從現存的漢代樂府歌詩，依其來源、功能或內容，大概可以分爲以下兩種不同的類型。

(一)宗廟祭祀之章

　　武帝時的〈郊祀歌〉十九章，可視爲漢樂府中宗廟祭祀之歌的代表。〈郊祀歌〉之作，與唐山夫人之作〈安世房中歌〉不同，並非出自一人之手，亦非同時之製。據前引《漢書・禮樂志》，此「十九章」之產生，主

要是爲配合漢武帝定郊祀之禮而作，立樂府之舉即與之相關。是由「司馬相如等數十人造爲詩賦，」經過嚴密的文字推敲，再由李延年等宮廷樂師爲之配音，「略論律呂，以合八音之調，」以便舉行祭祀大禮時演唱。

〈郊祀歌〉在內容上或歌頌太一、天地，或歌頌五帝，或迎神、送神、娛神，乃是一組宏麗堂皇之樂章，侈陳歌舞聲樂之盛。不過，似乎含有力圖繼承或模仿先秦宮廷雅樂的意味。文辭顯得典雅古奧，甚至艱澀難懂。司馬遷《史記·樂書》即指出：「通一經之士，不能獨知其辭，皆集合五經家，相與共講習讀之，乃能通知其意。」惟整體視之，〈郊祀歌〉畢竟非一人一時之作，作者群中，除了司馬相如諸文人外，還有出身倡家，善造新聲者，如宮廷樂師李延年之類的人物，加上武帝其實頗喜愛流行的俗樂新聲，乃至〈郊祀歌〉十九章中，還是夾雜幾首具有明顯時代色彩的作品，諸如〈天馬〉、〈日出入〉、〈天門〉等即是。且以祭祀日神之樂歌〈日出入〉爲例：

> 日出入安窮？時世不與人同。故春非我春，夏非我夏，秋非我秋，冬非我冬。泊如四海之池，遍觀是邪謂何？吾知所樂，獨樂六龍，六龍之調，使我心若。訾黃其何不徠下！

日神原是人類最崇拜的自然神之一。不過，〈日出入〉卻跨出祭神儀式的主題，並未歌頌其爲人類帶來的光明和溫暖，而是視其爲永恆的象徵。由日出日入，春夏秋冬之永恆運轉，興起人生短暫無常之慨。全詩實以口語入詩，文同白話，文句又參差錯落，而且直抒胸臆。首句以不與人世時命相同的「日出入安窮」問句發端，立即提起整首歌詩的氣勢。繼而「春非我春，夏非我夏……」的四季體驗，加上四海之池的比喻，頗能喚起自然永恆而人壽短暫的感慨。此詩顯然已超越了迎送神靈，頌美帝王宮廷的雅樂範圍，流露出個人的抒情意味：包括時光流逝的無奈，個人生命短促的焦慮，以及意欲成仙卻無成的悲哀。這或許表達了漢武帝希望乘龍而仙的急切心情。

〈郊祀歌〉十九章，內容比漢初的〈安世房中歌〉廣闊，體制也較多樣。計三言者七章，四言者八章，四七雜言者二章，四五六七雜言者一

章。三四五六七言者一章。其中主要是三言和四言,皆模擬〈雅〉、〈頌〉體例,以後晉宋人所作之郊祀宗廟樂章,多爲三言、四言句,皆其仿作。

　　當然,這十九章〈郊祀歌〉,畢竟屬朝廷宗廟祭祀頌神之作,其中典雅古奧的語言,抽象的內容,降低了文學意味,乃至一般文學史多略而不論。眞正能代表漢代樂府詩之成就者,乃是流行民間之歌。

(二)流行民間之歌

　　所謂「流行民間之歌」,並非指純粹的閭巷歌謠或鄉村民歌,而是指「非官方」之作品,亦即原先流行民間社會的無名氏之作,經樂府官員採集、宮廷文人加工潤色而成的「集體創作」,同樣也是配樂演唱者。故而當今學界多稱之爲「民間樂府」。這些流行民間的樂府歌詩,流露的自然是「非官方」的民間人士之心聲。與那些特別爲官方宗廟祭祀頌神而作之樂府,其間最大的不同,首先就是個人抒情意味的濃厚,以及抒情的個人化。其次則是內涵情境的世俗生活化。這些樂府詩人的關懷,不是君王的權勢,亦非朝廷的榮耀,而是個人一己日常世俗生活的經驗與感受。再者就是語言方面的口語化、尋常化。

三、樂府歌詩的內涵情境

　　采自流行民間的樂府歌詩,其實與因應朝廷官方之命所作的宗廟祭祀之章,以及言語侍從所寫的散體大賦,乃至失志文人的騷體賦,可以屬同時期的作品;但其作者,卻站在全然不同的角度,觀察社會,認識環境,體驗人生。漢大賦或宗廟祭祀之章的作者,歌頌的是大漢帝國的富庶繁榮,揭示的是對這個強大帝國的自豪。騷體賦主要是文人士子個人在仕途受挫之餘,抒發懷才不遇之悲,或個人在人生旅途中,但感孤單寂寞之哀。可是,民間樂府歌詩的作者,吟唱的往往是身處社會主流圈外者,在現實社會人生所遇的困苦與艱難,以及個人在日常生活中感到的挫折與憂傷。換言之,流行民間的樂府歌詩,反映的是漢代的現實社會人生。其中包括:

(一)征戰繇役之苦

　　西漢自武帝開始出征開拓邊疆，爰及東漢，茲因國勢轉弱，乃至邊患內亂不斷，征戰繇役遂成為朝廷鞏固政權的政策。對一般人民而言，征戰繇役帶來的，不是大漢天威，而是無盡的災難困苦。被徵召戍邊者，或橫屍沙場，或終身軍旅，顛沛流離，有家歸不得。因此，有的民間樂府歌詩，即不乏訴說戰爭的殘酷，行役之辛苦。試看〈戰城南〉：

　　　　戰城南，死郭北，野死不葬烏可食。為我謂烏：「且為客豪！野死諒不葬，腐肉安能去子逃！」水深激激，蒲葦冥冥。梟騎戰鬥死，駑馬徘徊鳴。梁築室，何以南，何以北！禾黍不穫君何食？願為忠臣安可得！思子良臣，良臣誠可思！朝行出攻，暮不夜歸。

　　此歌詩乃是哀悼那些不幸戰死沙場的「忠臣」、「良臣」而作。就辭義視之，或可分兩章，前章彷彿是戰死沙場者之言，後章則似乎是家中妻子之辭。亦有讀者解為，通篇均托戰死者的妻子之辭者。總之，整首歌詩描述的情景則很清楚，就是戰死後橫屍荒野之悲涼情景，流露對陣亡忠臣將士的深切同情與哀悼，以及對戰爭無情的埋怨與無奈。是一首典型的厭戰詩。再舉一例〈古歌〉：

　　　　秋風蕭蕭愁殺人，出亦愁，入亦愁，座中何人，誰不懷憂！令我白頭。胡地多飆風，樹木何修修。離家日趨遠，衣帶日趨緩。心思不能言，腸中車輪轉。

　　當屬征夫戍士之辭，埋怨征戰行役之苦，傾訴思鄉懷人之愁。這樣的主題內涵，遠在《詩經》中已屢見不鮮。惟值得注意的是，〈戰城南〉中的敘事意味，以及〈古歌〉中，後六句展現的整齊五言的句式，已經點出詩歌發展的多種途徑。

（二）惡吏豪強之諷

　　漢樂府歌詩中，亦出現反映吏治的黑暗腐敗，或豪強橫行不法的作品，且風格多樣，有的通過敘事以譴責，有的則通過流傳的人物故事，語帶詼諧以諷刺。先看譴責惡吏的〈平陵東〉：

　　　　平陵東，松柏桐，不知何人劫義公。劫義公，在高堂下，交錢百

萬兩走馬。／兩走馬，亦誠難，顧見追吏心中惻。心中惻，血出
瀝，歸告我家賣黃犢。

似乎是敘述一個行善好義者，遭綁匪綁架，繼而又被追吏勒索之事。
前段言綁匪把義公劫至高堂下，勒索「錢百萬」。後段似乎是從義公家人
的角度發言。待家人付出兩匹善走的好馬，綁匪才放人。這位義公，遭遇
綁匪勒索之後，接著竟又遭到追吏的壓榨，可憐義公的家人，在「交錢百
萬兩走馬」之後，「追吏」又來勒索（追稅？），無權無勢的小老百姓又
能奈何？只得「歸告我家賣黃犢」，把小黃牛賣了，以應付官家。像這樣
控訴官員猶如綁匪的作品，是否具有輿論的效果，則不得而知了。

另外一首著名的〈豔歌羅敷行〉，又名〈陌上桑〉，則是諷刺挖苦官
員之作，惟意境風格完全不同，當可視爲另闢新境之作：

日出東南隅，照我秦氏樓。秦氏有好女，自名爲羅敷。

羅敷善采桑，采桑城南隅。……行者見羅敷，下擔捋頭鬚；

少年見羅敷，脫帽著帩頭；耕者忘其犁，鋤者忘其鋤。

歸來相怒怨，但坐觀羅敷。……

首言采桑女秦羅敷之美，妙在側寫望見羅敷者，不分老少均爲其美色
傾倒著迷，乃至捋鬚搔頭，荒廢工作，甚至互相埋怨，的確是妙趣橫生。
如此美女，好色的縣太爺見了當然也爲之心動。次段即敘述使君邀羅敷共
載而遭拒的情節：

使君從南來，五馬立踟躕。使君遣吏往，問是誰家姝？

秦氏有好女，自名爲羅敷。羅敷年幾何？

二十尚不足，十五頗有餘。使君謝羅敷，寧可共載不？

羅敷前致辭，使君一何愚？使君自有婦，羅敷自有夫。

不過，末段則從羅敷之口，盛誇其夫君，形貌如何英武，地位如何重
要，以拒使君之求。此詩所述，可能原是流傳民間的傳聞故事，經好事文
人整理剪裁入詩，或許還可以演唱。全詩敘事完整，井然有序，有人物、
對話、情節，既有男女調情的場面，又歸結於正統的道德規範，當屬十分
討好的一首歌詩。作者筆帶諷刺，惟諷刺的對象，不單單是好色的縣太

爺，還有對權勢地位崇拜的社會風氣。惟語氣輕鬆風趣，不含惡意，是文學史上少有的具有智慧且含有風趣詼諧的作品，後世詩人模擬援用者，不計其數。中唐詩人張籍的名篇〈節婦吟〉即是一例。

（三）貧困孤苦之哀

漢樂府歌詩中最令人傷懷的作品，是一些通過日常家庭生活的不幸畫面，展示人物在貧困和孤苦生活之下沉重的哀鳴。如〈孤兒行〉：

> 孤兒生，孤兒遇生，命獨當苦。父母在時，乘堅車，駕駟馬。父母已去，兄嫂令我賈。南到九江，東到齊與魯。臘月來歸，不敢自言苦。頭多蟣蝨，面目多塵。大兄言辦飯，大嫂言視馬。上高堂，行取殿下堂，孤兒淚下如雨。……

以孤兒之口，抱怨如何身受兄嫂之虐待。揭露的是家庭生活，社會問題，人倫關係，也可謂親人不親之悲。像這樣敘述日常家庭生活瑣屑細節的內容，在《詩經》中尚未出現過，當屬漢人樂府歌詩之首創，流露的正是樂府歌詩日常世俗生活化的表現。再看〈東門行〉，則是另一種家庭悲劇：

> 出東門，不顧歸。來入門，悵欲悲。盎中無斗米儲，還視架上無懸衣。拔劍東門去，舍中兒母牽衣啼：「他家但願富貴，賤妾與君共餔糜。上用倉浪天故，下當用此黃口兒。今非！」「咄！行！吾去為遲！白髮時下難久居。」

敘述一個受貧困所逼者，眼見盎中無米，架上無衣，走投無路，不顧妻子的哭泣勸阻，似乎打算去幹一番非法之事。詩中夫妻之間的對話，予人以舞臺表演藝術的印象，同時流露對貧困中鋌而走險者的同情與憐憫。如此短短一首詩，有人物、對話、情節，已經符合敘事詩的一些基本條件。

（四）愛情婚姻之怨

愛情婚姻雖屬男女雙方之事，惟其哀怨情懷的抒發，主要來自居於「弱勢」的女方，通常是以棄婦或思婦立場，訴說被夫君或情郎遺棄或遺忘的悲哀愁怨。這類作品，其實首見於《詩經》，諸如有詳細敘事內容的〈衛風·氓〉，以及具濃厚抒情意味的〈邶風·谷風〉，即是有名的例

子。兩首詩中女主人公溫柔敦厚的美德，備受傳統論詩者之推崇。繼而漢代辭賦中司馬相如〈長門怨〉與班婕妤〈自悼賦〉，或許也可歸類於此。不過《詩經》中的棄婦或思婦，以及漢賦中的失寵后妃，其中女主人公，地位雖有高低貴賤之別，其共同特色是，女主人公均怨而不怒，始終未能擺脫被棄者對夫君情郎或君王的眷戀和依附，未能展現個體的獨立人格，頗符合儒家講求溫柔敦厚的詩教立場。可是，漢樂府歌詩中，卻出現了女主人公單純以在愛情婚姻中個人的情思意念爲主調之吟詠。

漢樂府中純粹表達男女愛之情的作品，現存僅一首〈上邪〉，其餘大多以思婦或棄婦立場，抒發被棄的痛楚和哀怨，或訴情郎之無義，或怨夫君之無情。這些作品在數量上並不多，但其對愛情婚姻之哀怨態度，對後世詩人具有深遠的影響。試先看〈上邪〉：

上邪！我欲與君相知，長命無絕衰。山無陵，江水爲竭，冬雷震震，夏雨雪，天地合，乃敢與君絕！

可謂是一首愛的誓言。在中國文學史上，如此直言情愛的詩，當屬罕見，其間吐露的感情之熾烈，亦少有。愛得如此狂熱，如此癡頑，彷彿心都撕裂了。顯然沉溺在愛情中的女子，並不快樂。倘若仔細體味，女主人公爲愛賭咒發誓，不單單表示對情愛的執著，同時也隱約流露一分對「我欲與君相知」能否長久的不確定感，一分對愛情欠缺自信的幽怨，所以才會指天地山川爲誓。

的確，愛情往往會變色的，另一首〈有所思〉，則是訴說聞知情郎變心前後的經驗感受，不少學者認爲與〈上邪〉是一對，或屬上下篇。又由於二詩均是雜言體式，並非工整的五言，當今學界一般認爲同屬西漢時期之作。試看：

有所思，乃在大海南。何用問遺君？雙珠玳瑁簪，用玉紹繚之。聞君有他心，拉雜摧燒之。摧燒之，當風揚其灰。從今以往，勿復相思！相思與君絕！雞鳴狗吠，兄嫂當知之。妃呼豨！秋風肅肅晨風颸，東方須臾高知之。

整首詩傳達的是，獲悉情郎變心前後，對負心漢怨恨又難以忘懷的複

雜心情。令人矚目的是，詩中女主人公個體人格意識之鮮明：原本對遠在
大海南的情郎「有所思」，一旦「聞君有他心」，立即反彈，在惱怒之
下，將原先打算送與情郎的「雙珠玳瑁簪」，折斷（拉）、砸碎（雜）、
搗毀（摧）、燒掉（燒之）。這樣還不足以發洩心中之怒，還要「當風揚
其灰」，將原本寄意相思的簪子，焚燒成灰，隨風飄散，旋即無影無蹤，
表示愛情的結束，決絕的堅定。所以說：「從今以往，勿復相思。」女主
人公對負心漢如此「怨而怒」的激烈反應，顯然並不符合儒家講求溫柔敦
厚的詩教立場。詩中並無屈原〈離騷〉中以男女喻君臣的痕跡，亦無人臣
依附君王，或女子依戀男子的臣屬意識，純粹是一個在愛情中受挫女子個
人情懷意念的表露，而且充分展現，女主人公在愛情與婚姻關係中，對自
我人格尊嚴的重視。

　　不過，同樣是從女子立場，表達受遺棄或被遺忘者的幽怨之辭，文人
的模擬之作，風格韻味就很不一樣了。試看〈怨歌行〉：

　　　　新裂齊紈素，鮮潔如霜雪。裁為合歡扇，團團似明月。

　　　　出入君懷袖，動搖微風發。常恐秋節至，涼颷奪炎熱。

　　　　棄捐篋笥中，恩情中道絕。

　　相傳是漢成帝(在位：前33-前7)之妃班婕妤失寵後所作，不過歷來持
反對意見者居多。當今學界大致同意，是一首無主名文人的擬作樂府。詩
中並未正面寫失寵之怨，而是通過團扇之詠嘆，婉轉細膩的傳達女主人公
自覺將被遺棄的心情與她的不安與憂慮。詩中對女主人公之身分地位，並
無交代，看不出明確的個人身分形象，只是一個擔憂君心有變則失去恩寵
的女子，「常恐秋節至，涼颷奪炎熱」，團扇無用，其下場就是：「棄捐
篋笥中，恩情中道絕。」整首詩，構思委婉曲折，意境哀怨動人。女主人
公的溫柔敦厚，宛然可感，明顯展現與坦率質直的「民歌」，迥然不同的
情味意境。

（五）生命無常之悲

　　楚辭中已經出現天地悠悠、人生有限的喟嘆。但那純粹是知識分子反
思個人生命意義之際的感慨。漢樂府歌詩中亦往往出現生命無常之悲，惟

反映的主要是對個人生命短暫的直接感傷與焦慮，進而引起不如珍惜當前、行樂當及時的欲願。試先看〈薤露〉：

　　薤上露，何易晞！露晞明朝還復滋，人死一去何時歸？

　再看〈蒿里行〉：

　　蒿里誰家地？聚斂魂魄無賢愚。鬼伯一何相催促，人命不得少踟
　　躕。

　歷來皆認為此二首是「挽歌」，屬漢人喪禮上所唱。歌辭雖短，已充分表現對生命的眷戀，對死亡的恐懼。也就是這分眷戀與恐懼感，引發了個人在現世人生中，面對生命短暫的因應之道。試看〈長歌行〉：

　　青青園中葵，朝露待日晞。陽春布德澤，萬物生光輝。
　　常恐秋節至，焜黃華葉衰。百川東到海，何時復西歸！
　　少壯不努力，老大徒傷悲！

　當是一首意識到個體生命有限，憂心焦慮中意圖自勵亦勵人之歌。歌者以欣欣向榮的葵花，與日出即晞的朝露，並舉起興，進而聯想到萬物的盛衰，季節的推移，以及生命的興榮與衰歇。乃至引起時光流逝不止，個人青春一去不回，努力當及時，以免老大徒傷悲之喟嘆。歌者雖然並未明說其矢言「努力」的內容與目標，惟其中對人生無常的悲哀，以及力圖抓住這短暫生命的焦慮，相當明顯。詩中流露的，不但是對個體生命本身的關注，也是對個人存在價值的重視。

　再看〈西門行〉：

　　出西門，步念之。今日不作樂，當待何時！逮為樂！逮為樂！當
　　及時。何能愁怫鬱，當復待來茲！釀美酒，炙肥牛。請呼心所
　　欲，可用解憂愁。人生不滿百，常懷千歲憂。晝短苦夜長，何不
　　秉燭遊？遊行去去如雲除，弊車羸馬為自儲。

　歌者同樣亦慨嘆人生短促。所言「今日不作樂，當待何時！」以及「逮為樂！逮為樂！」行樂當及時的警惕語氣，顯示對個人生命有限的焦慮。漢樂府歌詩中這種「請呼心所欲，可用解憂愁」，但隨個人欲望以解憂愁，以及「晝短苦夜長，何不秉燭遊」的呼籲，強調個人享受美酒佳

肴、優游行樂之娛的生活藍圖，亦出現於無名氏文人古詩作品中(詳後節)，或許可視爲漢文學中明顯針對個人一己世俗欲望之表露。

值得注意的是，樂府歌詩中表露的，在短暫人生中秉燭夜遊，及時享受美酒佳肴的世俗情味，與辭賦中宣示的，逍遙容與於山水田園，彈琴讀書寫作，優游行樂的風雅情趣，顯然有雅俗之別。或許正代表，身居不同社會階層，站在不同立場角度的作者，對個體生命意義與存在價值的領悟。前者是曾經涉入官場仕途，卻因失志不遇而心懷隱退的知識分子；後者則是生活在世俗社會，掙扎圖存的民間人士，包括平民百姓與流落民間的失意文人。

除了以上五種常見的主題內涵外，還有一首非常有名，但是卻很難歸類的作品〈江南曲〉：

> 江南可採蓮，蓮葉何田田。魚戲蓮葉間。
>
> 魚戲蓮葉東，魚戲蓮葉西，魚戲蓮葉南，魚戲蓮葉北。

曲中歌詠日常生活之樂，珍惜當前之樂，卻無生命無常之悲。似乎出自一個外鄉人，或旁觀者，稱頌江南好的語氣。這首採蓮謠，《樂府詩集》歸類於「相和歌／曲」，表示或兩人唱和，或一人唱、眾人和的歌曲。是現存漢樂府中，最具「民歌」色彩的作品。不過，由於其通篇五言的格式，當今一般文學史，多將此曲作爲東漢時期已經有「完整五言詩」的詩例。

四、樂府歌詩的文學成就——承傳與開拓

此處所謂「文學成就」，主要是指兩漢樂府歌詩在文學史上的承傳與開拓而言。經綜合整理，可得以下五點：

(一)承揚《詩經》寫實精神

正如《詩經》中，尤其是〈國風〉的一些歌詩，漢樂府歌詩亦頗爲忠實地記錄當時社會的各種生活風貌，包括上自朝廷的祭祀燕饗，下至升斗小民的日常生活。換言之，大凡《詩經》作品反映到的，再度出現在漢樂府歌詩裡。可是，《詩經》詩篇沒有或較少觸及的一些主題，漢樂府歌詩

顯然出現了新的開拓。例如反映人倫關係、家庭生活境遇的作品，就明顯增多。諸如〈孤兒行〉、〈婦病行〉、〈東門行〉諸作，展示的家庭生活不幸場面，就是《詩經》中少見者。

即使相同主題的作品，漢樂府歌詩在深度上，也有新的開拓。如棄婦詩、思婦詩，在《詩經》中往往以譴責負心漢的變心和無情，爲筆墨重點，漢樂府歌詩吟詠不輟的，通常是棄婦或思婦個人的經驗感受，比較重視的是，個人一己哀怨情懷意念的抒發。

(二)奠定社會諷諭詩之傳統

社會諷諭詩雖然在《詩經》中已出現，但卻是漢樂府歌詩，爲後世的社會諷諭詩，奠定了傳統。按，漢樂府的一些題旨和題材，方成爲後世文人反覆模擬，或借題發揮的對象。從建安到南朝，即出現大量的文人擬樂府；及至唐代，諸如杜甫的新題樂府〈石壕吏〉、〈兵車行〉、〈麗人行〉，還有白居易、元稹等人發起的「新樂府運動」，其反映民生疾苦、揭露政治腐敗與社會陰暗的精神，均可推溯至漢樂府，並且成爲中國詩歌的一大傳統。

(三)突破《詩經》四言正體

漢樂府歌詩的句式多樣，往往呈現雜言的形式，從一言到九言不等，開拓了後世文人擬樂府詩長短不齊的雜言體式，亦可視爲是唐代雜言歌行的前驅。當然，最令文學史家注意的還是，這時期通篇整齊五言流調作品的出現。如〈飲馬長城窟行〉、〈十五從軍行〉、〈怨歌行〉、〈江南曲〉、〈陌上桑〉等，都是通篇五言。當今學界一般認爲，早期樂府歌詩多雜言形式，五言樂府則多是比較晚期的作品。就詩歌體式之演變而言，其整體趨勢，乃是朝整齊的五言詩體發展。五言詩這種流行的新詩體，可說是在漢樂府歌詩中逐漸孕育產生的。

(四)標誌敘事詩之趨向成熟

儘管敘事詩從來不曾成爲中國詩壇主流，其存在並默默發展，亦不容忽視。在中國文學史中，所謂「敘事詩」，意指敘述有關人物事件情節內容的作品。其實早在《詩經》中已經出現，只不過還處於萌芽狀態，爰及

漢樂府歌詩中才趨向「成熟」。不過，《詩經》中具有敘事內容的作品，一般尚缺少完整的情節和細緻的敘述，往往以第一人稱口吻自述。但現存漢樂府歌詩，約有三分之一可稱為具有敘事性的作品，而且已經出現第三人稱敘述事件的詩篇。不論是截取生活中一個片段敘事，如〈東門行〉，或者敘述一個較完整的故事，如〈陌上桑〉，共同特點是，敘述比較詳細，情節比較完整。而其敘事的基本方式是，多用故事中人物的發言或對白，來展開故事情節。這以後就成為中國敘事詩的一大特色。中國敘事詩，可說是從漢樂府的基礎上發展起來的。文學史上一些「敘事詩」名篇，就是直接以「歌」或「行」標題。最顯著的例子，就如白居易的敘事詩〈琵琶行〉、〈長恨歌〉，甚至清代吳偉業的〈圓圓曲〉，均顯示對樂府歌詩傳統的繼承。

(五)保存樸實無華語言風格

現存漢樂府歌詩，語言風格多樣，從典雅古奧，到明白如話，都有。值得注意的則是，那些保存下來的，生動活潑、樸實無華的民間用語。如：

> 爲我謂烏，且爲客豪。……(〈戰城南〉)
> 大兄言辦飯，大嫂言視馬。……(〈孤兒行〉)
> 咄！行！吾去爲遲！白髮時下難久居。(〈東門行〉)
> 少壯不努力，老大徒傷悲。(〈長歌行〉)
> ……

這些都彷彿是日常口語的實錄。這種樸實無華的語言，成為樂府歌詩的傳統標誌。即使唐宋文人的擬樂府詩，亦多以語言樸實無華為正中。樸實無華的民間語言，將會成為文學史上「通俗文學」的標誌。

第三節　五言流調——文人五言古詩

五言詩的產生，預示這種新興的流行於民間社會的詩體，將會成為漢代以後最主要的詩歌形式。最早出現於這時期的五言詩，如相傳為西漢李

延年所作〈北方有佳人〉，以及漢成帝時的〈長安爲尹賞歌〉等，均具有極爲重要的意義，同時標誌著文人五言詩的開端。但是五言詩的正式成熟，則須從無名氏「古詩十九首」來觀察。

一、「古詩十九首」緒說

(一)名稱之由來

按此處「古詩」一詞，並非指與律詩絕句等近體詩相對而稱的古體詩，也不是指現代一般泛稱的古代詩歌，而是兩晉南朝時期人士，對一些流傳於世，又沒有樂府標題的無主名詩歌的籠統稱呼。由於這些作品產生的確實年代與作者均難以考訂，故通稱「古詩」。但「古詩」究竟有多少篇？亦因年代久遠，且大都散佚，已不可詳考。不過蕭統《昭明文選》則從這些古詩中，選錄了十九首，編在一起，題爲「古詩十九首」，便是名稱的由來。以後則成爲專稱，甚至只稱「十九首」，即表示是指《文選》所錄的這些古詩而言。

(二)作者與時代

古詩之作者與時代，在南朝時期已不清楚了，雖然鍾嶸(468-518?)《詩品》已稱「人代冥滅」，故不可考，還是有各種不同的推測。如劉勰(465?-520?)《文心雕龍・明詩》即云：

> 古詩佳麗，或稱枚叔(枚乘)，其「孤竹」(即十九首其八：「冉冉孤生竹」)一篇，則傅毅(?-約90)之詞，比采而推，兩漢之作乎！

問題是，枚乘是西漢人，傅毅是東漢人，所以只能籠統的說是「兩漢之作」。之後又經歷代文人學者的考證、爭論，目前學界大致同意，「古詩十九首」大多是東漢時期的作品，其中應該也有少數是西漢之作。最保險的說法，是在建安之前，亦即社會秩序已經開始失調，但尚未造成白骨片野的大動亂、大災害之時。至少東都洛陽還沒被燒毀，還是如十九首其三中所描述的，一片繁華熱鬧：「洛中何鬱鬱，冠帶自相索。長衢羅夾巷，王侯多第宅。兩宮遙相望，雙闕百餘尺……。」

從現存資料看，自西漢後期，至東漢末葉，文人已經逐漸成爲新體詩歌的主要創作者。除了那些有主名的作品，一些「樂府歌詩」中，應該也不乏無主名文人之作。而古詩十九首之類無名氏五言古詩，當亦出自文人之手，可能是一些離鄉背井，匯集於洛陽或其他都會，營求功名的失意者、落魄文人所作。

按，漢代知識階層進身之途主要是靠選舉或徵辟，由地方官員挑選推舉，再由上一級政府機關徵辟任用。一般文人士子，爲了引人矚目，必須離鄉背井，到處遊學，以博得賞識，贏取聲名。但在東漢後期，尤其是桓帝(在位：147-167)、靈帝(在位：168-189)之際，朝政腐敗，外戚宦官專權，選舉徵辟的管道，遭受嚴重的破壞，正常的進身之途，往往被堵塞。而古詩十九首反映的，正是這些離鄉背井，尋求出路，卻失意落魄文人的心聲。

(三)論者之推崇

歷代論詩者對古詩十九首的推崇，自南朝以來，即不絕如縷。試先看鍾嶸《詩品》所云：

> 古詩，其體源出國風。……文溫以麗，意悲而遠，驚心動魄，可謂幾乎一字千金。

又見劉勰《文心雕龍・明詩》：

> 觀其結體散文，直而不野，婉轉附物，怊悵切情，實五言之冠冕也。

唐代釋皎然(活躍於大曆766-779、貞元785-804年代)《詩式》：

> 「十九首」辭精義炳，婉而成章，始見作用之工。

明人胡應麟(1551-1602)《詩藪》：

> 「古詩十九首」及諸雜詩，隨語成韻，隨韻成趣；詞藻氣骨，略無可尋，而興象玲瓏，意致深婉，眞可以泣鬼神，動天地。

清代王士禎(1634-1711)《帶經堂詩話》

> 「十九首」之妙，如無縫天衣。後之作者顧求之針縷襞績之間，非愚即妄。

沈德潛(1673-1769)《說詩晬語》：

> 「古詩十九首」不必一人之辭，一時之作，大率逐臣棄妻、朋友
> 闊絕、遊子他鄉、死生新故之感。或寓言，或顯言，或反覆言，
> 初無奇辟之思，驚險之句，而西京古詩，皆在其下，是爲國風之
> 遺。

綜觀以上的評語，情眞意婉，詞語自然流暢，乃是其值得推崇的共同
特色。當今學者對古詩十九首的文學評價與稱頌，大概亦不出這些範圍。

二、「古詩十九首」的主要內涵

漢代的無名氏古詩，或許由於作者多流落民間，乃至多用「五言流
調」，亦即流行世俗民間社會的新聲。這些文人古詩，與采自各地區的樂
府歌詩相若，其中有個人抒情述懷之章，如假托李陵、蘇武之間的贈答送
別詩，也有富於社會意義的敘事詩，如〈上山采蘼蕪〉、〈十五從軍征〉
等即是。不過，選錄在《文選》的十九首古詩，雖非一人一時之作，惟篇
篇都是詠嘆人生，每首都是訴說個人在現實生活中的經驗和感受。流露
的，顯然並非心懷君王社稷的群體意識，亦無政教倫理的依附，只不過是
自由抒發個人的情懷意念而已。展現的是，詩人反顧自己在現世人生旅程
中的生活處境，引發個人的悲哀愁怨。其中反覆吟詠的主題，包括離情相
思之苦、失志不遇之悲、人生無常之嘆、及時行樂之思，均明顯流露詩人
對個人生命意義與生存價值的自覺意識。

(一)離情相思之苦

雖然「古詩十九首」作者已無考，惟整體視之，當屬一批離鄉背井，
尋求出路，卻失意落魄的文人。有的甚至返家無途，長期流落他鄉，成爲
飄泊在外的「遊子」、「蕩子」，不能或無顏回家。外有遊子，則內必有
思婦。因此，遊子思婦離情相思之苦，遂成爲這些失意落魄文人訴說情
懷、吟詠不輟的主題。十九首中，傾訴離情相思之苦的作品最多。試看：

> 行行重行行，與君生別離。相去萬餘里，各在天一涯。
> 道路阻且長，會面安可知？胡馬依北風，越鳥巢南枝。

　　相去日已遠，衣帶日已緩。浮雲蔽白日，遊子不顧返。

　　思君令人老，歲月忽已晚。棄捐勿復道，努力加餐飯。(其一)

　　當屬懷想遠行夫君或情郎的思婦之辭。首聯點出「生別離」的主題，為全詩譜出悲哀的基調。繼而從「相去萬餘里，各在天一涯」空間距離之遙遠，以及「道路阻且長，會面安可知」之渺茫，傳達離情之悲、相思之切。接著以離別時間之久長，導致思婦衣帶日緩、歲月已晚的警覺，訴說相思之苦。尾聯「棄捐勿復道，努力加餐飯」，表示在無奈絕望中，仍然關懷遊子的日常飲食健康。其間用情之深，用語之拙，令主人公之忠愛仁厚，溢於言表。或許這是何以一些傳統論者及注家，會站在儒家詩教立場，附會此詩為見棄君王的逐臣之辭。惟當今學界大多認為，這是一首單純的思婦懷人之作。筆墨重點始終圍繞在女主人公與所思對象「生別離」之悲情，反覆吟味一己形影的孤單，生活的寂寞，流露的是，在無止無盡的離情相思中，但感自己芳華虛度，歲月流逝，就此孤寂老去的憂傷。試再舉數例：

　　青青河畔草，鬱鬱園中柳。盈盈樓上女，皎皎當窗牖。

　　娥娥紅粉粧，纖纖出素手。昔為倡家女，今為蕩子婦。

　　蕩子行不歸，空床難獨守。(其二)

　　這是一首以第三人稱旁觀角度，吟詠一個被遺棄或遺忘女子的處境。主要是通過春之盛，人之麗，以及生活之寂寞冷落，寫一個倡家女從良之後，夫君遠行不歸，雖正逢青春貌美，卻獨守空閨的孤單寂寞。尾聯「蕩子行不歸，空床難獨守」，語氣充滿憐憫同情，卻又暗含調侃逗趣意味。詩中顯然並無男女君臣之寓意，也無道德教訓之痕跡，作者的關懷，只是個人的孤獨處境與寂寞心情。

　　明月何皎皎，照我羅床幃。憂愁不能寐，攬衣起徘徊。

　　客行雖云樂，不如早旋歸。出戶獨彷徨，愁思當告誰。

　　引領還入房，淚下沾裳衣。(其十九)

　　寫的是在月光流轉、時光流逝中，但感孤獨徬徨，睹月懷人的憂傷。惟主人公身分不明，到底是獨守空閨的思婦，或客居他鄉的遊子，學界至

今尚未獲得共識。不過，對其吟詠主題，爲個人一己之傷離怨別，鄉思繚繞之情，則並無異議。值得注意的是，整首詩流露的是，個人但感孤獨寂寞的自覺意識，反映的不僅是男女的離情相思，更是對個人在生命旅途中的孤寂與悲哀，這正是漢人個體生命意義與生存價值自覺的表露。

離情相思原是社會人生中最基本且普遍的情感類型，無論君臣、父子、友朋、夫婦、情侶，皆同此心。因此，有時一首詩，到底是思婦之辭，或遊子之辭，或朋友闊絕之辭，或見棄君王的逐臣之辭，並不清楚，乃至時常引起後世讀者的爭論。不過其中流露的傷離怨別、相思難挨之情，則是一致的。值得注意的是，詩人爲強調離情相思之「苦」，往往通過空間的遙遠和時間的久長來傳達。試看：

(1)空間距離的遙遠，如：

相去萬餘里，各在天一隅。道路阻且長，會面安可知？（其一）

還顧望舊鄉，長路漫浩浩。同心而離居，憂傷以終老。（其六）

攀條折其榮，將以遺所思。馨香盈懷袖，路遠莫致之。（其九）

客從遠方來，遺我一端綺。相去萬餘里，故人心尚爾。（其十八）

(2)時間距離的久長，如：

相去日已遠，衣帶日已緩。……思君令人老，歲月忽已晚。（其一）

馨香盈懷袖，路遠莫致之。此物何足貢，但感別經時。（其九）

凜凜歲云暮，螻蛄夕鳴悲。涼風率已屬，遊子無寒衣。（其十六）

上言長相思，下言久別離。置書懷袖中，三歲字不滅。（其十七）

空間距離的遙遠，時間距離的久長，從此爲後世詩人抒寫離情相思之苦的作品，立下追隨模仿的典範。

(二)失志不遇之悲

失志不遇之悲，原是楚辭以來文人士子吟詠不輟的情懷。不過，漢代文人古詩中，與采自民間社會的樂府歌詩相類，已經展現出新時代的內容風貌，流露更多個人生活在現實人生中的世俗情味。十九首的作者，當屬一群湧向州郡京城追求功名的一般文人士子，惟遊宦者無數，除了少數能

獲得援引，受到推薦，絕大多數都求仕不得，挫折失意。有的甚至回家無途，長期流落他鄉。這些失意文人自然牢騷滿腹，哀嘆生不逢時，際遇困頓，有時還難免對那些有幸爬上高位，卻不念舊情者，心懷不滿，乃至發出人情淡薄、世態炎涼的深切感觸，甚至進而引發憤世嫉俗的情懷意緒。這些作品中流露的，顯然是失意落魄文人反顧一己生命之際「不平而鳴」心聲。試看：

　　西北有高樓，上與浮雲齊。交疏結綺窗，阿閣三重階。

　　上有絃歌聲，音響一何悲！誰能為此曲，無乃杞梁妻！

　　清商隨風發，中曲正徘徊。一彈再三嘆，慷慨有餘哀。

　　不惜歌者苦，但傷知音稀。願為雙鴻鵠，奮翅起高飛。（其五）

　　全詩寫的是，一個落魄文人在羈旅飄泊途中，偶然聽聞高樓處傳來琴聲悠揚，領會到其中一彈三嘆的悲哀，乃至引起人生在世知音難逢的感慨。聽者顯然認為歌者與自己同是失意傷心人，一樣天涯淪落，一樣孤苦伶仃。尾聯所言：「願為雙鴻鵠，奮翅起高飛。」則道出對人生知音或伴侶的需求，或許是孤寂中自我安慰或期許之辭吧。

　　明月皎月光，促織鳴東壁。玉衡指孟冬，眾星何歷歷。

　　白露霑野草，時節忽復易；秋蟬鳴樹間，玄鳥逝安適？

　　昔我同門友，高舉振六翮；不念攜手好，棄我如遺跡。

　　南箕北有斗，牽牛不負軛；良無磐石固，虛名復何益！（其七）

　　主人公因感季節推移，意識到自己的落魄失意。進而念及「昔我同門友，高舉振六翮」，昔日同門飛黃騰達了，不但「不念攜手好」，竟然還「棄我如遺跡」！含蘊的是對世態炎涼的喟嘆。惟轉念想想，同門高舉之後獲得的，不過是無益的虛名罷了。所謂「虛名復何益」，並非對現實人生中聲名的超越，吐露的乃是對同門友的埋怨不滿，夾雜著嫉妒的意味。此詩令人欣賞之處，就在於個人在日常生活中感受之真情流露。其所以予人以「真」的印象，就在於眼看他人發達，反顧個人生命，失意無奈中湧起的酸葡萄心理的流露。如此充滿世俗意味的個人情懷，是楚辭與漢賦中不曾出現的。

(三)人生無常之嘆

正由於這些無名氏古詩作者，多屬為追求功名，尋找出路，乃至流落他鄉的落魄失意者，惟時光流逝，歲月蹉跎，在自我省思個人生命意義與價值之際，更覺人生天地間，生命短促無常的焦慮與恐懼，乃至屢次發出生命短促，人生無常之嘆。諸如：

思君令人老，歲月忽已晚。(其一)

人生天地間，忽如遠行客。(其三)

人生寄一世，奄然若飆塵。(其四)

玉衡指孟冬，眾星何歷歷。白露沾野草，時節忽復易。(其七)

傷彼蕙蘭花，含英陽光輝。過時而不采，將隨秋草萎。(其八)

人生非金石，豈能長壽考。(其十一)

四時更變化，歲暮一何速。晨風懷苦心，蟋蟀傷局促。(其十二)

浩浩陰陽移，年命如朝霞。人生忽如寄，壽無金石固。萬歲更相送，聖賢莫能度。(其十三)

去者日以疏，來者日以親。出郭門直視，但見丘與墳。(其十四)

生年不滿百，常懷千歲憂。(其十五)

上引詩句中感嘆的主要是，歲月流逝、人生無常的悲哀。既然在天地間生而為人，而「人生寄一世」，若飆塵，如朝露，眼見季節推移，歲暮來臨，生命枯萎，死亡無法避免，即使聖賢亦難逃一死。

不過，人生在世短暫無常，已經令人憂傷，死後卻一切湮滅無痕，則更令人沮喪。值得注意的是，這些古詩作者，似乎並無追求身後聲名的意願，而是和樂府歌者一樣，轉念湧起「奄忽隨物化，榮名以為寶」(其十一)，不如追求人間榮名富貴，享受短暫人生，及時行樂之思。

(四)及時行樂之思

《詩經》與「楚辭」詩人已經先後表達過，要惜取光陰，及時行樂的念頭。如〈唐風‧蟋蟀〉：「今我不樂，日月其除。」又如〈九歌‧湘君〉：「時不可兮再得，聊逍遙兮容與。」此外，樂府歌詩中業已出現，因感生命無常，姑且享受美酒佳餚，或秉燭夜遊的呼籲。但是，將及時行

樂之思與人生無常之焦慮並舉，且清楚作為個人生命意義與價值的選擇，則是在古詩十九首中更為普遍。

試看以下詩例：

> 生年不滿百，常懷千歲憂。晝短苦夜長，何不秉燭遊！
>
> 為樂當及時，何能待來茲。愚者愛惜費，但為後世嗤。
>
> 仙人王子喬，難可與等期。（其十五）

意指既然人生短促多憂，且未來不可知，成仙又不可能，不如惜取當前，秉燭夜遊，及時行樂。此處與前舉樂府歌詩中流露的及時行樂之思，頗有類似之處，或許同屬失意文人吐露之經驗感受。如前二聯，亦見於漢樂府〈西門行〉。這種人生苦短的焦慮，惟有珍惜當前，乃至主張行樂當及時的念頭，顯然是漢代歌詩中縈繞不去的情懷。

> 驅車上東門，遙望郭北墓。白楊何蕭蕭，松柏夾廣路。
>
> 下有陳死人，杳杳即長暮。潛寐黃泉下，千載永不寤。
>
> 浩浩陰陽移，年命如朝露。人生忽如寄，壽無金石固。
>
> 萬歲更相迭，聖賢莫能度。服食求神仙，多為藥所誤。
>
> 不如飲美酒，被服紈與素。（其十三）

詩中主人公驅車登上洛陽城的東門，遙望北邙山的累累墳墓，念及人死之後從此面對永恆的黑暗，再也不會醒寤，乃至驚覺時光流逝，感嘆人生無常。惟可悲的是，服食求仙又「多為藥所誤」，怎麼辦呢？轉念一想，「不如飲美酒，被服紈與素」，乾脆在現實物質生活上圖個眼前痛快，享受短暫的人生。

> 今日良宴會，歡樂難具陳。彈箏奮逸響，新聲妙入神。
>
> 令德唱高言，識曲聽其真。齊心同所願，含意俱未伸。
>
> 人生寄一世，奄忽若飆塵。何不策高足，先據要路津！
>
> 無為守窮賤，轗軻常辛苦。（其四）

全詩原是在歡樂宴會中聽彈箏、聞新聲，卻引起人生意義的反思：既然人生如寄，生命短暫如風中塵埃，瞬息即逝，何不快馬加鞭，博取高官要職，求得榮華富貴，擺脫貧困窮賤。所言對人生享樂的追求，對功名利

祿的熱中，表現得如此坦率眞切，又如此世俗，這顯然是始終心懷君王社稷的楚辭，或自嘆失志不遇的漢代辭賦作品中，不可能出現的。反映的是，漢代古詩作者對個人生命意義與生存價值的初步探索，也是十九首中的共同基調。

三、「古詩十九首」的文學地位

《昭明文選》收錄的十九首無主名的五言古詩，在文學史上具有承先啓後的地位。一方面繼承《詩經·國風》的精神風貌，一方面又開啓建安詩風。雖然在內容方面，猶如沈德潛所稱，大抵不離「逐臣棄妻，朋友闊絕，死生新故之感」，卻已涵蓋了中國古典詩歌吟詠的主要範疇。從文學發展史的角度視之，大概呈現以下數點特色。

(一)標誌五言詩體正式成熟

古詩十九首的出現，標誌五言古詩的發展已臻至正式成熟的階段。當然，現存兩漢樂府歌詩，業已顯示逐漸向五言整齊句式發展的趨勢。惟古詩十九首，則每首都是通篇五言，且最短的是八句(其六、其九)，最長的是二十句(其十二、其十六)，無論就句式的統一，或篇章的長短而言，已是中國五言古詩的「典型」。此外，詩篇中大多是偶句押韻，而且通常一韻到底，或偶爾也有中途換韻者(其一、其八、其十五)。這些正是傳統五言古詩的一般體制。從漢魏六朝，到唐宋以後，均保持這個傳統。

(二)確立文人詩歌語言藝術

古詩十九首雖也可能受民間樂府歌詩的影響，甚至出現與漢樂府歌詩互見的詩句，不過，從其中鍊字造句的跡象、引文用典的情況視之，當屬文人有意識的文學創作，並非像一般民歌那樣彷彿即興脫口而出。或可從以下方面觀察：

1.遣詞、造句

首先，古詩作者顯然頗喜用疊字來寫景繪物，增添音韻效果，以醞釀情緒，或營造氣氛。當然，《詩經》詩中早已出現疊字現象，但是十九首卻表現出刻意運用疊字的痕跡。試看：

　　迢迢牽牛星，皎皎河漢女。纖纖擢素手，札札弄機杼。

　　終日不成章，泣涕零如雨。河漢清且淺，相去復幾許？

　　盈盈一水間，脈脈不得語。(其十)

　　全詩超過一半以上的詩句，都以疊字構成，顯然並非出自偶然，而是有意的修辭。前舉「青青河畔草」一首，亦同。

　　其次，古詩作者常以對偶句來增添對稱美。幾乎每首詩都有。試舉數例：

　　青青陵上柏，磊磊澗中石。(其三)

　　不惜歌者苦，但傷知音稀。(其五)

　　去者日以疏，來者日以親。(其十四)

　　三五明月滿，四五蟾兔缺。(其十七)

　　對偶句是唐代以後近體詩歌追求辭彙或音韻對稱「美」的重要條件。顯然自漢代古詩中，已經展現其未來發展之方向。

2. 意象、比喻

　　通過具體意象或比喻來表情達意，可使情意更委婉曲折，這樣的技巧，遠在《詩經》與「楚辭」中，已經頻頻出現。不過，出現在十九首中的某些意象，經後代詩人不斷的追隨模仿，遂成為中國詩歌中慣用的意象或比喻。

　　例如「浮雲」：

　　浮雲蔽白日，遊子不顧返。(其一)

　　浮雲在天空隨風飄浮，令人聯想到遊子的飄泊無依，居無定所，遂使得思婦對遊子相思情意中，揉雜著一份疼惜與憐愛，思婦的溫厚癡情，更深一層。所以才會在無奈的等待中，但願遊子「棄捐勿復道，努力加餐飯。」

　　再如「青草」、「楊柳」：

　　青青河畔草，鬱鬱園中柳。(其二)

　　兩句原是描寫春天的景象，但是芳草青青，綿綿不盡，宛如〈飲馬長城窟行〉所云：「青青河畔草，綿綿思遠道。」令人聯想起綿綿不斷的情

思、無盡無休的懷念。再加上濃郁的楊柳，依依隨風搖曳，引起臨別折柳相贈的情景，都爲這個女主人公更增添一層離情相思之苦。

當然，意象原本具有比喻的功能，前舉例句可證。不過十九首中，還有一些明喻，也表現得相當成熟。如：

> 人生寄一世，奄忽若飆塵。(其四)

以人之一生，短暫易逝，比喻爲宛如「飆塵」。換言之，生命如狂風席捲起的塵土，微小無助，刹那間即消失了。主人公對人生短促的焦慮，含蘊其間，所以才會矢言，「何不策高足，先據要路津。無爲守窮賤，轗軻常苦辛」。此外，亦有將人生的短暫比喻爲「朝露」者：

> 浩浩陰陽移，年命如朝露。(其十三)

在浩大無垠的宇宙中，春夏秋冬永恆的循回運轉，人生年壽卻如朝露一般，須臾之間就曬乾了，消失殆盡了。那些服食求仙者，又「多爲藥所誤」。既然如此，還「不如飲美酒，被服紈與素」，抓住短暫的人生，追求當前的享受。按，人生如塵埃、如朝露，從此成爲文人詩歌中常見的比喻。

3. 典故、對比

典故與對比的運用，可以擴大語意範圍，增添言外之意。按，中國文學中的典故，一般包括語典和事典。十九首中化用或引用古籍中語句之處不少，或可視爲語典。如：

> 行行重行行，與君生別離。(其一)

「與君生別離」句，應該是化用《楚辭‧九歌‧少司命》中「樂莫樂兮新相知，悲莫悲兮生別離」。可視爲運用語典之例。再看用事典者：

> 上有絃歌聲，音響一何悲！誰能爲此曲，無乃杞梁妻。(其五)

有關杞梁妻的故事，流傳甚早，先秦時的《左傳》、《孟子》、《禮記》，漢初的《說苑》、《列女傳》均有記載。綜合整理之餘，或可得其故事大概：相傳春秋時齊國大夫杞殖字梁，與莒國交戰而死，其妻於城下痛哭十日，精誠動天，城爲之崩。又據古樂府〈琴曲〉，有〈杞梁妻嘆〉之歌，另外，〈琴操〉則以爲是杞梁妻所作。此處「誰能爲此曲，無乃杞梁妻」，意謂非杞梁妻這樣的人，是唱不出這樣悲傷的曲子的。用「杞梁

妻」的典故，更增添一層悲哀傷感的意味。

典故之外，還有對比，亦是十九首中擴大語意的技巧。試看：

> 昔為倡家女，今為蕩子婦。（其二）

女主人公今昔社會身分的對比之下，昔日為倡家女，生活何等繁華熱鬧，今日為蕩子婦，境況如此之孤寂淒涼，今昔情境與心情的落差，盡在不言中。難怪詩人忍不住要調侃她：「蕩子行不歸，空床難獨守。」

試再舉一例：

> 昔我同門友，高舉振六翮；不念攜手好，棄我如遺跡。（其七）

同樣的是過去與當前境況的對比。過去是同門友，如今則是棄我者。更糟的是，過去的同門友，已「高舉振六翮」，飛黃騰達，如今卻不念舊情，棄我而去，且視我為踩過的腳印而已。同門友與主人公前後的交情，前後不同的境遇，對比之下，更令人氣結。主人公內心的埋怨、氣憤、酸溜溜感，浮現其間。

這些都是文人詩的語言特徵，也是中國古典詩歌的藝術傳統。重要的是，在十九首中，無論運用疊詞、對句、意象、比喻，或化用前人的陳詞，或援引典故，運用對比，在形式上又顯得自然成熟，即令不知出處的讀者，仍然覺得語言平易近人，且語短情長。而知其出處來源者，更感到其語言深婉含蓄，意在言外。

(三)奠定中國詩歌抒情特質

抒發情懷是古詩十九首的共同宗旨，開啟了中國詩歌中，以吟詠人生、反映現實生活，為主要內容的個人抒情之作的先河。十九首的詩人，用新興的五言流調描寫社會人生，抒發個人情感，或慨嘆自己在仕途的不遇，社會的險惡，世態的炎涼；或感嘆時光流逝，人生短促，流露意欲及時行樂、超然遠舉之思；抒發遊子思婦傷離怨別之情，同時也不乏慷慨激憤之作。這些無名氏文人的詩歌，強調的是，個人生命價值的實現，重視的是，一己情懷志趣的表達，不是以政教倫理為核心的說教，而是以抒發個人經驗感受為筆墨重點。

此外，從漢樂府歌詩到古詩十九首，抒情的方式，發生了很大的變

化。漢樂府歌詩主要是敘事，因此往往以事情發生的順序爲線索，形成一種平鋪直敘的、線型的抒情模式。古詩十九首，則通常是按感情的變化、思緒的起伏爲線索，從不同側面去渲染，不同角度去抒發情懷。乃至予人以一份低回婉轉、迴環往復的審美趣味，形成一種類似網狀的、複合的抒情模式。

值得注意的是，古詩十九首抒發的主要情懷，無論離情相思之苦，失志不遇之悲，或人生無常之嘆，及時行樂之思，其實都是一些普遍性的、概括性的情懷，亦即詩人與讀者在人生經驗中都體會得出、想像得到的。也正由於其普遍性，到底這些是思婦之辭？還是遊子之辭？屬逐臣之辭？還是友朋同僚之辭？均難以確定，卻也並不會影響讀者的品味玩賞。試看清人陳祚明《采菽堂古詩選》卷三，對古詩十九首的精采評述：

〈十九首〉所以爲千古至文者，以能言人同有之情也。人情莫不思得志，而得志者有幾？雖處富貴慊慊猶有不足，況貧賤乎？志不可得，而年命如流，誰不感慨？人情於所愛，莫不欲終生相守，然誰不有別離？以我之懷思，猜彼之見棄，亦其常也，夫終身相守者不知有愁，亦復不知有樂，乍一別離，則此愁難已。逐臣棄妻與朋友闊絕皆同此旨。故〈十九首〉惟此二意，而低回反覆，人人讀之皆若傷我心者，此詩所以爲性情之物，而同有之情，人人個具，則人人本自有詩也。但人有情而不能言，即能言而不能盡，故特推〈十九首〉以爲至極。

陳氏指出，重要的是，十九首中情懷的親切感與感染力。其所以令人覺得眞實、動人，正在於其概括性、普遍性的情懷意念，能引發人生最基本的情思。這正是十九首的抒情特質，也是中國古典抒情詩的普遍特質。

(四)譜出中國詩歌悲哀基調

古詩十九首的作者，在反顧一己生命意義與價值之際，反覆吟詠其個人情懷，無論離情相思，失志不遇，人生無常，及時行樂，似乎總是迴盪在悲哀愁怨的傷感情調中。當然《詩經》中亦有強調傷感的詩歌，但也不乏歡悅、肅穆的情懷，並沒有像古詩十九首那樣，沉溺於悲哀傷感中。

「楚辭」的傷感情調動人心魂，但楚辭中浮現的傷感，主要源自巫祀的宗教傳統，以及屈原身世遭遇的不幸。因此有其特定的傳統與背景。

古詩十九首的悲哀傷感，展示的則是一般文人士子遊宦生涯中感受的普遍悲情，其中縈繞不去的「悲」，實際上即是吉川幸次郎論「古詩十九首」時所謂的「推移的悲哀」，也就是個人對光陰流逝，青春一去不返，人生短促無常的生命意識[4]。這些漢代歌詩的無名氏作者，雖然意識到個人生命意義與存在價值的重要，卻亦同時領略到，個體生命在浩瀚蒼茫宇宙時空中的薄弱與渺小，以及意欲掌握個體生存命運的無力與無奈。因此，他們筆下的悲哀愁怨，可說是伴隨著個體生命意識自覺的情緒流露，為中國古典詩歌悲歲月、嘆流逝、怨別離、傷不遇的普遍主題，譜出悲哀的基調，是中國傷感文學的奠基者，也為中國文學中以悲為美的審美趣味，掀開了序幕。

第四節　其他無名氏五言古詩

一、相傳李陵、蘇武贈答詩

《昭明文選》中題為李陵、蘇武之詩，共七首，另外還有一些流傳於世，並未收錄於《文選》的無主名古詩，亦有相傳為李陵、蘇武之間的贈答送別詩者。端看這些作品的成熟程度，似乎不可能是西漢武帝時期的作品，歷來讀者學界已公認是後世擬作者的「偽托」。不過，究竟「後世」到何世，則始終並無定論。試各舉一首為例：

> 良時不再至，離別在須臾。屏營衢路側，執手野踟躕。
>
> 仰視浮雲馳，奄忽互相踰。風波一失所，各在天一隅。
>
> 長當從此別，且復立斯須。欲因晨風發，送子以賤軀。
>
> （〈李陵與蘇武詩〉）

4　吉川幸次郎即以「推移的悲哀」為「古詩十九首」的主題。見鄭清茂譯，〈推移的悲哀——古詩十九首的主題〉，《中外文學》6卷4期(1976.9)，頁24-54；6卷5期(1976.10)，頁113-131。

結髮爲夫妻，恩愛兩不疑。歡娛在今昔，嬿婉及良時。

征夫懷網路，起視夜何其。參辰皆已沒，去去從此辭。

行役在戰場，相見未有期。握手一長嘆，淚爲生別滋。

努力愛春華，莫忘歡樂時。生當復來歸，死當長相思。

（〈蘇武詩〉）

　　兩首詩抒發的都是離別之悲。或臨歧送別，或遊子自傷，或夫妻離散，內容並不同，情懷也各異。惟從詩歌本身的內涵情境看，實在並無任何線索可以證明與李陵和蘇武的事跡相關。其實無論內涵情調，措詞用語，這些相傳爲李陵蘇武詩，均和十九首頗爲類似。因此學界一般認爲，應屬同時代無名氏之作。當然，也有學者認爲是建安時期，甚至齊梁時期文人模仿古詩十九首的風格之擬作。惟當今學界對其作者與年代尚無定論，亦無共識。

二、〈古詩為焦仲卿妻作〉（或稱〈孔雀東南飛〉）

　　〈焦仲卿妻〉詩並未收錄於《文選》，此外劉勰《文心雕龍》、鍾嶸《詩品》亦未見提及。最早則見於徐陵(507-583)《玉臺新詠》，題爲〈古詩爲焦仲卿妻作〉，且詩前有小序，說明創作背景原委：

漢末建安中，廬江府焦仲卿妻劉氏，爲仲卿母所遣，自誓不嫁，

其家逼之，乃投水而死。仲卿聞之，亦自縊於庭樹。時人傷之，

爲詩云爾。

　　序言指出，此故事發生在東漢末期建安中，廬江府(漢廬江郡即今安徽壽縣)地區。不過，當今學界一般認爲，此詩即使在建安年間已經寫成或流傳，應該還經過不少好事文人的修改潤色，最後的寫定，當在徐陵編《玉臺新詠》之時。試節錄其首段：

孔雀東南飛，五里一徘徊。十三能織素，十四學裁衣。

十五彈箜篌，十六誦詩書。十七爲君婦，心中常苦悲。

君既爲府吏，守節情不移。雞鳴入機織，夜夜不得息。

三日斷五疋，大人故嫌遲。……

　　按，此後宋代郭茂倩《樂府詩集》收入「雜曲歌辭」，題爲「焦仲卿妻」，今人習慣取其首句，名之爲「孔雀東南飛」。全詩長達三百五十三句，一千七百六十五字。是中國古典詩中罕見的長篇敘事詩。敘述劉蘭芝與焦仲卿夫妻如何情深，卻遭婆母破壞的婚姻家庭悲劇。全詩人物眾多，形象鮮明，對話生動，口吻畢肖，已經流露講唱文學的痕跡；而且情節波瀾起伏，包括婆母驅遣，夫妻別離，太守逼嫁，導致蘭芝投水，仲卿自縊，最後是夫妻合葬。作者的筆端，處處流露對男女主角在命運擺布下的同情與憐憫，以及對社會倫理道德的臣服。

　　從另一個角度看，這首敘事長詩，通過女主角劉蘭芝的悲劇命運，亦塑造了一個漢代婦女的理想化身：賢慧能幹，知書達禮，多才多藝，孝順貞節；同時反映漢代社會對婦女在倫理道德方面的期待與要求：既要孝順婆母，又須忠於夫君。倘若兩者有衝突，只能以死相殉。儘管蘭芝的故事，令「時人傷之」而爲詩吟詠，類似的故事情節，將會不斷在以後的文學作品中上演。

　　至於其他少數有主名的漢代詩作，諸如班固(32-92)的〈詠史詩〉、張衡的(78-139)〈同聲歌〉、秦嘉(147年前後在世)的〈贈婦詩〉等，則將留待有關中國詩歌主要類型之形成章節中討論。

第三編

亂世文人的心聲

——建安風骨與正始之音

漢末魏初是中國歷史上由統一到分裂的過渡，也是當今研究思想史的學者樂於稱道的，是自春秋戰國以來，文人士子個體意識臻至最高張與最蓬勃的時期。惟就文學史而言，則是亂世文人尋求身心安頓，展示個人才華，以求自顯或自保的年代。其間的建安與正始，即是兩個最值得關注的時期，尤其在詩歌發展方面，建安與正始詩人分別在詩歌的題材內涵與藝術風貌上，為後世立下典範，並且點出兩晉南朝以後詩歌繼續發展的方向。

第一章
建安風骨——雅好慷慨

第一節　緒說

　　建安(196-219)是東漢末代皇帝獻帝的年號，歷時二十四載。惟一般文學史所稱「建安文學」，實際上包括漢末及曹魏文學，在時間範圍上，則比建安年號要寬。通常是從「黃巾之亂」(184)算起，至魏明帝景初末年(239)為止，大約包括五十多年的時間。

　　建安時代是當今學界公認的「文學自覺」的時代，尚情好藻則是自覺的文學創作之標誌。據沈約(441-513)《宋書‧謝靈運傳論》的觀察：

> 至於建安，曹氏基命，三祖陳王，咸蓄盛藻，甫乃以情緯文，以文被質。

　　沈約所謂「甫乃以情緯文，以文被質」，正是兩漢到魏晉六朝文風轉變的關鍵。建安時期文學創作之蓬勃，曹氏父子的提倡及參與，實功不可沒。這時文學形式多樣發展，無論詩歌、辭賦、雜文均不乏佳篇，不過在文學史上，一般均以詩歌為建安文學最輝煌的代表。在題材內涵上，或反映漢末社會動亂狀況，或抒發個人渴望建功立業的理想抱負，或記述遊宴，吟詠情性。在情韻格調上，往往慷慨多氣，悲哀蒼涼。在語言風格上，則由樸實自然到清麗婉轉，均表現出新時代的精神風貌，流露新時代的審美趣味，建立新時代的詩歌風格。此外，在詩歌體式上，建安詩人已普遍採用新興流行的五言流調，從而奠定了五言詩在詩壇上的鞏固地位，同時也勇於嘗試其他的新形式，包括六言詩(孔融〈六言詩〉三首)和七言

詩（曹丕〈燕歌行〉）。建安詩歌的繁榮，以及作家輩出的新局面，形成了中國文學發展史上第一個詩歌創作的高峰。

一、詩歌創作的蓬勃——彬彬之盛

建安時代詩歌創作的蓬勃，的確是空前的，而權重位高的曹氏父子，則是關鍵人物。由於曹操（155-220）、曹丕（187-226）、曹植（193-232），均雅好文學，不但是文壇風氣的倡導者，本身也積極參與創作。於時依附曹氏父子的文人，數以百計，其中較著名的有史稱「建安七子」者：包括孔融（153-208）、陳琳（?-217）、王粲（177-217）、徐幹（171-217）、阮瑀（?-212）、應瑒（?-217）、劉楨（?-217）。根據鍾嶸（468-518?）於《詩品·序》的觀察：

> 降及建安，曹公父子，篤好斯文；平原兄弟，郁為文棟；劉楨、王粲，為其羽翼。次有攀龍託鳳，自致於屬車者，蓋將百計。彬彬之盛，大備於時矣！

在曹氏父子的領導之下，這些「蓋將百計」的文人，一方面向前代作品學習模仿，同時又不斷嘗試新的文學形式，吟詠新的內容。所以說：「彬彬之盛，大備於時矣！」再看劉勰（465?-520?）《文心雕龍·明詩》所云：

> 暨建安之初，五言騰湧。文帝陳思，縱轡以騁節；王、徐、應、劉，望路而爭驅。

值得注意的是，劉勰點出「建安之初，五言騰湧」的狀況。按，五言流調實源起於民間，兩漢時期大凡具有社會地位的知名文人，或繼承四言正體，或追摹楚辭騷體，至少在詩歌體式的採用上，大多是懷舊的、回顧的。可是建安詩人，儘管他們的「階級地位」，可謂均高居社會的上層，卻不受傳統的約束，自由的以流行民間的五言流調作為抒情述懷的主要媒介。這是文士階層劃時代的創舉，也是建安作家勇於創新的表現。這種劃時代、新作風的現象，亦展露於君臣之間、幾近平等的交遊往來關係中。

建安文人地位雖有君臣之別，卻能平等交遊歡會，曹丕於其〈與吳質

書〉中，追憶過去與諸文人一起遊宴賦詩之良辰美景，可以爲證：

> 昔年疾疫，親故多離其災，徐、陳、應、劉，一時俱逝，痛可言
> 邪！昔日遊處，行則連輿，止則接席，何曾須臾相失。每至觴酌
> 流行，絲竹並奏，酒酣耳熱，仰而賦詩。當此之時，忽然不自知
> 樂也。……

曹丕所言不但記述當時建安文人相互交遊往來之親密，同時也提示當時詩歌創作的盛況。現存建安時期的詩歌，不計無主名者在內將近三百首。其中存傳最多的數曹植，約九十多首，曹丕其次，約四十首，再次數曹操和王粲，各有二十多首。這些作品的出現，打破兩漢四百年間知名文士紛紛致力於辭賦創作的局面，掀起了文人詩歌創作的高潮。所以文學史上往往稱建安時代爲中國詩歌創作的第一個黃金時代，形成中國文學史上第一個「詩壇」，後世常以「建安風骨」來稱道這時期詩歌的時代風格。

二、時代詩風的標誌——建安風骨

所謂「建安風骨」，乃是後世論詩者對建安詩歌時代風格特徵的標誌，也成爲初唐詩壇一百多年間，令詩人緬懷不已，大聲呼籲，力圖恢復的文學理想。

按「風骨」一詞，作爲文學批評理論的專門術語，最早出現在南朝時期。首見劉勰《文心雕龍・風骨》：

> 《詩》總六義，風冠其首。斯乃化感之本源，志氣之符契也。怊
> 悵述情，必始乎風；沉吟鋪辭，必先乎骨。故辭之待骨，如體之
> 樹骸；情之含風，猶形之包氣。……

所謂「怊悵述情，必始乎風；沉吟鋪辭，必先乎骨」，實則包括文情與文辭兩方面。簡言之，文情生動感人，文辭剛健有力，應該即符合「風骨」之義。雖然劉勰於此篇中，並未將「風骨」直接與建安詩歌相連，不過鍾嶸《詩品・序》則提出「建安風力」：

> 永嘉時(307-312)，貴黃老，稍尚虛談，於時篇什，理過其辭，

淡乎寡味。爰及江表,微波尚傳。孫綽、許詢、桓、庾諸公詩,
皆平典似道德論,建安風力盡矣!

鍾嶸是在論及西晉末期詩壇,因好尚道家玄虛之談,詩篇顯得「理過
其辭,淡乎寡味」,東晉之後詩歌更是「平典似道德論」,而惋惜「建安
風力盡矣!」其後至初唐陳子昂(661-702)〈修竹篇序〉,亦慨嘆晉宋之
後「漢魏風骨」之消失:

文章道弊,五百年矣。漢魏風骨,晉宋莫傳。

不過,明確提出「建安風骨」,則是宋代嚴羽(1197?-1241?)《滄浪
詩話‧詩評》:

黃初(220-226)之後,惟阮籍〈詠懷〉之作,極為高古,有建安
風骨。

按,關於「建安風骨」的含意,一直是當今學界反覆爭論研討的問
題,目前比較普遍的看法,則認為「建安風骨」,指的是建安詩歌的整體
表現,以剛健有力為主要特徵的審美趣味。當然,倘若進一步觀察,「風
骨」亦可指建安詩歌在內涵方面流露的慷慨多氣之精神風貌,亦即由作品
本身併發出的一分藝術感染力。這分藝術感染力,源自建安詩人對時代憂
患動亂的深切感慨,還有個人身處亂世,意欲建功立業,追求不朽的抱負
和理想,以及對於文學抒情功能與審美趣味自覺的追求。

因為漢魏之際,是一個大動亂的時代,建安詩人大多親身遭遇過流離
之苦,有的甚至經歷過戎馬生涯,且目睹政治敗壞,社會失序,感觸自然
良多,將這種感觸訴諸於詩歌,就增添一分濃厚的抒情意味。然而這也是
一個因動亂而充滿創業機會的時代,故而又滿懷豪情,壯志凌雲,力圖在
有生之年,建功立業,甚至垂名青史。可是在現實生活經歷中,個人壯志
未酬的挫折往往多於功業聲名的成就,何況身逢亂世,但感人命危淺,朝
不保夕,難免情多哀思。乃至建安詩歌中表現的憂患動亂的時代風貌,追
求功名的個人精神,人生如朝露的生命體味,形成慷慨多氣、悲哀蒼涼的
抒情格調。再者,建安詩人大多是圍繞在曹氏父子身邊的文人學士,雲集
鄴下之後,政局暫時的安定,經常群體遊宴,即席賦詩,形成一種既娛樂

又競爭的創作場合；且在互相切磋又各自逞才的氣氛下，對於周遭事物的狀貌聲色乃至文章辭藻之華美清麗，必然有意識地力圖表現。因此，如果以「建安風骨」為建安時代詩風的標誌，則除了慷慨多氣的內涵情調，還不能忽略追求華美清麗的語言風格，方能概括建安詩歌的全貌。

當然，建安詩歌畢竟並非一個凝聚不變的整體，在近五十多年的「漫長」歲月中，基於環境背景的變異，何況詩人的際遇亦各有不同，必然會表現出，其逐步發展流變的大致脈絡。

第二節　建安詩歌的發展脈絡

前引諸家對建安詩歌特質的觀察，諸如「雅好慷慨」、「志深筆長，梗概多氣」等，主要是指建安詩歌在內涵情境上的表現，尚未能概括建安詩歌在藝術風貌方面的特色，也不能看出漢末魏初時期詩歌的發展演變痕跡。按，建安詩歌大致可以建安十六年(211)左右，曹操為曹丕、曹植兄弟各置官署、鄴下文人集團的形成為界點，分為前後兩個階段。從創作時代背景的變化，以及生活環境氣氛的不同，或可觀察出建安詩歌的發展脈絡：自漢末亂離，慷慨悲歌，到鄴下雲集，新聲騰湧。這兩個階段，分別顯示建安詩歌承先啟後的文學地位。

一、漢末亂離，慷慨悲歌

從漢靈帝中平元年(184)，黃巾之亂爆發，至漢獻帝建安十五年(210)，大約二十多年間，屬建安詩歌前期的創作階段。這時期的作品，受漢詩，尤其是漢樂府的影響頗深，大都未超出漢詩範圍。題材內容上，多「感於哀樂，緣事而發」，針對政治現實和社會狀態，描述個人見聞，抒發經驗感受之作。風格情調上，則因感時傷亂，而慷慨多氣，悲哀蒼涼。語言表現上，雖已流露文人化的痕跡，與鄴下時期的創作相比，仍然顯得較為渾樸自然，尚未明顯展示有意文飾、尚辭好藻的現象。這時期的詩歌創導者主要是曹操，以及建安七子中較年長之輩。代表作品，諸如曹

操的擬樂府〈薤露行〉、〈蒿里行〉、〈苦寒行〉、〈步出夏門行〉、
〈短歌行〉，以及孔融的〈雜詩〉，王粲〈七哀詩〉，還有曹丕、曹植早
年隨父出征時期所寫的一些作品。

試先看王粲〈七哀詩〉其一：

> 西京亂無象，豺虎方遘患。復棄中國去，委身適荊蠻。
>
> 親戚對我悲，朋友相追攀。出門無所見，白骨蔽平原。
>
> 路有飢婦人，抱子棄草間。顧聞號泣聲，揮涕獨不還。
>
> 「未知身死處，何能兩相完？」驅馬棄之去，不忍聽此言。
>
> 南登霸陵岸，回首望長安，悟彼下泉人，喟然傷心肝。

漢末董卓之亂乃是此詩的時代背景。按，初平元年(190)，董卓亂軍
燒毀洛陽，挾持漢獻帝遷往長安。初平三年(192)呂布又殺了董卓，董卓
的殘餘部將，則攻占長安，且縱兵大肆掠奪殺戮，時王粲十七歲，決定赴
荊州避難。上引此詩即追述其甫離長安途中所見所思所感。值得注意的
是，令王粲喟嘆傷感者，不單單是身為一個貴公子必須「委身適荊蠻」的
個人不幸遭遇，還有因目睹戰亂造成白骨遍野、飢婦棄子的悲慘狀況。詩
中流蕩著個人身處亂世的悲慨，以及對苦難中平民百姓的同情與憐憫。

再看曹操〈蒿里行〉：

> 關東有義士，興兵討群凶。初期會盟津，乃心在咸陽。
>
> 軍合力不濟，躊躇而雁行。勢力使人爭，嗣還自相戕。
>
> 淮南弟稱號，刻璽於北方。鎧甲生蟣蝨，萬姓以死亡。
>
> 白骨露於野，千里無雞鳴。生民百遺一，念之斷人腸。

按〈蒿里〉原是漢樂府古辭中送葬時所演唱的輓歌，多為三五七雜言
體。曹操現存詩雖多屬四言體，惟此處則通篇採用五言流調，且全然不顧
樂府古辭傳統，只用舊題感懷時事。這種勇於擺脫舊傳統，只顧寫自己經
驗感受的作風，已經展示出開創新時代新詩風的氣派。上引〈蒿里行〉感
懷的是時事，大意指漢末董卓作亂，群雄共盟討伐，卻各自擁兵自強，形
成割據，只顧互爭霸權，彼此混戰，造成社會亂離、白骨遍野之慘狀，乃
至哀嘆「生民百遺一，念之斷人腸」。明代鍾惺(1574-1624)《古詩歸》

即稱曹操的〈薤露行〉、〈蒿里行〉爲「漢末實錄，眞詩史也」。值得注意的是，全詩除了「實錄」之外，還抒發個人的感慨，表達對當時軍閥割據釀成社會禍害之譴責，對人民苦難之同情，以及對整個亂離時代的哀嘆。這已經爲以後杜甫於安史之亂期間所寫新題樂府，鋪上先路。

建安詩人並非只是時局動亂的旁觀者、哀嘆者，事實上在感時傷亂中，往往觸發一種渴望社稷安定，期盼天下統一的宏偉志願，乃至引發濟世拯物、建功立業的進取精神。反映在詩歌中，便形成一種既昂揚向上，慷慨多氣，又悲哀蒼涼的韻味。曹操的名篇〈短歌行〉，最爲典型：

> 對酒當歌，人生幾何？譬如朝露，去日苦多。
> 慨當以慷，幽思難忘。何以解憂？唯有杜康。／
> 青青子衿，悠悠我心。但爲君故，沉吟至今。
> 呦呦鹿鳴，食野之苹。我有嘉賓，鼓瑟吹笙。／
> 明明如月，何時可掇？憂從中來，不可斷絕。／
> 越陌度阡，枉用相存。契闊談讌，心念舊恩。／
> 月明星稀，烏鵲南飛，繞樹三匝，何枝可依？／
> 山不厭高，海不厭深，周公吐哺，天下歸心。

此詩大概寫於建安十三年(208)，曹軍出征江東孫權之前夕。其間模仿《詩經》體的痕跡顯著，甚至第二章中，有六句皆是借用《詩經》詩句。如「青青子衿」兩句，取自〈鄭風·子衿〉；「呦呦鹿鳴」四句，則取自〈小雅·鹿鳴〉。不過整體味之，卻是一首打上建安時代烙印，塗上曹操個人色彩之作。形式上是四言正體，內涵上卻是個人抒情述懷之章。抒發的是，以周公自比的豪情，渴望招攬賢才、共舉大業的宏偉抱負，其中卻流蕩著一分人生苦短的傷逝情懷，正是亂世英雄時不我予的心聲，顯得慷慨多氣，悲哀蒼涼。同樣的心境和情懷始終徘徊在曹操的詩歌中。多年後曹操已行將暮年，仍然慷慨高歌：「老驥伏櫪，志在千里，烈士暮年，壯心不已。」(〈步出夏門行·龜雖壽〉)這種積極進取、慷慨述志的呼聲，乃屬時代的潮流，在其他建安詩人作品中，也一直迴盪不去。

例如王粲即嘗慨然宣稱：「雖無鉛刀用，庶幾奮薄身。」(〈從軍

詩〉其四)陳琳亦云:「騁哉日月逝,年命將西傾。建功不及時,鐘鼎何所銘。收念還房寢,慷慨詠墳經。庶幾及君在,立德垂功名。」(〈遊覽〉其二)曹丕雖無乃父之雄才大略,亦嘗慨然云:「在昔周武,爰暨公旦。載主南征,救民塗炭。彼此一時,唯天所贊。我獨何人,能不靖亂。」(〈黎陽作〉)曹植身爲貴公子,亦矢言:「閒居非吾志,甘心赴國憂。」(〈雜詩〉其六)「願得展功勤,輸力於明君。懷此王佐才,慷慨獨不群。」(〈薤露行〉)試看曹植早年所寫〈白馬篇〉:

> 白馬飾金羈,連翩西北馳。借問誰家子?幽并游俠兒。
> 少小去鄉邑,揚聲沙漠垂。宿昔秉良弓,楛矢何參差。
> 控弦破左的,右發摧月支。仰手接飛猱,俯身散馬蹄。
> 狡捷過猴猿,勇剽若豹螭。邊城多警急,虜騎數遷移。
> 羽檄從北來,厲馬登高隄。長驅蹈匈奴,左顧凌鮮卑。
> 棄身鋒刃端,性命安可懷?父母且不顧,何言子與妻?
> 名編壯士籍,不得中顧私。捐軀赴國難,視死忽如歸。

詩中描述一個邊塞遊俠兒,馳騁疆場,如何武藝超群,勇於獻身國難。蓋曹植於此,主要是通過遊俠少年的英勇形象,傳達自己建功立業的強烈欲望,抒發其可以不顧父母妻子,但願「捐軀赴國難,視死忽如歸」慷慨赴義的悲壯情懷。

動盪的時局,亂離的社會,是建安詩歌興起的時代背景。建安詩人一方面繼承漢樂府歌詩「感於哀樂,緣事而發」的寫實傳統,從動亂的社會中汲取創作源泉,另一方面則受時代亂象的衝擊,還有個人顛沛流離的遭遇,遂將個人所見所思所感,反映在作品中。這些身處亂世的詩人,顯然並非消極的退避者,而是熱血的關懷者。他們對政治社會,抱持濃厚的興趣與關懷,對民生疾苦,寄予深切的同情與憐憫,故而揮灑成一篇篇個人抒情述懷的動人篇章。反映的是,現實環境與個人生活的緊密結合,既述社會亂離,亦抒個人情懷,故而悲壯動人。正如劉勰《文心雕龍‧時序》歷述曹氏父子及建安諸子之後的總觀察:

> 觀其時文,雅好慷慨,良由世積亂離,風衰俗怨,并志深而筆

長，故梗概而多氣也。

社會的動亂，流離的經驗，提供了詩歌創作的素材，建安作者或「生乎亂，長乎軍」（曹植〈上疏陳審舉之義〉），飽經亂離之苦，吸取了豐富的人生經驗，激發了身為有識之士積極入世、參與政治的責任感、使命感，其抒懷述志之際，往往滿腔壯志激情，滿懷理想抱負，故「梗概而多氣也」。即使其中含蘊著悲哀蒼涼，也不失剛健有力、昂揚向上的氣韻。惟不容忽略的則是，建安詩歌中慷慨多氣、悲哀蒼涼的基調裡，經常流露的一分身處亂世，但感人世無常、生命短促的焦慮。從曹操的〈短歌行〉唱嘆「人生幾何，譬如朝露，去日苦多……」，一直延續到建安詩歌的後期，即使在鄴下時期，身居安定舒適的環境，君臣同好遊宴賦詩，暢言歡愉的作品中，仍然徘徊不去。

例如前舉陳琳〈遊覽詩〉其二的感嘆是：「騁哉日月逝，年命將西傾。」曹植〈箜篌引〉，主要是描述宴飲歌舞的盛況，但在最後卻筆鋒一轉，慨嘆：「驚風飄白日，光景馳西流。盛時不再來，百年忽我遒。生存華屋處，零落歸山丘。先民誰不死？知命復何憂。」又如其〈名都篇〉，原是一首描述遊樂飲宴生活之作，在極盡描寫遊樂飲宴之樂之餘，卻忽然深深唱嘆：「白日西南馳，光景不可攀！」將時光流逝，盛時不再，壯志難酬的焦慮與無奈，寄慨於歡宴中。這種「慷慨多氣，悲哀蒼涼」的時代風格，遍布在建安詩歌、辭賦、雜文裡。顯示建安作家對於「世積亂離」的經驗，總是難以忘懷，面對生命的無常，驚覺歡愉苦短，乃至慷慨多氣、悲哀蒼涼之情，揮之不去。

建安詩歌中流露的慷慨多氣、悲哀蒼涼情懷，也出現在一位難得的女性作家蔡琰(162?-234?)作品中。由於中國文學史中知名女作家相當稀少，即使蔡琰作品之可信度，學界仍然有爭議，在此還是稍作介紹。

按，蔡琰字文姬，乃蔡邕(132-192)之女。博學有才辯，又妙於音律。其一生傳奇性的經歷，正是亂世女子悲劇生涯的寫照。初嫁河東衛仲道，夫亡無子，於是返回娘家居住。獻帝興平中(194-195)，天下喪亂之際，為胡騎所擄，成為南匈奴左賢王之妃。居匈奴十二年，生二子。後曹

操遣使以金璧贖回，之後再嫁同郡董祀。董祀爲屯田都尉，惟因犯法當死，蔡琰乃親見曹操，哀求赦免，辭音悲切，曹操感其言，終免董祀死罪。蔡琰因感傷一生亂離，追懷悲憤，遂作〈悲憤詩〉二首，一爲五言，另一爲騷體。此外，相傳〈胡笳十八拍〉也是蔡琰所作。

蔡琰五言〈悲憤詩〉凡一百零八句，是一篇自述生平之作。依內容可分爲三個段落：從董卓作亂，自己被擄的悲苦境況，到入胡後懷鄉念親和訣別幼子回國的慘痛場面，到歸途中所見，以及還鄉後再嫁之憂慮。整首詩將家國之念，親子之情，交織在一起，並與個人的遭遇與動亂的社會聯繫起來，可說是蔡琰一生飄泊流離的血淚史：

> 漢季失權柄，董卓亂天常。志欲圖篡弒，先害諸賢良。
>
> 逼迫遷舊邦，擁主以自強。海內興義師，欲共討不祥。……

詩之發端直寫董卓之亂：「漢季失權柄，董卓亂天常。」按，蔡琰歸漢，離董卓之亂年代很近，而且漢尚未亡，如此大膽貶斥，似不可能。因此自蘇東坡開始質疑其眞僞問題以來，歷代讀者頗有認爲此詩並非出於蔡琰之手筆，乃是後人僞托者。當今學界在爭論中尚無共識。

蔡琰〈悲憤詩〉即使不能確實證明是她的親筆創作，畢竟展現了建安詩壇前期「漢末亂離，慷慨悲歌」的時代風格特徵。

二、鄴下雲集，新聲騰湧

此處所謂「新聲」，乃指鄴下時期詩歌的新變，包括五言流調之風行，個人抒情寫景之多樣，以及尚辭好藻的風氣而言。鄴下時期相對安定的社會現況，爲建安詩歌創作的蓬勃，提供肥沃的培育土壤、良好的發展環境。建安文人因雲集鄴下，而形成了一種，雖沒有正式組織，卻因交遊往來，興趣相投，經常共同參與各類文學活動，而形成所謂「文人集團」（或「文學集團」），這在文學史上是一件大事，亦是促使建安詩歌蓬勃發展演變的關鍵。

(一)文人集團的形成

建安九年(204)，曹操攻占鄴城，從此鄴城就是曹操準備逐步擴展勢

力的根據地。爰及建安十三年（208），三國鼎立之勢已大致成形，政局遂
獲得暫時的安定。為鞏固政權，擴張勢力，曹操以相王之尊，廣納人才，
招攬天下文人學士。數年之間，以七子為首的建安文人，紛紛歸附曹營，
雲集鄴下[1]。建安十六年（211），曹丕為五官中郎將，太子之位底定，曹植
則封為平原侯。曹操並分別為兩人各置官署，招攬人才，一時成為鄴下文
人圍繞的中心。兄弟兩人經常共同或分別舉行各類遊宴文娛活動，並親自
參與文學創作，形成中國文學史上第一個，官署領袖與屬下文人共同以文
學創作為主要活動的文人集團，促使詩歌的發展進入前所未有的高峰，其
影響既深且遠[2]。

根據劉勰《文心雕龍‧明詩》對這時期的觀察：

> 暨建安之初，五言騰湧。文帝陳思，縱轡以騁節；王徐應劉，望
> 路而爭驅。并憐風月，狎池苑，述恩榮，敘酣宴；慷慨以任氣，
> 磊落以使才；造懷指事，不求纖密之巧；驅辭逐貌，惟取昭晰之
> 能；此其所同也。

又見《文心雕龍‧時序》：

> 建安之末，區宇方輯，魏武以相王之尊，雅愛詩章；文帝以副君
> 之重，妙善辭賦；陳思以公子之豪，下筆琳琅；并體貌英俊，故
> 俊才雲蒸。……傲雅觴豆之前，雍容衽席之上，灑筆以成酣歌，
> 和墨以藉談笑。

---

1 曹植〈與楊德祖書〉即云：「昔仲宣獨步於漢南，孔璋鷹揚於河朔，偉長擅名於
　青土，公幹振藻於海隅，德璉發跡於大魏，足下高視於上京。當此之時，人人自
　謂握靈蛇之珠，家家自謂抱荊山之玉。吾王於是設天網以該之，頓八紘以掩之，
　今盡集茲國矣。」

2 當然，文人因文學創作活動而形成的「集團」，實乃始自西漢。諸如武帝時，言
　語侍從之臣「司馬相如等數十人」，為樂府機關作詩；地方諸侯藩國亦紛紛招納
　文士，其中梁孝王劉武、淮南王劉安幕下的文學侍從，甚至形成辭賦創作群。即
　使東漢靈帝亦嘗特別設立「鴻都門學」，招攬「諸生能為文賦者……待以不次之
　位」。不過，以「文學集團」的聲勢，造成對後世詩歌深遠影響者，還是建安時
　代的「鄴下文人集團」。詳見胡大雷，《中古文學集團》（桂林：廣西師範大學出
　版社，1996），頁19-35。

　　建安文人雲集鄴下之後，身處相對安定的環境，富裕的生活，自然比較容易培養出優雅的情趣，也提供了文學創作的有利條件。曹氏父子，尤其是曹丕曹植兄弟，與周邊文人士子之間，名義上雖有君臣之別，實際上則是同調文友。經常「昔日遊處，行則連輿，止則接席，不曾須臾相失。每至觴酌流行，絲竹並奏，酒酣耳熱，仰而賦詩」（曹丕〈與吳質書〉）。這時期的詩歌創作，大多是詩酒集會遊宴場合，即席賦詩而成，正所謂「灑筆以成酣歌，和墨以藉談笑」，而且往往一人首唱，群體唱和。內容方面，除了繼續模仿漢代古詩之外，主要則圍繞著「憐風月，狎池苑，述恩榮，敘酣宴」的優遊行樂生活。主題範圍亦隨著生活的安定，環境的改變，以及鄴下文人交遊互動之頻繁，開始多樣發展。現存大量的公宴、贈答、送別、詠物、遊仙，還有各種臨場命題創作或同題共詠諸詩，爲文人詩歌開闢了新領域、新方向，並且充分表現建安詩人對美的事物的喜悅與體味。或爲充滿生命力的大自然景象所感動，或爲深具審美趣味的情思而讚嘆，或爲彼此相知相惜的友誼而稱頌……。在這些多情多才的建安詩人筆下，詩歌的文人化愈發顯著，且時時流露有意爲詩，刻意寫情，尚辭好藻的跡象。

(二)華辭麗藻的追求

　　建安詩歌的「文人化」，首先表現於對外物的狀貌聲色之「美」的發現，進而以華辭麗藻來傳達詩人對物象之細密觀察與欣賞喜愛的經驗感受。

　　試看曹丕〈芙蓉池作〉：

> 乘輦夜行遊，逍遙步西園。雙渠相溉灌，嘉木繞通川。
> 卑枝拂羽蓋，脩條摩蒼天。驚風扶輪轂，飛鳥翔我前。
> 丹霞夾明月，華星出雲間。上天垂光彩，五色一何鮮。
> 壽命非松喬，誰能得神仙。遨遊快心意，保己終百年。

　　寫的是與同好友人夜遊銅雀園，漫步於芙蓉池上觀賞風景的經驗感受。在美景遊賞中，體會到「遨遊快心意」，即足以「保己終百年」，因此不必羨慕松、喬之長壽了。值得注意的是，曹丕筆墨下對美景當前，由

衷的賞愛喜悅，對自然景物諸如雙渠、嘉木、卑枝、脩條、驚風、飛鳥、丹霞、明月、華星等之狀貌聲色，五彩繽紛的細緻描述，在在展現詩人對於外物狀貌形態之美的「發現」，以及審美趣味的流露。其他鄴下文人同類作品，諸如曹植、王粲、劉楨、應瑒等同題共詠的〈公讌詩〉，均有類似的表現。且以曹植〈公讌詩〉為例：

> 公子愛敬客，終宴不知疲。清夜遊西園，飛蓋相追隨。
> 明月澄清景，列宿正參差。秋蘭被長陂，朱華冒綠池。
> 潛魚躍清波，好鳥鳴高枝。神飆接丹轂，輕輦隨風移。
> 飄飄放志意，千秋長若斯。

詩人關懷的，並非現實的政治社會狀況，亦非個人的抱負理想，而是日常生活中，與「公子」及其賓客，優游林苑「終宴不知疲」的歡樂，以及美景當前的愉悅。其實，這乃是「古詩十九首」中一再強調的，人生無常、行樂當及時情懷意念的延伸。不同的是，此詩中更增添了一分雍容優雅的富貴氣，並且流露著，面對自然景色聲色狀貌之「美」的由衷喜悅。

鄴下文人對辭藻華美的追求，亦經常表現於詩中展示景物對稱美的對偶句之經營。試舉數例：

> 嘉禾凋綠葉，芳草纖紅榮。（陳琳〈遊覽詩〉）
> 靈鳥宿水裔，仁獸遊飛梁。（劉楨〈公讌詩〉）
> 幽蘭吐芳烈，芙蓉發紅暉。（王粲〈詩〉又名〈清河作〉）
> 凝霜依玉除，清風飄飛閣。（曹植〈贈丁儀詩〉）

雖然鄴下文人優游行樂的主要動機，或許是企圖忘懷身處亂世、人生無常的悲哀，而且遊覽的範圍，主要局限於貴族林苑或京城近郊，不過這種遊覽美景足以「快心意」的態度與認知，亦可說是劉宋以後詩篇，以遊覽自然山水為賞心樂事的先兆。詩中對於當前景物狀貌聲色之美的細緻描繪，亦正巧應證了曹丕所主張的，「詩賦欲麗」的文學觀點。

(三)尚情風氣的昌盛

當然，鄴下文人的詩歌創作，令人矚目且影響深遠者，除了「尚辭」的追求，還有「尚情」的創作風氣。這一點，雖由曹操開其端，倘若考察

其所以形成一個時代詩壇的風尚，則曹丕之功不可沒。就看曹丕自己的詩歌，即以抒發婉轉纏綿的情思見長，猶如清人沈德潛(1673-1769)《古詩源》的觀察：「子桓詩有文士氣，一變乃父悲壯之習矣。」此「一變」，即是從英雄到文人情懷之變，也是漢末亂世英雄慷慨述志，與鄴下文人優游行樂、婉轉抒情的分際。

漢末魏初曹操諸人之作品，慷慨述志，揮筆抒情，與作者身逢亂世的歷史使命感，個人的功名心緊密相連，真正屬於日常生活中，一己私人情懷之作則較為罕見。曹丕以及其他建安文人，早年也不乏慨嘆時事，吟詠懷抱之作，惟雲集鄴下之後，身處時局趨於安定的環境，優游行樂之際，筆墨重點開始傾向於日常生活中，個人喜怒憂樂情懷意念的表達，更為明顯的展示「尚情」之創作風氣。而建安作家之「尚情」，不僅表現於對個人一己情懷意念的抒發，甚至延伸至對於大凡人之情的同情共感。這顯然與曹丕的倡導也不無關係。

曹丕在政治上，或許是一個不甚討好的太子，文學創作上，卻是一個勇於創新的文壇領袖，而且也是一個多愁善感的詩人。試看其〈雜詩〉：

漫漫秋夜長，烈烈北風涼。輾轉不能寐，披衣起徬徨。

徬徨忽已久，白露沾我裳。俯視清水波，仰看明月光。

天漢回西流，三五正縱橫。草蟲鳴何悲，孤雁獨南翔。

鬱鬱多悲思，綿綿思故鄉。願飛安得翼，欲濟河無梁。

向風長嘆息，斷絕我哀腸。

雖然寫作的時空不詳，表達的顯然是遊子思鄉的孤獨情懷，與「古詩十九首」中遊子之辭頗為類似，悲哀淒涼是其縈繞不去的主調。全詩流露的是，一個文人多愁善感之情，而非亂世英雄慷慨述志之嘆。

曹丕等鄴下文人之「尚情」，不僅表現於自我抒情述懷之作，或有意繼承「古詩十九首」的抒情傳統，吟詠遊子思婦的淒哀情懷，甚至亦還擴展至同好友人之間友誼之情的傾訴。試看劉楨〈贈五官中郎將〉其二：

所親一何篤，步趾慰我身。清談同日夕，情眄敘憂勤。

便復為別辭，遊車歸西鄰。素葉隨風起，廣路揚埃塵。

　　逝者如流水，哀此遂分離。追問何時會，邀我以陽春。

　　望慕結不解，貽爾新詩文。

　　像這樣表達深厚友誼、不捨離別、無限思慕之情，可謂是建安詩人為此後文人之間「贈答送別詩」類型之成立，展開了序幕。此外，又在「尚情」的創作風氣吹襲之下，建安作家會在日常生活周遭，尋找靈感源泉，倘若發現任何淒傷感人的人物事件，都可以觸發創作意識，成為詩歌吟詠的題材。曹丕就經常以太子之尊，體味當時愁人的經驗感懷，命題共詠，代人言情。

　　例如，因同情遭夫君所出的棄婦，曹丕、曹植各留下一首〈代劉勳出妻王氏作〉。又如建安十七年(212)，建安七子之一的阮瑀逝世，因憐其遺孤，曹丕於其〈寡婦賦序〉中自注云：

　　　　每念存其遺孤，未嘗不愴然傷心，故作斯賦，以敘其妻子悲苦之
　　　　情。

　　並且命其他鄴下文人亦分別撰寫〈寡婦賦〉。或許仍然覺得情猶未盡，曹丕又另作騷體〈寡婦詩〉一首，序中亦特別說明：

　　　　友人阮元瑜早亡，傷其妻孤寡，為作此詩。

　　王粲、曹植等均各自留下〈寡婦詩〉一首，顯然屬受命同題共詠之作[3]。

　　正因為「尚情」成為創作的推動力，乃至大凡夫妻相思，遊子懷鄉，友朋別離，親人亡故等，諸般觸動人情人心之日常生活情景，均成為鄴下文人抒發感動之情的題材。甚至偶爾因目睹毫無關係的陌生人之人生別離場景，也會令多情的鄴下文人動容，轉而寫出像〈見挽船士兄弟辭別詩〉、〈清河見挽船士新婚與妻別作〉之類，純粹代人言情的作品[4]。文

3　據曹丕〈寡婦賦序〉，王粲曾受命寫賦，或許也有同題詩作，可惜失傳。又據
　　《文選》卷二十謝靈運〈廬陵王墓下作〉注，引曹植〈寡婦詩〉，可知曹植亦曾
　　受命作詩。
4　曹丕〈清河見挽船士新婚與妻別作〉，收入《玉臺新詠》，惟《藝文類聚》卷二
　　十九作徐幹作，且名〈為挽船士與新娶妻別詩〉，或許屬曹、徐二人同題共詠
　　者？

人詩歌以抒情爲主調的傳統，就在凡人情皆動人、凡人事均可詠的鄴下文人筆下，由此而鞏固，同時爲中國詩歌的抒情傳統譜出基調。

第三節　建安詩歌的文學成就

倘若將建安詩歌置於文學發展史的長遠軌跡上來觀察，其文學成就斐然可觀。或可從以下四方面覽其大概。

一、樂府舊題詠懷時事

建安詩壇基本上仍然屬於漢樂府歌詩的模仿時代，但是，建安詩歌的光輝，則在於模仿中又突破漢樂府傳統的束縛，展現出新意。在建安詩人筆下，原來以敘事爲主的漢樂府歌詩，往往轉化爲描述個人見聞，抒寫個人情懷爲主的文人詩歌。即使還保留樂府舊題，卻通常是借題發揮，配合當前動亂的時代，個人顛沛流離的生活，但寫個人的經驗與感受。充分顯示，建安詩人如何不受樂府舊題原意的限制，乃至在創作之際，賦予其作品嶄新的題材內容，甚至不同以往的形式，爲後世的文人樂府立下典範。

就如漢樂府中的〈蒿里〉、〈薤露〉，原是喪葬之歌，形式上是三五七雜言體，曹操的〈蒿里行〉、〈薤露行〉卻詠懷時事，抒發個人的感慨，而且通篇五言。顯示在內容形式方面，均有創新，有發展。其他建安詩人的樂府作品中，亦多類似的表現。如〈從軍行〉原爲樂府舊曲，據《樂府解題》：「皆軍旅辛苦之辭。」可是王粲〈從軍行五首〉[5]，卻稱「從軍有苦樂，但問所從誰」（其一），以此表達對曹操的感念與推崇，並抒發自身的功名願望。此外，曹丕的樂府詩，亦有無視舊題傳統，純然是個人感情的抒發者。曹植甚至會拋開舊題，自創新題樂府以抒個人情懷，如〈名都篇〉、〈白馬篇〉即是。

5　逯欽立《先秦漢魏晉南北朝詩》作王粲〈從軍詩五首〉，惟據《樂府詩集》則作〈從軍行五首〉。

　　建安文人寫樂府，目的顯然並非為官方「觀風俗，知薄厚」，而是為敘個人見聞，抒自己情懷。這種借樂府舊題詠懷時事，或自創新題樂府詩歌，卻為唐代詩人諸如白居易、元稹等人的「新樂府」，開闢了先路。當然，元、白「新樂府」創作目的有異，乃是有計畫的為呼籲改革政治社會風氣而作(詳後)。

二、五言詩體蔚為主流

　　五言詩在漢代原是民間之流調，雖然無名氏文人「古詩十九首」，已顯示五言詩之成熟，卻是在建安詩人筆下，方鞏固其在文壇的主流地位。按，兩漢有主名的文人詩，主要還是以四言正體或楚辭騷體為主，曹氏父子及建安諸子作品中，體式多樣，包括四言、雜言、五言，乃至六言、七言、騷體等，是各種新舊體式都願意嘗試的新時代。不過，除了曹操仍然多沿襲四言正體之外，其他的建安詩人，則比較偏愛新興的五言流調，乃至形成劉勰所稱「五言騰湧」的局面。

　　建安詩人創作的五言詩，在他們現存全部詩歌創作中，占有很大的比例。據逯欽立輯校《先秦漢魏晉南北朝詩》，建安二十四詩人，現存作品共二百九十七首，其中五言詩就有一百九十八首。這個統計雖然還不能說絕對準確，但至少可以看出五言詩在建安時期的分量。如曹植的五言詩比重，即占其現存詩歌總數百分之七十以上。而劉楨，這位號稱「五言詩之善者」，現存詩歌全是五言。

　　漢代〈古詩十九首〉以及現存其他漢代五言古詩，也不過是一些淪落民間的失意文人，受民間流行曲調影響而作的詩篇。建安文人雖屬接近權力中心的貴遊文人，惟大多經歷過戰亂，遭受過流離之苦，採用新興流行的五言體式，或可有較大的揮灑空間，自由抒情述懷。若用四言正體，則難以超越兩漢文人四言詩沿襲《詩經》傳統，步趨〈雅〉、〈頌〉風格的局限，往往顯得過分莊嚴拘謹，抒情意味淡薄，感染力較弱。要像曹操以其曠世奇才，本著樂府民歌精神，來抒情述懷，寫出諸如〈短歌行〉、〈碣石篇〉那樣慷慨悲涼、意境樸茂的四言之章，實在不易。何況四言

詩體本身有其形式傳統的局限。

按四言詩每四字一句，兩字一頓，句式短促，節奏平坦，相較於五言流調，的確顯得比較單調，而且「每苦文繁而意少」，往往長篇累句，繁密冗長，不易充分表現複雜深曲的情思意念[6]。再者，四言詩每句四字，隔句用韻的形式，又顯然與兩漢以來興起的其他應用韻文體式，諸如贊、頌、碑、銘等文類相彷彿，容易導致文體混淆現象[7]。當然，這並不表示四言詩從此無人問津，其「中興」，尚有待西晉詩人的努力。

三、文人雅辭痕跡漸顯

建安以前的詩歌，如現存的兩漢無名氏五言古詩，在語言藝術方面，往往顯得通篇自然渾成，惟爰及建安，在文人「有意」追求美文的風氣中，詩歌則漸見「人力」，漸可「摘句」，已經明顯展示「文人化」現象。據胡應麟(1551-1602)於《詩藪‧內篇》卷二「古體中」的觀察：

> 兩漢之詩，所以冠古絕今，率以得之無意。……漢人詩不可句摘者，章法渾成。……漢詩自然，魏詩造作。……

漢魏之詩，從「無意」到「有意」，從「不可句摘」到「可以句摘」，從「自然」到「造作」，正巧說明建安詩人有意創作的自覺意識。總之，建安作家是在有意作詩寫文了，尤其顯著的是，開始對詩歌語言形式之美自覺的追求。即使建安前期的創作，一般上還保持漢樂府詩渾樸自然的本色，但已經展示出作者的「書卷氣」。其中典故的運用即可爲證。

(一)典故運用以示意

運用典故來表情達意，當然屬於文人的創作。典故不但流露作者的

6　鍾嶸《詩品‧序》對五言盛行，四言衰退緣由之觀察：「夫四言，文約易廣，取效〈風〉、〈騷〉，便可多得。每苦文繁而意少，故世罕習焉。五言居文詞之要，是眾作之有滋味者也。故云會於流俗。豈不以指事造形，窮情寫物，最爲詳切者邪！」

7　王夫之(1619-1692)《古詩評選》即嘗指出：「似贊似銘似頌，尤四言本色。」沈德潛(1673-1769)《古詩源》就注意到東方朔(前161?-前87?)〈誡子〉，全詩原本二十二句，班固(32-92)《漢書》則取前十句爲東方「贊」。

「學識」，亦能在現狀與故實的類比或對比之下，引發言外之意，增添作品情懷意念的深度。流行民間社會的樂府歌詩，雖然經過文人的潤色加工，仍然以自然流暢、淺白易曉的語言為主調，不會刻意引經據典，令聽者或讀者卻步。可是，建安詩歌，即使是依循樂府舊題之作，亦往往展示，文人雅辭日益顯著的痕跡，尤其是典故的運用，更明顯流露詩歌文人化的發展趨向。

　　就看上引曹操〈蒿里行〉中「初期會盟津，乃心在咸陽」二句，均涉及典故。前句乃是用《尚書‧泰誓》中所記，武王伐紂時與諸軍會盟之事：「惟十有三年春，大會於孟津(今河南)。」借武王與諸軍之會盟，意指當時關東地區為討伐董卓而形成所謂義軍之會盟。後句則用《史記‧高祖本紀》中記述當初劉邦和項羽相約，先入關中，進兵咸陽者為王，借此指義軍一心要直搗董卓巢穴。兩則典故，增添了詩的意涵，暗示的言外之意是，作者自比「武王伐紂」的氣概，以及滿懷消滅董卓，直趨京都的決心。另外，曹操〈短歌行〉尾聯：「周公吐哺，天下歸心。」顯然運用《韓詩外傳》所載，周公唯才是舉，為接納賢士，「一沐三握髮，一飯三吐哺，猶恐失天下之士」的舉止心情，以周公自況。兩首詩，均因典故的運用，內涵意境加深了，文人化更為明顯。又如前述王粲〈七哀詩〉尾聯：「悟彼下泉人，喟然傷心肝。」乃是感悟到《詩經‧曹風‧下泉》作者所反映的，曹國人民在憂患中，盼望明君的意願，進而流露王粲自己，對當前時局的極端無奈感，所以「喟然傷心肝」。

　　建安詩歌中典故的運用，不但增添作品本身內涵意境的深度，同時亦明顯流露詩歌業已文人化的痕跡。

(二)鍊字造句以逞才

　　在文學作品文人化的過程中，除了運用典故示意之外，建安詩人也講求辭句的對偶，同時追求辭采聲色之美。因此，在鍊字造句方面，表現出有意為詩的痕跡，具有明顯的文人詩之特色。如上舉曹丕〈雜詩〉中：

　　　　漫漫秋夜長，烈烈北風涼。……俯視清水波，仰看明月光。

　　首尾兩聯均是對偶句，而且上下句詞性相同。首聯疊字「漫漫」與

「烈烈」相對，名詞「秋夜」與「北風」相對，形容詞「長」與「涼」相對。尾聯亦同。又如曹丕另一首〈丹霞蔽日行〉：

　　丹霞蔽日，采虹垂天。谷水潺潺，木落翩翩。……

首聯強調的是丹霞與彩虹色彩之瑰麗，次聯傳達的則是，谷水與落葉聲色交融之審美感受。當然，建安詩人中，最講究辭藻的修飾者，當屬曹植。試看前章已舉之〈公讌詩〉中的寫景名句：

　　秋蘭被長阪，朱華冒綠池。潛魚躍清波，好鳥鳴高枝。

四句筆墨重點是描繪西園池中岸上絢爛的秋色。不但對偶工整，而且寫景動靜並舉，聲色俱備。其中動詞「被」與「冒」字，生動傳神，形象的刻畫出秋天植物茁長繁茂的景象，充分展示作者觀景之際審美意識的敏銳，創作之際選辭用字的匠心。曹植的樂府詩，也比其他同輩詩人之作更注意辭藻的修飾。鍾嶸《詩品》稱其「詞采華茂」，是建安詩人中，真正達到「詩賦欲麗」的代表作家。

建安詩歌在語言上漸趨華麗，增強了作品文辭內涵的美感，並且為兩晉南朝詩人追求辭采的詩風，提供了典範。惟不容忽略的是，建安作家在創作之際，各自表現的風格特色。

四、作者風格特色各異

按，本書第一編論中國文學的源頭，已指出屈原〈離騷〉諸作為作家文學之開端。惟就此後的詩歌表現而言，建安之前，概括視之，可謂只有「詩作」而無「詩人」。爰及建安詩人才是文學史上第一批，可以指名道姓的「詩人」，可以憑個人作品展現其個人風格特色者。蓋因漢代樂府，主要是采自流行民間社會之歌詩以入樂者，多非一人一時之作；此外，漢樂府歌詩又多以敘事為主，敘述的通常是發生在別人身上的傳聞故事，並非作者個人一己的經驗感受，當然難以展現作者的個人風格。建安詩歌雖然在漢樂府歌詩中吸取養分，畢竟已是個別文人的創作，其創作最終目的主要是抒發個人的經驗與感受，乃至由敘事為主的樂府歌詩，轉化為抒發個人情懷的文人詩歌。此外，漢代五言古詩如「古詩十九首」之類，當屬

文人之作已無異議，惟作者無名，且流傳已久，經手亦多，乃至只能代表一群社會地位低下、失意落魄無名氏文人的共同心聲。可是，建安詩歌卻屬於圍繞在政治權力核心的有主名文人作品，是以個人抒情述懷爲創作宗旨。這些出現在建安詩歌中的個人情懷，包括對動亂時局的感嘆，以及個人情性懷抱的抒發，無論曹氏父子或建安諸子，都留下了個人抒情意味濃郁的作品，流露作者個別的身世遭遇與人格情性，自然容易展現出各自不同的風格特色。

當然，整體而言，建安諸子依附曹氏父子，文學作品難免會反映所處時代，以及這個文人集團的共同感情和審美趣味。但是，就個別作家的作品視之，畢竟因身世際遇、人格情性各異，詩中所言往往流露詩人個人之懷，一己之情，乃至分別表現出各自不同的風格特色，反映各自不同的人格情性。正如曹丕於〈典論論文〉的觀察：

> 王粲長於辭賦，徐幹時有齊氣，然粲之匹也。……應瑒和而不壯，劉楨壯而不密。孔融體氣高妙，有過人者。……文以氣爲主，氣之清濁有體，不可力強而致。……雖在父兄，不能以移子弟。……

王粲、徐幹、應瑒、劉楨、孔融諸個別作家，各因其人格才情，身世遭遇之不同，遂顯示其個別的風格特徵。故而曹丕〈典論論文〉特別指出：「雖在父兄，不能以移子弟。」就看曹氏父子的作品：曹操之詩古直悲涼，氣韻沉雄；曹丕則纖柔細膩，纏綿婉轉；曹植則骨氣奇高，詞采華茂……。的確，每個作者的文學創作，各有其擅長，各顯示其風格特色，而建安詩歌中作者個人風格特色的鮮明，正是文人作家主導文學發展的里程碑。

惟不容忽略的是，建安詩歌的文學成就與建安作家的文學自覺意識密切相關，兩者不但同時並行，且交互影響。因此，以下特別專闢一章，論析所謂「文學的自覺」，或可作爲建安風骨的補充。

第二章
文學的自覺

　　文學的自覺，在中國文學漫長曲折的發展演變過程中，是一件大事。自魯迅於1927年所寫〈魏晉風度及文章與藥及酒之關係〉一文提出，曹魏是「文學的自覺時代」，大致已成為中國文學史論者之共識[1]。

　　按，所謂「文學的自覺」，主要表現在創作意識的自覺，以及文學本質的體認兩方面，兩者緊密相連，且交互影響。當然，不容忽略的是，文學作家創作意識的自覺，必須以人的個體意識之自覺為前提。換言之，作者在個體意識的主導下，方能夠不以傳統的政教倫理為依歸，無視君王社稷的群體意識，只顧抒發個人一己生活經驗中的情懷意念，為其創作之宗旨。因此，文學的自覺，雖成就於曹魏，實肇始於兩漢。筆者於前編章節嘗論及兩漢文學之發展，對於漢代楚歌、辭賦、樂府歌詩、文人古詩諸作品中流露的個體意識之自覺，已有所著墨，故而此章乃延續前說，僅就建安作者創作意識的自覺，以及對文學本質的體認兩方面，論述「文學的自覺」。

1　魯迅於1927年7月在廣州一次演講：〈魏晉風度及文章與藥及酒之關係〉云：「曹丕的一個時代，可說是『文學的自覺時代』，或如近代所說是為藝術而藝術的一派。……」原載魯迅《而以集》，後收入北京大學傳統文化研究中心編《北京大學百年國學文粹・文學卷》（北京：北京大學出版社，1998），頁27。惟近年已有學者指出，最早提出此論者，乃是日本學者鈴木虎雄《支那詩論史》（東京：弘文堂書房，1925），鈴木氏於其中第二篇第一章有云：「我認為魏代是中國文學的自覺時代。」（頁86）。

第一節　創作意識的自覺

　　曹魏建安時期是當今學界公認的「文學自覺」的時代，而「尚情」與「好藻」，則是建安作家自覺的文學創作之標誌。姑且再引沈約(441-513)《宋書・謝靈運傳論》的觀察：

　　　至於建安，曹氏基命，三祖陳王，咸蓄盛藻，甫乃以情緯文，以文被質。

　　沈約所謂「甫乃以情緯文，以文被質」，即點出在曹氏父子領導之下，建安文壇展現尚情好藻的時代風貌。當然，在兩漢一些作品中，包括辭賦與無名氏古詩，已經陸續出現尚情好藻的痕跡；不過，爰及建安文人筆下，方成爲一個時代文壇的整體風貌。或可從抒情意識之自覺與尚辭好藻兩方面，覽其大概。

一、旨在抒情的創作意識

　　漢代樂府歌詩與無名氏文人古詩中，作者無視政教倫理的要求，擺脫君臣社稷的群體關係，自由抒寫個人情懷的作風，主要還是由於在個人生存境況中「有話要說」的自然表現；爰及建安時期，在曹氏父子雅好文學，大力倡導之下，則進一步發展爲一個時代顯著的文壇風氣。建安時期文學作品中個人抒情意味之濃厚，是劃時代的現象，而且往往流露旨在抒情的創作意圖，這是自覺的文學創作的首要條件。

(一)詩歌的抒情化

　　建安作家的詩歌，大多是記錄個人的見聞，抒寫自我的經驗感受，不但流露對時代憂患動亂的慨嘆，同時亦抒發個人建功立業的理想抱負、人生苦短的焦慮，並且明確展示其旨在抒情的創作意圖。這些建安作家，爲抒發個人情懷而創作的自覺意識，在個別詩歌作品中已多有表露。試看：

　　劉楨(?-217)〈贈五官中郎將四首〉其三：

　　　望慕結不解，貽爾新詩文。

　　意指因對五官中郎將曹丕之思念難解，故而藉詩文相詒，以抒發其鬱結心中的望慕之情。作者劉楨將詩文作為表達望慕之情的媒介，已明顯展示作者旨在抒情的創作意圖。繼而同題詩其四亦云：

　　　　秋日多愁懷，感慨以長嘆。終夜不遑寐，敘寫於濡翰。

　　所言表示，秋日愁思盈懷，乃至感慨長嘆，終夜不寐，於是「敘寫於濡翰」，將其愁懷感慨付諸翰墨。上引二處詩句，均清楚道出，為訴望慕、說愁懷，乃是其染翰敘寫之創作動機。

　　曹植〈贈徐幹〉中，也明白表露其因情興文的創作意圖：

　　　　慷慨有悲心，興文自成篇。

　　另外，曹丕〈燕歌行〉亦表示，為自我寬解抒懷而寫詩的創作意圖：

　　　　展詩清歌聊自寬，樂往哀來摧心肝。

　　建安作家的詩歌創作，顯然已經屬於旨在抒情的「非功利」之作，並且超越了傳統儒家重視的「實用價值」之文學觀點；基本上已將詩歌創作視為日常生活中，為個人感情的發洩，表達個人情懷的一種「需要」。其旨在抒情的創作意圖，自然與「尚情」的風氣密切相關。

　　建安作家的「尚情」風氣，並不局限於作者個人情懷的抒發，而是對於大凡身為「人」之情，均感到有興趣，有時甚至推廣到對於他人境況的同情與體味。例如，偶爾目睹陌生路人的別離狀況，也會因人情之共感，心有所動，乃至相約同題共詠。據目前所存資料，曹丕、徐幹各有〈於清河見挽船士兄弟辭別詩〉一首，曹丕、曹植亦都留下〈代劉勳出妻王氏作二首〉之類「代人言情」的作品。當然，「代人言情」在漢樂府歌詩中，已屢見不鮮；可是，建安作家作品中，不但有沿襲傳統的想像之辭，還有目睹人情場面受感動之辭，充分顯示建安作家對於具有審美意趣的個人情感之發現與賞愛。展現的是，文學創作的宗旨無他，就是為抒發人生天地間的個人情懷，而抒情的特色，即是但寫此心，別無他意，同時亦流露有意識的創作痕跡。

　　既然文學創作已成為個人生活感情的重要部分，而且創作宗旨主要乃是抒發大凡身而為「人」的情懷意念，自然不必依附或歸順傳統儒家倡導

的、政治教化的要求，乃至文學超越了原屬經學附庸的地位。換言之，文學作品本身，就具有存在的價值。

建安作家旨在抒情的創作意圖，亦可從這時期文人創作的樂府與辭賦之抒情化現象來觀察。

(二)樂府的抒情化

兩漢樂府歌詩雖然已經出現一些個人抒情之作，惟整體視之，仍然以第三人稱的敘事為主調，何況多非一人一時之作，而是經手多、歷時久的集體創作。不過，在建安作家筆下，原先合樂演唱，以敘事為主的樂府歌詩，則已經轉化為抒寫個人情懷為主的文人詩。樂府的抒情化，乃是建安文壇的普遍現象。例如曹操，往往採用樂府舊題，內容卻不受舊題原意的限制，且配合當前面臨的動亂時代，但寫其個人的經驗與感受。〈蒿里行〉、〈短歌行〉即是著名的代表。曹丕的樂府亦往往如是，如其〈豔歌何嘗行〉，即純然是感情意緒的抒發。曹植甚至會拋開舊題，自立新題以抒情懷，其〈名都篇〉、〈白馬篇〉等即是。另外，阮瑀〈駕出北郭門行〉、王粲〈七哀詩〉、陳琳〈飲馬長城窟行〉等，均不同程度的展現樂府抒情化的痕跡。建安作家寫樂府，目的並非「觀風俗，知薄厚」，不過是借其題而抒己情，單純的抒寫自己的經驗和感受而已。

當然，建安文壇的尚情作風，並不局限於詩歌的創作，甚至還波及到其他文體的撰寫。試以建安時期辭賦的抒情化為證。

(三)辭賦的抒情化

兩漢時期以大為美，且以頌揚、諷諭為宗旨的散體大賦，在西漢時期曾經盛極一時。不過，經過東漢後期蔡邕、張衡、趙壹諸人陸續撰寫抒情小賦，其體物寫物的傳統已經開始動搖。爰及建安文人筆下，辭賦的抒情化，則成為建安文壇的普遍現象。建安作家寫賦往往以抒發個人情懷為宗旨，賦的篇幅亦趨向精緻短小。諸如彌衡〈鸚鵡賦〉，寄託身世之悲；王粲〈登樓賦〉，抒發鄉思之苦；曹丕〈悼夭賦〉，哀悼族弟的早夭；曹植〈洛神賦〉，則表達愛慕之情。這些賦篇，除了散韻夾雜的體制，以及均標目為「賦」篇之外，內涵情境實與抒情詩歌並無太大的差別。建安文人

甚至為了表明其賦作旨在抒情，別無他意，往往會提供賦前小序，向讀者說明其創作原委，明顯展示其旨在抒情的創作意圖。

試看曹丕〈悼夭賦序〉，即稱其寫賦的緣起，乃因：

> 母氏傷其夭逝，追悼無已。予以宗族之愛，乃作斯賦。

為母親哀傷族弟的夭逝，「追悼不已」，又基於自己對「宗族之愛」，「乃作斯賦」。將其旨在抒情之創作意圖，明顯道出。又如曹丕〈感離賦序〉所云：

> 建安十六年，上西征，余居守；老母諸弟皆從，不勝思慕，乃作賦。

茲因父親西征，「老母諸弟皆從」，而自己卻居守一隅，乃至懷思遠行的親人，是觸發創作的原動力，故云「不勝思慕，乃作賦」。又如其〈柳賦序〉亦云：

> 昔建安五年，上與袁紹戰於官渡，時余始植斯柳。自彼迄今，十有五載矣。感物傷懷，乃作斯賦。

顯然是在「木猶如此，人何以堪」的生命意識慨嘆中，引發〈柳賦〉的創作。

曹植的賦篇，亦曾在序中刻意說明，其旨在抒情，別無他意的創作意圖。如〈離思賦〉，與曹丕〈感離賦〉乃同記一事，亦以〈序〉云：

> 意有懷念，遂作離思之賦。

曹植其他賦作，諸如〈釋思賦〉、〈愍志賦〉、〈敘愁賦〉等，同樣亦提供說明抒情宗旨的序文。按，作者親自為賦文寫序，說明創作緣由背景，已經明顯展現辭賦的個人抒情化，以及作者旨在抒情的創作意圖。

建安文學創作之「尚情」作風，不僅表現在作者自我抒情之作，還表現於對他人之「情」的同情共感。綜觀現存建安詩文，似乎大凡淒傷感人的人物或事件，都能引起「尚情」的建安文人的感動，進而提筆創作。就如前章已提及的，因同情阮瑀遺孀的孤苦，曹丕不但自己寫〈寡婦詩〉、〈寡婦賦〉，還命他人同題共作，並於同題作品中說明原委。如〈寡婦賦序〉所云：

> 每念存其遺孤，未嘗不愴然傷心，故作斯賦，以敍其妻子悲苦之
> 情。……

此外，建安作家尚情的傾向，波瀾所及，甚至表現在官方實用的應用文體中。

(四)應用文抒情化

應用文乃屬具有實用目的者，惟在「尚情」的建安作家筆下，亦變得抒情化了。諸如曹丕兩封著名的〈與吳質書〉，屬於「書牘文」，具實用目的。惟整體視之，全文可謂寫得情意纏綿，韻味無盡。曹植的〈與楊德祖書〉，亦流露個人的抒情意味。當然，這些書信原本屬於私人信函，猶如劉勰《文心雕龍·書記》所稱，「書」可以「舒布其言」，甚至「本在盡言」[2]，難免會向對方抒情述懷。可是，建安時期的官方公文，竟然也往往流露抒情意味，展現抒情化的現象。

例如，孔融〈與曹公論盛孝章書〉，原本是下僚的「上書」，當屬「公文」性質，其目的是向曹操薦舉人才為官。可是孔融此「上書」，一發端，即向其讀者曹操動之以情：

> 歲月不居，時節如流，五十之年，忽焉已至，公為始滿，融又過
> 二。海內知識，零落殆盡，惟會稽盛孝章尚存。……

曹操與孔融實屬君臣關係，臣子上書薦才，乃屬官方公文，但此書卻先追述二人的私交，慨嘆歲月，緬懷舊情。其實，在現存建安時期公文中，不但下僚上書會動之以情，就連在上者之詔令，往往亦抹上抒情色調。就如身居丞相高位的曹操，留下不少公文詔令，就寫得充滿感情，讀之宛如個人的抒情小品。試看曹操的〈軍譙令〉：

> 吾起義兵，為天下除暴亂，舊士人民，死喪略盡。國中終日行，
> 不見所識，使吾悽愴傷懷。……魂而有靈，吾百年之後何恨哉！

---

2 劉勰(465?-520?)《文心雕龍》有〈書記〉篇，已視「書信」為一種重要文體：「書者，舒也，舒布其言，陳之簡牘。」另外，「疏」亦屬「書」類：「疏者，布也。布置物類，撮題近意，故小卷短書，號為疏也。」范文瀾，《文心雕龍注》(香港：商務印書館，1986)，卷5，頁455、459。

　　其他如〈明罰令〉、〈整齊風俗令〉等亦大率如此。至於孔融〈薦禰衡表〉、陳琳〈爲袁紹檄豫州〉、曹植〈王仲宣誄〉，甚至遠在蜀漢諸葛亮的〈出師表〉等名篇，同樣均蕩漾著作者的深情意念，而非板滯枯燥的官樣文章。

　　旨在抒情的創作意識，是建安時代文學的基本特徵，同時亦標誌著魏晉六朝文學發展演變的總趨勢。當然，情的內涵和濃度，會因時隨世而有所變化。

二、尚辭好藻的創作傾向

　　尚辭好藻，亦是文學創作自覺意識的明顯標誌。有趣的是，抒情意識的自覺，源自作者個體意識的覺醒，重視的是，個人一己生命的意義與存在價值；可是，尚辭好藻風氣的形成，卻偏偏與文人階層的群體活動密切相關。

　　尚辭好藻的講求，實發端於漢代言語侍從之臣所寫的辭賦。按，「鋪采摛文」原是漢代辭賦的語言特色，漢賦作家多屬圍繞在帝王貴族周邊的言語侍從之臣，雖服膺於漢儒「美刺諷諭」的要求，卻同時亦藉由逞辭弄藻，來炫耀自己辭章的才智。漢賦作家對於語言文辭之美的重視，鍊字造句的用心，已經隱隱流露一份自覺的創作意識。爰及建安，在曹氏父子領導之下，形成中國文學史上第一個君臣共同參與創作的「文人集團」，而文人集團的形成，不但爲同題共詠提供良好的環境背景，更爲文學創作孕育尚辭好藻風氣的溫床。

　　建安作家顯然已經有意識的追求美文形式，包括字詞的鍛鍊，警句的設置，以及一定程度上音韻的諧美。建安以前的詩作，如「古詩十九首」，予人的印象往往是「天造」，通篇「渾成」，惟建安以來，則漸見「人力」，漸可「句摘」。試再引胡應麟(1551-1602)《詩藪・內篇》卷二「古體中」之觀察：

> 兩漢之詩，所以冠古絕今，率以得之無意。……漢人詩不可句摘者，章法渾成。……漢詩自然，魏詩造作。

從「無意」到「有意」，從「不可句摘」到「可以句摘」，從「自然」到「造作」，正巧說明自兩漢至曹魏之間，建安作家有意創作的自覺性。總之，建安作家是在有意寫詩作文了，開始自覺的追求辭藻形式之美。

建安作家之尚辭好藻，形成文學作品辭采華麗唯美化的傾向，不但展現建安詩歌的語言風格，並且促成文章的駢儷化。稍後的正始時期，阮籍與嵇康的文章，即是玄理與駢儷並存。

三、作家個人風格的顯現

旨在抒情的創作意圖，加上尚辭好藻的講求，自然容易表現出個人的創作風格。建安之前的漢代詩歌，主要包括采自流行民間社會的樂府歌詩，以及「古詩十九首」之類的無名氏文人作品，其中還有假托蘇武、李陵所作的贈答送別之章。按，樂府歌詩敘述的，往往是發生在他人身上之情事，或假托他人身世背景而擬作者；無名氏「古詩十九首」之類，雖然明顯表現一批失意落魄文人的情懷意念，只能算是集合作品，具有一些共同的文學特徵，卻未能凸顯每一首作品的獨立特色，何況還有一些詩句與樂府歌詩相互借用的現象。換言之，是「共性」將漢代無名氏文人古詩融為一體，而形成一個時代、一個特殊群體的文學現象與特徵。但是，建安作家的作品，不但展現一個時代的共同風貌，尤其值得注意的是，其作品亦往往顯示不同個別作家個人的人格情性與創作風格。

首先，由於知名作者個別身分的認定，作品背後具有可考的歷史或社會背景，以及作者各自不同的身世遭遇，均有助於顯示不同作家的個人風格。其次，建安文壇這些知名的作者，往往從第一人稱角度直接切入，描述個人的見聞，抒發一己的經驗感受，導致作品或多或少帶有幾分「自傳」意味，表現出不同的「我」來，自然容易流露個別作家鮮明的個性與風格。乃至無論曹氏父子，或建安諸子，都留下抒情意味濃郁、個人風格明晰的作品。故而曹丕〈典論論文〉已能對其同時代作家的創作特點與不同風格分別予以評論。此後鍾嶸《詩品》、劉勰《文心雕龍‧明詩》亦相繼對建安作家的個人風格分別提出觀點。

第二節　批評意識的自覺

文學批評意識的自覺，首先表現於對文學本質的審視，包括對文體的認識，以及文體本質的探討。漢人對文學本身的認識與探討，例如漢儒對《詩經》的闡釋，仍然停留在文學與社會現實以及政治教化的關係上，重視的是，個人與君王社稷或政教倫理的群體關係，尚未達到「文學自覺」的地步。不過，對於不同文體的辨別，劉向以及班固諸人，於相關著述中，已經流露對文體各有體式特色的概念，爰及曹魏，則因提出不同文體特徵的探討，乃至促進對文學本質的認識。

一、文體概念的形成——文體類別的區分

其實，中國傳統文學批評理論中所稱的「文體」一詞，大概相當於現今受西方文學批評影響之下所謂的「文類」（genre）。中國文學史上文體概念的產生，主要起於對不同文體的辨別，亦即按照文體本身的特點來區分不同的類別。這是中國文學批評的基礎，也是了解何謂「文學」的知識準備。

蓋文體類別的區分，實際上源自西漢劉向（前77-前6）與劉歆父子的《別錄》和《七略》。惟二人原來不過是爲朝廷整理圖書，目的只是「條其篇目，撮其旨意，錄而奏之」[3]。繼而東漢班固（32-92）於《漢書‧藝文志》，即依循劉歆《七略》體例，著錄各類專書，分爲「六藝」、「諸子」、「兵書」、「術數」、「方技」五略，又將單篇詩賦，著錄爲「詩賦略」，其中「詩」自成一類，「賦」則細分爲「屈原賦」、「孫卿賦」、「陸賈賦」和「雜賦」四類。雖然班固只是爲區分文體類別而著

3　據《漢書‧藝文志序》（北京：中華書局，1970），漢朝立國，見天下圖書頗有散亡，故武帝建藏書之策、置寫之官；至成帝時：「使謁者陳農求遺書於天下，詔光祿大夫劉向校經傳諸子詩賦，步兵校尉任宏校兵書，太史令尹咸校數術，侍醫李柱國校方技。每一書已，向輒條其篇目，撮其旨意，錄而奏之。」（頁1701）

錄，尚未說明各類之特色何在，其文體區分之實，已是一種初步的文體辨
析，對以後文體概念的形成，影響既深且遠。

試看曹丕〈典論論文〉：

> 夫文，本同而末異，蓋奏議宜雅，書論宜理，銘誄宜實，詩賦欲
> 麗。此四科不同，故能之者偏也，唯通才能備其體。

曹丕將當時較爲流行的八類文體，歸納爲四科，指出各科文體大概應
該具有的藝術特點，所言雖還不夠精密，卻從此開啓後世的文學批評中以
體論文，探討文體特點的傳統。值得注意的是，曹丕將「詩賦」與奏議、
書論、銘誄等諸應用文體，區別開來，比起漢人對文學的認識，顯然已大
有進步。

不過，曹丕在創作實踐上，雖然無論詩賦，均以個人感情的抒發爲主
調，惟其論文之際，卻把「詩賦」置於諸實用文體之末，可見在觀念上，
詩賦之「地位」，仍然不如奏議、銘誄之類的應用文體。這一點，尚有待
西晉文人陸機(261-303)的〈文賦〉，方能將詩賦之類提升至諸文體之
首。儘管如此，曹丕對文體之區分，已經展現建安時期文體概念的形成，
這是對文學本質認識的前驅，也是文學批評自覺意識的初步流露。

二、文學本質的認識——文體特徵的探討

批評意識的自覺，帶來對文學本質的審視，進而促成文學觀念的釐
清。這也是建安時期文學自覺的重要標誌。

漢人通常站在儒家「尚用」的立場，強調詩歌「經夫婦，成孝敬，厚
人倫，美教化，移風俗」的政教功能；對於辭賦展現的「娛悅耳目」的審
美趣味，則往往持批判甚至反對的態度。最有名的例子，即是揚雄於《法
言·君子》中，批評辭賦這種文體，往往「文麗而寡」，無益政治教化，
屬「雕蟲小技」，故「壯夫不爲」，因此自己也放棄辭賦的創作。另外，
班固於《漢書·司馬相如傳》亦認爲，司馬相如的賦「多虛詞濫說」，顯
然對其誇飾虛構之詞表示不滿。直至建安時代的曹丕，方開始單就文學本
身而論文學，思考文學的本質特徵，分辨文學與非文學的區別。

　　曹丕的〈典論論文〉，可謂是對文學本質已有認識的指標。其文中最令人矚目，且與文學的自覺意識密切相關者，就是其所稱「文以氣爲主」以及「詩賦欲麗」的觀點。

(一)文以氣為主

　　曹丕〈典論論文〉中，最受後人頻頻引述的一段話：「蓋文章經國之大業，不朽之盛事。年壽有時而盡，……不假良史之辭，不托飛馳之勢，而聲名自傳於後。」雖然把「文章」提升至與個人事功並立的地位，但細究其文，其中流露的，顯然是針對個人生命有限的焦慮，主要還是爲了肯定「人」本身的價值，以及追求個人功業聲名的不朽。在曹丕的觀念中，文章雖然已經脫離了經學的束縛，但並未眞正視文章可以獨立於立德、立功之外。何況此處所稱「文章」，似亦非特指今天所謂的純屬創作的「文學」。所謂「不朽之盛事」，乃是要靠各類著述留名。惟其中所云「文以氣爲主」，在文學本質的認識上，頗值得重視：

> 文以氣爲主，氣之清濁有體，不可力強而至。……雖在父兄，不能以移子弟。

　　此處所言「文以氣爲主」，乃是中國文學批評理論史上第一次，從創作主體的角度，考察文學作品的本質，不但反映曹丕重視自我表現的文學觀念，同時標誌著文學批評理論自覺時代的來臨。按，此處所謂「氣」，當指影響作品風格的個人特有的氣質，秉自天賦，非後天的學養所能改變的個人氣質。故云「雖在父兄，不能以移子弟」。明確的視文學作品爲個體人格氣質風格的表現，即使父兄子弟，亦無法相傳授。

　　除此之外，曹丕又提出「詩賦欲麗」的觀點，亦是建安文人對文學本質認識的重要標誌。

(二)詩賦欲麗

　　曹丕於〈典論論文〉論述不同文類的本質，提出「詩賦欲麗」的特識，在傳統中國文學觀念的發展演進上，當屬創舉。所謂「詩賦欲麗」，即是「詩賦創作上，傾向於麗」。這不但爲建安時期作家創作詩賦的共同藝術特點，並概括詩與賦兩種文體的一些主要特徵。

　　按，曹丕〈典論論文〉分類論說文體，開啓了以體論文、探討寫作特點的風氣。當然，揚雄《法言・吾子》已提出：「詩人之賦麗以則，辭人之賦麗以淫。」視「麗」爲辭賦的一般藝術特點。惟曹丕於此，卻是首次對「詩」這種文體，提出「欲麗」的主張，正式標明詩與賦作爲文學形式應該具有的本質特徵，並點出曹魏時期，詩與賦均趨向華美的發展趨勢，以及作家與讀者自漢以來審美趣味的轉變。可謂是對文學本質的認識，提供新的審視角度，並啓導此後的文論者，對文學本質特徵逐漸由淺入深的掌握。例如皇甫謐(215-252)爲左思〈三都賦〉作序，即認爲「美麗之文，賦之作也」。以及陸機(261-303)〈文賦〉所謂：「詩緣情而綺靡，賦體物而瀏亮。」均屬曹丕「詩賦欲麗」觀點的延伸。

　　當然，在建安作家紛紛體現文學的自覺意識之後，正始詩人的創作，更能展現作者自覺的以文學創作表達個人生命意義探索的經驗感受。這正是下章「正始之音」關注的焦點。

第三章
正始之音──詩雜仙心

　　正始(240-248)是魏齊王曹芳的年號，文學史上一般所謂「正始之音」，並不限於這九年，而是自曹植去世(232)到司馬炎篡魏立晉(265)為止。由於此時期玄學勃興，吸引文人士子的青睞，紛紛專注於道家的幽思玄想，真正從事詩賦創作、表現優異的作家，唯阮籍(210-263)與嵇康(223-262)二人而已。正始詩歌的出現，雖然緊接建安之後，卻展現出與建安詩歌迥然不同的風格面貌，這當然與曹魏政權迅速衰敗，政治局面混亂黑暗，導致創作環境和文人思想行徑的改變，密切相關。

第一節　緒說──正始之音的環境背景

一、政治局面：恐怖黑暗

　　魏文帝曹丕死後，明帝曹叡在位期間(226-239)，曹魏政權已開始急速走下坡。其後齊王曹芳即位時年方八歲，司馬懿和曹爽受明帝遺詔輔政，從此司馬氏集團與曹魏宗室，為爭奪政權即展開激烈的鬥爭。鬥爭過程中，正始九年(248)曹爽被司馬懿所殺，何晏等文人學士並受誅戮，史稱此一次誅戮，「天下名士去其半」。隨即曹芳被司馬師所廢，繼而曹髦又被司馬昭所殺，最後司馬炎乾脆廢元帝曹奐，篡魏立晉(265)。就在魏晉轉朝換代期間，司馬氏一方面竭力樹立黨羽，擴張勢力，拉攏士族，收買人心，標榜「名教」，推崇儒家「立名分以定尊卑」的人倫秩序，以維持君臣父子忠孝之道；另一方面則鎮壓異己，殘酷屠殺曾經依附或偏向曹魏的文人士子，剪除曹魏宗室的勢力。

　　正始詩人身處的，就是如此恐怖黑暗的政治環境，充滿壓抑痛苦，沒有希望憧憬的局面。與之前建安詩人面臨的，曹操用人唯才，曹丕曹植兄弟與文士交往過從，遊宴唱和，滿懷建功立業希望的時代，迥然不同。

二、時代思潮：崇尚老莊

　　蓋因曹氏與司馬氏權力爭奪激烈，政治局面黑暗恐怖，乃至文人士子往往進退失據，憂患莫測，甚至動輒罹禍。面臨這樣的生存環境，強調群體綱紀，講求人倫禮教的儒家思想，已失去維繫人心的力量；崇尚自然，珍視個人身心逍遙自適的道家思想，則應運而盛行，並且成爲用以對抗名教的理論依據，亦是文人士子意圖避禍遠害的避風港。因爲老莊貴玄虛，尚自然，可以不涉世事，而且清談老莊玄理，嚮往仙隱，表示沒有政治野心，或亦不致招禍。就在崇尚老莊的時代思潮中，出現一些「名士」往往表現反傳統的激烈言行，如嵇康甚至提出「越名教而任自然」（〈釋私論〉），又「非湯、武而薄周、孔」（〈與山巨源絕交書〉）；阮籍亦云「禮豈爲我輩設耶」（《世說新語‧任誕》），否定儒家傳統禮教。在生活行徑上，這些魏晉名士刻意標榜任性自然，乃至或縱酒、服藥，或佯狂、放蕩，以不拘禮法、蔑視仕宦爲尚。一方面對虛僞的禮教表示抗議，同時亦期望藉此或許可以保命全身。這樣的行徑，一時形成魏晉名士爭相追隨模仿的風流時尚。其中史稱「竹林七賢」者，即是此時代思潮的代表人物。據《晉書‧嵇康傳》：

> 所與神交者，惟陳留阮籍、河內山濤。預其流者，河南向秀、沛國劉伶、籍兄子咸、琅邪王戎。遂爲竹林之遊，世所謂竹林七賢也。

　　這些竹林人物崇老莊、尚自然的思維觀念，鄙薄政治的處世態度，蔑視禮教的生活方式，以及放浪形骸的言行舉止，不但成爲後世自詡名士風流者的典範，同時也影響到文學的創作，並開啓一種嶄新的詩歌風貌。

三、文學現象：詩雜仙心

　　黑暗恐怖的政局，老莊思想的盛行，使得正始詩歌與建安詩歌相比照之下，在內容風格上均展現明顯的變化。過去建安詩人往往在慷慨悲歌中得到感情的滿足，如今正始詩人則嘗試在玄思冥想中領悟人生、求取安慰。建安文學的主流，顯然是面對現實人生，積極用世的文學，是重人事的文學；正始文學則異於是。根據劉勰(465?-520?)《文心雕龍‧明詩》的觀察：

　　　　正始明道，詩雜仙心。何晏之徒，率多浮淺。

　　　　惟嵇志清峻，阮旨遙深，故能標焉。

　　所謂「正始明道，詩雜仙心」，即指正始詩歌受老莊思想影響，內容往往揉雜著意欲超越世俗的羈絆，遊仙隱逸之心。的確，綜觀現存正始詩歌，乃是以道家思想為主導，往往以道家虛無的眼光來看待現實人生。像建安詩歌中描述社會亂象，同情民生疾苦的作品，已經匿跡了，抒發詩人建功立業的進取精神，也銷聲了；表現得最多的則是，憂生傷時，畏禍避世之情；殷切嚮往的則是，超越現實，自由逍遙的精神境界。換言之，正始詩人的關懷，已經由群體轉向自我，由朝廷社稷，轉向一己身心之安危與節操，由儒家的用世之心，轉為道家的離世之情。乃至抒情述懷之際，遂把玄理哲思引進文學，開始在作品中表現莊老的人生境界，唱詠玄虛的企慕，抒發歸隱山林、遊仙太虛的情懷。因此，嚮往人間俗世的解脫，哀嘆人生虛無如夢幻，以及畏禍避世、徬徨失路的心情，遂構成正始詩歌的主調，為兩晉盛行的隱逸、遊仙、玄言之作鋪上先路，同時亦把一種獨特的審美趣味帶到文學中來，賦予文學作品一種崇高的人格意義。這時期的代表詩人，當推阮籍(210-263)與嵇康(223-262)。

第二節　正始之音的雙星——阮籍與嵇康

　　有關正始名士言語行徑如何任性放達的軼聞趣事，多記錄在劉義慶

(403-444)著、劉孝標(462-521)「注」的《世說新語》，從此成爲中國思想史論證魏晉思想不可或缺的重要著述。惟就文學史而言，《世說新語》主要乃是六朝筆記小說中「志人」一派的重要資料(詳後)，書中所記述的這些「名士」，並不一定均屬文壇健將。諸如著稱的「竹林七賢」，不過是一個經常談玄論理的群體，其中山濤、王戎、向秀、阮咸四人，並無詩作流傳。至於劉伶，除了那首表現縱酒之趣的〈酒德頌〉之外，另存一篇〈北芒客舍〉五言詩而已。何晏當屬玄學家，僅存五言詩二首。能視爲正始詩人之代表者，惟當推阮籍與嵇康二人。後世論者，亦常將二人相提並論。如陳壽(233-297)《三國志‧魏志‧王粲傳》：

> 阮瑀子籍，才藻豔逸，而倜儻放蕩，行己寡欲，以莊周爲模則。……時又有譙郡嵇康，文辭壯麗，好言老莊，而尚奇好俠。

阮籍「才藻豔逸」，嵇康「文辭壯麗」，正巧指出二人詩歌之共同點，亦可謂建安文學「尙辭好藻」、「剛健有力」風格之延伸。此外，文論者亦常將阮嵇二人並舉而言其異。除了前引《文心雕龍‧明詩》所云「嵇志清峻，阮旨遙深」之外，劉勰又於《文心雕龍‧體性》，點出二人詩歌之個別風格特徵：

> 嗣宗倜儻，故響逸而調遠，叔夜雋俠，故興高而采烈。

所謂阮籍「響逸而調遠」，嵇康「興高而采烈」，均與前引《魏志》所言相符合。另外，《文心雕龍‧才略》，亦針對二人詩文之才，云：

> 嵇康師心以遣論，阮籍使氣以命詩，殊聲而合響，異翮而同飛。

推崇嵇康、阮籍二人，均兼工詩、論[1]。

惟就詩歌創作而言，「清峻」與「遙深」，的確生動地捕捉到嵇康與阮籍在詩歌創作上的個人風格。

---

1 據劉師培《中國中古文學史》(香港：商務印書館，1958)：「此節以論推嵇，以詩推阮，實則嵇亦工詩，阮亦工論，彥和特互言見意耳。」(頁42)

一、阮旨遙深

　　阮籍現存詩篇，均題爲〈詠懷詩〉，有五言八十二首，四言十三首，是正始時期文人存詩最豐者。按「詠懷」，猶如「言志」、「述懷」，表明並非吟詠某些個別具體事件，只是吟詠個人隨興之情懷而已。整體視之，阮籍〈詠懷詩〉之內容頗爲廣泛，無論針對自我人生，或針對政治社會現象，均非一時一地之作，當屬隨感雜錄，亦即阮籍一生，在險惡政治環境中，所經驗感受的複雜情懷之總匯。就目前資料，最早將「詠懷」作爲一種詩歌「文類」名稱者，是蕭統(501-531)《昭明文選》，其中即選錄阮籍「詠懷」十七首[2]。不過，阮籍〈詠懷詩〉之總標題，是詩人自己「首創」，抑或後世集輯者如《文選》編輯者所題，則已不得而知。目前能確定的則是，後世讀者對阮籍〈詠懷詩〉既欣賞又難以情測的「共識」。

　　其實早在劉宋時期，爲解讀阮籍〈詠懷〉詩到底說了些什麼，顏延之(384-456)已爲阮籍詠懷之詩作注，《六臣注文選》即引顏延之「注」云：

　　　　說者阮籍在晉文代，常慮禍患，故發此詠耳。

　　再看鍾嶸(468-518?)《詩品》對阮籍〈詠懷〉之評語：

　　　　〈詠懷〉之作，可以陶性靈，發幽思。言在耳目之內，情寄八荒之表，洋洋乎會於〈風〉、〈雅〉，使人忘其鄙近，自致遠大，頗多感慨之辭。厥旨淵放，歸趣難求。

　　鍾嶸將阮籍列爲上品，對其〈詠懷〉之作，可謂推崇備至，卻仍然不得不承認「厥旨淵放，歸趣難求」。再看《昭明文選》李善(630?-689?)於〈詠懷〉第一首之下「注」云：

　　　　嗣宗身仕亂朝，常恐罹亂遇禍，因茲發詠，故每有憂生之嗟。雖

　　2　按《文選》詠懷詩類，錄詩三題十九首，除阮籍〈詠懷〉十七首之外，另有謝惠連〈秋懷〉一首，歐陽建〈臨終詩〉一首。

志在刺譏，而文多隱避，百代之下，難以情測。

李善呼應顏延之所稱「常慮禍患，故發此詠」的觀點，認爲阮籍「身仕亂朝，常恐罹亂遇禍，因茲發詠」。並且概括指出〈詠懷詩〉「憂生之嗟」與「志在刺譏」之主要內容，以及「文多隱避」、「難以情測」之風格特點。

惟阮籍〈詠懷詩〉歸趣難求、文多隱避的特點，不但是「阮旨遙深」的註腳，也是傳統詩論者一再推崇的含蓄蘊藉風格的展示。清人賀貽孫（1605-1686）《詩筏》，即指出：

> 阮嗣宗越禮驚眾，然以口不臧匹人物，司馬文王稱爲至慎。蓋吾人中極蘊藉者。其〈詠懷〉十七首，神韻澹蕩，筆墨之外，俱含不盡之思，正以蘊藉勝人耳。

另外，沈德潛（1673-1769）《古詩源》亦建議讀者，該如何領會阮籍〈詠懷〉：

> 阮公〈詠懷〉，反覆凌亂，興寄無端，和愉哀怨，雜集於中，令讀者莫求歸趣，此其所以爲阮公之詩也。必求時事以實之，則鑿矣。

所謂「反覆凌亂，興寄無端，和愉哀怨，雜集於中」，是阮籍詩以「蘊藉勝人」，令讀者「歸趣難求」的風格特色，亦是「阮旨遙深」的說明。

二、嵇志清峻

竹林七賢中，反對司馬氏最明顯，表現得最強烈的，當屬嵇康。或許由於嵇康是曹魏宗室的姻親，憑此關係，自然難爲司馬氏所容。再加上嵇康本身性格剛烈，往往出言不遜，即使司馬昭力圖拉攏，命山濤做說客，令其歸心，嵇康不但堅決推辭爲官，還寫了著名的〈與山巨源絕交書〉，譏嘲流俗，菲薄湯武，並指桑罵槐，抨擊司馬集團，終於招致殺身之禍，被司馬昭所害。嵇康剛烈的性格，不但造成最終被殺的悲劇，也深深影響其詩歌的風格特徵。顏延之〈五君詠·詠嵇中散〉評嵇康云：

力俗忤流議，尋山洽隱淪。鸞翮有時鎩，龍性誰能馴！

嵇康現存詩五十多首，其中〈贈兄秀才入軍詩〉十八章／首(四言)，〈五言贈秀才詩〉、〈答二郭詩三首〉(五言)、〈憂憤詩〉(四言)等，均具代表性。值得注意的是，嵇康屢次於詩文中明確表示，如何厭惡仕宦，傲視世俗。諸如其〈遊仙詩〉：「長與俗人別。」〈五言詩〉：「俗人不可親。」〈與山巨源絕交書〉中，排列自己與俗世相違的「七不堪」，其第六不堪，即「不喜俗人」。像這樣與「俗」世「俗」人有別的強烈自覺意識，雖然是嵇康個人心高氣傲的人格表現，亦是魏晉之際文人士大夫文化的標誌，同時是詩歌文人化，甚至高雅化的驅動力。

當然，嵇康的人格情性對其詩歌特色亦有顯著的影響。劉勰《文心雕龍‧體性》即嘗稱「叔夜雋俠，故興高而采烈」。意指嵇康為人俊爽有俠義，故其詩歌感發力高張，文辭剛烈。又據鍾嶸《詩品》評嵇康詩所云：

> 頗似魏文，過為峻切，訐直露才，傷淵雅之致。然託喻清遠，良有鑒裁，亦未失高流矣。

按《詩品》不評四言詩，嵇康的五言詩，的確有近似曹丕詩者[3]。不過其峻切訐直，露才揚己，則關乎個人的性情。清初陳祚明(17世紀)《采菽堂古詩選》更進一步說明：

> 叔夜婞直，所觸即形，集中諸篇，多抒感憤，招禍之故，乃亦緣之。……叔夜衷懷既然，文筆亦爾，徑遂直陳，有言必盡，無復含吐之致，故知詩誠關乎性情，婞直之人，必不能為婉轉之調。

當初曹丕〈典論論文〉所云：「文以氣為主，……雖在父兄，不能以移子弟。」在嵇康詩的表現中，可以得到驗證。

阮籍與嵇康，共同生活在恐怖黑暗的時代，二人作品均體現「正始明道，詩雜仙心」的時代風格，惟在個別的詩歌表現上，一則遙深，一則清

3　如〈述志詩二首〉其一有云：「焦鵬振六翮，羅者安所羈。浮游太清中，更求新相知。比翼翔雲漢，飲露餐瓊枝。多念世間人，凤駕感驅馳。沖靜得自然，榮華安足為。」與曹丕〈善哉行〉五解：「比翼翔雲漢，羅者安所羈。沖靜得自然，榮華何足為。」即相近似。

峻,各具特色,不過,合而觀之,則共同奏出了正始之音「詩雜仙心」的時代風貌。

第三節　正始之音的主要內涵

劉勰所稱「正始明道,詩雜仙心」,點出正始時期的詩歌,在內涵情境上表現的時代風貌。倘若依個別作品表達之偏重,綜觀正始之音在內涵上,或許可以觀察到下列幾種主要情懷:

一、亂世危懼之感

阮籍、嵇康均身處亂世,政治局勢充滿恐怖險惡之時,不少依附曹氏宗室的文人士子,在政權的爭奪中被害,甚至滅族。朝野之間,大凡不歸屬司馬氏陣營者,人人自危。在這樣的環境背景之下,像建安詩人那樣反映社會亂離,同情民生疾苦,追求個人功業聲名的內容消失了。取而代之的是,正始詩人在亂世中,面對黑暗恐怖政局,以及死亡禍害隨時都會到來的危懼感。即使身居顯位,又是曹魏國戚的何晏(194?-249?),也嘗在其〈言志詩〉(一作〈擬古〉)中心懷恐懼,憂慮自身的安危:

雙鶴比翼遊,群飛戲太清。常恐失網羅,憂禍一旦並。

豈若集五湖,順流唼浮萍。逍遙放志意,何爲怵惕驚。

詩中流露的「常恐失網羅,憂禍一旦並」的危懼感,在阮籍詩中尤其顯著。試看阮籍〈詠懷詩〉其三:

嘉樹下成蹊,東園桃與李。秋風吹飛藿,零落從此起。

繁華有憔悴,堂上生荊杞。驅馬捨之去,去上西山趾。

一生不自保,何況戀妻子。凝霜被野草,歲暮亦云矣。

意指嘉樹下遊人不絕,蹊路成行,東園裡桃李花果滿枝,一片盛況,可是秋風驟起,從此零落。流露世事無常,盛衰變化莫測,引起一分生命難以保全、隨時會大禍臨頭之危懼感。於是想要「驅馬捨之去,去上西山趾」,意欲效法當初伯夷、叔齊隱居西山,但是他卻做不到啊。因爲「一

生不自保，何況戀妻子」，無奈之下，只得眼看著「凝霜被野草，歲暮亦
云矣」。再看〈詠懷〉其三十三：

> 一日復一夕，一夕復一朝。顏色改平常，精神自損消。
>
> 胸中懷湯火，變化故相招。萬事無窮極，知謀苦不饒。
>
> 但恐須臾間，魂氣隨風飄。終生履薄冰，誰知我心焦。

全詩充滿戒慎恐懼。雖自嘆「但恐須臾間，魂氣隨風飄……終生履薄
冰，誰知我心焦」，可是卻並未明言其所擔心焦慮的是何事，表達的只是
一分身處亂世、朝朝夕夕唯恐惹禍、隨時會有大禍臨頭的危懼感。

同樣的，嵇康詩中也反覆抒寫，但恐遭遇網羅之危懼意識。試看其
〈五言贈秀才詩〉[4]：

> 雙鸞匿景曜，戢翼大山崖。抗首嗽朝露，晞陽振羽儀。
>
> 長鳴戲雲中，時下息蘭池。自謂絕塵埃，終始永不虧。
>
> 何意世多艱，虞人來我維。雲網塞四區，高羅正參差。
>
> 奮迅勢不便，六翮無所施。隱姿就長纓，卒爲時所羈。
>
> 單雄翩獨逝，哀吟傷生離。徘徊戀儔侶，慷慨高山陂。
>
> 鳥盡良弓藏，謀極身必危。吉凶雖在己，世路多嶮峨。
>
> 安得反初服，抱玉寶六奇。逍遙遊太清，攜手相追隨。

遨遊太清，自由飛翔的雙鸞，「自謂絕塵埃，終始永不虧」，或許象
徵未入仕之前的嵇康、嵇喜兄弟吧。可惜好景不常，「雲網塞四區，高羅
正參差」，其中一隻投身宦途，遭罹網羅，失去了自由，並且「卒爲時所
羈」。剩下一隻，只得「徘徊戀儔侶，慷慨高山陂」。但是，「鳥盡良弓
藏，謀極身必危，吉凶雖在己，世路多嶮峨」，對於世路的危險恐懼，一
直縈繞不去。其實，在嵇康其他詩篇裡，這種危懼感亦時時流露。試再引
數例：

> 人生譬朝露，世變多百羅。（〈五言詩三首〉其一）

4　有的版本將此詩置於〈贈兄秀才入軍詩〉之末，視爲組詩之一部分，亦有版本題
　　作〈古意〉。今據逯欽立《先秦漢魏晉南北朝詩》（頁485），作〈五言贈秀才
　　詩〉。

　　焦鵬振六翮，羅者安所羈。(〈述志詩二首〉其一)

　　坎壈趣世教，常恐嬰網羅。(〈答二郭三首〉其二)

　　鸞鳳避罻羅，遠托崑崙墟。(〈答二郭三首〉其三)

　　這種擔心為網羅所制、墜地不起的危懼不安，在建安時期那些雖也身
處亂世，卻充滿建功立業的期盼，慷慨抒情述懷的詩人作品中，是看不到
的。這是正始之音的特色，也是亂世文人另一種的普遍心聲。

二、幽獨孤寂之情

　　身處亂世，正始文人在黑暗恐怖的政治局勢中寄討生活，除了因禍福
無常而引發的危懼不安，難以自保的心情外，最常感受到的，就是對現實
政治社會的厭惡，以及對世俗人間的疏離。引發的往往就是一份幽獨孤寂
情懷，亦即與世俗相忤相違的寂寞感。試看阮籍〈詠懷詩〉其一：

　　夜中不能寐，起坐彈鳴琴。薄帷鑒明月，清風吹我襟。

　　孤鴻號外野，朔鳥鳴北林。徘徊將何見，憂思獨傷心。

　　詩中主人公因深夜難眠，遂起坐彈琴，一定是滿懷心事的。這時，舉
目所見是「薄帷鑒明月」，身心所感是「清風吹我襟」，彷彿在清風明月
的撫慰之下，心情多少可以平靜下來了。可是，耳中所聞則是孤鴻、朔鳥
在野外林中不斷悲鳴。反顧自己，徘徊無定，踟躕不安，如何能獲得安
慰、得以解脫呢？看來只能「憂思獨傷心」了。人生帶給他的，似乎只有
這溢滿襟懷，無以明說，也無可解脫的憂愁與哀思了。整首詩，都是寫內
心的孤獨寂寞，憂思難解，但是，到底是哪些具體的事情令他感到如此孤
絕無力，憂思不已，卻並未點出，似乎亦無意交代。正是「反覆凌亂，興
寄無端」。再看〈詠懷詩〉其十七：

　　獨坐空堂上，誰可與歡者。出門臨永路，不見行車馬。

　　登高望九州，悠悠分曠野。孤鳥西北飛，離獸東南下。

　　日暮思親友，晤言用自寫。

　　寫其在空盪的室內獨坐，無人可與歡；出門，則面臨漫漫長路，不見
任何車馬行駛。繼而登高望遠，不僅未能紓解胸懷，且感九州浩闊無邊，

曠野一片寂寥。何況孤鳥離獸均各自朝不同方向飛奔而去。詩人自己幽獨孤寂之情，盡在不言中，所以說：「日暮思親友，晤言用自寫。」

　　同樣的，嵇康詩中，亦不乏類似的幽獨孤寂情懷。試看其〈四言贈兄秀才入軍詩〉第十五章：

　　　　閒夜肅清，朗月照軒。微風動袿，組帳高褰。

　　　　旨酒盈樽，莫與交歡。鳴琴在御，誰與鼓彈。

　　　　仰慕同趣，其馨若蘭。佳人不存，能不永嘆。

　　與前舉阮籍〈詠懷詩〉其一，內涵情境頗爲相近。同樣在明月輝照、清風吹拂之夜，但感幽獨孤絕之情，只是情況說得比阮籍之作較清楚。按，「旨酒盈樽」，應該是與良朋共享，卻「莫與交歡」，雖有「鳴琴在御」，卻「誰與鼓彈」，並無知音之賞。於是殷切盼望有同趣、如蘭草般芳香者，可惜「佳人不存」。這種同趣佳人並不存在於人世間，怎「能不永嘆」呢！百年之後，嵇康此詩曾引起陶淵明(365-427)於〈停雲詩〉中的回響：「靜寄東軒，春醪獨撫。良朋悠邈，搔首延佇……有酒有酒，閒飲東窗。願言懷人，舟車靡從。……安得促席，說彼平生。……願言不獲，抱恨如何！」當然，畢竟因時代環境、身世遭遇，以及人格情性的相異，陶詩中的閒靜自處，則是嵇康詩難以臻至的。

　　阮籍、嵇康詩中流露的幽獨孤寂情懷，吐露出身處亂世的文人心聲，實源自一份個人與俗世人間相忤相違的高度自覺，即使自詡能優游自然，寄情玄遠，也揮之不去。試看嵇康〈贈兄秀才入軍〉詩第十四章云：

　　　　息徒蘭圃，秣馬華山。留磻平原，垂綸長川。

　　　　目送歸鴻，手揮五絃。俯仰自得，游心太玄。

　　　　嘉彼釣叟，得魚忘筌。郢人逝矣，誰與盡言。

　　此章主要展現名士風流的英姿，優游容與的態度，並且是將莊子逍遙自適的哲理境界，予以人間化、詩化的典型。其中「目送歸鴻，手揮五絃」，是優閒自適生活境界的體驗，以及詩人高雅情趣與曠達襟懷的展現。據《世說新語・巧藝》的記載，東晉著名人物畫家顧愷之，對嵇康此詩欣賞之餘，就曾想將之入畫，惟云：「畫『手揮五弦』易，『目送歸

鴻』難。」顧愷之所言，正巧道出嵇康詩中流露的難以實指、意在言外的趣味神韻。但是值得注意的是，嵇康於此，即使沉思在玄理中，優游於玄趣裡，乃至「俯仰自得，游心太玄。嘉彼釣叟，得魚忘筌」，卻仍然忍不住喟嘆：「郢人逝矣，誰與盡言！」揮之不去的，仍然是一分在人間俗世的幽獨孤寂之情。這是正始詩人，在反思己身與俗世相違境況中感受深切的情懷，也是自屈原以來，中國詩人在自我人格獨立的期許中，所以還能夠傲岸自負，乃至反覆吟詠的主題。

三、仙鄉隱逸之企

正始詩人為了擺脫身處亂世的危懼，為了排解人生在世永無休止的憂思，只能到莊老哲理中去尋求精神寄託，從而產生了以仙隱遁世之想為筆墨重點的作品。儘管正始詩歌中，仍然有少許抒發個人功名抱負之作，只不過是建安詩歌追求功名主題的餘響而已。建安詩人所共同具有的，慷慨奮發的進取精神，實際上在正始詩歌中已經消失了，取而代之的是，對現實政治社會的否定精神與消極抗議。仙鄉隱逸之企，即是正始詩人因應現實政治環境的文學表現。

按，正始詩人抒發仙鄉隱逸之企的作品，通常首先點出時危世艱的環境，以及內心的抑鬱憂憤，繼而表示意欲遠離俗世塵緣的漩渦，或寄情隱逸，或托志仙鄉，以避禍遠害，保命全身。猶如阮籍〈詠懷詩〉其三十二所云：

朝陽不再盛，白日忽西幽。去此若俯仰，如何以九秋。

人生若塵露，天道竟悠悠。齊景升丘山，涕泗紛交流。

孔聖臨長川，惜逝忽若浮。去者余不及，來者吾不留。

願登太華山，上與松子遊。漁父知世患，乘流泛輕舟。

詩中傳達的是，盛衰無常，人生易盡，天道悠遠之嘆，因而意欲遠離俗世塵緣，或與松子遊仙太華，或隨漁父隱逸江湖。當然，早在漢樂府以及無名氏古詩中，已經流露人生無常、生命短暫的焦慮，但是漢代詩人關懷的主要還是現實人生中個人身心的幸福，正始詩人卻不只如此。上引阮

表現，實際上都與阮籍的〈詠懷〉、嵇康的〈贈兄詩〉諸作一脈相承。

二、脫離樂府民歌之模仿

正始之音雖然緊接建安詩歌之後，卻已不再效法建安詩人通過模仿樂府的方式，來詠懷時事，而是把個人對於當前時事的感傷，與抒發一己身世遭遇之憂憤與複雜心情融為一體，遂令五言詩脫離了模仿樂府的階段，純然是文人士子個人抒情述懷的心聲。就如現存阮籍詩集，竟然沒有一首樂府詩的擬作，可說是漢代五言詩成立以來，第一位全力創作五言古詩的作者。五言詩至此，方正式獨立於樂府詩模擬之外，成為文人抒情述懷的主要詩歌樣式。故正始之音，可謂是文人五言詩發展的關鍵。又據現存資料，嵇康雖擅長四言，但其清峻的個人風格，與《三百篇》之古樸，業已相去甚遠。以阮籍與嵇康等為首的正始之音，已明顯展示，魏晉南朝的中國詩歌，終將脫離樂府民歌之模仿，走入「文人化」傾向。

三、唱詠莊老玄虛之企慕

正始詩歌中流露的濃厚的莊老色彩，可稱是文學史上將哲學思想引入詩歌創作之始[6]，是將莊老人生哲理予以生活化、審美化、詩化的標誌，同時也是詩歌哲理化的開端，為中國詩歌滲入了新的素質，開闢了新的領域，其影響既深且遠。

身處亂世的正始詩人，顯然對於莊老思想均有一分深情的嚮往，乃至反覆唱詠莊老玄虛的企慕。或通過歸隱、遊仙情懷的抒發，或經由人生哲理的思索，表達對逍遙自適人生境界的追求。因此，哀嘆人生的虛無，嚮往個人的解脫，吟詠避世淡泊的心情，追求玄遠的情趣，以及說明莊老之玄理，遂構成正始之音的一種主要旋律。猶如《文心雕龍‧明詩》所謂：「正始明道，詩雜仙心。」並為其後兩晉盛行的隱逸詩、遊仙詩、玄言

6　現存資料，在此之前，詩歌中唯一表現出老莊思想的是漢末仲長統(179-219)的〈述志詩〉。

詩，甚至田園詩、山水詩，鋪上先路。

四、建立隱晦曲折之詩風

　　正始時期乃是一個政治極端黑暗恐怖的時代，身處其時的文人士子，但感危機四伏，隨時可能有遭受殺害的危險。其間何晏、嵇康先後遭受殺害，即是明證。阮籍處於如此惡劣的環境，無論仕與不仕，均可能有生命的危險。因此，不但在現實生活中從不「臧否人物」，在詩歌中亦不願或不敢直接明白的表露心跡。於是，或運用自然界的事物作比喻、象徵，或利用歷史、神話的典故來暗示。再加上其情感之積鬱矛盾，思緒之紊亂複雜，可謂變化無端，乃至形成一種恍惚迷離、隱晦曲折的獨特風格，與建安詩歌之明朗剛健、慷慨激昂的風格，有顯著的區別。正如鍾嶸《詩品》所稱「厥旨淵放，歸趣難求」，亦如劉勰《文心雕龍‧明詩》對阮籍詩特質所謂「阮旨遙深」。

　　不過，值得注意的是，阮籍詩歌作品中展現的這種隱晦曲折的詩風，雖不時令人費解，卻頗為符合傳統詩說中「比興寄託」的要求，並且為後世詩人大凡有難言之隱，又不方便明說其旨意者，或刻意追求意境朦朧之審美趣味者，指出一種獨特的「隱晦曲折」之抒情言志方式，為讀者提供想像的空間，增添追求詩中言外之意的參與感，以及與作者共同參與創作的興致。這正是令傳統詩論者讚賞不絕的「深曲委婉」或「意在言外」的特質，也是此後中國詩歌之所以能源遠流長、發展不斷的根基。同時也是令當今學者探究不輟的一項重點。

第四編
中國詩歌主要類型的形成
——兩晉南朝詩歌之發展

第一章
緒說——環境背景

　　中國詩歌自建安、正始之後，至李唐開國前夕，雖然經歷兩晉南北朝四百多年間少數民族的入侵，國土的分裂，政局的紛擾，以及無數文人士子的遭禍遇害，卻奇蹟似的，呈現其蓬勃的生命力，並不斷的持續發展演變；而且無論在題材內涵或藝術風貌方面，終於建立其成爲中國文學的主流地位。當然，在這期間，作家眾多，作品繁富，主題各異，風格表現也因時因人因地而各有不同。惟不容忽略的是，助長或顯示詩歌在此段時期蓬勃發展的環境背景：包括批評理論的興盛，以及文學可以獨立於政治教化之外的認知，均與詩歌的創作相互影響，彼此激盪，方促使詩歌終於成爲文壇的主流，並且導致中國詩歌諸多類型傳統之相繼形成。試先以文學批評理論的興盛，以及文學獨立觀念的初步形成爲觀察重點。

一、文學批評理論興盛

　　兩晉南朝文學批評理論的興盛，實際上與文人士子對文學本質的認識密切相關。或許可從文體概念的產生、文體特徵的探討、文學批評理論專著及文學選集的問世諸方面，覽其大概。

(一)文體概念的產生

　　猶如前面相關章節所述，曹丕(187-226)的〈典論論文〉已將「詩賦」與奏議、書論、銘誄諸應用文體區別開來，比起漢人對文學本質的認識，顯然有所進步。爰及西晉陸機(261-303)的〈文賦〉，則將曹丕的八類四科，擴大爲詩、賦、碑、誄、銘、箴、頌、論、奏、說等十種文體，其中值得重視的是，陸機不但將詩與賦分類，且提升到諸文體的首二位：

「詩緣情而綺靡，賦體物而瀏亮。」並將以論理說教為主的「說」類，置於最後。陸機〈文賦〉雖然乃是繼曹丕〈典論論文〉之後，對文學體式風貌予以評述，卻是真正脫離目錄學框架的「文體論」之始。基本上反映西晉太康時代的文學意識，以及太康作家對文學本質特徵的認知與把握。

　　稍後的摯虞(?-311)，於《文章流別集》，則通過按體編排文章總集，以辨析文體，分別出各類文體之區別和源流。另外，摯虞亦作《文章流別志論》二卷，論述文章各體的性質特徵與起源變化。其書雖已亡佚，惟從片段佚文及條目觀察，摯虞對文體，已非概括性的說明，而是具有精細的研究[1]。此外，約同時期的李充，有《翰林論》三卷，就其現存殘文看，亦是一部論述文體之作。這些有關文體的著述，實為南朝時代對文體更為明確精細的認知，為諸如劉勰《文心雕龍》列三十三體，蕭統《昭明文選》分三十八類，鋪上先路。

(二)文體特徵的探討

　　漢人，尤其是漢儒，通常站在宣揚儒家「尚用」立場，強調文學的政教功能，直至儒學衰退的魏晉時代，文論者方開始就文學本身而論文學，思考文學的本質特徵，分辨文學與非文學的區別。例如曹丕〈典論論文〉用「詩賦欲麗」來概括詩與賦兩種文體的共同特質，陸機〈文賦〉則進一步以「詩緣情而綺靡，賦體物而瀏亮」，分別解說詩與賦兩種文體之不同，並將詩歌之抒情特質，辭賦之體物特質，分別點出，比起曹丕籠統的「欲麗」來概括兩類文體，更為確切。又如曹丕嘗用「宜實」來概括銘誄的共同特徵，陸機則分別論之，認為「誄纏綿而悽愴，銘薄約而溫潤」，清楚說明，銘、誄實屬兩體，且各有其特點。〈文賦〉所論其他文體特徵亦如是，均展現陸機對文體特徵之探討，更為精密細緻[2]。當然，最令人

1　按，摯虞《文章流別志論》，僅見《藝文類聚》、《太平御覽》諸類書引錄。從輯佚之條目看來，至少論列十一類文體，並對每種文體來源、體制特點與流變，均論述清楚，且佐以名篇為例。摯虞《文章流別志論》，當屬中國文體論的開山之作。詳見褚斌杰，《中國古代文體概論》增訂本(北京：北京大學出版社，1990)，頁17-18。

2　詳見褚斌杰，《中國古代文體概論》增訂本，頁16-17。

矚目的還是，〈文賦〉對「詩緣情而綺靡，賦體物而瀏亮」特徵的提出，從此爲中國文學批評理論史中，詩歌當以抒情爲主調的論點，掀開序幕。

其實《尙書·堯典》即嘗云「詩言志」，惟經過先秦兩漢儒家的解讀，並賦予新的內涵，遂成爲儒家詩教思想的理論基石，強調的主要是，詩歌「美刺諷諭」、「風上化下」的實用功能，忽略個人一己私情的重要。魏晉以來文學創作的「尙情」作風，可謂是對兩漢文論者重政教倫理、尙實用文學觀念的超越。惟曹丕〈典論論文〉中「詩賦欲麗」的主張，尙局限於文辭風格的表現，並未涉及作品的內涵情境，唯有經過陸機〈文賦〉針對「詩」這種文體提出「緣情」與「綺靡」的嶄新觀點，方清楚表現與「言志」文學的不同概念[3]。簡言之，詩必須情韻與辭采兼美。這樣的觀點，基本上已反映太康時代文學意識的覺醒，同時流露作家對文學本質特徵的認知與把握，並且爲南朝諸文論者所繼承，也是文學可以獨立於政治教化之外的序幕。

（三）《文心雕龍》、《詩品》、《文選》問世

在中國文學理論批評史上，這三部專著的問世，均是劃時代的大事。雖然三部專著的性質與體例各異，編撰宗旨也不同，卻不約而同反映南朝齊梁時期的文學觀念與創作傾向。不僅顯示齊梁文人士子對文學的理解，同時也引起後世論者對中國文學理論與創作，不斷的反思，產生既深且遠的影響。直至今天，仍然是中國文學理論批評領域，研究討論的熱門。

1. 劉勰（465?-520?）《文心雕龍》

劉勰《文心雕龍》全書共五十篇，是一部長達三萬七千多字的巨著。依各篇的內容性質，或大略可分爲三部分：(一)文學總論：自〈原道〉至〈辨騷〉開頭五章，統領全書，乃是文學的總論，也是文學理論的根本。(二)文體論：將各體文章分爲有韻之文和無韻之筆兩大類，包括〈明詩〉

3　按「詩言志」，自先秦以來，即被認定爲儒家詩教傳統，用以作爲解讀《詩》和寫詩的標準。儘管〈詩大序〉將「志」與「情」合言，稱「在心爲志，發言爲詩，情動於中，而形於言。」但這「情」必須接受儒家倫理觀念的規範，因此是「發乎情，止乎禮義。」

至〈書記〉)共二十章，分別探討各種文體的定義、源流、特色。(三)創作論：自〈神思〉至〈總術〉等十九章，乃是針對文學創作過程中，由構思到方法技巧的討論。(四)鑑賞論：包括〈時序〉至〈程器〉等五章。最後一章〈序志〉則是全書總序，交代撰寫此書的宗旨和結構安排。劉勰《文心雕龍》全書規模之宏，涉獵之廣，結構之精，討論之深，均屬空前的，從此爲中國文學理論和批評建立了完整的體系。

惟值得注意的是：首先，《文心雕龍》文學總論部分，包括原道、徵聖、宗經諸章，明顯展示對儒家論文強調政教倫理傳統之依循。其次，劉勰的文學觀顯然還是「雜而不純」。如涉及文體論諸篇章中，文學作品，諸如詩、騷、賦、樂府等，與非文學作品，如諸子、論、說、詔、策等並論。再次，在論及有關創作與鑑賞方面，則總結了前人的經驗，提出不少精闢的論點。試引數例：

　　人秉七情，應物斯感；感物吟志，莫非自然。(〈明詩〉)

　　春秋代序，陰陽慘舒，物色之動，心亦搖焉。……情以物遷，辭以情發。(〈物色〉)

　　文變染乎世情，興廢繫乎時序。(〈時序〉)

　　夫鉛黛所以飾容，而盼倩生於淑姿；文采所以飾言，而辯麗本於情性。(〈情采〉)

　　名理有常，體必資於故實；通變無方，數必酌於新聲。(〈通變〉)

像這樣的論點，已經展現對文學本質的充分體會與掌握，可謂是集魏晉以來有關文學創作理論的大成，也是南朝文學創作的指標。

2. 鍾嶸(468-518?)《詩品》

鍾嶸《詩品》的撰寫，自稱蓋因「四言每苦文繁而意少。五言居文辭之要，是眾作之有滋味者」(〈詩品序〉)，因此專以五言詩及其作者爲品評對象。《詩品》乃是第一部有關詩歌批評理論的專著，也是第一部針對「純」文學作家與作品的批評專書。雖篇幅不大，僅五千餘字，惟內容繁密，網羅古今。值得注意的是：

　　首先，經鍾嶸《詩品》評論的詩人，均屬歷來令人矚目的作家，包括自漢迄梁的著名詩人。雖不錄存者，已凡一百二十三人，各依其成就，評定優劣高下而列品第，分上(十一人)、中(三十九人)、下(七十三人)三品。其實三品之詩人皆屬值得品評的優秀作家，惟上品最佳，中品次之，下品又次之而已。當然，鍾嶸自己亦承認，三品之升降，有時頗難審定。如中品評張華詩：「置之中品疑弱，處之下科恨少，在季、孟之間耳。」

　　其次，每品之中，「略以世代為先後，不以優劣為詮次」(〈詩品序〉)。經鍾嶸品評的詩人，均重視其體式風貌之「體源」或「祖襲」，亦即探溯詩體之淵源流派或師承關係。大體而言，分「國風」、「小雅」、「楚辭」三派，展現鍾嶸對於五言詩發展演變之「史」觀。

　　再者，其評詩標準，強調的是作品本身「干之以風力，潤之以丹采」的藝術感染力。簡言之，包括：重性情，反對用典；重風力，反對說理；重自然音韻，反對聲律；重華靡，而輕質直；重清雅，而忌險俗；取華豔，而輕淫靡。

　　當然，鍾嶸《詩品》畢竟有其時代審美趣味的局限，乃至偶爾會引起後世論者之「不滿」。其中最有名的例子，就是把唐宋以後幾乎令所有論者偏愛的陶淵明，列入「中品」，至今還是研究《詩品》或陶淵明的學者，不斷探討或辯論的熱點。然而，不容忽略的是，鍾嶸《詩品》在文學批評史上的指標意義，尤其令人矚目的是其重情性、重華靡等的評詩標準，正好反映南朝文學觀念之「成熟」。文學自有其本質特徵，畢竟可以獨立於儒家「美刺諷諭」的政教倫理範圍之外。

3. 蕭統(501-531)《昭明文選》

　　《昭明文選》乃是在梁昭明太子蕭統的主導之下，由其門客，亦即圍繞在太子身邊的文人如劉孝綽等，所編選的詩文選集。這是中國文學史上現存的第一部文學總集，共六十卷。其中將辭賦、詩歌、雜文諸入選作品，又細分為賦、詩、騷、七、詔……等三十八類。除了少數屬於無名氏之作外，共選一百三十位作家之作品，不下七百多篇。時代範圍則上自先秦，下至梁代普通元年(526)。

　　儘管《昭明文選》只是一部作品選本，限於體制，難以直接表露其文學主張，實際上仍然體現蕭統及編選者的文學觀點。首先，《文選》所選作品，詳近略遠。換言之，越到後來，作品入選之比重越大，明顯流露對時下「重古輕今」態度的修正。其次，在文體的分類界定上，共舉三十八類，比《文心雕龍》的三十三體更為精細周全。再者，文學作品的認知與選錄上，則比劉勰更為「進步」。如其選錄純文學作品之賦(卷一至十九)與詩(卷十九至三十一)，就占有全書一半以上的篇幅。此外，《文選》已經清楚注意到文學作品與非文學作品之別，亦即與「經」、「史」、「子」諸著作的區別。所以《詩經》、諸子、史傳之類，均排除在選錄之外。這是對《文心雕龍》文學範圍「雜而不純」的超越。也是文學可以獨立於經史哲理著述之外，自成一家的標的。

　　當然，《文選》還是選了一些史書中的「贊」、「論」、「序」、「述」之類的作品，為此蕭統於〈文選序〉特別加以說明：

　　　若其贊論之綜緝辭采，序述之錯比文華，事出於沉思，義歸乎翰
　　　藻，故與夫篇什雜而集之。

　　所言表示，只有那些具有文采之美的贊論、序述，方能入選。其實，經由「事出於沉思，義歸乎翰藻」，而臻至「綜緝辭采」、「錯比文華」，不但是贊論、序述入選的必要條件，也是其他篇什入選的必要條件。換言之，亦是《昭明文選》選文的標準。蕭統於〈文選序〉中所言，對作品辭采、文華的重視，以及《文選》選文的標準，不但明確宣稱蕭統及其門客的文學主張，同時亦流露，文學可以獨立存在的觀念。

二、文學獨立觀念初成

　　文學獨立觀念之形成，除了文人士子的個別體認之外，還需要外在環境的鼓勵與刺激。其中包括朝廷官方的措施、文壇崇尚文學的風氣，進而才表現於作品中政教倫理的淡化。

(一)朝廷官方措施

　　東晉後期的內憂外患，在政治社會上造成嚴重危機，促使南朝當政者

意圖振興「儒學」，而文學之所以能成爲一項獨立的門科，竟然是借助於儒學重新受到重視而形成。劉宋文帝於元嘉十五、十六年間(438-439)，先後設立儒學、玄學、史學、文學四科；繼而明帝於泰始六年(470)立「總明觀」，置東觀祭酒，分儒、道、文、史、陰陽五科。由朝廷主導的這些措施，均是前代所無，可謂是歷史上由朝廷官方力量將文學與其他學門分離，並且順此抬高文學地位之始。亦可視爲是文學得以獨立於經學、史學諸學之外的初步認識。

　　文學獨立的觀念形成於南朝，除了朝廷官方措施之助，還可從朝廷上下均崇尚文學成風，以及因作者紛紛追求當前賞心悅目的聲色之美，乃至作品中政教倫理觀念的淡化來觀察。

(二)崇尚文學成風

　　南朝知名文人，除了少數乃庶族寒門子弟(如鮑照)，絕大多數均出身世家大族，甚至出現一門能文，「人人有集」的現象[4]，對朝廷內外崇尚文學的風氣，顯然起著決定性的影響。由於文學的才能在世家大族中成爲衡量社會地位與文化修養的重要尺度，即使出身寒門庶族的帝王，雖然在政治、軍事上統帥世族，惟在社會觀念與文化生活上，則始終唯世族的馬首是瞻。南朝諸君主往往挾其政治權勢，招納文士，形成圍繞在自己身邊的文人集團，致力於文學創作，嘗試躋身於文士的行列[5]。正由於君臣上下對文學的重視，遂促進文學創作之繁榮，臻至前所未有的高峰。值得注意的是，此時期繼魏晉文學的自覺創作，逐漸擺脫政教倫理的束縛，強調吟詠情性，重視審美娛悅的文學現象，終於導致文學的本質特徵與規律，朝文學獨立的方向發展。

4　據《梁書·王筠傳》，載琅邪王氏王筠與諸兒書：「史傳稱安平崔氏及汝南應氏，並累世有文才，所以范蔚宗云崔氏世擅雕龍。然不過父子兩三世耳，非有七葉之中，名德重光，爵位相繼，人人有集，如吾門世者也。」

5　據《隋書·經籍志》，南朝諸帝有集者有：宋武帝、文帝、孝武帝、梁武帝、簡文帝、元帝、陳後主等，其中梁簡文帝以下三人，更以提倡與創作詩文爲務。

(三)政教倫理淡化——聲色大開

按胡應麟(1551-1602)《詩藪》所云「詩至於齊,性情既隱,聲色大開」。實可謂是南朝文學重視賞心悅目的感官審美趣味之標誌,也是政教倫理淡化的表現。無論是山水、詠物之作,或永明聲律,還是宮體豔情,都出入聲色,已明顯展現與漢魏兩晉文學的區別。南朝文人雖也「吟詠情性」,但這「情性」主要是建立在對外在事物的聲色審美趣味。重聲色,不僅是一種美感意識的發揚,也是一種文化現象。南朝文化基本上可說是「聲色化」的文化,反映在文學創作上,就是開闢新的描寫領域,尋求新的藝術趣味,嘗試新的藝術技巧,來表現對聲色的審美感受。

南朝重視聲色美的文學創作,顯示傳統保守文學觀念的鬆動,換言之,文學不再是政治教化的嚴肅工具,無須擔負「經夫婦、成孝敬、厚人倫、美教化、移風俗」等的沉重責任,甚至也不必「言志」了。

南朝作家,不但更為重視詩歌吟詠情性和娛己感人的美學特點,同時還通過文學理論、作家品評,以及文學選集諸專著的問世,各自提出對於文學理論批評與文學範疇的理念,或可視為文學自有其特質,不必依附政教倫理,可以獨立存在的標誌。

中國詩歌也就是在上述的諸般環境背景之下,從兩晉到南朝,持續發展演變,各種不同題材內涵與藝術風貌的類型遂得以紛紛呈現。

三、多樣詩歌類型建立

倘若從大潮流或大方向來宏觀概覽詩歌在兩晉南朝時期的發展演變軌跡,大體而言,作品的「文人化」,是其總趨勢,而尚辭好藻、抒情述懷、說理論道,則是兩晉南朝文人詩歌的主要特徵。就詩歌之類型視之,依各類詩歌興起發展演變的先後次序,在題材內容方面,明顯展示,內涵範疇逐漸擴大的現象;不同的詩歌類型紛紛相繼出現,乃至成為某個特定時期,或某個文人集團,或某一個別詩人的創作重點。倘若從詩歌的主題內涵重點,分為不同類型視之,諸如擬古、詠史、綺情、隱逸、玄言、遊仙、田園、山水、詠物、宮體等,可說已大略概括了中國詩歌之主要類型。

　　這些詩歌類型的建立，在初創階段，難免會有類型特徵模糊、甚至與其他類型重疊的現象，不過，為討論的方便，茲將這些詩歌類型，加以綜合整理，並依其興起風行的時代先後，可大略分成下列五個發展階段：

　　　　擬古詠史之懷

　　　　綺情兒女之思

　　　　仙隱玄虛之詠

　　　　田園山水之情

　　　　詠物宮體之盛

　　惟不容忽視的是：首先，以上這些詩歌類型之形成，均各有其長遠的源流與逐漸形成的過程，論述之際，難免會援引前面篇章業已涉及的某些作家作品。其次，某種詩歌類型的地位，一旦在文壇確立之後，詩人相繼創作不絕，乃至形成傳統，後代詩人必定亦相繼承接其緒，自然會有不同類型詩歌在同一時代，甚至同一詩人作品中並存不悖的情形。再者，在漫長的兩晉南朝期間，偶爾亦會出現一些旁枝別流，不為大潮流所囿限的少數作家的個別作品，只是限於本文學史主宏觀之宗旨，分章節論述時，只得略過。惟從整體視之，上列這幾大詩歌類型萌生發展之先後，其脈絡是可以掌握的。

　　儘管這些詩歌類型的題材內涵有別，流行詩壇之際的時代狀況不同，詩人的才情風格亦各異，但是，在發展演變過程期間，畢竟展現一個不容忽視的普遍趨勢：亦即詩人的視野與關懷，以及個人感情的流露，逐漸發生明顯的變化。詩歌創作之際，詩人的視野由大而小，關懷則由遠而近，由外而內，個人感情則由濃而淡，由執迷而徹悟。換言之，詩人的創作宗旨，從對於世俗政治社會的濃厚參與意願，逐漸退縮，轉而更為重視一己身心之逍遙自適，或珍惜當下聲色之美的愉悅歡欣。令詩人醉心而吟詠者，不一定是偉大的功業或不朽的聲名，可以是道家的虛無玄遠，或是超越人間的仙隱之鄉，或是遠離俗世的山水田園，或是眼前當下的人或物的聲色之娛。在語言表達方面，先是離民間樸素率直風格愈遠，日趨文人化，逐漸走向典雅華麗。雖然其間亦有向民間通俗歌曲借鑑者，甚至呼籲

雅俗結合，提出追求簡約淺顯流暢；不過，整體視之，辭藻華麗、對偶精
工、音韻諧美、典故繁富的傾向，則持續日益顯著。這樣的發展演變趨
勢，不但爲魏晉以來駢儷文章的風行文壇，提供滋長孕育的有利條件，同
時亦爲李唐一代注重形式與音韻諧美的近體詩，鋪上先路。

第二章
擬古詠史之懷

　　當今所稱「擬古詩」與「詠史詩」，實際上屬於兩種不同的詩歌類型，各有其傳統特質，兩者似乎並無必然的關聯。按，「擬古」涉及創作的意圖，意指作者乃是有意模擬前代的作家作品，而且無論前人作品的體裁形式、題材內涵，甚至風格特色，均可成為模擬的對象。惟「詠史」之作則清楚點出作品的題材內容範圍，表示作品的內涵主要涉及過去歷史上的人物或事件。惟就兩類作品並觀，仍然有其共同點。首先，無論擬古或詠史，均出於作者對過去往昔的一份回顧或緬懷之情，其中包括對往昔作家作品的同情共感或學習模仿，以及對往古歷史人物或事件的體會認知。其次，二類詩歌均萌生於漢魏，而於西晉太康時期臻至成熟，並且從此成為中國文人詩歌不容忽略的重要類型。再者，「擬古詩」的出現，流露作者「有意」追摹前人的創作意圖，而「詠史詩」的出現，則是作者「有意」運用歷史之作。二類詩歌顯然均是在文學自覺情況之下，作者自覺的創作中而產生，亦是自漢魏以來詩歌繼續「文人化」的標誌。故而此處將兩類詩歌的形成、發展與演變，匯為一章，且分節論述。

第一節　擬古詩的形成與發展

一、所謂「擬古」

　　所謂「擬古」，即是對前代作家作品的模仿、模擬[1]。惟模擬的對象

1　已故王瑤先生乃屬當今學界最早重視「擬古」之學者，其〈擬古與作偽〉一文（收

繁雜多樣,包括:模擬前代某一作品的體式,或模擬某一作品中主人公的
經驗感受,或模擬個別作品的主題內涵,或模擬某作家作品的整體風格。
故《昭明文選》即將收錄的各類擬古作品,總歸之爲「雜擬」類。就兩晉
南朝文人「擬古詩」所擬之對象觀察,大致包括三大系統:擬兩漢無名氏
古詩、擬兩漢樂府歌詩、擬魏晉以來有主名文人詩歌。

不過,「擬古詩」類型之形成,首先,必須基於擬作者對前人作品的
欣賞、學習、揣摩;其次,則是擬作者在其創作過程中身分的轉換,亦即
由前人作品的讀者,欣賞學習揣摩之後,轉而成爲前人作品的模擬者。這
種由「讀者→作者」兩種身分的重疊,是大凡討論「擬古」作品之際不容
忽略的。再者,擬作者模擬前代作家作品,並不一定停留於對前人作品亦
步亦趨的追摹,往往會在有意無意間流露出擬作者藉此抒發的個人情懷意
念,或顯示擬作者所處的文學環境,或個人的風格特徵,甚至流露擬作者
對前代作家作品之「觀點」。所以中國文學中的「擬古」,並非「擬古不
化」,而是一種創造性的模擬,一種因時因人而異,乃至有所因革變化的
模擬。從漢魏時期掀起擬古的序幕,至西晉以後擬古之風行,或許可以觀
察到擬古詩之形成與發展的大概軌跡。

二、「擬古詩」的序幕——漢魏

「擬古詩」之形成,必須是經由具有學識的文人士子作家之開啓。就
現存資料視之,文人士子作家的擬古之作,當肇始於漢魏作家對《詩
經》、辭賦以及樂府歌詩之模擬,其中包括在體裁形式與內涵情境方面的
沿襲與仿效。

(一)《詩經》四言體的模擬——西漢

雖然現存漢代文人沿襲《詩經》四言之作,數量有限,惟其模擬的痕
跡,昭然可見。其中不僅包含形式體制上整齊四言分章體式的沿襲,甚至
在內涵風格上,亦展現步趨〈雅〉、〈頌〉的現象。

(續)───────────────────

　　　入《中古文學風貌》,上海:棠棣出版社,1953),爲「擬古詩」之研究奠定基礎。

　　由於《詩經》所錄詩篇，主要以四言爲基本體式，因此四言詩在後世讀者心目中，幾乎成爲《詩經》詩歌體式的標誌。漢代以後文人倘若創作四言詩，很難不受《詩經》傳統的束縛。猶如王夫之(1619-1692)《古詩評選》所觀察：

　　　　四言有《三百篇》在前，非相沿襲，則受彼壓抑。

　　王夫之所謂「非相沿襲，則受彼壓抑」，即風趣並委婉點出，後人寫四言詩，很難在形式體制或內涵風格上，擺脫《詩經》傳統之束縛。

　　惟值得注意的是，隨著《三百篇》在漢代被尊爲「經」，四言詩的地位亦相應「崇高」起來，乃至登入朝廷廟堂，多用於郊廟祭祀，或典禮饗宴等官方正式場合演唱之樂詩。本書第二編章節中論及的高祖唐山夫人〈安世房中歌〉，以及武帝時〈郊祀歌〉中的四言之章，即屬此類之代表。即使漢代一般文人寫四言詩，態度也顯得頗爲恭謹愼重，通常爲表達與政治教化相關的嚴肅主題，或比較正式的官方場合，則寫四言詩，又往往以《詩經》中典重莊嚴的〈雅〉、〈頌〉之章爲追摹對象。例如漢初的韋孟(前225-?)，其〈諷諫詩〉與〈在鄒詩〉即是著名的例子。劉勰《文心雕龍・明詩》即嘗點出：「漢初四言，韋孟首倡。匡諫之義，繼軌周人。」按，韋孟〈諷諫詩〉雖經《昭明文選》選錄爲「勸勵」詩類第一首代表作，惟其內容循禮說教，其語言典雅古奧，顯然是繼承《詩經》中人臣匡諫君主的立意，仿效〈大雅〉中〈板〉、〈抑〉諸詩之「諷諫」傳統而作。不過，此詩雖「繼軌周人」，仿效《詩經》中的「匡諫之義」，畢竟並非出於自覺的有意識的模擬，因此才會以老臣之身發言勸戒夷王之前，先用很大的篇幅追述韋氏家族歷史，稱頌自己的先祖，自商周以來，如何輔佐諸朝廷王室之德行功業。乃至其「匡諫之義」似乎淪爲次要，遂導致漢魏以後詩人，往往以韋孟〈諷諫詩〉爲「敘先烈，述祖德」詩之典範，進而發展演變成推崇先人、訓誡子孫的詩歌類型，以自勵或勵人爲宗旨。其他如韋玄成(?-前36)的〈自刻詩〉、〈戒子孫詩〉，以及東漢傅毅的〈迪志詩〉等，均屬依循韋孟〈諷諫詩〉之餘緒，步趨〈雅〉、〈頌〉，進而演變而成的「新」詩歌類型。

(二)「楚騷」與辭賦的模擬──兩漢

　　由於漢代君王貴族多受荊楚地區文化的薰陶，加上《三百篇》在漢代的經學化，乃至楚騷與辭賦體遂成為漢代文人心目中抒情述懷、體物詠物的文學典範。此後依循先秦楚騷與漢初辭賦之作，絡繹不絕。倘若單純從「擬古」的立場角度視之，漢人對楚騷與辭賦的模擬，可謂掀開文學史上擬古之序幕。

1.「楚騷體」的模擬

　　按「楚騷體」之模擬，當屬漢代「擬古」之作的主流。漢代作家不僅在體制上因襲楚辭長短不齊的句型，沿用楚辭特有的帶「兮」字的詠嘆語氣，在內涵情境上，更常模仿楚國逐臣屈原、貧士宋玉懷才不遇的悲慨情懷。本書第二編章節中已論及的賈誼〈弔屈原賦〉、〈鵩鳥賦〉、莊忌〈哀時命〉，以及董仲舒〈士不遇賦〉、司馬遷〈悲士不遇賦〉，還有王褒〈九懷〉、劉向〈九嘆〉、王逸〈九思〉等，均屬沿襲楚騷體式，追摹屈、宋不遇情懷的例子。王逸(89?-158)顯然已經意識到漢人對楚騷的模擬現象，於其《楚辭章句‧序》中，即針對漢人追憫屈原之際，或代古人立言，或藉此以抒己懷，而提筆作騷體賦之意圖，云：

　　　擬則其儀表，祖式其模範，取其要妙，竊其華藻。

　　當然，這些漢代作家所以「擬則其儀表，祖式其模範」，主要還是基於對前代楚辭作品的同情共感，進而引發對己身遭遇不順的慨嘆，於是染翰創作，以此顯示對楚騷文體的緬懷，以及對屈、宋不遇遭遇的認同。像這樣因受到前代作家作品的「感召」，而「祖式模範」之作，雖然尚未流露對其作品本身「有意模擬」的創作意識，卻已是擬古詩形成的先導。

2.「散體賦」的模擬

　　散體大賦在西漢賦家仕宦生涯中所扮演的重要角色，於本書第二編的章節中已有所論述。諸如枚乘與司馬相如等文士，均因獻賦而受君主王侯看重，甚至受聘為朝臣的事實，已成為晚輩作家稱羨仰慕的「佳話」；乃至學習、模擬前人賦篇，成為晚輩作家努力的方向。其中最早表示「有意」模擬前人辭賦作品的例子，當屬曾經「好辭賦」的揚雄(前53-18)。

　　根據桓譚(前23?-56)《新論・道賦》，揚雄嘗宣稱：「能讀千賦則善賦。」桓譚所云倘若屬實，則揚雄顯然已經意識到，學習揣摩前人作品乃是孕育創作本領的重要條件，同時亦點出，模擬前人作品者，由讀者轉而為作者身分角度的變化。又據班固(32-92)《漢書・揚雄傳》，認為揚雄：「先是時蜀司馬相如，作賦甚弘麗溫雅，雄心壯之，每作賦，常擬之以為式。」班固所稱「擬之以為式」，不但顯示模擬前人作品之創作意圖，並且為擬古之作點出大概的定義界說。

　　當然，漢代作家對前人作品的「模擬」，大多仍然處於一種自然而為的階段，或因對前代作家作品之仰慕，或受前人作品情懷意念之感召，尚未成為個人或時代文學的自覺要求。這必須經過建安時期文學自覺意識的洗禮，而建安文人對漢樂府與古詩的模擬，正好作為「擬古詩」在西晉正式形成與風行的序幕。

(三)漢樂府與古詩的模擬——曹魏

　　建安是「五言騰踴」的時代，也是文學史上公認的文學自覺時代。自覺的文學創作，不僅表現於有意識的創作，也表現於對前人有意識的「模擬」。因此，建安可視為「擬古詩」類型形成的初創時期。胡應麟(1551-1602)《詩藪》外編卷一，即有如下的觀察：

　　　建安以還，人好擬古，自三百十九樂府鐃歌，靡不嗣述，幾於汗
　　　牛充棟。

　　胡應麟所云「建安以還，人好擬古」，主要是指建安文人對漢樂府歌詩之「靡不嗣述」。按，建安作家對漢樂府歌詩的學習與模仿，已是學界公認之文學現象。當然，如曹操敘錄社會動亂的〈蒿里行〉，抒發個人懷抱的〈短歌行〉之類的擬樂府，不過是襲用舊題，以抒情述懷之作，與西晉以後有些幾可亂真的擬古之作，尚有距離。其實曹氏兄弟作品中，亦不乏擬樂府之章。

　　據逯欽立輯校《先秦漢魏晉南北朝詩》，著錄曹丕〈善哉行二首〉，即引《詩紀》云：「一曰擬作。」著錄曹植〈薤露行〉，則引《樂府解題》曰：「曹植擬〈薤露行〉為〈天地〉。」另外，曹植〈吁嗟篇〉，亦

引《樂府解題》曰：「曹植擬〈苦寒行〉為〈吁嗟〉。」〈豫章行〉，復引《樂府解題》曰：「曹植擬〈豫章行〉為〈窮達〉。」儘管曹氏兄弟諸作，並未在詩題上標明其為「擬」作，但在內涵上模擬的痕跡顯著，自《詩紀》、《樂府解題》等，均已視之為「擬」作。這雖然是後世讀者的判斷，至少可作為建安作家善於模擬漢樂府的時代風氣之註腳。

建安作家對漢樂府的模擬，當然並非亦步亦趨，猶如方東樹（1772-1851）於《昭昧詹言》卷一之觀察：「擬古而自有托意，如曹氏父子，用樂府題而自敘時事，自是一體。」方氏所言點出，建安作家對樂府的模擬，主要還是借題述懷；因此往往突破樂府舊題的範疇，以個人一己的見聞並經驗感受入詩，乃至促使樂府歌詩之個人抒情化與文人化。本書第三編有關「建安風骨」之章節中，涉及曹氏父子與建安諸子樂府歌詩的特徵，已有所論述。惟不容忽略的是，除了模擬漢樂府歌詩之外，漢代無名氏五言「古詩」，亦曾是建安文人模擬的對象。

其實建安作家在「擬古詩」傳統形成過程中，所扮演的承先啓後關鍵角色，主要即在於對漢代無名氏五言古詩之模擬。例如曹丕、曹植兄弟現存的〈雜詩〉中，有的篇章無論從語句、情調方面觀察，多脫胎於漢代無名氏古詩。胡應麟《詩藪》內篇卷二，即針對曹植〈雜詩〉，認為其「全法十九首意象」。另外，毛先舒（1620-1688）《詩辨坻》卷一亦稱曹植〈雜詩〉「猶存擬古之跡」。

建安詩人對漢代古詩之模擬，不但含蘊其對古詩文學價值的認識，而且流露對古詩中體現的審美意識之欣然接受。劉勰《文心雕龍·明詩》所謂建安時期「五言騰湧」，顯然與建安作家大量模擬五言樂府與五言古詩，有一定程度的關係。其實，建安屬漢末年號，距無名氏「古詩」的時代不遠，古詩中對人生無常的感慨，生命短促的焦慮，自然容易引起身處亂世的建安詩人之同情共感。乃至在前人作品的「感召」之下，從而模仿其內涵情境，進而創造出慷慨任氣、志深筆長的詩篇。當然，建安詩人對漢代古詩之模擬，尚未流露標示作者「刻意擬古」的意圖，惟建安詩人模擬漢樂府與古詩的創作過程中，畢竟為西晉以後「擬古詩」類型之正式形

成與風行，鋪上先路。

三、「擬古詩」的風行與演變──兩晉南朝

擬古詩在西晉太康時期正式形成，並且蔚然成風，又在南朝詩人筆下持續發展演變，自然有其不容忽略的環境背景。首先，經過建安時期文學自覺意識的醞釀，加上西晉以後作家對於文學本質的認識，以及對於創作技巧的重視，促使作者在自我要求中對前代作家作品的學習揣摩，進而有意識的模仿擬作，應該是「擬古詩」正式形成並且蔚然成風的主要條件。其次，作者在學習揣摩過程中，或因前人作品引發同情共感，或因前人作品之「刺激」，乃至引發與之「較量」文才高下的興致，亦可能成為作者意欲「擬古」的創作意圖。再者，西晉以還已經出現作品的標題或小序中，明確指出其為「擬」前人之作，亦可視為正式宣布擬古詩風行的標誌。

清人汪師韓(1733年進士)於《詩學纂聞》，曾就《昭明文選》所錄「雜擬詩」，對西晉以還的擬古詩有如下的觀察：

> 類取往古名篇，規摹其意調，其止一二首者，既直題曰「擬某篇」，而其擬作多者，則雖概題曰「擬古」，仍於每篇之前，一一標題所擬者為何篇。……

其實，自西晉起的擬古詩，無論是否以標題明確指出作者之模擬意圖，就其作品之風貌內涵觀察，或可分為兩大主要系統。其一，模擬《詩經》四言體之作；其二，則是以兩漢知名文人作品為模擬對象，包括楚辭體與古詩體。

(一)四言正體的模擬

自東漢以還，四言正體雖在五言流調的「壓抑」之下，其實並未銷聲匿跡，甚至於西晉時期還臻至「中興」現象。根據逯欽立輯校之《先秦漢魏南北朝詩》，在現存五百多首西晉詩作中，存有一百八十多首四言詩，比例相當可觀。有的西晉詩人留存下來的詩篇，甚至以四言為大宗。例如傅玄(217-278)，現存詩十四首，其中四言之作，即占十二首；又如陸機之弟陸雲(262-303)，現存詩約三十首，其中二十四首均為四言。另外，

諸如應貞(?-269)、鄭豐(生卒年不詳)、孫振(?-303)、摯虞(?-311)等人之現存詩，或均爲四言，或四言多於五言。這樣的現象，當可視爲四言詩在西晉「中興」的註腳，也是擬古之作，風行詩壇的重要標誌。

　　西晉四言正體之「中興」，或許與司馬氏政權提倡「崇儒」的政策有關，乃至模擬《詩經》四言體之作大增。即使文人之間交遊往來的應酬詩篇中，亦以四言詩爲多。倘若就現存西晉四言詩之內涵與特色觀察，其實最多的乃是友朋同僚之間的贈答詩，依次則是公讌詩、擬經詩、祖餞詩。這些作品均明顯展示，直接追摹《詩經》四言體式的現象，而在內涵情境方面，則主要是步趨〈雅〉、〈頌〉傳統。當初建安詩人爲四言正體增添的個人抒情述懷之作，諸如曹操〈短歌行〉與〈步出夏門行〉、曹丕〈善哉行〉、王粲〈贈蔡子篤詩〉、曹植〈朔風〉等，不過是建安詩歌個人抒情化的時代風格，並未成爲西晉詩人之繼承對象。另外，正始詩人阮籍四言〈詠懷〉與嵇康〈四言贈兄秀才入軍詩〉等，抒發的憂患意識與仙隱玄遠之思，似乎對西晉四言詩亦並無明顯影響。值得注意的是，雖然漢魏詩人之四言詩，其內涵風貌多樣，不過，爰及太康詩人筆下，一般是在官方特定場合應詔受令爲詩，或正式社交應酬場合，需「歌功頌德」者，方才多用「四言正體」。其中除了「擬經詩」之外，內涵上多以恭維頌美對方的德行或文藻爲筆墨重點。如應貞〈晉武帝華林園集詩〉、潘岳(247-300)〈關中詩〉、〈爲賈謐作贈陸機詩〉、陸機〈皇太子讌玄圃宣猷堂有令賦詩〉、陸雲〈大將軍宴會被命作詩〉、潘尼(?-311?)〈獻長安君安仁詩〉、棗腆〈答石崇詩〉等。

　　西晉風行的這些「恭維頌美」性質的四言詩，其風格自然務求雍容典雅，頗示作者的學識素養。其共同點是，步趨〈雅〉、〈頌〉的痕跡顯著，乃至偏向莊嚴隆重，或古奧刻板，有的甚至似贊似頌，乃至「詩」的意味不足，往往予人以恭維應酬多於個人眞情流露的印象。這或許可以從摯虞(?-311)《文章流別集》中對四言正體的說明及推崇，得到啓示：

> 夫詩雖以情志爲本，而以成聲爲節。然則雅音之韻，四言爲正，
> 其餘雖備曲折之體，而非音之正也。

　　最能表現西晉詩人有意模擬《詩經》四言正體之風格者，當屬一些標明「擬經」之作。現存傅咸(239-294)〈六經詩〉、夏侯湛〈周詩〉、束皙〈補亡詩〉即是代表。按，傅咸之作六首，主要是闡明《孝經》、《論語》、《毛詩》、《周易》等儒家經典之奧義，其用語幾乎都是直接輯集自經典。試以〈論語詩〉為例：

　　　　克己復禮，學優則仕。富貴在天，為仁由己。

　　　　以道事君，死而後已。

　　這樣的作品，具有明顯「說理」的意圖，雖然所說之理，並非老莊玄理，而是儒家用世之理。另外，夏侯湛與束皙之作，則是為《詩經》中六篇「亡其辭」之「補亡」之作。夏侯湛僅留下〈周詩〉一首，「續其亡」。另外已收錄於《昭明文選》的束皙〈補亡詩〉，則分別為六首亡詩補其辭。就「補亡」其內容，或可分為兩類：一為推崇孝道，隱含「勸戒」之意者，如〈南陔〉與〈白華〉；二為「頌美」天德、王化者，如〈華黍〉、〈由庚〉、〈崇丘〉、〈由儀〉。試以〈由庚〉為例：

　　　　蕩蕩夷庚，物則由之。蠢蠢庶類，王亦柔之。

　　　　道之既由，化之既柔。木以秋零，草以春抽。

　　　　獸在於草，魚躍順流。四時遞謝，八風代扇。

　　　　讖阿案咎，星變其躔。五緯不愆，六氣無易。

　　　　愔愔我王，紹文之跡。

　　所言主要是稱美周成王能繼承文王之順道德化，所以萬物各得其所，且六氣順布，一切均合於自然之道。

　　這些西晉四言詩，雖然並未在詩題或內容上標明作者「模擬」的意圖，不過，無論其四言之形式體制或內涵風格，均可謂是西晉詩壇在自覺的創作意識中，「擬古」風尚的表現[2]。

　　當然，對於四言正體的模擬，並未止於西晉。東晉詩人陶淵明的四言

2　有關四言詩在西晉時期之「中興」現象，見崔宇錫，《魏晉四言詩研究》（台北：
　　臺灣大學中國文學系研究所碩士論文，1990），頁116-156。

詩，也具有明顯模仿《三百篇》的痕跡，並展露因襲前人四言之現象。但是，陶淵明的四言詩，猶如其五言之作，一方面繼承傳統，一方面卻有所開拓，不但擺脫漢魏西晉以來四言詩古奧板滯的毛病，而且往往以自我的情懷志趣為焦點，在一定的程度上，可以說是「取效風騷」，「恢復」了四言詩在《詩三百》中的抒情功能。其四言之作，諸如〈停雲〉、〈時運〉、〈榮木〉、〈歸鳥〉，甚至酬贈之章〈酬丁柴桑〉、〈答龐參軍〉、〈贈長沙公〉等，在在流露出陶淵明個人的風格色彩，煥發出日常生活氣息，洋溢著人間情味。試以〈停雲〉為例，詩前有小序：

> 停雲，思親友也。樽湛新醪，園列初榮，願言不從，嘆息彌襟。
> 靄靄停雲，濛濛時雨。八表同昏，平路伊組。
> 靜寄東軒，春醪毒撫。良朋悠邈，搔首延佇。／
> 停雲靄靄，時雨濛濛。八表同昏，平陸成江。
> 有酒有酒，閒飲東窗。願言懷人，舟車靡從。／
> 東園之樹，枝條載榮。競同新好，以怡余情。
> 人亦有言，日月于征。安得促席，說彼平生。／
> 翩翩飛鳥，息我庭柯。斂翮閒止，好聲相和。
> 豈無他人，念子實多。願言不獲，抱恨如何。

上舉〈停雲〉，乃是摘取首句中二字為篇名，篇名之後有詩前小序，說明篇名意義，點出主題，並交代作詩緣起背景。其仿效〈國風〉傳統，以景物起興發端，並運用複沓聯章形式，均是四言正體在章法形式上對《詩經》的模擬。不過，在內涵情境上，此詩並無兩漢四言詩那樣，與政教倫理相關的大題材，也沒有西晉四言詩中社交應酬的禮貌客套，抒發的只是一分殷殷的思友之情，寫其意欲與良朋共品新酒，同賞春景，卻為濛濛春雨所阻的經驗感受。並且在繼承《詩經》懷人之作的傳統中，揉雜著陶淵明個人的知音難遇，無人「說彼平生」的孤寂。

模擬《詩經》四言正體之作，在陶淵明筆下，展現的主要是他日常生活的瑣屑細節，抒發的是他個人獨特的情性懷抱，與兩漢以來的模擬之作相比照，可以說擴大了四言正體的內涵情境，同時也恢復了四言詩在《詩

經》中原有的抒情功能。就四言詩的發展視之，陶淵明的四言之章，或許可稱爲「變格」，卻也是中國文學史強調抒情述懷的傳統中之「正格」。

(二)漢人作品的模擬

西晉作家在自覺的創作意識中，除了常模擬《詩經》四言正體之外，亦模擬漢人作品，並且已經出現明確標示所擬原作的特定對象者。其中在擬古詩發展演變過程中值得注意的，包括對張衡〈四愁詩〉以及對無名氏「古詩」之模擬。

1.〈四愁詩〉之模擬

西晉太康時代詩人傅玄(217-278)與張載(?-289)的〈擬四愁詩四首〉，即是模擬東漢張衡(78-139)〈四愁詩〉而作。綜觀三人〈四愁詩〉的內涵情境與篇章結構，顯然均有其共同點。首先，在內涵情境上，均以追尋理想美人不得而生愁怨，作爲全詩主調。其次，在篇章結構上，則以四個疊章形式，反覆詠嘆其愁思。再者，每章均以第一人稱口吻：「我所思兮在○○」發端，並援用楚騷慣用的「兮」字喟嘆語氣，加上「美人與我相贈」之類的套語，形成原作與擬作之間的血緣關係。以下試並舉張衡〈四愁詩〉原作與張載擬作各第一章爲例，可觀其大概：

> 我所思兮在泰山。欲往從之梁父艱。
> 側身東望涕霑翰。美人贈我金錯刀。
> 何以報之英瓊瑤。路遠莫致倚逍遙。
> 何爲懷憂心煩勞。（張衡原作）
> 我所思兮在南巢，欲往從之巫山高。
> 登崖遠望涕泗交，我之懷矣心傷勞。
> 佳人遺我筒中布，何以贈之流黃素。
> 願因飄風超遠路，終然莫致增永慕。（張載擬作）

二詩雖在篇章句數上有七句八句之別，惟其中所思美人／佳人，因路途遙遠艱難，乃至不得相會，而心生愁怨之嘆息則相同，明顯展示其間因模擬的血緣關係。惟值得注意的是，傅玄於其〈擬四愁詩〉詩前小序的說明：

> 昔張平子作〈四愁詩〉，體小而俗，七言類也。聊擬而作之，名
> 曰〈擬四愁詩〉。

傅玄小序不但說明模擬張衡〈四愁詩〉之緣由，並從審美角度品評張
衡原作的七言體制，以及其「體小而俗」的風格特點，且清楚說明，擬作
者已經認識到，其擬作本身即是一種由「讀者→作者」的創作過程，明顯
流露一分自覺的、通過模擬來創作的意圖。當然，後人為張衡〈四愁詩〉
所作小序已指出：「……時天下漸弊，鬱鬱不得志，為〈四愁詩〉。效屈
原以美人為君子，以珍寶為仁義，以水深雪雰為小人。思以道術為報，貽
於時君，而懼讒邪不得以通。」由此或可說明，太康作家傅玄、張載之擬
張衡〈四愁詩〉，已是第二代之擬古，或可稱為「擬〈擬古〉」之作[3]。
不過，張衡〈四愁詩〉之「效屈原以美人為君子」，實與其他漢人的騷體
賦相若，主要出於對楚辭中屈原人格遭遇之「同情共感」，張載〈擬四愁
詩〉雖然並未留下說明擬作緣起之序言，惟從傅玄擬作之小序，可謂同屬
在自覺的創作意識之下，已經宣示「擬古詩」之正式形成。

2. 漢「古詩」之模擬

西晉以後作家模擬兩漢文人作品中，最受學界矚目者，當然還是對無
名氏「古詩」之模擬。其中又以陸機(261-303)〈擬古詩十二首〉系列最
著稱。或許因為鍾嶸《詩品》上品對「古詩」讚美備至之際，且特別提及
陸機的「擬作」[4]；加上現存陸機所擬這十二首，均收錄於《昭明文選》
「雜擬」類，乃至視為文學史上「擬古詩」類的經典之作，並且成為當今
學界討論「擬古詩」，以及陸機詩歌特色的重點。

值得注意的是，《昭明文選》所錄陸機擬古之作其中十二首，均視為
擬「古詩十九首」之作品，而且在《昭明文選》版本中，每一首皆以所擬
詩作之首句為標題，明確點出其所擬對象，諸如〈擬行行重行行〉、〈擬

---

3 見馮秀娟，《魏晉六朝擬古詩研究》（台北：臺灣大學中國文學系研究所碩士論
   文，2003），頁75-79。
4 鍾嶸《詩品》評「古詩」云：「其源出於〈國風〉。陸機所擬十四首，文溫以
   麗，意悲而遠，驚心動魄，可謂幾乎一字千金。」

青青河畔草〉、〈擬今日良宴會〉、〈擬迢迢牽牛星〉、〈擬明月何皎皎〉等。試看〈擬明月何皎皎〉：

> 安寢北堂上，明月入我牖。照之有餘暉，攬之不盈手。
>
> 涼風繞曲房，寒蟬鳴高柳。踟蹰感節物，我行永已久。
>
> 遊宦會無成，離思難常守。

如果將陸機擬古十二首與原作相比照，不難發現，擬作中即使基本上句句對應原作之意，其中流露的，在社會動亂中個人的飄泊流離，與陸機本人的遊宦生涯，入洛之後嚮往故土，懷念親友的情思，彷彿有共鳴之處。同時亦展現陸機〈文賦〉中所主張的「詩緣情而綺靡」之創作傾向。惟無論擬作與原作，畢竟無法完全超越作者及其所處時代文壇風氣的影響。諸如「古詩」原作，多通過敘述來抒情，陸機擬作，則往往直接抒情，而且抒情之際，景物的描寫亦明顯增加[5]。此外，在用字遣詞方面，擬作顯得「每好繁複」，又「善用儷句及字眼」，且「具有濃厚的貴遊氣息」[6]。陸機〈擬古詩〉含蘊的，不僅是重溫漢代古詩的情味意境，也是陸機個人對古詩之同情共感，並且流露出太康詩歌之時代風格特徵。

當然，對於漢人「古詩」之模擬，並未止於陸機。繼而還有劉宋南平王劉鑠的著力模擬。據《宋書・南平王劉鑠傳》云：「鑠未弱冠，擬古三十餘首，時人以為亞跡陸機。」可惜劉鑠如今只留下〈擬古〉四首[7]。惟擬「古詩」在晉宋之際蔚然成風，則已是不爭之實。其他的南朝作家，諸如鮑照、鮑令暉、何遜、沈約、蕭統、蕭衍等，或多或少均留下以某首「古詩」為模擬對象的作品。這樣的「擬古詩」，與原作的關係，或許可謂是跨越時代的「同題共詠」。其模擬對象雖同屬漢代無名氏「古詩」，展現的風格特徵，卻難免猶如劉勰《文心雕龍・時序》所稱：「文變染乎

5　胡大雷，《文選詩研究》（桂林：廣西師範大學出版社，2000），頁400-402。

6　見林文月，〈陸機的擬古詩〉，收入林著《中古文學論叢》（台北：大安出版社，1989），頁123-158。

7　劉鑠，〈擬行行重行行〉、〈擬明月何皎皎〉收錄於《昭明文選》，另外二首，〈擬孟冬寒氣至〉、〈擬青青河邊草〉，收錄於《玉臺新詠》。

世情，興廢繫乎時序。」畢竟各有其時代的審美趣味與要求。因此證明，「擬古」之作，並非亦步亦趨之模擬，而是隨著不同時代詩歌之發展演變，在沿襲仿作中有所創新。

就如東晉詩人陶淵明亦留下〈擬古八首〉，即為兩晉以後之「擬古詩」開闢了另一天地。按，陸機之「擬古詩」，每首都有明確的模擬對象，主要還是「擬其體」，展現的是對原作體式風格及感情內容的審美認識與接受，因此可以不必表露擬作者自己的人格情性。可是陶淵明的〈擬古詩〉，則並無明確的模擬對象，當屬於「泛擬」，其旨趣亦不在於「擬其體」，只是模擬古詩中的一些情懷意境，並且藉此抒發己懷。猶如清人潘德輿(1785-1839)於《養一齋詩話》所稱，淵明乃是「渾言擬古，故能自盡所懷」者也。陶淵明「自盡所懷」的擬古之作，與阮籍〈詠懷〉、左思〈詠史〉、郭璞〈遊仙〉諸組詩，亦有一定的血緣關係，或許可稱為是陸機「擬古詩」類的「變格」。其對後世詩人之影響，並不亞於陸機之作。諸如鮑照〈擬古詩八首〉、〈擬行路難十八首〉，庾信〈擬詠懷詩二十七首〉，甚至唐代陳子昂〈感遇三十八首〉、李白〈古風五十九首〉，均屬「渾言擬古，故能自盡所懷」之作。擬古詩「變格」的產生，意味著模擬與創作漸趨合流，無論擬古詠史、抒情述懷均可以熔於一爐。

(三)知名作家作品的模擬

對前代經典諸如《詩經》、《楚辭》作品的模擬，始自漢魏，爰及南朝，在詩壇上已經發展至對前代知名作家某一作品，或某作家作品整體風貌的模擬。例如謝靈運〈擬魏太子鄴中集詩八首〉，鮑照〈學劉公幹體五首〉、〈擬阮公「夜中不能寐」〉、〈學陶彭澤體〉，江淹〈效阮公詩十五首〉、〈雜體詩三十首〉，庾信〈擬詠懷詩二十七首〉等即是。其間或流露對模擬作品對象的同情共感，或展現對於前代作家風格體式某種審美趣味的體會與接受。這類擬古之作，可以謝靈運〈擬魏太子鄴中集詩八首〉、江淹〈雜體詩三十首〉為代表。兩首組詩均收錄於《昭明文選》的「雜擬類」，可視為魏晉南朝以來「擬古詩」發展演變的一個高峰。

謝靈運(385-433)〈擬魏太子鄴中集詩八首〉，詩前有總序，說明擬

作之緣由背景。主要是擬從魏太子曹丕的角度，以代言方式，第一人稱
「余」的口吻，追懷昔日在鄴下與「昆弟友朋，二三諸彥」，如何「朝遊
夕讌，究歡愉之極，天下良辰美景，賞心樂事……」；惟「歲月如流」，
如今昆弟友朋紛紛「凋零將盡」，於是乃「撰文懷人」。值得注意的是，
謝詩總序中敘述的曹丕在「建安末」的經驗，以及「感往增愴」的慨嘆，
與擬作者謝靈運本人，和盧陵王劉義眞之間相知相惜的情誼，頗爲類似；
加上謝靈運因朝廷「唯以文義處之，不以應實相許」（《宋書·謝靈運
傳》），但感懷才不遇的憤懣，以及與對盧陵王的懷思，也有某種接合共
鳴之處。這或許是謝靈運創作〈擬魏太子鄴中集詩〉的觸動點。其八首擬
作中，以〈擬魏太子〉居首，其後依次爲，擬王粲、陳琳、徐幹、劉楨、
應瑒、阮瑀、平原侯曹植等七子詩作的風格特色。除第一首〈擬魏太子
詩〉之外，其他各擬詩之前均另有小序，分別介紹所擬各家之身世遭遇、
人格特質、爲文風格。試以〈擬王粲詩並序〉爲例：

　　家本秦川貴公子，遭亂流寓，自傷情多。

　　幽厲昔崩亂，桓靈今板蕩。伊洛既燎煙，函崤沒無像。

　　整裝辭秦川，秣馬赴楚壤。沮漳自可美，客心非外獎。

　　常嘆詩人言，式微何由往。上宰奉皇靈，侯伯咸宗長。

　　雲騎亂漢南，紀郢皆掃蕩。排霧屬聖明，披雲對清朗。

　　慶泰欲重壘，公子特先賞。不謂息肩願，一旦值明兩。

　　並載遊鄴京，方舟汎河廣。綢繆清讌娛，寂寥梁棟響。

　　既作長夜飲，豈顧乘日養。

　　詩前小序簡介王粲其人其詩，其後之擬作，則是從王粲的角度發言，
並回應小序所稱，抒發一個「秦川貴公子」遭受流離顛沛的身世之嘆，以
及在鄴京如何隨魏太子遊宴歡聚、深受恩榮的感激之情。擬其他諸子之
作，亦相類似。

　　就〈擬魏太子鄴中集詩八首〉整體內涵視之，其共同特色，實不外劉
勰《文心雕龍·明詩》所稱，建安詩人「憐風月，狎池苑，述恩榮，敘酣

宴」的內容[8]，這或許與謝靈運當初曾親身參與廬陵王幕下遊宴情景有相
似之處。不過，個別詩作又因所擬對象之身世懷抱的相異，亦各有其特
色。倘若就個別詩作視之，每一首均可獨立存在；作爲一組組詩的整體，
則不但展現建安時代一群文人的集體生活風貌，同時流露擬作者謝靈運，
對這個時代君臣相知相惜生活的神往，對蓬勃的建安詩壇之欣賞與緬懷，
以及對建安詩歌的品評觀點。「擬古詩」在謝靈運筆下，已經超越前人單
純「模擬」的意圖，進而帶有對原作的文學品評意味。這是「擬古詩」由
模擬到批評意識的萌生，乃至出現「新變」的徵兆。

　　當然，南朝擬古詩中最能顯示擬作者表達對前人作品之「品評觀
點」，流露文學批評與文學史觀意識者，首當推江淹的〈雜體詩三十
首〉。據江淹〈雜體詩〉詩前「小序」，說明其擬作之緣起：主要是由於
不滿當時的批評風氣，認爲「世之諸賢，各滯所迷」，乃至「論甘而忌
辛，好丹而非素」，「又貴遠賤近」，且「重耳輕目」；何況「五言之
興，諒非瓊古」，自漢魏以來，已發展出不同的風格體貌，「各具美兼
善」，於是「今作三十首詩，效其文體，雖不足品藻淵流，庶亦無乖商榷
云爾」。小序詳細說明此三十首擬作，乃是針對「五言詩」體，自兩漢至
宋齊之間發展演變的回顧與追摹。這三十首「效其文體」之擬作，是依世
代先後爲序，標舉不同時期詩人作品的題材風格，作爲某種「體」的代
表，並以所擬詩人及體目爲標題，概括出不同時期的代表詩人，就其在五
言詩創作上展現的風格特徵，勾勒出兩漢至宋齊數百年間詩歌發展的大概
輪廓。其中包括：

　　　　〈古詩・別離〉、〈李陵・從軍〉、〈班婕妤・詠扇〉、〈魏文帝・
　　　　遊宴〉、〈陳思王・贈友〉、〈劉楨・感遇〉、〈王粲・懷德〉、〈嵇
　　　　康・言志〉、〈阮籍・詠懷〉、〈張華・離情〉、〈潘岳・悼亡〉、
　　　　〈陸機・羈宦〉、〈左思・詠史〉、〈張協・苦雨〉、〈劉琨・傷

8　見梅家玲，〈論謝靈運《擬魏太子鄴中集詩八首並序》的美學特質〉，《臺大中
　　文學報》第7期(1995.4)，頁155-216。

亂〉、〈盧諶・感交〉、〈郭璞・遊仙〉、〈孫綽・雜述〉、〈許詢・自序〉、〈殷仲文・興矚〉、〈謝混・遊覽〉、〈陶潛・田居〉、〈謝靈運・遊山〉、〈顏延之・侍宴〉、〈謝惠連・贈別〉、〈王微・養疾〉、〈袁淑・從駕〉、〈謝莊・郊遊〉、〈鮑照・戎行〉、〈休上人・別怨〉。

對江淹的擬古之作，南宋嚴羽(1197?-1241?)《滄浪詩話・詩評》嘗讚曰：「擬古惟江文通最長。擬淵明似淵明，擬康樂似康樂，擬左思似左思，擬郭璞似郭璞，獨擬李都尉一首不似西漢耳。」的確，江淹之善於模擬，對於前代作家作品風貌之準切把握，是歷代讀者所公認。就看其擬〈陶潛・田居〉一首，元人李公煥將之收錄於《箋注陶淵明集》，列為〈歸園田居〉第六首，之前，蘇東坡亦不疑，且欣然和之。這雖然是文學史上一段有趣的「佳話」，同時也是對江淹擬古幾可亂真的推崇。當然，江淹〈雜體詩三十首〉在擬古詩的發展演變過程中，最令人矚目的，還並非江淹個人對往昔作家作品同情共感的流露，或對前人作品維妙維肖的模擬，而是江淹通過擬古之作，對五言詩體，從漢魏古詩到宋齊新體，在風格流派方面發展演變的「文學史觀」。換言之，其擬古之宗旨，是出自對於前代詩人所開拓的創作領域和特點的認知，以及對五言詩體風格流派發展演變的體認。這是擬古詩發展演變至蕭齊時代的「新變」，也是擬古詩爰及南朝，與文學批評觀點融合的意外收穫。

在文學批評觀點方面，不容忽略的是：首先，江淹〈雜體詩三十首・序〉中所言，與鍾嶸《詩品》對五言詩的特別重視，以及《詩品》中所列代表作家與時代範圍的選取上，均有相似之處[9]。其次，與蕭統《文選・序》所言的文學觀點與批評原則，亦有相契合之處，甚至對《文選》的選詩標準，亦可能有影響[10]。再次，江淹所模擬的前人作品，不但展現其對

9　江淹〈雜體詩〉與鍾嶸《詩品》所評詩人的時代，均起自西漢，終於蕭梁；〈雜體詩〉所擬三十位作家，亦全部均出現於《詩品》。江淹〈雜擬詩〉對鍾嶸《詩品》應當有所影響。

10　見陳復興，〈江文通〈雜體詩三十首〉與蕭統的文學批評〉，趙福海主編，《文

五言詩發展演變之「史觀」，同時業已點出，中國詩歌各種主要類型先後形成的大概趨勢。尤其是離別、遊宴、贈答、詠懷、悼亡、羈宦、詠史、遊仙、田園、山水諸類，無論是群體生活的描述，或一己情懷的感念，均於漢魏兩晉南朝文人筆下逐漸形成，並且進而成爲唐宋以後詩人沿襲不輟的創作範式。

第二節　詠史詩的萌生與演變

　　「詠史詩」與擬古詩一樣，是在漢魏文人自覺的創作意識下逐漸興起，並於兩晉南朝時期繼續發展演變，建立其類型的傳統。

一、詠史詩界說

　　所謂「詠史詩」，簡言之，即是吟詠歷史人物或事件爲主要題材內容之詩。作者或藉由歷史人物或事件，表達自己的觀點意見或感懷；也有僅是客觀追述歷史人物事件，而不加修飾潤色，不露主觀感受者。因此，自漢魏以來的詠史詩，通常包括兩種類型：一種是以敘述歷史人物或某事件爲主，兼有附帶作者對歷史人物事件本身的評論；這類作品，以表達作者以古鑑今的「史觀」爲主，作者個人的感情，往往退居詩後，甚至隱藏不露。另一種則爲藉吟詠歷史人物或事件，以抒發作者對當前政治社會或個人際遇的感懷爲主，其中歷史部分僅作爲題材襯托，其真正目的是個人的抒情述懷；這類作品，作者個人感懷比較濃郁，充分展現詠史詩的抒情潛能。前者或可稱爲敘事型詠史詩，後者則可稱爲抒懷型詠史詩。

　　惟不容忽略的是，詠史詩類型的界定，是以題材內容爲準。雖然大多數詠史詩可從標題認出，其中包括直接標題爲「詠史」者，諸如班固〈詠史〉、阮瑀〈詠史〉、王粲〈詠史〉、左思〈詠史八首〉、張協〈詠史〉、袁宏〈詠史二首〉、鮑照〈詠史〉等；有時則以所詠古人古事爲

(續)───────────
　　選學論集》（長春：時代文藝出版社，1992），頁187-199。

題，諸如曹植〈詠三良〉、陶淵明〈詠三良〉、〈詠二疏〉、〈詠荊軻〉；此後還有顏延之〈五君詠五首〉、虞羲〈詠霍將軍北伐〉、蕭統〈詠山濤王戎二首〉等。但是，偶爾亦有題材內容雖為詠史之作，卻涵蓋在其他標題之下者。如阮籍〈詠懷八十二首〉雖無詠史之題，其中有的篇章，就題材內容視之，顯然可歸於「詠史詩」。又如劉琨(271-318)〈重贈盧諶〉，表面上是友朋同僚之間的「贈答詩」，惟就其內涵，則是藉詠史以述懷之作。總而言之，詠史詩之界說，當以題材內容是否涉及歷史人物或事件為依歸。

二、詠史詩的萌生

　　儘管早在《詩經》中已經出現歌詠先賢歷史功績事略的詩篇，諸如〈大雅〉中的〈生民〉、〈公劉〉、〈大明〉等，但是，這些作品畢竟屬於朝會之際、君臣群體活動中，追述先祖功業的宗廟頌辭，並非個別作家對歷史人物事件的緬懷或評述。因此，還不能算是詠史詩。詠史詩之萌生，不但有賴作者個人的歷史意識，更須作者有意識的詠史創作意圖。就現存資料視之，如《漢書》的撰述者班固，其標目為〈詠史〉之作，即是文學史上現存以「詠史」為題材內容的個人詠史詩之開端。班固的〈詠史〉，雖然鍾嶸《詩品》譏為「質木無文」，畢竟是開啟個人詠史詩的里程碑。魏晉以降，在詩歌日益文人化的發展趨勢中，詠史詩的創作增多，風氣漸盛，爰及蕭梁時期，《昭明文選》詩歌選錄部分已專列「詠史」一類，詠史詩類型傳統之確立可證。

三、詠史詩的演變

　　自東漢班固〈詠史〉的出現，詠史詩在魏晉以來詩人筆下，繼作不輟，並且從原先偏重述史敘事，以「史」為主體之作，逐漸走向以作者「自我」對歷史人物事件的感悟為主體，亦即以「史為我用」的抒情述懷之章。這樣的發展演變傾向，可視為抒情述懷詩歌自魏晉以後終於成為中國文學主流的註腳。試從歷史的追述與個人的抒懷，兩個層次來觀察詠史

詩之發展演變。

（一）歷史的追述——隱括本傳，不加藻飾

就現存資料，追述歷史人物事件的詠史之作，始自班固的〈詠史〉：

> 三王德彌薄，惟後用肉刑。太倉令有罪，就逮長安城。自恨身無子，困急獨煢煢。小女痛父言，死者不可生。上書詣闕下，思古歌雞鳴。憂心 摧折裂，晨風揚激聲。聖漢孝文帝，惻然感至情。百男何憒憒，不如一緹縈。

班固之作主要是追述西漢文帝時一段史實。據《史記・扁鵲倉公列傳》，名醫淳于意因得罪朝廷，將加肉刑，幼女緹縈乃上書文帝，願以身救父，其「孝心」感動了文帝，淳于意遂得以免罪，肉刑之法亦因此而廢止。班固〈詠史〉，在追述緹縈救父過程中，委婉蘊含對文帝最終廢止肉刑的稱頌，最後又以「百男何憒憒，不如一緹縈」，表達對孝女緹縈的讚嘆。雖然整首詩乃是根據史傳中的本事情節概述緹縈的事跡[11]，類似人物志，而且由於其敘述語言平實無華，欠缺情采，雖受到鍾嶸的譏評，畢竟開啟了後世詩人吟詠歷史人物事件的風尚[12]。

班固之後，晉人亦繼其緒，吟詠歷史人物事件之作。如盧諶（284-350）〈覽古詩〉，對藺相如事跡的追述。全詩長達三十六句，題材全然取自《史記・廉頗藺相如列傳》有關藺相如事跡的大概；盧諶即使呼出「智勇冠三代，馳張使我嘆」的稱嘆，也顯然是承襲《史記》作者司馬遷的立場。此外還有傅玄〈惟漢行〉，追述鴻門宴事件，推崇樊噲之英勇；石崇〈王明君辭〉，則吟詠王昭君和蕃出塞的無奈。像這樣單純以追述歷史人物事件為主體的「詠史詩」，並未因魏晉以後藉史詠懷之作逐漸增多而絕跡。

如蕭梁時期虞羲（生卒年不詳）〈詠霍去病北伐〉，即以漢代名將霍去

---

11 緹縈救父故事，除了《史記・扁鵲倉公列傳》外，亦見《漢書・刑法志》、劉向《列女傳》等。

12 按，班固的詠史詩當不只有關孝女緹縈救父一首。吉川幸次郎嘗列舉班固若干佚詩，包括詠延陵季子、秋胡、霍去病等歷史人物軼事者。見興膳宏，〈左思與詠史詩〉，原刊於《中國文學報》21冊（1966.10），後收入興膳氏《六朝文學論稿》（彭恩華譯，長沙：岳麓書社，1986），頁26-75。

病的豐功偉業爲追述的重點，最後以「當令麟閣上，千載有雄名」，表示
對此英雄人物的景仰與讚嘆。如此以「追述歷史」爲主的詠史之作，或許
正如何焯(1661-1722)於《義門讀書記‧文選》卷二，評張協〈詠二疏〉
時所云：「詠史不過美其事而詠嘆之，櫽括本傳，不加藻飾，此正體
也。」所謂「櫽括本傳，不加藻飾」，已經點出這類作品雖忠於史實但欠
缺情采的特徵，即使作品中已經含蘊作者對歷史人物的評價，即使是延續
由漢代史家班固開啓的「正體」，在重視抒情的文學史觀中，仍然是受批
評的對象。或許如吳喬(1611-1695)《圍爐詩話》卷三所云：「古人詠
史，但敘事而不出己意，則史也，非詩也。」

　　詠史詩在文學史上地位之提升與傳統之建立，尚有待魏晉以後詠史詩
「變體」的產生，亦即作者個人藉史抒懷型的出現。

(二)個人的抒懷——藉史抒懷，性情俱見

　　詠史之章要成爲「詩」，具有令讀者體味的「詩意」，則須在「櫽括
本傳」之外，同時抒發一己之情懷。換言之，歷史人物或事件不但是詩人
追懷的「題材」，更重要的是，藉史抒懷，表達個人的情意懷抱才是創作
的宗旨。其實，像這類詠史的「變體」，隨著個體意識與創作意識自覺的
增濃，在魏晉詩人筆下已經陸續出現。如曹植〈怨歌行〉「爲君既不易，
爲臣良獨難……」，藉周公旦忠而被讒、見疑、昭雪的歷史事跡，寄託自
己遭受曹丕猜忌、排擠的哀怨。讀者在撫讀之際，可以從中體味出作者曹
植如何藉古人酒杯、澆胸中之塊壘，而此詩所以動人之處即在此。又如阮
籍〈詠懷〉其六「昔聞東陵瓜，近在青門外……」，通過秦漢之際的邵
平，失去侯爵、種瓜維生的事跡，表達身處亂世者，對富貴榮祿難持久，
恬澹寡欲可全身的處世哲理，流露身處亂世的文人之心聲。當然，曹植與
阮籍所寫這類藉史抒懷之作，尚未展現「有意」詠史之創作意圖。

　　詠史詩藉史抒懷類型之形成，當以左思(250?-305?)〈詠史八首〉組
詩爲里程碑。按，左思的詠史之作，乃是對後世詠史詩最具示範性，同時
可視爲詠史詩發展臻至成熟的標誌。

　　根據胡應麟(1551-1602)《詩藪》的觀察：「『詠史』之名，起自孟

堅，但指一事。魏杜摯〈贈毋丘儉〉，疊用八古人名，堆垛寡變。太沖題
實因班，體亦本杜，而造語奇偉，創格新特，錯綜震盪，逸氣干雲，遂爲
千古絕唱。」此後沈德潛(1673-1769)《古詩源》，亦有類似的評語：
「太沖〈詠史〉，不必專詠一人、專詠一事。詠古人而性情俱見，此千秋
絕唱也。後唯明遠、太白能之。」

試以左思〈詠史〉其七爲例：

　　主父宦不達，骨肉還相薄。買臣因樵采，伉儷不安宅。

　　陳平無產業，歸來翳負郭。長卿還成都，壁立何寥廓。

　　四賢豈不偉？遺列光篇籍。當其未遇時，憂在填溝壑。

　　英雄有迍邅，由來自古昔。何世無英才，遺之在草澤。

詩中標舉主父偃、朱買臣、陳平、司馬相如諸古人的遭遇之後，進而
對這些人物加以議論並抒己懷。按，作者左思出身寒微，有志不獲騁的不
遇情懷，亦由此而流露無遺。詩中歷史人物的出現，不過是藉此抒懷的題
材而已。

整體視之，左思〈詠史八首〉乃是以組詩形式藉史抒懷。其中主要包
括壯士的不遇以及寒士的悲憤，這正是左思個人身世遭遇中引發的情懷意
念。就其〈詠史〉題材之運用而言，實涵蓋班固以來詠史詩發展之不同類
型風格。其中有專詠一人一事者，如其四「濟濟京城內……寂寂揚子
宅」，追慕揚雄如何安貧樂道，著書立說；其六「荊軻飲燕市……」，則
詠荊軻刺秦王之事，強調荊軻蔑視榮華富貴之人格特質。此外，亦有標舉
數位古人姓名，不重事跡而強調境遇，繼而加以議論並抒己懷者，除上舉
其七外，如其三「吾希段干木……吾慕魯仲連」亦是。

不容忽略的是，就詠史詩的發展趨勢視之，左思〈詠史〉組詩中其實
還夾雜著宛如詠懷之章。如其一「弱冠弄柔翰……著論准〈過秦〉，作賦
擬〈子虛〉。……功成不受爵，長依歸田廬」，以漢代文人賈誼、司馬相
如自喻，又以戰國魯仲連「功成不受爵」自許。全詩單獨視之，就「主
題」而言，實不類「詠史」，只能算是個人的「詠懷」之章。不過，就詠
史「組詩」的結構而言，則有「總序」的意義，其中宣示的是，其詠史之

章，乃屬個人抒情述懷之作。又如其五「皓天舒白日，靈景耀神州。……振衣千仞岡，濯足萬里流」，亦全然是自我抒懷。惟置於名爲「詠史」的組詩之中，展現的是作者(或爲其組詩標目者)，對「詠史詩」這一類型，在抒情述懷功能方面的強調與推崇。左思的詠史詩，開創了「詠史」與「抒懷」合流的先例。

繼左思之後的東晉詠史詩，更明顯的展現，藉歷史人物事件以抒情述懷的發展傾向。就現存資料，荊軻、三良、二疏，似乎是魏晉詩人同題共詠的熱門；除此之外，則是以詠古貧士之境遇爲多，包括對古代貧士如何安貧樂道的仰慕，或雖處貧困卻思振作，意欲掙脫貧困以便有所作爲的吟詠。陶淵明亦繼承前人之詠史，留下詠荊軻、三良、二疏各一首，以及〈詠貧士七首〉組詩。盡管陶淵明與左思，無論生平遭遇、仕宦經驗、人格情性，或人生態度，均各有異趣，惟就「詠史」之作，兩者可謂均屬建立詠史詩「藉史抒懷」傳統的大家。此後詩人相繼仿效，直至唐宋之後而歷久不衰。

當然，南朝劉宋以降，加入詠史詩行列者，亦不乏其人。其中值得注意的是顏延之(384-456)的〈五君詠五首〉，乃是以組詩形式，歌詠魏晉時期號稱竹林七賢中除山濤、王戎之外的五賢。或許是因爲顏延之得罪權臣，左遷爲永嘉太守，但覺宦途失意，故以竹林賢者的放浪形象來寄託自己的人格情性，並表達對前人豪飲放誕與不拘禮節的欣賞與讚頌。之後還有鮑照繼左思〈詠史詩〉其七中「四賢豈不偉，遺烈光篇籍」，作〈蜀四賢詠〉一首，詠嘆蜀中四賢：包括顏君平、司馬相如、王褒、揚雄，亦是明顯的藉史抒懷之作。

詠史詩雖取材於歷史人物或事件，所以能夠在重視抒情的中國文學史上，建立其傳統，並成爲一種令歷代詩人因循模仿、吟詠不輟的詩歌類型，主要就在於魏晉以降的作者，逐漸從單純歷史的追述，轉變爲個人性情懷抱的抒發，其中題材內容仍然是歷史人物事件，惟創作的宗旨與作品的表現，則是個人情懷意念的抒發。

第三章
綺情兒女之思

　　所謂「綺情兒女之思」，乃是指男女之間的愛慕相思之情而言。在中國文學史中，沒有純粹歌詠愛情本身的傳統，男女之間的愛慕，主要是通過日常生活中彼此或單方的離情相思來傳達。抒發綺情兒女之思的詩歌，可以遠溯自《詩經》中有關愛情婚姻之吟詠，還有《楚辭‧九歌》中巫覡向神靈唱出的戀歌，以及漢代樂府與無名氏「古詩」中遊子思婦離情相思之傾訴。但是，經過漢儒的說經，以及屈原〈離騷〉中以男女喻君臣的先導，漢魏文人筆下的綺情兒女之思，創作的宗旨遂變得複雜起來。作品開始文人化、理念化，有些甚至還或隱或顯流露出君臣男女的寄託，因而失去了《詩經》或漢樂府古辭中原有的兒女之情的純樸與天真。據目前所見資料，有主名文人抒寫兒女之情，則始於東漢，興於曹魏，盛於太康詩壇，並且開始發生明顯的變化，有的作者已擺脫君臣男女的傳統，但寫個人一己之相思。尤其值得矚目的是，在太康詩人筆下，訴說相思情意者，已經不限於為閨中女子代言，男性作者本人也會通過詩歌，表達對妻子的無限懷思。這雖然起自漢武帝的〈李夫人賦〉，或可視為是曹魏以來，「尚情」風氣薰陶之下，對於但屬「人之情」的重視，也是擺脫政教倫理的束縛，對於一己「私情」的「再發現」。

　　當然，「君臣男女的寄託」與「兒女私情的吟詠」之間，並無直接的繼承關係，而是各有偏重者，有時甚至會同時出現在一個作家的作品中。為了討論的方便，姑且分兩個層次，分節論述。

第一節　君臣男女的寄託

　　《詩經》中有關男女愛情婚姻之吟詠，範圍廣泛，也頗接近現實人生。詩中抒情主人公，男女兼有，其所傾訴者，包括相思之苦、相遇之樂、幽會之歡，以及遺棄之哀。不過，繼而漢樂府歌詩中，涉及男女之間感情糾葛的作品，主人公或發話人，已經普遍只限女性，而且往往以悲哀愁怨爲主調。或許基於女性在男女社會生活中居於「弱勢」，加上采詩官對於民「怨」的重視，所采者大多以困守閨中的思婦，或遭遺棄的棄婦之處境和經驗感受爲重點，訴說相思之切，或被遺忘遭失寵的痛楚及哀怨。爰及文人開始模擬樂府，因爲有樂府古辭爲範本，或又出於對女子不幸遭遇之同情共感，亦多爲思婦或棄婦代言之辭。儘管如此，文人擬作畢竟難以擺脫作者本身的文人氣質，會不時流露出，屬於文人特有的情思理念。於是，原有的單純的思婦棄婦之辭，變得文人化、理念化了。有的甚是刻意借樂府之辭，以男女喻君臣，來抒發同樣居於「弱勢」的人臣之經驗感受，包括懷才不遇的悲哀或盼望獲得明君知賞之焦慮和無奈。

一、傳統的形成

　　在中國文學史中，有意識的在作品中將男女喻君臣之首創者，當屬楚臣屈原無疑。本書第一編論及屈原〈離騷〉之章，已經指出，屈原雖然以逐臣之身抒發其政治不遇情懷，爲了對疏遠他的君王以及排擠他的黨人表示不滿，時而會中途轉換男女角色，亦即由遭讒受逐之人臣，忽而變成一個遭嫉而失寵的女子，或聲稱：「眾女嫉余之娥眉兮，謠諑謂余以善淫。」或用癡情女子責備夫君或情郎變心的口吻，埋怨楚王二三其德：「初既與余成言兮，後悔遁而有他；余既不難夫離別兮，傷靈修之數化。……」

　　〈離騷〉中這種藉失寵女子口吻發洩作者自己的政治牢騷，在漢代文人模擬楚騷的作品中，似乎並未引起任何回響，不過，卻從此啓發了文人

詩歌創作中，以男女喻君臣的抒情藝術，並且在讀者閱讀與接受過程中，留下深刻的印象，難免引發聯想：大凡有關男女之情詩歌的表層下，應該或隱或顯寄寓著懷才不遇者的「政治相思」或「政治失戀」。也就是在作者與讀者，彼此激盪，相互影響，共同參與的創作過程中，以男女喻君臣形成其源遠流長的傳統。

二、文人的沿襲

　　在詩歌中首先繼承楚騷以男女喻君臣的文人作家，或許當屬東漢的張衡（78-139）。按，張衡現存詩歌計有四言〈怨篇〉、騷體七言〈四愁詩〉、五言〈同聲歌〉，正巧反映東漢末期各種詩歌體式在文壇爭相共存的現象。其中五言〈同聲歌〉，始見錄於《玉臺新詠》卷一，後又收錄於《樂府詩集》卷七十六「雜曲歌辭」。按，《周易・乾・文言》中有：「同聲相應，同氣相求。」其標題或出於此，意謂志趣相同者當互相呼應。試看：

　　　邂逅承際會，得充君後房。情好新交接，恐慄若探湯。
　　　不才勉自竭，賤妾職所當。綢繆主中饋，奉禮助蒸嘗。
　　　思爲莞蒻席，在下蔽匡床。願爲羅衾幬，在上衛風霜。
　　　灑掃清枕席，鞮芬以狄香。重局納金局，高下華燈光。
　　　衣解金粉卸，列圖陳枕張。素女爲我師，儀態盈萬方。
　　　眾夫所希見，天老教軒皇。樂莫斯夜樂，沒齒焉可忘。

　　全詩屬代言體，以賤妾之身發言敘述。自幸與君邂逅相遇，能長侍君側，要勉力奉獻婦職。或主中饋，助蒸嘗，或願爲莞簟，在下爲君「蔽匡床」，又願爲衾幬，在上爲君「衛風霜」，與君繾綣枕席，沒齒不忘。

　　這樣一首「不尊重女性」的詩，自然會令當今維護女權的讀者受不了；但是，傳統讀者，卻有不同的體味與解讀。認爲此詩全用「比興」手法，另有其寓意。宋人郭茂倩《樂府詩集》即引《樂府題解》云：

　　　〈同聲歌〉，漢張衡所作也。言婦人自謂幸得充閨房，願勉供復
　　　職，不離君子。思爲莞簟在下，以蔽匡床，衾幬在上，以護霜

露，繾綣枕蓆，沒齒不忘焉。以喻臣子之事君也。

換言之，全詩乃是以女子對夫君或情郎宣示的種種奉承伺候，比喻人臣對君王如何竭盡忠誠，而詩中女子所言男女的親暱關係，不過是表現君臣之間的際會而已。在傳統文人士大夫文化中，能獲君王知遇，得寵信，受重用，不僅是漢代文人士子規畫的人生理想，也是中國古典詩歌中反覆吟詠的情懷。

張衡是否刻意藉〈同聲歌〉「以喻臣子之事君」，實無法確知。然而，不容忽略的是，此詩或許只是一首在作者與讀者共同參與創作的狀況下，以沿襲屈原「男女喻君臣」的面貌流傳後世。但並不能掩蓋，後世詩人創作之際，的確有刻意藉男女喻君臣，以抒情述懷之作。

漢末建安詩壇，是「尚情」意識的高峰，慷慨述志，抒發抱負，強調功名意圖，乃是詩人吟詠不輟的主要情懷，君臣男女之作，亦相繼出現。試先以建安七子之一，徐幹(171-217)的〈室思詩六首〉其三、其六為例：

> 浮雲何洋洋，願因通我詞。飄颻不可寄，徙倚徒相思。
> 人離皆復會，君獨無返期。自君之出矣，明鏡暗不治。
> 思君如流水，何有窮已時。人靡不有初，想君能終之。
> 別來歷年歲，舊恩何可期。重新而忘故，君子所尤譏。
> 寄身雖在遠，豈忘君須臾。既厚不為薄，想君時見思。

標題中所謂「室思」，即「閨思」或「閨情」之意，也就是閨中女子的情思。傳統保守社會中，女子不能出外謀職，令閨中女子所思者，當然不外是遠別離的夫君或情郎。徐幹〈室思詩〉是以組詩形式，思婦口吻，傾訴對遠行不歸的夫君之思念，以及獨守空閨的寂寞與哀傷。乃至「自恨志不遂，泣涕如湧泉」(其四)，懷著「何言一不見，復會無因緣」(其五)的不滿，埋怨「人離皆復會，君獨無返期」。不過，即使夫君「重新而忘故」，女主人公卻仍然癡情地宣示：「寄身雖在遠，豈忘君須臾。」但是在其內心深處，畢竟揮不去終將被遺棄的疑慮，所以才會發出「既厚不為薄，想君時見思」，莫忘舊情的呼聲。

從語言表象看，徐幹〈室思詩〉所言不過是傳統的思婦之辭，與《詩

經》或漢樂府歌詩中同類作品，甚至無名氏「古詩」中的思婦棄婦之訴說，頗相類似。然而，就後世讀者的接受而言，在熟知屈原〈離騷〉以男女喻君臣的影響之下，難免會以文人之心體會文人之情，何況這畢竟是一組有主名文人之作，歷來的讀者注家，大多認爲徐幹〈室思詩〉，並非單純的思婦之辭，而是寄託於君王之作。換言之，詩中思婦對久盼不歸的夫君之相思情，寄寓著男女喻君臣之意[1]。

　　倘若以徐幹生平雖處亂世卻平穩無波，其〈室思詩〉是否純爲「擬作」，或眞有藉思婦表達其個人不遇之嘆，尚可以商榷，惟爰及曹植（192-232）的同類作品，則無論古今中外讀者，幾乎均無異議的認爲，乃是有意仿效屈原〈離騷〉以男女喻君臣的個人抒情述懷之作。試看其〈浮萍篇〉：

> 浮萍寄清水，隨風東西流。結髮辭嚴親，來爲君子仇。
> 恪勤在朝夕，無端獲罪尤。在昔蒙恩惠，和樂如瑟琴。
> 何意今摧頹，曠若商與參。茱萸自有芳，不若桂與蘭。
> 新人雖可愛，不若故人歡。行雲有反期，君恩儻中還。
> 慊慊仰天嘆，愁心將何愬。日月不恆處，人生忽若遇。
> 悲風來入帷，淚下如垂露。散篋造新衣，裁縫紈與素。

　　同樣的，整首詩屬代言體，以一個失去夫君恩寵的被棄女子口吻，訴說自己的處境和心情。不過全詩強調的是，賢而被棄（恪勤在朝夕，無端獲罪尤）之無奈，形單影隻的寂寞，以及妄想舊恩回轉的癡迷。其中揉雜著歲月流逝、時不我待之悲，彷彿含蘊著屈原〈離騷〉中，唯恐「美人遲暮」的悲哀與焦慮。詩中女主人公的經驗感受，與曹植另外幾首思婦或棄婦之辭，諸如〈種葛篇〉、〈七哀詩〉、〈棄婦詩〉、〈雜詩・攬衣出中閨〉等所言，均有類似之處，而且都是以被遺棄女主人公之溫柔哀憐爲筆墨重點。女主人公對於失寵被棄的命運，逆來順受，怨而不怒；對於負心

1　清人王士禎（1634-1711）選、聞人倓箋《古詩箋》（上海：上海古籍出版社，1980），即針對〈室思詩〉第六首云：「此托言閨人之辭也。『想君終能之』、『想君時見思』，忠厚悱惻，猶見溫柔敦厚之意。」（頁68）

漢，不出惡言，不加譴責，甚至還念念不忘。整體而言，既遙接《詩經》
之溫柔敦厚，又依循《楚辭》之眷眷深情，可說是典型的文人筆下的失寵
被棄女子之辭。

　　但是，傳統詩論者，從來不曾把曹植這些作品視為單純的棄婦詩，而
是當作藉棄婦以寄慨之辭。甚至當今學界，亦大多同意，在失寵被棄女子
的悲哀愁怨裡，寄寓了曹植本身寵而後棄，懷才不遇之悲。何況女子見棄
於夫君，人臣見棄於君王，的確有相似之處。因此，以思婦棄婦之怨比喻
受疏遭逐的人臣之悲，不單單是讀者的聯想，實際上也成為文人創作中普
遍沿襲的模式。乃至豐富了棄婦詩的內涵，增添了棄婦詩的韻味。在古今
讀者的解讀中，曹植在這些詩作裡，乃是以男女喻君臣，抒發其政治相思
或政治失戀，以失寵被棄女子之處境，傳達其於君臣關係中的失寵見棄之
悲，以及必須委曲求全之無奈[2]。在曹植筆下，失寵被棄女子與失寵見棄
之人臣，形象上已兩相重疊，其中所傾訴之悲哀愁怨，含蘊著人臣文士懷
才不遇之心聲。這已經不是曹植個人的不遇情懷，而是大凡文人士子但覺
其不遇明君、不受賞識的普遍感受之情懷。

　　以男女喻君臣，就是在曹植的耕耘之下，形成一種文學傳統，兩晉以
後的詩人，相繼沿襲其緒。試以文學史上以「善言兒女之情」見稱的西晉
詩人傅玄(217-278)之樂府〈短歌行〉為例：

　　　　長安高城，層樓亭亭。干雲四起，上貫天庭。
　　　　浮游何整，行如軍征。蟋蟀何感，中夜哀鳴。
　　　　蚍蜉愉樂，粲粲其榮。寤寐念之，誰知我情。
　　　　昔君視我，如掌中珠。何意一朝，棄我溝渠。
　　　　昔君與我，如影如形。何意一去，心如流星。
　　　　昔君與我，兩心相結。何意今日，忽然兩絕。

　　按，〈短歌行〉原屬古樂府曲名，曹操〈短歌行〉云：「對酒當歌，

2　有關曹植以棄婦詩寄寓其政治挫折感之論析，見David T.Roy, "The Theme of the
　　Neglected Wife in the Poetry of Ts'ao Chih," *Journal of Asian Studies,* 19(November
　　1959), pp. 25-31.

人生幾何。」陸機〈短歌行〉亦云：「置酒高堂，悲歌臨觴。」皆言行樂當及時。可是傅玄此詩卻另創新意，以失寵女子口吻，訴說寵而被棄的悲哀與疑慮。由英雄、文士之聲，轉變為失寵女子之辭，或許與傅玄個人的仕途經驗感受有關。

根據清人陳沆(1785-1826)《詩比興箋》的觀察，傅玄「善言兒女之情，其詩尤長擬古，借他人酒樽，澆我塊壘。」並考其仕宦生涯云：「考休奕於晉武元年(265)，以散騎常侍掌諫職，遷侍中，旋以爭事詬譙免。泰始四年(268)，復為御史中丞，明年轉司隸校尉，復以爭班次免，尋卒。再仕再已，一伸一屈，計其在朝日，正無幾耳。……」就看傅玄於「再仕再已，一伸一屈」的生涯中，其感慨可以想像。倘若概覽傅玄現存抒發兒女之情的作品中，諸如〈明月篇〉、〈昔思君〉等，或隱或顯均寄寓著以男女喻君臣，以見棄女子之辭，傳達己身在仕途的挫折與悲哀。

在重視政教倫理的中國文學史中，以男女喻君臣之作，始終是傳統詩論者推崇的對象。不過，還是有一些詩人，在情動於衷之際，寫下一些單純兒女私情之吟詠，為中國詩歌增添了一些屬於個人在日常生活中的私己情懷。

第二節　兒女私情的吟詠

以男女喻君臣的吟詠，挾著君臣隸屬關係與政教倫理相聯繫的光環，在文人士子主掌詩壇的中國詩歌史中，自漢魏以降，從來未嘗消歇，甚至成為中國詩歌中許多以兒女情長為表象的作品之主調。不過，也就在中國詩歌強調政教倫理的「夾縫」裡，個人的綺情兒女之思，仍然會煥發出動人的光輝，不但為齊梁時期搖蕩性靈的宮體豔情詩，鋪上先路，也為唐宋以後文人詩詞曲中抒發的綺情兒女之思，點出發展的方向。

一、思婦遊子之情

思婦遊子的離情相思，在「古詩十九首」中，已是吟詠的主調，爰及

建安,如曹丕的〈燕歌行〉、〈雜詩〉(漫漫秋夜長),以及徐幹和曹植的〈情詩〉,可謂一脈相承。不過,直到西晉詩人張華(232-300)筆下,思婦遊子之辭方脫離樂府的模擬,眞正成爲文人寫「情」之作。

據鍾嶸《詩品》對張華詩的觀察:

> 其體華豔,興託不奇,巧用文字,務爲妍冶。雖名高曩代,而疏亮之士,猶恨其兒女情多,風雲氣少。

其實張華也寫了一些具有「丈夫氣概」的作品,諸如〈遊俠篇〉、〈博陵王宮俠曲〉、〈壯士篇〉等。惟在文學史上,則與傅玄同樣以善言兒女之情見稱。不過,傅玄筆下的女子,包括剛烈的秋胡妻(〈秋胡行〉)、孝女龐氏婦(〈秦女休行〉),以及令人聯想到「比興寄託」中的失寵棄婦;張華筆下,則多屬經歷離情相思的思婦遊子。換言之,傅玄通常身處事外,設想女子之遭遇心情如何,而張華之作中,綺情兒女之思更爲「純正」,而且往往情入局中,表現男女之情其實如何。鍾嶸所謂「兒女情多,風雲氣少」,自然是指其單純抒發綺情兒女之思的作品而言。按,張華現存詩中,標題〈情詩〉者有五首。試舉其三、其五爲例:

> 清風動帷簾,晨月照幽房。佳人處遐遠,蘭室無容光。
> 襟懷擁虛景,輕衾覆空床。居歡惜夜促,在戚怨宵長。
> 拊枕獨嘯嘆,感慨心內傷。遊目四野外,逍遙獨延佇。
> 蘭蕙緣清渠,繁華蔭綠渚。佳人不在茲,取此欲誰與?
> 巢居知風寒,穴處識陰雨。不曾遠別離,安知慕儔侶。

雖然兩首詩中均以「佳人」爲懷思對象,前首寫思婦獨處的孤獨淒涼,後首則寫遊子飄泊的相思情意。主題上雖然宛如建安詩人繼承「古詩十九首」的同類作品,但在兒女情思的醞釀與刻畫上,已經更爲專注,更爲細膩,流露西晉詩歌充分文人化的痕跡。兩首詩中(其他三首亦同)男女主人公的心情,並非像漢魏詩中那樣,往往通過人物的動作行爲來傳達,而是通過環境的描繪、氣氛的醞釀,來襯托出思婦遊子在離情相思中的孤寂與悲哀。張華乃是以「巧用文字,務爲妍冶」見稱,其描述綺情兒女之思的「情詩」,所以令人矚目,則不僅在於文字之華美,更在於情思之

綺麗。

　　其實，自《詩經》及「古詩十九首」以來，有關思婦遊子的情詩，對文人作家的影響，並不局限於張華詩中代言體的沿襲。更重要的是，有些詩人會以自己的身分面貌，第一人稱口吻，以兒女之情表達對妻子的深情。

二、對妻子的深情

　　就現存資料視之，東漢秦嘉(約147年前後在世)的〈贈婦詩三首〉，當為有主名文人抒發自己對妻子情愛之首創，也是作者寫個人兒女私情的里程碑。按，〈贈婦詩三首〉最早見錄於《玉臺新詠》，詩前有輯錄者的小序，說明原委：「嘉為上郡掾，其妻徐淑寢疾，還家不獲面別，贈詩云爾。」由於秦嘉奉使入京師致事，其妻徐淑因還娘家又臥病，不得與妻子面別，於是寫詩三首相贈，訴說相思。這是中國文學史上，第一次出現寫給自己妻子的離情相思之辭。無論在詩歌題材之開創上，或夫妻情深的示範上，均具有劃時代的意義。試以第一首為例：

> 人生譬朝露，居世多屯蹇。憂艱常早至，歡會常苦晚。
> 念(今)當奉時役，去爾日遙遠。遣車迎子還，空往復空返。
> 省書情悽愴，臨食不能飯。獨坐空房中，誰與相勸勉？
> 長夜不能眠，伏枕獨輾轉。憂來如循環，匪席不可卷。

　　全詩以慨嘆人生短暫、世道多艱、歡會苦少開端。繼而敘述自己此番奉役遠行，原以為可以將徐淑從娘家接回來相聚，不料徐淑臥病，「遣車迎子還，空往復空返」。只能看著徐淑的書信，獨坐空房，徒自傷悲，無人慰勸，乃至夜不成眠，愁思繚繞不去。筆墨重點在表達，不能與妻子晤對話別的失望，以及對妻子的一往情深，語意繾綣，真摯動人。

　　秦嘉〈贈婦詩〉，歷來從不曾有讀者會解讀為「男女喻君臣」，均公認是表現秦嘉夫妻情深的代表作。值得注意的是，三首詩中反覆吟詠的離情相思之苦，其實與〈古詩十九首〉，以及相傳李陵、蘇武〈贈別詩〉等，在敘別情的內容風格上均有相似之處。例如，普遍流露對生命短暫的

無奈，歡樂苦少的焦慮。不過，〈贈婦詩〉重視的是個人身心的幸福，夫妻情愛的珍惜，一己人生價值的追求。充分表現漢代以來文人士子對個體人格的自覺意識，亦正巧指出中國詩歌向自我抒情穩步發展的趨勢。

三、對亡妻的懷思

建安詩人雖然也寫了一些代人言情、吟詠夫妻情深的作品，但是首度連續將自己對亡故妻子的情愛或懷思譜成詩篇者，則是西晉的潘岳(247-300)。其現存〈內顧詩二首〉、〈悼亡詩三首〉、〈楊氏七哀詩〉，均屬悼念亡妻楊氏之辭。

試看潘岳〈悼亡詩〉其一：

荏苒冬春謝，寒暑忽流易。之子歸窮泉，重壤永幽隔。

私懷誰克從，淹留亦何益？僶俛恭朝命，回心反初役。

望廬思其人，入室想所歷。幃屏無仿佛，翰墨有餘跡。

流芳未及歇，遺掛猶在壁。悵恍如或存，迴遑忡驚惕。

如彼翰林鳥，雙棲一朝隻。如彼游川魚，比目中路析。

春風緣隙來，晨霤承檐滴。寢息何時忘，沉憂日盈積。

庶幾有時衰，莊缶猶可擊。

主要是訴說物在人亡，因物思人的哀傷。首二聯點出妻子「歸窮泉」，彼此「永幽隔」，已經一年的冬春寒暑。繼而慨嘆，「私懷」已無人了解，「淹留無益」，姑且應朝命，遠行赴任。可是，「望廬思其人，入室想所歷」，室內的一切，幃幕屏風、翰墨餘跡，在在都喚起二人過去曾經共享和墨灑筆的美好時光，也點醒自己，過去是翰鳥雙棲，比目同游，如今則形單影隻，獨自流連徘徊於人世。就在無以抑止，與日俱增的思念中，冀望或許有一天，自己能像莊周那樣達觀脫俗，在妻子死後鼓缶而歌。

〈悼亡詩〉其二，主要寫深秋月夜引起的思念之情；其三，則寫將離居赴任，徘徊亡妻墓前、流連不捨的情景。潘岳對其亡妻的眷眷深情，亦表現在〈內顧詩二首〉、〈楊氏七哀詩〉，除此之外，還有〈悼亡賦〉、

〈哀永逝文〉各一篇。當然，若要爲悼亡詩溯源，《詩經・唐風・葛生》也算是悼亡之章，漢武帝〈李夫人賦〉則是有主名作者「悼亡」之始。又據《世說新語・文學》，孫楚也曾寫一首〈悼亡詩〉，惜已亡佚，而這些只不過是零星的例子，尚未形成傳統。惟像潘岳這樣連續多量抒發對亡妻的懷思，在中國文學史上是空前的創舉，其後則繼作不絕。較有名的如齊梁時期江淹有〈悼室人十首〉，唐代元稹有一系列的悼亡之篇，均屬沿襲潘岳之作。值得注意的是，自潘岳以來，「悼亡」已不再是悼念死者的泛稱，而成爲悼念亡妻之特指。

　　當然，潘岳在文學史上，乃是以善寫哀情見稱，兩漢以來又有以悲爲美的審美傳統，而魏晉乃是亂世，人命旦夕，對於生命的無常，友朋親故死亡的哀傷，自然成爲「尚情」的詩人提筆染翰喟嘆的題材。但是，不容忽略的是，從建安到太康的詩歌發展過程中，從目睹白骨遍野而哀傷陌生路人之死，到哀傷親朋之零落不存，乃至悼念自己妻子的亡故，詩人的視野，逐漸由遠而近，關懷則由群體到個人，從社會到己身，這樣的發展演變，潘岳實際上扮演著頗爲關鍵的角色。首先，是在潘岳筆下，哀悼文學變得更加個人化、尋常生活化，甚至「世俗化」了。諸如〈思子詩〉哀稚子之早夭，〈悲內兄文〉(今不存)以及〈懷舊賦〉懷思岳父楊肇等即是。其次，在〈內顧詩〉、〈悼亡詩〉、〈楊氏七哀詩〉諸作中，悼念的對象是妻室，但卻無意於「婦德」的稱頌，亦無政治社會的批評或控訴，首首均專注於個人對妻子的無限相思深情。因此，可說擴大了綺情兒女之思的範圍，且將儒家強調的「夫婦倫理」，增添了情愛的分量，爲中國詩人自述的夫妻之間的「愛情詩」，指出新境。

　　抒發綺情兒女之思的作品，作爲一種詩歌類型，在《詩經》、兩漢樂府、「古詩十九首」中，已經奠定以兒女之情爲主調的文學傳統。惟爰及有主名文人之繼作，則開始產生了明顯的變化。從東漢秦嘉〈贈婦詩〉、張衡〈同聲歌〉、建安時期徐幹的〈室思詩〉，到太康詩壇傅玄的樂府、張華的〈情詩〉，以及潘岳的〈內顧詩〉、〈悼亡詩〉、〈楊氏七哀詩〉等，均展現作者在繼承傳統之際，已另闢新境。

　　首先，在作品中，作者由他人身世遭遇的旁觀者，轉而爲當事人，寄寓自己在政治上寵而後棄，懷才不遇的悲哀，乃至塗上文人士大夫的文化氣息。其次，由一般思婦遊子離情相思之體味或同情，轉而抒發個人對自己妻室之依依不捨，或對亡妻的綿綿懷思。兩類作品均顯示詩人的關懷和視野，如何由遠而近、由社會而轉向自我的演變，不但擴大了綺情兒女之思詩歌的題材內容與抒情領域，並且成爲後世詩人相繼創作的典範。不過，在兩晉南朝詩歌發展過程中，單純抒發綺情兒女之思，畢竟顯得「風雲氣少，兒女情多」，又加上除了曹植「以男女喻君臣」諸作之外，其他作品與儒家推崇的「比興寄託」，似無關係，不能像「仙隱玄虛之詠」那樣，因爲與文人士大夫的仕宦生涯、政治態度或生活方式的選擇密切相關，乃至一直未能成爲中國詩壇的主流，亦未受到傳統文學史家的重視。

第四章
仙隱玄虛之詠

　　中國詩人吟詠仙隱玄虛之企慕，萌生於漢末大亂以來，儒學衰微，道家中興的環境背景，又在身逢亂世的建安、正始詩人作品中，已開啓端緒。西晉統一之後，表面上雖然出現一段太平繁榮景象，實際上則暗潮洶湧；外戚與司馬宗室，還有世家大族，始終在爭奪政治的主導權。文人士子在幾大權勢爭奪中寄討生活，身陷混亂險惡的世局，往往很容易就遭到殺生之禍。例如潘岳、陸機、張華等，均在政治的漩渦中遇害。面臨如此混亂不安的大環境，宣揚個人身心逍遙自適的老莊思想，自然成爲文人士子的心靈寄託。乃至企慕隱逸、嚮往遊仙之吟詠，以及闡明老莊玄理以追求玄遠之境的詩篇，自然增多，並且成爲兩晉(265-420)詩壇的主流風尚。

第一節　隱逸詩的風行與演變

一、「隱逸」的概念

　　在強調君子以道自任，鼓吹「學而優則仕」的儒家思想體系中，「隱」原是針對知識階層「仕」的問題，而產生的概念與行爲。知識分子倘若從政治社會的參與中引身而退，乃是一種不得已的選擇，也是一種對當政者不滿的間接抗議或批判。不過，在肯定自我的道家思想體系中，「隱」乃是出於對個人生命與精神的珍視，屬於一種人生態度的表現與生活方式的選擇，強調的是歸返自然，清淨無爲，逍遙自適，因此往往含有超世絕俗的品質。無論是爲抗議、批判當前政治社會而隱，或爲追求個人

身心逍遙自適而隱，均在傳統中國文人士大夫生命中扮演相當重要的角色，同時成爲詩歌創作的重要題材。

二、隱逸詩界說

　　大凡稱美隱逸行爲，歌詠隱士幽居生活，抒發棲隱山林之志的作品，均可歸類於「隱逸詩」。當然，遊仙、玄言、山水、田園諸類詩歌中，也往往含有避世隱逸的意念，但隱逸的本身，並非這些作品關注的焦點，也不是詩人創作的主要目的。因此，此處所稱「隱逸詩」，屬狹義者，乃是指那些將筆墨重點圍繞在隱逸概念、行爲、情懷的詩作。

三、隱逸詩的風行

　　隱逸詩並非魏晉以後才萌生。早在《詩經》中，已經出現宛如表達隱逸之志的作品，如〈衛風・考槃〉、〈陳風・衡門〉即是，不過，其作者無考，且是否眞屬表現隱逸意願之作，學界至今仍無共識。從現存可信資料視之，東漢初年已出現肯定隱逸行爲、表達隱逸情懷的有主名的賦篇[1]。其後張衡(78-139)〈歸田賦〉則是現存最早的、以歌詠隱居生活之樂爲主題的作品。惟就詩歌而言，漢末仲長統(179-219)〈述志詩二首〉其二，可謂正式爲隱逸吟出贊歌[2]，此後建安與正始詩歌中，亦不斷流露隱逸之思。不過，隱逸詩淵源雖遠，其開始風行於詩壇，成爲眾多詩人吟詠的對象，卻是在西晉太康時期(280-289)。此後，爰及「古今隱逸詩人之宗」東晉陶淵明筆下，方正式形成爲後世繼作不輟之類型傳統。

　　西晉太康時期乃是繼建安之後，另一次詩歌創作盛況。前二章所論「擬古詠史之懷」、「綺情兒女之思」，均在太康詩人筆下臻至創作的高峰。根據鍾嶸(468-518?)《詩品・序》對太康詩壇的觀察：

　　　太康中，三張(張協、張載、張華)、二陸(陸機、陸雲)、兩潘

1　如崔篆(約25-30年舉賢良)〈慰志賦〉及馮衍(?-70?)〈顯志賦〉等即是。
2　仲長統〈述志詩二首〉其二有：「……抗志山棲，遊心海左。元氣爲舟，微風爲柂。翱翔太清，縱意容冶。」顯然已爲隱逸行爲吟出贊歌。

（潘岳、潘尼）、一左（左思），勃爾復興，踵武前王，風流未沫，
亦文章之中興也。

　　其實太康年間不但展現「文章之中興」，亦是隱逸詩創作的高峰時
期，幾乎每個活躍於太康年間的詩人，都曾寫隱逸詩。惟值得注意的是，
歌詠隱逸乃是流行詩壇的「風尙」，在詩壇風尙的吹襲之下，其作者並不
一定是隱逸的體行者。就如史稱「好遊權門」、以「進趣獲譏」的陸機
（261-303），還有「性輕躁，趨世利」的潘岳（247-300），以及曾經雄心萬
丈、立志做壯士的左思（250?-305?），均因身處企慕隱逸的風尙裡，亦曾
提筆寫隱逸詩，表露隱逸的意願。這些西晉時期的隱逸詩，實多以「招
隱」爲題，且一時成爲標目風尙[3]。按「招隱」之題，雖源自西漢淮南小
山之楚辭體〈招隱士〉，其作者卻有意識地唱反調，不再以「王孫歸來
兮，山中不可以久留」，招請呼喚隱士出山，卻轉變爲訪求山中隱士，讚
美歸隱行爲，表示對隱逸山林之企慕。其他雖不以「招隱」名篇，但以隱
逸之歌詠爲中心題旨者，亦不少。

四、隱逸詩之典型及演變

　　隱逸詩主要以歌詠隱逸爲宗旨，不過在內涵情境的重點上，還是可以
看出其典型逐漸演變的大概趨勢：亦即從強調政治的逃避，嚮往隱逸的避
世離俗，到企慕隱逸的恬淡虛靜，到歌詠隱居生活的逍遙自適。

（一）嚮往隱逸的避世離俗

　　身處曹魏及西晉易代之際的詩人，倘若在作品中表現對隱逸的嚮往，
仍然普遍含有政治逃避的意味。往往以身逢亂世，企圖避禍遠害，或保命
全身，而嚮往隱逸的遠離俗世塵囂。他們深切憂慮的，主要是個人在政治
社會的處境和安危，因而吟出一些企羨隱逸之避世離俗，則可無憂無懼的
詩篇。隱逸於此，乃是一種不得已的選擇。前面篇章所論阮籍、嵇康涉及

3　據逯欽立《先秦漢魏晉南北朝詩》，現存太康詩歌以「招隱」爲題者，計有陸機
　　三首，張華、左思各二首，張載、閭丘沖、王康琚各一首，另有王康琚〈反招隱〉
　　一首。

隱逸意願的作品，多屬此類。試再引何晏(194?-249?)〈言志詩〉為例：

> 鴻鵠比翼遊，群飛戲太清。常恐天網羅，憂禍一旦并。
>
> 豈若集五湖，順流唼浮萍。逍遙放志意，何為怵惕驚。

　　作者清楚表示，是為「常恐天網羅，憂禍一旦并」的政治禍害，憂慮己身之安危，而嚮往逍遙放志、優游五湖之避世離俗生活。

　　不過，隱逸除了可以避禍遠害之外，還能在個人生活與心境上產生一些「正面」的效果。於是企慕隱逸之恬澹虛靜，遂成為創作隱逸詩者投注的焦點。

(二)企慕隱逸的恬澹虛靜

　　西晉統一之後，基於隱逸觀念的轉變，一般企慕隱逸中含蘊的政治憂患意識逐漸淡去，隱逸生活與心境的恬澹虛靜，開始成為詩人吟詠的對象。這主要是因為司馬氏政權統一，戰亂終止，文人士子無須在不同的政治權勢鬥爭中選取立場，可以嘗試以儒道調和，名教與自然並不對立的處世態度，在政治漩渦中寄討生活。西晉文人對隱逸的企慕，與個人的政治立場可以並無直接的關係，不過仍然不出逃避的心理。但是卻已經從阮籍、嵇康、何晏等所表達的政治性的逃避，轉向更強調精神超越的逃避。也就是由於隱士幽居山林，清淨無為，遠離俗世塵囂，因而企慕隱逸的恬澹虛靜之境。張載(?-289)〈招隱詩〉的結尾幾句，就頗能代表一般西晉文士對隱逸的認知：

> 去來捐時俗，超然辭世偽。得意在丘中，安事愚與智。

　　隱逸者「超然」於俗世的虛偽之外，「得意」於大林丘山之中，詩人對隱逸之推崇和讚美，顯示其對隱逸的嚮往，已非外在政治環境或個人仕途境遇所能完全概括。更重要的是，在老莊思想影響下，恬澹虛靜的隱居生活與心境，正符合個人內心的精神需要。試看左思(250?-305?)〈招隱詩二首〉其一：

> 杖策招隱士，荒途橫古今。巖穴無結構，丘中有鳴琴。
>
> 白雲停陰岡，丹葩曜陽林。石泉漱瓊瑤，纖鱗或浮沉。
>
> 非必絲與竹，山水有清音。何事待嘯歌？灌木自悲吟。

秋菊兼餱糧，幽蘭間重襟。躊躇足力煩，聊欲投吾簪。

全詩筆墨重點在於寫親往深山荒野去尋訪隱士的經驗和感受，其中有一半的篇幅描寫隱士幽居的周遭環境之幽美。雖然隱士所居，地處偏遠，但卻並無淮南小山〈招隱士〉中所寫山川的險惡恐怖。展露的則是：隱士雖棲居巖穴，卻鳴琴丘中，心境顯然是恬澹虛境的，何況身處一片祥和的自然美景；於是體認到絲竹管絃，不如山水清音，人為嘯歌，不如自然天籟；進而領悟到，幽居山林，與世無爭，食秋菊佩幽蘭，高潔無欲，恬澹虛靜，所以興起「聊欲投吾簪」，不如拋棄華簪官帽的念頭。

其他如陸機〈招隱士〉、潘岳〈河陽縣作二首〉其一，詩境亦類似。惟隱逸詩作為一種詩歌類型之形成，尚有待詩人對隱逸生活逍遙自適的歌詠。

(三)歌詠隱逸的逍遙自適

由於隱逸山林既可避世絕俗，又能臻至恬澹虛淨的境界，是值得企慕和讚美的，因此「隱」的概念裡，不但政治逃避的性質日益薄弱，隱逸山林甚至可以是一種生活方式的選擇，可視為一種高尚風雅的情趣，甚至是一種逍遙自適生活的享受。顯貴者如石崇(249-300)，晚年去官之後，「更樂放逸，篤好林藪，遂肥遁於河陽別業」，享受「出則以遊目弋釣為事，入則有琴書之娛」（石崇《金谷園集序》）。張華(232-300)〈答何劭三首〉其一，即清楚宣示，因對仕宦生涯的拘束繁瑣產生厭倦，轉而嚮往逍遙自適的隱逸生活：

吏道何其迫，窘然坐自拘。纓緯為徽纏，文憲焉可逾？

恬曠苦不足，煩促每有餘。……

散髮重陰下，抱杖臨清渠。屬耳聽鶯鳴，流目矙儵魚。

從容養餘日，取樂於桑榆。

張華歌詠的隱逸生活是，擺脫官場的束縛，無須留心世務，可以自由自在，享受散髮抱杖，登臨山水，耳聞鳥鳴，目矙魚游，逍遙從容之樂。又如張協(?-307)〈雜詩十首〉其九，就刻意描述隱居生活的享受和情趣：

結宇窮崗曲，耦耕幽藪陰。荒庭寂以閒，幽岫峭且深。
淒風起東谷，有淪興南岑。雖無箕畢期，膚寸自成霖。
澤雉登壟雊，寒猿擁條吟。溪壑無人跡，荒楚鬱蕭森。
投耒循岸垂，時聞樵採音。重其可擬志，迴淵可比心。
養眞上無爲，道勝貴陸沉。遊思竹素園，寄辭翰墨林。

據《晉書‧張協傳》，張協晚年「棄絕人事，屏居草澤，守道不競，以屬詠自樂」。詩中所敘，可能源自親身的體驗。其筆下描述的是，隱士結廬空山、耦耕幽谷的恬澹生活，歌詠的是其耳聞目擊自然環境聲色之美，以及享受「遊思竹素，寄辭翰墨」的閒情逸趣。

西晉詩人始唱的這種享受隱逸的逍遙自適之歌詠，在晉室渡江之後，更爲顯著，並且成爲東晉時代(317-420)隱逸詩的特色。

五、隱逸詩的鼎盛及大成

隱逸詩的鼎盛及其大成，實生發於晉室渡江之後的東晉時代。前期有文人名士蘭亭詩人群體的表現，後期則有躬耕隱士「古今隱逸詩人之宗」陶淵明(365-427)的個人成就。

(一)文人名士的隱逸情懷

晉室渡江之後，由於老莊玄風之熾烈，文人名士即使身懷經世之才，也會爲欽慕老莊之道，追求心神之超然無累，而縱跡山林，寄情隱逸。有的甚至輕蔑官職，視政治的參與爲「俗事」，以避世隱逸爲高，遊放山水爲傲。或身在廟堂之上，卻心寄山林之中，以隱逸的無爲逍遙爲樂。這些文人名士與志同道合者，以及深識老莊、精通詩文的高僧道士，在琴棋書畫間飲酒、談玄、賦詩，並且暢遊山水。隱逸已經不再是清苦的狀況，亦無須是孤獨的行爲，而是一種可以與同好友朋結伴而赴的高雅情趣，儼然成爲文人名士階層的「族群文化」。文學史上最有名的例子，就是於永和九年(353)，以王羲之(321-379)爲首的文人名士，在浙江會稽山陰的蘭亭宴集盛會，留下的詩歌，其中就有足以代表東晉前期隱逸詩的典型。

試先看曾參與蘭亭遊宴的袁嶠之(穆帝時：345-361，爲太學博士)，

留下一首即景而賦的〈蘭亭詩〉：

> 四眺華林茂，俯仰晴川渙。激水流芳醪，豁爾累心散。
>
> 遐想逸民軌，遺音良可玩。古人詠舞雩，今也同斯嘆。

言其在自然山水美景的觀賞中，遐想古代隱士遺音，並以當日蘭亭的優游吟詠，比美於曾經令曾皙無限嚮往的「風於舞雩，詠而歸」之樂（《論語·先進》）。此處歌詠的是，足以令人「豁爾累心散」的山水美景，以及融身自然，有同好友朋共享的優游生活情趣。

再看嘗「遊放山水十有餘年」的孫綽(314-371)，由於「少慕老莊之道」，於是築室東山，享受隱逸生活的逍遙，其〈秋日〉一詩，即是逍遙自適的幽居生活之寫照：

> 蕭瑟仲秋日，飆唳風雲高。山君感時變，遠客興長謠。
>
> 疏林積涼風，虛岫結凝宵。湛露灑庭林，密葉辭榮條。
>
> 撫菌悲先落，鬱松羨後凋。垂綸在林野，交情遠市朝。
>
> 澹然古懷心，濠上豈伊遙。

孫綽在文學史上，乃是以其抽象說理論道的玄言詩見稱，但是這首〈秋日〉，卻是從當前耳目所及的現實環境下筆。詩中雖流露時變之感，卻超越了傳統的悲秋之嘆，傳達的，不僅是山中秋色之美，還有遠離市朝、優游山林的逍遙自在。

當然，蘭亭詩人歌詠的，或許是高官貴族階層名士優游山水，講求生活素質與高雅情趣享樂的隱逸。但這種歌詠逍遙自適的隱逸詩，並不局限於貴遊子弟，清貧之士如陶淵明，亦因「不堪吏職」，而解印綬去職，欣欣然賦〈歸去來兮辭〉，歸返田園之後，在其躬耕田畝的辛勤生活中，歌詠出一些逍遙自適的隱逸情懷。

（二）躬耕隱士的隱逸情懷

大凡抒寫隱逸詩的作者，諸如建安、正始、太康、蘭亭詩人，主要還是在老莊思想影響下，崇尚隱逸風氣中，抒發隱逸情懷，表達對隱逸的企慕與嚮往，歌詠的往往是隱逸的概念和行為，並非出自親身為隱逸之士的經驗與感受。只有陶淵明，辭彭澤令後，即不再復出，隱逸以終，並且將

自己棄官歸田、躬耕自資的實際隱居生活之經驗與感受，不斷記錄於詩篇。因此，陶淵明可說是中國文學史上，第一位「隱逸詩人」，也是第一位身兼隱士與詩人雙重身分者。鍾嶸《詩品》稱陶淵明為「古今隱逸詩人之宗」，實乃卓識。以躬耕隱士之身，抒發隱逸情懷，實肇始於陶淵明。試先舉〈答龐參軍〉第一章為例：

> 衡門之下，有琴有書。載彈載詠，爰得我娛。
>
> 豈無他好，樂是幽居。朝為灌園，夕偃蓬廬。

此章所言，或許是酬答龐參軍原先贈詩的問訊，於是以自述生活近況為答。值得注意的是，詩中強調的琴書之娛，雖遙接前引左思〈招隱〉其一所稱隱士「鳴琴丘中」，以及張協〈雜詩〉其九所云「遊思竹素，寄辭翰墨」，但是在陶淵明筆下，其「朝為灌園，夕偃蓬廬」的境況，不但展示兩晉詩歌的文人化，同時還流露隱逸詩的逐漸「日常生活化」，從此擴大了隱逸詩的內涵情境，這是陶淵明對漢魏以來隱逸詩傳統集大成的貢獻。

再看〈讀山海經十三首〉其一：

> 孟夏草木長，繞屋樹扶疏。眾鳥欣有託，吾亦愛吾廬。
>
> 既耕亦已種，時還讀我書。窮巷隔深轍，頗迴故人車。
>
> 歡然酌春酒，摘我園中蔬。微雨從東來，好風與之俱。
>
> 泛覽周王傳，流觀山海圖。俯仰終宇宙，不樂復何如。

全詩顯然是從躬耕隱士角度，自述日常生活之經驗感受，強調的是，隱居生活之樂，展現的是，歸隱田園，幽居窮巷，享受自然的呵護，不受俗世干擾的清靜，以及耕種之暇，獨處之際，欣然摘蔬佐酒，瀏覽異書的自得其樂。含蘊的是，對當前躬耕自資隱居生活的珍惜與滿足。「隱逸」在陶淵明筆下，不再是單純的理念，亦非遙遠的理想，而是一種親身的生活體驗；隱士所居，亦並非與人世隔絕的山林巖穴，而是有鄰里共往來的田園農村；「隱逸詩」，則從嚮往遙遠理想的表達，轉而為實際日常生活經驗感受的記錄，並且與田園情趣合流。

第二節　玄言詩的風行與告退

　　玄言詩之風行，在中國文學史上是一個頗爲特殊的文學現象。因爲中國詩歌自《詩》、《騷》以來，是以言志抒情爲主流，而玄言詩卻能以其抽象的說理論道之旨、玄虛淡遠之境，風行文壇長達百年之久。這顯然根源於魏晉時代文人名士紛紛致力於玄學清談的文化活動，密切相關，乃至「因談餘氣，流成文體」。反映的是，此時期詩人嚮往個體人格的獨立自主，偏愛玄虛淡遠的審美趣味，以及文士之間藉詩歌以清談玄理的流行傾向。可惜過去一般文學史對於玄言詩，往往著墨不多，或許僅於論及山水詩之興起，引述劉勰《文心雕龍・明詩》所云「莊老告退，山水方滋」時，簡略帶過，乃至論述自西晉末年至東晉一朝，這百年期間之詩歌發展狀況，未能充分掌握其全貌。

一、玄言詩界說

　　文學史上所謂「玄言詩」，一般是指通過談玄說理論道，表達詩人對玄理之體悟爲創作宗旨者。可謂是魏晉文人士子清談玄學，理論個人與天地宇宙的關係，思考個體生命存在意義的副產品；是一種專門以說理論道爲主要內涵的詩歌，亦即是魏晉文人將抽象哲理「詩化」的結果。按，玄言詩最初以《莊》、《老》、《周易》這「三玄」的哲理爲主要內容，惟渡江以後，佛學興盛，文人名士與佛僧交往過從頻繁，一齊談玄論道說佛，影響所及，玄言詩中又加入了佛理。當然，不容忽略的是，玄言詩的哲理之思，與隱逸遊仙之懷、山水田園之情的「老莊同門」關係。就現存資料視之，純粹談玄說理論道之詩僅是少數，經由隱逸遊仙、田園山水之情而引發的玄遠之境，則爲多數。因此，本節所界定之玄言詩，雖屬「狹義」的玄言詩，亦即在清談玄學影響之下，以談玄說理論道爲主要內容者，惟討論之際，並不排除在發展過程中具有其他副題之摻入者。

　　玄言詩的產生，在中國詩歌史上實意義重大，不但因爲作者將抽象哲

理入詩，遂令詩歌「哲理化」，乃至模糊了哲學與文學的分際，進而還擴展了詩歌的題材內容，開拓了詩歌主平淡的審美趣味，同時還因為哲理的「詩化」，充分顯示，中國傳統文學「雜而不純」的特質。就是因為文學與哲學雖屬不同的門類範疇，卻可以通過詩歌創作，相互包容，彼此匯通，故而不斷引起詩論者對於玄言詩的風行與特色發表觀點與評論。

二、玄言詩的風行與特色

　　論者對玄言詩之風行與特色，在齊梁時代已經提出總結性的評論。根據現存資料，最早當是檀道鸞(活躍於5世紀中葉)的《續晉陽秋》。試看《世說新語・文學》劉孝標(462-521)「注」引《續晉陽秋》所云：

> 正始中，王弼、何晏，好老莊玄勝之談，而世遂貴焉。至過江，佛理尤勝，故郭璞五言，始會合道家之言而韻之。(許)詢及太原孫綽，轉相祖尚，又加以三世之辭，而《詩》、《騷》之體盡矣。詢、綽并為一時文宗，自此作者悉體之，至義熙中，謝混始改。

　　上引檀道鸞《續晉陽秋》之言，實際上已概括玄言詩從孕育到風行到消歇的整個發展過程。此外，沈約(441-513)《宋書・謝靈運傳論》，看法大體雷同：

> 有晉中興，玄風獨振，為學窮於柱下，博物止乎七篇，馳騁文辭，義殫乎此。自建武暨義熙(317-418)，歷載將百，雖綴響聯辭，波屬雲委，莫不寄言上德，託意玄珠，遒麗之辭，無聞焉爾。仲文始革孫、許之風，叔源大變太元之氣。

　　其後劉勰(465?-520?)《文心雕龍・時序》的意見，與檀、沈二氏亦相近：

> 自中朝貴玄，江左稱勝，因談餘氣，流成文體。是以世極迍邅，而辭意夷泰，詩必柱下之旨歸，賦乃漆園之義疏。

　　劉勰另於《文心雕龍・明詩》又進一步觀察：

> 江左篇製，溺乎玄風，嗤笑徇務之志，崇盛亡(忘)機之談。袁

　　(宏)孫(綽)已下，雖各有雕采，而辭趣一揆，莫與爭雄。

　　當然，重視詩歌須有「滋味」的鍾嶸(468-518?)，於其《詩品・序》所云，對於玄言詩之遺憾不滿語氣，最爲明顯：

> 永嘉時(西晉懷帝年號：307-312)，貴黃老，稍尚虛談，于時篇什，理過其辭，淡乎寡味。爰及江表，微波尚傳。孫綽、許詢、桓(溫、玄)庾(闡、亮)諸公，詩皆平典，似道德論，建安風力盡矣。

　　綜合上引諸家意見，玄言詩之風行，實與魏晉玄學清談之風氣密切相關。按，猶如前面章節所述，魏末正始詩人如阮籍、嵇康詩作中，已經流露明顯的哲思色彩，甚至出現闡述老莊之道，抒發玄虛之悟者。即使太康詩人作品中，亦不乏含蘊玄理之思。但玄言詩最終孕育成爲一種激發詩人創作興致的詩歌類型，還是西晉中葉以後永嘉年間。爰及東晉，又在許詢(活躍於358年前後)、孫綽(314-371)諸人筆下，直接且純粹論說玄理之作大增，玄言詩之風行遂臻至鼎盛；以後綿延至殷仲文(?-407)、謝混(?-412)諸人筆下，方爲玄言詩開始告退之時。

　　此外，就齊梁諸家所評，玄言詩之風格特色，或可大致歸納爲以下數點：其一、以說老莊玄理爲主，過江後又雜入佛理；其二、辭意夷泰，往往理過其辭，淡乎寡味，或平淡典奧，似《道德論》；其三、《詩》、《騷》的言志抒情傳統，慷慨多氣的建安風力，消失殆盡。這些的確可以概括玄言詩的典型特徵，從論詩者遺憾不滿的語氣，或許可以說明，玄言詩在風行一百年之後，終於從詩壇主流淘汰出局，甚至大量的篇章，也散佚不傳，典型的玄言詩至今已所見無幾。儘管如此，就現存「玄言詩」，仍然可以略覽其類型與演變之大概。

三、玄言詩的類型與演變

　　玄言詩作爲一種詩歌類型，就其特色，在內容上，並非一開始就只顧直接談玄說理，宛如「柱下之旨歸」、「漆園之義疏」。在風格上，亦並非全然顯得「理過其辭，淡乎寡味」。語言方面，雖多取莊、老、易、佛

諸典籍中之辭語或典故，亦並非完全缺乏生動的形象和辭采。儘管這些風行一時的玄言詩，流傳下來的相當有限，觀其從興起到消歇的過程，仍然表現出不同的風格並逐漸演變的痕跡。考察玄言詩的發展總趨勢，主要乃是隨著詩中玄思理念的濃淡消長而演變。簡言之，從嚮往玄虛之境，到闡明玄理之思，到抒發玄遠之趣；同時表現玄言詩中，抒情述懷意味由淡薄，到失落，到拾回的過程。

（一）玄虛之境的嚮往

正始或西晉時期的玄言詩，通常起於詩人對現實人生中某些具體情況的厭倦、不滿或感觸，轉而嚮往莊老的玄虛之境，或可藉莊老之道的領悟，擺脫人世的羈絆，獲得心靈的平靜與自由。這類作品，雖然抒情意味淡泊，往往傾向於抽象的說理，惟多少還流露一些個人的情懷意念，或當前環境狀況的描述，足以引起讀者感性的反映。試看嵇康（223-262）〈答二郭詩三首〉其三：

> 詳觀凌世務，屯險多憂虞。施報更相市，大道匿不舒。
>
> 夷路值枳棘，安步將焉如。權智相傾奪，名位不可居。
>
> 鸞鳳避罻羅，遠託崑崙墟。莊周悼靈龜，越稷畏王輿。
>
> 至人存諸己，隱璞樂玄虛。功名何足殉，乃欲列簡書。
>
> 所好亮若茲，楊氏嘆交衢。去去從所志，敢謝道不俱。

按，友朋同好在贈答之間，彼此敘近況、訴衷情、談理想，本是贈答詩之通例。現存正始詩中，就有郭遐周〈贈嵇康詩三首〉、郭遐叔〈贈嵇康詩二首〉。嵇康此作，顯然是酬答郭氏兄弟贈詩中對他的撫慰勸勉，於是說明自己面臨出處進退的選擇，表達對世務險惡的憂慮、世風敗壞的厭棄，故而意欲效法「至人」的「存諸己，而無待於外」，乃至將「璞玉」珍藏不露，擺脫世俗的羈絆，自得其樂於「玄虛」之境……。綜觀全詩，無論整體之內涵意境，或細節之遣辭用典，均屬合格的、以說理論道為宗旨的「玄言詩」。不過，值得注意的是，在抽象玄理的論說之間，詩中不時浮現著詩人對現實社會的危懼之感，流露著對個人功業聲名的超越意圖，以及因認知人各有志，面臨人生歧路之際，與友人選擇不同道路的唱

嘆，均爲抽象的說理論道氛圍中，增添了個人對現實人生的體悟與感懷。

再看孫楚(218?-293)〈西征官屬送於陟陽侯作詩一首〉：

> 晨風飄歧路，零雨被秋草。傾城遠追送，餞我千里道。
>
> 三命皆有極，呦嗟安可保。莫大於殤子，彭聃猶爲夭。
>
> 吉凶如糾纏，憂喜相紛繞。天地爲我爐，萬物一何小！
>
> 達人垂大觀，誡此苦不早。乖離即長衢，惆悵盈懷抱。
>
> 孰能察其心，鑒之以蒼昊。齊契在今朝，守之與偕老。

此詩收錄於《昭明文選》「祖餞」類，屬「送別詩」，惟涉及送別離情者，僅發端兩聯：「晨風飄歧路，零雨被秋草。」以秋風秋雨的蕭索景象，渲染臨別時環境氣氛之淒哀，行子居人心情之黯淡；繼而「傾城遠追送，餞我千里道」，則表現故舊送別情誼之深，行子路途跋涉之遙，暗示從此離別之遠，重會之難。不過，此後自「三命皆有極」以下八聯，所云殤子爲壽，彭、聃爲夭，吉凶糾纏，憂喜無端，達人大觀，誡此當早……諸語，盡是玄言玄理。猶如鍾嶸《詩品·序》所批評西晉末永嘉時期(307-312)「理過其辭，淡乎寡味」詩風之前導。惟從「玄言詩」的典型視之，卻顯得雜而不純，仍然屬於發展初期的玄言詩，尚未臻至完全擺脫現實人生的牽掛，只顧單純說理論道的境地。不過，也正因爲詩中涉及的具體生活內容，包括「祖餞」之際，環境氣氛的渲染，遠行之前，行子居人離情之依依，「惆悵盈懷抱」的流露，才會引發讀者感性的品味，不至予人以純粹闡明莊老玄理的印象。不過，爰及東晉時期風行的玄言詩，風格就不同了。

(二)玄理之思的闡明

渡江之後，玄風熾烈，參與清談活動的文人士子，彼此贈答酬唱，純粹闡明玄理之思的玄言詩增多，詩人往往略於具體事物的描述，避開個人情懷的表露，而究心於抽象哲理的闡明。換言之，詩中可以完全不涉及與詩人有關的任何現實生活的內容，不觸及任何具體環境背景的細節，也無須披露任何個人感情波動的訊息。反映的是，詩歌抒情述懷意味的失落，詩人彷彿已超越人間的羈絆，不爲世情所累，自由翱翔於抽象哲理思維的

領域。這樣的作品，在內涵意義上，增添了引人思索的哲理深度，卻降低了令人感動的詩情韻味。

值得注意的是，在詩歌體式的選擇上，此類以闡明玄理爲筆墨重點的玄言詩，一般較少使用易於「窮情寫物」的五言流調，多偏愛典雅簡約的四言正體。試看謝安(320-385)〈與王胡之詩〉六章其一：

　　鮮冰玉凝，遇陽則消。素雪珠麗，潔不崇朝。

　　膏以朗煎，蘭由芳凋。折人悟之，和任不摽。

　　外不寄傲，內潤瓊瑤。如彼潛鴻，拂羽雪宵。

再看王胡之(320?-364?)〈答謝安詩〉八章其五：

　　人間誠難，通由達識。才照經綸，能泯同異。

　　鈍神幽疾，宜處無事。遇物以器，各自得意。

　　長短任眞，乃合其至。

上引謝、王二氏之間的贈答詩，既不關懷彼此的生活近況，亦無意訴說個人的情懷志趣，只是專注於談玄說理論道，予讀者的印象是，宛如魏晉名士雅集之際，清談玄理之筆錄，亦彷彿是在一場學術討論會上，彼此交換清談意見，別無閒話。再看孫綽(314-371)〈答許詢詩〉九章其一：

　　仰觀大造，俯覽時物。機過患生，吉凶相拂。

　　智以利昏，識由情屈。野有寒枯，朝有炎鬱。

　　失則震驚，得必充詘。

許詢與孫綽是歷來公認的玄言詩大家，可惜許詢詩均已散佚。上引孫綽之作，主要是闡述人生得失互補、禍福相依之理，其中既無個人感情的流露，亦無環境背景的描繪，只是抽象玄理的闡明，與前舉謝安、王胡之諸詩相彷彿，的確如鍾嶸所稱，予人以「理過其辭，淡乎寡味」的印象。這樣的玄言詩，即使佛理加入之後，亦如此。

試看奉佛名士郗超(336-377)〈答傅朗詩〉六章其一：

　　森森群像，妙歸玄同。原始無滯，孰云質通。

　　悟之斯朗，執焉則封。器乖吹萬，理貫一空。

再看王齊之〈念佛三昧詩〉其三：

　　　　寂漠何始，理玄通微。融然忘適，乃廓靈暉，

　　　　心悠緬域，得不踐機。用之以沖，會之以希。

　　按，道家崇「無」，佛家主「空」，兩者義近而有微妙區別。上引郗
超詩中所言「森森群像，妙歸玄同」，以及王齊之所稱「寂漠何始，理玄
通微」諸句，均爲典型的佛、玄本體觀的基本表述。這樣的詩作，雖以
「萬物歸於空無」、「念佛純爲心學」之理爲其主旨，作者顯然有意調和
道、佛之理，但是其語彙概念，仍然不離莊老玄色，可謂是玄學化的佛理。

　　在重視言志抒情的詩歌傳統中，像這樣純粹闡明抽象玄理之思的作
品，雖然曾在詩壇風行一時，在中國文學史的發展過程中，畢竟難以長久
撐持其主流地位。其實，即使在玄風熾烈，玄言詩鼎盛之際，有的作品，
已經表現出詩人「因象得趣」，亦即將審美趣味，從抽象玄言之「理」，
轉而從現實生活具體經驗中領悟玄遠之「趣」，乃至爲玄言詩增添了
「詩」的趣味。

（三）玄遠之趣的抒發

　　此處所謂「玄遠之趣」，是指在玄言詩中，足以令讀者品嘗回味作者
在玄理中獲得之「趣」。當然，抽象的哲理，或許可以引發讀者理性的沉
思，卻往往難以觸動讀者感性的心弦，這或許是哲學與文學最大的區別。
但是玄言詩發展過程中，即使是玄言詩鼎盛的東晉時期，並非所有的玄言
詩，都只顧抽象的談玄說理論道，有的作品，其筆墨重點，並不在於抽象
玄理的闡明，而在於抒發作者在周遭環境中，領悟的玄遠之趣。與純粹玄
理論述之作相比照，予人的印象是，中國詩歌抒情述懷意味的重新拾回。

　　值得注意的是，此玄遠之「趣」，通常無法從抽象的說理論道之中直
接獲得，須是作者「由實入虛」，亦即從現實生活的具體經驗和感受中體
悟而來。這就包括詩人或登臨山水，在自然美景觀賞中，因理悟自然之
道，而得玄遠之趣；或棲遲田園農村，因適意肆志，而領悟自得之趣。

　　試先看王羲之(321-379)一首〈蘭亭詩〉中之體悟：

　　　　三春啓群品，寄暢在所因。仰視碧天際，俯瞰淥水濱。

　　　　寥闊無涯觀，寓目理自陳。大矣造化功，萬殊莫不均。

群籟雖參差，適我無不親。

整首詩旨在敘說玄理之體悟，不過，卻是通過現實生活經驗入筆。首聯即點出，自然山水乃是寄情暢懷之所因藉。繼而闡明，詩人仰視天際，俯瞰水濱，極目所見，即宇宙自然之理。雖造化萬殊，而萬象歸一；雖群籟有別，卻與我皆親。詩人登臨山水，觀覽自然，所體悟的是一種「天地與我並生，而萬物與我爲一」的玄遠之境。這種體悟，遂令務求玄遠的東晉詩人，更親近自然，更流連山水。當然，也促使他們往往以「玄對山水」，在登臨山水的感悟中，經常是玄遠之趣與山水之美交織出現。惟詩中因爲有山水景物狀貌聲色的描寫，故而顯得有辭采，又因爲有玄遠之趣的抒發，乃至顯得有韻味。這種流連山水，因寄情暢懷而理悟玄遠之趣的玄言詩，往往在玄理中雜以景物，或半景半理。就現存東晉詩中，可以題爲〈蘭亭詩〉者爲代表。試再舉三首爲例：

莊浪濠津，巢步潁湄。冥心眞奇，千載同歸。（王凝之）

在昔暇日，味存林嶺。今我斯遊，神怡心靜。（王肅之）

散懷山水，蕭然忘羈。秀薄粲穎，疏松籠崖。遊羽扇宵，鱗躍清池。歸目寄歡，心冥二奇。（王徽之）

其實，現存〈蘭亭詩〉中，不乏以抽象語言，來表現詩人在自然山水觀賞中所領悟的道和理[4]。但上引三首小詩所寫，顯然均非純粹的說理論道，而是記錄作者因象得趣，在具體的自然美景觀覽中，寄情暢懷，乃至超越了人間俗世的煩憂，悟自然之道，得玄遠之趣。

此外，抒發玄遠之趣的作品，亦出現在陶淵明的作品中。陶淵明身處玄言詩風行的時代，自然亦不免會將其玄學理思攬入詩中。不過，由於陶淵明爲文賦詩，並無意逞才顯學，往往自稱是抒發情懷以「自娛」而已，因此，玄言詩在其筆下，發生明顯的變化。試看其名篇〈飲酒二十首〉其五：

---

4 如孫統(孫綽之兄)〈蘭亭詩二首〉其一：「莊莊大造，萬化齊軌。罔悟玄同，競異標旨。平勃運謀，黃綺隱几。凡我仰希，期山期水。」又如庾友〈蘭亭詩〉：「馳心域表，寥寥遠邁。理感則一，冥然玄會。」

　　　　結廬在人境，而無車馬喧。問君何能爾？心遠地自偏。

　　　　採菊東籬下，悠然見南山。山氣日夕佳，飛鳥相與還。

　　　　此中有眞意，欲辯已忘言。

　　清人溫汝能於《陶詩彙評》評此詩即云：「興會獨絕，境在寰中，神遊象外，遠矣！」值得注意的是，上引詩中涉及的，「心遠地偏」、「得意忘言」、「辯與不辯」諸語，均屬魏晉玄學清談的重要課題，惟陶淵明卻通過日常鄉居生活的片段，親切如話的語言，將自己心境的超然無累，領悟的玄遠之趣，傳達給讀者。玄言詩發展至此，不但日常生活化，同時也個人抒情化了。

　　在陶集中，也有爲探索生命意義或辨析人生哲學，而說理論道的玄言之作，如其組詩〈形影神三首〉即是。不過，這三首詩雖然取魏晉名士清談對話的形式，其中抒發的，主要還是作者自我觀照或自我辯明之際，個人對生命的切身之經驗感受。如〈形贈影〉中，對於生命短暫無常，「願君取吾言，得酒莫苟辭」的無奈；〈影答形〉中，「身沒名亦盡，念之五情熱。立善有遺愛，胡爲不自竭」之焦慮；以及〈神釋〉中，對於融身自然，委運順化的領悟：「縱浪大化中，不喜亦不懼，應盡便須盡，無復獨多慮。」三種人生境界，其實都可以在陶淵明其他詩文作品中得到回響，流露出陶淵明個人的情懷，展示出個體的人格情性。

　　一般文學史論及玄言詩之發展，很少將陶淵明的作品涵蓋在內。但是，不容忽略的是，玄言詩消歇的訊息，不僅是由於殷仲文、謝混諸人作品中，顯示出「莊老告退，而山水方滋」的傾向，還可以從陶淵明隱居田園農村，寫玄趣之詩中抒情述懷意味的濃厚，得到啓示。

四、玄言詩的餘響

　　自正始至義熙，在玄學清談風氣籠罩之下，以說理論道爲宗旨的玄言詩，風行了一百年之久，之後在詩壇上終於逐漸消歇告終。但是，這並不表示詩人已不再追求莊老思想中令人嚮往的、超然無累、逍遙自由的精神境界，而是將莊老思想中的玄虛之境，或玄遠之趣，寄寓在瑰麗的神仙世界

裡，或清幽的自然山水中，以及純樸的田園生活內。這將是以下各章節討論的重點。

第三節　遊仙詩的風行與演變

　　魏晉亦是遊仙詩開始風行與演變的時期。惟首先必須爲文學史上所稱「遊仙詩」類型之定義加以界說。

一、遊仙詩界說

　　大凡抒寫企慕神仙長生、歌詠遨遊仙境的詩，都可稱作「遊仙詩」。以「遊仙」爲題材的詩歌，可以溯源自楚辭中的〈九歌〉，屈原的〈離騷〉，以及司馬相如〈大人賦〉等。繼而有漢人假托屈原之作的〈遠遊〉，加上現存漢樂府歌詩中描寫遊歷仙界，稱羨神仙宴飲取樂，服食長壽的作品；還有一些漢室宗廟祭祀的「祝頌歌」，表達對服食成仙的嚮往者，均可歸類於遊仙之章。惟現存最早以「遊仙」名篇之作，則是曹植的〈遊仙詩〉。其後，詩人創作同類性質的詩，往往也喜歡用「遊仙」爲篇名。不過，後世讀者把命名爲「遊仙」和雖未命名遊仙，卻與之題材相同，內涵相類的詩作，均稱爲「遊仙詩」，並視之爲一種具有自身特色的詩歌類型。《昭明文選》就錄有「遊仙」類，共選何劭〈遊仙詩〉一首、郭璞〈遊仙詩〉七首。

二、遊仙詩的範疇

　　悲哀歲月易逝，慨嘆生命無常，是魏晉詩人吟詠遊仙的感情依據。但是他們對神仙的企慕，對長生的嚮往，並不局限於希求自然生命的延長，以抗拒死亡的威脅；更重要的是，企圖寄懷於超越時空，無往而不自得的神仙境界，以便從人生的苦悶中逃離出來，逍遙遊心於塵外，得到大解脫。因此，魏晉詩中遊仙的吟詠，可說始終不離莊老思想的藩籬，是一種對個人生命存在的自覺，也是一種追求心靈逍遙自適的表露，揭示的是，

魏晉時期的文人士子，對現實人生失望，以及對理想仙境渴求的心聲。

　　因此，魏晉以來流行的遊仙詩與隱逸詩及玄言詩，其間之界線，只有一線之隔，可謂「老莊同門」；不同的只是題材而已，詩人嚮往的、歌詠的，同樣都是遠離俗世塵囂的清淨無爲與逍遙自適。

三、遊仙詩的風行

　　從屈原〈離騷〉，《楚辭》中的〈遠遊〉，司馬相如的〈大人賦〉，乃至漢樂府中表達企慕神仙長生的作品，吟詠求仙或遊仙，已逐漸形成一種文學傳統。不過，遊仙詩之風行文壇，還是在魏晉時代。這主要是因爲，在漢帝國的崩潰過程中，政爭激烈，戰亂頻繁，現世的生活與個人的生命都失去了保障，文人士子因政事而橫遭殺害者無數，令人體驗到現世人生的渺茫和悲哀。強調群體綱紀的儒家思想，已不足以維繫人心，重視個體身心自由的道家思想，應運流行。除了清談玄學，嚮往隱逸之外，離世成仙的思想，依附著道教的「服藥」、「導引」可長生久視的宗教信仰，以及老莊的「全身」、「養生」的哲學理論，逐漸在知識階層當中蔓延開來。到了魏晉時代，求仙採藥、煉丹服食、養生修道，成了許多追求個人身心自由的文人名士生活的一部分，離世求仙的意圖，自然也成爲詩人吟詠的主要題材。即使詩人本身並不相信神仙，可是在面對自我，思索個人生命處境，意識到生命困境的存在，也會油然興起對長生無慮的神仙世界的嚮往，提筆抒寫遊仙詩。建安、正始時期，諸如曹氏父子、阮籍、嵇康，均不乏遊仙之作。爰及兩晉，在玄言詩的潮流中、隱逸詩的風尚裡，遊仙詩的創作亦達到前所未有的高峰。大凡主要的詩人都留下了遊仙之吟詠。其中張華(232-300)〈遊仙詩〉四首，郭璞(276-324)〈遊仙詩〉十四首(另有五首僅存佚句)，之後庾闡(286-339)〈遊仙詩〉十一首、〈採藥詩〉一首。此外還有許多不以「遊仙」名篇者，甚至東晉陶淵明亦留下堪稱遊仙之作。遊仙詩之風行盛況，可見一斑。

四、遊仙詩的類型

綜觀現存魏晉遊仙詩，就其內涵情境，大概可分爲寫列仙之趣與詠一己之懷兩種主要類型，分別溯源自兩個不同的文學傳統。

(一)寫列仙之趣

第一類是以描寫「列仙之趣」爲筆墨重點的作品。這類遊仙詩，基本上是從漢樂府中詠仙歌詩演變而來，旨在稱羨神仙的長生不老與無憂無慮，描繪仙境的美妙與瑰麗堂皇，故而往往顯得意境神奇，辭采華麗，卻比較欠缺詩人個人的「感動」情懷。不過，學界一般認爲，與藉遊仙而抒懷之作相比，這類寫列仙之趣的作品，乃是遊仙詩之「正格」。

(二)詠一己之懷

另一類則是假藉遊仙，實則吟詠「一己之懷」的作品。主要是根源於屈原〈離騷〉，楚辭中的〈遠遊〉，乃至阮籍〈詠懷詩〉中，那些以遊仙爲題材的詠懷之作。這類遊仙詩，言在此而意在彼，旨在吟詠個人一己的情懷，因此詩中往往流露濃厚的個人抒情意味。與第一類相比照，這類作品則是遊仙詩之「變格」。

這兩種類型，最初各沿襲其源流傳統，分別發展，不過，爰及東晉時期，尤其在郭璞的〈遊仙詩〉中，終於融匯合流，於是展現辭采與情懷兼備，既描繪富豔瑰麗的神仙世界，亦抒發詩人複雜矛盾的個人情懷。

五、遊仙詩的演變

根據現存漢魏兩晉南朝遊仙詩之題材內涵，就其類型風行之先後，或許可以將遊仙詩之發展演變，分爲以下三個階段：

(一)仙人長生的企慕

神仙長生不老，自然令人企慕，尤其在個體生命意識的覺醒中，倘若又身逢人命如草芥的亂世，傳說中因採藥服食，養生修道，能超越生命局限的神仙，遂特別令人企慕。其實，早在漢樂府歌詩中，就不乏這種企慕神仙長生的作品。試看漢樂府〈長歌行〉：

　　仙人騎白鹿，髮短耳何長。導我上太華，攬芝獲赤幢。

　　來到主人門，奉藥一玉箱。主人服此藥，身體日康強。

　　髮白復更黑，延年壽命長。

　　這是漢人在個體生命意識的覺醒中，意欲突破生命局限的心聲。如此直接坦率表示對神仙長生不老的企慕，反映的，不單單是「民間」對神仙的嚮往，同時亦流露，身居朝廷官員的樂府采詩者，對生命有限的體認與焦慮，以及對神仙長生不老的企慕。此後，貴公子曹植的〈遊仙詩〉，即明白表示，因感「人生不滿百，戚戚少歡娛」，才「意欲奮六翮，排霧陵紫虛。蟬蛻同松喬，翻跡登鼎湖。……」因此，要長生，首先則須求仙，而求仙的首要步驟，就是獲得仙藥。

　　儘管在傳說中的神仙，來源不盡相同，行蹤也飄忽不定，惟從漢魏兩晉詩人的詠仙作品中可以看出，離世偏遠，神祕偉大的名山勝嶽，通常是神仙遨遊之處。於是，要求仙則必須遠離俗世，深入名山。由於登山可能遇仙，如果獲賜仙藥，服食之後，滋補延年，或許就能突破現世生命的局限，永享金石之壽。試看曹植〈飛龍篇〉之描述：

　　晨遊泰山，雲霧窈窕。忽逢二童，顏色鮮好。

　　乘彼白鹿，手翳芝草。我知真人，長跪問道。

　　西登玉臺，金樓復道。授我仙藥，神皇所造。

　　教我服食，還精補腦。壽同金石，永世難老。

　　其實曹植在理智上並不相信神仙，於其〈辯道論〉中即嘗嘆云：「夫神仙之書，道家之言……其為虛妄，甚矣哉。」因此〈飛龍篇〉，顯然是一首模擬漢樂府之作，與上舉漢樂府〈長歌行〉相若，雖然以第一人稱「我」發言，卻並無個人真情的流露，傳達的，純然是世俗的對神仙長生之企慕，以及服食仙藥則可「壽同金石，永世難老」的效果。今天讀來，整首詩予人的印象，宛如一首推銷藥品的廣告歌。

　　但是，神仙所以令人企慕，不單單是其能突破人間俗世時間的局限，可以「長生不老」，更重要的還是，神仙還能超越人間俗世空間的局限，「任意遨遊」。因此出現擺脫人間俗世的局促，嚮往自由遨遊仙境的作品。

(二)遨遊仙境的嚮往

曹植於其詠仙之作中,已宣稱:「九州不足步,願得凌雲翔。」(〈五遊詠〉)「四海一何局,九州安所知……萬里不足步,輕舉凌太虛。」(〈仙人篇〉)由於服食神仙所賜的仙藥,不但能長生不老,甚至還可能羽化,於是呼吸太和之氣,修鍊形骸,改變容色,或可以如神仙一般乘雲遨遊,享受空間的無限。試看嵇康於〈秋胡行七首〉其六所云:

思與王喬乘雲遊八極。思與王喬乘雲遊八極。

凌厲五嶽,忽行萬億。授我神藥,自生羽翼。

呼吸太和,鍊形易色。歌以言之,思行遊八極。

嵇康雖然相信「導養得理,則安期、彭祖之倫可及」,惟上舉這首詩顯然只是模仿樂府舊辭之習作,與曹操〈秋胡行〉的內容,頗為類似:「願登泰華山,神人共遠遊。願登泰華山,神人共遠遊。經歷崑崙山到蓬萊。飄颻八極,與神人俱。思得神藥,萬歲為期。歌以言志,願登泰華山。……」或許是受到樂府古辭傳統的影響,兩首詩都只是道出遠離俗世,與「神人共遠遊」的願望而已,尚無遨遊仙境細節的描述。

其實周流遊覽,參與仙境宴樂,原是求仙過程中的主要活動。魏晉之際的遊仙詩,開始出現以遨遊的逍遙或仙境的美妙為筆墨重點的作品。例如嘗詭託神仙以舒憤懣的阮籍,在〈詠懷詩〉其三十五即云:

世務何繽紛,人道苦不遑。壯年以時邁,朝露待太陽。

願攬羲和轡,白日不移光。天階路殊絕,雲溪邈無梁。

濯髮暘谷濱,遠遊崑嶽傍。登彼列仙岨,採此秋蘭芳。

時路烏足爭,太極可翱翔。

此詩顯然是繼承〈離騷〉和〈遠遊〉中神遊太虛仙境的傳統。筆墨雖然以逃避世務困境與感嘆年歲日衰,作為遊仙之背景,惟整體視之,個人抒情意味相當淡薄,強調的主要還是,遨遊天際雲漢,登覽神嶽仙岨之逍遙。再舉西晉張華的〈遊仙詩〉二首為例:

雲霓垂藻蕤,羽挂揚輕裾。飄登青雲間,論道神皇廬。

簫史登鳳音,王后吹明竽。守精味玄妙,逍遙無為墟。(其一)

　　乘雲去中夏，隨風濟江湘。疊疊陟高陵，遂升玉鸞陽。

　　雲娥薦瓊石，神妃侍衣裳。（其三）

　　張華在西晉文壇「名重一時，眾所推服」（《晉書》本傳），雖從仕終生，在時代風氣感染之下，不但帶頭寫綺情詩、隱逸詩，亦作遊仙詩。值得注意的是，過去如阮籍遊仙詩中經常出現的，對現實的不滿意識，對世務的逃避意味，在張華筆下開始淡出了，轉而描述遨遊仙境經驗的歡愉，如何乘雲隨風，飛翔騰越至神山仙境，且在神仙之居談玄論道，在場還有蕭史、王后奏樂助興，雲娥、神妃殷勤款待……。整首詩強調的，顯然不是個人的感懷，而是「列仙之趣」。

　　真正爲描述遨遊仙境經驗的遊仙詩類譜出新氣象者，當屬何劭（236-301）的〈遊仙詩〉：

　　青青陵上松，亭亭高山柏。光色冬夏茂，根柢無彫落。

　　吉士懷貞心，悟物思遠托。揚志玄雲際，流目矚巖石。

　　羨昔王子喬，友道發伊洛。迢遞陵峻嶽，連翩御飛鶴。

　　抗跡遺萬里，豈戀生民樂。長懷慕仙類，渺然心綿邈。

　　此詩值得注意的是，雖然有遠離俗世人間的仙境之描繪，仍不離一般性的感嘆人生短促無常的傳統，但是詩中已經浮現著詩人個人的語氣和情懷。詩人對於遨遊仙境的嚮往，並非爲求得仙藥，企慕長生，亦非爲逃避人世的苦悶，而是爲「吉士懷貞心，悟物思遠遊」。儘管何謂「貞心」，何謂「悟物」，詩中並無清楚交代，惟從發端句：「青青陵上松，亭亭高山柏。光色多夏茂，根柢無凋落。」其中展示的，目覽高峰峻陵上，松柏長青屹立，不畏風寒的堅貞意象，已經暗示出詩歌主人公之自我認知或自我期許。這是遊仙詩開始傾向個人抒情化的徵兆。

（三）仙隱情懷的合流

　　遊仙詩發展到東晉，尤其在郭璞筆下而臻至高峰。試看鍾嶸《詩品・中》評郭璞詩：

　　憲章潘岳，文體相輝，彪炳可玩，始變永嘉平淡之體，故稱中興第一。〈翰林〉以爲詩首。但〈遊仙〉之作，詞多慷慨，乖遠玄

宗。其云：「奈何虎豹姿。」又云：「戢翼棲榛梗。」乃是坎壈
詠懷，非列仙之趣也。

　　東晉詩壇盛行的，其實是玄言詩，惟往往顯得「理過其辭，淡而寡
味」，缺少詩人情懷的抒發。可是郭璞則「始變永嘉平淡之體」。綜觀郭
璞現存完整的〈遊仙詩〉十四首，不但頗有辭采，還流露濃厚的個人抒情
意味。展現的是，藉描寫仙境，歌詠神仙，來表達個人內心感受到的，人
生之苦悶，以及對社會現實之失望和不滿。傳達的是，一分意欲超越人
間、遠離俗世的避世隱逸情懷，所以郭璞之作，雖名爲遊仙，實則藉遊仙
以詠懷。

　　當然，魏晉詩人在描寫求仙或遊仙之際，仙與隱有時是混淆不清的。
曹植〈苦思行〉，就是隱士和仙人並舉。至於遊仙兼隱逸情懷之披露，則
在正始詩人筆下已開始出現。前面章節所引阮籍〈詠懷詩〉其三十二：
「朝陽不再盛，白日忽西幽。……願登太華山，上與松子遊。漁父知世
患，乘流泛輕舟。」即是一例。繼而郭璞〈遊仙詩〉中出現的「道士」、
「冥寂士」、「山林客」等，均是可仙可隱的人物，其中第一首，尤其明
顯表示求仙與隱逸的重疊合流意趣：

　　　京華遊俠窟，山林隱遯棲。朱門何足榮，未若託蓬萊。
　　　臨源挹清波，陵岡掇丹荑。靈蹊可潛盤，安事登雲梯。
　　　漆園有傲吏，萊氏有逸妻。進則保龍見，退則觸藩羝。
　　　高蹈風塵外，長揖謝夷齊。

　　詩中以京華與山林對舉，朱門與蓬萊對舉，進仕與退隱對舉，並且明
言「靈蹊可潛盤，安事登雲梯！」換言之，若能棲隱，就不必求仙了。再
看其第八首：

　　　暘谷吐靈曜，扶桑森千丈。朱霞升東山，朝日何晃朗。
　　　迴風流曲櫺，幽室發逸響。悠然心永懷，眇爾自遐想。
　　　仰思攀雲翼，延首矯玉掌。嘯傲遺世羅，縱情在獨往。
　　　明道雖若昧，其中有妙象。希賢宜勵德，羨魚當結網。

　　雖然山中風景的描繪，點綴著仙境中「暘谷」、「扶桑」的神奇，惟

整首詩，主要還是敘寫自己幽居山林的經驗和感受：目睹旭日東升，耳聞迴風流響，於是飄飄然有舉翼凌雲之意和遺世獨立之情。

當然，求仙與隱逸同樣是不滿現實，逃離苦悶人生的寄託，但是兩者相比照：隱士易爲，而神仙難求；爲隱的結果，可能歸於清靜，求仙的結果，則畢竟歸於渺茫。因此，詠仙詩作中，經常會流露出無限虛妄與落空的情緒，爲遊仙詩塗上濃厚的抒情色彩。試看郭璞〈遊仙詩〉其四、其五：

> 六龍安可頓，運流有代謝。時變感人思，已秋復願夏。
> 淮海變微禽，吾生獨不化。雖欲騰丹谿，雲螭非我駕。
> 愧無魯陽德，回日向三舍。臨川哀年邁，撫心獨悲吒。
> 逸翮思拂宵，迅足羨遠遊。清源無增瀾，安得運吞舟。
> 珪璋雖特達，明月難闇投。潛穎怨青陽，陵苕哀素秋。
> 悲來惻丹心，零淚緣纓流。

對求仙可長生的懷疑，早在漢代〈古詩十九首〉中已出現，諸如「人生非金石，豈能長壽考」（其十一）；「服食求神仙，多爲藥所誤」（其十三）。但是郭璞卻把前人對求仙長生的懷疑，擴展爲對社會人生的激憤與憂傷，深化爲對理想追求的失敗及挫折感。不但擴展了遊仙詩的內涵，更增添了遊仙詩的抒情意味。

遊仙詩在郭璞筆下，正式出現了「變格」。首先，即是變「仙境」爲「棲隱」，藉歌詠神仙之企，來寄託隱逸之懷。從此爲詠懷組詩，開出藉遊仙抒發隱逸情懷的先例。其次，郭璞亦在「列仙之趣」的傳統中，增添了詠懷的素質，並且變歡愉爲悲傷；再者，郭璞又在玄言詩風行的時代裡，以「豔逸」的筆調獨創一格，遂令郭璞在東晉文壇，占有一席重要地位。

六、遊仙詩的餘響

遊仙詩在郭璞筆下，已確立其作爲一種詩歌類型的文學傳統。當然，魏晉時代的詠仙詩人，或感世途艱險，或嘆人生幻化，因而企慕神仙絕對

自由與超脫的境界，但是從他們的詩文中可看出，很少在理智上真正相信仙界的真實存在。神仙只是代表一種人生理想。詩人「求仙」，旨在「得意」，以求心神的超然無累。如過分執著於忽忘形骸以遠舉心神，卻違反了自然之理，因此始終不得真正的解脫。魏晉詩人由於心情苦悶，感情衝突，或者又昧於務求玄遠的意圖，即使志托玄遠，也不得玄遠之逍遙，身處自然，也不見山水之自然。雖然詠仙之盛，頗受玄風之影響，有的詩人，即使是深通玄理的談士，但在求仙的名言、概念障礙之下，卻無法做到玄學家所強調的，要「得意」，須「忘言」、「忘象」。倘若滯於求仙的「言」與「象」，反而不能獲得清淨無為，超然無累的「本意」。

為了由苦悶而達到精神上的歸宿，由衝突而進入心靈上的和諧，「求仙」必須突破務求長生不死的欲望，必須超越詭託遊仙以抒憤懣的企圖。換言之，應該順乎自然，成為優游自適生活中的一種情趣；而理想仙境的索求，也應該落實，亦即由人間的自然山水或鄉野田園所取代。這就引發出下面一章的田園與山水之情的吟詠。

第五章
田園山水之情

　　抒發田園山水之情的詩，或稱田園詩和山水詩，兩種詩歌類型差不多同時出現，均屬魏晉南朝時代追求脫俗，好尚風雅的文化激盪下的產物。主要是隨著老莊思想的盛行，玄學風氣的展開，好尚自然的文化地位上升到空前高度，田園詩和山水詩遂雙雙崛起。

　　田園詩和山水詩，當然屬於不同的詩歌類型，惟旨趣相近相通，兩者均嚮往自然，親近自然，追求心靈的平靜。文學史上，就曾經出現兩類詩歌合流現象，如盛唐時期就產生所謂「山水田園詩派」。不過，兩類詩歌的基本特質，以及形成背景，仍然有明顯的區別。首先，山水詩偏重自然景觀的描寫，田園詩則偏重人文景觀的點染。其次，山水詩的背景是登臨遊覽，主要表現貴族名士對山水勝景的賞愛，筆墨重點在於捕捉山水風景狀貌聲色之美；田園詩的背景則是日常鄉居生活，雖亦不乏田園農村景物的描繪，惟作品宗旨主要則是以純樸的田園農村為歸宿，流露的是文人士子淡泊名利、悠然自得的隱逸理想。

第一節　田園詩的形成與接受

　　田園詩在中國文學史上，地位之重要，影響之深遠，不容置疑。但是，田園詩之形成，卻是東晉詩壇一項孤立事件，並非同時代的詩人爭相創作，交互影響的結果，乃屬陶淵明（365-427）個人的成就。之後，必須經過長期的隱晦，才得彰顯其魅力，受到青睞，終於成為唐宋以後詩人紛紛追隨模仿的對象。因此本節之論述，特別納入陶淵明田園詩之接受歷程。

一、田園詩界說

　　文學史上所稱「田園詩」，應當是指像陶淵明所寫的，描述田園風光事項，揭露田園生活情趣，以及抒發躬耕隱士懷抱的詩篇。陶淵明的田園詩，主要是針對身爲知識分子在仕和隱之間所作的人生選擇而發，傳達的是一個棄官歸隱者的心聲，抒發的是意欲隱逸以終者的情懷，揭示的則是對田園農村純樸寧靜生活的嚮往，個人身心逍遙自適的追求。「田園詩」顯然是魏晉時代流行的隱逸之思，以及崇老莊、尚自然的玄學風氣一部分。因此，田園詩其實也與隱逸詩、玄言詩有親密的血緣關係，均屬「老莊同門」，只不過是把隱居之處，從罕見人跡的山林巖穴，遷移至充滿人間活動的田園農村，並將老莊思想中的抽象玄理，融化在田園生活情趣中，表現在個人抒情述懷的詩歌裡而已。

二、田園詩的產生

　　從詩歌發展史的角度觀察，陶淵明是田園詩的開拓者。按，陶淵明在文學史上，是以「田園詩人」或「隱逸詩人」見稱，主要是因爲他留下來的詩篇，大部分都是描述對官場仕宦生涯的厭倦，對純樸田園農村的嚮往，以及歸隱之後躬耕生活的經驗和感受。如果沒有陶淵明，田園詩就不可能成爲中國文學史上一種重要的詩歌類型，亦不可能形成盛唐詩壇風行的一種詩歌流派。

　　當然，陶淵明之前，並非沒有記錄農村生活、描述農村事項的詩篇。早在《詩經・小雅》中的〈大田〉、〈甫田〉，〈國風・豳風〉中的〈七月〉等即是。不過，嚴格說來，這些只能算是「農事詩」，是農村集體生活、群體活動的記錄，並非描述個人身居田園農村生活的體驗，亦非一己情懷的抒發。此後個別文人作品中，偶爾亦出現涉及歸隱田園者，如東漢張衡(78-139)，因對仕宦生涯感到厭倦而作〈歸田賦〉，但卻始終未曾眞正「歸田」；西晉潘岳(247-300)亦曾於官場失意之餘，表示要「長嘯歸東山，擁耒耡時苗」（〈河陽縣作二首〉其一），不過也只是遙遠的理想而

已。只有陶淵明，才是中國文學史上第一位，以隱士之身，詩人之情，不斷將個人在田園農村生活之經驗與感受入詩的詩人。

陶淵明創作田園詩，就其思想背景而言，和隱逸詩、玄言詩、遊仙詩、山水詩一樣，均屬魏晉時代崇老莊、尚自然風氣影響之下的產物，源自對個人生存意義的自覺和體味。就其所處東晉至劉宋詩歌發展的趨勢視之，似乎又是孤峰別流，獨樹一格。因為在陶淵明之前，以及其有生之年的東晉時代，盛行的正如鍾嶸《詩品・序》所稱「理過其辭，淡乎寡味」的玄言詩；陶淵明晚年之後的劉宋時代，盛行的則是劉勰《文心雕龍・明詩》所云「儷采百字之偶，爭價一句之奇，情必極貌以寫物，辭必窮力而追新」的山水詩；惟陶淵明卻特立獨行於詩壇潮流之外，以自然簡淨的語言，親切平實的口吻，把他在田園故居日常生活中所見所思所感，譜成詩篇，令後世撫讀吟味不輟，並且成為詩人爭相模仿的典範。

三、田園詩的典型風格

論及田園詩的典型風格，必須從陶淵明現存涉及田園生活之作在主題內涵及藝術風貌的表現，及其與隱逸詩的牽連關係，這三方面來觀察。

(一)田園詩的主題內涵

陶淵明的田園詩，在主題內涵上，大致包括以下三個範圍：

　　描述田園風光事項

　　揭露田園生活情趣

　　抒發躬耕隱士懷抱

其中有描寫，有敘述，亦有人生哲理的體悟。但這些內涵大都具有濃厚的抒情性質，而且經常是三為一體，相互交融激盪，很難清楚分割開來。因為陶淵明往往在描述的田園風光事項裡，揭露其田園生活的情趣，同時亦抒發身為一個躬耕隱士的懷抱。儘管當今學者，曾嘗試將陶詩區分為田園詩、詠懷詩、哲理詩諸不同類別，其實這三類頗有交互重疊之處，整體視之，均可歸類於陶淵明抒發一己情性懷抱的「田園詩」。因為陶淵明吟詠的情懷，是一個歸返田園，或嚮往田園者的情懷；其描述的田園風

光,是尋求逍遙自適者、所選擇的生活環境;而其體悟的人生哲理,諸如生死問題,仕隱問題,聲名問題,甚至言意問題,雖然不離魏晉清談玄學的範圍,卻都源自其田園生活的切身經驗與感受,是其田園生活情趣的表露,而非抽象哲理的闡明。

(二)田園詩的藝術風貌

陶淵明的田園詩,在藝術風貌方面,或許可以從語言運用和情境展示兩方面來概括:

　　　語言——樸實自然,不重雕飾

　　　情境——含蓄渾融,淡而有味

這和田園詩涉及的田居生活的主題內涵,以及陶淵明寫詩的態度與宗旨有關。首先,田園詩描寫的主要是純樸的田園風光、尋常的農村景象,敘述的是平淡無奇的日常田居生活細節,揭露的是優閒自適的田園情趣,抒發的是躬耕隱士的懷抱,自然有助於避開時下正日趨風行的華麗精美的語言,乃至展現出樸實自然、不重雕飾的語言風格。其次,陶淵明不止一次特意表示,其為文賦詩,目的只是為「自娛」。或云「既醉之後,輒題數句自娛」(〈飲酒二十首序〉);或稱「常著文章自娛,頗示己志」(〈五柳先生傳〉)。換言之,文學創作對陶淵明而言,不過是日常閒居生活中,自得其樂,自寫其志,自抒其情懷而已,無須肩負起「經夫婦,成孝敬,厚人倫,美教化,移風俗」(〈詩大序〉)的偉大任務,不必提升為「經國之大業,不朽之盛事」(曹丕〈典論論文〉),只須能自娛即可。因此,予人的一般印象是,陶淵明不是有意為詩,更非為「逞才」作詩,故而能在平淡中,含蘊一分深情韻味。

(三)田園詩與隱逸詩

陶淵明的田園詩,實際上亦是隱逸詩,不過卻為魏晉盛行的隱逸詩開闢了新境。按,魏晉隱逸詩中的隱士,在詩人筆下,往往離群索居,棲身山林巖穴,詩中描繪的環境背景,遠離俗世人間,通常是人煙絕跡的荒郊野外,幽林深谷。陶淵明雖辭官歸隱,卻「直為親舊故,未忍言索居」(〈和劉柴桑〉),有太多的牽掛,放心不下親人故舊,未忍棄絕人世遁入

山林，於是選擇「守拙歸園田」。其詩中自述的隱士，仍然「結廬在人境」，因此有日常的家居生活，也保持鄰里同好甚至地方官員的社交往來。所處的環境背景，則是其田園故居周遭附近的純樸農村景色。一般魏晉隱逸詩中強調的，超世絕俗的高情，在陶淵明筆下，變得人間化、生活化了。陶淵明的田園詩，不僅拓展了隱逸詩的境界，同時亦為後世心懷隱逸者，指出一種比較富有人間情味的生活方式，一種並不「反社會」的人生理想。人間世的田園農村，從此取代了荒野處的巖穴山林，成為後代的中國詩人歌詠隱居生活、抒發隱逸情懷的主要場域背景。

四、陶淵明田園詩舉例

在陶集中，〈歸園田居五首〉，無論從標題或內涵情境上，均可視為陶淵明田園詩的代表作，尤其是第一首最具典型：

> 少無時俗韻，性本愛丘山。誤落塵網中，一去三十年。
> 羈鳥戀舊林，池魚思故淵。開荒南野際，守拙歸園田。
> 方宅十餘畝，草屋八九間。榆柳蔭後簷，桃李羅堂前。
> 曖曖遠人村，依依墟里煙。狗吠深巷中，雞鳴桑樹顛。
> 戶庭無塵雜，虛室有餘閒。久在樊籠裡，復得返自然。

按，陶淵明於義熙元年(405)冬天，辭去彭澤令，決定歸返田園故居。此詩可能作於歸田後第二年春天。乃是以一個棄官歸田者的身分發言，慶幸自己在「誤落塵網中」之後，終於「久在樊籠裡，復得返自然」，換言之，由牢籠般的官場，回歸自然，恢復自由，重拾自我。整首詩，既描繪田園風光，敘述農村事項，亦揭露田園生活情趣，同時還抒發躬耕隱士的懷抱。

再看〈和郭主簿二首〉其一：

> 藹藹堂前林，中夏貯清音。凱風因時來，回飆開我襟。
> 昔交遊閒業，臥起弄書琴。園蔬有餘滋，舊穀猶儲今。
> 營己良有極，過足非所欽。春秫作美酒，酒熟吾自斟。
> 弱子戲我側，學語未成音。此事真復樂，聊用忘華簪。

遙遙望白雲，懷古一何深！

或許是回覆郭主簿贈詩中的訊問與關懷，乃是以日常田居生活中一些平凡瑣屑之事，向友人敘述近況，表明心跡。自己如今棲止得所，襟懷優閒，與俗世官場已無往來；平日耕種之暇，則以讀書、撫琴、飲酒自娛，何況「弱子戲我側，學語未成音」，還可以享受親子天倫之樂；故而，作一個逍遙自適的隱士，是其懷抱所在。整首詩，宗旨是宣稱其隱居之志，展現的是田園生活的片段，尋常人生的點滴；因此，瀰漫著濃郁的生活氣息，洋溢著溫馨的人間情味。

不過，陶淵明田園詩之所以不同凡響，令人矚目，不單單在於描述其田園生活中的隱居之樂，還有躬耕之苦，和飢寒之困。因為靠耕植營生，實無保障，水患、乾旱、蟲害層出不窮，難免經常面臨挨餓受凍的威脅。像「園蔬有餘滋，舊穀猶儲今」這樣寬裕的境況，並非常態。更多的是，躬自耕耘的辛苦，面臨飢寒貧困的無奈與哀傷。陶淵明即嘗自謂「疇昔苦長飢，投耒去學仕」（〈飲酒二十首〉其十九），亦喟嘆「弱年逢家乏，老至更長飢」（〈有會而作〉）。

試看〈庚戌歲(410)九月中於西田穫早稻〉：

人生歸有道，衣食固其端。孰是都不營，而以求自安。
開春理常業，歲功聊可觀。晨出肆微勤，日入負耒還。
山中饒霜露，風氣亦先寒。田家豈不苦，弗獲辭此難。
四體誠乃疲，庶無異患干。盥濯息簷下，斗酒散襟懷。
遙遙沮溺心，千載乃相關。但願常如此，躬耕非所嘆。

此詩的宗旨乃是宣稱其隱居之志不可移。其中所描述的「晨出肆微勤，日入負耒還」的辛勤，坦承田家之勞苦，四體之疲累，以及盥洗之後，簷下休息，斗酒散懷之欣慰，都是躬耕隱士田園生活的真實寫照。這樣的田園生活經驗與感受，是那些企慕隱逸、高唱玄虛的高官貴族文人名士難以想像的。

再看〈雜詩十二首〉其八：

代耕本非望，所業在田桑。躬耕未曾替，寒餒常糟糠。

　　　豈期過滿腹，但願飽粳糧。禦冬足大布，麤絺以應陽。

　　　正爾不能得，哀哉亦可傷。人皆盡獲宜，拙生失其方。

　　　理也可奈何，且爲陶一觴。

　　意指其棄官歸田，實出於自願，雖躬耕不輟，卻不免寒餒，常以糟糠
爲食。自己從來不懷奢望，平時只要有粳米果腹，有粗布衣禦寒，葛布衫
蔽體，就滿足了。可是，卻「正爾不能得，哀哉亦可傷」，就連這些起碼
的溫飽，都不能維持，實在令人哀傷。不過，轉念一想，既然「人皆盡獲
宜，拙生失其方」，大凡人皆各得其宜，自己拙於謀生，不得其方而已。
道理即在此，誰也奈何不得，姑且陶然一杯酒算了。

　　陶淵明的田園詩，有隱居之樂，也有躬耕之苦，還有飢寒之困。反映
的是，一個棄官歸田者，具體的生活經驗與眞實感受，而非想像的、虛構
的高遠理想。尤其值得注意的是，詩中浮現著陶淵明個人獨特的人格情
性，令讀者不僅品嚐到田園詩平實淡遠的韻味，還接觸到一個可敬可親的
陶淵明。

五、陶淵明田園詩接受歷程

　　陶淵明田園詩所寫的田園生活，均取材自親身的經驗和感受：有遠離
俗世官場束縛的欣慰與逍遙，亦有躬耕田畝的辛勤與勞苦，還有面臨飢寒
貧困的無奈與悲哀。在玄言詩風行的東晉詩壇，陶淵明的田園詩，卻以描
寫日常生活，抒發個人情懷爲宗旨，維繫著《詩》、《騷》以來的抒情傳
統，在中國詩歌發展史的長流中，實屬「主流」體系。不過，由於陶淵明
的田園詩，無論從題材內涵或藝術風貌上，都與當時所處的文壇風氣不
合，再加上陶淵明人微位低，乃至生前身後相當漫長時期內，未受重視。
儘管今天看來，陶淵明對後世詩人影響之深遠，並不亞於屈原和杜甫，不
過，倘若回顧陶淵明田園詩的接受歷程，從備受冷落到爭相稱頌，乃是經
過一段相當慢漫長與漸進的歷程，同時也展現中國文學觀念、審美趣味與
批評意識的流變。

（一）東晉南朝時期——或忽視其詩，或贊其人德為主

　　東晉詩壇盛行的是抽象說理的玄言詩，強調的是老莊哲理的領悟，追求的是超然無累的玄虛之境。陶淵明田園詩所寫日常田居生活的經驗感受，顯得平凡無奇，自然不易引起時人的注意。劉宋以後，文風改變，詩歌「性情漸隱，聲色大開」（沈德潛《說詩晬語》）[1]，詩人追求唯美趣味，無論寫景、詠物、或寫宮體豔情，在內涵情境上，重視形貌聲色予人的美感，語言上，講求詞藻華麗，對偶精工，聲律諧美，乃至陶淵明樸實無華，平淡淳淨的田園詩，頗受冷落。以下即從兩個階段，概述陶淵明田園詩在東晉南朝時期接受過程的演變。

1. 友人、史家、詩人

　　友人──顏延之（384-456）以詞藻華麗，用筆雕琢見稱，與謝靈運齊名，在劉宋詩壇共稱「顏謝」，並為「元嘉之雄」。東晉末年，嘗與陶淵明結為鄰里之緣，相交情款。為追悼陶淵明逝世，曾寫〈陶徵士誄〉，其中對陶淵明棄官歸隱，「高蹈獨善」的品德，推崇備致，惟對其詩文創作，僅以「學非稱師，文取指達」簡略概括。顯然並未特別欣賞陶詩，亦未嘗視陶淵明為詩人。

　　史家──《宋書》、《晉書》、《南史》諸正史，皆先後為陶淵明立傳，惟均歸之於〈隱逸傳〉，視其為辭官歸田，不應徵命，高風亮節的隱士。並未注意其詩文創作，乃至只傳其人，不論其詩。最早為陶淵明立傳者是沈約（441-513），可是於其《宋書‧謝靈運傳論》中，綜述自先秦至劉宋的詩歌發展，對陶淵明卻未提一辭。此外，蕭子顯（489-537）《南齊書‧文學傳論》，論當世詩歌，別為三體，溯其源流，標舉晉宋諸作者，亦未舉陶淵明。

　　詩人──根據現存資料，後代詩人中，最早注意陶詩，並仿效其風格體式者，是劉宋的鮑照（414?-466），其次為齊梁之際的江淹（444-505）。兩者或可視為唐宋以後，仿陶、擬陶之作的先驅。鮑照〈學陶彭澤體〉，

1　按，沈德潛《說詩晬語》所言，顯然是根據明人胡應麟（1551-1602）《詩藪》中「詩至於齊，性情既隱，聲色大開」數語，稍加修改而得。

題下自注「奉和王義興」[2]。可見王義興(王僧達，423-458)應是率先仿效陶詩者，可惜鮑照所「奉和」的原詩業已失傳，亦不知當初是否還有其他詩人同時在場「奉和」。不過至少可證明，劉宋元嘉年間，陶詩已經開始在朝廷某些官員中流傳，甚至是學習模仿的對象。另外還有江淹〈雜體詩三十首〉中〈陶徵君‧田居〉一首。將陶淵明與曹植、潘岳、陸機、顏延之、謝靈運諸詩壇大家並列，並標明「田居」是陶詩之代表風格，且視之為漢魏以來代表詩歌風格流派之一「體」[3]。江淹顯然已經注意到陶詩在五言詩自漢代至蕭齊發展演變歷程中的重要角色。儘管江淹〈雜體詩〉雖可能影響到鍾嶸《詩品》與《昭明文選》的品評與選詩標準，但對陶詩在齊梁時期的地位，似乎並無提升之助力。

2. 文學評論家、文集編輯者

　　劉勰(465?-520?)之巨著《文心雕龍》，是中國文學批評之寶典，其中〈明詩〉篇，標舉歷代詩人代表，評論詩歌風格之源流演變，卻對陶淵明隻字不提。另外，〈才略〉篇，對三張、二陸、左思、劉楨、郭璞諸輩，無不標其名字，並加品評，而獨遺陶淵明。

　　鍾嶸(468-518?)當屬第一位視陶淵明為「詩人」，並真正能夠欣賞陶詩者。其《詩品》雖然置陶詩於「中品」，惟其對陶詩風格特徵之品評，可謂是令陶詩逐漸走出隱晦，受到重視之始：

> 宋徵士陶潛，其源出於應璩，又協左思風力。文體省淨，殆無長語，篤意真古，辭興婉愜。每觀其文，想其人德。世嘆其質直，至如「歡言酌春酒」(〈讀山海經十三首〉其一)、「日暮天無雲」

2　鮑照〈學陶彭澤體〉：「長憂非生意，短願不須多。但使樽酒滿，朋舊數相過。秋風七八月，清露潤綺羅。提琴當戶坐，嘆息望天河。保此無傾動，寧復滯風波。」主要是寫幽居閒適之樂，似乎有意從題材、風格上模仿陶詩。

3　江淹〈陶徵君‧田居〉：「種苗在東皋，苗生滿阡陌。雖有荷鋤倦，濁酒聊自適。日暮巾柴車，路闇光已夕。歸人望煙火，稚子候簷隙。問君亦何為，百年會有役。但願桑麻成，蠶月得紡績。素心正如此，開逕望三益。」按，江淹此詩，擬陶相當成功，宋代一些陶集，嘗收錄為陶淵明〈歸園田居〉第六首。蘇東坡不察，亦和詠一首。

（〈擬古八首〉其一），風華清靡，豈直爲田家語耶！古今隱逸詩
人之宗也。

所言相當肯定陶詩之成就。認爲陶詩具有質直、風力、華靡三種基本
風貌，且著意爲陶詩辯護：「豈直爲田家語耶！古今隱逸詩人之宗也！」
但是，鍾嶸畢竟身處重視華麗詞藻的時代，依當時的審美標準，僅能置陶
詩於「中品」。其品評語氣間，雖頗賞愛陶詩，且流露爲陶詩「不平」之
意，惟仔細體味其文，似乎更仰慕陶淵明的人德。

蕭統(501-531)則是繼鍾嶸之後，另一位充分肯定陶詩者。蕭統不但
仿史傳體爲陶淵明立傳，亦多方蒐求流傳於當世的陶淵明詩文作品，爲之
編集，且爲《陶淵明集》寫序，其中有云：

有疑陶淵明詩，篇篇有酒，吾觀其意不在酒，亦寄酒爲跡者也。
其文章不群，辭采精拔，跌宕昭彰，獨超眾類，抑揚爽朗，莫之
與京。橫素波而傍流，干青雲而直上，語時事則指而可想，論懷
抱則曠而且眞。加以貞志不休，安道苦節，不以躬耕爲恥，不以
無財爲病。自非大賢篤志，與道汙隆，孰能如此乎？余素愛其
文，不能釋手，尚想其德，恨不同時。故加搜校，粗爲區
目。……嘗謂有能讀淵明之文者，馳競之情遣，鄙吝之意袪，貪
夫可以廉，懦夫可以立，豈止仁義可蹈，爵祿可辭！不勞復傍遊
太華，遠求柱史，此亦有助於風教爾。

序文試圖從文品和人品雙方面論陶，均給予很高的評價。但是，仔細
玩味其言，似乎與鍾嶸《詩品》相仿，仍然比較偏向陶淵明人德之推崇。
甚至對其文品的稱美，最終強調的，竟然是「有助於風教」的道德感
染力。

陶詩既不像東晉詩壇盛行的玄言詩那樣，「寄言上德，托意玄珠」，
致力於發揮老莊玄理，亦缺乏劉宋以後風行的駢麗華美的文采。其未能符
合東晉南朝詩壇的審美標準，或許是陶詩無法獲得這時期文評家重視的
主因。

(二)唐宋時期——兼美人德詩品，陶詩之評價臻至高峰

　　陶詩在東晉南朝時期，雖受冷落，不過，爰及唐代，陶詩的評價，開始眞正的改觀。尤其是盛唐以後，陶淵明高閒曠逸、恬澹自適的田園詩，以及陶詩濃厚的抒情特質，煥發出前所未有的魅力，乃至詠陶、慕陶、效陶之作，相繼不絕。從張九齡（678-740）、孟浩然（689-740）、王維（701-761）、李白（701-762），到儲光羲（707?-760?）、杜甫（712-770）、錢起（722-780?）、韋應物（737-792?），到柳宗元（773-819）、白居易（772-846），無論主要詩人或次要詩人，每賦歸來、縣令、隱居、飲酒、菊花諸題，多祖述陶詩，或引用陶淵明相關故事，或模仿陶淵明歌詠田園生活，抒發隱士懷抱。

　　這些唐代詩人，即使位居高官顯要，並無眞正退隱之心，也會在偶爾鄉居期間，寫一些企慕隱逸或歌詠田園之作，往往以能夠臻至陶淵明的恬澹之境自許。倘若在仕途遭遇挫折，懷才不遇，甚至遭謫受貶，就更會在詩中呼應陶淵明的歸隱之志，表示對鄉居田園的嚮往，對仕途官場的厭倦。即使盛唐的山水詩，也融匯了陶詩中恬澹自適的田園情趣，乃至形成盛唐詩中一大重要流派，亦即一般文學史所稱「山水田園詩派」。

　　當然，眞正「發現」陶詩者，還是宋人。幾乎上自宰相朝臣，下至隱士僧侶，均出現對陶淵明其人其詩，表示賞愛欽慕之意，或發表見解理論。陶詩之所以受到宋人的特別青睞，或可歸納爲以下數點緣由：

　　首先，與宋詩之審美趣味有關。按，宋詩重視詩歌之「平淡」，因此，追求寧靜安詳的詩境，表現從容閒適的人生態度，是宋詩的一項重要基調；敘寫日常生活細節，抒發日常生活情趣，則是宋詩的一大特色。其次，隨著詩話筆記的興起，明白如話，淺近易懂的語言，又是宋人所宗；樸實無華，簡淨自然，平淡閒遠的陶詩，因而顯得魅力十足。再次，宋代理學發達，重視道德人品的修養，乃至淡泊名利，高風亮節的陶淵明，成爲備受景仰的對象，對陶詩賞愛之評價，亦隨之達到空前的高峰。其中尤以蘇東坡（1037-1101）對陶淵明最爲傾倒。除了於〈東波題跋〉有十數則評論陶淵明其人其詩之外，還用陶詩原韻，前後追和凡一百零九篇。對陶詩之偏愛與推崇，更無以復加。試看其〈與蘇轍書〉中所云：

> 吾於詩人，無所甚好，獨好淵明之詩。淵明作詩不多，然其詩質
> 而實綺，癯而實腴，自曹(植)、劉(楨)、鮑(照)、謝(靈運)、李
> (白)、杜(甫)諸人，皆莫及也。

其他宋人作品，化用陶詩句，襲詠田園者，亦不計其數；對陶淵明其
人其詩之賞慕與肯定，絡繹不絕。值得注意的是，宋人對陶淵明之評價，
對其田園詩之賞愛，並不限於唐人那樣簡短即興式的品評，而是對陶淵明
其人其詩開始從比較全面性的考證與討論，已經明顯進入學術研究的新領
域。爲後世的陶淵明其人其詩的研究奠定了基礎，同時亦點出此後陶淵明
研究大致的範疇和方向。

陶淵明再也不寂寞了，陶淵明簡淨自然、含蓄渾融的田園詩，再也不
是孤峰別流，而陶詩的抒情特質，是整個中國詩歌抒情傳統的主流部分。
自唐宋以來，幾乎每個時代，都有仰慕陶淵明者，或自比陶淵明者，而且
模仿、繼承陶淵明寫田園詩，抒發高潔之志，吟詠隱逸之懷。田園詩成爲
中國文人士大夫在仕途生涯中，對官場感覺厭倦，對政治心懷疑慮時，尋
求超越或安慰的最佳媒介。

第二節　山水詩的產生與流變

在魏晉崇老莊、尚自然思潮的激盪之下，山水詩與田園詩差不多同時
出現於詩壇。宏觀視之，兩者均可歸類於以大自然爲依歸的「自然詩」，
含蘊著盛唐以後終至合流爲一的潛在性質。不過，在初唱階段與流變過程
中，山水詩在創作經驗和審美趣味方面，表現出與田園詩截然不同的
傳統。

一、山水詩界說

文學史上所稱「山水詩」，一般是指南朝時期盛行的，如謝靈運
(385-433)諸人所作，描寫山水風景爲筆墨重點的詩。雖然這些詩中不一
定純寫山水，亦可有其他情懷志趣的流露，但是，呈現耳目所及山水狀貌

聲色之美，則必須爲詩人創作的主要目的。而且一首山水詩中，無論水光
或山色，必定都是未曾經過詩人主觀情緒干擾的山水。換言之，詩中的山
水風景，必須保持其本來的自然面貌。因爲，大凡詩人將個人主觀情緒強
加在山水身上者，其目的並非呈現山水本身之狀貌聲色，其描繪的山水，
亦非山水的自然現象。例如：遠山含笑，長河悲吟，淒風苦雨，愁雲慘
霧……，像這樣動情的描寫，山水景物顯然受到詩人主觀情緒的干擾，已
經失去其原本的自然面貌，則不能算是描寫山水風景爲主的山水詩。

二、山水詩的產生

　　遠在《詩經》、《楚辭》、漢賦中，已經出現不少描寫山水景物的詩
句，兩漢魏晉的遊仙詩或玄言詩，也往往有自然山水風景作陪襯。但是山
水詩最終成爲一種獨立的詩歌類型，則與魏晉以來老莊玄風的盛行，以及
遊覽山水的風氣息息相關。由於和老莊玄風連帶發生的是，對政治社會的
疏離，以及對個人生命和精神自由的珍視，因此，嚮往神仙、企慕隱逸和
怡情山水，便成爲魏晉文人士子族群之間最普遍的情懷。而遠離俗世塵囂
的自然山水，就在求仙、隱逸、遊覽的風氣中，逐漸獲得其獨立的地位，
成爲詩人觀賞和吟詠的對象。

　　不過，又由於老莊玄風的熾烈，使得務求心神超然無累的詩人，往往
昧於玄虛的追慕，僅以山水爲冥合老莊玄境的媒介，乃至雖登臨山水，卻
唱詠玄虛，其中包括玄言、遊仙、隱逸的抽象概念，竟延誤了山水詩的繁
滋。山水詩開始比較多量出現，還是在晉室渡江之後。這主要是因爲，江
南山水的靈秀，激發了詩人的審美意識；優游行樂的生活態度，促進了遊
山玩水的風氣；老莊玄理的深一層了解，啓迪了「山水以形媚道」（宗
柄：375-443〈畫山水序〉）的領悟：自然山水本身，即自成其道，自成其
理。至少在蘭亭詩人時代，山水美感與老莊玄趣，已具有同等地位，倘若
即景入詩，可以「老莊爲意，山水爲色」[4]。所以有些說老莊、讚玄風、

4　錢鍾書於《談藝錄》即以爲「六朝詩人以老莊爲意，山水爲色」，正符合「山水

詠隱逸、吟求仙的詩人，逐漸開始直接以山水風景本身的狀貌聲色，來闡明所領悟的自然宇宙之道和理。也就是這種「化老莊而入山水」的詩歌創作，爲南朝山水詩之昌盛鋪上先路。這正如劉勰(465?-520?)於《文心雕龍・明詩》之觀察：

> 宋初文詠，體有因革，莊老告退，而山水方滋。儷采百字之偶，爭價一句之奇，情必極貌以寫物，辭必窮力而追新，此近世之所競也。

所言不僅概括山水詩在體物寫物方面，講求辭藻駢儷，重視模寫逼眞的特色，同時亦點出促成山水詩產生的老莊思潮之背景。

三、山水詩的典型及流變

經過魏晉時代長期的醞釀，山水詩終於在渡江之後，唯美文學趨於全盛的南朝(420-589)，大量出現。南朝詩人對自然山水熱愛之切、鑑賞之深，可謂是空前的。其中尤以謝靈運對山水詩「派」的形成，貢獻最大。其後還有鮑照(414?-466)、謝朓(464-499)、何遜(?-518)、陰鏗(510?-563?)等，繼承謝靈運之餘緒，創作山水詩。但是，基於文學環境與創作風氣的逐漸流動與改變，南朝前半期與後半期的山水詩，已經呈現出不同的風貌內涵。若按其風行時代先後，大略可分爲三種典型，亦可視爲三個發展階段：

(一)山水與莊老名理並存

這是以「山水詩人」見稱的謝靈運山水詩之典型特徵。按，山水詩之所以能夠在中國文學史上形成一大「宗派」，或一種具有某些共同特徵的詩歌類型，則必須歸功於謝靈運。後人刻畫山水，無不直接或間接承受謝靈運的影響，乃至傳統詩論者，甚至當今學者，會有「謝靈運乃是山水詩之祖」，或「山水詩乃謝靈運首創」之類的意見。惟不容忽略的是，謝靈運的山水詩，其實乃是集兩晉以來老莊玄學風氣中醞釀出的山水詩之大

(續)─────────────────
　　通於理趣」之說。（頁286）

成。因此，往往還保存著山水風景與莊老名理並存的風貌。亦即一首山水詩中，不僅有模山範水部分，還參雜一些有關莊老易佛的名理句子。

　　這類與莊老名理並存的山水詩，通常具有明顯的記遊性質。往往是詩人登山涉水賞景，乃至因景引情並悟理的整個過程之紀錄。呈現的是：寫景、抒情、悟理部分，段落分明，程序井然的整體結構[5]。在內涵上，也就不單單是山水風景的賞愛，還有由覽景而悟理引情，以表現其嚮往或領悟之道或理。試舉謝靈運〈登石門最高頂〉為例：

　　　晨策尋絕壁，夕息在山棲。疏峰抗高館，對嶺臨迴溪。

　　　長林羅戶庭，積石擁基階。連巖覺路寒，密竹使徑迷。

　　　來人忘新術，去子惑故蹊。活活夕流駛，噭噭夜猿啼。

　　　沉冥豈別理，守道自不攜。心契九秋幹，目玩三春荑。

　　　居常以待終，處順故安排。惜無同懷客，共登青雲梯。

　　筆墨重點在寫登山、覽景、悟理整個經驗過程所引起的知音難覓的寂寞情懷。值得注意的是，其中二至四聯山水聲色狀貌的描寫，乃是「任物自陳」，全然不受詩人情緒或知性的干擾，讓山水景物以其狀貌聲色自然演出，這是成為山水詩的必要條件。全詩十聯，段落分明，在結構上可分為記遊(首聯，亦兼全詩之序)、賞景(二至六聯)，和悟理、興情(後四聯)三部分。程序上是從緣景而悟理而生情的方向發展，因而山水的賞愛與名理的領悟共同出現於詩中。

　　這種山水與莊老名理並存的作品，表面上看起來，景與情和理截然分開的結構，乃是謝靈運山水詩的典型特徵，也曾是後輩詩人追隨模仿的對象。試看鮑照的〈登廬山〉：

　　　懸裝亂水區，薄旅次山楹。千巖盛阻積，萬壑勢迴縈。

　　　巃嵸高昔貌，紛亂襲前名。洞澗窺地脈，聳樹隱天經。

5　按，近人黃節論「謝康樂詩」，首先注意到謝靈運山水詩中往往「說山水，則苞名理也」。並亦點出，謝詩通常展現段落分明，程序井然的組織結構：「大抵康樂之詩，首多敘事，繼言景物，而結之以情理……。」見蕭滌非，《讀詩三札記》(北京：作家出版社，1957)，頁22-40。

松磴上迷密，雲竇下縱橫。陰冰實夏結，炎樹信冬榮。

嚶嚶晨鵾思，叫嘯夜猿清。深崖伏化跡，穹岫閟長靈。

乘此樂山性，重以遠遊情。方躋羽人途，永與煙霧並。

全詩十聯，前八聯寫景，後兩聯抒情。詩的發展程序亦是從登臨、賞景，而興情悟理，仍然保持山水與莊老名理並存的風貌。不過，與謝靈運的山水詩相比，其理悟部分的玄氣已大為減輕。當然其基本內涵未變，詩人理悟的「道」，仍是登臨山水可以超越世網、獲得個人的精神自由。在結構組織上，亦沿襲謝靈運詩之嚴密整齊傳統，雖然情景分敘，兩者是交互融匯一體的。此外，謝詩中雕琢辭藻，講求聲色對偶的特色，均可在鮑照此詩中略見一斑。從鮑照其他的山水詩中，亦可證明，在模山範水方面，與謝靈運相若，同屬「情必極貌以寫物，辭必窮力以追新」的傳統。

這種寫山水而苞名理的山水詩，繼續在後世詩人作品中出現。自宋齊到梁陳，「效康樂體」者，始終未嘗消歇，惟玄氣則日益稀薄而已。

(二)山水與宦遊生涯共詠

由謝靈運大事發展的山水詩，爰及謝朓筆下，在風貌和內涵上，發生明顯的變化。當然，謝朓還是步趨謝靈運後塵，繼續寫與莊老名理並存的山水詩，但是，更重要的，不單單是其同類詩中的玄味銳減，而是另闢新徑，多量創作與宦遊生涯共詠的山水詩。

在謝朓筆下，大凡在仕途生涯中引起的離鄉之悲，送別之情，思歸之嘆，羈旅之愁，都可併入自然山水的吟詠中，乃至擴大了山水詩的內涵情境，增強了山水詩的抒情意味。又因為謝朓乃處於詩歌日益律化、詠物小詩趨於昌盛的蕭齊時代，其山水詩篇在體制上，也隨著詩歌的發展，開始趨向精簡，寫景則益見工巧纖麗，而且詩中往往反映著濃厚的人生感情，甚至有時單純從詩題已無法立即確定其為山水詩，必須細讀內容方能揭曉了。試看其〈晚登三山還望京邑〉：

灞涘望長安，河陽視京縣。白日麗飛甍，參差皆可見。

餘霞散成綺，澄江靜如練。喧鳥覆春洲，雜英滿芳甸。

去矣方滯淫，懷哉罷歡宴。佳期悵何許，淚下如流霰。

有情知望鄉，誰能鬒不變？

寫詩人出守宣城途中，登山臨江所見的美景，以及回望京邑(時謝朓家居京邑)引起的思鄉之情。全詩結構上仍然是情景分敘，景是麗景，情乃悲情。其中對山水美景之賞愛與離別望鄉之悲哀，彼此激盪，展現出離京赴任的矛盾與複雜心情。值得注意的是，此詩的後三聯，乃是直洩其情，尤其是「淚下如流霰」之類如此情緒化的句子，是謝靈運山水詩中所闕如的。

由於仕宦生涯幾乎是文人士子所必經，這種既詠山水也抒宦情的山水詩，一旦成立之後，即使在詠物與宮體詩的風行時代，仍然可以繼續生存並發展。例如何遜的〈下方山〉：

寒鳥樹間響，落星川際浮。繁霜白曉岸，苦霧黑晨流。

鱗鱗逆去水，灠灠急還舟。望鄉行復立，瞻遠近更修。

誰能百里地，縈繞千端愁。

其實在何遜現存的山水詩中，尚有特意追隨大謝及鮑照的長篇記遊之作，但更多的則是，其行旅或隨任途中的經驗感受，因此，往往流露出宦遊者最易觸動到的鄉心和離情。此詩前三聯寫景，後兩聯抒情。惟詩中已無登涉的記述，呈現的乃是當前耳目所及的山水風景。其寫景已不止於狀貌聲色的模擬，而進一步注意景中意境的烘托，諸如「寒鳥」、「落星」、「繁霜」，以及「逆去水」、「急還舟」這些精心製作的意象，與後兩聯中望鄉之情與羈旅之愁，交互輝映，渾然一體，為整首詩營造成情景交融的境界，擴大了山水詩的表現領域，為唐代以後情景交融的山水詩之先聲。

(三)山水與宮廷遊宴同調

經大小二謝致力發展的山水詩，在蕭梁詩壇的綺麗文風中，又起了變化。這時期的山水詩，和風行當時的詠物詩、宮體詩相若，多為君臣遊宴場合，酬唱應和之作，具有濃厚的貴遊文學之消閒娛樂性。由於遊覽山水的態度純粹是玩賞，而即席賦詩也是一項競技逞才的餘興節目，詩人力求表現的，當然是專注於山水狀貌聲色之美的刻畫和捕捉。其普遍特色就是

「巧言切狀」與「酷不入情」。山水詩的創作雖失去了個人的風味,卻增添了狀貌聲色的審美之趣。詩中除了山水景物之美、遊賞之樂外,不見莊老玄思,亦無宦遊之情。再者,由於這類山水詩多屬當場即寫其景,用典隸事的作風,也在山水美景中消失了。語言方面也趨向新鮮明淨,而不至於凝重生僻。詩的體制也因別無閒話,更見精巧簡練。山水詩就在唯美文風和貴族遊樂的雙重影響之下,展開了新的風貌和內涵。

試看梁武帝蕭衍(464-549)〈首夏泛天池〉:

薄遊朱明節,泛漾天淵池。舟楫互容與,藻蘋相推移。

碧沚紅菡萏,白沙青連漪。新波披舊石,殘花落故枝。

葉軟風易出,草密路難披。

全詩五聯,均是景語,而且全屬精美對句。主要是以華麗的辭藻,對眼前景精密細緻的描繪,除了詩人對山水景物入微的觀察和敏銳的審美趣味之外,詩中不見因景所興之一己之情,也無莊老玄思之悟,連詩人的身分個性也不透露。整首詩,宛如一幅以美麗景物聯串起來的圖案畫,的確悅人耳目,然而,畢竟缺少一種觸動人情,令人感動的內在生命。

另舉梁元帝蕭繹(508-554)〈晚景遊後園詩〉:

高軒聊騁望,煥景入川梁。波橫山渡影,雨罷葉生光。

日移花色異,風散水紋長。

的確是一首精巧可愛的小詩,詩人純粹以審美的態度,將眼前之景追攝下來,表現的是視覺的、繪畫之美。充分展示詩人對山水景物光影形貌的變化,觀察之入微,落筆之細膩。

再看,嘗侍梁元帝,入陳後又見賞於陳室的張正見(527-575),有一首〈賦得岸花臨水發〉:

奇樹滿春洲,落蕊映江浮。影間連花石,光涵濯錦流。

漾色隨桃水,飄香入桂舟。別有仙潭菊,含芳獨向秋。

當屬君臣遊宴之際,觀賞當前風景「同題共詠」之作。詩人似乎已全然沉浸在審美的境界裡,連落花都引不起傳統的時序之感。這種純美的賞愛與追求,是和現實社會人生不相干的,與人情世故隔離的,因此沒有個

人私己感情的移入，只需當前美景的展露即可。

　　與宮廷遊宴同調的山水詩，一直隨著所謂「齊梁」或「梁陳」餘風，流傳至初唐詩壇。當然，隨著詩歌表現藝術的進步，這種既不言志，亦不抒情，只純粹寫景的山水詩，在盛唐以後詩人筆下，可以成爲極富韻味的詩篇。

四、山水詩的後續──山水與田園情趣合流

　　山水詩在盛唐詩人王維、孟浩然諸人筆下，再度發生了變化。由於詩歌發展到盛唐已臻至成熟，詩人開始回顧詩的「過去」，加上隱逸風氣的激盪，陶淵明的田園詩，發出前所未有的吸引力，陶詩中洋溢的恬澹自適的田園情趣，成爲「王、孟詩派」的重要創作泉源。由於王、孟諸人詩才高，詩名盛，追隨模仿者無數，因此，與田園情趣合流的山水詩，儼然成爲唐代山水詩之主流。詩中呈現的，經常是山水的恬靜與安詳之美，流露的是，詩人優閒自適的田園情趣。這類山水詩尤其在王維的筆墨之下，畫意最濃，而畫中又往往浮現著一片詩情，令讀者吟詠玩味不已(詳後)。

　　以上所論四種典型的山水詩，雖各有其不同的風行時期，可是一旦某種典型確立之後，就不斷在詩人作品中出現，而且隨著詩歌本身的發展，以及表現藝術的演變，山水詩在風貌上，也就呈現從南朝、初唐的工筆刻畫，到盛唐的寫意點染，進而至晚唐又重現琢字雕句的痕跡。

第六章
詠物宮體之盛——「齊梁詩」

　　詠物宮體之盛，主要發生在齊(479-502)梁(502-556)時代。由於陳朝(557-589)歷時短，其詩歌創作，基本上追隨齊梁詩人，乃至風格相仿，所以一般文學史也把這三代，大約一百年間的詩歌，以「齊梁詩」概括稱之，惟齊梁並稱，實際上乃是以梁代為主。

　　按，齊梁時期，可謂是中國文學真正可以獨立自主的時代。當然，在這之前，朝廷就曾經以官方措施，抬高文學的地位，如前面篇章所述，劉宋文帝元嘉十六年(439)，於儒學、玄學、史學三館之外，別立文學館。之後，宋明帝又於泰始六年(470)，特立總明觀，將官學分為儒、道、文、史、陰陽五科，使文學與當時的顯學，等視齊觀。凡此措施，皆前代所未有。而劉宋的君主王侯，不但雅好文學，且俱有文采。在他們提倡鼓勵之下，文風蔚然，作家輩出。其中尤以文帝時的元嘉年間(424-453)，也就是顏延之和謝靈運稱雄詩壇時期，為文風轉變的樞機，唯美文學的興起，實肇始於此時。但是，中國文學一直到齊梁時期，無論在文學觀念或創作實踐上，才真正算是可以獨立於經學、史學、哲學之外。可惜在強調儒家政教倫理，重視「詩言志」的傳統論者影響之下，「齊梁詩」在文學史上卻始終未能獲得公允的評價。

第一節　後世論「齊梁詩」

　　中國文學到齊梁時代，才真正擺脫了政治教化的束縛，排除了儒家詩教的局限。作為一種獨立自主的門類，文學受到前所未有的重視，擁有前

所未有的自主性。也就是在齊梁時代，文學的自覺意識中，產生了現存第一部，歷代文學作品選集《昭明文選》，爲文學作品的審美「標準」，點出方向。此外並出現了第一部，以婦女的經驗感受爲主要題材的詩集《玉臺新詠》，爲欠缺女性意識的文學史，塡補缺憾。另外還有，現存第一部詩歌評論專書，鍾嶸的《詩品》，爲五言流調之地位，鞏固基礎；以及現存第一部、規模宏大的文學批評專著，劉勰的《文心雕龍》，爲各種文類體式之界定與源流演變的論析，立下典範。除此之外，詩歌創作方面，也是在齊梁時代才眞正專注於詩人在聲色方面的審美感受，包括四聲音律悅耳的追求，以及賞心悅目趣味的重視。正如明代胡應麟(1551-1602)於《詩藪》所云：

> 詩至於齊，性情旣隱，聲色大開。

在文學史上，齊梁乃是一個了不起的時代，是一個可以只顧抒發審美情趣，敢於擺脫千年來加附於文人士子身上的政教倫理觀念，而爲中國詩歌開闢了「唯美」境地的時代。可是，「齊梁詩」在後世一些重視政教倫理的「保守」文論者筆下，卻始終負荷著背經離道、華而不實的責難。

試看隋代李諤(6世紀)因見魏晉以來，文風日益華靡，乃至鼓吹維護政教倫理，改革文風的〈上隋文帝革文華書〉所云：

> 降及後代，風教漸落。魏之三祖，更尚文辭，忽人君之大道，好雕蟲之小藝。下之從上，有同影響，競騁文華，遂成風俗。江左齊梁，其弊彌甚。貴賤賢愚，唯務吟詠，遂復遺理存異，尋虛逐微，競一韻之奇，爭一字之巧。連篇累牘，不出月露之形，積案盈箱，唯是風雲之狀。世俗以此相高，朝廷據茲擢士，錄利之路旣開，愛尚之情愈篤。於是閭里童昏，貴遊總丱，未窺六甲，先製五言。至如羲皇舜禹之典，伊傅周孔之說，不復關心，何嘗入耳。

李諤顯然是站在維護儒家道統、重視政教倫理的實用立場，視魏晉南朝蓬勃的文學活動，尚辭好藻的創作傾向，幾乎一無是處。其觀點是否公允，姑且不論，值得注意的則是，令李諤深表不滿者，主要是「風教漸

落」，其於文中數落曹魏以來，君臣上下「忽人君之大道，好雕蟲之小藝」，乃至「競騁文華」，爰及「江左齊梁，其弊彌甚」，對聖人之道「不復關心」諸文壇現象，正巧點出，魏晉南朝時期，文學逐漸擺脫儒家政教倫理束縛的發展總趨勢。

再看初唐詩人陳子昂(661-702)〈修竹篇序〉對齊梁間詩的批評：

> 文章道弊，五百年矣。漢魏風骨，晉宋莫傳。然而文獻有可徵者。僕暇時觀齊梁間詩，采麗競繁，而興寄都絕，每以永歎。竊思古人，常恐逶迤頹靡，風雅不作，以耿耿也。

所謂「漢魏風骨，晉宋莫傳」，以及「齊梁間詩，采麗競繁，而興寄都絕」，這些現象，雖令陳子昂「永歎」，卻正是文學創作重視審美趣味，可以無關政教倫理的標誌。往後這種揚著政教倫理的旗幟，對齊梁詩表示不滿者，從未停止。即使中唐詩人白居易(772-846)，於其〈與元九書〉中，對於晉宋齊梁詩，亦曾提出嚴苛的批評：

> 晉宋以還，……以康樂之奧博，多溺於山水，以淵明之高古，偏放於田園。江、鮑之流，又狹於此。……於時六藝寖微矣，陵夷矣。至於梁、陳間，率不過嘲風雪，弄花草而已。噫！風雪花草之物，《三百篇》中豈舍之乎？顧所用何如耳。……然則「餘霞散乘綺，澄江靜如練」，「離花先委露，別葉乍辭風」之什，麗則麗矣，吾不知其所諷焉，故僕所謂嘲風月，弄花草而已，於時六藝盡去矣。

白居易嘗矢言「為君、為臣、為民、為物而作，不為文而作」（〈新樂府五十首序〉），力主文學須肩負起政治教化的任務。上引文中所言，顯然是站在其身為諫官的立場，要求政治改革，刻意鼓吹詩歌對當政者的「諷諭」功能，所以才會埋怨謝康樂「多溺於山水」，陶淵明「偏放於田園」，甚至對謝朓的寫景名句「餘霞散成綺，澄江靜如練」，亦表示不滿，認為「麗則麗矣，吾不知其所諷焉！」

宋代大儒朱熹(1130-1200)〈清邃閣論詩〉甚至進一步認為：

> 齊梁間人詩，讀之使人四肢懶慢，不收拾。

　　像上引諸論，撐著詩教的旗幟，抨擊齊梁文學的觀點，不絕如縷，甚
至一直延續到當今刊行的一些文學史，歷久不衰。每逢論及南朝詩歌，尤
其是齊梁時期風行的遊宴、詠物、宮體豔情之作，仍然難免會站在維護政
教倫理的立場，將文學創作與政治道德使命，混爲一談，予以譴責。或認
爲齊梁詠物詩，往往吟詠「一些日常生活事物如歌舞、風雲、春秋、花
柳、鏡箏之類」，不過是「無聊的文字遊戲」而已[1]；甚至視盛行蕭梁的
宮體豔情之作，標目爲「色情文學」[2]。

　　齊梁詩歌的眞相如何？應當如何看待齊梁詩方不失公允？或許不仿先
從其產生的環境背景論起。

第二節　齊梁文人集團與詩壇現象

一、文風的熾烈，文人集團蓬勃

　　齊梁時期文風之盛，乃前所未有。君主王侯不但提倡文學，贊助文
學，有的君王本身就是文壇領袖，詩壇盟主。他們廣招文人才士，形成大
大小小的文人集團，共同討論文學，提出理論觀點，並且遊宴唱和，即席
賦詩。其中影響文壇風氣深遠者，包括：

(一)齊竟陵王蕭子良文人集團

　　亦稱「西邸文人集團」。按，「西邸」乃是齊竟陵王蕭子良(?-494)
在江南揚州的王府所在，是處文人才士曾聚集一堂。其中以史稱「竟陵八
友」者最著名，包括：謝朓、王融、任昉、沈約、陸倕、范雲、蕭琛、蕭
衍。西邸文人集團，主要活躍於齊武帝永明年間(483-493)，圍繞著好文
的竟陵王蕭子良，形成「文學沙龍」，經常討論佛理，研究聲律，且遊宴
賦詩，酬唱不絕。西邸文人集團最大的貢獻，就是在詩歌創作上，因佛經
的轉讀，發現了漢語的四聲，遂依循平、上、去、入四聲，以此制律，令

1　見胡國瑞，《魏晉南北朝文學史》(上海：上海大武出版社，1980)，頁120。
2　劉大杰於其修訂版《中國文學發展史》(上海：上海古籍出版社，1982)，即以
　　「色情文學」爲論述宮體豔情詩的標籤(頁303-306)。

詩歌增添一種新的風采，建立了文學史上所稱之「永明體」，爲重視音韻諧美的唐代律詩之形成，鋪上先路。

　　不過，在蕭子良去世之後，西邸集團頓時失去了盟主和依託，集團消散，其成員亦各奔前程。

(二)梁武帝蕭衍及昭明太子蕭統文人集團

　　這兩個文人集團的文學活動，主要是在宮廷之內。按，在朝代的輪替中，由齊入梁的文人，包括西邸集團人員，別無所託，只好依附梁朝開國君主蕭衍(464-549)；以後圍繞在昭明太子蕭綱(503-551)身邊的文人集團亦漸具規模，這些文人又陸續出入東宮。梁代文學的繁榮，與武帝蕭衍對文學的提倡與重視，有密切關係。梁武帝本人即文人出身，原屬竟陵八友之一，其在位(502-557)長達五十五年，雖以帝王之尊，惟對文學的賞愛始終不倦，與其舊交新識中，如沈約、裴子野、丘遲、柳惲、王僧孺等，經常參與宮廷中遊宴賦詩的集會。此外，圍繞在昭明太子蕭統身邊的文人集團，最重要的文學活動與貢獻，就是《文選》的編輯，其對後世文學觀念與創作，以及選集之編撰，影響甚巨。

(三)梁簡文帝蕭綱東宮時期文人集團

　　其實在梁朝以蕭綱爲首的文人集團，創作成就最大，影響亦最爲深遠。按，蕭氏父子中(蕭衍、蕭統、蕭綱、蕭繹)，以蕭綱詩才最高，其所招攬之文士，諸如徐摛(472-549)、徐陵(507-583)父子，以及庾肩吾(520年前後在世)、庾信(513-581)父子，皆一時之傑。蓋蕭綱乃是於中大通三年(531)繼逝去的蕭統爲皇太子，此後二十年，太子東宮成爲詩壇中心，遊宴唱和不絕，乃至形成「宮體」之風，甚至有「宮體之風，且變朝野」之勢(《南史‧梁本紀》)。這些文人在蕭綱東宮時期創作的作品，大多保留在徐陵編輯的《玉臺新詠》一書中。

　　繼而徐陵、江總(519-594)等文人入陳之後，又圍繞在陳後主(陳叔寶，在位：583-589)身邊，形成新一代的文人集團，繼續遊宴賦詩不絕，一直到陳之祚亡。按，齊梁文人集團的蓬勃，自然會造成文學作品出現一些帶有群體性的特質，最顯著的就是文學的集團化。

二、文學集團化，共性多於個性

　　齊梁文人大多依附歸屬於特定的、以王公貴族為首的文人集團，經常群體參與文學創作諸活動，往往在同一場合，圍繞著同一題材或同一命題賦詩。這種群體參與「同題共詠」的創作結果，很容易造成文學的集團化，展現的往往是君臣唱和，上下同調的現象。當然，文學的集團化實肇始於建安文壇，不過建安詩人除了同題共詠之作，畢竟還留下許多個人不同生活經驗感受的作品，因此個人的風格顯著。可是現存的齊梁詩，絕大多數都是群體遊宴場合之作，文學集團化成了時代的風格。

　　在齊梁詩人筆下，某些題材，或某種藝術體裁或形式，經過反覆表現，再三運用，從而形成共同的習慣或風氣。詠物詩和宮體詩之盛行，就是在這樣情況下一時形成文壇主流。此外，群體參與創作活動，也容易導致藝術風格的共性。何況又往往受集團領袖的文學觀念、審美趣味、藝術風格的影響，乃至齊梁詩，普遍存在遣辭、用典，甚至立意、構思方面，展示相似或雷同的現象。簡言之，文學集團化的結果，就是作品的共性多於個性，時代風格明顯，個人特色則較模糊。

　　當然，齊梁詩人中，還是出現形成個人的風格者，諸如：謝朓的明麗，沈約的富豔，蕭衍的古雅，范雲的婉轉……。不過，值得注意的是，這些詩人個人風格之形成，主要還是在蕭子良去世之後，西邸集團解散，詩人一時無所依歸，難免一番流離遷徙，面對不同的人生經驗，感而賦詩，於是乃創作出具有個人風格的作品。有趣的是，齊梁時期的文學雖然集團化，但是在文學觀念上、題材內容選擇上，卻展現出不再附和傳統儒家詩教的獨立精神。

三、文學的獨立，無關政治教化

　　文學獨立的觀念，當然是逐漸形成的。劉宋時期已經由朝廷官方的措施，立文學為一項獨立於經、史、子之外的門科。爰及齊梁，文學不僅在觀念上已經可以獨立自主，實踐上也走向新的途徑。按，齊梁詩歌之

「新」，最引人矚目的乃是，論者與作者對文學的功能，有一種全新的理解和表現。強調的主要是，文學「吟詠情性」、「感盪心靈」的重要，遂把文學從政治教化、社會倫理中分離開來，單純從審美趣味、性靈搖蕩方面來看待文學。試看：

鍾嶸(468-518?)《詩品·序》的觀點：

> 嘉會寄詩以親，離群託詩以怨。至於楚臣去境，漢妾辭宮；或骨橫朔野，或魂逐飛蓬；或負戈外戍，或殺氣雄邊；塞客衣單，孀閨淚盡；或士有解佩出朝，一去忘返；女有揚蛾入寵，再盼傾國。凡斯種種，感盪心靈，非陳詩何以展其義，非長歌何以騁其情。

鍾嶸所言已明確表示，作詩，不在於是否具有政治教化的實用功能，而在於能感盪心靈、馳騁情懷。再看蕭子顯(489-537)於《南齊書·文學傳論》的見解：

> 文章者，蓋情性之風標，神明之律呂也。

強調的，也是文學表現情性，感盪心靈(神明)之意旨。另外，王筠(481-549)於〈昭明太子哀策文〉中，形容蕭統的詩歌創作，特別稱許的是：

> 吟詠性靈，豈爲薄技？屬辭婉約，緣情綺靡。

所謂「心靈」、「情性」、「性靈」，均指人的自然天性或天然眞性，屬於「非人爲」的、「非道德」的，展現的是人的自然本性。換言之，詩，應該吟詠情性，可以陶冶性靈。尤其值得注意的是，蕭綱〈誡當陽公大心書〉所言：

> 立身之道，與文章異，立身先須謹重，文章且須放蕩。

蕭綱於此，清楚明確的把道德人品與文學創作分別開來。所謂「放蕩」，乃是不受束縛、不受局限，沒有框框、自由創作的意思。這樣就正式把文學創作，與立身之道，包括政治教化、道德行爲，區別開來。在中國文學觀念的自主與創作指標方面，乃是劃時代的體認與見解。

四、詩歌的創作，追求唯美新變

　　齊梁詩人在理念上，已經視文學可以獨立於政治教化之外，其創作必然會朝著不同於傳統的方向發展，以便有別於其他的經、史、子等學門。於是，在詩歌創作中，紛紛追求唯美新變。試從語言、形式、題材三方面觀察齊梁詩之新變：

(一)語言：講究辭采、對偶、聲律，追求流暢易曉

1. 文辭追求流麗清新

　　齊梁詩人，無論寫景、詠物、寫人，普遍喜用華美的辭藻，且注意狀貌形態之美，包括光與色的交輝，甚至常用金、玉、珠、羅之類富麗之辭作修飾，塑造成華貴的氣氛、綺麗的色調，引發美感，令人愉悅。除此之外，又喜用對偶，在文辭上表現屬對精工、平衡對稱的美感。值得注意的是，齊梁詩人雖然追求辭藻華麗、對偶精工的人爲之美，同時卻又受到江南民歌的啓發，又刻意提倡語言表達之清新自然、流暢易曉，似乎是有意扭轉自建安到劉宋，文人詩歌日趨深奧典重的傾向。以下試看幾則齊梁時期文人的語言主張。

　　顏之推(531-591?)《顏氏家訓》引述沈約(441-513)的意見：

> 文章當從三易。易見事，一也；易識字，二也；易讀誦，三也。

　　沈約這「三易」的主張，顯然是針對劉宋時期的詩歌往往多深奧典重而發。此後蕭子顯(489-537)《南齊書‧文學傳論》亦有近似的觀點：

> 言當易了，文憎過意；吐石含金，滋潤婉切；雜以風謠，輕脣利
> 物；不雅不俗，獨中胸懷。

　　蕭綱(503-551)〈與湘東王書〉亦主張：

> 吐言天拔，出於自然。

　　這些齊梁文壇的領袖人物，雖出入宮廷，不過卻均以淺顯易懂、自然流暢爲文學作品的理想語言。梁代宮廷詩人模仿民歌語言者大量增加，文人詩亦多雅俗結合，或以清麗婉轉見長，或以輕靡流麗爭勝，很少深奧典重難懂的現象。此外，又因齊梁詩歌多屬遊宴場合，即席賦詩，乃至用典

隸事的作風也就相應減少，語言上自然趨向清新淺顯。這是齊梁詩歌新變之一。此一變化，實促成中國詩歌基本面貌的更新，並且奠定初唐盛唐詩歌語言風格的發展方向。

2. 音韻注重聲律諧美

活躍於齊武帝永明時期(483-493)的詩人，諸如沈約、陸倕、王融等，不但參與群體賦詩，還經常互相切磋，討論詩歌創作，進而更提出注意聲律的論點，強調詩歌聲律的排列調節，如何可以獲得近乎音樂性的美感。此即重視聲律的「永明體」之建立。

永明聲律論的出現，顯然與佛經的轉讀與唱導之盛行，有直接關係。按，轉讀、唱導佛經之本意，其目的原來是通過聲調的抑揚頓挫，來感動聽眾，寄望在優美悅耳的聲音系列中，將聽眾帶入一種虔誠的宗教境界。永明文人，就是從這裡受到啓發，於是開始有意識地把詩歌從聲音效果上加以美化，提出「四聲八病」之論，主張寫詩須避免八種聲韻上的毛病，注意平仄的交錯輪替，以求聲律和諧悅耳。永明詩人的聲律論，在互相切磋，彼此討論之下，逐漸形成一種規範，也是一種詩歌創作上的新變。正如《梁書‧庾肩吾傳》中的觀察：

> 齊永明中，文士王融、謝朓、沈約，文章始用四聲，以爲新變。

文學史上所謂「永明體」，實爲唐代以後律詩之形成，奠定聲律規範的基礎。

(二)形式：體裁多樣，篇幅漸短

漢魏兩晉詩，主要是五言或偶爾七言古體，形式簡單，且發展緩慢。惟爰及南朝，尤其是齊梁詩人筆下，五言除了古體之外，又從中演化出接近成熟的五言律詩和五言絕句。而七言古詩又分化成雜言和齊言，並從七言中演化成初具規模的七言律詩和七言絕句。唐代以後的詩歌形式，就是在齊梁詩人勇於追求新變中，已經大致完成。或許由於齊梁詩，多屬遊宴場合，即席賦詩，不易產生長篇大作，乃至篇幅漸短，往往以十句、八句、四句爲多。以後唐代絕句四句與律詩八句的定型，並非出於人爲的硬性規定，而是詩人創作之際，自然形成的共識。四句、八句格式，或許表

現一種適度的,言簡意賅之美吧。

(三)題材:詠物、宮體豔情鼎盛

在追求唯美的詩壇風氣中,齊梁詩人創作的題材,往往以能夠引發美感,表現審美趣味,令人愉悅者爲主。如眼前的山水風景、林苑的花草樹木,宮中的精美器具、珍貴用品,或男女的情思,包括女性的容姿情態等,均爲容易引起美感的題材。此外,在君臣上下與文人士子的群體活動中,遊宴酬唱的場合,過於嚴肅沉重,令人不悅,或引起傷感,可能破壞遊宴歡樂氣氛的主題,自然不易討好。反而是令人輕鬆愉快,予人以賞心悅目,且人人都能即席而賦的題材,較受歡迎。於是,小型的寫景詩、詠物詩、宮體詩,遂成爲齊梁詩壇的主流。

第三節 齊梁詩的發展概況

齊梁二朝立國共約八十年,加上陳朝,則共約一百年。這時期詩歌的發展,經歷了三個重要階段。永明年間(483-493)的詩歌,總稱爲「永明體」,大同(535-546)以後的詩,當時稱爲「宮體」。惟天監(502-519)至中大通(527-534)期間的詩,主要是承先啓後,屬過渡期,無所謂「體」,故後世往往把永明體和宮體,合稱爲「齊梁體」,視爲齊梁(加上陳)詩歌的代表。

一、開啓創作的高峰──永明十年間

齊武帝永明十年間(483-493),也是蕭齊時代的太平盛世。據《南齊書・良政傳論》的觀察:

> 十許年中,百姓無雞鳴犬吠之驚,都邑之盛,士女富逸,歌聲舞節,袨服華妝,桃花綠水之間,秋月春日之下,蓋以百計。……

在這樣百姓無驚、都邑歌舞升平的時代環境中,出現一批堪稱齊梁時期的第一流作家,如謝朓、沈約、王融,其他如范雲、劉繪、丘遲等,亦成就可觀。這些詩人,都圍繞在時身爲宰輔的竟陵王蕭子良周圍,不但人

格受到尊重，地位獲得優待，享受富貴閒人的優裕生活，並一起談文論學，遊宴唱和，即席賦詩，遂開啓了齊梁時代詩歌創作的第一個高峰。他們主要的貢獻有二：(1)創立重視聲律和諧悅耳的「永明體」，爲唐代近體詩孕育聲律諧美的基礎。(2)開拓詠物、豔情的題材。按，永明之前，詠物和豔情詩僅是少數詩人嘗試的零星之作，爰及永明期間，在竟陵王西邸，沈約、謝朓、王融諸人，除了提倡聲律之外，彼此競技獻藝，均熱中於詠物、寫豔情。齊梁詩人寫詠物、宮體豔情之風，實肇始於此。

二、承先啓後的過渡──天監至中大通三十年間

梁武帝天監初至中大通二年(502-530)，這三十年間，是齊梁詩歌發展的第二階段，也是兩個高峰的過渡。此時武帝蕭衍、太子蕭統的文人集團成員中，包括由齊入梁的遺老，有的甚至是蕭衍在竟陵王西邸王府的舊識，如沈約、范雲、王僧孺等。入梁之後，就把早期詠物、寫豔情的風氣，帶進梁朝宮廷，同時還有意吸取流行江南地區的民歌語言，追求淺白易懂，主張自然流暢；爲繼承蕭統爲太子的蕭綱，入居東宮時期的文學，鋪上先路。

三、詩歌創作的鼎盛──蕭綱入居東宮二十年間

中大通三年(531)蕭統去世，蕭綱繼爲皇太子，入居東宮。按，在這之前，亦即普通四年至中大通二年(523-530)，蕭綱時任雍州刺史，是蕭綱文人集團的形成期。值得注意的是，雍州雖是南朝軍事重鎮，也是歌舞之鄉，是「西曲」產生並流行的中心區域。今存蕭綱等人所擬民歌中，不少描寫歌舞之作，即作於雍州時期。此外，雍州在軍事上，又是南北對峙的前線，文化上則是南北交流的窗戶。蕭綱及其身邊文士，亦喜歡擬橫吹諸曲，吟詠邊塞征戰的內容。這些「邊塞詩」，雖然未能成爲梁代詩歌主流，卻成爲以後唐代邊塞詩的先聲。

惟不容忽略的是，在這二十年間，詩歌創作成績最佳、且影響最深遠者，仍是宮體豔情之詩。《隋書・文學傳論》即認爲，此時期「宮體之

傳，且變朝野」。魏徵(580-643)〈梁論〉亦嘗云：「哀思之音，遂移風俗。」均強調蕭綱東宮時期，宮體豔情詩波及朝野，影響之深遠。

其實，齊梁宮體豔情詩之盛，綿延至唐初幾十年中，尚餘波不絕。甚至唐末、五代、宋元的詞曲，都可發現齊梁宮體豔情詩風的痕跡。

第四節　詠物詩的形成與特色

倘若以題材內容分類，齊梁詩人最熱中吟詠者，大略可分為三種主要類型：即山水、詠物、宮體。其中山水詩，猶如前面章節所論述，乃是繼承劉宋時代謝靈運開拓、繼而盛行的山水詩，描寫山水狀貌聲色之美。除了謝朓、何遜等留下一些與宦遊生涯共詠的山水詩，大部分齊梁時期的山水詩，都是在集團活動，群體遊宴場合，即席賦詩之作。山水的範圍，從荒郊野外，或行旅途中的山水，轉而為宮廷王府、權臣貴族的庭園山水，乃至產生了前章所論「山水與宮廷遊宴同調」的典型。惟詠物詩與宮體詩，則是在齊梁詩人筆下才興盛起來，並發展成為詩壇的主流，本節即先以詠物詩為論析焦點。

一、詠物詩界說

所謂「詠物詩」，就是指吟詠描繪個別具體物件之詩。包括個體的自然景物，諸如風雲雨露、日月星辰、花草樹木、蟲魚鳥獸等自然現象，以及個體的人造物件，包括器具用品，如絲竹簫管諸樂器，香爐鏡臺諸擺設，以及亭臺樓閣諸建築物。值得注意的是，在詠物詩中，詩人是把個別物體作為獨立的審美對象，筆墨重點在於刻畫其外貌形態，偶爾亦點出其屬性特質，以展現物體本身狀貌聲色之美，至於其中是否另有寓意，別有寄託，則並無規範。

二、詠物詩的形成

有關詠物詩的淵源，學界一般認為，或可追溯到《詩經》中〈小雅‧

鶴鳴〉。惟此處《詩經》詩人的興趣，顯然不在「鶴鳴」本身，而是以園林中各種鶴魚等作爲比喻，抒發作者對朝廷運用人才的意見。此後，《楚辭》中屈原的〈橘頌〉，已有描繪橘樹果實形狀之美的部分，或可視爲詠物詩之濫觴。不過，作者屈原的創作旨趣，顯然並非描寫橘樹本身之狀貌形態，而是通過對橘樹品格之讚頌，表達自己高潔之志。此外還有《荀子》五篇〈賦〉中的〈蠶〉、〈雲〉二篇，一般視爲乃是詠物賦之濫觴。爰及魏晉時代，詠物賦一度成爲重要的辭賦類型，惟至劉宋以後，詠物之賦則開始衰歇。齊梁時期，詠物詩則取代了詠物賦的主導地位，與宮體詩共同成爲詩壇主流。

　　齊梁詠物詩之興盛，亦可說是劉宋以來山水詩之延伸。從詠山水而詠物，是詩歌發展的必然趨勢。按，寫山水時，目的是呈現山水風景整體狀貌聲色之美，詩人在山水景物精密細微的觀察中，自然會專注於山水中之一花一草一樹一木，並且對其狀貌情態發生興趣，進而另闢新徑，開始以這些自然界的個別景物，作爲獨立的審美對象，吟詠玩味。故而詠物詩可說是山水詩盛行之下的必然產品。

　　此外，詠物詩在齊梁時代的激增與發展，和君主王侯愛好山水美景，縱情遊樂，大事建造庭園山水，以便君臣遊宴賞玩，亦密切相關。在宮廷林苑的優美山水環境中，君主王侯與招攬的文人雅士一起遊宴賦詩，而庭園中的花草樹木，風雲雨露，乃至蟲魚鳥獸，都可成爲觀賞吟詠的題材，進而擴展至人造的亭臺樓閣，珍玩器物，乃至宮廷樂人演奏的絲竹簫管，后妃宮女使用穿戴的銅鏡扇子頭簪……，最後連在場的后妃宮女，表演的歌妓舞孃，也都可以成了吟詠的題材。而宮體豔情詩，基本上還是屬於詠物的範圍，只是以人體取代了物體而已。

三、詠物詩的類型特徵

　　詠物詩乃是以具體之物件作爲吟詠玩味對象，自然會將所詠之物的外貌與內質，爲筆墨的重點。巧言切狀與指物呈形，即爲詠物詩之基本藝術風貌；而詠物詩創作的場合，自然也會影響詠物詩的典型特色。

(一)巧言切狀：窮物之形，盡物之態，寫物之美

按，齊梁詠物詩，多爲君臣遊宴場合，酬唱應和之作，具有濃厚的娛樂消閒性，流露的往往是一份敏銳纖細的審美意識。由於詩人觀景覽物的態度，純屬玩賞，而即席賦詩也是一種競技逞才的娛樂節目，詩人力求表現的，當然是專注於個別物體狀貌聲色之美的刻畫與捕捉，力求構思之新巧，語言之翻新，方可臻至寫貌傳神的效果。試看劉勰《文心雕龍‧物色》之觀察：

> 自近代以來，文貴形似，窺情風景之上，鑽貌草木之中。吟詠所發，志維深遠；體物爲妙，功在密附。故巧言切狀，如印之印泥，不加雕削，而曲寫毫芥。故能瞻言而見貌，印（即）字而知時也。

引文中所謂「巧言切狀」，即指詩中展現的就是爲了窮物之情，盡物之態，寫物之美的藝術技巧。這實際上乃是繼承晉宋以來山水詩「極物寫貌」的文學傳統，以「形似之言」，把觀賞的個別物體細節，模寫得維妙維肖，故能令讀者「能瞻言而見貌，即字而知時也」。

(二)指物呈形：無假題署，體物圖貌，別無寄寓

所謂「指物呈形」，不僅指作者寫作態度純屬客觀，也指詩中全無作者個人情緒的宣洩，亦無心志的表露。呈現的，只是物體本身的狀貌神態。換言之，詩中不見莊老之思，不見一己之情，甚至並無「主題思想」，就連詩人的個性也不透露。這類「無假題署」，單純描寫物貌形態的作品，即使有佳篇，亦頗爲後世批評家所不滿，甚至詬病。如王夫之（1619-1692）《薑齋詩話》所云：

> 詠物詩，齊梁始多之。其標格高下，猶畫之有匠作，有士氣。微故實，寫色澤，廣比譬，雖極鏤繪之工，皆匠氣也。又其卑者，餖湊成篇，謎也，非詩也。……至盛唐以後，始有即物達情之作。

王氏認爲，齊梁詠物詩之通病，即在於單純寫物，沒有即物達情。猶如匠工繪畫，雖鏤繪工巧，卻只有「匠氣」，而無文人之士大夫氣。有的

甚至如猜謎似的遊戲之章，並非嚴肅慎重的詩歌創作。

其實，單純寫物，如用筆巧妙，也可寫出有味之篇。試看王融(?-571)〈詠池上梨花〉：

> 翻階沒細草，集水間疏萍。芳春見流雪，深夕映繁星。

是一首典型的詠物詩，亦即「詠某物，不言某物，而某物意自在」者。當然，如果把詩題掩蓋起來，所詠者屬何物，的確需要一番猜謎。幸虧一般詠物詩通常會在詩題中標出所詠之物名，因此不至於產生猜謎費解之困擾。王融此詩所詠乃是池上梨花，生動的傳達出梨花飄落池塘的情狀。前兩句寫梨花的飄落：有的落在細草中，有的流落在池塘裡，稀疏的浮萍之間。後兩句則形容梨花的顏色：上句是白天，下句是夜晚；在芬芳的春天，池上梨花像流動的白雪，深夜裡，則和天空的繁星互相輝映。這樣的梨花，當然沒有什麼「寄託」可言。但是梨花本身的種種情狀，卻勾畫得清新悅目，而作者賞愛之情，審美之趣，亦流露其間。

齊梁詩人吟詠的「物」，範圍相當廣泛，似乎只要是眼前看得見的，聯想得起的，都可以包括在內。諸如風雲、雨露、日月、星辰、煙霧，甚至灰塵、青苔⋯⋯，真是無微而不詠。並且展現詠物詩人對於物質世界狀貌聲色的濃厚興趣，以及觀察細微，描寫細膩之特色。即使吟詠人造之物，亦如此。

試看謝朓〈詠琴〉：

> 洞庭風雨幹，龍門生死枝。雕刻紛布濩，沖響鬱清卮。
>
> 春風搖蕙草，秋月滿華池。是時操別鶴，淫淫客淚垂。

其實此詩之副標題是「同詠樂器」，另外還有王融〈詠琵琶〉、沈約〈詠篪〉等，可見所詠樂器雖然有別，應是群體遊宴場合有關樂器的同題共詠。此詩所詠既是樂器，當然是「人造之物」，筆墨重點在琴的外貌及素質，以及琴音之感染力。首聯介紹琴的質材和產地，三句寫琴身的雕飾考究，四句強調琴的聲響：一開始彈奏就溢滿酒杯。然後宕開筆鋒，彷彿是描繪當時客觀場景之美：「春風搖蕙草，秋月滿華池。」實際上卻巧妙的以景寫聲，以視覺感受寫聽覺感受，視聽相即相融，展現一場琴音演奏

的美妙效果，宛如春風輕拂蕙草，搖曳生姿，又如秋月光輝，灑滿華池。最後明寫琴音之感染力，點出琴音所奏乃傷離情的「別鶴」之曲，難怪令在座賓客聽眾感動得涇涇淚垂。

值得注意的是，詠物詩既然多在君臣遊宴場合賦詩，消閒娛樂的狀況下的創作，自然可以擺脫政教倫理的束縛，徜徉於娛樂遊戲的輕鬆環境氣氛中，甚至不時展現詩人的風趣詼諧。試看蕭繹〈詠風〉：

樓上起朝粧，風花下砌傍。入鏡先飄粉，翻衫好染香。

度舞飛長袖，傳歌共繞梁。欲因吹少女，還持拂大王。

詩人所詠之物是「風」，且將風的吹拂，描繪為圍繞著美人的一連串嬉戲逗趣。此風不但吹下落花，吹上粧樓，還吹入鏡中，又吹翻了衣衫，遂分享美人的脂粉和衣香。繼而又隨著美人的舞步，隨其長袖飛舞，並跟著美人的歌聲，一起環繞屋梁。有趣的是，這風原本是要吹拂這妙齡女郎，卻趁勢吹起大王風來了。詩人處處通過風和美人的關係，鋪寫風的情趣，委婉地流露一分調情的意味。全詩並無深意，不過是風花雪月而已，但是卻提供了輕鬆場合中消閒娛樂之趣。更重要的是，詩中已經出現詠物之作開始向宮體豔情傾斜之勢。

(三)即物達情：詠物寄意，感嘆人生，流連閨思

現存三百多首齊梁詠物詩中，指物呈形，單純寫物，又全無寄寓之作，大概占三分之一左右。其實大多數詠物作品，依然多少有所寄寓，只是這些寄寓，多無關政治教化，不過是「吟詠情性」而已。此處所謂「情性」，並非詩人個人的一己私情，而是指詩人通過對物的觀賞，而體會出的某些一般性的人生經驗，普遍性的人生感慨。又因為詠物詩在齊梁時期，尤其是梁代，已有豔情化的傾向，往往揉雜著流連閨思的意味。換言之，所詠眼前之物，與女子的閨情交織在一起，流露出一些「哀思之音」。試看劉繪(458-502)〈詠萍詩〉：

可憐池內萍，菡蓞紫復青。巧隨浪開合，能逐水低平。

微根無所綴，細葉詎須莖。飄泊終難測，留連如有情。

寫池中浮萍的惹人憐愛與飄泊流連之狀，並次第開展，層層鋪敘。從

對浮萍的細膩描繪中，讀者不難引發某些人生經驗的聯想。就語言表象，不過是在寫浮萍，卻又彷彿在感嘆人生的漂浮無定。整首詩中，物性與人情似乎融成一片。

此外，還有不少流連閨思的詠物詩。齊梁詠物詩中，寫花草樹木、蟲魚鳥獸，或精美用品，有時則明顯與閨情交織在一起，一方面顯示詠物詩的豔情化，同時流露出其中的「寄意」含有哀思，情調更為婉轉。如蕭綱〈夜望單飛雁〉：

> 天霜河白夜星稀，一雁聲嘶何處歸？
> 早知半路應相失，不如從來本獨飛。

首句點出環境時空，乃是淒清寒冷的秋夜，應是群雁棲息之時，卻有一隻孤雁，徬徨嘶鳴，不知歸向何處。早知半路會相失離散，不如從來就不曾比翼雙飛。整首詩，通過單雁的孤飛嘶鳴，表達作者體認的，失去伴侶、獨守空閨的悲哀。其間「早知如此，何必當初」的慨嘆，「寄意」或許並不深，但不可說沒有寄意。

綜觀齊梁的詠物詩，大概包括指物呈形與即物達情兩種主要類型。與早期的詠物之作相比照，諸如屈原的〈橘頌〉、漢魏的「詠物賦」，其中的「物」，主要是寄情達意的媒介，尚不具備獨立的審美價值，故而「物」的描寫刻畫，一般比較簡單。爰及齊梁詠物之詩作，筆墨重點就在「體物寫物」，乃至描寫趨向精密細膩，是其基本特色。不過，齊梁之前，甚或唐宋以後的詠物之作，往往務求寄託高遠，其間惟齊梁之作，則但求吟詠情性，格局似乎比較狹小，氣質顯得比較柔弱。其實，這正是詠物詩可以獨立自成一格的標誌，也是齊梁文人詩的時代特色。

第五節　宮體詩的形成與特色

一、宮體詩界說

有關宮體詩的創始及名稱之由來，前人已有不少記述，惟因記述者之重點並不一致，故而須加以綜合整理，方能窺其大概。首先，《梁書·徐

摛傳》指蕭綱的老師徐摛(472-549)，爲「宮體」之始創者：

> (徐摛)善屬文，好爲新變，不拘舊體。……摛文體既別，春坊盡
> 學之，宮體之號自斯而起。

不過，《梁書・簡文帝本紀》中，似乎又以梁簡文帝蕭綱爲「宮體」
之肇始者，並且點出宮體詩顯得「輕豔」的大概風格特徵：

> (簡文帝)雅好題詩，其序云：「余七歲有詩癖，長而不倦。」然
> 帝文傷於輕豔。時號曰「宮體」。

其後《隋書・經籍志》，亦以蕭綱爲「宮體」盛行之元首，並進一步
說明宮體詩之內涵範圍：

> 梁簡文帝之在東宮，亦好篇什，清辭巧制，止乎衽席之間，雕琢
> 蔓藻，思極閨闈之內。後生好事，遞相放習，朝野紛紛，號爲
> 「宮體」，流宕不已，訖于喪亡。

另外，劉肅(活躍於9世紀初)《大唐新語》，亦以蕭綱爲造成「宮
體」盛行之主。值得注意的是，其中首次點出「宮體」即「豔詩」的觀點：

> 梁簡文帝爲太子，好作「豔詩」，境內化之，浸以成俗，謂之
> 「宮體」。晚年改作，追之不及，乃令徐陵撰《玉臺集》，以大
> 其體。

今天來看，風行蕭梁所謂「宮體詩」，其實就是以女子爲題材的「豔
情詩」，主要是描寫女子的容貌、體態和情思。按，漢魏以來詩人吟詠的
「綺情兒女」，重點在男女之間的「情思」，對女主人公的容貌，並無興
趣。惟風行齊梁的宮體詩，不但摹寫女子的情思，更重要的是，還將女性
作爲觀賞愛悅以及描繪的對象。換言之，女性本身成爲一個時代詩歌關注
的焦點，這在中國文學史上，乃是劃時代的大事。當然，描寫女子容姿的
作品，早在楚辭與漢魏文人辭賦中已經出現，諸如相傳爲宋玉所作〈高唐
賦〉、〈神女賦〉，還有曹植〈洛神賦〉等即是。不過這些作品，主要還
是通過神女來作比喻，表達作者個人的一些觀點或感慨。真正的興趣，並
不在於呈現神女本身之美。惟其中神女的描繪刻畫，當可視爲宮體詩的
「淵源」。爰及蕭梁時期，描寫女子容姿情思的作品，則可視爲一種「新

變」體。所謂「新變」，代表當時詩壇的一種新潮或時尚，具有創新和開拓的意味。蕭梁時期這種詩壇新變之形成，實肇始於徐摛，其後又經過蕭綱的大力提倡，宮廷文人的爭相追隨仿效，遂風行朝野。又由於其起於太子東宮之中，故時人號為「宮體」。

宮體詩既然是以女性的容姿和情思為焦點，故而其整體風格特徵被後世評家視為「輕豔」，亦即輕靡浮豔，不夠嚴肅，帶有脂粉氣。當然，宮體詩在形式上崇尚辭采，講究聲韻，構思上追求新巧，內容上則圍繞在女子的閨閣世界，的確算得上「輕豔」。惟值得注意的是，作者的興趣，並不在女主人公的命運，而是對女性的容貌姿態，以及其閨閣情思的摹描所傳達的美感，還有在構思和措辭上所表現的豔情趣味。

綜觀現存齊梁文人寫的宮體詩，無論涉及女子的閨閣哀思或眉目舉止的調情，其實都是有節制的，適可而止的，非色情的。如果與其他通俗文學，包括南朝民歌「吳歌」、「西曲」，尤其是唐宋以後的世情小說相比，宮體詩中的豔情，始終未嘗背離中國詩歌「溫柔敦厚」的傳統。但是，從儒家詩教的嚴格標準衡量，這種宮體豔情詩的價值當然不高，有的評論者，甚至往往把梁陳隋三朝的敗亡，均與君臣上下愛好宮體聯繫在一起。於是「宮體詩」在衛道者心目中，就成了「亡國之音」。

二、宮體詩的形成

宮體詩的形成，首先，當歸功於南朝新聲。齊梁宮體詩基本上是文人模擬南朝新聲的結果。此處所稱「南朝新聲」，即指南朝時期的江南民歌，主要是流行於吳(江淮)楚(荊楚)地區商業城鎮的流行歌曲，俗稱「吳歌、西曲」，今錄存於南宋郭茂倩所輯的《樂府詩集》，故亦稱「南朝樂府」。其次，亦顯然受漢魏樂府舊曲中有關閨情、閨怨之作的影響。

(一)吳歌西曲

吳歌、西曲最初流行於市井民間，傳唱於職業歌妓之口，當屬城鎮民間的俗樂，不同於正統的雅樂。流行的吳歌西曲，就內涵視之，主要是男女的離情相思，且多從女子角度訴說情思。試看一首吳歌的〈子夜歌〉：

夜長不得眠，明月何灼灼。想聞散喚聲，虛應空中諾。

似乎是以第一人稱角度發言，傳達一個癡情女子如何為相思所苦：但覺長夜漫漫，不得入眠，偏偏盈盈圓月，皓潔明亮，想像中，彷彿聽見情郎在呼喚自己的聲音，於是，忍不住抬頭對著夜空答應一聲「諾！」整首詩，一方面傳達女子的癡情，同時也流露對這個癡情女子的同情與憐憫，揉雜著一絲調侃意味。再看一首西曲的〈襄陽樂〉：

朝發襄陽城，暮至大堤宿。大堤諸兒女，花豔驚郎目。

所謂「大堤諸兒女」，實指一般在商埠碼頭，專門接待或招引過往旅客和商賈的歌妓。這些歌妓吟唱的流行民間的新聲，大多涉及男女豔情的詠嘆，其中也有一部分專注於描寫女子的容貌姿態。按，吳歌西曲在風格上的共同特色是哀豔淫靡，文辭淺近，比起雅正之樂，自然來得更為動聽，於是逐漸成為文人士子、貴族王公遊宴場合的演唱節目。

將流行市井的豔歌帶入宮廷的關鍵人物，當首推跨越齊梁兩代的沈約，其次則是蕭衍(以後為梁武帝)。按，梁武帝普通年間(520-526)，在後宮即設有「吳歌」、「西曲」女樂各一部(《南史·徐勉傳》)，此後遂成為宮中常設的女樂。接觸多了，文人進而開始模擬這些民間豔曲，並自製歌詞，且另造新曲，於是就產生了一種偏重文辭優美、情調纏綿的新體詩——豔情的樂府詩。

(二)漢魏舊曲

宮體詩亦受漢魏樂府舊曲的影響。繼魏晉作家寫綺情兒女之後，齊梁文人亦常模仿一些有關閨思或閨怨的漢魏舊曲，而女子的相思情意或孤寂情懷，遂成為作品關注的焦點。

其實無論模擬南朝新聲，或漢魏舊曲，均是可以入樂演唱的豔歌。這是齊梁文人樂府歌詩的豔情化，同時也促進了宮體豔情詩的流行。惟值得注意的是，民間流行的新聲豔歌，或漢魏閨怨舊曲，大多以女性第一人稱口吻訴說情懷，從女性角度表現在戀愛婚姻中的經驗感受。文人擬作的豔情樂府詩，或另行創作的宮體豔情詩，與民歌相比，文辭自然比較文雅、綺麗，同時視角也發生明顯的變化。按，宮體詩主要則是從男性的視角，

寫女性的感受。於是，女性的美色和情思，遂成為詩人觀賞玩味的對象。詩中的女子，乃是男人眼中的女人，是令男人賞心悅目，值得觀賞玩味的。這或許是宮體詩備受當今維護女權的女性主義者譴責的主要原因。

三、宮體詩的類型特徵

齊梁宮體詩在題材內涵上，大體可分為兩種主要類型：側重抒寫情思之作，以及側重描繪聲色之作，而工巧細緻則是其共同特色。

(一)側重抒寫情思

按，宮體豔情詩中抒寫的「情思」，並非作者本身之情，而是設想中的女子懷人相思之情，包括女子在懷人相思之際的心理活動。這類宮體豔情詩，其實就是漢魏樂府古詩中經常出現的「閨思」或「閨怨」主題的繼承，也是南朝新聲「吳歌西曲」的延伸。

試看沈約模擬漢魏舊曲之作〈古意〉：

　　挾瑟叢臺下，徙倚愛容光。佇立日已暮，戚戚苦人腸。

　　露葵已堪摘，淇水未沾裳。錦衾無獨暖，羅衣空自香。

　　明月雖外照，寧知心內傷。

首句顯然化用漢樂府〈相逢行〉中之句：「小婦無所為，挾瑟上高堂。」按「叢臺」乃戰國時楚襄王所建，遺址在今河南商水縣，以此點出，詩中女主人公顯然乃是宮中女子。「淇水」句，則化用《詩經・衛風・氓》：「淇水湯湯，漸車帷裳。」暗示女子空自等待，郎君卻毫無蹤影。整首詩主要是寫一個有美麗容顏與音樂才藝的宮女，在孤寂中盼人無望的幽怨之情。是一首典型的「哀思之音」，語言清新自然，情意纏綿婉轉，當屬宮體詩的上品。

再看王僧孺(465-522)〈春閨有怨詩〉：

　　愁來不理鬢，春至更攢眉。悲看蛺蝶粉，泣望蜘蛛絲。

　　月映寒螢褥，風吹翡翠帷。飛鱗難托意，駛翼不銜辭。

同樣是寫獨處女子無以排遣的孤寂和哀怨。值得注意的是，整首詩都是對句，其中還有含比喻意象的纖細，如蛺蝶粉、蜘蛛絲等，這是「齊梁

詩」的典型特徵。

其實,齊梁之前大凡寫思婦閨怨之詩,多屬直抒胸臆,自述情思。齊梁宮體豔情詩,詩人往往有意識的對女性的容貌、情態、動作,以及衣飾、用具,乃至居室和周遭的自然環境,作精細具體的描繪。尤其值得注意的是,從《詩經》經漢魏到齊梁,詩中思婦的環境背景有了很大的變化:由鄉村原野、城鎮巷陌,搬遷至貴族豪門的深閨院內。女主人公往往在富麗堂皇卻閉塞鬱悶的環境中,獨自悲哀愁怨。齊梁詩人對於孤獨女子情思的著迷,展現的正如魏徵〈梁論〉所云:「哀思之音,遂移風俗。」

(二)側重描繪聲色

在宮體豔情詩中,亦有不少側重描繪聲色之作,包括以寫女性之容貌姿態為筆墨重點者,以及描繪歌妓舞孃之聲色技藝者。二類作品,不但流露對聲色之美的由衷喜愛,同時展現齊梁詩人在詩歌描寫藝術上,樂於創新的一面。

1. 寫女性容貌姿態

宮體詩中寫女性之容貌姿態,最能顯示齊梁豔情詩的特點。這類詩篇,多為君臣遊宴場合,即席而賦之作,筆墨重點是「描繪聲色」,而且往往帶有遊戲娛樂意味,予人以輕鬆愉悅之感。所謂「描繪聲色」,乃是指詩人創作目的主要在於描繪女性的外在容貌、服飾、姿態、神情。這些偏重外在「容貌」方面之作,很少涉及女主人公內在的「品德」或「情思」。強調的通常是容貌之美,情態之嫵媚,舉止之動人。可以蕭綱的〈美女篇〉為例:

> 佳麗盡關情,風流最有名。約黃能效月,裁金巧作星。
>
> 粉光勝玉靚,衫薄擬蟬輕。密態隨流臉,嬌歌逐軟聲。
>
> 朱顏半已醉,微笑隱香屏。

其實〈美女篇〉原屬漢魏樂府舊題。曹植〈美女篇〉同樣寫美女,但曹植之作主要是藉美麗的容顏來凸顯美女品德的高潔,所以說「佳人慕高義,求賢良獨難。」令讀者覺得曹植筆下的美女,帶有象徵意味,是其「心目」中之美女,或許象徵品德高尚卻懷才不遇的君子。可是此處蕭綱

筆下的美女，則是耳目所及，實實在在血肉之軀的美女。她風流多情，妝扮時髦，容顏亮麗，衣著考究，舉態輕盈，歌聲嬌軟……。尤其是尾聯「朱顏半已醉，微笑隱香屏」，展現美女半醉微醺、含笑躲藏到香屏背後去的舉止，特別撩人情思。此女的嫵媚之態，調情之意，宛然可掬。整首詩，側重的是聲色的描繪，展現的是一個令人賞愛、值得玩味的美女。雖屬「女色」的描寫，且含有「調情」的意味，筆觸是節制的、適可而止的。

2. 寫歌妓舞孃聲色

　　宮廷休閒娛樂活動中，君臣遊宴賦詩場合，有歌妓舞孃在場或唱或舞，增添娛樂氣氛，乃是尋常之事。描寫在場歌妓舞孃之聲色表演，亦是宮體詩之重要內涵。試看謝朓〈夜聽妓二首〉其一：

　　　　瓊閨釧響聞，瑤席芳塵滿。要取洛陽人，共命江南管。

　　　　情多舞態遲，意傾歌弄緩。知君密見親，寸心傳玉腕。

　　發端二句是聽妓的環境背景，強調的是，人還沒出場，就傳來瓊閨中手鐲之叮噹聲。一旦出場後，瑤席遂立即瀰漫著芳香。繼而由洛陽來的樂人，吹奏江南簫管之樂。歌妓的舞態歌聲都動人，又特別在舞姿中，以玉腕向在座某君傳遞情意。全詩雖無深意，卻生動有趣，當屬遊宴場合，娛樂遊戲之章。

　　蕭綱為皇太子居東宮期間，就常與其身邊的宮廷文人一起遊宴唱和，並將宴會上的歌妓舞孃作為觀賞描摹的對象，主要是稱美她們的色貌與藝技。試看蕭綱〈詠舞二首〉其二：

　　　　可憐初二八，逐節似飛鴻。懸勝河陽妓，闇與淮南同。

　　　　入行看履進，轉面望鬢空。腕動苕華玉，袖隨如意風。

　　　　上客何須起，啼烏曲未終。

　　首聯介紹舞孃，年輕可愛，才十六歲吧，即能逐節起舞，身如飛鴻般輕盈。二聯用兩個典故為比喻：石崇(249-300)在河陽別業所畜家妓綠珠，傅毅(?-90?)〈舞賦〉中形容的淮南妓。以此讚美此姝舞藝之高超。接著三四聯，則通過局部特寫鏡頭，刻畫舞孃的姿態和動作之美：包括應

節拍而動的手與足，隨著臉龐轉動的髮鬢，以及其舞袖揮扇而來的、令人但感舒適的如意風。最後以演奏之「烏夜啼」曲未終，勸請賓客切莫離席，留下來吧，繼續享受今夜的宴會。

徐陵(507-583)《玉臺新詠》中另外還收錄了同時與皇太子唱和的同題共詠作品，諸如徐陵、庾信(513-581)〈奉和詠舞〉各一首，劉遵、王訓〈應令詠舞〉各一首。這些同題共詠之作，長短一樣，均為五言十句，內容意境也雷同。

3. 寫宮中麗人日常生活鏡頭

除了稱美遊宴場合歌妓舞孃表演的色藝之美，齊梁詩人還常以宮中麗人日常生活中的一些瑣屑鏡頭，作為觀賞吟詠的焦點。亦即把宮中女子，包括后妃宮女歌妓舞孃等，放在各種不同情境之中，展現她們的嫵媚色貌，構成一幅幅香豔悅目的美人圖。其中包括：早晨梳妝的美人，如蕭綱的〈美人晨妝〉；正在觀畫的美人，如庾肩吾〈詠美人自看畫〉；夕陽暉照下的美人，如蕭綱〈擬落日窗中坐〉；正在採花的美人，如蕭繹〈看摘薔薇〉；乘車的美人，如蕭綸〈車中見美人〉；還有正在午睡的美人，如蕭綱〈詠內人晝眠〉……。翻閱這類詩歌，宛如觀賞今天的名模生活照，或美人牌月曆，彷彿覺得張張悅目，人人可愛。

試以蕭綱〈詠內人晝眠〉為例：

北窗聊就枕，南簷日未斜。攀鉤落綺障，插捩舉琵琶。

夢笑開嬌靨，眠鬢壓落花。簟文生玉腕，香汗浸紅紗。

夫婿恆相伴，莫誤是倡家。

標題中所謂「內人」，乃指宮廷後宮中之女子。整首詩就是描寫後宮某一嬪妃的午睡情景。首聯點題，意指此女就枕之時，日尚未斜，故是「晝眠」。因而把綺麗的緯幛放下，琵琶撥片插妥，準備就枕休息。中間四句則是美人晝眠的局部特寫：睡夢中嬌靨的笑容，髮鬢壓著落花的嫵媚，還有印在玉腕上細密的簟痕，浸濕了紅紗絹的香汗，種種的撩人情思。最後卻筆鋒一轉，告訴讀者，「夫婿恆相伴，莫誤是倡家」，切莫誤以為此妹是倡家女，原來人家有恆相陪伴的夫婿呢！尾聯顯然是輕鬆的戲

謔語，是對讀者的警告，風趣幽默兼調皮，而且把筆端從接近情色的邊緣，收斂回來，強調美人只是供人觀賞玩味而已，是有夫之婦，碰不得的。全詩工巧細緻，濃豔香軟，是一首典型的宮體詩。不過，這樣輕鬆遊戲的描寫，還是得罪不少道德意識高張的讀者，視此詩為蕭綱「色情文學」的代表。

齊梁詩人寫宮體詩，似乎刻意追求「詩中有畫」的效果，把美人的各種風姿情態，當作具有審美趣味的「物」一樣來觀賞品味，把女性的形象「物化」為描繪吟詠的對象，試圖細膩的傳達出，男人眼中的女性之美，男人心目中的百美圖。而且為了避免一味描寫刻畫的單調感，一般都在結尾處說兩句詼諧、調情，或俏皮話，以增添一首詩的韻致或趣味。

小結：

齊梁詩人筆下這些在群體參與宮廷遊宴場合，即席或即興而賦的詠物詩與宮體豔情詩，或許可說是「貴族化」的「沙龍文學」，上層階級的貴遊文學。其間往往浮現一分不疾不徐的雍容富貴氣，以及輕鬆隨意的娛樂消閒味。作者都具有高度的文化修養，濃厚的審美意識，刻意摹描客觀物體狀貌情態聲色之美。可說是和政治社會或道德教化劃清界線，僅供賞玩的純藝術品。這些作品與早期的詠物或豔情詩的根本區別，就在於「非道德」，以及「非功利」的唯美傾向。這也是構成招致重視政教倫理的讀者之不滿，甚是譴責的根本原因。此外，又加上陳後主、隋煬帝兩個末代皇帝在宮廷中與臣子繼續遊宴詠物，寫宮體豔情，所以在後世許多道德意識高張的詩論者印象中，是荒淫的、色情的「亡國之音」。

第六節　齊梁詩的重新評價

前人、甚至當今不少論者，對齊梁詩之評價，主要是根據儒家詩教的傳統來看待齊梁詩。認為齊梁時代盛行的詠物、宮體之作，輕靡浮豔，無視政治教化，不具實用的功能，應當是受批評、受譴責的對象。這樣的批

評乃是把政治道德與文學創作混爲一談，視文學不過是推崇政教倫理的工具，沒有獨立自主的生命。當然，一般對「嘲風月，弄花草」的齊梁詩，評價偏低，顯然各受其時代及視野的局限。現在姑且擺脫傳統的束縛，超越政治教化的藩籬，單純從文學發展史的宏觀角度，重新評價齊梁詩。

一、開拓詩歌題材範圍

就現存齊梁詩本身來看，題材的確比較狹窄。無論山水、詠物、宮體，內容大致不出王公貴族消閒娛樂的生活範圍，缺乏關懷政治社會現實、同情民生疾苦或抒發個人理想抱負的「大題材」。但是，從宏觀文學發展史的立場體察齊梁詩，則不難發現，齊梁詩實際上，具有爲中國詩歌開拓題材範圍之功，爲後世詩人開闢了從日常生活中身邊瑣屑事物取材的先路。不但眼前自然界的個別景物，諸如日月星辰、風雲雨露、花草樹木、蟲魚鳥獸……，乃至日常生活中所見各類器皿用品，諸如香爐、銅鏡、屏風、帷帳、筆墨、絲竹簫管……，可謂不分雅俗，無論巨細，均可入詩，乃至擴大了詩歌吟詠的領域。何況，寫宮體豔情詩的作者，如此專注於婦女題材的描寫，也是前所未有。其中對女子容貌姿態神情，以及心理活動的細膩刻畫或捕捉，正是晚唐五代花間詞派的先聲。

二、擺脫政治教化束縛

齊梁文人一般以雍容閒雅爲貴，搖蕩情靈爲重，反對躁進之情，不喜怨憤之氣，乃至言志述懷之作，大爲減少。再者，就現存齊梁詩作觀察，齊梁文人寫詩，多是君臣遊宴的輕鬆場合，娛樂消閒活動的一部分，其吟詠對象，不出王公貴族優游行樂的日常生活範圍。齊梁詩所以被斥爲「輕靡浮豔」，主要就在於內容狹窄，風骨不振。這樣的批評，顯然是從傳統儒家詩教的觀點來看待齊梁詩，卻也正好點出齊梁詩歌已經勇於擺脫政治教化束縛的特色。

前引蕭綱所云「立身之道，與文章異，立身先須謹重，文章且須放蕩」數語，實可視爲，爲文學爭取獨立自主的宣言。根據史傳記載，其實

蕭氏父子都是生活言行謹重者。《梁書·簡文帝本紀》即指蕭綱「有人君之懿」，蕭繹也「性不好聲色，頗慕高義」，他們身邊的文人，除了少數例外，也大多循規蹈矩。然而，就是在這些齊梁文人筆下，詩歌可以無關政治教化，可以是日常生活即興吟詠的一部分，可以是消閒娛樂的一部分，可以純粹是審美趣味的反映，不一定要有「移風俗，美教化，正人倫」的偉大功能。齊梁時代詠物詩與宮體詩的盛行，正是中國詩歌從政治教化束縛中解放出來的證明。詩歌不再是政治教化的附庸，而可以獨立存在了。

可惜，在漫長的中國文學發展史上，這只是曇花一現而已。隋唐以後，齊梁詩不斷受到嚴厲的抨擊。甚至今天的文學史，還有爲齊梁文學貼上各種語含譴責的標籤，如「內容空虛貧乏」，「荒淫生活的反映」；或認爲詠物詩，不過是「無聊的文字遊戲」，或視宮體豔情之章爲「色情文學」。

三、奠定近體聲律基礎

齊梁時代是詩歌創作追求獨立自主的時代，重視的不是內容上的政治道德功能，而是辭藻對偶形式上的美，音韻節奏聲律上的美。此時正逢翻譯佛經，重視轉讀、唱導佛經之時，因而發現了漢語的四聲。就在永明年間，沈約、陸倕、謝朓等詩人，開始有意識地在詩歌中注意四聲輪遞的和諧之美，創作時，遂嘗試避免八種聲病，再配合晉宋以來逐漸講究的排偶對仗的形式，就形成了一種新詩體，所謂「永明體」，爲唐代近體詩的聲律體制奠定基礎。梁代中業以後，近似律詩的五言八句體、五言四句體的小詩，已經大量出現，甚至有的在聲律上已和唐代的格律詩相暗合。此外，五言、七言絕句，五言、七言歌行體，也都是在齊梁詩人重視聲律和諧悅耳的實驗中，初步形成。

四、提供模態寫物典範

儘管齊梁詩歌題材狹窄，又無意於政治教化的功能，頗受後人詬病，

但齊梁詩人對耳目所及之景物、人物，狀貌聲色觀察之入微，體物之精細，是驚人的。同時還有意識地注重語言文辭的平易明快，以便模寫物態維妙維肖，乃至擺脫了劉宋時代習慣用典隸事、「文章殆同書抄」的風氣。值得注意的是，這些齊梁詩人，流連光景，模寫物態之際，不僅追求「形似」，更進一步追求「神似」。因此出現了無數清麗精美的寫景佳句，爲後世提供模寫物態的典範。姑舉唐代詩人追摹齊梁詩佳句三例爲證：

> 蓮花亂臉色，荷葉雜衣香。(蕭繹〈采蓮曲〉)
> 荷葉羅裙一色裁，芙蓉向臉兩邊開。(王昌齡〈采蓮曲〉)
> 返景入池林，餘光映泉石。(劉孝綽〈侍宴集賢堂應令〉)
> 返景入深林，復照青苔上。(王維〈鹿柴〉)
> 薄雲巖際出，初月波中上。(何遜〈入西塞示南府同僚〉)
> 薄雲巖寄宿，孤月浪中翻。(杜甫〈宿江邊閣〉)

齊梁詩在中國詩歌發展史上，不但是漢魏詩歌的發揚者，也是唐詩的開啓者，可謂恰當的扮演了承先啓後的任務。

第五編

中國詩歌發展之高峰

——唐詩發展演變歷程及其餘波

中國詩歌自先秦《詩》、《騷》，經過兩漢魏晉南朝詩人的不斷耕耘努力，爰及唐代(618-906)，遂臻至發展的高峰。在文學史家筆下，唐代是中國詩歌的黃金時代，而詩歌即視為唐代文學的標誌。雖然文學的發展，不能以朝代政權的變遷來硬性劃分類型，就如初唐一百年間，詩歌仍然長期流連徘徊在齊梁餘風之中，尚未能明顯展現唐代詩歌的時代特色，不過，為了討論的方便，姑且遵循傳統，稱大凡產生於李唐時代的詩歌為「唐詩」。

第一章
緒　說

第一節　唐詩簡介

　　唐代是中國詩歌發展的黃金時期，呈現出空前繁榮的景象。詩歌作品數量之多，創作者之眾，形式內容之繁富多樣，均超越前代。

　　首先，從詩歌作品數量上看，單就清代康熙年間彭定求（1645-1719）等所編錄的《全唐詩》，收詩四萬九千四百餘首，作家二千八百七十三人。這個數字，實際上只占當時全部詩作的極少部分，大量的唐詩並沒有留存下來。1982年北京中華書局將王重民、孫望、童養年諸先生的唐詩輯佚合編爲《全唐詩外編》，後來又發現王重民先生《補唐詩拾遺》五十二首。繼而1988年北京中華書局又出版陳尚君輯校《全唐詩補編》，其中包括前人的唐詩輯佚，還有他自己的《全唐詩續拾》四千三百多首。加上原來的《全唐詩》，總計現存唐代詩歌已逾五萬五千多首，作者三千六百餘人。

　　其次，從詩人身分階層上看，唐代的詩人已不再局限於王公貴族、文人學士，詩歌創作已不是少數知識階層或社會菁英的專利，就連社會地位不高的僧侶、伶工、歌妓、商賈中，亦出現能夠寫詩者。

　　再者，就中國詩歌的形式體裁而言，也是在唐人筆下而臻至完備。正如明人胡應麟（1551-1602）《詩藪》的觀察：

> 甚矣！詩之盛於唐也。其體則三、四、五言，六、七雜言，樂府、歌行、近體（律詩）、絕句，靡弗備矣！

繼而，就題材內容與風格情韻而言，唐詩在繼承前代文學遺產的基礎上，有新的發展，開闢出新的領域，反映出新時代的新精神風貌。

唐代以後，無論宋、金、元、明、清，雖然繼續不斷從事詩歌創作，也產生了一些名作家、名作品。但在詩歌的題材內容上，藝術形式上，始終迴盪在唐詩的餘波裡，即使力圖「自成一家」的宋詩，仍然是唐詩的繼承者、追隨者。所以「唐詩」可說是中國古典詩歌最光輝燦爛的代表。「唐詩」這個名稱，不僅標誌這些詩歌所產生的時代，還具有特別的意義：對前代而言，其表明的是詩歌的一種新形式、新高峰；對後代而言，表明的則是詩歌的一種獨特的時代風格，是後世推崇、欣賞，並爭相追隨模仿的對象。

第二節　唐詩繁榮的環境背景

唐詩的興盛繁榮，到底是哪些因素造成的？這是當今文學史研究者百說不厭的課題，也是一個相當複雜、難以提供圓滿答案者。幾乎每一部文學史，都會列出幾項促成唐詩繁榮的原因，不外乎由於帝王的提倡，加上科舉取士，還有詩歌本身的必然發展等等。這些的確均言之成理，值得參考。不過，本書此處則嘗試從社會背景、時代思潮、文學繼承三方面來考察，重視的是，怎樣的土壤氣候，會孕育出唐詩的花朵？怎樣的環境背景，促成唐詩的興盛繁榮？

一、社會背景

所謂「社會背景」，實可以包括相當廣泛的條件，諸如經濟繁榮，國勢強盛，政治開明等，都為唐詩的興盛繁榮提供良好的環境背景。不過，特別值得注意的，則有以下三點：

(一)南北統一，文化匯流

大唐帝國是在隋朝統一南北的基礎上建立起來的王朝。在這之前，南北對峙長達數百年，而且分別培養出各自的文化特質。一般而言，南朝尚

文，北朝尚武，有明顯的區別。此外，中國國土經過數百年的分裂、混亂，到隋唐的統一，終於成為一片完整的領土。於是出現，或南人北上，或北人南下。江南的文雅柔媚氣息，與北國的剛健豪邁精神，可以彼此交流，相互融匯，不僅擴展了詩人的視野胸襟，同時亦可以改變詩歌的情韻色調。再者，朝廷用人，廣開門路，並無出身地域的歧視，往往南北兼收。其實隋唐兩朝都是在北方起家，易代之際，基於用人唯才，大凡南朝的舊官，包括前幾朝的遺老、遺少，很多均繼續留用。就是在這樣的環境背景之下，無論民間、官場，乃至宮廷，都有機會受到南北文化雙方面的影響，並促使詩歌的創作煥發出嶄新時代的精神風貌。魏徵（580-643）於《隋書·文學傳序》就曾經這樣憧憬過：

> 江左宮商發越，貴於清綺。河朔詞氣貞剛，重乎氣質。氣質則理勝其詞，清綺則文過其意。……若能掇彼清音，簡茲累句，各去所短，合其兩長，則文質彬彬，盡善盡美矣！

魏徵對唐詩提出的「各去所短，合其兩長，則文質彬彬，盡善盡美矣」的理想藍圖，正是在南北統一、文化匯流的環境中，最終得以實現。

當然，唐詩之所以能登上中國詩歌發展的高峰，不能只靠詩人單方面在創作上「去短取長」的努力，還需要朝廷方面某些制度的建立，以及社會風氣方面為因應時代的士風，加以推波助瀾，方能達成。

（二）詩賦取士，庶族抬頭

以詩賦取士，遂令具有文才的庶族寒門抬頭，這顯然與唐代科舉制度的建立密切相關。當然，科舉其實肇始於隋朝，不過，爰及唐代，方令科舉確立為制度化的取士措施，乃至打破了魏晉南北朝以來，世家大族或豪門子弟往往壟斷官宦仕途的局面，庶族寒門者從此有了入仕問政的正式管道。原先世族與寒門分隔對立的社會結構，開始鬆動，一般庶族寒門子弟，也可以憑學識才華受到肯定，入仕的機會大增。唐代以詩賦取士的科舉制度，其影響深遠者，不單單是造成社會結構中知識階層的逐漸擴大，同時亦促使能寫詩作賦的作者，也相應的增多。因為，詩賦既然是科舉考試的主要項目，對詩賦文體的掌握，遂成為意圖藉此一登龍門者不斷努力

耕耘的園地，當然更有助於詩歌創作的風氣，並促進辭藻音律諸技巧的
圓熟。

(三)行卷求名，漫遊成風

　　行卷、漫遊，亦是唐詩興盛繁榮的重要背景。由於唐代科舉取士，實
際上並不完全只取決於一張試卷，往往還得憑考生平日的聲名，由此在文
人圈衍生出一種行卷求名的風習。亦即將平生撰寫的詩文雜著，編輯成
卷，呈獻給地方的社會賢達，或高官名流，以此獲得推薦，製造聲譽，引
起考官的注意。這種行卷求名的風氣，助長了唐詩在質和量兩方面的成
長。因為，詩不但要寫得好，而且要寫得多，才會受人稱讚，引人矚目。
此外，與行卷求名幾乎同步並行的，就是干謁漫遊風氣的盛行。一般文人
士子，離鄉背井，漫遊大江南北，結交天下豪傑，謁請達官貴人吹噓、推
薦、引進。這種漫遊的生活方式，非但不同於由世家大族享有特權的魏晉
南朝，與宋代以後文人只需閉門埋頭讀書，準備考試，進而入仕的單線發
展方式，亦有相當的差異。按，唐代文人在漫遊的風尚裡，接觸的社會層
面多端，視野較為廣闊，感受亦較深刻，若是將其人生經驗入詩，自然有
助於題材內容、情味意境上的開拓。

　　以上所涉及的社會背景，不但包括國土的統一，南北文化的匯流，還
有社會結構的變化，加上不論世家或庶族出身背景的文人士子，為求取仕
宦功名的行卷漫遊生活方式，均屬過去時代所未有。或許可以說，唐代特
有的社會現象，亦是促使唐詩興盛繁榮的重要背景。

　　另外，不容忽略的則是，流行於唐代社會的時代思潮，對唐詩繁榮的
影響。

二、時代思潮

　　李唐王朝政治開明，思想開放，乃至儒、道、釋三教可以並存不悖，
文人士子思想活躍，時代思潮蓬勃，自然也有利於詩歌的創作，這乃是不
爭之實。不過，倘若單純從文學史的立場，宏觀唐代的時代思潮，則出現
不同的觀點。在唐代文學作品中展現的「文學思潮」，主要則包括：任

俠、宗儒、崇道、信佛。這四大思想潮流，又往往彼此激盪、融匯，而且
互為表裡，乃至合成了唐代文學作品中通常顯現的社會思潮基本架構，也
是唐代詩歌流露其繁富豐美之生命情調的主要泉源。當然，倘若要把這四
大主要思潮的源流演變，以及如何影響及唐詩，理出頭緒，則另須專文處
理，此處僅就唐詩本身展現的流行思潮，簡略概括而言。

(一)任俠精神

　　任俠精神，實際上為唐詩注入了其特有的、昂揚的氣勢，豪邁的意
趣，以及浪漫的情懷。這樣的詩歌特質，是唐詩之前，尤其是齊梁貴遊文
學中較為欠缺的，甚至隋詩亦不能成氣候者。這當然與唐代自初唐以來，
不少英雄俠客立朝的歷史背景，以及文人士子充滿建功立名的幻想，推崇
英雄俠客的風氣相關。

　　綜觀唐代的開國勳臣，以及初盛唐時期一些著名文官武將中，即不乏
出身俠客，且躋身高位者。影響所及，遂形成社會上一股好義任俠的風
氣。任俠，不僅視為一種異乎常人，不同凡響的行為風度，亦是具有英雄
浪漫色彩的標誌。乃至一些馳騁於都市閭巷的權貴子弟，以及雖庶族出
身，卻雄心萬丈的寒門子弟，選擇投身大漠邊塞，憑其俠情豪志，追求邊
塞功勳。即使一些文人士子，在生涯規畫中原本意圖在科舉場中追求功
名，亦往往以好義任俠相標榜。唐代著名詩人中，諸如陳子昂、孟浩然、
王之渙、李白、韋應物……等，均是嘗以任俠自詡乃至見稱當世者。或許
可以說，唐詩中邊塞軍旅之謳歌，所以盛行於盛唐詩壇，成為詩歌主流，
即有賴於任俠精神的煥發。其實，任俠精神不但為唐詩提供了昂揚豪邁的
風格，也是唐代傳奇故事的一大主題(詳後)。

　　除了具有時代特色的任俠精神之外，另外不容忽略的是，歷來從未中
斷的宗儒思想，以及唐代文人士子紛紛崇道信佛，對唐詩的影響。

(二)宗儒思想

　　唐人的宗儒，實含有「復古」的意味，亦即有意恢復儒家的政教傳
統，視文學作品為達到政治教化的媒介。在詩歌創作方面，宗儒思想促成
了唐詩中的興寄成分之發揚。所謂「興寄」，就是本著文人士大夫的使命

感,在詩歌中「諷諭」朝政的不當,批評社會的黑暗,其中寄寓了作者的政治抱負,道德理想,或身世之感。唐人宗儒的主要特點,主要在於重視功業聲名的追求,對詩歌的影響頗巨。倘若概覽初盛唐時期的詩歌,就發現其中往往瀰漫著入仕問政、建功立業的理想抱負;中唐詩歌,則不時流露深沉的憂世濟民的情懷;爰及晚唐詩中,則迴盪著因濟世不能而引發的憤世、遁世的情緒。此外,宗儒也是中唐古文運動的思想核心(詳後)。韓愈、柳宗元倡導的「以文明道」,即是以文章來宣揚儒家聖賢之道,並且成為促使散體古文臻至創作高峰的思想背景與理論基礎。

(三)崇道信佛

唐人因崇道信佛而講求恬澹隱退的生活態度,滋長了唐詩中清空的境界與閒適的情趣,同時也培養了唐詩中浪漫瑰麗的審美趣味,提供飛躍神奇的想像力。其實,唐朝歷代皇帝,或出自政治需要,或由於個人嗜好,往往既崇道,亦信佛。李唐皇室為自神其世,奉老子李聃為先祖,尊道教為國教。不過,佛教於唐代亦大盛,且宗派林立,其中禪宗影響尤巨。佛道之間的鬥爭,以及佞佛、排佛成為唐朝政壇鬥爭的重要內容。當然,佞佛、排佛的鬥爭,也間接推進了古文運動的發展,而佛道思想的流行,對文人的詩歌創作,尤其在詩歌情味意境的營造方面,則造成既深且遠的影響。

首先,佛教在心與境的關係認識上,啟發詩人根據抒情言志的需要,創造出物我相即相融的意境,從一景一境,萬物色相中,領會詩情禪趣。其次,道家的清淨無為,道教的服食遊仙,是唐代文人士子追求功名之餘的精神寄託,亦是促使唐詩中山水仙隱之企作品豐盛的重要背景。

以上所言「社會背景」、「時代思潮」,乃是有助於唐詩興盛繁榮的外在環境背景,而「文學繼承」才涉及詩歌本身的發展趨勢。

三、文學繼承

唐詩並非臨空而降,而是延續過去詩歌長遠傳統的繼承者、發揚者。從《詩經》、《楚辭》,繼而兩漢魏晉南朝,至李唐一代,古典詩歌已經

有一千七百多年的歷史。尤其自建安以後，名家輩出，整個魏晉南朝時期，詩歌無疑是文壇的主流。唐詩的興盛繁榮，乃是詩歌發展的必然趨勢。試從以下三方面觀察：

（一）形式體裁

五言古詩經過長期的演進，至建安時代已臻至成熟，七言歌行則在劉宋鮑照以後開始陸續出現。此外，律詩、絕句體，自齊梁詩人筆下，也逐漸形成。換言之，中國古典詩歌的各種體裁，在唐代以前，已經初具雛形，因此唐人不過是在前人的基礎上，進一步令各種詩體定型或更爲完善而已。

（二）題材內容

唐詩的題材內容，實際上亦多繼承前人。諸如詠史述懷、玄言遊仙、田園山水、離情相思、詠物豔情、宮廷遊宴、邊塞軍旅等，在魏晉南朝詩人筆下，業已形成傳統，甚至日常生活身邊瑣屑事物之吟詠，亦非唐人首創。唐代詩人在題材內容方面，主要還是在前人作品中吸取養分，進而發揮其個人的特色，並展示其時代的精神風貌。

（三）技巧風格

漢魏的風骨，晉宋的麗藻，齊梁的聲律，還有樂府歌詩的樸實流暢，文人詩的琢字鍊句，以及所謂清新、俊逸、風華等個別作家體態風貌的特長，都爲唐代詩人提供了承傳的資源。也就是從這些豐富的文學遺產中，唐代詩人創作之際有意識地，或擇取、消化，或改造、揚棄。如果宏觀唐詩形成其時代特色的過程中，如何推陳布新，最主要的傾向就是：發揚漢魏風骨，借鑑兩晉南朝辭章。由此形成了唐詩嶄新的風貌，決定了唐詩發展的方向。試看殷璠《河嶽英靈集・集論》（天寶十二載［753］序）對唐詩風貌的體認：

> 既閑新聲，復曉古體，文質半取，風騷兩挾。言骨氣則建安爲傳，論宮商則太康不逮。

所言指出，唐詩既有傳統的繼承，亦有時代的創新，既講求文采，重視聲律，亦不離樸實，且遠溯〈國風〉、《楚辭》，近取建安風骨、太康

(兩晉：潘安、陸機、郭璞)的麗辭。當然，殷璠所云，主要乃是「盛唐」詩的風貌，也是唐詩發展的最成熟階段。這還需要一段漫長曲折的過程，方能臻至。

第三節　唐詩的分期

「唐詩」是一個籠統的名稱，概括唐代近三百年時間所寫的詩歌。其實唐詩是生命體，一直在不斷的發展演變，逐漸形成幾個不同的自然段落，於是前人對唐詩嘗試分成不同的期段，以展示不同期段的特色，及其流變演化的軌跡。一般文學史，大致都沿用傳統的「四唐」說，就是把唐詩分爲初唐、盛唐、中唐、晚唐四個期段。當然，近代學者就有不贊成「四唐」說者，於是嘗試提出與傳統說不同的觀點，惟其中以安史之亂爲界，分唐詩爲二期的說法，反對者較少。

一、「四唐」說之形成

初、盛、中、晚「四唐」說，並非一蹴而成，乃是經過一段漫長時期的演化，才大致形成。根據現存資料，整理如下：

(一)北宋楊時(1053-1135)《龜山先生語錄》卷二：

> 詩之變至唐而止。元和之詩極盛。詩有盛唐、中唐、晚唐，五代陋矣。

楊時所云，乃是現存最早的爲唐詩分期的說法。將唐詩分爲盛唐、中唐、晚唐三個期段，可惜並未進一步說明理由。惟值得注意的是，楊時認爲中唐元和時期之詩，才是唐詩的「極盛」。

(二)南宋嚴羽(1197?-1241?)《滄浪詩話・詩辨》則認爲：

> 以時而論，則有……唐初體(唐初猶襲陳隋之體)、盛唐體(景雲710-711以後，開元、天寶諸公之詩)、大曆體(大曆十才子之詩)、元和體(元、白諸公詩)、晚唐體。

嚴羽是從詩風之興替因革角度，將唐詩區分爲初唐、盛唐、大曆、元

和、晚唐五種體式風貌，其實也就是唐詩發展演變的五個階段。此一區分，爲唐詩的流變勾畫了一個基本輪廓。只是「中唐」的概念，尚未確立。

(三)宋元之交的方回(1227-1307)，於其《瀛奎律髓》卷十，對晚唐詩人許渾〈春日題韋曲野老村舍〉一詩評語之後云：

> 予選詩以老杜爲主。老杜同時人皆盛唐之作，亦取之。中唐則大歷以後，元和以前，亦取之。晚唐詩人，賈島開一別派，姚合繼之，沿而下亦非無作者，亦不容不取之。

方回於此提出盛唐、中唐、晚唐。所言雖未出現「初唐」字樣，實際上引文中所言已隱含這個期段。展示的是，在宋元之交，「四唐」說已略具雛形。及至元人楊士弘選編的《唐音》，方正式列出初、盛、中、晚的標目，「四唐」之分期，終於取得定型。

(四)元人楊士弘(13世紀後期)《唐音》卷首：

> 自武德至天寶末六十五人，爲唐初、盛唐詩。……自天寶至元和間四十八人，爲中唐詩。……自元和至唐末四十九人，爲晚唐詩。

自此初、盛、中、晚的「四唐」說，正式完成。不過，楊士弘僅爲「四唐」作爲時代斷限，其內涵尚待後世論者從理論上進一步闡明。

(五)明人高棅(1356-1423)《唐詩品彙‧五言詩敘目》：

> 唐詩之變，漸矣！隋代以還，一變而爲初唐，貞觀、垂拱之詩是也；再變而爲盛唐，開元、天寶之詩是也；三變而爲中唐，大歷、貞元之詩是也；四變而爲晚唐，元和以後之詩是也。

高棅不僅正式將唐詩劃分爲初、盛、中、晚四個期段之「變」，且更進一步指明，前後期乃至同一時期作家之間的傳承因革，以及主從高下的關係。唐詩的分期，至此進入圓熟的境地。

以後明清兩代的詩論者，無論宗唐或宗宋，無論宗初唐或盛唐，宗中唐或晚唐，對唐詩發展流變的看法，基本上均沿襲「四唐」說之分期。儘管偶爾亦有反對「四唐」之劃分者，惟始終未能提出更令人心服的分期意

見。直至今天，絕大多數文學史論著，在敘述唐詩的發展過程時，仍然大
體遵循劃分「四唐」的原則。

二、安史之亂為分水嶺

近代研究文學史家中，因不滿「四唐」舊說，力圖擺脫傳統，有意展
現新的觀點來論唐詩的分期，遂提出以安史之亂為分水嶺，將唐詩分為前
後兩段時期。安史之亂的確是唐代歷史上一件大事，李唐王朝從此開始衰
敗，對詩歌創作的影響匪淺。首先提出以安史之亂為唐詩發展之分水嶺
者，是胡適的《白話文學史》，繼而聞一多〈聞一多說唐詩〉，以及陸侃
如、馮沅君的《中國詩史》，均以「安史之亂」為界線，將唐詩劃分為前
後兩大期段。

三、其他不同的分期

當代學者中亦有按文藝思潮的變遷而分期者。如蘇雪林《唐詩概
論》，即將唐詩分為五個時期：(1)唐初宮體詩，(2)「四傑」至盛唐的浪
漫思潮，(3)杜甫至元和年間的寫實思潮，(4)李商隱以後的唯美思潮，
(5)唐末詩壇。

另外還有按詩歌風格的轉變，將唐詩細分為八個期段者。如中國科學
院文學研究所主編《唐詩選・前言》，即提出這樣的看法：(1)唐初，(2)
「四傑」至開元前，(3)開元初至安始之亂前，(4)安史之亂爆發至大曆
初，(5)大曆初至貞元中，(6)貞元中至大和初，(7)大和初至大中初，(8)
大中以後至唐末。

以上幾種當代學者的新說，雖不乏新意，惟因不如「四唐」說流行久
遠，尚未獲得普遍的共識。其實這幾種「新說」，均有一個共同的傾向：
亦即以因政治社會問題而引起的「安史之亂」，為整個唐詩發展史上的主
要分水嶺，這顯然是對傳統分期方式的一種突破。尤其值得注意的是，均
將李白、杜甫分屬前後兩個時期的代表。不過，幾種分期比照之下，五分
法、八分法，雖不失精細，又似乎稍嫌過於瑣屑。故而本書仍然採取初盛

中晚的「四唐」說，來考察唐詩的發展演變狀況，以及轉化蛻變的軌跡。

　　茲將本書依據的「四唐」分期之大概年限列出：

　　初唐：高祖武德元年至睿宗延和元年(618-712)

　　盛唐：玄宗開元初年至代宗永泰元年(713-765)

　　中唐：代宗大曆初年至文宗大和九年(766-835)

　　晚唐：文宗開成初年至哀帝天祐四年(836-907)

第二章
唐詩的前奏──隋詩概覽

第一節　緒說

　　唐詩之所以成為唐詩，首要任務就是擺脫南朝，尤其是齊梁柔媚綺麗的文風。但這畢竟是一項相當艱鉅的工程，還須經過一段漫長的時間、幾代詩人的努力，方能達成。其實，唐詩所特有的形式和風格，乃是萌芽於隋代，形成於初唐，而成熟於盛唐。因此，論及唐詩的發展，必須先概覽一下隋代的詩歌。從隋詩的表現，或可以聽聞到唐詩的前奏。

　　其實，隋統一天下之後，不但消除了南北的對峙，也跨越了地域的隔離，南朝大批文人相繼北上，北朝文人亦紛紛遊歷江南，為南北文學彼此交流並互相影響，提供了有利的條件，於是文學創作出現了南北混合的局面。值得注意的是，一般學界講述中國歷史，往往合併隋唐兩代為一體，稱「隋唐史」，因為這兩個朝代是南北長期分裂之後，終至統一的朝代，何況隋朝為時甚短，雖收拾了長期分裂的殘局，最終不過是為大唐帝國統一的鋪路前驅。可是在文學史上，尤其是從詩歌發展演變的總趨勢觀察，則往往將隋代詩歌與前面的朝代相連，因為隋詩，即使創作於大一統之後，基本上仍然是南北朝詩的延續。

　　按，隋朝(581-618)歷時僅三十八載，隋朝詩人，幾乎都是曾經活躍於南北朝政壇文壇的遺老遺少。他們現存的作品，乃至部分編錄在齊梁或北齊、北周詩集中，部分則輯集在隋代詩集裡。近代輯錄歷代詩歌的學者，往往將「全隋詩」和前代的詩歌總集編輯在一起。例如，丁福保《全

漢三國晉南北朝詩》，以及逯欽立《先秦漢魏晉南北朝詩》，均將《全隋詩》附加在全集之後。

綜觀現存的隋詩，就其內涵風貌，大概可以劃分為「宮廷詩」與「非宮廷詩」兩類。其整體表現，可視為由南北朝詩發展到唐詩的前奏。

第二節　宮廷詩——隋詩主流

所謂「宮廷詩」，主要是指與王公貴族遊宴生活有關的官方應酬詩，多屬宮廷遊宴場合，君臣唱和之作。遍覽《全隋詩》，不難發現，與南朝齊梁陳詩，頗有相似之處。倘若就詩人身分而言，多屬王公貴族，或在朝官員，當然還包括御用文人。而且詩作的標題，頗多點明「從駕」、「應詔」、「奉和」、「侍宴」、「賦得」等場合者。因此，「宮廷詩」可說是隋詩之主流。惟值得注意的是：首先，「宮廷詩」乃屬君主王侯恣情娛樂、君臣遊宴共享雅趣的作品，自然無須攸關政教倫理，乃至具有濃厚的娛樂性、消閒性。其次，加上詩人本身的文學素養，因此作品中往往流露一分屬於「上流社會」的優雅風度，以及敏銳纖細的審美趣味。

例如盧思道(535-586)，曾任職北齊朝廷，於周武帝平齊後，又任職北周，入隋後又曾任丞相。盧氏雖屬由北朝入隋，在宮廷遊宴場合賦詩，則仍然沿襲南朝齊梁宮廷詩的綺麗餘風。或許正好說明，北朝詩人在創作上，如何以南朝宮廷詩馬首是瞻。試看其〈賦得珠簾詩〉：

> 鑑帷明欲歛，照檻色將晨。可憐疏復密，隱映當窗人。
> 浮清帶遠吹，寒光動細塵。落花時屢拂，會待玉階春。

這是一首典型的詠物詩，所詠之物，乃是經常出現於富貴人家閨閣之中的「珠簾」，而且句句不離珠簾。其中首聯「鑑帷明欲歛，照檻色將晨」，點出珠簾光線的明暗色澤。二聯「可憐疏復密，隱映當窗人」，形容珠簾疏密相間的狀貌，同時點出隱約其背後的人影。三聯「浮清帶遠吹，寒光動細塵」，描述珠簾在清風吹拂、日光輝照下之情景。尾聯「落花時屢拂，會待玉階春」，則點出詩人針對珠簾引發之情趣，暗含一分落

花輕拂，等待盼望的情素。至於等待盼望的對象屬誰，並未明說，乃至留
下空白，容讀者去想像。

再看魏澹(生卒年不詳)〈初夏應詔詩〉：

雖度芳春節，物色尚餘華。山簾飛小燕，映戶落殘花。

舞衫飄細縠，歌扇掩輕紗。蘭房本宜夜，不畏日光斜。

魏澹曾歷任蕭齊、北周、隋三朝，惟此詩當屬宮廷遊宴場合應隋煬帝
之詔所作。詩中所寫初夏景色，顯然局限在宮苑之內，筆墨重點在於稱頌
宮苑景觀之美，以及歌妓舞孃技藝之妙，流露的是面對美景佳人的審美趣
味。尾聯強調的則是，對「當前」遊宴歡愉場合的珍惜。

上舉兩首詩，均頗具辭采，除了恭維當前景物的美好、場合的風雅之
外，不見詩人個人的情思意念。這種在宮廷遊宴場合所寫的詠物、詠景之
作，加上一些詠人的宮體豔情詩，很容易令讀者回想到本書前面章節論及
的齊梁詩，同樣是一種貴族化的「沙龍文學」。其作者均擁有高度的文學
素養與審美意識，而且刻意摹描客觀景色人物的狀貌形態動靜之美，惟欠
缺的則是，作者個人情懷意緒的宣洩，亦無心志意念的表露。可說是從人
情世故、社會現實生活中，孤立出來的純藝術品。

像這類作於宮廷遊宴場合的詩篇，辭藻雖美，往往因缺少足以令讀者
深思或感動的內涵，在強調「詩言志」，文必有關政治教化的儒家傳統觀
念中，一直是深受崇尚詩教實用功能者譴責的對象。如前面章節論「後世
論齊梁詩」中已提及，隋文帝楊堅，因深惡隋初仍延續齊梁浮豔文風，曾
於開皇四年(584)下詔，令改革文風：「詔天下，公私文翰，並宜實
錄。」要求大凡公私文翰，當去除駢儷的辭藻，須講求實用。據說當時的
「泗州刺史司馬幼之文表華豔，付所司延罪」(《資治通鑑‧陳紀》十)。
隋文帝這次改革文風的主要內容方針，從李諤〈上高祖革文華書〉(亦稱
〈上隋文帝書〉)，或可一覽大概，茲再引之：

降及後代，風教漸落。魏之三祖，更尚文詞，忽人君之大道，好
雕蟲之小藝。……江左齊梁，其弊彌盛。貴賤賢愚唯務吟詠，遂
復遺理存異，尋虛逐微，競一韻之奇，爭一字之功。連篇累牘，

> 不出月露之形，積案盈箱，唯是風雲之狀。世俗以此相高，朝廷
> 據此擢士，祿利之路既開，愛尚之情愈篤。……至如羲皇舜禹之
> 典，伊傅周孔之説，不復關心，何嘗入耳！……故文筆日繁，其
> 政日亂，良由棄大聖之規模，構無用以爲用也。

李諤此書顯然是把文學與政治教化混爲一談，企圖恢復傳統儒家詩教
獨尊的地位。惟對於好不容易才擺脫儒家詩教束縛的「齊梁文風」，還是
很難發生什麼阻嚇作用。不過，這已經預先點出，未來初唐詩人繼續努力
的方向，亦即力圖擺脫齊梁文風影響的趨勢。只是目前，整個隋代詩壇，
似乎仍然籠罩在齊梁詩的餘風裡，而且重演宮廷遊宴之際，君臣唱和，即
景賦詩的雅興。當然，就詩論詩，在這些宮廷詩中，並不缺乏佳作。

最明顯的例子，就是隋煬帝楊廣(在位：605-618)遊幸江南時，模仿
陳後主，亦作〈春江花月夜〉：

> 暮江平不動，春花滿正開。流波將月去，潮水帶星來。

其後唐代張若虛的〈春江花月夜〉中，「春江潮水帶海平」、「海上
明月共潮生」諸名句，即可能脫胎於此詩。按，隋煬帝在歷史上是暴君，
言行舉止頗受後世史家的筆誅。惟其人雅好文學，早在身爲晉王之時，就
曾招攬天下文士，作爲身邊的御用文人；爰及登位之後，更是君臣遊宴唱
和不絕，尤其醉心於江南文化之文雅，偏愛齊梁詩之綺麗。

再看，曾經歷仕蕭梁、北齊、隋三朝的諸葛穎(539-615)，也留下一
首同題共詠的〈春江花月夜〉：

> 張帆渡柳浦，結纜隱梅洲。月色含江樹，花影覆船樓。

上舉兩首隋詩，既不抒情，亦未言志，更無關政教倫理，只是捕捉當
前美景，展露觀景者的審美趣味。就詩論詩，俱是寫景佳作，尤其是隋煬
帝的一首，清新可喜，用字貼切，音調和諧，構思也新巧。

隋詩就是在這些由南北朝入隋的宮廷詩人，加上江總、虞世南等帶領
下，爲迎合隋煬帝奢侈浮華的品味，終日歌舞遊宴賦詩，乃至詠物寫景、
宮體豔情之作，占據了隋詩的主流地位。儘管如此，在宮廷之外，還是出
現一些個人抒情意味較濃的作品，展示的是，隋代詩歌正由南朝向唐代發

展的過渡階段，既有南朝詩風之餘緒，亦出現唐詩的抒情先聲。

第三節　非宮廷詩──抒情之章

　　此處所謂「非宮廷詩」，指的主要是創作場合在宮廷之外，乃至題材內容，均與宮廷生活無關之詩作。其作者可能還是圍繞在皇帝王公身邊的宮廷詩人，不過，引發其詩情的環境場合，則已超出宮廷遊宴之外。既然環境背景相異，詩人的經驗感受自然也不一樣。這類作品，與君臣遊宴場合所作之「宮廷詩」最大的不同，就是個人抒情意味的增濃。茲就其內涵題旨，大概可以分為以下三類：

一、傷離意緒

　　表達傷離意緒的作品，抒發的主要是送別之際的經驗和感受。按，送別之章，原是中國詩歌中一種源遠流長的重要類型。遠在《詩經‧邶風‧燕燕》中，已訴說「之子于歸，遠送于野。瞻望弗及，泣涕如雨」的哀傷；繼而《楚辭‧少司命》所云：「悲莫悲兮生別離，樂莫樂兮新相知。」則為中國送別詩譜出友朋知己一旦面臨別離的悲哀基調。身逢亂世的漢魏詩人，經歷不少顛沛流離，又在彼此交往過從生活中，也寫了不少居人與行子之間的送別傷離之作。乃至送別詩抒發的通常是，離情之依依，重會之困難，別後的孤寂，甚至進而引發生命奔波、仕途挫折種種人生感嘆，因此抒情的意味通常是濃郁的。

　　試看尹式（?-604）〈別宋常侍詩〉：

　　　遊人杜陵北，送客漢川東。無論去與住，俱是一飄蓬。

　　　秋鬢含霜白，衰顏倚酒紅。別有相思處，啼鳥雜夜風。

　　尹式原屬楊廣之弟漢王楊諒的記室。惟太子楊廣即位之後，漢王楊諒舉兵反，兵敗被俘，尹式遂自殺。尹式僅留下兩首詩，均為送別之作。從上引詩題看，當是尹式離開長安之際，贈給前來相送的宋常侍的留別之作。首聯點題，送別地點是長安的杜陵，尹式要前往的地點則是「漢川

東」(漢中一帶)。「遊人」當指遊宦之人,「客」則指行客、過客。換言之,居人行子均屬遊宦者,均是生命的過客,飄浮無定所,所以說:「無論去與住,俱是一飄蓬。」兩句令讀者聯想到初唐詩人王勃〈送杜少府之任蜀州〉的名句:「與君離別意,同是宦遊人。」三聯寫因面臨離別而引發一分遲暮之感,尾聯則設想別後情景:「別有相思處,啼鳥雜夜風。」全詩以景作結,暗示別後的孤寂,增強了離情的悲哀。

再看一首王胄(558-613)〈別周記室詩〉:

五里徘徊鶴,三聲斷絕猿。何言俱失路,相對泣離樽。

別意淒無已,當歌寂不喧。貧交欲可贈,掩涕竟無言。

王胄乃是由陳入隋者,因受隋煬帝賞識,隨行中寫了不少奉和詩。惟大業九年(613),因舊交楊玄感起兵反隋,不久敗亡,王胄遂受株連而被殺。此詩乃是大業初年王胄奉命隨從楊廣出征遼東,臨行前,與好友周記室告別之作,也是一首以文學見寵的亡國舊臣,被迫從征的心情寫照。首聯點題,寫其臨別依依不捨之淒哀心情。此處以徘徊不去之「鶴」自喻,則很可能用春秋時「衛公好鶴」的典故抒發情懷。試見《左傳》閔公二年:

狄人伐衛。衛懿公好鶴,鶴有乘軒者。將戰,國人受甲者皆曰:

「使鶴,鶴實有祿位,余焉能戰!」……衛師敗績。

通過「衛公好鶴」的典故,前舉王胄〈別周記室詩〉,或許暗示,自己不過是伴隨君王宮廷遊宴消閒之受寵文人而已,如今卻被迫要「從征遼東」,因之苦惱徘徊,不願離去。二聯隨即指出,王胄與周記室皆屬徬徨失路者,均是自亡陳入隋的貳臣,寄人籬下者。三、四聯則追述二人乃屬貧賤之交,如今同時面對別離,悲不能已,掩面哭泣,相對無言。

上舉兩首詩,不僅抒發友朋同僚之間傷離惜別之情,還有個人身世遭遇的感懷,乃至抒情意味濃郁,已經初具唐詩的抒情韻味。體式上也接近五言律詩,平仄基本上合律,只是中間兩聯,還不講求對仗工整而已。

二、山水清音

　　描寫耳目所及山水風景之詩，在劉宋時代曾經一度成爲詩壇主流。齊梁以後，山水詩繼續發展。不過，除了少數詩人之作外，山水的範圍縮小了，由荒郊野外的名山勝水，轉而爲王宮貴族的庭園山水。如在齊梁陳隋的宮苑中，君臣遊宴，即景賦詩，吟詠山水之美，強調的是山水狀貌聲色的捕捉，審美趣味的流露。但卻往往欠缺詩人個人的情思意念。換言之，欠缺打動讀者的「情」味。如隋煬帝、諸葛穎的〈春江花月夜〉，雖然並非寫在隋宮之內，卻因受君臣遊宴場合的局限，而不見詩人的情思。不過，在現存隋詩中，已經出現不同的例子。

　　試看楊素(?-606)〈山齋獨坐贈薛內史詩二首〉其二：

　　　巖壑澄清景，景清巖壑深。白雲飛暮色，綠水激清音。

　　　澗戶散餘彩，山窗凝宿陰。花草共榮映，樹石互陵臨。

　　　獨坐對陳榻，無客有鳴琴。寂寂幽山裡，誰知無悶心。

　　不妨先看沈德潛(1673-1769)《古詩源》在此詩之後對楊素的評語：

　　　武人，亦復奸雄，而詩格清遠，轉似出世高人，眞不可解。

　　上引沈氏所云，顯然有愛其詩而惜其人之意。按，楊素原本仕北周，並以平定北齊有功，封爲安縣公。入隋之後，又歷任高官，並封越國公，後又改封楚國公。詩題所稱薛內史即薛道衡(539-606)，與楊素二人曾同爲隋宮中的紅人，交情亦好。楊素爲薛道衡寫了不少寄贈詩，這是其中一首。主要寫其獨自在山齋觀賞山水風景，孤寂中引發了對友人的思念，於是提筆把觀景念友的經驗感受譜成詩篇，贈與薛道衡。詩人通過山中美景的描寫，抒發一種幽獨寂寥感，並且流露對故舊老友的思念。其中「獨坐對陳榻」，乃用《後漢書‧徐稚傳》中所述東漢陳蕃爲名士徐稚設榻的典故，表示對薛道衡的尊敬與懷思：

　　　時陳蕃爲太守，以禮請署功曹，稚不免之，既謁而退。蕃在郡不
　　　接賓客，唯稚來特設一榻，去則懸之。

　　楊素此詩雖寫於齊梁綺靡文風餘音中，予讀者的印象的確是詩格清

遠,加上其中寫景頗有謝靈運的清麗,同時又流露出一分幽獨的心境,以及懷人的情思。故而顯得在筆力精緻凝鍊中,含蘊一分既質樸勁健,又情深意遠之境。這當然與一般宮廷遊宴場合之作,格調不同,是楊素本人的詩才所致,也是未來唐詩的抒情特質點出發展的方向。

三、邊塞悲情

描寫邊塞征夫戍士生活與感情的詩,通常稱「邊塞詩」。邊塞詩是唐詩中一種重要的類型,或可遠溯自《詩經》(如〈小雅・采薇〉),以及漢魏以後,散見於樂府歌詩中描述征夫戍士邊塞生活與情懷之作。繼而南朝文人敘寫邊塞詩,即往往借樂府舊題來寫,而且多以閨中之怨牽引出塞外之思,為邊塞詩增添一層陰柔氣息。惟爰及隋朝的宮廷詩人,留下有關邊塞生活感情的詩篇,則為隋代詩壇增添一些剛健氣息以及抒情色調。試以盧思道(535-586)〈從軍行〉為例:

> 朔方烽火照甘泉,長安飛將出祁連。
> 犀渠玉劍良家子,白馬金羈俠少年。
> 平明偃月屯右地,薄暮魚麗逐左賢。
> 谷中石虎輕銜箭,山上金人曾祭天。
> 天涯一去無窮已,薊門迢遞三千里。
> 朝見馬嶺黃沙谷,夕望龍城陣雲起。
> 庭中奇樹已堪攀,塞外征人殊未還。
> 白雲初下天山外,浮雲直向五原關。
> 關山萬里不可越,誰能坐對芳菲月。
> 流水本自斷人腸,堅冰舊來傷馬骨。
> 邊庭節物與華異,冬霰秋霜春不歇。
> 長風蕭蕭渡水來,歸雁連連映天沒。
> 從軍行,軍行萬里出龍庭,單于渭橋今已拜,將軍何處覓功名。

盧思道歷仕北齊、北周、隋三朝,雖以北朝入隋,平時寫詩卻喜歡學南朝,承襲齊梁綺麗餘風,寫了一些〈美女篇〉、〈采蓮曲〉、〈夜聞鄰

妓〉等類似宮體豔情之作。不過，上引這首〈從軍行〉，卻展現由南北朝
過渡到唐朝的痕跡，尤其對初唐七言歌行的發展有重大影響。按，古樂府
〈從軍行〉舊辭，多寫軍旅生活的艱辛，征夫思婦兩地相思的苦楚，本篇
亦如此。此外，現存隋唐以前詩人所寫〈從軍行〉，僅北周宇文招的一首
爲七言四句，其餘均爲五言。將〈從軍行〉變爲七言歌行，則始於盧思道
此作。全詩主要是借漢代故事詠古嘆今，情節結構則分爲兩個平行部分：
前半首寫邊將出征前線的戎馬生涯，後半首則寫遠在深閨中思婦對征夫的
無盡懷思。此外，全詩語言清麗流暢，音節自然，已近似唐人歌行體。其
中既寫將士出征，也寫思婦閨情；既有「長安飛將出祁連」、「白馬金羈
俠少年」的奔放雄健，又有「誰能坐對芳菲月」、「流水本自斷人腸」的
清麗哀怨。正是南北風格融會，剛健與幽柔並存之佳例。

此外，楊素〈出塞二首〉、隋煬帝楊廣〈飲馬長城窟行〉諸作，同樣
可視爲唐代邊塞詩的先聲。

第四節　小結

隋朝雖然統一了數百年南北對峙的局面，但爲時甚短，僅三十八年即
滅亡。因此沒有機會培養成自己詩歌特有的時代風格。基本上還是屬於南
北朝文學的一部分，尤其是齊梁綺麗輕靡餘風的繼承者。如果要爲隋詩找
出時代特徵，以便在文學史上占有一席地位，或許可以說，隋詩展現的
是，從南北朝向唐朝發展過程中，一個短暫的過渡狀態。

由於隋朝的詩人，均屬由南北朝入隋的遺老遺少，是一些圍繞在王公
貴族周邊酬唱奉和的宮廷詩人。雖然全國統一了，南北文化亦開始彼此交
流，相互影響，但是，江南文化的文雅柔媚，仍然煥發出強大的吸引力，
乃至隋煬帝以降，包括由北朝入隋的詩人，均喜好南朝詩歌。因此，齊梁
綺麗柔媚纖細的詩風，繼續滋長蔓延。儘管隋文帝曾經嘗試用政治力量來
「糾正」朝廷上下的綺麗文風，顯然未見成效。乃至在宮廷詩人主掌的隋
代詩壇，詠物、寫景、宮體小詩，繼續盛行。往往顯示特別注重辭采，而

情思不足、意境纖柔的「缺憾」。

　　但是，值得注意的是，在一些作於宮廷遊宴場合之外的作品中，諸如送別、山水、邊塞之章，因爲創作環境背景不同，作者的經驗感受相異，畢竟也出現了一些情思濃郁，甚至筆力剛健，風格樸素的詩篇。這些作品，爲讀者透露出一種訊息：詩歌的發展並沒有停滯不前，而是正在開始醞釀一些新的變化，正逐漸朝向一種新的時代風格發展。雖然未來還是長途漫漫，曲折蜿蜒，但在這些隋人所寫非宮廷詩中發出的訊息裡，讀者不但發現了詩歌從南北朝向唐朝發展的「過渡狀態」，並且已經聽聞到了唐詩的前奏曲。

第三章
初唐詩壇——走向盛唐

第一節　緒說

　　由於文學發展過程是連續的，文風的轉變是漸進的，不可能有嚴格的時間斷限。因此，將唐詩分初、盛、中、晚四個期段，也只能針對發展演變的大致傾向而言。按，初唐詩的斷代，大約是從高祖武德元年至睿宗延和元年(618-712)，歷時近百年。初唐詩不僅是唐詩的開端，也是逐步走向盛唐，促使唐詩風格特徵的形成期。唐詩風格的形成，雖然相當緩慢，也頗爲曲折，但其發展的方向，演變的軌跡，還是有脈絡可循。

　　一般文學史，述及初唐詩，大致因襲前代詩論者或詩評家對初唐詩的局部觀察，或片段評語，往往以「淫靡浮豔」，或「齊梁／梁陳宮體詩之餘波」這類的字樣來概括初唐詩壇。如此爲初唐詩貼標籤，基本上顯示以下兩項缺憾：

一、觀念上的誤導

　　所謂「觀念上的誤導」，乃是指將「宮體詩」與「宮廷詩」混爲一談。按，「宮體詩」，當指梁簡文帝蕭綱在東宮時期大事提倡，專注於描寫女子體態容貌，或情思意念的「豔詩」。而「宮廷詩」，乃是泛指君王貴族和其招攬的文人學士在宮廷遊宴場合，酬唱奉和之作，其內容當然局限於「上層社會」的貴遊生活，但仍然比「宮體詩」之範圍寬廣。

　　綜觀初唐詩壇，主要由宮廷詩人掌握，自然以有關王公貴族遊宴生活

的「宮廷詩」爲多，不能以描寫女性容貌情態爲主的「宮體詩」來概括整體的初唐詩。

二、觀察上的偏頗

宮廷詩在初唐詩中，的確占了很大的比重，但這不過是初唐的前三、四十年間，亦即唐太宗貞觀前後時期的詩壇現象。何況初唐的宮廷詩，已經展現出自己的時代特色，已經不同於齊梁／梁陳的「淫靡浮豔」。此外，初唐的後四、五十年，亦即武后時期，出身庶族寒門的詩人紛紛登上詩壇，宮廷詩已趨沒落，一般文人士子的個人抒情述懷之作，開始大放異彩。因此，以宮體詩、宮廷詩，或淫靡浮豔諸語來泛指初唐詩，均是不夠全面的觀察。

從初唐詩壇的變化，來討論唐詩在這將近一百年時期內的發展歷程，亦即如何擺脫南朝綺麗詩風的羈絆，而逐漸形成具有時代特色的詩歌，大致可分爲兩個期段：宮廷詩人主掌詩壇的貞觀前後，以及庶族詩人紛紛登場的武后時期。

第二節　宮廷詩人主掌詩壇──貞觀前後

貞觀年間(627-649)前後，由宮廷詩人主掌的詩壇，包括高祖(在位：618-626)初年至高宗(在位：650-684)前期，約四十年時間，而可以唐太宗在位的貞觀二十餘年爲核心部分。

隋詩在詩歌史上扮演的是從南北朝詩到唐詩的過渡角色。隋朝爲唐所滅，亦將其繼承的「綺麗」文風留給唐朝。唐初四十年間之詩歌創作，仍然深受齊梁詩風的影響。這主要是因爲初唐詩壇，繼續由陳、隋入唐的遺老主掌，不會因爲朝代旗幟換了，便立刻表現全然不同的詩歌風格，何況創作的場合，大多還是宮廷遊宴、君臣唱和之時。因此，宮廷詩仍然是初唐詩壇主流。不過，時代畢竟不同了，即使宮廷詩，也開始展現一些新的風貌，何況在宮廷之外，還有一些詩人爲唐詩的形成，作出不容忽略的貢

獻。或可將初唐詩的發展分爲先後三個階段：

一、齊梁餘響——體物寫物

初唐前四十年間的詩壇，與齊梁陳隋時期一樣，主要是主掌在缺少仕途浮沉與社會生活經驗的宮廷詩人手中。這些宮廷詩人，或屬王公貴族，或是朝廷重臣，其中包括陳隋遺老。何況吟詠賦詩，又多局限於宮廷遊宴、君臣唱和的場合，就從現存初唐詩歌的標題看，實與隋代大部分詩歌頗相類似，多屬「應制」、「應詔」、「應令」、「奉和」而作，題材內容也通常不離宮廷貴遊生活的狹窄範圍。既然是應詔寫詩，奉令和詩，吟詠的宗旨，自然必須歌詠場景之勝，讚美遊宴之樂，重視的是，作者觀察的細微，審美的敏銳，辭藻的華麗。但是，不容忽略的是，就在這些齊梁陳隋的餘響裡，初唐的宮廷詩，在作者有意識的求新求變中，已經明顯流露出一些不同於前朝作品的痕跡。

(一)題材內容趨向雅正

最明顯的就是，描寫女子色貌或豔情的宮體詩大爲減少，題材內容趨向雅正。根據計有功(1121年進士)《唐詩紀事》：

> 帝(太宗)嘗作宮體詩，使虞世南賡和。世南曰：「聖作誠工，然體非雅正。上有所好，下必有甚焉。恐此詩一傳，天下風靡，不敢奉詔。」帝曰：「朕試卿爾。」後帝爲詩一篇，述古興亡。

所云虞世南對唐太宗的規勸是否屬實，當然無法查證，但至少說明，初唐時，即使在宮廷之內，已經出現反對宮體豔情的聲音。而且從隋到初唐，宮體詩雖然還有人繼續在寫，畢竟大爲減少。所謂初唐詩壇的「齊梁餘緒」，從整體視之，比起齊梁詩原來的「浮豔」，已開始趨向雅正。當然，在題材內容上，仍然不出王公貴族的遊宴生活。

試先看唐太宗〈採芙蓉〉：

> 結伴戲方塘，攜手上雕航。船移分細浪，風散動浮香。
> 游鶯無定曲，驚鳥有亂行。蓮稀釧聲斷，水廣棹歌長。
> 棲鳥還密樹，泛流歸建章。

　　上引詩例，寫的主要是君臣共同遊船覽景的過程。按，唐太宗是何等英雄人物，惟寫起君臣遊宴詩來，無論在情致上，或辭采上，與齊梁陳隋之宮廷詩，並無差別。其他人臣的奉和、應詔之作，亦大抵類似。

　　試看李百藥(565-648)〈奉和初春出遊應令〉：

　　　鳴笳出望苑，飛蓋下芝田。水光浮落照，霞彩淡輕煙。

　　　柳色臨三月，梅花隔一年。日斜歸騎動，餘興滿山川。

　　李百藥是隋朝大臣李德林之子，早年奔波於宮廷之外，曾寫過〈途中述懷〉之類、個人傷時感懷之作，甚至還寫了一首〈秋晚登古城〉，在懷古幽情中感嘆個人的仕宦生涯。可是，一旦受召入宮，成爲太宗身邊的宮廷詩人，經常參與遊宴奉和，以賦詩爲優雅的消閒娛樂，逐步入初唐詩歌發展的「正途」──亦即齊梁的餘風裡。上引這首詩，乃是應令奉和太子的〈初春出遊〉之作，筆墨間充滿對春遊春景水光山色的賞愛，以及日斜已至，仍然遊興不減的稱美，卻不見詩人的自我情懷。全詩雖不失齊梁之綺麗，卻已趨典雅。

　　值得注意的是，初唐詩就是在齊梁詩的餘響中，已經流露出一些不同於南朝宮廷狹小局面的風貌色調，與前朝宮廷詩相比，初唐宮廷詩，在內涵意境上比較「雅正」，格局比較寬廣，甚至還出現氣勢宏大的作品。

(二)意境氣勢趨向宏偉

　　初唐的宮廷詩，雖然繼承南朝宮廷詩，不出王公貴族遊宴唱和的狹窄生活，圍繞著宮廷侍宴、隨君出遊的場合，並且以歌頌讚美爲主調。但是，作者身處一個統一的江山，新興王朝的環境背景之下，即使是宮廷詩人，其視野或胸襟，也會顯得比較寬廣。即使一些奉和、應詔之作，已經浮現著一個大時代來臨的向上精神，以及一個新興統一王朝的恢弘氣派。

　　且看虞世南(558-638)隨太宗遊幸吳都覽景之作〈賦得吳都〉：

　　　畫野通淮泗，星躔應斗牛。玉牒宏圖表，黃旗美氣浮。

　　　三分開霸業，萬里宅神州。高臺臨茂苑，飛閣跨澄流。

　　　江濤如素蓋，海氣似朱樓。吳趨自有樂，還似鏡中遊。

　　虞世南即類書《北堂書鈔》的主編纂者，是由陳入隋再入唐的宮廷詩

人。儘管此詩仍然難免南朝宮廷遊宴場合之作的歌功頌德痕跡，惟歌頌的對象並不是君主王公個人，而是一個新興的統轄整個神州的王朝，筆墨間含蘊著一股升騰向上的時代精神，已經流露出唐詩應有的恢弘雄偉氣勢。可惜，詩中流露的這種恢弘雄偉的氣勢，在高宗前期宮廷遊宴的盛況中，暫時受到了阻礙，乃至詩歌走向盛唐的步履，變得曲折起來。

二、龍朔詩風──綺錯婉媚，「上官體」風行

　　太宗朝宮廷詩之盛況，一直延續到高宗(在位：650-684)即位以後。高宗比太宗更雅好文學，經常在宮廷遊宴中令群臣賦詩，以恣娛樂。這時由陳、隋入唐的詩人已逐漸凋謝，新一代的宮廷詩人崛起。上官儀(608?-664)則可謂是成長於唐朝的第一代宮廷詩人總代表，其早年於貞觀年間即經常參與宮廷遊宴，君臣唱和，頗受太宗賞識。據新、舊《唐書》本傳記載，高宗即位之後，上官儀備受恩寵，並於龍朔二年(662)，加官授爵：加銀青光錄大夫、西臺侍郎同東西臺三品，兼弘文館學士如故。上官儀在朝如此顯貴，其寫詩「好以綺錯婉媚為本」的風格，亦即文辭綺錯、意趣婉媚，遂成為其他宮廷詩人爭相仿效的對象，並且在文學史上獲得唐代詩人中第一個屬於個人風格的封號：「上官體」。正由於「上官體」在龍朔年間的風行，形成初唐綺麗文風的一個高潮，文學史遂稱之為「龍朔詩風」。這時期(高宗前期)的宮廷詩，題材內容同樣局限於宮廷遊宴生活，在語言藝術上，則力求工巧精美，創作的主要目的，仍是對當前遊宴情狀的歌頌讚美。

　　試看上官儀〈早春桂林殿應詔〉：

　　　　步輦出披香，清歌臨太液。曉樹流鶯滿，春堤芳草積。

　　　　風光翻露文，雪華上空碧。花蝶來未已，山光暖將夕。

　　這是上官儀的名篇，也是初唐宮廷遊宴詩中，雅致風格的代表。全詩文辭意境的確「綺錯婉媚」，結構組織也相當精密。首聯為序曲，點出早春出遊的主題，中二聯細寫所見春景之綺麗，尾聯以夕暮將至之景，總結一天的遊程，並隱約流露，對此次遊宴意猶未盡的意味。倘若與前舉李百

藥〈奉和初春出遊應令〉相比照，二詩無論在用辭的綺麗，情韻的和雅，均相近似。或許正好可說明，初唐詩要走向盛唐，尚須耐心以待。

值得注意的是，上官儀不僅精於宮廷詩，還以評論者立場，對詩歌創作有主張，曾提出「六對」、「八對」之說，強調寫詩講求對仗，特別重視辭藻形式之美，遂成為初唐宮廷中，大凡應制、應詔詩作評定優劣的參考，並且為以後科舉以詩取士時，評定詩歌高下，提供了衡量尺度，甚至對於最終促使唐代律詩格律的正式形成，亦有貢獻。此外，值得一提的是，上官儀與另一宮廷詩人許敬宗，於龍朔三年(663)嘗奉詔博採古今文集，摘錄美辭麗句，以類相從，編成類書《瑤山玉彩》五百卷。可見當時宮廷上下，對詩歌修辭藝術的重視。

盛行於龍朔年間的「上官體」，由於特別注重辭藻形式之美，乃至就連唐朝開國初期詩歌中那一點堂皇恢弘的氣象，也隱蔽不彰了。初唐詩之發展，在這些宮廷詩人筆下，似乎已停滯不前，甚至還有回歸過去，倒退潮流的傾向。幸好在宮廷之外，另外出現了一片生機。

三、宮廷之外──抒情述懷，表現自我

此處所謂「宮廷之外」，有兩層含意：首先，作者或許仍然是宮廷詩人，不過，寫詩的場合則在宮廷遊宴生活之外；其次，寫詩的作者本人乃身處宮廷之外，有的甚至屬於在野之士，並非朝廷官員。這些產生於宮廷之外的詩歌，為初唐詩之走向盛唐鋪上先路。

(一)宮廷詩人羈旅行役之情

宮廷詩人創作的共同弱點，就是遠離社會現實，生活層面狹窄。但是，當詩人身處宮廷遊宴場合之外時，面對現實人生，視野自然比較廣闊，若是心有所感，情有所動，寫出的作品，個人的風格色調就顯著起來，可以與宮廷遊宴之際所作的雅正之音迥然不同。即使唐太宗，雖然並非宮廷詩人，其在宮廷之外與宮廷之內的創作，因場合有異，就可以展示明顯不同的風格色調。

試看唐太宗〈經薛破舉戰地〉：

　　昔年懷壯氣，提戈初仗節。心隨朗日高，志與秋霜潔。

　　移風驚電起，轉戰長河決。營碎落星沉，陣卷橫雲裂。

　　一揮氛沴靜，再舉鯨鯢滅。……世途亟流易，人事殊今昔。

　　長想眺前蹤，撫躬聊自適。

　　是一首回顧自己的金戈鐵馬生涯，述懷之作。此詩與前舉太宗於宮廷遊宴場合所寫〈採芙蓉〉最大的不同，就是以抒寫自我情懷爲宗旨，乃至流露出作者個人的人格情性。全詩的語氣意境，剛健豪放，頗能顯示唐太宗個人的英雄氣概。雖是憶昔懷舊，卻並無傷感，亦不惆悵，只是對逝去的英雄歲月之緬懷與沉思。詩中所述征戰的歲月與個人的雄心壯志，還有當前的今昔之感與功業有成之慰，構成個人生涯與時代情境交錯融合的畫面。

　　即使唐太宗的五言寫景小詩，倘若寫於宮廷之外，也會呈現不同的情境。如其行軍途中所寫〈遼東山夜臨秋〉：

　　煙生遙岸隱，月落半崖陰。連山驚鳥亂，隔岫斷猿吟。

　　此詩作於貞觀十九年(645)，出兵高句麗還師遼東之時。主要寫其軍旅途中，秋山夜宿之際，軍營的喧騰，令棲鴉驚飛、吟猿啼斷的情景。雖然只是一首五言四句的小詩，卻有一種壯偉的情思瀰漫其間，遂令整首詩的風格，顯得剛勁蒼茫。像這種情懷意境，深居宮廷之中的詩人，沒有征戰行役經驗者，很難表現出來的。

　　再看唐太宗的大臣魏徵(580-643)自述懷抱的〈述懷〉：

　　中原初逐鹿，投筆事戎軒。縱橫計不就，慷慨志猶存。

　　杖策謁天子，驅馬出關門。請纓繫南越，憑軾下東藩。

　　鬱紆陟高岫，出沒望平原。古木鳴寒鳥，空山啼夜猿。

　　既傷千里目，還驚九逝魂。豈不憚艱險，深懷國士恩。

　　季布無二諾，侯嬴重一言。人生感意氣，功名誰復論。

　　上舉詩例的標題和內涵，令讀者回想到阮籍(210-263)的〈詠懷詩〉，寫詩的目的無他，不過是抒寫懷抱而已。不過，在內容上，魏徵之作，不僅涉及政治和社會較大的局面，同時也清楚敘說個人當初如何投筆從戎，慷慨請纓，不憚艱險，以報國士之恩的一生經歷。全詩語氣間流蕩

的，濃厚的抒情意味，或許可以視此詩爲唐詩形成過程中，初唐詩人意圖恢復漢魏風骨的先兆。

再看虞世南(558-638)一首邊塞詩〈出塞〉，也是個人經驗的描述，流露的是個人的感情：

> 上將三略遠，元戎九命尊。緬懷古人節，思酬明主恩。
>
> 山西多勇氣，塞北有遊魂。⋯⋯
>
> 雪暗天山道，冰寒交河源。霧鋒暗無色，霜旗凍不翻。
>
> 耿介倚長劍，日落風塵昏。

虞作顯然已經不再是南朝邊塞詩中，往往將閨怨與征怨揉合的哀怨悲情。全詩展開的是，一幅邊塞絕域、鐵馬冰河的征戰圖；抒發的是，蒼涼壯闊的邊塞之音，其中交織著作者建功立業的雄心壯志。這是盛唐邊塞詩的先聲。

另外，再看李百藥入宮之前所寫的〈秋晚登古城〉：

> 日落征途遠，悵然臨古城。頹墉寒雀集，荒堞晚鳥驚。
>
> 蕭森灌木上，迢遞孤煙生。霞景煥餘照，露氣澄晚晴。
>
> 秋風轉搖落，此志安可平。

寫其於行旅途中，眼見落日秋風，古城荒堞，灌木孤煙，引發了「此志安可平」的喟嘆。其所謂「志」究竟何指，詩中並未明說，但是在其描述的，古城蕭瑟清冷淒美畫面上，隱隱含蘊著詩人內心的抑鬱不平，並且顯示，詩中塗抹著融情於景的色調。詩人已經有意識的，以客觀景象來傳達主觀的內心感受。

值得注意的是，後人嘗以「藻思沉鬱」視爲李百藥詩歌之特徵。這份沉鬱，顯然源自作者坎坷的生活遭遇。按，李百藥歷仕隋、唐二朝，雖然曾經受到兩代帝王的重視，實際上卻飽經憂患。因幼年多病，故取名「百藥」，入仕後，隋文帝時曾遭讒免官，隋煬帝時又被奪爵位，甚至遠謫桂陽。其後，隋末亂離，三易其主，歸唐後，又曾坐事配流涇州。這樣嘗盡宦海滄桑的人生經歷，正是助成李百藥詩歌具有「沉鬱」特質的主要原因。可是，當李百藥扮演宮廷詩人角色，參與王公貴族的遊宴唱和，其私

人的感情，個人的感懷，隨即收藏起來。遂與其他宮廷詩人相同，一齊在富貴安適的環境中，悠揚的樂聲裡，唱著頌歌，讚美當前，創作一些具有富貴優雅共同性，欠缺個別詩人特殊性的作品。這是爲何在宮廷詩人主掌詩壇的時代裡，詩歌的發展，遲緩不前，只有從一些創作於宮廷生活之外的少數作品中，奏出一些比較具有個人特質的音符，流露一些變化的跡象，乃至顯示出詩歌未來發展的潛在力量。這些創作於宮廷生活之外的作品，當然也包括非宮廷詩人，亦即在野詩人的創作。

(二)在野詩人避世隱逸之懷

正當多數初唐的宮廷詩人，身處遠離社會現實人生的宮廷之內，圍繞著王公貴族的生活，爲新興王朝吟唱頌歌，畢竟還是有一些在野詩人，遠離宮廷之外，則彈奏著避世隱逸之音。這些在野詩人的作品，無論是題材內容或語言藝術方面，均與綺麗雅正的宮廷詩大異其趣。

試看王績(585-644)〈野望〉：

　　東皋薄暮望，徙倚欲何依。樹樹皆秋色，山山唯落暉。

　　牧人驅犢返，獵馬帶禽歸。相顧無相識，長歌懷采薇。

王績即隋末大儒王通(584-618)之弟，早年亦曾胸懷大志：「明經思待詔，學劍覓封侯。」(〈晚年敘志示翟處士〉)隋時曾出任縣丞之類的地方小官，惟隋末大動亂中，選擇退居田園。入唐之後曾復出，待詔門下省，不久即棄官歸里。貞觀中又曾經復出，任太樂丞，不久則完全歸隱，不再復出。上引此詩，乃是王績的代表作，是以一個在野詩人的身分抒發情懷，不必像宮廷詩人那樣受官方應酬場合的束縛，可以自由抒情述懷，表現自我。詩中描寫的是山野秋景，並在凄美的秋景中，浮現一分牧歌式的田園氣氛，抒發的則是，在純樸閒適的情調中，引起一分寂寞情懷。這首詩本身，並無特別之處，因爲早在東晉時代，陶淵明就寫了不少情懷隱逸、歌詠田園生活的作品。不過，若將此詩置於齊梁陳隋，以及初唐時代的綺麗詩風背景之下，對讀者而言，則頗有耳目一新的感覺。

值得注意的是，在初唐詩壇，王績的詩，不過是獨樹一幟而已。雖然樸實清新，不見雕琢痕跡，且展示出自己的特色，惟對於時人，並未產生

任何影響。此外，又因王績乃是一個選擇退隱之士，交遊不廣，所以不能在詩壇形成一種時尚流派，甚至對以後的「王、孟詩派」，亦無直接影響，只是在初唐詩中，增添一異彩，別具一格而已。

初唐詩，倘若要擺脫南朝齊梁以來綺麗纖弱的影響，形成唐詩自己的風格，則還須靠另外一批詩人，亦即庶族詩人的登場，方能達成。

第三節　庶族詩人紛紛登場——武后時期

武后時期詩壇，上自高宗(在位：650-684)後期，武后參政(655-705)，下及中宗(二次在位：684；705-710)、睿宗(二次在位：684-690；710-712)之時，約五、六十年間，是唐詩形成的重要關鍵轉折之際，也是唐代社會結構產生巨大變化的時期。

武則天乃是從太宗後宮的才人出身，爰及高宗則進而封后，這樣的經歷，在後宮史上，已經非同凡響。但是，精明幹練的武后，卻並不自滿於此，而有親身參政，甚至統治四方之志。就在其參政之後，爲了鞏固政權，削弱皇戚、勳室，以及世家大族的勢力，於是廣開科舉仕途大門，令大批身居社會中下層的文人士子有機會進入仕途，參預時政，藉以收買人心。這樣的政策，不但收到廣納人才的效果，同時增添了社會結構階層的流動性。據史載，武后參政掌權期間，每年選司取士，選拔文武官吏，多至一千四、五百人。科舉方面，亦大量增額，如顯慶三年(658)春，高宗嘗「親策試舉人，凡九百人」(《舊唐書‧高宗本紀》)。顯慶四年(659)，又訂「士卒以軍功致位五品，豫士流，時人謂之『勳格』」(《資治通鑑‧唐紀十六》)。這些開創性的政策措施，遂掀起庶族寒士入仕問政、建功立業的熱誠，並且在詩歌創作上，導致一些言志述懷的作品，應運而生。值得注意的是，這些庶族寒士出身者，即使有機會入仕問政，甚至進入宮廷，成爲文學侍從，也因爲有異於高官貴族的出身背景，生活經驗感受的不同，而創作出有異於傳統宮廷詩風格的作品。

一、「四傑」的革新

　　大約在西元第7世紀的六、七○年代，亦即武后參政時期，詩歌風氣發生了明顯的變化。或可以文學史稱為「初唐四傑」之登上詩壇為標誌。

　　所謂「初唐四傑」，乃指王勃(650-675)、楊炯(650-?)、盧照鄰(630?-689?)、駱賓王(640-684?)。此四傑實可代表一群出身庶族，社會地位不高，惟才名頗盛的年輕人，均因渴望躋身上層社會，滿懷雄心壯志。或行卷求名，干謁漫遊，或投身軍旅，遠赴朔漠，以入仕問政，建功立業為人生的理想、生命的目標。他們對於文學創作，亦有明確的主張：反對當時駢儷的文風，不滿宮廷詩的狹窄內容與浮豔風尚，提倡文學要有剛健的氣勢、激越的感情，從而推動了唐代庶族寒士詩歌的第一個潮流，開啓了一代詩風，並且成為唐代詩人中，提倡文學革新的先鋒。四傑的文學革新，主要表現在以下數方面：

(一)否定龍朔詩風

　　由於庶族寒士有了進仕的機會，他們對人生理想的追求，以及為人處世的人生哲學，已迥然不同於南朝的寒士詩人，亦不同於周旋於王公貴族身邊的初唐宮廷詩人。綺麗纖柔的宮廷詩，再也不能滿足這些詩人的精神需求，他們迫切需要的是，一種表現自己精神風貌的文學，符合自己審美趣味的文學，於是有意識的反對當時瀰漫朝廷內外的龍朔詩風。試看楊炯《王勃集・序》所言：

> 嘗以龍朔初載，文場變體，爭構纖微，競為雕琢。糅之以金玉龍鳳，亂之以朱紫青黃，影帶以徇其功，假對以稱其美，骨氣都盡，剛健不聞。思革其弊，用光志業。

　　所謂「龍朔初載，文場變體」，指的就是上官儀等宮廷詩人在創作上，對貞觀詩風的一次復舊的新變，亦即從開國初期展現的堂皇恢弘氣象之作，變為綺錯婉媚之章。所謂「糅之以金玉龍鳳」，正是齊梁以來宮廷詩的主要標誌，「亂之以朱紫青黃」，則點出其唯美色彩，而「纖微」、「雕琢」，則是其普遍的風格特徵。總而言之，是「骨氣都盡，剛健不

聞」，這正切中「龍朔詩風」的缺憾。其實楊炯反對綺麗詩風的理由，與當年隋朝大臣李諤，以及唐太宗跟前一些朝廷重臣的觀點，並無二致。主要還是從儒家詩教的觀點，強調政教倫理的角度，以道自任的立場，認為綺麗文風會導致國家危亡，來聳動視聽。不過，值得注意的是，這次改革文風的呼籲，並非來自帝王或大臣的外來力量，而是來自詩人本身內在的自覺。也就是這種對龍朔詩風的否定態度，促使詩人重視文學抒情述懷，表現自我的功能。

(二)自我意識伸張

出身庶族寒門的文人士子，身逢仕途廣開、充滿希望和機會的時代，雖然人微位低，卻往往恃才傲物，自命不凡，放任不羈，甚至以卿相自詡，以國士自期。反映到詩歌創作上，即是自我意識的伸張。唐詩就是在四傑這些詩人筆下，開始由宮廷應酬頌美之章，變為抒發自我情懷之篇。作品中瀰漫著的是個人之思，一己之情，或是追求功業聲名的豪情壯志，或是悲歡離合的人生感慨。

試看王勃〈山亭思友人序〉：

> 大丈夫……至若開闢翰苑，掃蕩文場，得宮商之正律，受山川之傑氣。……思飛情遠，風雲坐宅於筆端；興洽神清，日月自安於調下。……

上引序文中強調的是，詩中須「思飛情遠……興洽神清……」，換言之，當表現個人的懷抱意志，流露昂揚激越的感情。充分展示王勃對詩歌創作本質的認知，同時說明，一般庶族寒士作品中，感情基調已從柔媚纖弱，轉向昂揚壯大的現象。倘若就四傑之屬現存作品觀之，即使在仕途受挫，生命坎坷，遭遇悲慘嘆息中(按，四傑中，三人死於非命)，也散布著一種開闊壯大的氣概。這種詩歌感情基調的轉變，煥發出盛唐詩歌某些訊息，正是從齊梁餘風走向盛唐的開端。

(三)題材內容擴大

庶族出身的背景，入仕問政的抱負，加上干謁漫遊，甚至投身軍旅，遠赴朔漠的生活經驗，是圍繞在帝王貴族身邊的宮廷詩人無法擁有的、難

以想像的。這些豐富的人生經驗，大大開拓了詩人的視野，加深了對社會人生的感受，而詩歌的題材內容，也就隨著生活範圍的轉變，從狹窄的宮廷，走向遼闊的社會，廣大的人生。這些庶族出身的初唐詩人，在唐詩的形成過程中，實扮演著關鍵性的角色，在他們的筆下，既寫羈旅，詠邊塞，亦訴離愁，傷懷抱。遂令唐詩「從宮廷走向市井」、「從臺閣移至江山與塞漠」（聞一多《唐詩雜論‧四傑》）。以下試各舉一詩為例：

首先看盧照鄰（630?-689?）〈西使兼送孟學士南遊〉：

地道巴陵北，天山弱水東。相看萬餘里，共倚一征蓬。

零雨悲王粲，清尊別孔融。徘徊聞夜鶴，悵望待秋鴻。

骨肉胡秦外，風塵關塞中。唯餘劍鋒在，耿耿氣成虹。

盧照鄰是四傑中最年長者。自幼胸懷大志，惟才高位卑，一生坎坷，境遇悲涼，甚至曾遭橫事入獄。晚年又得風疾，手足痙攣，因不堪其苦，先預為墓，然後自投潁水而死。上引這首詩作於總章二年（669），時盧照鄰自長安西往四川任新都尉，兼送孟學士遊宦江南，屬於告別兼送別之作。單看詩題，已明顯展示與宮廷詩之相異處。全詩寫的是仕宦生涯中的經驗，生命旅程中的點滴。形式上是一首五言排律，除尾聯之外，全是對句；詞采修飾上，還流露雕琢的痕跡。但是，就其韻味品之，可謂氣勢雄渾，感情濃郁，在傷別的情懷中，流露出宦海浮沉之嘆，以及仍然滿懷建功立業的抱負。

再看駱賓王（640-684?）〈在獄詠蟬〉：

西陸蟬聲唱，南冠客思侵。那堪玄鬢影，來對白頭吟。

露重飛難進，風多響易沉。無人信高潔，誰為表予心。

駱賓王其實乃是四傑中最富傳奇色彩的人物。年幼喪父，青少年時代，即落拓無羈，尚俠好義，甚至嘗淪為「市井博徒」。惟因懷抱著建立功勳的大志，曾兩次投身軍旅，一次赴西北邊塞，一次南入雲南邊陲，卻又被人誣陷入獄。最後因參與徐敬業起兵討伐武則天的陣營，而徐敬業兵敗，駱賓王遂亡命不知所之。有關駱賓王最後的結局，一種傳說是「投江而死」，另一傳說是「落髮為僧」。無論如何，駱賓王一生不尋常的身世

遭遇，倘若自述身世懷抱，自然有助於詩歌創作題材內容的擴大，意境風格的創新。

上舉〈在獄詠蟬〉即是駱賓王任侍御史時，遭禍入獄，在獄中所寫。就內涵視之，顯然是一首詠物詩。但齊梁以來大凡宮廷詩中的詠物之作，往往只是體物寫物，以描寫刻畫物件的狀貌聲色之美為主，焦點主要投射在物體的本身，如前章所舉盧思道〈賦得珠簾詩〉即是。惟此詩卻是托物詠懷，目的是藉詠蟬來申辯自己的清白，宣洩胸中的激憤與傷痛，焦點則始終圍繞著詩人的自我。其中「露重飛難進，風多響易沉」，明寫蟬，實寫己，以蟬的困阨處境，暗喻自己仕途之坎坷，以及身陷囹圄，辯詞難達上聞的悲哀，於是發出「無人信高潔，誰為表予心」的深沉慨嘆。換言之，還能指望誰來為我平反昭雪？

再看王勃(650-675)的名篇〈送杜少府之任蜀州〉：

城闕輔三秦，烽煙望五津。與君離別意，同是宦遊人。

海內存知己，天涯若比鄰。無為在歧路，兒女共沾巾。

王勃以恃才傲物見稱，十七歲即科舉及第，在四傑中文名居首位。其任職沛王府時，茲因嘗戲寫一篇諷刺諸王在沛王府鬥雞的文章，得罪高宗，於是遭逐出沛王府，時年方二十歲。之後上元元年(674)，又以匿殺官奴曹達，被判死刑，幸遇大赦免刑，不過還是削職為民。上元三年(676)，前往交趾探望父親，途中，不幸溺水，驚悸而死，年不到三十歲。王勃實際上是四傑中率先提出革新文風者。其詩歌風格清新剛健，留下不少羈旅行役、送別述懷之作。

上引此詩乃是王勃仕於長安時期的作品，在中國送別詩中，乃是千古傳誦的名篇。詩中沒有懷才不遇者人生的悲哀，筆墨重點只是與宋少府真摯深厚的友情，依依不捨的惜別意，以及放眼未來的抱負與共勉。全詩格調高昂，感情壯闊，含蘊的是一種年輕的襟懷，充盈著青春奮發的情思，已經隱隱流露出一分昂揚壯闊的盛唐氣象。

再看楊炯(650-?)〈從軍行〉：

烽火照西京，心中自不平。牙璋辭鳳闕，鐵騎繞龍城。

雪暗凋旗畫，風多雜鼓聲。寧爲百夫長，勝作一書生。

楊炯年方十歲即舉神童，待制弘文館。上元三年(676)應制舉，授校書郎，後任崇文館學士。垂拱元年(685)，因從弟楊神讓跟隨徐敬業起兵反對武則天，乃至受到株連，貶至梓州。據史傳記載，楊炯因「恃才簡倨」，鄙薄朝官，以致招怨受謗，終生不得志。在詩歌創作上，亦參與王勃呼籲改革文風之行列。按〈從軍行〉實乃樂府舊題，多寫軍旅辛苦之辭。惟上引楊炯詩，與前人同題之作最大的不同，就在於楊炯並非重述舊題傳統，而是抒寫當前耳目所及的現實情況，以及個人的情懷。關於此詩的背景：高宗調露、永隆年間(679-680)，吐蕃、突厥屢次侵犯邊境，永隆二年(681)，固原、慶陽一帶告急，甚至威脅京畿。禮部尙書裴行儉奉命出征，楊炯時爲崇文館學士，深受震撼。其〈從軍行〉大約作於此時，主要是藉樂府舊題，抒發自己嚮往「投筆從戎」，報效朝廷的壯志豪情。

值得注意的是，楊炯此詩並不受樂府舊題的局限，又有格律詩的音韻美，同時注入了一種昂揚的氣勢，懷著對建功立業的嚮往，道出初唐時代，無數庶族寒門有志之士的共同心聲。這是一般生活經歷狹窄的宮廷詩人難以達到的。

(四)形式體裁多樣

以四傑爲代表的初唐庶族詩人，在詩歌形式體裁上，也展現多樣的嘗試。他們通常運用各種形式體裁寫作，包括歌行、樂府、近體、古風。諸如駱賓王〈帝王篇〉、盧照鄰〈長安古意〉那樣長篇巨幅的歌行體，前者爲五七言雜言體，後者爲七言體。惟據後人統計，四傑所寫五言近體詩篇，已有百分之七十左右達到後來合律標準。這也是四傑諸人對唐詩之形成，不容忽視的功績。

當然，綜觀四傑作品的整體風格，其實尙未完全脫離齊梁「采麗競繁」的影響。但是，他們努力開拓的詩歌境界，尤其在個人生活的體會，悲歡離合的紀錄中，浮現出開闊壯大的氣概，爲唐詩的成熟邁出了一大步。明人王世貞(1526-1590)《藝苑卮言》即有以下的觀察：

盧、駱、王、楊，號稱「四傑」。詞旨華靡，固沿陳、隋之遺；

骨氣翩翩，意象老境，超然勝之。五言遂爲律家之始。

王世貞對四傑詩歌成就之評語，實頗爲公允。按，就四傑現存詩歌觀察，在形式體裁上，的確以五言爲多；內涵情境上，則顯得骨氣翩翩，明顯展示詩歌創作的新傾向；惟語言文辭的表現，仍不免華靡，則是其沿襲齊梁陳隋詩人的舊影響。衡其得失，仍然功不可沒。

四傑之後，面臨武則天統治的後期，詩壇上出現了陳子昂，以及沈佺期、宋之問等爲代表的兩種對立傾向，爲唐詩的正式形成，分別發展了四傑詩歌中的「骨氣」和「聲律」成分。

二、陳子昂的復古

陳子昂(661-702)，乃出身四川梓州地方富商子弟，爲求取功名，離鄉背井，於調露元年(679)入長安，漸以詩名見稱。雖科舉及第(684)，且胸懷大志，惟仕途坎坷。曾兩度投身軍旅，遠赴邊塞，在仕宦生涯中，一次因受同僚牽連入獄，最後以侍奉老父爲由乞歸，退出仕途。回鄉之後，竟受人誣陷，病死於獄中。

陳子昂在初唐詩的發展歷程中，無論提出的理論，或創作的表現，均是四傑走向盛唐的繼承者、發揚者。

(一)主張恢復漢魏風骨——重風骨、興寄

試先看陳子昂〈修竹篇序〉所云：

> 文章道弊，五百年矣，漢魏風骨，晉宋莫傳。然而文獻有可徵者。僕暇時觀齊梁間詩，采麗競繁，而興寄都絕，每以永嘆。竊思古人，常恐逶迤頹靡，風雅不作，以耿耿也。一昨於解三(東方虯)處，見明公〈詠孤桐篇〉，骨氣端翔，音情頓挫，光英朗練，有金石聲。遂用洗心飾視，發揮幽鬱。不圖正始之音，復睹於茲，可使建安作者，相視而笑。

陳子昂的復古，其實就是藉復古以革新。主張以建安、正始時期詩歌的風骨、興寄，取代晉宋齊梁以來「采麗競繁」的習風。其實上引序文所謂「風骨興寄」，原是針對其友人東方虯作品的評價，當然同時也是對初

唐詩壇的呼籲。其所謂「風骨」，乃指「骨氣端翔，音情頓挫，光英朗練，有金石聲」，意指筆力剛健，感情濃郁，昂揚壯大，詞采輝映，乃至讀之作金石聲。其所謂「興寄」，即是有感而作，作而有所寄託，並側重在寄託上。換言之，詩歌要寄寓作者自己的情性懷抱，這當然包括個人的政治抱負，以及人生的感慨。

　　陳子昂復古呼籲中的風骨、興寄說，配合著唐代出身庶族寒門的詩人，言志述懷的需求，終於為唐詩擺脫南朝綺麗之風，找到了明確的目標。在擺脫齊梁餘風的創作實踐上，陳子昂亦取得超過「四傑」的成績。

（二）寫詩寄寓個人懷抱──指陳時政，慷慨悲歌

　　陳子昂同樣也寫羈旅行役、邊塞軍旅、傷懷送別，不過，卻比「四傑」更進一步擴大了初唐詩歌的題材。最顯著的例子，就是其組詩〈感遇三十八首〉，顯然是繼承阮籍〈詠懷〉組詩傳統，非一時一地之作，也無固定的中心題旨。惟整體視之，乃是一些寄寓懷抱、抒發幽憤之作。但是，與阮籍〈詠懷詩〉之隱晦難解，卻有很大的不同，即是其詩中公然流露的，指陳時政、諷諭現實的意涵。

　　試看陳子昂〈感遇〉其十九：

　　　聖人不利己，憂濟在元元。黃屋非堯意，瑤臺安可論。

　　　吾聞西方化，清淨道彌敦。奈何窮金玉，雕刻以為尊。

　　　雲構山林盡，瑤圖珠玉繁。鬼功尚未可，人力安能存。

　　　夸愚適增累，矜智道逾昏。

　　按，武則天提倡佛教，大事建造佛寺，廣度佛僧，曾耗費巨大財力。這在當時是一個十分敏感的問題，陳子昂卻於此詩公然抨擊武后的崇佛措施。另外，垂拱四年(688)，武后為開蜀山道，出兵雅州，襲擊西羌，造成兵士死傷，為百姓帶來災難。陳子昂曾上書諫止，惟武后不予理睬。陳子昂〈感遇〉其二十九（「丁亥歲云暮，西山事甲兵……」），筆墨重點即是批評武后的拓邊政策。像這樣指陳時政的詩作，在唐詩發展史上意義重大，是盛唐以後杜甫、白居易諸人的社會政治諷諭詩的先導。

　　不過，寄託諷諭的作品，如果非由感情激越，不能自已而寫，則容易

流於「理勝於情」，往往「寄」則有之，「興」則未至。清人王夫之
(1619-1692)《唐詩評選》評陳子昂〈感遇〉，即謂其：

　　似頌似説，似獄詞，似講義，乃不復爲詩。

　　如此含有嘲諷的評語，雖稍嫌過分嚴峻，然亦頗中其詩稍嫌過分説理
議論之弊。再者，由於陳子昂在詩歌創作上，乃是有意識地提倡復古，追
隨正始之音，其〈古風〉中，竟然有與阮籍〈詠懷〉之作極爲類似者，反
而失去個人的風格。不過，另外一些眞正心有所感，情有所動而創作者，
就不同了。如〈感遇〉其十六：

　　燕王尊樂毅，分國願同歡。魯廉讓齊爵，遺組去邯鄲。

　　伊人信往矣，感激爲誰嘆。

　　對古代人物樂毅、魯仲連建立不朽功業的欽羨中，寄寓著己身懷才不
遇的悲慨。可稱是一首有「興寄」之作。當然，在詩歌史上，最令陳子昂
享譽聲名的，還是那首千古絕唱〈登幽州臺歌〉：

　　前不見古人，後不見來者。念天地之悠悠，獨愴然而涕下。

　　短短二十二字，不僅表現了不遇之悲愴，而且就在這悲愴裡，同時蘊
含著古今時空交錯重疊中，一分壯偉的情懷。乃至齊梁綺麗柔媚詩風的餘
跡，一掃而盡。詩人的視野，已完全從身邊生活瑣事中跳脫出來，投向宇
宙與人生。其濃烈壯大的感情基調，慷慨悲歌，蒼涼渾茫，已是盛唐風骨
的先聲。

三、沈、宋的聲律

　　與陳子昂大略同時，惟在詩壇形成不同流派的詩人，有沈佺期(650?-
713)、宋之問(656?-712)，以及號稱「文章四友」的李嶠(644-713)、崔
融(653-706)、蘇味道(648-705)、杜審言(646?-708)諸人。這些是新一代
的宮廷詩人，寫了不少君臣遊宴場合奉和、應制、應詔之類的宮廷詩，比
較欠缺個人情懷志趣的抒發。如現存李嶠詩，除了奉和侍宴之作，還寫了
一百多首詠物詩，從日月星辰，風雲雨露，一直到牛羊馬兔。但是，他們
卻有別於老一代的宮廷詩人，大多出身庶族寒門，所以生活層面較爲寬

廣，經驗感受自然亦有所不同。而且武后宮廷中，權力爭奪日趨激烈，很難不受牽連，乃至不免會遭遇由朝廷外調地方，甚至貶謫放逐的命運。一旦離開朝廷，遠離京城，奔波於途，個人的情懷志趣難免就會湧入詩中，不論寫羈旅之愁，身世之感，均不乏動人之篇。不過，從唐詩整體發展的角度視之，沈、宋諸人的貢獻，主要還是在律詩之形成。

當然，律詩之形成，乃是齊梁以來，一直到初唐四傑諸人，追求聲律諧美的累積經驗與集體貢獻。前面章節已點出，佛經的轉讀對南朝詩人重視聲韻和諧的影響，不過，律詩之終於正式成形，尚有賴於沈、宋等身爲宮廷詩人的創作經驗，包括對詩歌形式與音韻之美的格外重視，並嚴謹遵守屬對精美、聲韻協調的要求，才使得律詩的聲律格式逐漸臻至完善的地步。試舉數項後人的觀察：

劉昫（10世紀中業）等《新唐書・宋之問傳》：

> 魏建安後迄江左，詩律屢變。至沈約、庾信，以音韻相婉附，屬對精密。及之問、沈佺期，又加靡麗，回忌聲病，約句準篇，如錦繡成文，學者宗之，號爲「沈、宋」。

王世貞（1526-1590）《藝苑巵言》：

> 五言至沈、宋，始可稱律。律爲音律法律，天下無嚴於是者。知虛實平仄不得任情，而法度明矣。

胡應麟（1551-1602）《詩藪》：

> 五言律體，兆自陳梁，唐初四子，靡縟相矜，時或拗澀，未堪正始。神龍以還，卓然成調。沈、宋、蘇（味道）、李（嶠），合軌於前，王、孟、高、岑，並馳於後，新制迭出，古體攸分。實詞章改革之大機，氣運推遷之一會也。

不容忽略的是，一般唐詩在聲律上的重視，還帶動了文辭、章句的講求，以及詩歌意境的塑造，乃至促使詩歌藝術從漢魏古詩的直陳胸臆，轉向唐詩的蘊藉深遠和思致凝鍊。沈、宋等人在這方面也作過不少嘗試，包括對魏晉南朝詩人的語言技巧和緣情體物手法的借鑑與創新，恰好彌補了陳子昂在這方面的不足。或許可以說，陳子昂在興寄方面的復古，以及

沈、宋在聲律方面的講求，乃是從不同的方面角度走向盛唐，同樣爲盛唐
之音的興盛與成熟作好了準備。

第四章
盛唐之音

第一節　緒說

　　盛唐詩的期段，大約是玄宗開元初年至代宗永泰元年(713-765)，歷時約五十年，中間經過劃時代的安史之亂(755年發難)將近十年的動盪。

　　唐詩經過將近一百年的發展，幾代詩人的努力，終於在開元、天寶的盛唐時期，臻至中國詩歌史上最成熟、最光輝燦爛的時代。這是一個名家輩出，作品如林的時代。詩歌已從宮廷的官方餘興，轉爲一般文人士子日常生活的一部分。篇幅之盛，酬唱之豐，均是空前的；題材內容之廣泛，情味意境之深遠，藝術風貌之多樣，技巧之成熟，也是前所未有。

　　盛唐詩人，綜合《詩》、《騷》，以及漢魏、齊梁以來的整個傳統，同時又在某種程度上，不受傳統的局限，把漢魏風骨與興寄，齊梁聲律與辭章，融爲一體，於是產生了興象玲瓏、韻味悠遠、氣象渾厚的風貌，遂令唐詩終於獲得自己鮮明的時代特質。當然，不容忽略的是，盛唐之音的最顯著的標誌，還是其感染力，一種從太平盛世中煥發出來的，明朗昂揚的時代精神。

　　李唐王朝在第8世紀上半葉，亦即玄宗開元、天寶年間，政治安定，疆土遼闊，國力強盛，且經濟繁榮，文化蓬勃。反映在文人士子身心上的，就是一種昂揚的精神風貌，強大的自信心，以及積極的入仕精神。無數庶族寒士，都懷著建功立業的理想和抱負，期望於有生之年，能顯達於朝廷，或立功於邊塞，建不世功業，立不朽聲名。反映在詩歌上，就促使

這時期的詩歌,往往流露一種昂揚的情思,明朗的基調,一種被後世稱爲「盛唐氣象」的恢弘壯大的氣勢。當然,盛唐詩人亦經常寫個人在人生旅途中的悲情,諸如羈旅愁懷,離情相思,以及失意挫折,同時也寫縱酒挾妓、山水田園的愉悅,或邊塞軍旅的悲情。但是,詩中流蕩的,通常是一種昂揚的情思,明朗的基調,壯大的氣勢,因而顯得不低沉、不纖弱、不頹廢。這正是詩歌史上所謂「盛唐氣象」的標誌。

第二節　盛唐之音的始唱

初唐後期,一批橫跨初、盛唐過渡時期的詩人出現於詩壇,有的地位低微,有的則曾身居顯位,在他們的詩作裡,不同的題材內涵中,已經始唱出盛唐之音。

先看王灣(712/713年進士)〈次北固山下〉:

客路青山外,行舟綠水前。潮平兩岸闊,風正一帆懸。

海日生殘夜,江春入舊年。鄉書何處達?歸燕洛陽邊。

寫的主要是羈旅途中,從北固山(江蘇鎮江)下,破曉揚帆出發之際,引起一分故鄉之思。按,羈旅途中的故鄉之思,原應引發悲哀愁怨的情懷,可是上引詩中展現的卻是,明朗的景色,壯闊的氣象。從白日生於殘夜,新春出於舊年,這樣循環運轉的自然現象,浮現一分對生命意義的領悟,一分略含喜悅的情思韻味。這正是昂揚明朗的盛唐之音的特色。

王翰(710年進士)的名篇〈涼州詞〉,亦是一例:

葡萄美酒夜光杯,欲飲琵琶馬上催。

醉臥沙場君莫笑,古來征戰幾人回。

是一首描述邊塞軍旅生活之作。惟與初唐邊塞詩最大的不同,就是其間流露的蓬勃的生氣,豪放不羈的態度,還有「葡萄美酒夜光杯」的光燦奪目,邊塞戰士在生命與死亡之間,馳騁馬上,手揮琵琶,狂飲美酒,醉臥沙場的豪放,以及既眷戀生命,又視死如歸的複雜情緒。值得注意的是,此詩「任物自陳」的表現手法,亦即由具體的畫面,人物的行動寫

情，最具感染力。因爲詩中人物直接表演給讀者觀賞，直接激發讀者的感動。這正是盛唐詩歷來備受好評的重要一環。

張說（667-730）〈送梁六自洞庭山〉，則是送別離情之章：

> 巴陵一望洞庭秋，日漸孤峰水上浮。

> 聞道神仙不可接，心隨湖水共悠悠。

張說是玄宗開元年間的名相，譽爲「當朝師表，一代詞宗」，不少盛唐著名詩人均出於其門下。張說雖寫了不少君臣遊宴場合的宮廷詩，卻也是盛唐之音的始唱者。然而，其仕宦生涯並非一帆風順：武后時期，曾遭受流放，玄宗時又曾受貶謫。其最爲後世詩評家重視的作品，均寫於遠離京城宮廷時期。上引詩例，即作於謫居巴陵（今岳陽）之際，屬送別友人之作。就其內涵，既逢謫居又臨送別，眼看友人離去，該是何等淒哀的情景。但整首詩，寫得清新自然，明朗開闊，不說悲，亦不道愁，其臨別之依依，以及一分羨仙戀闕之情，只是若隱若顯浮現其間。可謂眼前景與胸中情，已渾融一片。這正是盛唐之音「情景交融，興象玲瓏」的特徵，亦即景情無跡可尋，渾然一體的表現。

再看張九齡（678-740）登高望遠之作〈登荊州城望江〉：

> 滔滔大江水，天地相始終。經閱幾世人，復嘆誰家子。

> 東望何悠悠，西來盡夜流。歲月既如此，爲心那不愁。

張九齡是張說的門生，沈、宋的相識，也是王、孟的朋友。留下不少與君王朝臣遊宴場合所作的宮廷詩。不過，張九齡最受後世論者矚目的，則是仿陳子昂〈感遇〉詩亦作〈感遇十二首〉，主要是抒寫賢士幽獨自守，又不甘寂寞之懷。其間寄寓著窮達之節，不平之氣，爲盛唐的風雅興寄增添了重要內容。上引這首五古，則寫其登城望江之際的感懷，其間氣象開闊，感嘆深切，流露出憂心歲月流逝的焦慮，含蘊的正是盛唐文人士子渴望有所作爲的昂揚精神。

再看一首王之渙（688-742）〈登鸛雀樓〉：

> 白日依山盡，黃河入海流。欲窮千里目，更上一層樓。

四句均是千古傳誦的名句。詩中展現的，浩闊壯麗的山河，時光永恆

的流轉，已經予人一分宇宙無窮、浩大雄偉的感覺，但詩人並不將其視野與胸懷局限於眼前所見之景，卻更進一步邀請讀者和他一起「更上一層樓」，可以瞭望更遙遠更廣闊的天地，讓胸襟懷抱更爲開闊高遠。即使如此一首四言小詩，其間流蕩的，情懷之昂揚明朗，氣勢之壯大宏偉，已經展現盛唐之音的氣象。

第三節　盛唐之音的主曲

在蓬勃的盛唐詩壇上，大凡自兩晉南朝以來即成立的各種詩歌類型，均是令詩人染翰創作不輟者。不過，倘若宏觀視之，這時期有兩股潮流特別引人矚目：一是高適、岑參、李頎、王昌齡等爲代表所寫的邊塞軍旅詩，另一則是王維、孟浩然、儲光羲、常建等爲代表所創作的山水田園詩。兩種迥然不同的詩歌類型，共同奏出盛唐之音的主曲。當然，這兩類詩歌，在藝術風貌上，各有千秋，在內涵意境上，也有明顯的區別。但是兩者並非互相排斥，而是可以和平共存於一個詩人的詩集裡。揭示的正是，唐代文人士子生命歷程中，兼濟天下與獨善其身的兩項人生選擇，以及英雄氣概與優閒情趣的雙重人格。不少詩人，兩類詩都寫，而且也都寫得好。值得注意的是，無論是謳歌邊塞軍旅，或吟詠山水田園，在抒情寫景中，往往流露出清新明朗的基調，共同譜成盛唐之音的主要旋律。

一、山水田園之吟詠

盛唐之際，乃是追求功名的大好時代，可是吟詠山水田園，卻會在詩壇形成一股「潮流」，或「詩派」，並且在詩歌史上，發展成不同的類型。這樣的發展演變，自然有其特殊的環境背景。

（一）環境背景

1. 宦遊生涯普遍

唐初以來，科舉取士制度確立後，激發了文人士子求取功名的欲望。尤其在所謂「開元盛世」，求仕之風，達到空前的熱潮。無數文人懷著入

仕問政，飛黃騰達的抱負和幻想，辭親別鄉，入京趕考。或行卷求名，交遊干謁；或應舉入幕；或落第還鄉；或入仕之後的遷調、流放、貶謫……；不但提供了更多體會宦遊生涯的經驗，亦增添了行旅漫遊，飽覽山水風景的機會。在這些人生經歷中，若心有所感，情有所動，發為吟詠，就產生許多與宦遊生涯有關的山水詩。

2. 崇隱風氣盛行

盛唐時期乃是治世之秋，正是有志之士通往仕途，大展雄心抱負的好時機，然而就在進仕者勢如潮湧之際，同時卻又存在著一股崇尚隱逸的風氣。蓋大唐皇室姓李，尊老子李聃為祖先，自開國以來，對隱者、道士均禮遇有加，以示「天下歸心」，甚至為一些有意出山、有心用世之隱者，提供「終南捷徑」，可以直登廟堂，如盧藏用即是一著名的例子。既然連皇室都以隱逸為高，從而也促進了在朝官員對山林田園的愛好，於是廣置山莊、別業，作為公餘之暇、修心養性的消閒處。山林田園既可以是「終南捷徑」，亦可作為在職官員的風雅度假所，或政治失意受挫後的療傷歸隱之處。於是出現了許多描寫山水田園，表現隱逸之思或閒適之趣的詩篇。

這樣的環境背景，自然會影響到吟詠山水田園詩歌類型的風行。

（二）詩歌類型

唐詩中山水田園之吟詠，就其內涵視之，大略可分為兩種主要類型。同樣的，兩類詩歌可以同時存在於個別詩人的詩集裡。

1. 山水與宦遊生涯共詠

山水與宦遊生涯共詠，原是在山水詩的發展過程中，經由蕭齊山水詩人謝朓(464-499)開拓的類型。當然，所謂「宦遊生涯」，並不局限於仕宦在職之時，而是大凡與宦遊生涯相關的活動，諸如干謁漫遊，赴任遷調，去職還鄉等，皆可包含在內。這類山水詩，在情味意境上，可以有很大的區別，視山水本身的雄偉或靈秀，以及詩人觀覽山水時的際遇和心情而定。

試先看孟浩然(689-740)〈望洞庭贈張丞相〉：

八月湖水平，涵虛混太清。氣蒸雲夢澤，波撼岳陽城。

欲濟無舟楫，端居恥聖明。坐觀垂釣者，徒有羨魚情。

孟浩然以隱居不仕見稱於時，李白嘗以讚美推崇的語氣稱道：「吾愛孟夫子，風流天下聞。」(〈贈孟浩然〉)不過，孟浩然大約在四十歲那年，離開一向隱居的鹿門山，赴京城應試，卻不幸落第。此後又曾經意圖通過居高位者的援引而入仕，均不得要領。因此，雖以布衣終身，卻也體驗過干謁無果或求仕未遂的挫折。上引這首詩，就是一首山水之美與求仕之情共詠之作。

前二聯展現的是，洞庭湖浩闊涵渾的壯美聲勢，後二聯轉入個人的抒情，委婉流露引薦無人之嘆。全詩表面上雖然景、情分敘，但「欲濟無舟楫」一句，雙關語之巧用，遂令整首詩顯得情景交融，格調渾成。這正是盛唐詩「興象玲瓏」的表現，而且詩中呈現的壯逸之氣，已非初唐詩所能達到的。

再看李白(701-762)〈渡荊門送別〉：

渡遠荊門外，來從楚國遊。山隨平野盡，江入大荒流。

月下飛天鏡，雲生結海樓。仍憐故鄉水，萬里送行舟。

儘管李白一生不曾參加過科舉，也未嘗正式入仕，其所以「仗劍去國，辭親遠遊」(〈上安州裴長史書〉)，主要還是想一展雄心抱負，在政治上有所作為。因此，可說是帶著宦遊的心情離開故鄉四川。即使行旅途中能飽覽名山大川之壯觀，擴展新經驗、新視野，仍不免會引起一分離鄉背井之悲哀，這也是宦遊生涯中，最普遍的感觸。上引整首詩，既寫山水之美，亦抒宦遊之情。所寫荊門一帶山水月色，氣勢壯闊神奇，與詩人此刻對前程滿懷抱負與幻想相契合。

2. 山水與田園情趣合流

這類詩歌是唐人對山水詩的發展演變，最大的貢獻。所謂「田園情趣」，並非指詩中一定要有田園風光，或農村事項，而是指像陶淵明大部分田園詩中表現的，宛如「牧歌式」的、恬澹自適的田園意趣。陶淵明雖然受到長期的冷落，惟爰及李唐王朝，在朝野均崇尚隱逸的風尚裡，其恬澹自適的田園詩，煥發出前所未有的吸引力，從王維、孟浩然、儲光羲、

韋應物，到中唐時的柳宗元、白居易，每個詩人的詩集中，都有歌詠山水
田園的作品，甚至一直延續到宋、元以後，也歷久不衰。盛唐詩人這類山
水詩中，往往浮現著謝靈運對山水狀貌聲色的賞愛，以及陶淵明隱居田園
生活中的恬澹自適。

　　試看王維(701-761)〈輞川閒居贈裴秀才迪〉：

　　　寒山轉蒼翠，秋水日潺湲。倚杖柴門外，臨風聽暮蟬。

　　　渡頭餘落日，墟里上孤煙。復值接輿醉，狂歌五柳前。

　　王維在「王、孟詩派」中，成就最高，而且盛享詩名於開元、天寶年
間。其早年即出入宮廷，寫了不少應教、奉和之類的宮廷詩。但大半生都
過著亦官亦隱的居士生活，先有終南別業，後有藍田輞川，在清靜幽美的
環境裡，寫了許多含蘊田園情趣的山水詩。上舉此首當爲閒居輞川時期之
作。不但寫景如畫，且把自己攬入畫中：「倚杖柴門外，臨風聽暮蟬。」
令讀者目睹其賞景時的優閒態度。全詩傳達的是，詩人與其周遭環境相即
相融的情境，就連詩中之山水也散發出一分閒散、恬靜的意味：「寒山轉
蒼翠，秋水日潺湲。」展示的是山水的清幽、自然，而「渡頭餘落日，墟
里上孤煙」，與陶淵明〈歸園田居〉中「曖曖遠人村，依依墟里煙」一
樣，洋溢著村野處安詳寧靜的生活氣息。此處王維以楚國的隱者狂人接輿
比裴迪，而以「五柳先生」自況。像這類與田園情趣合流的山水詩，在王
維詩集中，俯拾皆是。

　　再看儲光羲(707?-760?)〈苑外至龍興院作〉：

　　　朝遊天苑外，忽見法筵開。山勢當空出，雲陰滿地來。

　　　疏鐘清月殿，幽梵靜花臺。日暮香林下，飄飄仙步迴。

　　儲光羲在文學史上雖然並非以山水詩見稱，卻因曾模仿陶淵明寫〈田
家雜興八首〉、〈田家即事〉諸作，而爲後世歸之於王、孟詩派。上引這
首詩，則可作爲盛唐詩中，尋僧訪道，描寫山林古寺風景的代表。全詩皆
景語，敘述從朝至暮遊覽龍興院之經驗感受。既寫龍興院山水的清幽絕俗
之美，又流露詩人自己心懷高遠之情，優閒自適之趣。

　　以上所舉山水田園之吟詠，可看出盛唐詩人如何因景生情，又以情觀

景，在山水風景的描繪中，如何流露出個人優閒自適的心境和情趣，創造出情景交融的詩境，顯得境外有味，言外有韻。詩人力圖塑造的，是一種整體的、圓融的意境，這亦是盛唐之音的標誌。

二、邊塞軍旅之謳歌

(一)環境背景

盛唐時期，邊塞軍旅詩之風行，顯然與大唐國力強盛，朝廷重視軍功有關，乃至鼓舞了文人士子對於立功邊塞的嚮往，進而引發了對邊塞豪情的謳歌。

1. 拓邊禦邊，爭戰頻繁

李唐王朝立國以來，雖有唐太宗拓邊政策的成功，可是到了高宗後期、武后時期，突厥、吐蕃勢力則日益壯大，從東北到西北的邊患，始終無法真正的平定。玄宗即位後，又開始拓邊政策，開元、天寶年間，邊境用兵頻繁，乃至征戰戍守，成為朝廷上下關注的大事。影響所及，邊塞的爭戰、戍士的生活，成為當時詩歌創作的重要題材。

2. 出塞從戎，蔚然成風

因為邊境用兵頻繁，朝廷重視軍功，遂開闢了一條以軍功受賞封侯的捷徑，亦即所謂的「勳格」。於是，不僅都市遊俠，市井子弟，甚至一些科場失意，干謁不成的文人士子，也會爭相投身軍旅，從戎邊塞，企圖藉此或可立功業、揚聲名。王昌齡、高適、岑參諸人，即是典型的例子，他們也正是創作邊塞詩的主將。惟因作品關懷的焦點各有側重，或抒發作者自己建功立業的懷抱，或吟詠征夫戍士的悲情，乃至形成不同的類型。

(二)詩歌類型

盛唐邊塞詩，主要是綜合南北朝詩人描寫邊塞戰爭，以及歌詠俠客義行的傳統，再予以擴大，並塗上時代色彩。大略可分為建功立業懷抱的抒發，以及征夫戍士悲情的吟詠兩類。前者可說是大唐盛世和英雄意氣的讚歌，後者則是對征夫戍士的同情與憐憫。兩類詩歌雖各有側重，惟其共同點則是：詩中呈現的邊塞地區特有的浩闊雄偉蒼茫的異域風光，以及一些

場面比較大的主題，諸如國家、民族、戰爭、功業，甚至生命和死亡。所以邊塞詩予人的整體印象，通常是壯美的，即使悲哀，也是雄偉悲壯的。

1. 建功立業的懷抱

立功邊塞是盛唐許多文人士子嚮往建功立業的一條重要途徑。邊塞軍旅的豪邁生活，邊塞地區特有的壯偉景色，最足以引起滿懷雄心壯志者的共鳴，不管是否真能得遂初願，對這種人生理想的嚮往和沉醉，留下了許多情懷激昂，氣勢雄偉，極具感染力的詩篇。

試先看高適（702?-765）〈塞下曲〉：

> 結束浮雲駿，翩翩出從戎。且憑天子怒，復騎將軍雄。
> 萬鼓雷殷地，千旗火生風。日輪駐霜戈，月魄懸雕弓。
> 青海陣雲匝，黑山兵氣衝。戰酣太白高，戰罷旄頭空。
> 萬里不惜死，一朝得成功。畫圖麒麟閣，入朝明光宮。
> 大笑向文士，一經何足窮。古人昧此道，往往成老翁。

高適一生曾經兩度邊塞之行。第一次大約三十歲左右，北遊燕薊近兩年，寄望以戎馬生涯博得功名，結果未能如願。第二次大約五十歲左右，在河西節度使哥舒翰幕下，近三年時間。以後高適果然因軍功受玄宗重視，連續升遷，歷任淮南節度使、劍南西川節度使，甚至還封渤海縣侯。高適留下四十多首邊塞詩，一般多以其七言歌行體〈燕歌行〉，為其邊塞詩的代表作，全詩氣象雄渾奔放，且一掃初唐歌行體過於鋪排堆砌的現象。不過，高適寫得更多的，還是長篇詠懷式的五言古詩。就如上引這首〈塞下曲〉，乃是通過樂府舊題而另寫新意，將邊塞的見聞，個人的功名志向，不遇的感慨，以及對邊事的觀點議論，融為一體，顯得感情昂揚激越，氣勢澎湃壯偉。尤其令人矚目的是，「萬里不惜死，一朝得成功」，為求取功業，置生死於度外的豪情，幻想自己「畫圖麒麟閣，入朝明光宮」，建立不朽的聲名，乃至輕視窮研經書的文士：「大笑向文士，一經何足窮！」

再看岑參（715-770）〈涼州館中與諸判官夜集〉：

> 彎彎月出掛城頭，城頭月出照涼州。

> 涼州七里十萬家，胡人半解彈琵琶。
> 琵琶一曲腸堪斷，風蕭蕭兮夜漫漫。
> 河西幕中多故人，故人別來三五春。
> 花門樓前見秋草，豈能貧賤相看老。
> 一生大笑能幾回，斗酒相逢須醉倒。

岑參亦兩度赴西北邊塞，第一次是天寶八至十載(749-751)，任安西節度使高仙芝的屬僚，第二次是天寶十三載至至德二載(754-757)，任安西、北庭節度使封常清幕府判官。在這期間寫了大量的邊塞詩，雖然現存僅六十多首，仍然是撰寫邊塞詩的盛唐詩人中，個人數量最多者。惟值得注意的是：首先，岑參的邊塞詩，沒有任何一首是用樂府舊題，全屬因事名篇，不依舊題之作。因此突破了初唐以來邊塞詩多沿襲南北朝樂府，為征夫思婦代言，訴說離情的傳統，轉而直接抒發個人一己的經驗感受。其次，初唐長篇歌行一般籠統概括鋪敘的方式，已不足以表達岑參從軍六載的豐富生活體驗，於是將各種見聞與經歷，分成一組一組的不同畫卷，分別深入細緻的描繪，諸如〈走川馬行〉、〈輪臺歌〉、〈白雪歌〉、〈天山雪歌〉、〈火山雲歌〉、〈熱海歌〉等，熱情洋溢的抒寫邊塞軍營生涯中，出師、征戰、宴樂、射獵、送別等各種場面與經驗和感受。上舉這首詩，就是寫其在涼州與幕府同僚夜宴情景，把邊塞軍旅生活與盛唐的時代氣息結合起來，最後二聯：「花門樓前見秋草，豈能貧賤相看老。一生大笑能幾回，斗酒相逢須醉倒。」傳達的是，一分能夠掌握自己命運的英雄氣概，以及對前途、對生活均充滿信心的樂觀精神，一掃南北朝以來邊塞詩中瀰漫的悲涼蕭瑟氣氛，為唐詩增添了新鮮明朗、開闊壯麗的光彩。

2. 征夫戍士的悲情

盛唐邊塞詩，雖有部分可能出自模擬中的想像，但不少作者都有從軍入幕，或赴邊考察的經驗，對於征夫戍士遠離親人故里，戍守邊塞的生活，有一定程度的了解和同情。因此，也會通過一些邊塞詩，反映邊塞防戍之苦，戰爭之無情，征夫思鄉之切，思婦閨中之怨。這類作品，往往以樂府舊題抒寫，因此最接近南北朝邊塞詩的傳統，但在風格情韻上，畢竟

還是盛唐之音。

試看王昌齡(698?-756?)〈從軍行七首〉其一：

> 烽火城西百尺樓，黃昏獨坐海風秋。
>
> 更吹羌笛關山月，無那金閨萬里愁。

王昌齡雖在開元十五年(727)進士及第，卻一生坎坷，曾兩度獲罪受貶，最後又被濠州(今河南)刺史閭丘曉所殺害，詳情並不清楚，時間也不確定。從其留下的詩篇看，年輕時曾投身軍旅，遠至邊塞，希望能立功疆場。但在邊塞地區到底待了多久，又在何人幕下，歷史上並無記載，唯一可確定的則是，王昌齡並未因西北之行，而建立功名。故而嘗於回顧從軍生涯之際唷嘆：「百戰苦風塵，十年履霜露。雖投定遠筆，未坐將軍樹。早知行路難，悔不理章句。」(〈從軍行二首〉其一)上舉這首七言〈從軍行〉，乃是從邊塞戍士生活中，抽出一個片段，挑選幾個鏡頭，傳達征夫戍士思鄉懷人之情。整首詩，內涵豐富，情韻悠長，不僅展現邊塞地區雄偉壯闊，蒼茫悲涼的異域風光，還點出大唐帝國的備戰狀況，邊塞戍士的防衛責任，久戍不歸的厭戰心理，身處邊塞異域的思鄉情懷，思婦獨守空閨的無限幽怨，以及征夫思婦遙遙萬里的相思情意。短短一首七絕，其內涵情境之繁富深遠，是驚人的，大凡國事、家事、塞外風光、閨中境況、戍士之悲、思婦之怨，乃至夫妻之情，都包容在內了。可說是一首典型的，既見風骨、又興象玲瓏的盛唐詩。

且再舉王昌齡的名篇〈出塞二首〉其一為例：

> 秦時明月漢時關，萬里長征人未還。
>
> 但使龍城飛將在，不教胡馬渡陰山。

同樣也是韻味深長，令人玩之無盡的佳作。主題很簡單，寫的是邊塞戍士的共同希望：希望邊將得人，邊防固守，於是征夫戍士皆可以重返家園，和平度日。但是仔細玩味，其內涵意境，異常繁富豐美。全詩既展現邊塞地區雄渾蒼茫的異域風光，也歌詠邊塞征夫戍士的愛國情操，英雄氣概，並且揭示他們的厭戰心理和思歸情懷，同時還回顧歷史，議論時局，諷諭朝政。其中流露著對邊塞戍士久戍不歸的同情和憐憫，對能夠平定邊

患的歷史英雄人物之緬懷、景仰與讚嘆，以及對當朝邊塞政策的遺憾、質
疑與不滿。可說是把寫景、抒情、敘事、詠史、議論、諷諭，熔於一爐。

　　以上所舉邊塞軍旅之謳歌，可看出盛唐邊塞詩中揉雜著渴求功名和思
鄉厭戰的複雜情緒，卻能保持其雄渾開朗的意境，正是盛唐詩人追求風骨
的成果。值得注意的是，盛唐詩中流露的風骨，與建安風骨，顯然已有所
不同。建安風骨，慷慨中含悲涼，激越中有愀愴，而盛唐風骨，則是昂揚
向上的、生氣蓬勃的，即使吐露出悲哀，也是宏偉壯闊的、剛健明朗的。
而最能高歌出盛唐之音特色的代表詩人，自然非李白莫屬。

第四節　　盛唐之音的高歌──李白

　　李白(701-762)乃是中國文學史上公認的詩壇奇葩，筆落驚風雨的罕
見天才，也是站在盛唐詩壇最高峰的代表。李白以其宏放的氣魄，奇絕的
才情，不羈的性格，唱出盛唐時代的最強音符。唐代庶族寒門詩人，追求
功業聲名，崇尚個性自由的精神，在李白作品中，獲得最圓滿的結合、最
充分的發揚。或許可說，中國古典詩歌，從《詩》、《騷》、漢魏六朝以
來，抒情言志述懷的傳統，是在李白筆下，提升到前所未有的強度。從詩
歌發展史的角度來看，李白乃是為他以前的時代，作一總結，杜甫比李白
年輕十來歲，則代表一個新時代的開啟。

　　李白現存詩將近一千首，整體而言，並非以工力技巧見長，而是以才
情稱勝，氣勢稱雄。予以讀者的一般印象是，飄逸瀟灑，雄放豪邁，想像
神奇，語言流轉自然。就其詩歌的形式體裁視之，諸如古體、近體(律
詩、絕句)、五言、七言、樂府、雜言歌行，基本上均沿襲前人傳統。就
主題內涵視之，則大凡隱逸、遊仙、山水、懷古、詠史、行旅、送別、飲
酒、閨怨、述志、詠懷之作，也都繼承前人傳統。真正顯示李白詩歌獨特
風格者，乃是其詩中表現的情味意境，亦即打上李白獨特人格情性之烙印
者。試從以下兩方面論析。

一、表現自我，宣洩己情

　　表現自我，原本是抒情詩的普遍特色，前節所論初唐四傑以及陳子昂諸人之作可證。李白則是最善於在詩歌中表現自我者。其現存大部分作品，都是以表現自我，宣洩一己情懷爲宗旨，展現的往往是一個不同凡響，超乎尋常，卓然不群的自我形象。或以《莊子・逍遙遊》中的神鳥「大鵬」自喻，一旦鼓翼而飛，能「使五嶽爲之震盪，百川爲之崩奔」（〈大鵬賦〉）；或以拒官不仕的隱者自恃，高歌「我本楚狂人，鳳歌笑孔丘」（〈廬山謠寄盧侍御虛舟〉）；或以蔑視權貴，任誕不羈的名士自顯，宣稱「黃金白璧買歡笑，一醉累月輕王侯」（〈憶舊遊寄譙郡元參軍〉），擺出縱酒狂歌，不拘常調，傲岸世情的高姿態；或以輕財重義，濟世拯物，功成身退的大俠自詡，強調自己「願一佐明主，功成還舊林」（〈留別王司馬嵩〉），願爲君王輔弼，卻並不戀棧的宏偉大志；或以遭讒見疏被逐的當世屈子自居，「一朝復一朝，髮白心不改」（〈單父東樓秋夜送族弟沉之秦〉），強調其繫心君國，懷都戀主之情；或以天才詩人自視，可以「興酣落筆搖五嶽，詩成嘯傲凌滄州」（〈江上吟〉）。如此表現自我，宣洩己情，令讀者讀其詩，往往覺得他自負其才，自信其能，而就在自負自信的背後，又似乎深懷一分深切的孤獨之感，一分迫切盼望知遇的焦慮。

　　試先看其七言古詩〈上李邕〉：

　　　大鵬一日同風起，摶搖直上九千里。
　　　假令風歇時下來，猶能簸卻滄溟水。
　　　時人見我恆殊調，聞余大言皆冷笑。
　　　宣父猶能畏後生，丈夫未可輕年少。

　　李邕即是爲《文選》作注的李善之子，有文才，工書法，名重一時，又以能提攜後進而見稱於世。惟因其爲人自負且耿直，乃至仕途並不平坦，經常遭受外調，離開京城，遊宦地方。李白這首詩，可能寫於天寶四、五載間(745-746)，亦即與高適、杜甫同遊齊魯之際，呈給時任北海

太守的李邕。可說是一首干謁地方名流、自我言志之作，顯然就以《莊子》中之大鵬自喻。按，大鵬之摶風擊浪，展翅高飛，直干青雲，象徵自己志向之宏偉，才能之卓越，以及無以倫比的磅礴氣概。大鵬的本領尚不止於此，「假令風歇時下來，猶能簸卻滄溟水」，換言之，即使時運不濟，遇到挫折，猶能有所作爲，其神威可以想見。繼而「時人見我恆殊調，聞余大言皆冷笑」，以時人的冷笑，反襯自己與眾不同的「殊調」，流露對那些世俗泛泛之輩的蔑視。於是向李邕進言：「宣父猶能畏後生，丈夫未可輕年少。」切莫怠慢了我這個後生。按，李邕是當時的俊豪名流，又年長二十餘歲，李白此詩卻語如平交，不顧尊卑長幼之殊，其傲岸不羈之態可以想見。

其實盛唐詩歌，經過初唐詩人不斷的努力，已經從齊梁綺麗柔媚的傳統中，跳脫出來，已經恢復了《詩》、《騷》以來的抒情言志傳統。不過，李白寫詩，不單單是抒情言志，更多的是感情的宣洩。其宣洩的是，一個既傲岸世情，又功名心切，既眷戀生命，又厭棄人間者的複雜矛盾情懷。其中包括：

> 建功立業的豪情與壯志
> 懷才不遇的激憤與憂傷
> 人間情緣的纏綿與癡頑
> 超世脫俗的飄逸與瀟灑

這些複雜矛盾情懷，並不互相排斥，有時重疊交錯並存在一首詩中，展示的往往是一種極爲錯綜複雜的情懷意境。予人的印象是，彷彿通過感情的宣洩，以圖心靈獲得一次洗滌，情緒得以暫時平靜。

正由於李白寫詩是以表現不同凡響的自我，宣洩一己之情懷爲宗旨，即使抒發的是傳統的情懷，而且是前人早已反覆吟詠的情懷，卻浮現著李白獨特的人格情性，展示李白詩歌的獨特風格，爲盛唐詩歌開拓了新的意境，其中最引人矚目者，表現在兩方面：

(一)以神奇幻境、豐富想像眩人耳目

李白常借助虛構的神奇幻境，超乎尋常的豐富想像，來抒發情懷，展

現自己錯綜複雜，或糾結難平的內心世界。因此，其詩篇經常塗抹著超現
實的、瑰麗繽紛的神奇色彩。不但寫神遊仙境之作如此，即使涉及的是現
實世界，在李白筆下，也往往會化爲幻境，變爲神奇，令人覺得光怪陸
離，迷離恍惚起來。因爲李白的目的，不是寫實，而是寫他主觀的自己，
寫他對現實世界的強烈感受，以及在感受過程中，不斷上湧，難以壓抑，
無法紓解的種種錯綜複雜的情緒。如其〈蜀道難〉、〈將進酒〉、〈夢遊
天姥吟留別〉、〈梁甫吟〉、〈遠別離〉諸作，讀者面對的，通常是一系
列無比神奇的意象，極度誇張的比喻，迅速跳躍的情節。其間現實與超現
實相互揉雜，今昔的時空彼此交錯，令讀者宛如目睹道士作法，上天下
地，古往今來，任情馳騁，歷史人物，神靈鬼怪，紛紛湧現，構成一種瑰
麗繽紛，繁富熱鬧，虛幻神奇的意境，眩人耳目，令人驚訝，引人入勝。
明顯流露出深受《楚辭》、《莊子》等想像文學影響的痕跡，同時，與李
白的道教信仰，也不無關係。

　　試看〈夢遊天姥吟留別〉（一作〈別東魯諸公〉）：

　　海客談瀛洲，煙濤微茫信難求；越人語天姥，雲霞明滅或可睹。
　　天姥連天向天橫，勢拔五嶽掩赤城；天臺一萬八千丈，對此欲倒
　　東南傾。我欲因之夢吳越，一夜飛度鏡湖月。湖月照我影，送我
　　至剡溪；謝公宿處今尚在，淥水蕩漾清猿啼。腳著謝公屐，身登
　　青雲梯，半壁見海日，空中聞天雞。千巖萬轉路不定，迷花倚石
　　忽已暝。熊咆龍吟殷巖泉，慄深林兮驚層巔。雲青青兮欲雨，水
　　淡淡兮生煙。列缺霹靂，丘巒崩摧；洞天十扇，訇然中開：青冥
　　浩蕩不見底，日月照耀金銀臺。霓爲衣兮風爲馬，雲之君兮紛紛
　　而來下。虎鼓瑟兮鸞回車，仙之人兮列如麻。忽魂悸以魄動，恍
　　驚起而長嗟。惟覺時之枕席，失向來之煙霞。世間行樂亦如此，
　　古來萬事東流水。別君去兮何時還？且放白鹿青崖間，須行即騎
　　訪名山。安能摧眉折腰事權貴，使我不得開心顏！

　　從標題看，乃是追述夢遊天姥山的經驗，作爲留別之辭。惟筆墨重點
在夢境的描述，以及夢醒之後個人的感悟，似乎並無惜別之意。首先，天

姥山乃是現實世界的一座山，卻將之置於夢中去攀登，現實與夢幻似乎也
虛實難辨了。再者，天姥山其實不過是一座平凡無奇的山，卻極力誇示
「天姥連天向天橫，勢拔五嶽掩赤城」之雄偉壯闊，高峻挺拔，似乎意味
著，其滿心嚮往，意欲攀登追求的，是一種現實中並不存在的，超乎尋
常，非凡的理想境界。詩中所述整個夢遊過程，脈絡清晰，由現實人間，
進入夢中仙境，再重新跌回現實。時間則由月夜到日出，氣候則由晴朗轉
為陰暗，繼而雷雨交加，風雲變色。其中以神仙突然成群湧現，光怪陸
離，一片金碧輝煌，作為夢境的高潮，卻又毫無預警的，出人意料的，夢
境突然中斷，只剩下枕席依舊而已，於是醒悟到，剛才的經歷，無論多神
奇，不過是一場虛幻荒謬的夢而已。乍看之下，人生如夢，充滿虛幻荒
謬，萬事短暫無常，變化莫測，應該是這首詩的主題。但是最後兩句結
語，彷彿天外飛來之筆：「安能摧眉折腰事權貴，使我不得開心顏！」語
含激憤和憂傷，似乎又是指現實生活中所經歷的，某些令他難以忍受的權
貴嘴臉和氣焰。值得注意的是，詩中描述的夢境，虛幻荒謬，繽紛熱鬧，
的確眩人耳目。或許代表一種曾經令李白嚮往的人生，以為可以實現自我
的處境，這可以包括，當初受玄宗之召入京，在宮中供奉翰林，曾經寄望
入仕問政的理想，功業聲名的追求。但是這一切已是過往雲煙，因此，其
意欲告別的，並不是東魯諸公，而是令他失望的整個現實政治社會。這首
詩，宛如李白打算退出現實政治的宣言，也是決定放棄功名追求的宣言。
其宗旨，並非寫夢遊，而是宣洩他對現實世界的感受，揭示的是，對現實
世界極度的失望。

（二）以奔放感情，豪邁氣勢動人心魂

　　李白詩中往往洋溢著高昂奔放的情緒，蕩漾著豪邁壯逸的氣勢，反映
的正是開元、天寶盛世的時代精神風貌，亦即詩論者所謂「盛唐氣象」。
按，「盛唐氣象」原指盛唐人對其時代繁榮昌盛的自豪，一分強大的自信
心，積極入世的精神，轉借為詩評用語，指的即是，詩歌中展現的雄渾壯
闊的風貌，充塞的生機蓬勃的朝氣，激昂飛揚的精神，這是盛唐之音的本
質，是在李白筆下，達至最高峰。這與建安風骨的慷慨激昂遙相呼應，也

與李白強烈的功名心相連，亦與李白始終自負其才、自信其能的性格相關。

試看〈行路難三首〉其一：

> 金樽清酒斗十千，玉盤珍羞直萬錢。
>
> 停杯投著不能食，拔劍四顧心茫然。
>
> 欲渡黃河冰塞川，將登太行雪滿山。
>
> 閒來垂釣碧溪上，忽復乘舟夢日邊。
>
> 行路難！行路難！多歧路，今安在？
>
> 長風破浪會有時，直挂雲帆濟滄海！

全詩意境波瀾起伏，跌宕跳躍，情緒變化弧度很大。所寫世路艱難的內容，乃是沿襲〈行路難〉樂府古辭。其中「停杯投著不能食，拔劍四顧心茫然」，顯然是化用鮑照(414?-466)〈行路難十八首〉其六中的詩句：「對案不能食，拔劍擊柱長嘆息。丈夫生世會幾時，安能蹀躞垂羽翼！」按，詩歌中懷才不遇的主題，交織著挫折悲哀、失意徬徨，乃是魏晉以來詩人經常吟詠的情懷，李白此詩亦不例外。但是，除了這些傳統的情懷之外，更顯著的是李白個人特有的人格情性的表露，亦即不服輸，不甘心就此埋沒的頑強，還有一分昂揚豪壯的氣概。這是前代詩人，甚至同代詩人，寫懷才不遇作品中，不常見到的。李白即使寫他懷才不遇之悲，還是比別人都顯得「神氣」，儘管壯志未酬，卻仍然雄心不泯，還要「長風破浪會有時，直挂雲帆濟滄海！」這正是「盛唐氣象」的標誌。

再看另一首〈宣州謝朓樓餞別校書叔雲〉[1]：

> 棄我去者昨日之日不可留，亂我心者今日之日多煩憂。
>
> 長風萬里送秋雁，對此可以酣高樓。
>
> 蓬萊文章建安骨，中間小謝又清發。

---

[1] 據詹鍈先生的考證，此詩標題應是〈陪侍御叔華登樓歌〉，是李白陪當時任侍御史的李華(715-766以後)，登宣州謝朓樓，對酒述懷之作。見〈〈宣州謝朓樓餞別校書叔雲〉應是〈陪侍御叔華登樓歌〉〉，收入李白研究學會編，《李白研究論叢》第二輯(成都：巴蜀書社，1990)，頁171-180。

俱懷逸興壯思飛，欲上青天攬明月。

抽刀斷水水更流，舉杯銷愁愁更愁。

人生在世不稱意，明朝散髮弄扁舟。

餞別友人是背景，懷才不遇是其主題。惟整首詩，氣勢豪邁，如滔滔江水，一瀉千里，且情緒跌宕洶湧，大起大落，騰挪變化，充分表現李白詩歌風格的特點。其中抒發的懷才不遇之悲，不是凄哀無助的文士之悲，而是滿腔激憤、滿腹牢騷的壯士之悲。然而，就在其悲憤情緒中，卻又流蕩著昂揚的氣勢，樂觀的精神：「俱懷逸興壯思飛，欲上青天攬明月。」這不單單是源自李白個人特有的人格情性，實際上，與其所處的時代密切相關，流露的，彷彿是一種從太平盛世中煥發出來的時代精神，一種被後人稱之為「盛唐氣象」的恢弘壯大的氣勢。即使抒發的是懷才不遇的悲情，也毫不低沉、不纖弱、不頹廢。

李白就是以他恢弘的氣魄，奇絕的才情，不羈的性格，唱出盛唐時代的最強音符。唐代庶族寒門詩人，追求功業聲名的欲望，崇尚個性自由的精神，就在李白詩中，獲得最圓滿的結合，最充分的發揚。

二、樂府歌行，縱橫馳騁

就詩歌的形式體裁而言，李白並無創新，基本上還是沿襲前人的傳統。其成就最高的則是樂府詩，其次是絕句，歷來唐詩選本中入選的李白詩，也以樂府與絕句居多。現存李白詩集中，樂府詩就有兩百多首，絕句則有九十多首。按，樂府屬古體，篇幅可長可短，又沒有字數的限制，亦無平仄的規範，比較適合李白放任不羈的個性、揮灑自如的才情。李白樂府詩又可分為「舊題樂府」及「雜言歌行」兩大類。

(一)舊題樂府(古樂府)——揮灑自如

李白留下不少舊題樂府，在題材內容方面，基本上與古辭意涵大致相同。諸如〈陌上桑〉、〈戰城南〉、〈白頭吟〉、〈玉階怨〉、〈烏棲曲〉、〈蜀道難〉、〈將進酒〉、〈行路難〉、〈梁甫吟〉、〈遠別離〉等名篇，均是沿襲舊題樂府，寫厭戰、閨情、宮怨、飲酒、別離、思鄉、

失意等。不過，在李白筆下，往往變換辭藻，另用典故，或轉移焦點，翻出新意；有時甚至將原來第三人稱的敘事體，注入主觀情緒，或者乾脆改為個人的抒情，以他自己的經歷，以及個人對當前的觀察與經驗感受入詩。李白的舊題樂府，往往顯得揮灑自如，絲毫不受舊題樂府的束縛，乃至擴大了舊題樂府的傳統範圍，在舊題傳統中創出新意，在舊題特定的內容中，煥發出獨特的感染力，為舊題樂府開拓了新天地。

試看其〈烏棲曲〉：

姑蘇臺上烏棲時，吳王宮裡醉西施。

吳歌楚舞歡未畢，青山猶銜半邊日。

銀箭金壺漏水多，起看秋月墜江波。

東方漸高奈樂何！

按〈烏棲曲〉原是南朝樂府舊題。現存蕭綱(503-551)、蕭子顯(489-537)、徐陵(507-583)諸人所作〈烏棲曲〉，乃是君臣遊宴場合所寫男女豔情詩，屬「宮體詩」的範圍。李白這首則是模擬之作，其基本內涵是，與美女共度良宵，但恨歡樂苦短，與前人的〈烏棲曲〉相承傳，就連其中「青山猶銜半邊日，銀箭金壺漏水多」二句，顯然取材自蕭子顯〈烏棲曲〉中：「芳樹歸飛聚儔匹，猶有殘光半山日。金壺夜水豈能多？莫持奢用比懸河。」不過，李白此作，乃是將歷史取代當前，吟詠春秋時代吳王夫差如何迷戀西施，通宵達旦歡宴的情景，可謂「貌似宮體豔情詩」，卻翻出新意，並且轉化成為一曲「詠史」的千古絕唱。為〈烏棲曲〉的傳統，開拓出嶄新的意境。此外，全詩共七句，沈德潛(1673-1769)即稱其為「格奇」[2]。按，中國詩歌一般以兩句一聯為基本單位，予人以整齊平穩的感覺，前人的〈烏棲曲〉亦如此。李白卻化偶為奇，以單句結尾，可謂是形式體制上的突破。最後一句：「東方漸高奈樂何！」不但為整首詩形成不整齊的結構、不平衡的節奏，並且予人以餘音繚繞，流動未止的感

2　沈德潛《唐詩別裁集》特別針對此詩之奇句結構云：「末句爲樂難久也。綴一單句，格奇。」

覺,產生一種言盡意未盡的抒情效果。

此外,李白的樂府詩,往往將原屬齊言之作,轉化為雜言歌行體,如〈蜀道難〉、〈將進酒〉、〈行路難〉、〈梁甫吟〉、〈遠別離〉等,均是既屬舊題樂府,亦可歸類於雜言歌行。

(二)雜言歌行(新舊題樂府)——縱橫馳騁

李白樂府詩中成就最高者,當屬雜言歌行。按,雜言歌行體,形式完全自由,可以揮灑自如,利於表現變化多端、神奇複雜的情思,揮灑縱橫馳騁的才華。其實「歌行」和「樂府」,在詩歌本身的形式上,原無分別,如果以樂府曲調為標題,即屬樂府詩,如自己另外製造題目,不譜入任何曲調,則屬歌行體的詩。唐代歌行一般以七言為主,雜以長短句,篇幅長短不拘,句式自由靈活,聲韻可隨意變化,亦可在抒情之際,夾雜敘事、議論,可謂是中國古典詩歌中最自由的一種體裁[3]。其實,這種雜言歌行,原是從楚辭、古歌謠、古樂府發展起來的一種新形式。漢魏六朝時期即已開始零星出現,初唐以後則逐漸流行,爰及李白筆下才發展成高峰。

李白的雜言歌行,除了即事名篇者之外,還包括轉化為歌行體的舊題樂府,以及新題樂府。如源自地方歌謠的〈襄陽歌〉、〈江夏行〉、〈橫江詞〉;還有不少是送別留別詩,如〈峨眉山月歌〉、〈白雲歌送別劉十六歸山〉、〈夢遊天姥吟留別〉、〈宣州謝朓樓餞別校書叔雲〉、〈廬山謠寄盧侍御虛舟〉。這些作品,因無固定的體制規範,無須受形式格律的拘束,句式變化多端,可以借助長短句之交錯,聲韻之轉換,來顯示感情的奔騰起伏,心境的迅速變化。甚至在句法上,打破以「聯」(兩句一聯)為單位的傳統,化整為散,破偶為奇。此外,亦多用散文句式,同時不避虛詞,「之乎者也」之類語助詞,一併攬入。

試看〈灞陵行送別〉:

3　胡應麟《詩藪》即嘗云:「古詩窘於格調,近體束於聲律,惟歌行大小短長,錯綜闔闢,素無定體,故極能發人才思。」

　　送君灞陵亭，灞水流浩浩。

　　上有無花之古樹，下有傷心之春草。

　　我向秦人問路歧，云是王粲南登之古道。

　　古道連綿走西京，紫闕落日浮雲生。

　　正當今夕斷腸處，驪歌愁絕不忍聽。

　　整首詩是由「灞陵行」與「送別」兩部分組成，亦即灞陵其地之吟詠，與送別之情的合成體。由於灞陵是古蹟，又是自古以來的送別場所，因此抒寫離情時，可以通過寫景、懷古、傷今多方面去擴展，遂令詩的內涵意境，不局限於當前的送別，還浮現著一分高遠蒼涼的懷古幽情，一分普遍性的、永恆性的離情。惟值得注意的是，其中從五言到九言長短句之交錯，以及明顯的散文句式，如「上有無花之古樹，下有傷心之春草。我向秦人問路歧，云是王粲南登之古道……。」增添了詩意語氣的流暢。李白詩中散文句式的頻頻出現，可說是中唐詩壇，韓愈一派「詩歌散文化」的先鋒。散文句式促使詩歌之語言流轉自然，如水之長瀉，增強詩歌的氣勢。此外，李白亦喜用壯大浩闊的意象，奔騰跳躍的情節，增添氣勢，助長波瀾，以宣洩其激盪洶湧，複雜多變的感情。

　　當然，其他盛唐詩人也寫新題樂府，諸如王維〈老將行〉、〈洛陽兒女行〉，杜甫〈石壕吏〉、〈兵車行〉等，雖屬「即事名篇，無所依傍」，不以前人作品為範本的新題樂府，但大多還是依循傳統，以第三人稱客觀角度敘事寫人為主，惟李白的新題樂府，則往往以自我情懷意氣為焦點，其雜言歌行，更是如此。這些雜言歌行，與舊題樂府最大的區別則是，沒有舊題的制約，多以第一人稱角度，抒發一己之情。因此，個人的人格情性相當顯著，個人的風格特色亦最為明確。前舉〈夢遊天姥吟留別〉、〈宣州謝朓樓餞別校書叔雲〉等，均是佳例。

　　再看〈單父東樓秋夜送族弟況之秦〉（題下自注：時凝弟在席）：

　　爾從咸陽來，問我何勞苦。

　　沐猴而冠不足言，身騎土牛滯東魯。

　　況弟欲行凝弟留，孤飛一雁秦雲秋。

　　　　坐來黃葉落五四，北斗已挂西城樓。

　　　　絲銅感人弦已絕，滿堂送客皆惜別。

　　　　捲簾見月清興來，疑是山陰夜中雪。

　　　　明日斗酒別，惆悵清路塵。

　　　　遙望長安日，不見長安人。

　　　　長安宮闕九天上，此地曾經爲近臣。

　　　　一朝復一朝，髮白心不改。

　　　　屈平憔悴滯江潭，亭伯流離放遼海。

　　　　折翮翻飛隨轉蓬，聞弦虛墜下霜空。

　　　　聖朝久棄青雲士，他日誰憐張長公？

　　此詩大約寫於天寶四載(745)，李白離京後，滯居東魯之際。是爲族弟李況返回長安的餞別宴場合所寫，其中含蘊著臨別依依，別後孤寂的懸想，不過，滿堂送客共賞清秋夜色的雅興，又爲整首詩提供一分遊宴的歡愉氣氛。這是一首送別詩，但是整體視之，送別不過是背景場合，筆墨重點並不在於送別之情，而是借題發揮，敘說自身的遭遇和感受，宣洩其內心的憤懣和傷痛。由於李況來時曾經「問我何勞苦」，關懷自己的近況，而李況即將返回之地，又偏偏是長安，是李白曾經待詔翰林，爲君王近臣之處。因此，送別之情引發的卻是對長安無盡的懷思，以及一連串的遷客逐臣之悲情。這時李白已離朝去京一年有餘了，雖然自嘲當初待詔翰林乃是「沐猴而冠不足言」，卻仍然忍不住「遙望長安日，不見長安人」。其遙望思念者，自然是長安的玄宗，因爲「長安宮闕九天上，此地曾經爲近臣」。他對長安的眷顧，對君王的懷思，是「一朝復一朝，髮白心不改」。乃至引起對楚國逐臣屈原與漢臣崔駰的認同，猶如「屈平憔悴滯江潭，亭伯流離放遼海」，如今自己是憔悴淒哀，心灰意冷，傷痛未癒，驚魂未定，可是「聖朝久棄青雲士，他日誰憐張長公？」回朝的希望看來是渺茫了。語氣間雖未明言，但含蘊其間的是，他何嘗一日不想回去！

　　最後且以清人龔自珍(1792-1841)〈最錄李白詩〉爲李白在盛唐詩壇的高歌作一註腳：

　　莊、屈實二，不可以併，併之以爲心，自李白始。儒、仙、俠實
　　三，不可以合，合之以爲氣，亦自白始也。

　　按，莊子何等空靈逍遙，屈子又何等搴結纏綿，兩者卻可以同爲李白
詩心之構成元素；另外，儒者、神仙、俠客三者，均各自代表不同的處世
態度與文化精神，卻也正是李白終其生意欲扮演的角色，甚至綜合融匯於
李白抒情述懷的詩篇中。這些看似矛盾，實則互通的傳統，正巧點出，李
白詩歌對前人傳統的整體包容與繼承，乃至詠唱出盛唐之音的高歌。

　　不過，天寶末年突起的「安史之亂」(755-763)，結束了李唐王朝的
盛世，也破碎了以李白爲代表的盛唐詩人「濟蒼生，安黎元」之宏偉抱
負。李唐政權從此由盛轉衰，相應地，詩歌史上盛唐之音的轉調亦由此而
始。盛唐之音的轉調可從杜甫詩中歌出的新聲開始，並爲中唐詩歌譜出
先調。

第五節　盛唐之音的新聲──杜甫

　　杜甫(712-770)乃是中國文學史上公認的偉大詩人。其「偉大」，不
僅在於詩歌創作之開拓與創新，對後世詩歌的深遠影響，還在於其忠君愛
國、體恤民情始終如一的人格操守，以及對後代文人士子產生的典範作
用。杜甫的詩，雖然只留下來一千四百多首，但是，不僅抒發個人情懷，
記錄一己經驗，還反映了唐代由盛轉衰的國運，記述了平民百姓在亂離貧
困中的哀痛。杜甫的詩，包括社會的寫實，時代的記錄，也有個人生命歷
程的傳記。他寫日常家居生活的點滴，寫懷念妻子兒女的溫情，也寫對友
朋故舊的關愛。

　　在唐代詩壇上，李白、杜甫二人的詩歌成就，猶如雙星並亮，共同輝
映千古。二人相差僅十一歲，又曾彼此交遊酬唱，應當屬於同一時代。但
是，李白一生的主要活動，是在安史之亂前，其個人的詩歌風格，在這之
前，就已大致定型。杜甫的生活經歷，雖也兼跨安史之亂的前後，不過，
他那最成熟、最具代表性的作品，大多創作於安史動亂期間，以及之後

的一段歲月。

李白被後代詩論者舉爲「詩仙」，是盛唐之音的天才歌手，也是大唐盛世的歌頌者；杜甫則被舉爲「詩史」，是動亂時代的見證人，也是把盛唐之音導向新變的主唱者。從文學史的立場，對於李白，本書格外注意的是，他站在盛唐之音最高峰的表現，以及對前代詩歌發展之繼承與總結的狀況；對於杜甫，特別重視的，並非其集大成的承先角色，而是其啓後角色，亦即在詩歌發展史上的開拓與創新，如何把盛唐之音導向中唐，甚至晚唐。

一、生民黎元的關懷，朝政時局的諷諭

玄宗開元末期，李唐王朝開始迅速走下坡，權臣、宦官、藩鎮各大勢力，勾心鬥角，爭權奪利，不可避免的引向安史之亂的爆發。初唐以來一百餘年的安定繁榮不再，國勢從此由盛轉衰。經過連年爭戰的破壞，社會秩序的混亂，民生經濟凋敝，人民流離失所，盛唐之音中流蕩的高昂明朗的感情基調，降低了，甚至消聲了；文人士子意欲建不世功業，立永恆聲名的理想，模糊了，甚至破滅了；盛唐詩中原有的，那份對時代的自豪感，對個人的自信心，也動搖了，甚至不復存在了。而且作品中樂觀向上的昂揚氣勢，也逐漸爲戰亂的顛沛流離、生活的窮愁困頓所取代。換言之，嚴酷的現實，開始進入詩歌創作的領域。這個巨大變化的標誌，可以杜甫的人生經歷與詩歌創作爲代表。杜甫詩歌中不斷流露的，關懷生民黎元、諷諭政治社會的創作傾向，同時也是自《詩經》以來的諷諭美刺傳統，轉而爲社會人生寫實的一個高峰。

杜甫終其一生，仕途不順，顛沛流離，但是卻從未放棄對君王社稷的忠愛之情。他繫念社稷安危，關懷民生疾苦，其詩歌創作，已不同於那些仍然在編織美夢、追求理想的盛唐詩人。因爲他立足世俗社會，面對現實人生，並且通過個人顛沛流離的經歷，把眼光轉向社會底層，接近生民黎元。最著名的自然是幾乎每部文學史均稱頌不絕的「三吏」（〈新安吏〉、〈石壕吏〉、〈潼關吏〉)與「三別」（〈新婚別〉、〈垂老別〉、

〈無家別〉），以及〈兵車行〉、〈麗人行〉、〈哀江頭〉諸新題樂府，
當然還有〈自京赴奉先縣詠懷五百字〉、〈北征〉等五古長詩。這些均是
通過杜甫個人的經歷與見聞，以儒者悲天憫人的胸懷，史家爲史作傳的筆
調，以及詩人敏銳多情的感觸，把當時的政治局勢或社會現象，包括生民
黎元的疾苦，戰亂帶來的災難，記錄下來。詩人的視野，已從個人自我，
延伸到廣闊的社會，遂令「時事」亦進入詩歌的領域。這些關懷生民、感
諷時事之作，就其題材內涵之廣泛，感情基調之沉重，以及其長於敘事、
著重寫實的特點，均有別於開元、天寶盛世時期的作品，乃至爲盛唐之音
唱出了新的聲音，吟出新的情韻。這在詩歌發展史上，是一大轉折，已經
開啓了中唐詩人白居易、元稹等，在鼓吹政治改革的呼籲下，刻意推行的
所謂「新樂府運動」的序幕。

試先以〈石壕吏〉爲例：

> 暮投石壕村，有吏夜捉人。老翁逾牆走，老婦出看門。
> 吏呼一何怒，婦啼一何苦。聽婦前致詞：「三男鄴城戍。
> 一男附書至，二男新戰死。存者且偷生，死者長已矣。
> 室中更無人，唯有乳下孫。有孫母未去，出入無完裙。
> 老嫗力雖衰，請從吏夜歸。急應河陽役，猶得備晨炊。」
> 夜久語聲絕，如聞泣幽咽。天明登前途，獨與老翁別。

是一首膾炙人口，同時亦震撼人心之作。全詩以「報導者」的角度發
言敘述，語氣基本上是客觀的，只是「任物自陳」，讓石壕吏深夜捉人強
徵兵役的事件，在讀者面前自然演出。結構的安排，則是隨著時間的順
序，推動故事情節的發展：從日暮投宿石壕村，到聽聞差吏夜裡來捉人，
又從老婦前致詞，到夜深人語絕，惟聞飲泣幽咽之聲，最後詩人方出現：
「天明登前途，獨與老翁別。」其中老婦已隨石壕吏朝河陽前線而去，留
在讀者的想像中。值得注意的是，整個捉人事件是在詩人凝神傾聽中發
生，並非「目擊」，而是「耳聞」，儘管全詩乃是「任物自陳」，讀者與
詩人一樣，主要是通過「聽覺」來領會一般黎民百姓生活的苦難、官吏的
惡劣、時局的敗壞，以及李唐王朝的岌岌危殆。仇兆鰲(1641-1714)《杜

詩詳注》評此詩即云：

> 古者有兄弟，始遣一人從軍。今驅盡壯丁，及盡老弱。詩云：三
> 男戍，二男死，孫方乳，媳無裙，翁踰牆，婦夜往，一家之中，
> 父子、兄弟、祖孫、姑媳，慘酷至此，民不聊生極矣。當時唐祚
> 亦岌岌乎哉！

仇氏所言甚確。不過，杜甫並未在詩中直接表達以上這些意見，只是
讓整個事件自然的展開，由老婦前致詞，引發讀者感情的聯想，領會其中
委婉寄寓著詩人對民生疾苦的同情與憐憫，對時局敗壞的批評，對朝廷危
殆的焦慮。這是杜甫眾多感事傷時的名篇，社會寫實詩的佳作，也就是這
類展現當時政治社會面貌的寫實作品，遂令杜甫在文學史上獲得「詩史」
的稱譽。

再看〈哀江頭〉：

> 少陵野老吞哭聲，春日潛行曲江曲。
> 江頭宮殿鎖千門，細柳新蒲為誰綠？
> 憶昔霓旌下南苑，苑中萬物生顏色。
> 朝陽殿裡第一人，同輦隨君侍君側。
> 輦前才人帶弓箭，白馬嚼齧黃金勒。
> 翻身向天仰射雲，一笑正墜雙飛翼。
> 明眸皓齒今何在，血汙遊魂歸不得。
> 清渭東流劍閣深，去住彼此無消息。
> 人生有情淚沾臆，江草江花豈終極？
> 黃昏胡騎塵滿城，欲往城南望城北。

此詩大約作於安史之亂爆發後，肅宗至德三載(758)的春天，杜甫正
身陷叛軍占領的長安。詩中記述的是，長安淪陷之後一個春光明媚的日
子，獨自潛行至曾經繁華熱鬧的曲江，但見春景依舊，而人事全非，乃至
引發了哀今嘆往之情，物是人非之嘆，以及「國破山河在」之悲。其中流
露著目睹國家殘破之痛，交織著對唐玄宗和楊貴妃的譴責和憐憫。最後
「黃昏胡騎塵滿城，欲往城南望城北」，以黃昏中胡騎滿城，但覺心情紊

亂，精神恍惚，不辨南北，傳達其極度的悲哀與無奈，深切表現出一分故宮黍離之悲，感時傷亂之痛。全詩二十句，結構緊密環扣，其間時空今昔交錯，感情跌宕起伏。整首詩，既抒情述懷，亦敘事寫景，還加以議論，而筆墨重點始終圍繞著標題中的「哀」字。

杜甫之所以被傳統論詩家尊爲「詩史」、「詩聖」，不僅因爲他的詩歌，見證了大唐王朝由盛轉衰的史實，更由於在其筆墨中，不時流露的，忠愛仁厚、悲天憫人的胸懷。就看〈哀江頭〉這首詩，對玄宗晚年，和貴妃沉溺於遊樂，荒疏於朝政，終於導致悲劇下場，在譴責中又揉雜著同情與憐憫，即是最好的證明。杜甫的忠愛仁厚，是超越社會階級，無論貴賤貧富的。

二、表現藝術的開拓

杜甫現存詩一千四百多首中，所反映的時代面貌和個人經驗之廣度與深度，不僅是同時代詩人無法比擬的，也是中國文學史上，其他詩人難以超越的。除此之外，杜甫在詩歌表現藝術上的開拓成就，也是驚人的。無論抒情敘事技巧的成熟，琢字鍊句的精密工巧，章法結構的窮極變化，均備受稱讚，並且成爲後世詩人追隨模仿的典範。惟不容忽略的則是，杜甫的詩，仍然保留盛唐之音的時代風貌，仍然流露昂揚的感情，展現壯闊的氣勢，以及濃郁的抒情述懷意味。不過從唐詩發展的整體脈絡來看，杜甫的主要貢獻，還是對中唐以後詩歌發展路線的影響。其中最令人矚目者，有以下數點：

(一)發揚詩歌的敘事功能

唐代詩人，從初唐開始，在擺脫齊梁餘風的漫長過程中，將詩歌從體物寫物爲主，逐漸轉化爲抒情述懷爲主，可說是恢復了《詩》、《騷》以及漢魏詩歌的抒情傳統。但是，正當盛唐詩人紛紛昂揚激越的抒發自我，吐露一己情懷之時，杜甫不但在一些抒情述懷之作中，大量增入敘事的成分，同時還寫了一些「感於哀樂，緣事而發」，通篇以敘事爲主的詩篇。其中最著名的例子，當然是那些「即事名篇」的新題樂府，如「三吏」、

「三別」之類。前舉〈石壕吏〉，即是一例。不過，值得注意的是，杜甫詩中的敘事，並不局限於平鋪直敘的樂府傳統，而且很少將自己完全置身於事外，往往將客觀敘事夾雜交融於個人抒情述懷之中。換言之，杜詩的敘事，既敘述個人所見所聞事件的經過，又著力於細節的描寫，無論對客觀人物事件或一己心情，往往精心刻畫，從細微處展開情節畫面。

試看其〈述懷〉：

去年潼關破，妻子隔絕久。今夏草木長，脫身得西走。

麻鞋見天子，衣袖露兩肘。朝廷愍生還，親故傷老醜。

涕淚授拾遺，流離主恩厚。柴門雖得去，未忍即開口。

寄書問三川，不知家在否？比聞同罹禍，殺戮到雞狗。

山中漏茅屋，誰復依戶牖？摧頹蒼松根，地冷骨未朽。

幾人全性命，盡室豈相偶！嶔岑猛虎場，鬱結回我首。

自寄一封書，今已十月後；反畏消息來，寸心亦何有？

漢運初中興，生平老耽酒；沉思歡會處，恐作窮獨叟。

此詩大概寫於肅宗至德二載(757)夏秋之間。題為「述懷」，就全詩視之，主要還是抒發其掛念家國命運之情懷。不過，前十二句則先概括敘事，敘述當前「情懷」的由來，所言囊括了整個時代大動亂中，詩人與其家人的經歷遭遇，包括去年潼關失守，導致與妻子兒女的長久隔絕；繼而敘述自己如何由淪陷的長安脫身，西奔鳳翔，亦即肅宗臨時朝廷所在。及至自己如何「麻鞋見天子，衣袖露兩肘」。如此細微描述中，將其歷盡千辛萬苦的狼狽之狀，以及對君王朝廷的忠愛之情，真實深切的傳達出來。「涕淚授拾遺，流離主恩厚」，終於授得「拾遺」之職，但覺君恩深厚如此，忍不住感激得涕淚交流。也就是這一段西奔鳳翔，終獲拾遺職的經歷，令杜甫雖焦慮家人的安危，雖「柴門雖得去」，卻「未忍即開口」，只得在家人無音訊，「不知家在否」的忐忑不安中，隱忍不言，徒自私下遙遙懷思了。整首詩，情真意真，且藉事述懷，也因情傳事，可謂敘事抒情述懷，水乳交融為不可分割的整體。

杜甫詩中的敘事，所記敘的往往是時事，也是個人親身的見聞，反映

的是歷史的眞實畫面，而抒發的則是一己的個人情懷。因此，經常將客觀
敘事揉雜於主觀的抒情述懷之中，這在中國詩歌史上，是空前的，是詩歌
表現藝術的一種新變，是杜詩之所以異於其他盛唐詩的重要標誌。按，在
偏重抒情述懷的中國詩歌傳統中，自《詩經》、漢樂府以來，敘事功能得
以繼續發展演變，並且爲中唐之後的敘事詩的成熟開闢先路，杜甫實扮演
了極其重要的角色。

(二)開創議論入詩的傳統

杜甫除了發揚詩歌的敘事功能之外，還開創了以議論入詩的風氣。杜
甫在其抒情述懷作品中，敘述政治社會亂象，同情民生疾苦之際，往往夾
雜以議論，對當前一些政治問題或社會現象，直接表達自己的觀點，同時
又寓以濃郁的個人感情。於是生發出一套嶄新的、夾敘夾議夾抒情述懷的
藝術風貌。諸如其長篇〈自京赴奉先縣詠懷五百字〉、〈北征〉、〈八
哀〉等作，即開創了在敘事述懷長詩中，大發議論的先例。

試看〈自京赴奉先縣詠懷五百字〉：

> 杜陵有布衣，老大意轉拙。許身一何愚，竊比稷與契。
> 居然成濩落，白首甘契闊。蓋棺事則已，此志常覬豁。
> 窮年憂黎元，嘆息腸內熱。取笑同學翁，浩歌彌激烈。
> 非無江海志，瀟灑送日月。生逢堯舜君，不忍便永訣。
> 當年廊廟具，構廈豈云缺。葵藿傾太陽，物性固難奪。
> 顧惟螻蟻輩，但自求其穴。胡爲慕大鯨，輒擬偃溟渤。
> 以茲誤生理，獨恥事甘謁。兀兀遂至今，忍爲塵埃沒。
> 終愧巢與由，未能易其節。沉飲聊自遣，放歌破愁絕。
> 歲暮百草零，疾風高岡裂。天衢陰崢嶸，客子中夜發。
> 嚴霜衣帶斷，指直不得結。凌晨過驪山，御榻在嵽嵲。
> 蚩尤塞寒空，蹴踏崖谷滑。瑤池氣郁律，羽林相摩戛。
> 君臣留歡娛，樂動殷膠葛。賜浴皆長纓，與宴非短褐。
> 彤庭所分帛，本自寒女出。鞭撻其夫家，聚斂貢城闕。
> 聖人筐篚恩，實欲邦國活。臣如忽至理，君豈棄此物？

多士盈朝廷，仁者宜戰慄。況聞内金盤，盡在衛霍室。
中堂有神仙，煙霧蒙玉質。煖客貂鼠裘，悲管逐清瑟。
勸客駝蹄羹，霜橙壓香橘。朱門酒肉臭，路有凍死骨。
榮枯咫尺異，惆悵難再述。北轅就涇渭，官渡又改轍。
群水從膝下，極目高崒兀。疑是崆峒來，恐觸天柱折。
河梁幸未拆，枝撐聲窸窣。行李相攀援，川廣不可越。
老妻寄異縣，十口隔風雪。誰能久不顧，庶往共饑渴。
入門聞號咷，幼子餓已卒。吾寧捨一哀，里巷亦嗚咽。
所愧爲人父，無食致夭折。豈知秋禾登，貧窶有倉卒。
生常免租稅，名不隸征伐。撫跡猶酸辛，平人固騷屑。
默思失業徒，因念遠戍卒。憂端齊終南，澒洞不可掇。

　　本詩的時代背景是天寶十四載（755），其時杜甫已在長安蹉跎十年，功業無成，窮愁潦倒，好不容易終於在本年十月獲得「右衛率府兵曹參軍」這樣一個卑微職務的任命。十一月決定在就職前先離京赴奉先探望家人。偏偏此時安祿山已起兵反叛，朝廷似乎尚懵然不覺，唐玄宗與楊貴妃還在驪山華清宮避寒享樂。杜甫此詩即是追述其自長安到奉先，路經驪山的所見所聞，及至還家之後的經過始末。全詩先以述懷發端，自稱「杜陵布衣」，直陳平生抱負，且自嘲許身太愚，卻仍然矢志不移，也就是在回顧個人往事的感慨中，傾吐其不遇之悲和身世之嘆。然後就詳細敘述其經過驪山，沿途跋涉的種種見聞，包括目睹「朱門酒肉臭，路有凍死骨。榮枯咫尺異，惆悵難再述」的經驗感受，以及抵家後「入門聞號咷，幼子餓已卒」、「里巷亦嗚咽」的悲慘情景。其間夾雜著對時局朝政的議論，以及對當政者全然無顧黎民百姓苦難的批評，如「彤庭所分帛，本自寒女出。鞭撻其夫家，聚斂貢城闕。聖人筐篚恩，實欲邦國活。臣如忽至理，君豈棄此物？多士盈朝廷，仁者宜戰慄」諸語，全屬對時局的批評議論。整首詩，是以還家探親的過程爲主軸，個人經歷與社會變動兩條線索，交織融匯；同時慷慨述懷，具體敘事，且將細節描寫，與長篇議論緊密結合。換言之，社會內容與詩人個人的生活和感情，已織成一片。

　　另一首以敘事貫穿始終的長篇巨制〈北征〉，寫於肅宗至德二載（757），亦即安史之亂的第三年。首二聯：「皇帝二載秋，閨八月初吉。杜子將北征，蒼茫問家室。」點出「北征」的緣由背景，整首詩也就是追敘前往鄜州探親的經過與見聞。從「維時遭艱虞，朝野少暇日。顧慚恩私被，詔許歸蓬蓽。拜辭詣闕下，悚惕久未出。雖乏諫諍姿，恐君有遺失」，如何不忍離開朝廷，到「揮涕戀行在，道途猶恍惚」，在行旅中的恍惚，突然轉爲「乾坤含瘡痍，憂虞何時畢」的批評。繼而從旅途所見所聞的描繪，緊接「雨露之所濡，甘苦齊結實」的論調。又從馬嵬驛事件的敘述，再接著大段的議論：「不聞夏殷衰，……於今國猶活。」均可看出，杜甫是有意識地將議論納入詩中。若不這樣似乎難以將其面對時局亂象的情思意念充分發揮傾瀉出來。而杜甫在此詩中的敘事、抒情、議論，又像水乳般交融無間。

　　以上所舉兩首詩，雖寫於不同的年代，惟均以個人親身經歷爲線索，家國之憂、身世之感貫穿全篇，夾雜著對途中所遇現況，還家所見細節的描述，以及對當朝政治軍事諸方面的議論與批評。像這樣複雜多面的內涵，且流露出作者全盤指揮若定的將風，只有在一個「偉大」詩人筆下，方能完成。

　　其實，杜甫不僅在長篇敘事述懷詩中頻頻穿插對時政的意見，表現出一種抒情性的敘事加議論的特色，還寫了一定數量的、專門以陳述意見、發揮議論爲宗旨的詩篇。其中包括對歷史人物事跡，以及當代人物事件的評論。

　　試以其五絕〈八陣圖〉爲例：

　　　功蓋三分國，名成八陣圖。江流石不轉，遺恨失吞吳。

　　當是杜甫寓居夔州期間之作。寫其憑弔八陣圖遺跡，眼見江水長流，殘石不轉，引起對三國英雄人物諸葛亮的緬懷，並對其偉大的功業、不朽的聲名、永遠的遺恨，加以評論。其中流露的是，對一個悲劇英雄人物的仰慕、哀憐與認同。詩中有古蹟風景的描寫，歷史人物事跡的回顧，當前詩人的感懷，屬於典型的懷古詩，也是一首通篇陳述己見、發揮議論的佳

作。如此豐富的內涵，宏偉的氣勢，能在一首如此短小的五絕中表現出來，充分展示杜甫的功力。

除了對歷史人物事件發表議論之外，杜甫還會對當朝一些著名人物有意見。就如〈八哀〉詩，即是對當朝人物王思禮、李光弼、嚴武、李璡、李邕、蘇源明、鄭虔、張九齡諸人的描述與評論，既是史筆，亦是時論。在詩歌發展史上，對時人如此知人論世，實屬創舉。

此外，〈諸將五首〉、〈戲為六絕句〉等組詩，亦是以議論見稱之名作。按〈諸將五首〉，主要是針對安史之亂平定後，諸將雖享受隆恩，卻不能抵禦外侮，而地方上，又藩鎮割據，版圖未歸統一，乃至發表議論，抒發感觸。〈戲為六絕句〉，則是杜甫的「詩論」，指出時人對庾信(513-581)及初唐四傑批評之不當，進而表達自己對詩歌創作「不薄今人愛古人，清詞麗句必為鄰」(其五)，以及「別裁偽體親風雅，轉益多師是汝師」(其六)的見解與主張。是中國詩歌理論批評史上，最早的「論詩絕句」，從此開創了以詩論詩的傳統。

杜甫詩中這些無論對過去歷史人物事件或當前現實狀況表達其個人見解，發揮議論的詩作，不但突破了以詩歌言志抒情寫景的局限，跨越了先秦兩漢以來，散文方能說理議論的傳統，並且成為以後宋代詩人往往以議論為詩的先聲。

(三)擴大律詩的表現範圍

現存杜甫詩集中，雖不乏五、七言古詩及樂府歌行之佳作，惟其現存詩作中，律詩之數量超過一半[4]，其律詩的成就，實際上更為輝煌。在詩歌發展史上，杜甫的律詩，占有極為重要的地位。當然，律詩在初唐詩人筆下，已經逐漸形成章法音律方面固定的規律。不過，杜甫律詩的成就，主要卻在於擴大了初唐以來律詩的表現範圍，在有限中創造無限，又在格律節奏中追求變化，並且對後世詩人的創作，形成既深且遠的影響。

4　據清人浦起龍(1679-1759年以後)《讀杜心解》分體計算，現存杜甫詩1458首，其中五律630首，七律151首，五言排律127首，七言排律8首，律詩合計916首，約占杜詩總數63%；加上五絕31首，七絕107首，則格律詩占72%以上。

1. 以律詩寫組詩

杜甫不僅以律詩抒情述懷寫景，包括酬贈、詠懷、羈旅、遊宴，而且用律詩寫時事見聞。不過，用律詩寫時事見聞，往往須受字數和格律的限制，很難臻至如同寫古詩或歌行體那樣，可以長短不拘，甚至長篇大論，洋洋灑灑自由鋪敘，暢所欲言，盡情發揮。杜甫自創的辦法即是，運用聯章組詩的形式，可以獲得更長的篇幅，來表現一些比較廣闊多樣的內容，或錯綜複雜的感情。如其五律中的〈秦州雜詩二十首〉，就是流寓秦州（今甘肅天水縣）時期所寫一系列的聯章組詩。這些作品，皆隨感隨寫，不拘一時一境，也不專指一人一事，反映主要的是，杜甫流寓秦州期間，這一段生命歷程中的日常見聞與經驗感受。其中不僅記述自己的流寓生活與繁複心境，還描繪秦州的風光，並且評論東西戰爭，吐蕃入侵，以及邊塞地區的風土人情。這樣龐大寬泛的內容，只有以聯章組詩的形式來表達，方可不受律詩短小八句體式的束縛。

當然，杜甫以律詩寫組詩最爲後世詩評家稱道的，則是以七律撰寫的聯章組詩。諸如〈詠懷古蹟五首〉、〈諸將五首〉、〈秋興八首〉等，均屬聯章式的組詩。其中以〈秋興八首〉，最引人矚目，令人激賞。當屬杜甫滯留於夔州（今四川奉節縣）時期的作品，大概寫於代宗大曆元年（766）的秋天。這時安史之亂雖已結束，可是大唐帝國江河日下，不但宦官專權，且外族入侵，藩鎮割據，爭戰不斷。此時鄭虔、李白、嚴武、高適諸友朋均先後離開人世，自己仍然飄泊不已，且疾病纏身，因而倍感悲哀孤寂。夔州山城秋色雖美，畢竟引發了故國之思，勾引起對過去京華歲月的緬懷，於是回顧自己一生，難免感慨與醒悟交錯。〈秋興八首〉就是在這樣的背景之下而寫，且一層深入一層。其中以第一首爲八首之綱，以詩人身居巫峽、心懷長安爲中心線索，逐層展開：

　　玉露凋傷楓樹林，巫山巫峽氣蕭森。
　　江間波浪兼天湧，塞上風雲接地陰。
　　叢菊兩開他日淚，孤舟一繫故園心。
　　寒衣處處催刀尺，白帝城高急暮砧。

主要是描寫夔州秋天的景色，爲以下七首發端。首聯點出環境時空，三、四句寫三峽景色，五、六兩句則抒發思念故國的心情。最後，在家家戶戶爲征夫趕製寒衣、處處急促砧聲的迴盪中結束，令讀者吟詠玩味不已。全詩氣韻雄渾，章法謹嚴，其中「江間波浪兼天湧，塞上風雲接地陰」，爲全詩定下基調。「孤舟一繫故園心」一句，則是整組組詩的畫龍點睛之筆，以下七章，抒寫「望京華」、「思故國」之情，俱出於此。

整體視之，八首組詩從山城夔州，寫到故居長安，從目前辛酸淒涼的處境，寫到往昔故國的強盛繁華。運用縈迴曲折反覆詠嘆的表現手法，通過今昔對比，盛衰對比，抒發了詩人撫今追昔，憂時傷世，無限悲涼的心情。就組詩的結構視之，第四首承上起下，爲前後兩部分的過渡轉接之處。按，前三首筆墨著重寫夔州的秋景，寫自己的坎坷遭遇，以及「望京華」的心情；後五首則著重追憶長安，從長安的今日，寫到往昔，流露對往昔故國繁華景象的緬懷，以及個人亂離滄桑之感慨。第四首則是後四首的總冒：

　　聞道長安似弈棋，百年世事不勝悲。

　　王侯第宅皆新主，文武衣冠異昔時。

　　直北關山金鼓震，征西車馬羽書馳。

　　魚龍寂寞秋江冷，故國平居有所思。

主要寫聞說長安當前政局的變化和外患嚴重的狀況，由內亂而寫到外患，「魚龍寂寞秋江冷，故國平居有所思」，從遙想長安，回到夔州，點出自己身滯荒江，惟魚龍作伴、壯志空懷、報國無門之無奈，其思念故國的冷落淒涼心情，含蘊其間。以後三首即是「故國思」之進一步發揮。

按〈秋興〉八首聯章組詩，脈絡貫通，首尾呼應，結構完整，音調鏗鏘，格律精工，以「富麗之詞，沉雄之氣」，反覆吟詠一種深沉複雜的人生經驗感受，交錯著憶往昔、感盛衰、傷淪落、嘆身世，以及對時局的議論和評述。倘若僅只用一首七言律詩要將這些錯綜複雜的、低回徘徊的感情表達出來，實在很難辦到，若用聯章組詩的形式，則可以有盡情抒寫發揮的餘裕。因此，用律詩寫成組詩，可謂擴大了律詩的表現範圍。後世詩

人沿襲模仿者無數，這是杜甫在律詩表現藝術上的一種突破。

2. 為詩律創變化

杜甫嘗自謂：「晚節漸於詩律細。」（〈遣悶呈路十九曹長〉）又云：「老去詩篇渾漫與。」（〈江上值水如海勢聊短述〉）正好說明他對律詩的藝術追求。所謂「詩律細」，不僅在於格律的嚴謹遵從，也在於從嚴謹中追求變化，雖變化多端，卻又不離規矩。杜甫最為人稱道者，即是把律詩寫得縱橫恣肆、極盡變化之能事，合律又彷彿不受聲律的束縛，對仗工整而又看不出刻意對仗的痕跡。有關杜甫在律詩格律方面既不違規又有創意的貢獻，近人著述甚多，此處姑且僅針對杜甫律詩中節奏示意作用的翻新，舉例以示。

試先以五律〈旅夜書懷〉為例：

細草微風岸，危檣獨夜舟。星垂平野闊，月湧大江流。

名豈文章著，官應老病休。飄飄何所似，天地一沙鷗。

此首五律亦是杜甫的名篇，是一首吟詠懷抱之作。杜甫寫這首詩時，已經接近暮年了[5]。飄泊流離中，忍不住反顧自己，回首這一生，到底作了些什麼。在結構上，前半首寫「旅夜」所見江岸之景，後半首則「書懷」，回顧這一生成就的感懷。在意境上，夜景與情懷相即相融，渾然成為一個整體。但是此處特別引人矚目的，則是這首詩句型的變化，導致節奏的多端。

按，一般五律，除了平仄合律之外，只要求中間兩聯須形成對仗，可是杜甫這首五律，前三聯均屬工整的對仗，而這三聯對仗的句型，各自不同，尾聯句型又自成一格。按，傳統五言詩中，在節奏上通常以上二下三的句型為多，亦即首二字為一個單元，後三字為一個單元，形成前2／後3的基本節奏。可是杜甫於此詩中，句型節奏的變化卻不同於傳統。試看：

細草／微風／岸　　2／2／1

5　按，此詩寫作時間，有二說。一說是永泰元年(765)杜甫率家離開成都草堂，乘舟東下，沿途經過渝州(重慶)、忠州(忠縣)一帶時所寫；另一說是大曆三年(768)攜家離開夔州，順流東下，泊舟宜昌附近江邊時所作。

　　危檣／獨夜／舟　　2／2／1

　　首聯兩句的句型，沒有動詞，只是名詞的羅列，形成的節奏是：2／2
／1。音節短，節奏顯得緊湊，與句中呈現的幽獨氣氛，孤寂心情，頗相
契合。繼而：

　　星垂／平野闊　　2／3或4／1

　　月湧／大江流　　2／3或4／1

　　頷聯句型有很大的變化，其中共有四個動詞：「垂」與「闊」屬靜態
動詞，表示狀態，不表示動作的發生；「湧」與「流」則是動態動詞，表
示動作的發生和持續。形成的節奏是：2／3；與首聯相比，音節拉長了，
節奏變得較爲舒緩，與詩句中呈現的明朗開闊之景，相配合。可是，也有
讀者認爲是：「星垂平野／闊，月湧大江／流。」因此句中節奏更爲舒
緩。接著：

　　名／豈文章著　　1／4

　　官／應老病休　　1／4

　　頸聯的句型，頗像散文句，節奏是：1／4。兩句中第一個音節，自成
一個單元，讀時特別拉長，後四字另成一個單元，讀時也是舒緩的，遂予
人以連綿不斷的感覺。這和兩句字義上表現的，回顧一生，文名不彰，官
運不通的感慨之深，唱嘆之長，是冥合無間的。其後尾聯不是對句，乃是
一問一答，句型改變，節奏又起了變化：

　　飄飄／何所似　　2／3

　　天地／一沙鷗　　2／3

　　一首五言律詩，總共不過四聯，卻在聯與聯間出現數種不同的句型，
讀起來，節奏充滿變化，不會覺得單調。這些極富變化的句型，爲後世詩
人立下典範，而且變化如此多端的節奏，正巧妙的暗示出詩人此時複雜矛
盾、起伏不定的心情。

　　除了句型節奏變化多端，杜甫另一成就，即是把格律嚴格的七言律
詩，發展至最成熟的境地。按，七律雖然在初唐時期已經出現，然而在杜
甫之前，並不普遍，一般主要是在官方場合，應制、奉令或酬答侍宴之章

出現，技巧方面還顯得不夠嫻熟，多半只是直寫平敘其情事，倘若嚴守格律，就不免落入平板工麗，雖然偶爾亦有意境清新的，則又往往在格律上有所疏忽。但是，杜甫寫七律，卻寫得渾融流轉，能在嚴守格律中，突破平板工麗的傳統，不再局限於平板的句法，七律在杜甫筆下，已經脫離了應酬寫景的內容，成為曲折達意、婉轉抒情的最佳媒介。前舉〈秋興八首〉即是佳例。

最後再看一首七絕〈登高〉：

> 風急天高猿嘯哀，渚清沙白鳥飛回。
>
> 無邊落木蕭蕭下，不盡長江滾滾來。
>
> 萬里悲秋常作客，百年多病獨登臺。
>
> 艱難苦恨繁霜鬢，潦倒新停濁酒杯。

此詩作於流寓夔州期間，大曆二年(767)秋天，描寫登高所見秋江之景，雄渾蒼茫，抒發羈旅窮愁之情，沉鬱悲愴。通篇語言凝鍊，音調鏗鏘，對仗工整，氣韻流暢。胡應麟(1551-1602)《詩藪》對此詩即推崇備至，認為「當為古今七言律第一」[6]。從藝術表現角度看，這首〈登高〉當屬杜甫「晚節漸於詩律細」的傑作，確實有其獨到之處。

首先，全篇四聯都是對偶句。開頭就以對偶句領起，不僅句句相對，而且字字相對，甚至同句之中有自相對偶者，如以「風急」對「天高」，「渚清」對「沙白」即是，為律詩中的同句對，立下典範。此外，律詩起聯若用對句，首句一般不押韻，末字用仄聲，此詩則首句照舊押平韻，這樣的律詩形式，手法空前。其次，對仗工整而自然無跡。詩中運用許多在動作上相互連貫的動詞，造成全詩的流動感。如風急、猿嘯、鳥飛、木落，伴以滾滾而來的江水，整個境界捲入急速的流動之中，予人以一氣流轉之感。再者，句型變化，音節多端，亦增強韻味。首聯：「風急／天高／猿嘯哀，渚清／沙白／鳥飛回。」一句三景。密集的音節，與景象的急

6　胡應麟《詩藪》內篇卷五，評杜甫〈登高〉云：「此章五十六字，如海底珊瑚，瘦勁難移，沉深莫測，而精光萬丈，力量萬鈞。通章章法、句法、字法，前無昔人，後無來學。此當為古今七言律第一，不必為唐人七言律第一也。」

速變換相對應,構成動盪迴旋的韻味。頷聯:「無邊落木蕭蕭下,不盡長江滾滾來。」則是一句一景。不但對仗精工,而採用歌行式的句法,增添流暢的韻味。後兩聯則連用遞進句法,一意貫串,遂使全詩一氣呵成,快速中迴盪著飛揚流轉的旋律。杜甫顯然充分利用語言文字和聲調音韻方面的特點,通過精心的安排組織,遂令字句形式的節奏,體現出字面意義並未明指的聲情,乃至增強了詩的情境韻味。

杜甫在詩歌上的變新,不單單是某一個方面或局部的推陳出新,而是從總體上展現出盛唐之音風格轉變的痕跡。把過去不入詩或很少入詩的題材內容,以及表現藝術、語言結構,開始多方面吸收到詩歌創作中來,確實唱出了一種新的聲調,可說是爲中唐、晚唐詩鋪上先路。

第五章
中唐風貌

第一節　緒說

　　中唐詩的期段，一般從代宗大曆初年至文宗大和九年(766-835)，大約七十年。雖然在這一段時期中，藩鎮割據，宦官專權，李唐王朝確實已開始走向衰敗，相關政治或經濟等國民生計，均遠比不上開元天寶之盛。但是，在文學方面，無論是詩歌、散文、小說，均呈現群芳爭豔的繁榮氣象。其中兩次文人自覺的文學「運動」，亦即一般文學史所稱「新樂府運動」及「古文運動」，皆發生於此期間。單就詩歌而言，亦可謂人才輩出；其創作數量之豐富，風格流派之紛呈，均超越盛唐詩壇。就詩歌發展史而言，中唐實際上才是唐詩的鼎盛期。

　　雖然自南宋論者如嚴羽(1197?-1241?)《滄浪詩話》即開始，極力推崇盛唐詩，其「獨尊盛唐」的觀點，影響所及，又為明清時期許多詩論家所承襲；然而，綜觀中唐詩歌，無論在繼承或發展兩方面，皆成就斐然，甚至可視為唐詩的「中興」階段。

　　其實，中國詩歌創作的普及與大眾化，乃始於中唐，而且詩歌題材內容的繁富多樣，諷諭詩的興盛，敘事詩的成熟，也都是在中唐詩人筆下才達成。當然，由於時代環境的不同，中唐詩畢竟不同於盛唐詩。倘若從文學史的角度觀察，值得注意的是，中唐詩如何從盛唐之音的基礎上，發展成自己特有的風貌，以及對後世詩壇的影響。惟有趣的是，盛唐詩人努力擺脫南朝綺麗柔媚之餘風，中唐詩人則力圖另闢蹊徑，在盛唐之外尋求自

己的定位。目的不同,卻同樣都是期望爭取自己獨立自主的地位,成績也
都相當不錯。

第二節　大曆詩風——盛唐餘音的徘徊

代宗(在位:762-779)即位後,安史之亂終於平定下來。雖然唐朝國
運繼續處於艱危之境,惟從大曆(766-779)到貞元(785-805),約二、三十
年間,可說是唐朝政局由動亂進入苟安的時期。這時期的詩歌創作,也處
於過渡階段,乃至主要詩人仍然徘徊於盛唐餘音之繚繞中。不過,已經露
出了中唐詩的面貌。這段時期的詩人,數量大增,成就亦不凡,而且風格
各殊。整體視之,可以看出繼盛唐之後而發展的兩條明顯趨勢。

一、追求清雅閒適——王孟的回響

活躍於大曆至貞元年間的詩人,諸如韋應物(737-792?)、劉長卿
(709-780),還有錢起(722-780?)為首的,所謂「大曆十才子」之輩,大
多在開元、天寶盛世即已開始踏上人生旅途,接受過盛唐文化的薰陶,對
於安史之亂前的安定繁榮生活,仍然留有美好的記憶,而今又經歷動亂平
定後朝廷的「中興」局面,在詩歌創作上,似乎有意繞過杜甫那些反映動
亂流離,描述社會寫實的新聲,而直承王、孟。

但是,時代畢竟不同了,唐代社會經過近十年的動亂,文人士子已經
難以恢復盛唐時代那樣昂揚的精神、壯闊的氣象,乃至中唐詩人追求的,
主要是清淨淡泊的人生境界,於是轉而趨向前輩詩人王、孟一派的清淡詩
風。題材內容上,多寫個人的山水之趣,隱逸之懷,或鄉情旅思,不過已
經很少能達到王、孟詩中那種寧靜、明朗的境界。當然,在這些大曆詩人
筆下,偶爾也出現一些「貌似盛唐」的作品,但是,彷彿總少了那麼一股
慷慨激昂之氣、豪邁壯闊之勢,主要還是在清雅閒適的情致中徘徊,而且
往往浮現著幾分惆悵落寞的心境,流蕩著幾許幽獨傷感的情調。在藝術風
貌上,則比王、孟更為講求形式辭藻的精美,更著重琢字鍊句的新巧。這

方面，似乎又是杜甫的繼承。

試看韋應物〈寄全椒山中道士〉：

今朝郡齋冷，忽念山中客。澗底束荊薪，歸來煮白石。

欲持一瓢酒，遠慰風雨夕。落葉滿空山，何處尋行跡。

韋應物乃是大曆詩壇上成就最高的詩人，雖出身官宦世家，卻有一段頗為傳奇的身世經歷。天寶年間，大約十五、六歲時，曾入宮為玄宗禁衛軍的衛士。根據韋應物在〈逢楊開府〉一詩中的自述：「少事武皇帝，無賴恃恩私。身作里中橫，家藏亡命兒……。一字都不識，飲酒肆頑癡。武皇升仙去，憔悴被人欺。讀書事已晚，把筆學題詩。」全然是一個使氣任俠、桀驁不馴的青年。自認在安史之亂後，才開始讀書，學習作詩。以後則因作詩頗有些成就，方才被推舉選拔改任文官。根據李肇《國史補》的記載，韋應物在改任文官之後，性格大有改變，稱他「為性高潔，鮮食寡欲，所居焚香掃地而坐」。可見其一生，在安史之亂前後，已判若兩人。上引這首〈寄全椒山中道士〉，乃是韋應物中年以後，淡泊高潔的人格情性，與優閒自適的生活情趣之寫照。整首詩，寫的主要是對一位隱居山中道士的懷思，惟筆調從容，意趣淡雅，情懷閒適，尾聯「落葉滿空山，何處尋行跡」，一方面點出道士遠離俗世人煙，飄浮不定的行蹤，同時浮現著一分與人間俗世隔絕、寂寥冷落的心情。

再看劉長卿〈餘干旅舍〉一首：

搖落暮天迥，青楓霜葉稀。孤城向水閉，獨鳥背人飛。

渡口月初上，鄰家漁未歸。鄉心正欲絕，何處搗寒衣。

劉長卿在玄宗朝以進士及第，並就此踏入仕途，按理應當歸屬於盛唐詩人。但是他在詩壇的聲名，主要著聞於上元、寶應年(760-762)以後，因此文學史通常把他列為中唐詩人。按，劉長卿雖然仕宦以終，仕途卻並不順遂，曾遭人誣告而下獄，又兩度受貶謫，自然會流露一些厭倦仕宦、嚮往隱逸的情緒。整體視之，劉長卿的詩，在風格上，頗接近韋應物，是王、孟一派的繼承者。尤善於描寫自然風景，不但寫景如畫，其中往往流露著觀景者審美的情趣和心境。在詩壇上，以精於五言著稱於世，且亦頗

以此自負，嘗自許「五言長城」。上舉這首五律，寫的就是其投宿江西餘
干縣某旅舍時的經驗感受，傳達的是暮秋時節，羈旅途中的一分鄉愁，但
前三聯均是風景的展露，直到尾聯才點出「鄉心」。時間則由日暮時刻，
到明月初上，到夜闌人靜，遠方傳來搗寒衣的砧杵聲，顯示在時光流轉
中，詩人難眠之餘，佇足觀景之久長。所描述的景象中，秋風之「搖
落」，霜葉之「稀」少，以及城門緊閉的「孤城」，背人飛去的「獨
鳥」，惹人思鄉懷人的「明月」，均隱約透露心境的淒清冷寂。這當然和
劉長卿當前羈旅飄泊的處境有關，不過，淒清、冷落與孤寂，卻也是經常
縈繞在大曆詩歌中的情韻。

再看錢起〈題玉山柯叟壁〉：

谷口好泉石，居人能陸沉。牛羊下山小，煙火隔林深。

一徑入溪色，數家連竹陰。藏紅辭晚雨，驚隼落殘禽。

涉趣皆流目，將歸羨在林。卻思黃綬事，辜負紫蘭心。

錢起大概是繼王維之後，在京城享名最著的詩人。年輕時，對王維早
有仰慕之意，中舉後，於藍田縣尉任內，又時常和裴迪等在王維的輞川別
墅作客，流連山水，寄興詩酒。其〈藍田溪雜詠二十二首〉組詩，顯然是
有意模仿王維〈輞川集二十首〉之作。錢起雖然並非隱者，卻經常將隱逸
之懷、田園之趣融於其山水風景的描繪中，故而為文學史家歸類於王、孟
詩派。上舉五言古詩，乃是題詠隱者柯叟所居之作，當屬交遊應酬之章。
首聯即點出玉山村有佳山水，乃隱居的好處所，二至四聯則寫周遭農家景
色之恬靜和美氣氛，最後兩聯即表示，自己在如此充滿自然情趣中流連，
乃至引起不捨離去，但願就此山居的意念。整首詩，的確流露出王維詩中
經常呈現的、恬澹安詳的情趣。可是兩者相比照，錢起似乎更著力於山水
景物狀貌本身的刻畫。王維，尤其晚年以後，盡量以淡墨點染來呈現山
水，而錢起則每露刻畫的痕跡。如其中「藏虹辭晚雨，驚隼落殘禽」一
聯，寫隱藏的虹霓，在晚雨後消失，鷹隼過處，驚落了數隻尚未歸巢的禽
鳥，即足以顯示，錢起比王維更重視文辭的雕琢，乃至不時流露出「工
秀」的痕跡。或許猶如清人施補華《峴傭說詩》的觀察：

　　大曆劉(長卿)、錢(起)古詩亦近摩詰，然清氣中時露工秀。

　　澹字遠字微字皆不能到，此所以日趨於薄也。

　　不妨再舉錢起〈蘇瑞林亭對酒喜雨〉詩中，寫雨打荷花之狀兩句，以觀其「工秀」：

　　濯錦翻紅蕊，跳珠亂碧荷。

　　如此精細微妙的刻畫景物，彷彿回到南齊詩人謝朓等的工筆寫景，同時亦遙指向晚唐詩壇講求琢字鍊句的風味。

　　當然，王、孟諸人恬澹詩風的回響，是大曆詩壇的主流，但是，同時還有一股不容忽視的支流，將杜甫那些社會寫實詩歌的香火，承續了下來。

二、反映社會現實──杜甫的繼承

　　在詩中反映社會現實，表達詩人對民生疾苦的同情或不平之意，乃是大曆詩壇的一股支流，一個不太受一般文學史注意的側面。不過，這類詩歌在中唐詩壇的存在，卻不容忽視。如元結(719-772)、顧況(?-806?)、戴叔倫(732-789)等，均有一定數量的反映社會不平現狀，同情民生疾苦之作，他們乃是杜甫的社會寫實詩與以後元和詩壇之間的重要聯繫。其中尤其以元結的表現最令人矚目。

　　按，元結乃是北魏昭成皇帝什翼犍之孫常山王遵的十二代孫，是漢化的鮮卑族帝王之裔。其字次山，惟在不同時期每每為自己另取不同的號，中年以後則用「漫叟」為號。元結在安史之亂期間曾編輯《篋中集》，收錄其故交沈千運、趙徵明、孟雲卿、張彪、元季川、于逖、王季友等七位師友的古體詩作二十四首，用以鼓吹詩當「雅正」的宗旨[1]。元結自己的詩作，不僅在社會寫實方面接近杜甫，其體察民情、諷諭時政的自覺意識，甚至超越了杜甫。其實杜甫的感憤時事，關懷民生之作，既源自他儒

1　有關元結《篋中集》選詩如何「反詩界的主流」之論述，見楊承祖，《元結研究》(台北：國立編譯館，2002)，頁94-97。

者悲憫的胸懷，也與他個人顛沛流離的生涯密切相關，往往因時觸懷，有感而發，不必有意為之。元結則不同，其〈貧婦詞〉、〈農臣怨〉、〈去鄉悲〉諸新題樂府，則是經過有計畫、有系統的構思，意圖從不同角度揭示當時的社會貧富不平現象。

試以其〈農臣怨〉為例：

> 農臣何所怨，乃欲干主人？不識天地心，徒然怨風雨。
>
> 將論草木患，欲說昆蟲苦。巡迴宮闕旁，其意無由吐。
>
> 一朝哭都市，淚盡歸田畝。謠誦若采之，此言當可取。

全詩的宗旨顯然是站在同情農民的立場而發言：譴責朝廷官方不體恤農民的辛苦，甚至不理會農民的哭訴，頗有為農民請願的意味。這類的篇章，譴責諷諭政治社會的意味很濃，實際上顯得有些枯燥乏味，不太像詩，有點像政治評論，甚至像社會民情的調查報告。不過，卻也直接啟發了中唐元稹、白居易一輩的新樂府運動。也正因為元結是刻意記錄平民百姓的不幸事件，在語言上，專尚簡古樸拙，而且有時不免流於生澀峭硬。儘管如此，在文學史上，元結這類反映社會現實的詩篇，不但繼承杜甫那些關懷民生疾苦之作，同時又似乎逗引了以後元稹與白居易，以及韓愈與孟郊兩派分庭抗禮的不同詩風。

第三節　貞元、元和詩風——唐詩的「中興」

從貞元(785-804)中至長慶(821-824)、寶曆(825-826)，大約四、五十年間，是中唐詩歌發生「變新」的時期，也是文學史上唐詩的「中興」時期。

李唐王朝在安史亂後，經過大曆以後一段休養生息，總算逐漸恢復了一些元氣。到9世紀初的貞元、元和(806-820)之際，配合著朝廷內外要求政治改革的浪潮，以及文學革新的呼籲，詩壇出現了一鼓「中興」現象，成為盛唐之後，唐詩創作的第二次繁榮時代。大批的詩人，他們的創作傾向，審美趣味，雖各有千秋，但是都從不同立場角度，力求「變新」。概括而言，主要是朝兩個大方向發展，乃至在詩壇上形成兩個主要流派：一

是崇尚淺近通俗，另一則講求險奇怪誕。兩派詩歌的發展乃是同時進行，展現的是中唐時代詩人在力圖變新中，審美趣味的大改變，前者以通俗爲美，後者則以怪誕爲美。

一、崇尚淺近通俗——元白詩派

由杜甫開拓，經過元結等延續下來的感事諷時的詩歌傳統，爰及白居易(772-846)、元稹(779-831)諸人筆下，達到前所未有的繁榮現象。內涵和語言的淺近通俗，則是這些作品最顯著的標誌。

(一)以俗事俗語入詩

其實白居易自己的詩歌風格，尚搖擺未定之時，王建(767?-830?)、張籍(768?-830)諸人的作品中，已經開始以俗事俗語入詩，展現淺近通俗的傾向。

試先看王建一首小詩〈園果〉：

> 雨中梨果病，每樹無數個。小兒出戶看，一半鳥啄破。

王建與張籍交情深厚，二人在中唐詩壇同樣以寫樂府詩齊名。不過，王建亦以其〈宮詞一百首〉著稱，惟值得注意的是，王建的〈宮詞〉，已不同於漢魏以來描述宮女嬪妃哀怨情緒的「宮怨」詩，其展現的是，皇帝后妃在後宮中日常生活瑣屑事件的記錄。同時透露，在詩歌中，將宮廷生活、貴族活動尋常化、通俗化的傾向。值得注意的是，王建詩歌之尋常化、通俗化，亦流露在其他題材的作品中。如上舉〈園果〉小詩，不過是描述自己園中梨果生病，小兒去看，發現有一半都被鳥啄破了，如此而已。詩中並無詩人個人志向情懷的抒發，全然是日常生活中的瑣屑趣事，尋常用語。由此小詩已可看出，詩歌的內涵情境，詩人的審美趣味，朝向淺近通俗發展的趨勢。一些繼承杜甫、元結創作的新樂府詩，更是如此。

再看張籍〈野老歌〉（一作〈山農詞〉）：

> 老農家貧在山住，耕種山田三四畝。
> 苗疏稅多不得食，輸入官倉化爲土。
> 歲暮鋤犁傍空室，呼兒登山收橡實。

江西賈客珠百斛，船中養犬長吃肉。

詩中所述老農的貧困與無奈，是筆墨重點，山地的貧瘠，官稅的剝削，則是貧困的根源。但是最令讀者震撼的，還是尾聯於全詩中貧富懸殊的對比作用：一邊是老小登山攀摘野果充飢，一邊卻是「江西賈客珠百斛，船中養犬長吃肉！」全詩用語淺白易懂，故事雖悲慘，卻也尋常無奇，作者的社會意識，對黎民百姓的同情，昭然若揭。張籍的樂府詩，其他如〈牧童詞〉、〈征婦怨〉等，也都是些俗人俗事，往往由一人一事顯示社會現實的縮影。這類重寫實，尚通俗，旨在諷諭的作品，不但上承杜甫的社會寫實詩，同時也下啓元、白詩派的新題樂府。

此後元稹、白居易所寫的新樂府詩，同樣是以淺近通俗的語言，描述現實社會尋常百姓的命運，其他跟進的作者也不少，乃至形成詩歌走向通俗化的風氣，也是以後宋詩的日常生活化、口語白話化的先兆。

(二)為改革時弊寫詩

一般文學史所稱元稹、白居易提倡的「新樂府運動」，顯然是文學史家贈予的稱號，並非元、白等當事人之自稱。按，元稹與白居易二人均擔任過朝廷諫官，又是至交好友，平日互相酬唱，彼此影響。元稹〈和李校書新題樂府十二首序〉即嘗云：「予友李公垂貺予〈樂府新題〉二十首，雅有所謂，不虛為文。取其病時之尤者，列而和之。」已說明其新題樂府乃是有意為之。白居易受元稹啓發，繼而寫〈新樂府〉五十首，從此擴大了新樂府的聲勢和影響。

其實元、白諸人所寫的這些新樂府詩，不過是他們呼籲朝廷改革時弊的「副產品」，就唐詩的發展而言，乃是意外的收穫。白居易於〈寄唐生〉一詩中嘗自謂，其寫詩「非求宮律高，不務文字奇，惟歌生民病，願得天子知」。強調的是詩歌的政治諷諭作用，又在〈與元九書〉中，提出「文章合為時而著，詩歌合為事而著」的主張，並於其〈新樂府序〉中刻意說明其創作新樂府的原則與目的：

其辭質而徑，欲見之者易諭也；其言直而切，欲聞之者深誡也。
其事覈而實，使采之者傳信也。其體順而肆，可以播於樂章歌曲

也。總而言之，爲君、爲臣、爲民、爲物、爲事而作，不爲文而作也。

綜觀元稹〈和李校書新題樂府十二首〉（惟所和李紳原詩已失傳），其後又寫的〈田家行〉、〈織婦詞〉等，以及白居易〈秦中吟十首〉、〈新樂府五十首〉諸作，在題材內容上，皆涉及當時一些政治社會問題。如元稹的〈織婦詞〉，敘說蠶尚未結繭，官府就開始徵稅，害得蠶家女兒沒機會出嫁；〈田家行〉則批評朝廷的賦稅勞役制度，造成農民痛苦不堪。白居易〈秦中吟〉中的〈傷宅〉，呼籲達官貴人不要大興土木，建造林園，還不如把錢財用於拯救窮苦之人；〈輕肥〉則諷刺宦官的奢侈，與江南苦旱、人吃人的慘況相對照。其五十首〈新樂府〉中，〈新豐折臂翁〉、〈杜陵叟〉、〈上陽白髮人〉、〈澗底松〉、〈賣炭翁〉等篇，則分別諷刺當時宮廷中或政壇上，許多造成黎民百姓痛苦的現實狀況。

試舉〈賣炭翁〉爲例（題下自注：苦宮市也）：

賣炭翁，伐薪燒炭南山中。
滿面塵灰煙火色，兩鬢蒼蒼十指黑。
可憐身上衣正單，心憂炭賤願天寒。
夜來城外一尺雪，曉駕炭車輾冰轍。
牛困人飢日已高，市南門外泥中歇。
兩騎翩翩來是誰？黃衣使者白衫兒。
手把文書口稱敕，回車叱牛牽向北。
一車炭，千餘斤，宮使驅將惜不得！
半匹紅紗一丈綾，繫向牛頭充炭值。

這是白居易〈新樂府〉中第一首，其題下自注「苦宮市也」，清楚說明此詩的創作意圖，乃是揭露宦官出宮採購民間貨物的弊端，帶給人民的苦難。全詩筆墨始終圍繞在一名賣炭老翁一天的遭遇，其中包括，人物外貌的細節描寫：「滿面塵灰煙火色，兩鬢蒼蒼十指黑。」心理活動：「可憐身上衣正單，心憂炭賤願天寒。」賣炭經過：「夜來城外一尺雪，曉駕炭車輾冰轍。牛困人飢日已高，市南門外泥中歇。」隨即兩騎宮使的突然

駕臨:「兩騎翩翩來是誰?黃衣使者白衫兒。」二人聲稱乃是奉皇帝之旨辦貨,吆喝牛車轉向,拉著就往北走……。不但顯示宮使無視民間疾苦的蠻橫可惡,亦頗富故事戲劇效果。全詩可謂敘事清晰,脈絡分明,情節曲折,人物形象亦鮮明,語言則淺近通俗。顯然是依循樂府詩的傳統,同時又揭露詩人所面對的當代政風的腐敗黑暗。

以上所舉這些諷諭詩,主要乃是以人臣的身分,盡其規勸諍諫的責任,刻意計畫以時事入詩,意圖借助詩歌的諷諫作用,或許能感動皇帝,影響當朝,由此改革弊政。白居易〈與元九書〉中即嘗明言:

僕……身是諫官,手請諫紙,啓奏之外,有可以救濟人病,裨補時闕,而難於指言者,輒詠歌之,欲稍稍遞進聞於上。

諷諭詩創作的宗旨是「救濟人病,裨補時闕」,作者用心之良苦,的確感人;不過,其意卻並不在文學,而是政治。中國詩歌似乎又回到漢儒說詩的政教倫理傳統中。儘管如此,白居易這些新樂府詩流露的,對政治社會的批評,民生疾苦的關懷,上承杜甫,下啓宋詩,為宋詩中關懷社會的意識吐出先聲。

孰料白居易等為改革弊政所寫的諷諭詩,皇帝還沒看到,卻已令「權豪貴近相目而變色」,乃至「志未就而悔已生,言未聞而謗已成」(〈與元九書〉),很快就樹立政敵,繼而遭誹謗,受貶謫。從諫官到貶官,失意挫折之餘,難免心灰意冷,當初「為君、為臣、為民」而寫諷諭詩的熱情,也就降溫了。於是開始轉筆多寫個人身邊瑣事,諸如個人日常生活中,或流連風景的經驗感受,包括心境閒適、情懷傷感的生活小品。

(三)以身邊瑣事入詩

元和五年(810),監察御史元稹,因事得罪宦官集團,貶為江陵府士曹參軍。十年(815),左拾遺兼翰林學士白居易,亦因事被降謫出京,貶為江州司馬,此後即不斷在仕途生涯中浮沉,雖然繼續關心朝政,關懷民情,其詩歌創作的主要興趣,已不再刻意「為君、為民」而作,轉而為個人的抒情述懷而作。個人身邊的瑣事,平日的情懷感念,遂成為詩人關注的焦點。當然,淺近通俗的風格依舊,只是題材內容轉變了,也擴大了,

詩歌可以成為個人日常生活瑣事的記錄、一己生活情趣的表達。詩歌的功能，不再局限於政治諷諭，題材範圍則更為寬廣自由，幾乎已臻至無事不可入詩的地步。

綜觀現存白居易詩，描述範圍之廣之細，已遠超過杜甫。單就一些詩作的標題看，諸如〈自題寫眞〉、〈新製布裘〉、〈夜聞歌者〉、〈食飽〉、〈初見白髮〉、〈嘆髮落〉、〈晚出早歸〉、〈招東鄰〉、〈夜箏〉、〈問劉十九〉、〈二月二日〉、〈新沐浴〉、〈官舍小亭閒望〉、〈西樓獨立〉等，乃至閒居期間所作〈效陶潛體詩十六首〉等……，全然是個人日常生活中，平凡無奇的瑣屑經驗與感受，其中有優游閒適之趣，亦有慨然感傷之情。

試先看一首小詩〈問劉十九〉：

　　綠螘新醅酒，紅泥小火爐。晚來天欲雪，能飲一杯無？

其實是一首既殷勤、又風趣的邀請函。冬夜天寒欲雪，家有新釀的好酒一罈，邀請友人過來共飲一杯，如此而已。詩中無關朝政得失，也不問民生疾苦，沒有大場面，亦無攸關家國的大題材，寫的只是個人日常生活中的點滴，用的是淺近通俗的尋常語，流露的是，一分風雅閒適的心境。

再看其〈感舊詩卷〉：

　　夜深吟罷一長吁，老淚燈前濕白鬚。

　　二十年前舊詩卷，十人酬和九人無。

應該是寫於晚年退居洛陽香山期間，只因閒居輕鬆無聊，乃至翻讀「二十年前舊詩卷」至深夜，遂勾引起歷歷往事的回憶。可是「十人酬和九人無」，老友均已先後凋謝，紛紛離開人世，自己也老邁鬚白，倍感孤獨寂寞，不禁潸然淚下。全詩用語淺白，含意深遠，傳達的則是，人生在世，最普遍的生命情懷，最尋常的人生感慨。

另一首〈秋雨夜眠〉亦饒富尋常的人間情味：

　　涼冷三秋夜，安閒一老翁。臥遲燈滅後，睡美雨聲中。

　　灰宿溫瓶火，香添暖被籠。曉晴寒未起，霜葉滿階紅。

詩中用尋常的題材，瑣屑的生活細節，勾勒出一幅平凡的人物畫像：

一個老翁，在清冷的秋夜，安閒的臥遲，又在秋雨中安眠，天亮了，雨晴
了，還躺在溫暖的被窩裡，賴床，如此而已。值得注意的是，詩的標題是
「秋雨夜眠」，但全無傳統寫秋雨之夜、通宵難眠的淒寒愁苦。整首詩的
基調是閒適的、疏慵的。在季節的推移中，沒有悲秋之聲，在老翁的畫像
裡，亦無嘆老之意。傳達的主要是，老翁在經歷漫長的生命旅程後，對過
去，似乎無怨無悔，對當前，則懷著珍惜與滿足。如果這是一張白居易的
自畫像，那麼，他畫的不僅是一個安閒自足的老翁，還是一個有智慧的
老翁。

像前舉這些充滿日常生活氣息，洋溢著尋常人間情味的作品，實可遠
溯自陶淵明、杜甫的日常生活經驗感受之作，不過卻是在白居易筆下，方
成為日常生活中不可分割的一部分，並且是以後宋代詩歌「日常生活化」
的先兆。

(四)敘事詩臻至成熟

杜甫是在其感事諷時之作中，將敘事藝術正式帶入文人詩歌領域的先
導者，不過，杜甫的感事諷時之章，往往在敘事中夾雜著個人的抒情述
懷。這固然增強了作品的感染力，就敘事藝術而言，畢竟未能得到充分的
發展機會。此後元結以下的大曆詩人，在敘事中雖逐漸減少個人的抒情成
分，卻又大多未能掌握敘事生動的技巧，乃至宛如社會事件的記錄或綜合
報導，難免會顯得枯燥乏味。可是，元和時期，白居易、元稹等的感事諷
時之作，尤其是白居易的諷諭詩，如〈秦中吟〉、〈新樂府〉諸篇，儘管
創作宗旨是為進諫君王改革弊政之用，在敘事藝術上，卻攀上新的高峰，
展現出一套敘事詩歌的美學原則。

首先，或可就白居易的諷諭詩觀察：(1)每首詩，均一題一事，因此
主題集中，主旨明確；(2)有意勾勒細節，渲染情節，乃至增強敘事的故
事性；(3)注意人物外貌及內心活動的刻畫，遂令人物形象鮮明；(4)語言
平易流暢，風格樸實明朗，音節圓轉活潑，因而擴大讀者群的接受度。以
上四點，足以令敘事本身已做到曲盡情致，打動人心的地步，無須外加抒
情述懷的因素。這樣的作品，不僅顯示感事諷時詩歌之成熟，也是中國敘

事藝術臻至成熟的標誌。

　　其次，白居易〈長恨歌〉、〈琵琶行〉，以及元稹〈連昌宮詞〉、〈琵琶歌〉、〈會眞詩〉等，這類傳奇式的敘事長篇，更是中國詩歌敘事藝術成熟的最佳表現。

　　試以〈長恨歌〉節錄爲例：

　　　漢皇重色思傾國，御宇多年求不得。
　　　楊家有女初成長，養在深閨人未識。
　　　天生麗質難自棄，一朝選在君王側。
　　　回眸一笑百媚生，六宮粉黛無顏色。
　　　春寒賜浴華清池，溫泉水滑洗凝脂。
　　　侍兒扶起嬌無力，始是新承恩澤時。
　　　雲鬢花顏金步搖，芙蓉帳暖度春宵。
　　　春宵苦短日高起，從此君王不早朝。
　　　承歡侍宴無閒暇，春從春遊夜專夜。
　　　後宮佳麗三千人，三千寵愛在一身。
　　　金屋妝成嬌侍夜，玉樓宴罷醉和春。
　　　姊妹弟兄皆列土，可憐光彩生門戶。
　　　遂令天下父母心，不重生男重生女。……。
　　　含情凝睇謝君王，一別音容兩渺茫。
　　　昭陽殿裡恩愛絕，蓬萊宮中日月長。
　　　回頭下望恩愛絕，不見長安見塵霧。
　　　唯將舊物表深情，鈿合金釵寄將去。
　　　釵留一股合一扇，釵擘黃金合分鈿。
　　　但教心似金鈿堅，天上人間會相見。
　　　臨別殷勤重寄詞，詞中有誓兩心知。
　　　七月七日長生殿，夜半無人私語時。
　　　在天願爲比翼鳥，在地願爲連理枝。
　　　天長地久有時盡，此恨綿綿無絕期。

這是一首以唐玄宗和楊貴妃愛情故事為題材的長篇敘事詩，尾聯「天長地久有時盡，此恨綿綿無絕期」，可視為全詩的主題，同時亦點出以「長恨歌」命題的用意。值得注意的是，作者顯然並未從政治或道德立場批評玄宗與貴妃，而是以同情憐憫的態度，甚至欣賞的心情，歌詠一段超越生死界限、刻骨銘心的愛情，遂令玄宗與貴妃的愛情故事，即使牽涉到翁媳之間的「醜聞」，亦得以昇華成為一種文學典型，對後世影響可謂既深且遠。以後反覆敷演成小說、戲曲。如元代白樸〈梧桐雨〉、清代洪昇〈長生殿〉，均是著名的例子。

就藝術層面而言，全詩融合了古詩、樂府、變文說唱藝術的特點，以優美的韻律，絢麗的辭藻，流暢的行文，婉轉曲折地向讀者歌出一曲富有浪漫色彩的戀歌。其間敘事脈絡分明，繁簡得體，人物形象鮮明生動，尤其是兩人相思的描述，無論寫景或寫情，均細膩傳神，俳惻動人。可說是中國敘事詩的典範。

二、講求險奇怪誕——韓孟詩派

在中唐詩壇上，與元白詩派雙峰並峙，分道揚鑣，並且同時體現中唐詩風「變新」情況者，即是文學史上所稱的「韓孟詩派」，包括孟郊(751-814)、韓愈(768-824)、李賀(790-816)、賈島(779-843)等詩人，他們另闢蹊徑，企圖在盛唐的輝煌成就之後，進一步發展，別增一格。這些作家個人的風格彼此相異甚為明顯，但作為一個詩派視之，講求險奇怪誕的基本傾向，卻頗為一致。值得注意的是，元白詩派崇尚淺近通俗，出自批評時政的需要，韓孟詩派講求險奇怪誕，則源自對現實人生的不滿，兩者都是社會改革形勢下的產物。韓愈為古文運動提出的文學理論，如「大凡物不得其平則鳴」（〈送孟東野序〉），主張「惟陳言之務去」（〈答李翊書〉），正好說明講求險奇怪誕的緣由，也總括中唐詩歌在內涵意境和語言藝術兩方面的發展途徑。

(一)意境構思：光怪陸離，虛幻荒誕

在韓孟詩派作家的筆下，詩歌表現的內容，不再是某種確定的意思，

或明顯的主題。往往是內心崎嶇不平的情狀，或奇思異想的歷程之流露。即使寫的是現實生活境況，也多通過自己心靈的曲折歷程去反映，因此詩中展現的，往往是怪異荒誕，甚至扭曲變形的情景。

試看孟郊〈京山行〉：

> 眾蚖聚病馬，流血不得行。
> 後路起夜色，前山聞虎聲。
> 此時遊子心，百尺風中旌。

按，孟郊有一首傳誦千古的〈遊子吟〉，寫遊子思念母親，並歌頌永恆母愛的溫馨，乃是一首平易近人，打動人心之作。不過，孟郊寫詩，實際上是以苦吟著稱，特別注重造語鍊字，追求構思的奇特超常。上舉這首詩，同樣也寫遊子，寫的是遊子行旅途中的經驗感受。惟詩中主人公騎的是一匹病馬，遭飛蚖圍繞叮咬，乃至「流血不得行」，這已經夠悽慘了，偏偏此時夜色降臨，又聞前山虎嘯之聲，怎麼辦？當前尙無村落可以歇腳，遊子不只膽戰心驚，應該也毛骨悚然了。整首詩，可能源自詩人路過京山的親身經歷，不過從詩歌創作而言，構思怪異，用語奇特，意境荒誕，有點像從小說中擷取出來的情節片段，詩人意欲反映的，或許是人生旅途中，心靈上引起的一些令他極端不愉快的經驗感受吧？

韓愈寫詩，以風格奇崛見稱，亦是構思奇特的能手，經常在詩中使用一些盤硬、狂怪的語彙，展現光怪陸離的情景。其〈晝月〉即是一例：

> 玉碗不磨著泥土，青天孔出白石補。
> 兔入白藏蛙縮肚，桂樹枯株女閉戶。
> 陰爲陽羞固自古，嗟汝下民或敢侮。
> 戲嘲盜視汝目瞽。

詩的標題就頗奇特，用「晝」字修飾「月」，強調月亮的皓潔明亮，予人以白晝的感覺。但是詩中形容晝月的詞語，以及刻意塑造的情境，卻怪異得令人咋異。按，「陳言務去」，乃是韓愈爲文寫詩奉行的宗旨，此詩中，用泥土、蛙縮肚、桂樹枯株諸語，形容月亮的明淨，的確前所未見。又以傲岸的態度，戲謔的語氣，強調晝月明亮得令人無以目視。讀者

或許可以欣賞並佩服詩人「陳言務去」的創意，但是，傳統的、熟習的明月，在其輝照下，令人感到無限溫柔明麗淒美的意境，全然消失了。對長久習慣於傳統的明月意象的讀者，可能是一大震撼，難怪劉熙載（1813-1881）《藝概》即云：

> 昌黎詩，往往以醜爲美。

所謂「美醜」，當然與主觀的感受有關，因此難免見仁見智，不過，在文人士大夫的文化傳統中，總有一些可以依循的共同審美標準，韓愈這首詩，似乎刻意以醜爲美，正顯示在創作上意欲顛覆傳統，力圖另闢蹊徑的痕跡。

其實，詩歌講求險奇怪誕的特色，並不局限於韓、孟諸人的圈內，而是詩歌發展至一個階段，詩人爲了有所突破，求新求變，自然產生的現象。就如傳統詩論者譽爲「鬼才」的李賀（790-816），亦以構思奇巧見稱，彷彿有意翻轉詩情，經常把向來人所厭惡的事物，寫得色彩斑斕。乃至一般認爲不美的，甚是醜惡恐怖的，令人厭惡，令人毛骨悚然的事物，在李賀筆下，可以變得幽微淒美，予人以美的幻覺。

試看其〈南山田中行〉：

> 秋野明，秋風白，塘水漻漻蟲嘖嘖。
> 雲根苔蘚山上石，冷紅泣露嬌啼色。
> 荒畦九月稻叉牙，蟄螢低飛隴徑斜。
> 石脈水流泉滴沙，鬼燈如漆點松花。

李賀的鬼詩，基本特點就是幽冷飄忽、怨鬱哀豔、淒迷荒誕。此詩主旨，是寫南山田中行所見的「鬼火」。不過，與韓愈詩最大的不同則是，李賀喜將毛骨悚然的事物，轉而寫得淒迷哀豔，故而比較容易引起讀者的同情與共鳴。其實李賀不僅寫鬼魂，還寫神仙，以及一些令人不悅或畏懼的主題，如死亡、黑夜、寒冷。

韓愈、孟郊、李賀等中唐詩人寫詩，往往講求險奇怪誕，展現的是，在漫長的詩歌傳統中，詩人力求變新的創作意圖，以及審美趣味的一大改變。同時顯示，所謂傳統與創新，所謂優美與醜陋，不過是審美趣味的輪

轉而已。

(二)語言藝術：造語險怪，以文為詩

在中唐詩壇，與講求險奇怪誕之美相關聯的，就是造語上的怪異，以及造句的散文化傾向。試以韓愈〈忽忽〉一詩為例：

忽忽乎余未知生之為樂也。願脫去而無因，安得長翮大翼如雲生我身。乘風振奮出六合，絕浮塵死生哀樂兩相棄，是非得失付閒人。

像這樣在行文中不避虛詞「之乎者也」，而且忽長忽短的詩句，模糊了詩與文的文體界限，促使韓愈詩歌之散文化，比起偶爾夾雜散文句式的李白詩，更為徹底，乃至進一步助長了詩歌散文化的氣勢，形成韓愈詩歌奇崛參差之美的特色。

三、清新豪峻，幽冷孤峭──獨特詩風詩人舉例

中唐詩壇，除了以上所論元白、韓孟兩大主流詩派之外，還有一些在詩歌創作上，難以歸類於這兩大詩派，卻又有獨特成就的詩人，如劉禹錫（772-842）、柳宗元（773-819）即是。在政治立場上，劉、柳二人均曾經參與貞元、元和年間政治革新與文體革新運動，又同時因政治革新失敗，而屢次遭受貶謫。但在唐詩的發展上，卻並不屬於兩大詩派的陣營，只是各自扮演其獨特的角色。如劉禹錫為晚唐懷古詠史之興盛展開序幕，柳宗元則為盛唐山水田園之風行吟出卒章。

(一)晚唐懷古詠史之序幕──劉禹錫

劉禹錫與柳宗元其實是政治革新的同志，也是好友，二人政治遭遇相似，文學聲望亦同，故時人稱「劉、柳」。但劉禹錫活到七十一歲，柳宗元年方四十六歲即去世。劉禹錫晚年還有機會與白居易結為知交，在長慶、大和年間（821-835），與白居易同為詩壇領袖，並稱「劉、白」，二人酬唱的詩，還經人輯集成《劉白唱和集》。劉禹錫的詩，寫得流暢自然，而且有一股清剛之氣流露其間，白居易即稱其為「詩豪」。就文學史的觀點，最令人矚目的，乃是其創作多量的懷古詩，亦即詠懷古蹟的詩，

在造訪古蹟之際,緬懷於歷史往昔,引起一分對當前的感懷。

試以其〈西塞山懷古〉為例:

> 王濬樓船下益州,金陵王氣黯然收。
>
> 千尋鐵鎖沉江底,一片降幡出石頭。
>
> 人世幾回傷往事,山形依舊枕寒流。
>
> 今逢四海為家日,故壘蕭蕭蘆荻秋。

西塞山位於今湖北大冶東南長江邊,地勢險要,狀似關塞,三國時代曾是東吳境內重要的江防前線。劉禹錫緬懷的,就是王濬水軍擊敗東吳的一次戰爭,同時也是中國由分裂而統一的一個轉捩點。按,太康元年(280),晉武帝司馬炎下令討伐東吳,命益州刺史王濬為龍驤將軍,在益州造船備械,從成都出發,沿江東下,一路勢如破竹,攻破東吳江防堡壘,直搗金陵,結束了三國紛爭局面,由此統一。這首〈西塞山懷古〉,緬懷的就是發生於西塞山的這次歷史事件。前四句,回顧歷史,追述晉伐吳之事,筆力豪邁,情調高昂。後四句,則將此個別事件提升至普遍的感懷,感嘆歷史的盛衰興亡。一切都成為過去了,世事無常,西晉之後,又經過多少朝代的更替,人事的變遷,惟山川依舊,自然永恆,所有人間的征戰與個人的壯志,只不過剩下故壘邊蘆荻在秋風蕭蕭中搖曳而已。詩中含蘊的,彷彿有一分對朝政改革失敗,中興成夢的感慨,以及對當前時局的憂慮和感傷,也是對李唐王朝盛世一去不返的哀悼。以後晚唐懷古詠史詩之風行,可說是由劉禹錫掀開的序幕。

(二)盛唐山水田園之卒章——柳宗元

文學史一般皆視柳宗元與韓愈同為鼓吹古文運動的主將,並稱「韓柳」;惟在詩歌創作方面,則將柳宗元與韋應物同歸於王維、孟浩然之流派,稱「王孟韋柳」,同屬唐代山水田園詩派。柳宗元現存詩,大部分均寫於流放永州十年的謫居生活期間(805-815),的確寫了不少流露優閒淡泊情趣的山水詩,可以見其「樂山水而嗜閒安」(〈送僧浩初序〉)的一面。

試看其〈雨後曉行獨至愚溪北池〉:

> 宿雲散洲渚,曉日明村塢。

> 高樹臨清池，風驚夜來雨。
>
> 予心適無事，偶此成賓主。

　　首聯寫雲散日出之際，溪景之清麗，並點明「雨後曉行」之題旨。二聯乃是展現「愚溪北池」之景色，上句寫樹高池清，池中倒影可以想見；下句寫晨風乍起，昨夜的雨水從樹上抖落下來，此時池中漣漪不斷，也盡在不言中。兩句不僅寫景，也是賞景之「趣」的捕捉。尾聯「予心適無事，偶此成賓主」，表示如此清幽絕俗的景色，與詩人目前的優閒淡泊心境，正好彼此相契，賓主相歡。不過，就在這份優閒淡泊中，又往往含蘊一分幽冷孤峭的意味，這正是山水田園詩派在中唐與盛唐之間風貌已儼然不同的寫照。

　　試再以一首〈江雪〉為例：

> 千山鳥飛絕，萬徑人蹤滅。孤舟蓑笠翁，獨釣寒江雪。

　　詩中之蓑笠翁，融身大化自然，引發如詩一般的情趣。獨釣寒江之優閒自適，應是此詩的主題，但其間浮現的，在遼闊蒼茫環境中，彷彿說明一種人生態度，一種遠離俗世塵纓、恬澹自適的人生態度，不過卻又流露一分幽獨落寂的情懷。

　　柳宗元與王、孟、韋三人最大的不同，就是他的山水詩，大部分都寫於流放貶謫期間。其詩中所記登臨柳州山水，或心慕陶淵明的隱逸，不過主要還是為排遣鬱結於胸中的激憤與憂傷，這一點則與謝靈運更為相似。柳宗元幽冷孤峭的山水詩，既代表獨特的個人風格，同時也為盛唐興起的山水田園詩派，劃上一個圓滿的句點。此後晚唐詩，將會另有一番情懷，成為詩人關注的焦點。

第六章
晚唐夕暉

第一節　緒說

晚唐詩的期段，大約從文宗開成初至昭宣帝天佑四年(836-906)，其間經過幾次大動亂，而黃巢之亂(875)歷時十一年，規模之大，破壞之甚，遠超過安史之亂。李唐王朝從此風雨飄搖，江河日下，逐步走向滅亡。詩歌方面，「盛唐氣象」早已成為輝煌的過去，貞元、元和年間那種名家輩出，風格流派紛陳的中興局面，也冷落下來。唐詩的發展，正是「夕陽無限好，只是近黃昏」(李商隱〈樂遊原〉)，已進入夕陽餘暉的最後階段。

晚唐詩人中，除了杜牧(803-852)、溫庭筠(812-870)、李商隱(813?-858?)諸人之外，已缺少卓然屹立，開宗立派的大家。多數作者或是前一時期某家詩風的追隨者，或徘徊、折衷於不同流派之間。不過，就晚唐詩歌發展的總趨勢而言，仍然可以觀察出以下兩點頗為普遍的現象：

一、辭藻駢儷的偏愛

除了少數個別詩人，有意轉向樸實淺白，以示抗衡之外，大多數晚唐詩人，都致力於作品辭藻形式之駢儷精美，在措辭用語方面的審美趣味，可說是南朝詩歌唯美風氣的復甦。當然，這一點從杜甫的「晚節漸於詩律細」(〈遣悶〉)，就已經起步了，只是到晚唐，才成為詩壇的普遍現象。

二、哀傷情調的沉湎

置身於李唐王朝急速衰敗的大環境背景之下,晚唐詩人在心態上,發生了很大的變化。他們不像盛唐詩人那樣昂揚激越,生氣蓬勃,也不像中唐詩人那樣焦慮時局,激憤不平,而是把視野從廣闊的政治社會收回來,側重於抒寫自我,沉溺於個人的小天地中:或流連光景,徘徊於歌臺舞榭的詩酒風流,或咀嚼深曲委婉的內心世界,而且往往浮現著一種屬於末世的淒哀傷感情調。

從唐代詩歌整體發展的脈絡看來,晚唐詩風的演變,或許可以分為大中詩壇與唐末詩壇兩個期段,且各有其時代特徵。

第二節　大中詩壇

文宗開成初至宣宗大中末(836-859),這二十多年間,朝政上,是李唐王朝由「中興」走向末路的過渡時期,詩壇上是由中唐到晚唐,詩歌的題材內涵與審美趣味方面,產生新變的開始。主要表現在以下三方面:

一、歷史往昔的緬懷

活躍於這時期的詩人,面對日趨黑暗混亂的政治環境,在暴風雨前夕的低氣壓中,心靈上普遍感到抑鬱苦悶;倘若環視當前,回思過去,則經常湧現一分對歷史往昔的緬懷之情。反映在詩壇上,就是懷古詠史詩的大量出現。因此,從盛唐的杜甫,到中唐的劉禹錫,相繼開拓的,寄寓著個人強烈感嘆當前的懷古詠史詩,很快就在一些晚唐詩人筆下,進一步發展。值得注意的是,盛唐詩人在懷古之際,往往還帶有前瞻的意味,中唐的懷古詠史,則經常寄託著對當前中興的期盼,可是在晚唐詩人筆下,則已普遍流露出哀傷追悼的情懷。

試看許渾(791?-858?)〈咸陽城東樓〉(一作〈咸陽城西樓晚眺〉):

一上高城萬里愁,蒹葭楊柳似汀洲。

溪雲初起日沉閣，山雨欲來風滿樓。

鳥下綠蕪秦苑夕，蟬鳴黃葉漢宮秋。

行人莫問當年事，故國東來渭水流。

　　許渾在文學史上並非「主流」詩人，不過在當世則頗有詩名。唐末的韋莊，甚至稱讚他「江南才子許渾詩，字字清新句句奇」（〈題許渾詩卷〉）。後世對許渾詩的重視，主要是因其登覽懷古之作，具有時代詩風的代表性。上舉之詩，可謂許渾登覽懷古之作的代表。按，咸陽原屬秦、漢的故都，而秦、漢二朝是何等強盛輝煌的朝代，可是如今，眺望秦苑、漢宮，俱成陳跡，徒有令詩人在夕陽西下，秋風蕭瑟裡，眼見鳥下綠蕪，耳聽蟬鳴黃葉而已。朝代盛衰，人世變換，莫不如此。這首詩，表面上感嘆的是秦、漢盛世不再，繁華落盡，實際上則寄寓著，對大唐王朝「山雨欲來風滿樓」的無奈，以及國勢衰敗已不可挽回的悲哀。

　　當然，將懷古詩在藝術上帶至新階段、新境界者，則是杜牧（803-852）。許渾的懷古詩，在內涵意境上均大抵相似，往往從人事已非，景物依舊開始，最後點題，或發表議論，或抒發感懷，如其〈金陵懷古〉，尾聯「英雄一去豪華盡，唯有青山洛水中」，即含蘊著與〈咸陽城東樓〉同樣的，古今興廢、山河陳跡的慨嘆，暗示對晚唐江河日下的政治現實的憂戚與感傷。不過，杜牧的懷古詩，卻風格多樣，有的全無議論痕跡，而議論已化入形象之中。有的則全篇議論，表現自己的史觀。總之，不拘一格，變化多端。

　　試看其〈題宣州開元寺水閣，閣下宛溪，夾溪居人〉：

六朝文物草連空，天澹雲閒今古同。

鳥去鳥來山色裡，人歌人哭水聲中。

深秋簾幕千家雨，落日樓臺一笛風。

惆悵無因見范蠡，參差煙樹五湖東。

　　宣州乃是六朝古城，開元寺始建於東晉，亦屬六朝古蹟。全詩寫的是詩人在開元寺水閣上，俯瞰宛溪，遙望敬亭山之際，引發的古今之嘆，今昔之感。這原本是懷古詩之慣有意境。不過，上引詩中以歷史朝代的盛衰

無常，與自然生命的永恆循環相對照，又以自然生命的永恆，與個人生命的短暫相對照，於是，在個人、歷史、自然三重時空交錯關係中，引發了對人生的體認與感懷：自然永恆，今昔不變，而人事變幻無常，故而引起一分功成身退後，當從此隱逸江湖、投身永恆自然之想。全詩境界浩闊遠大，含意婉曲遙深，爲傳統的懷古詩拓展了詩境。

此外，杜牧有的懷古詩，顯然主要是借題發揮，其宗旨乃是發表自己對歷史事件的見解與感慨，故而往往貌似懷古，實則詠史，乃至模糊了懷古與詠史兩種詩歌類型的傳統界限。如其〈赤壁〉即是一例：

> 折戟沉沙鐵未消，自將磨洗認前朝。
> 東風不與周郎便，銅雀春深鎖二喬。

一般懷古詩，主要是憑弔歷史古蹟而引發的感懷，因此，詩中須有古蹟本身或周遭風景的描寫，以及歷史人物或事件的追憶，加上詩人當前的感懷，重視的是，「情和景」。詠史詩則稍異，雖然亦以過去的歷史爲題材，卻無須借助古蹟，只是純粹的回顧歷史，針對歷史人物或事件抒發感懷，表達意見，或加以評論。重視的則是，「事和理」。可是上舉這首詩，雖標題〈赤壁〉，其實並無赤壁一帶古蹟風景的描述，至於首句「折戟沉沙鐵未消」，指涉的乃是一件「出土古物」，一根折斷的鐵戟，或許是曾經沉沒在水底沙土中達數百年之久之古物，至於如何出土，如何獲得，詩中並未交代，惟「自將磨洗認前朝」，經過一番磨洗，自己認爲是赤壁戰役的遺物，於是引起對此段歷史事件的緬懷。作者對赤壁之戰這次歷史事件的見解，就是「東風不與周郎便，銅雀春深鎖二喬」。兩句既是議論，亦是感嘆，也是對三國英雄周瑜的調侃。妙在從反面落筆：倘若這次東風不給周郎以方便，那麼，勝敗雙方可能就要易位了。換言之，曹軍勝利，孫權、劉備失敗，大小二喬就會被曹操擄去，深鎖在銅雀臺，那麼整個歷史形勢則將完全改觀。這樣一首懷古詠史詩，引起很大的回響，歷來論者贊同或不滿杜牧「史觀」的意見者紛陳。惟此處值得注意的是，這是一首「詩」，屬於文學創作，至於杜牧的「史觀」是否「正確」，應該不是關注的焦點。重要的是，杜牧對懷古詠史詩傳統的繼承與創新，以及

在唐詩發展過程中扮演的角色。

　　晚唐詩人的情懷，在時代政局的陰影下，既不同於開元、天寶盛世文人那樣，意欲建立不世功業，追求永恆聲名的心理狀態，亦不同於貞元、元和年間文人那樣，立意改革政風，企望中興的心情。晚唐詩人已經面對現實，並接受現實，將時代的強盛與繁榮，視爲不可挽回的過去，把中興的願望，化爲一分無盡的緬懷與深沉的嘆息。這是何以懷古詠史詩，會成爲晚唐詩壇普遍抒寫的詩歌類型。

二、愛情主題的吟詠

　　晚唐詩歌創作的另一主要趨勢，就是有關男女愛情詩之多量出現。按，男女愛情詩自《詩經》始，繼而有漢魏兩晉南朝詩人吟詠的綺情兒女之思，其傳統可謂久遠。不過，隋唐以後，文人士子寫詩，往往多以「公生活」爲主，亦即詩人的仕宦生涯與才能抱負爲關注焦點。初、盛唐詩中，除了一些樂府詩的模擬之作外，有關男女愛情之詩，並不多見。中唐以後，比較多量以愛情入詩者，首推元稹，寫了不少與女方纏綿難捨的豔情詩；此外，李賀也偶然抒寫幾首。但是，爰及晚唐，抒寫男女愛情，幾乎成爲詩壇懷古詠史之外的另一種普遍現象。而李商隱(813?-858?)則是將中國愛情詩推向高峰的首要作家。

　　李商隱的愛情詩，寫得深情綿邈，又迷離飄忽，並且把男女豔情，由形影相隨昇華到愛情境界的吟詠，甚至帶有精神追求的意味，這顯然是漢魏以來吟詠男女綺情主題在格調意境方面的「提升」。

　　試看李商隱一首〈無題〉：

　　　相見時難別亦難，東風無力百花殘。
　　　春蠶到死絲方盡，蠟炬成灰淚始乾。
　　　曉鏡但愁雲鬢改，夜吟應覺月光寒。
　　　蓬山此去無多路，青鳥殷勤爲探看。

　　全詩沒有故事，亦無情節，寫的就是一分刻骨銘心、纏綿悱惻的愛情境界，主題就是情之癡、愛之苦。這份愛是圍繞著「別離」而湧現出來

的，是相愛卻不能形影相隨的困境中感受出來的。詩人對他所愛的人，並
未直接去描寫，二人為何相愛，又為何不能長相廝守，也隻字不提。甚至
整首詩，不見一個「愛」字，但卻是一首充滿愛之情的詩，可以令讀者體
會到一分無限的深情，一分極端的無奈，一分在愛的沉溺中、煎熬中，揉
雜著失望、落空、淒涼、悲哀，卻又執迷不悟的複雜情緒。這與漢魏六朝
樂府詩中，明白訴說主人公在愛情婚姻中的經驗與感受，以及文人筆下綺
情兒女之思的情愫，已有很大的差別，而且與日後興起於市井的通俗文
學，諸如詞、曲或小說中的愛情，亦大相逕庭。

　　李商隱詩中，經常把男女之間的愛之情，寫得幽微婉曲。而與其在晚
唐詩壇有「溫李」之稱的溫庭筠，筆下則更強調愛情在感官方面的意趣，
因此在同類詩中，往往浮現著脂粉的香氣。試以溫庭筠〈偶遊〉為例：

　　曲巷斜臨一水間，小門終日不開關。

　　紅珠斗帳櫻桃熟，金尾屏風孔雀開。

　　雲髻幾迷芳草蝶，額黃無限夕陽山。

　　與君便是鴛鴦侶，休向人間覓往還。

　　標題「偶遊」，已經點出這次出遊的偶然與輕鬆意味。全詩寫的，就
是對曲巷(指妓院)中一位美豔女子的鍾情之意。從隔水相望，到小門緊
閉，到入室後，但見精描細繪室內擺設之富麗堂皇，美人雲髻之清香迷
人，額黃眉黛間之含情默默，到二人如鴛鴦侶般兩情繾綣，宛如身臨蓬萊
仙境，故而不必向人間去尋覓了。這種帶有脂粉香氣、筆調輕豔的作品，
與李商隱的愛情詩，最大的不同就是人物形象清晰，情節比較具體，顯得
有生活氣息，有世俗情味。這些特點，同樣也反映在溫庭筠的豔詞中。

　　中國詩歌中的懷古、愛情主題，就是在這些晚唐詩人筆下，臻至發展
的高峰。惟值得注意的是，所以形成晚唐詩歌不同於前代之時代特色，或
許主要乃是詩歌創作審美趣味的變新。

三、審美趣味的變新

　　晚唐詩歌在審美趣味方面的變新，最明顯的就是在情思意念、情韻境

界上，往往追求一分幽微隱約的美，這在李賀一些作品中，已初見端倪。但李賀詩的幽微隱約，主要是他獨特的人格情性所致，是他心靈歷程的反射，是隨興使然造成的。可是李商隱詩中的幽微隱約，往往出自自覺的追求，刻意的營造。把濃烈的情思意念，隱藏起來，用一些瑰麗的意象，冷僻的典故，重疊的隱喻，令詩的情思境界，營造得朦朧迷離。故而顯得感情細膩，情調淒迷，令人難以確指，但又充滿魅力。李商隱許多無題詩，甚至有題詩，都顯示這樣的特色。其中最有名的，自然是〈錦瑟〉：

> 錦瑟無端五十弦，一弦一柱思華年。
> 莊生曉夢迷蝴蝶，望帝春心托杜鵑。
> 滄海月明珠有淚，藍田日暖玉生煙。
> 此情可待成追憶，只是當時已惘然。

詩題是「錦瑟」，但全詩除了首聯點出由錦瑟起興之外，其他都與錦瑟無關。從詩的架構看，尾聯是總結，表示追憶的是一些過去的情懷。但這些情懷是什麼？到底牽涉到哪些具體方面的情和事，詩中並未明言，只在中間四句，用一些繁富隱晦的典故，塑造成一些瑰麗朦朧的意象來傳達。整首詩瀰漫著濃郁的惆悵、迷惘、困惑、癡迷、憾恨、哀傷的情調，但具體的內容，則很難確解。至今尚未能在學界獲得共識。唯一的共識，或許就是全詩中滿了幽微曲折、朦朧隱約之美，令人迷惑，卻又魅力無窮。

李商隱這類的作品，擴大了詩歌的感情容量，提供一種更細膩、更複雜的表現方式，為唐代詩歌開闢了新天地。以後，還成為北宋初期詩壇如楊億諸人「西崑體」追隨模範的對象。

第三節　唐末詩壇

唐懿宗咸通初至昭宣帝天祐末(860-906)這四十年間，社會動亂頻起，僖宗時更爆發了歷時長達十一年的黃巢之亂(875-886)，動盪遍及全國，並曾一度攻克長安。這一陣急風暴雨，猛烈地撼動了李唐王朝的根

基,生活在這時期的詩人,開始從個人的哀傷中走了出來,在動亂世局中,各自尋求心靈的寄託,有的將視野投向社會現實,有的將情懷轉向淡泊冷漠,有的則把興趣托於綺情豔思。這些態度和心情,均反映在唐末的詩歌創作中。

一、社會寫實的回響

文學史上熟知的晚唐社會寫實名篇,諸如皮日休(834?-883?)〈正樂府〉、韋莊(836-910)〈秦婦吟〉,還有聶夷中(837-884?)的一些反映民生疾苦的五言短古,以及杜荀鶴(846-907)的許多政治諷刺詩,大多寫於這段時期前後。這些社會寫實作品,成了唐末大動盪時代的見證,可說是杜甫在安史之亂前後所寫感事諷時之作,以及貞元、元和期間元、白諸人社會寫實諷諭詩的回響。

在整體風格上,唐末這些社會寫實之作,與前一段時期溫庭筠、李商隱詩派的雕飾濃豔風格,判然有別。基本上可謂繼承元、白諷諭詩的精神,也追隨白居易的淺近通俗。雖然亦可謂是以後宋初詩壇風行「白體」的前驅(詳後),不過卻沒有中唐諷諭詩中的光彩,同時缺乏中唐詩人指陳時弊、要求改革的激情。展現的,往往以「冷嘲」代替「熱諷」,用「喟嘆」淹沒了「抗議」。此外,在敘事抒情上,也少見韻味深長之作,格局氣勢已露出衰亡時代的痕跡,浮現的宛如末世的悲哀與無奈。

試以杜荀鶴〈亂後逢村叟〉為例:

> 經亂衰翁住破村,村中何事不傷魂!
> 因供寨木無桑柘,為點鄉兵絕子孫。
> 還似平寧徵賦稅,未曾州縣略安存。
> 至今雞犬皆星散,日暮西山獨倚門。

杜荀鶴嘗自稱「詩旨未能忘救物」(〈自敘〉),表示對社會民生的關懷,是其詩歌創作的宗旨。上舉杜荀鶴詩例,反映的即是詩人濃厚的社會意識。述說的是,戰亂已經帶給農村「何事不傷魂」的苦難,戰後卻還要遭受朝廷照豐年盛世那樣,橫徵賦稅的盤剝,遂造成「至今雞犬皆星

散」。不聞雞犬之聲的農村，顯然已生機全無了，剩下的只是一介村叟「日暮西山獨倚門」的淒涼。最後以村叟獨自倚門之景狀作結，爲全詩增添了的淒苦的韻味，卻也流露一分無可奈何的悲哀。全詩的「喟嘆」淹沒了「抗議」，這畢竟是晚唐末世之作了。

二、淡泊冷漠的表露

　　黃巢之亂雖暫告平息，但李唐王朝大勢已去。軍閥藩鎭實際上已瓜分了大唐帝國的版圖和權勢。雖然李唐皇室在藩鎭互相牽制傾軋的夾縫中，苟延殘喘了二十多年，唐代的覆滅，已指日可待。生活在這時期的文人士子，對國運已不存任何幻想，環顧四周，已找不到什麼可以寄託的希望，於是關懷社會現實的興趣，隨即轉向。自我表現，自我排遣，成爲寫詩的主要目的。不過，大中時期以前的短暫安定，已不復存在，即使是紙醉金迷的意興，也難以展開。詩人的情懷，遂超越政治現實生活之外，轉向淡泊冷落。

　　試看皮日休三十首〈自遣〉其中兩首：

> 長嘆人間髮易華，暗將心事許煙霞。
> 病來前約分明在，藥鼎書囊便是家。
> 本來雲外寄閒身，遂與溪雲作主人。
> 一夜逆風愁四散，曉來零落傍衣巾。

　　皮日休的身世遭遇極富傳奇性。懿宗咸通八年(867)進士及第，曾授著作佐郎、太常博士等職，以後竟然參加黃巢叛軍陣營。黃巢建大齊國號後，還授予翰林學士。後事如何，則說法不一。一說因故爲黃巢所害，一說黃巢兵敗後爲唐皇室所殺，或謂黃巢敗後流落江南病死。其實，皮日休亦嘗創作一些諷刺朝政之作，如〈橡媼嘆〉即是著名的例子。不過，其〈自遣〉三十首組詩，則是個人抒情述懷之章，是一個在亂世中的知識分子，看透世情的表露，傳達的往往是，對生活的淡泊，對社會的冷漠，卻又浮現一聲無奈的嘆息。

　　再看司空圖(837-908)〈偶詩五首〉其五：

中宵茶鼎沸時驚，正是寒窗竹雪明。

甘將寂寥能到老，一生心地亦應平。

司空圖以其暢談詩歌理論的《二十四詩品》見稱於文學批評理論史，上舉詩例，主要寫其在淡泊生活中，意圖尋求一點慰藉與寄託，卻流露出一分亂世的無奈與悲涼心情。這種安於狹窄生活的小境界，雖屬唐末詩人的心聲，卻已為北宋初期一些詩人，如林逋、寇準等，在詩歌中意圖揚棄悲哀，追求寧靜的先兆。

三、綺情豔思的追求

另外有一些唐末詩人，在身逢亂世的無奈中，轉向追求冶遊生活，多寫花街柳巷，金蘭繡戶，追求綺豔纖柔的情趣，宛如南朝宮體豔情詩的復活，惟寫得更為細膩、新巧。例如韓偓(844-923)《香奩集》一百多首，可謂是專意於金蘭繡戶的綺情豔思之作。

試看其中一首〈秋千〉，描寫一個盪秋千的女子的嬌媚情態：

秋千打困解羅裙，指點醒醐索一尊。

見客入來和笑走，手搓梅子映中門。

像這樣的作品，在唐末出現不少，統稱「香奩體」，不但可以回溯至南朝宮體詩對女性情態之美的賞愛與描述，亦明顯點出，晚唐之際，詩與詞一樣，展現其朝向「豔科」發展的趨勢，甚至遙指北宋期間的閨情詞。試看李清照(1084-1151?)一首〈點絳唇〉，其中某些情境，或許即脫胎於此：

蹴罷秋千，起來慵整纖纖手。露濃花瘦，薄汗輕衣透。　見有人

來，襪剗金釵溜。和羞走，倚門回首，卻把青梅嗅。

韓偓筆下的香奩體，展示的主要是男女綺情豔思之類的詩作，到唐末時期，不但流露詩壇審美趣味的改變，同時亦點出，詩歌已經出現開始「詞化」的現象。此處所謂「詞化」，自然包括日常生活化與世俗情味化。宋人就曾誤以《香奩集》為五代詞人和凝之詞作。

小結：

　　詩與詞，廣義視之，雖同屬詩歌的範疇，卻各有其淵源傳統，以及特別風行的時代，乃至在文學史上予人以「唐詩宋詞」的印象。從詩到詞，其間是否有承傳關係？抑或另起爐灶？這將是有待於後面另闢篇章討論。

　　惟不容忽略的是，詩歌自漢魏以來，即成為中國文學的主流，是文人士子抒情述懷言志的主要媒介，並未因朝代的更替或時代的盛衰而消歇，亦未因其他文類諸如小說戲曲之興起或流行而沉默。自宋元至明清，詞曲小說諸俗文學逐漸受到文人士大夫之重視，甚至成為一個時代的文學標誌，但是，詩歌之創作，卻始終保持其無法動搖的「正統」地位。故而下面一章，嘗試論述後世詩人如何在唐詩的餘波蕩漾中繼續寫詩，並且展現出各個時代的風格特徵。

第七章
唐詩的餘波蕩漾

　　中國詩歌的發展，自《詩經》綿延至李唐，可謂已臻至高峰，但這並不表示唐代以後的詩歌即停滯不前。後世對唐詩的繼承，絡繹不絕，宗唐之聲，亦從未消歇。不過，畢竟因時代環境的差異，文壇風氣的不同，即使後代詩人因仰慕唐詩而有意追隨模仿，仍然會展現出其時代詩風的某些特色。尤其是緊接唐詩之後的宋詩，成就如何，一直是文學史關注的焦點。當然，宋代文人不像唐人那樣多集中於詩歌創作，其他不同文類，亦有傑出的表現，尤其是散文與詞方面的斐然成就，將留待後面相關章節討論。以下三節，則分別概論宋詩對唐詩的承傳與開拓，以及金元、明清詩，又如何在宗唐的呼籲中繼續維持其發展命脈。

第一節　宋詩的承傳與開拓

　　宋朝（960-1279）總共為時約三百年，不過其間曾因女真族建立的金國大舉入侵，造成北半部領土的淪陷喪失，乃至金國與宋室南北對峙長達半世紀之久。歷史上通常以欽宗靖康元年（1126）發生的所謂「靖康之恥」為分界線，在此之前為北宋，其後高宗建炎元年（1127），宋王朝遷移至江南以後，則成為南宋。雖然在政治局面以及國土疆域上，有所謂北宋與南宋的劃分，而且宋室南遷對宋人的生活處境與心情感受也造成巨大的影響，可是在文學史上，通常視兩宋為一個整體，一般均將這三百年間的詩歌創作統稱為「宋詩」。

　　由於宋詩成就可觀，又身為唐詩的直接繼承者，歷來論者均習慣將宋

詩與唐詩相提並論，且加以比照，乃至「唐詩」與「宋詩」之間的異同，往往成爲文學史論述詩歌在唐宋之間發展演變狀況的重要課題。

一、「唐詩」與「宋詩」

當今學界，無論中外，對唐詩與宋詩之別，均有不少精妙有趣的比喻。如繆越〈論宋詩〉，即認爲：

> 唐詩以韻勝，故渾雅，而貴蘊藉；宋詩以意勝，故精能，而貴深析透辟。唐詩之美在情辭，故豐腴；宋詩之美在氣骨，故瘦勁。
>
> 唐詩如芍藥海棠，穠華繁采；宋詩如寒梅秋菊，幽韻冷香。

日本漢學家吉川幸次郎於其《宋詩概說》中，則以「唐人嗜酒而宋人好茶」，兩代文人生活習慣的偏好，來比喻唐宋詩歌風格的不同，並從讀者立場，認爲讀唐詩如「飲酒」，讀宋詩如「品茶」；唐詩充滿青春熱情，宋詩則往往顯得成熟寧靜。

宋詩與唐詩相對照之下，的確各有其特色。單從詩人數目之衆及作品數量之多來看，宋詩均遠超過唐詩。這或許和宋代重文治，教育比較普及，文化生活更爲多樣，加上印刷業的蓬勃，均有一定程度的關係。按，唐代的學校主要歸官方的「國子監」掌管，學子亦多屬官宦子弟；爰及宋朝，除了中央的國子學到縣學的各級官辦學校外，私立教育講學場所的書院林立，鄉鎮農村私塾亦應運而興，影響所及，識字知書的人口增多，能讀詩與會作詩的人數亦相應擴大。再加上宋代印刷業的蓬勃，更不容忽視。印刷術雖在唐代已經發明，但唐詩的流傳，主要還是靠手稿傳抄，故而容易散佚。就如李白的作品，在李陽冰爲其編集之際，已「十喪其九」（《草堂集‧序》）；再看唐詩作者中所傳作品最豐者白居易，留下兩千八百餘首，可是，宋代傳詩最多的陸游，則留下九千二百餘首，其中絕大多數還只是他四十歲以後的作品。宋代印刷業，隨著朝野均尚文的社會風氣，日益進步蓬勃，不但紛紛刊印前代的經典古籍，甚至當代作家的詩文，亦能在生前編輯付印，乃至作品保存的機率大增，流傳亦更廣。

此外，宋代的詩歌創作雖盛，似乎並不像唐詩那樣，可以在同一朝代

中，明確的劃分爲初、盛、中、晚幾個發展期段，分別顯示不同期段的風
格特徵。最主要的原因是：唐詩已經臻至詩歌發展成熟的高峰，宋詩基本
上乃是唐詩的延續。首先，在詩歌的形式體制方面，無論五言、七言，古
體、近體或雜言歌行，在唐代已經逐步完成，並且確立其傳統。其次，依
主題內涵而分的詩歌類型，諸如詠史、懷古、隱逸、求仙、山水、田園、
離情、相思、詠物、敘事等，自魏晉到唐代也已經大體完成，宋詩仍然是
唐詩的繼承者。何況宋人多仰慕唐詩，甚至以唐代某個詩人爲追隨模仿的
對象，乃至往往只能在題材內容方面，涉獵更爲寬廣、瑣屑，描述更爲細
微、精緻而已。

　　然而不容忽略的是，宋詩雖然是唐詩的繼承者，在藝術風貌以及情味
意境的表現上，畢竟也展現其不同於唐詩的時代風格。宋詩還是可以「自
成一家」。

二、宋詩的自成一家

（一）敘述痕跡的普遍

　　唐詩重抒情，以情景爲主，乃至情辭兼美，成爲唐代詩人追求的境
界；宋詩則主意，以敘述見長，抒情與辭采並非宋代詩人特別在意的重
點。就現存宋詩觀察，的確多敘述之跡，而敘述之際甚至往往以「文」入
詩，將散文的敘述技巧融入詩歌的創作領域，且每喜顯示作者的學識才
智。當然，「敘事詩」並非中國詩歌的主流，惟在漢樂府歌詩中，已經開
啓了中國詩的「敘述」特色，繼而又在盛唐、中唐詩人筆下，諸如杜甫、
白居易、韓愈諸人作品中，臻至成熟。但是，在以抒情爲主調的唐代詩
壇，不過是少數個別詩人的偶然創作現象，惟爰及宋代，詩中的敘述痕跡
已相當普遍。諸如敘述個人行旅經驗、遊覽見聞，以及文友之間酒宴聚會
的長篇敘事詩，屢見不鮮。此外，基於宋人對散文的重視，以及在知識上
對於所見所聞客觀事物的興致，遂經常將眼光投向外在世界的觀察，於
是，在詩歌創作中，無論書畫文物、珍奇器具、稀罕事件，甚至日常生活
中的尋常現象，均可以敘述的態度與技巧來表現，遂令敘述的痕跡散布於

各種類型的詩作中。即使五七言律詩的短詩體，唐人多抒情述懷之作，宋人則不乏敘述之篇。當然，寫詩多敘述也是導致宋詩在情味意境上不如唐詩感染力強的主要緣由。

(二)日常生活的關懷

　　宋詩對個人日常生活瑣屑細節的關懷與興趣，亦超越唐詩。按，自《詩》、《騷》以來，經漢儒的說詩影響，中國詩人往往站在與政教倫理相關的立場發言，乃至詩人在官場仕途「公生活」方面的政治態度或道德理想，通常成為詩篇表現的焦點，很少涉及個人日常家居的「私生活」層面。陶淵明則是少數的「例外」，在其現存詩作中，經常出現一些個人日常家居生活的細節：諸如躬耕的辛苦，飢寒的煩憂，與鄰里交往過從的歡樂，與親人情話共處的愉悅，以及五個兒子均不好紙筆的自嘲與喟嘆，還有妻子並不了解自己的固窮之志，乃至引發「室無萊婦」之憾……。當然，在陶淵明之後，唐代的杜甫與白居易，亦留下一些描述個人日常家居生活中片段的經驗感受，繼承陶詩進一步展現將日常生活詩化的痕跡。不過，這畢竟還只是少數個別詩人的偶然之作，並未形成氣候。惟爰及宋詩，詩人對日常生活瑣屑細節的關懷與興趣，已是相當普遍的現象，無論家居生活之狀，友朋往來之跡，乃至閒暇之際賞書法、觀畫卷之趣，甚至生活中發生的詼諧戲謔情境，均可以成為宋詩關懷的焦點。

(三)社會意識的增強

　　宋人寫詩表現對日常生活瑣屑細節的關懷與興趣，推而廣之，就是對當下現實社會人生狀況的重視。猶如本書在前面篇章所述，早在《詩經》與漢樂府歌詩中，已經歌出升斗小民在戰亂頻仍或吏治黑暗境況之下的種種不安與苦楚。其後建安詩人，亦發出一些表明對平民百姓在社會動盪中生存困苦的同情。繼而杜甫，則將個人身歷李唐王朝由盛轉衰的經驗與感受，推廣至對於生民黎元的關懷與朝政時局的諷諭。但是，這些不過是杜甫抒情述懷意圖中，偶爾感發為之。真正刻意通過詩歌傳達作者的「社會意識」者，乃是白居易、元稹諸人的「新樂府運動」，目的是對中唐朝政腐敗的革新與社會黑暗的批判。不過，像這樣與政治社會的改革掛鉤之文

學運動，很快就在元稹、白居易諸人遭排擠受貶謫之後消聲，至於晚唐詩壇少數詩人微弱的回響，已不足以形成氣候。元稹、白居易的改革理想，雖然並未對中唐的政治社會有所建樹，他們「文章合爲時而作，詩歌合爲事而作」（白居易〈與元九書〉）的主張，所寫新樂府詩中流露的社會意識，卻在多年之後的宋代詩壇，留下令人緬懷追隨的典範。宋人在詩歌中流露的社會意識，即使在北宋的太平時期，也俯拾皆是，社會意識已成爲宋詩的明顯標誌。

（四）說理議論的好尚

宋代詩人除了經常流露其社會意識之外，還喜歡通過詩歌形式說人生、談哲理、論事物，乃至說理議論亦成爲宋詩的常態。這和宋代理學發達，宋人對哲理思考與學識論辯的興趣密切相關。當然，說理論道之詩，並非肇始於宋人，遠在東晉時代，談論玄理、表達玄趣的「玄言詩」，即曾經盛極一時。不過，自南朝劉宋始，所謂「莊老告退，而山水方滋」（《文心雕龍・明詩》），道家的自然之道與自然之理，已逐漸融入登臨山水、觀覽風景的審美趣味之中。其後，杜甫亦曾在詩中發表議論，不過，那畢竟是其個人熔抒情述懷議論於一爐的偶然表現。可是宋詩之好說理議論，則是詩壇的普遍現象，故而顯得比唐詩更有書卷氣，更富文化內涵。宋人在詩中，除了單純的論說哲理之外，還會表達講學衡文之際的某些見解，甚至將其理悟，或寄寓在日常生活瑣屑紀錄中，或蘊含在登臨山水經驗的體味裡，乃至形成一種表現人生哲理，帶有「理趣」意味的詩風。蘇軾那首膾炙人口的名篇〈題西林壁〉：「橫看成嶺側成峰，遠近高低無一同。不識廬山眞面目，只緣身在此山中。」即是藉攀登廬山之詠，通過即目所見自然風景，論說認識經驗理趣的佳作，也可以視爲宋詩好尚說理議論之一例。

（五）悲哀人生的揚棄

中國詩歌自漢至唐，往往偏向傷感情緒的抒發，乃至經常流露以悲爲美的審美趣味；惟爰及宋人筆下，則開始產生明顯的變化。按，宋人並非對人生不感到悲哀，而是對那些經常引發前代詩人感到悲哀的主題，諸如

歲月的流逝，生命的短暫，仕途的挫折，開始採取一種比較成熟的視角，以及從容的態度來因應。因此，為歲月、生命、仕途感到悲哀，已經不再是宋詩的主調。或許由於宋人好談哲理，頗多領悟，當其環顧四周，觀察人生，思考生命意義時，往往會採取一種比較開朗的胸襟，達觀的心情，從容的態度，乃至引發了對人生、對生命的新看法：人生乃是一個過程的延續，各種經驗的累集，悲哀並不代表人生的全部，即使生命中有挫折，也不妨從容以對。吉川幸次郎《宋詩概說》，於〈宋詩的人生觀——悲哀的揚棄〉一節中，即認為「這才是宋詩最大的特性，也是與從前的詩最顯著的不同之處」[1]。當然，宋詩中並非沒有傷感，宋代詩人亦非不訴悲哀，只是與唐詩以及漢魏六朝之作比照之下，濃度降低了，頻率也減少了，顯得有所節制而已。

(六)平淡寧靜的追求

與揚棄悲哀人生密切相連的，就是平淡寧靜的追求。平淡寧靜是宋詩的重要基調，也是大多數宋代詩人刻意追求的一種詩歌情境。按，中國詩歌自《詩》、《騷》以來，即是以抒情為主流，爰及唐詩而臻至高峰。唐詩熱情洋溢，氣象明朗高昂，同時亦好訴說人生中所遇種種的悲哀。從中國詩歌發展演變的總體趨勢觀察，唐詩流露的，彷彿是一個充滿理想的熱情青年，在生命旅程中，初受挫折而感到徬徨，在初識人生滋味，卻又無法掌握人生真正意義的迷惑。但是，宋詩則不然，對於人生，不但揚棄悲哀，也不再熱情，當然也不會徬徨迷惑。宋代詩人追求的，主要是平靜淡遠的人生境界。宛如一個成年人，在人生旅途中經過磨練之後的平淡，澎湃心情經過沉澱之後的寧靜。換言之，宋詩中的平淡寧靜，乃是一種經過絢麗燦爛之後，豪華落盡之後，歸於平淡寧靜的審美趣味。猶如蘇東坡〈與二郎姪書〉所言：「凡文字，少小時須令氣象崢嶸，采色絢爛，漸老漸熟，乃造平淡。其實不是平淡，絢爛之極也。」黃庭堅〈與洪駒父書〉

1　見吉川幸次郎，《宋詩概說》（鄭清茂譯，台北：聯經出版公司，1977），頁32-36。小川環樹於〈宋詩研究序說〉一文，亦有類似的看法。見小川環樹，《論中國詩》（譚汝謙等譯，香港：中文大學出版社，1986），頁144-146。

亦云：「學工夫已多，讀書貫穿，自當造平淡。」無論蘇、黃，均視「平淡」爲作家藝術人格成熟的標誌，這不僅是宋代詩人有意追求的詩歌境界，亦是宋詩自成一家的重要條件，同時還成爲宋人對前代詩歌的一種品評標準。以「豪華落盡見眞淳」（元好問[1190-1257]〈論詩三十首絕句〉）見稱的陶淵明，所以能在宋代論詩者心目中獲得其前所未有的崇高地位，或許即在於此。

三、宋詩的發展大勢

宋詩風格特徵之形成，乃是經過一番循序漸進的過程。倘若就其發展大勢觀察，首先尚須經歷宋初文人對唐詩的頻頻追隨與模仿；其後至北宋中葉，經過歐陽修領導的文體革新的呼籲，開始嶄露與唐音不同的宋調；繼而在蘇東坡、黃庭堅諸人筆下，宋詩自身的風格方正式確立。不過，爰及南宋詩壇，雖繼承北宋詩人的餘緒，且有陸游的振奮努力，爲宋詩的「自成一家」留下明確的痕跡，惟在南宋後期詩壇，較有名者，諸如永嘉四靈與江湖詩派，復以「宗唐」爲創作要務。有趣的是，宋詩的發展大勢，明顯以「效唐」始，又以「宗唐」終的循環現象，或許正好說明，宋詩雖然已「自成一家」，且有其自家面目，畢竟仍然處於唐詩的餘波蕩漾裡。

（一）唐詩的追隨模仿──宋初三體

宋初詩壇大約五六十年間，仍然擺盪在唐詩的追隨模仿中。先後或同時流行的主要有三體：其中自太祖（在位：960-976）、太宗（在位：976-997）時，詩人多宗法白居易淺白通俗的「白體」；惟太宗後期至眞宗（在位：998-1022）朝，亦出現追隨賈島與姚合諸人的「晚唐體」；眞宗景德年間（1004-1007），模仿李商隱駢儷詩風的「西崑體」又盛極一時[2]。

2　據方回（1227-1307）〈送羅壽可詩序〉對宋初詩壇沿襲唐人，流派紛陳的觀察：「宋劃五代舊習，詩有白體、崑體、晚唐體。白體如李文正、徐常侍昆仲、王元之、王漢謀；崑體則有楊、劉《西崑集》傳世，二宋、張乖崖、錢僖公、丁崖州皆是；晚唐體則九僧最逼眞，寇萊公、魯三交、林和靖、魏仲先父子、潘逍遙、

1.「白體」

宋初流行的三體中,最早出現者,乃是以中唐詩人白居易為楷模的「白體」。這時期主要是一批五代十國的遺老遺少主掌詩壇,他們在新興朝代的太平盛世中,模仿白居易、元稹、劉禹錫諸人交遊往來,相互唱和,抒寫流連光景的閒適生活。如原為南唐大臣,後入仕於宋太祖的徐鉉(916-991),以及後周世宗時為翰林學士,入宋後復得太祖、太宗器重,再度拜相的李昉(925-996),寫詩均慕學白居易。不過,在宋初效白居易諸人的風氣中,表現出既學白體又有所突破者,當以王禹偁(954-1001)為代表。猶如清人賀裳《載酒園詩話》的觀察:「王禹偁秀韻天成,……雖學白樂天,得其清而不得其俗。」

試引王禹偁〈村行〉一首為例:

馬穿山徑菊初黃,信馬悠悠野興長。
萬壑有聲含晚籟,數峰無語立斜陽。
棠梨葉落胭脂色,蕎麥花開白雪香。
何事吟餘忽惆悵,村橋原樹是吾鄉。

大概是詩人被貶,走馬上任途中所作,就詩歌類型視之,當屬宦遊生涯的「行旅詩」,亦即抒寫行旅途中所見所思所感之作。全詩既詠耳目所及山村風景之美,亦抒行旅途中觸景而生的懷鄉之情,其中「萬壑有聲含晚籟,數峰無語立斜陽」一聯,被推為宋初學唐人而有所創新的名句。不過,王禹偁晚年則亦有意學習杜甫。其〈自賀〉詩即云:「本與樂天為後進,敢期子美是前身。」表達對自己效法白居易的總結,以及對杜甫的嚮往與自勉。但是,上引詩例值得注意的是,唐代行旅詩歌中,經常令詩人感慨的離鄉之悲、思歸之嘆,於此則變而為一分「惆悵」而已,且又藉異鄉風景「似吾鄉」,而流露出不妨趁此盡興觀賞的豁達心境。宋詩揚棄悲哀的特色,於此已初見端倪。

「白體」雖然風行一時,惟其末流則往往淪於過分淺俗,乃至引起另

(續)————————————————
趙清獻之祖,凡數十家,深涵茂育,氣極勢盛。」

外一批詩人的不滿，意欲起而改之。爰及眞宗時期，詩壇上同時又出現兩種風格並不相同的流派：亦即「晚唐體」與「西崑體」。

2.「晚唐體」

　　宋初所稱「晚唐體」，與當今一般文學史所分初盛中晚「四唐」的期段並不完全相符，乃是指初盛晚「三唐說」中的「晚唐」，因此中唐詩人賈島、姚合諸人亦包含在內。按，宋初效法「晚唐體」者，從朝廷高官到在野的僧侶處士，均有代表，前者如潘閬、寇準，後者如九僧、魏野、林逋等。他們主要是繼承賈島、姚合的「苦吟」詩風，意欲以賈島、姚合等在創作上的巧思，來拯救「白體」過於淺俗之弊。其中仿效晚唐體最爲肖近者，或當屬惠崇(?-1017)爲首的「九僧」。按，九僧的詩集《聖宋九僧詩》，在當世已刊行流傳。這些詩僧的作品，多用五律，大抵圍繞在幽居或閒適的生活經驗，筆墨不離山水風雲竹石花草霜雪星月禽鳥之類，惟經「苦吟」推敲，頗示構思之精巧，字句之精工，不過詩境卻往往顯得狹窄。另外還有林逋(967-1028)、魏野(960-1019)之類的處士詩人，亦多寫寂靜淡泊的心情，主要也是以構思之精巧，意境之空靈，來抵抗「白體」的過分平易淺俗。其中尤以林逋的成就最受後世論者稱道。

　　試以林逋的名篇〈山園小梅二首〉其一爲例：

　　　　眾芳搖落獨暄妍，占盡風情向小園。

　　　　疏影橫斜水清淺，暗香浮動月黃昏。

　　　　霜禽欲下先偷眼，粉蝶如知合斷魂。

　　　　幸有微吟可相狎，不須檀板共金樽。

　　詩中「疏影」、「暗香」一聯，頗能傳達梅花的神韻，歷來膾炙人口，南宋姜白石詠梅的自度曲，即以「疏影」、「暗香」命名。全詩含蘊詩人孤芳自賞的心情，流露淡泊寧靜的人生態度，以及清雅脫俗的審美趣味。值得注意的是，此詩不但構思精巧，意境空靈，而且從「霜禽欲下先偷眼，粉蝶如知合斷魂」一聯，明確展現宋詩喜將自然景物「擬人化」的傾向。

　　宋初詩人沿襲賈島、姚合的「苦吟」詩風，爲宋詩寫物的精巧與敘事

的細膩，鋪上先路，同時也爲宋詩中追求平淡寧靜之境，譜出基調。不過，這些宋初詩人，或許因爲生活層面不夠寬廣，詩意有限，詩境狹窄，乃至變化不多，波瀾亦少，因此，爰及「西崑體」之勃然而興，「晚唐體」的聲勢，便隨之衰弱了。

3.「西崑體」

比「晚唐體」稍晚出現的「西崑體」，則以楊億(974-1020)爲首，包括劉筠(970-1030)、錢惟演(977-1034)等館閣文臣爲代表。他們是在應眞宗之詔編輯《冊府元龜》(原名《歷代君臣事跡》)之暇，互相唱和，並專宗李商隱。大中祥符元年(1008)，楊億輯成《西崑酬唱集》行世，共收十七位作家的五七言近體詩二百五十首[3]，以「雕章麗句」爲原則，時人號爲「西崑體」。按，《西崑酬唱集》可謂是宋初唱和詩風發展至頂點的結果，在內容上，不外是受詔修書、宮廷遊宴，筆墨重點或描寫物態，流連光景。在體貌上，則主要是以典麗精工的語言風格，取代「白體」的淺白通俗，以及「晚唐體」的清寒瘦硬。展現的是，刻意追摹李商隱的那些用典頻繁，辭采華麗，且感情纖細淒美之作。

試舉楊億一首〈無題〉爲例：

> 巫陽歸夢隔千峰，辟惡香銷翠被空。
> 桂魄漸虧愁曉月，蕉心不展怨春風。
> 遙山黯黯眉長斂，一水盈盈語未通。
> 漫託鵾絃傳恨意，雲鬟日夕似飛蓬。

單看標題，已明顯宣示其模仿李商隱「無題」詩的意圖。就全詩的內涵情境與辭語運用看，與李商隱詩中經常表現的，辭藻駢儷，典故繁富，意境淒美之特色，的確有酷似之處。不過，楊億此詩，即使辭情兼美宛如李商隱，惜欠缺新意，作者似乎專注於模擬，並無另闢蹊徑、另開新局面

3　按，參加唱和的十七位作者，並不都屬《冊府元龜》的編輯人員，甚至政治立場和創作風格也不是完全一致，只不過因爲均與楊億、劉筠等有詩歌往還，乃至將他們一部分作品收入這部唱和集中。詳見程千帆、吳興雷著，《兩宋文學史》(上海：上海古籍出版社，1991)，頁16-17。

的意圖。此外，劉筠、錢惟演均留下〈無題〉詩各一首，應當是同題共詠的唱和之作。

　　由於楊億等諸館閣文臣，地位高，學養豐，乃至追隨者無數，所謂「西崑體」遂一時風行宋初詩壇。主要以駢儷典雅的詩風，取代了「白體」的淺俗，消除了「晚唐體」的瘦硬，並且在一定程度上，反映宋初社會的昇平富裕氣象。不過，亦正由於這些館閣詩人，旨在追隨李商隱，往往模仿痕跡畢露，乃至予人以但得李商隱詩之外貌，並無創新意圖的印象，至於李商隱詩中含蘊的，沉鬱幽深的感發力量，則是西崑體詩作所欠缺的。

　　宋人要創出新境，譜出宋詩特有的宋調，形成宋詩自成一家的風格，顯然尚待另一批新時代詩人的登場。

(二)宋詩的風格初成——歐陽修、梅堯臣、蘇舜欽

　　宋詩風格初成於仁宗（在位：1023-1063）之世，其中當以歐陽修（1007-1072）奠基之功最巨。按，歐陽修德高望重，身兼政壇與文壇的領袖，有意遙接韓愈、柳宗元的文體革新運動，於古文別開生面，樹立宋代散文的新風格（詳後），同時在詩歌創作方面，則宗李白，崇韓愈，以氣格為主，無意於西崑體辭藻形式美的追求，加上梅堯臣（1002-1060）、蘇舜欽（1008-1048）諸人的並進，遂導致宋詩風格一變。

1. 悲哀的揚棄與平淡的追求

　　歐陽修雖然嘗為朝廷重臣，惟身處新舊黨派政治勢力的不斷衝突中，也曾遭遇兩次受貶謫的挫折。然而其在詩中抒情述懷，不但揚棄悲哀，且能在平靜中自我寬解。試看〈戲答元珍〉一首：

　　　　春風疑不到天涯，二月山城未見花。
　　　　殘雪壓枝猶有橘，凍雷驚筍欲抽芽。
　　　　夜聞歸雁生鄉思，病入新年感物華。
　　　　曾是洛陽花下客，野芳雖晚不須嗟。

　　此詩作於歐陽修遭逢貶謫為夷陵（今湖北宜昌）令之際，單看標題中「戲答」二字，已充分表露其面對政治挫折卻能豁達以對的胸襟。詩中描

述的荒遠山城在初春二月的景象：殘雪猶積，春花未放，一片寂寥，但卻
能在「夜聞歸雁生鄉思，病入新年感物華」的境況中，自作寬解語：「曾
是洛陽花下客，野芳雖晚不須嗟。」語氣間流露出一分自我調侃的詼諧。
全詩閃耀著智慧的光輝，反映作者樂觀開朗的人格情性與人生態度。

2. 視野的擴大與敘述的傾向

　　主要表現在題材範圍的增廣以及敘述痕跡的顯著。歐陽修既是朝廷重
臣，主張政治革新者，對政治社會以及生民黎元的關懷，自然亦構成其詩
歌的重要內涵。例如〈邊戶〉，爲居處宋遼邊境的居民「雖云免戰鬥，兩
地供賦租」、「身居河界上，不敢界河漁」鳴不平；〈食糟民〉則是對農
人辛苦種糧卻只能以酒糟充飢的同情與憐憫。這類表現作者「社會意識」
的作品，實遙接杜甫的新題樂府，以及元稹、白居易的「新樂府」中批評
時政的精神，不但敘述痕跡顯著，而且有議論入詩的傾向。當然，視野的
擴大，題材的增廣，並不就是一味的向外，同時也往往將眼光收回，注意
身邊日常接觸的瑣屑事物。歐陽修詩中的視野，並不局限於「公生活」的
政治生涯，乃至無論平日與友朋的交遊往來，尋常家居的生活細節，人生
哲學的思考體悟，還有平時接觸的有關各類文物器具，甚至茶葉、銀杏等
飲食之料，均可作爲題材而敘述成詩。

　　當然，歐陽修在文學史上，主要的貢獻畢竟還是文章的革新，儘管大
凡前面所舉宋詩「自成一家」的特質，在其詩中已有跡象可循，惟宋詩風
格的初成，尚須兩位同道好友：梅堯臣與蘇舜欽，在其打好的基礎上繼續
創作，方能臻至。

　　梅堯臣乃是文學史上第一位，在詩歌創作中自覺地追求「平淡」意境
的作家。嘗宣稱：「因吟適情性，稍欲到平淡。」（〈依韻和晏相公〉）
「作詩無古今，唯造平淡難。」（〈讀邵不疑詩卷〉）按，梅堯臣現存詩二
千八百多首，題材內容之廣泛多樣，均超越前人，無論諷諭朝政、關懷民
生、友朋交往，以及觀字畫、聽鼓琴、逢賣花，乃至日常家居生活瑣屑細
節，包括前人很少涉及的題材，例如因家境清寒，妻子早故，兒子頭上生
滿蝨子（〈秀叔頭蝨〉），亦可成爲有感而賦詩的主題，真可謂巨細不遺。

而「平淡」，則始終是梅堯臣服膺終生的理想詩境，且以此爲宋詩主平淡的時代風格立下典範。劉克莊（1187-1269）於其《後村詩話》甚至推崇梅堯臣云：「本朝詩惟宛陵爲開山祖師。」

試以梅堯臣〈舟中夜與家人飲〉爲例：

月出斷岸口，影照別舸背。且獨與婦飲，頗勝俗客對。

月漸上我席，暝色亦稍退。豈必在秉燭，此景已可愛。

此詩作於梅堯臣在妻子陪同之下，離開首都汴京，前往地方任職途中。不是敘述與紅粉佳人對酌，而是「且獨與婦飲，頗勝俗客對」的經驗，這在詩歌題材上，已有創新的意味。詩中描述的，在月光初上之際，能與妻子共飲對酌的欣慰，以及對當下情景不必秉燭已覺可愛的珍惜，不僅展示詩人在日常生活中敏銳的觀察感受，亦流露其平靜淡遠的胸襟。

蘇舜欽亦是受歐陽修推獎提拔的詩人。儘管其整體成就不如歐陽修，亦不如梅堯臣，不過在其有些詩作中流露的瀟灑自在的風度，或可視爲蘇東坡詩作的前驅。試看其〈淮中晚泊犢頭〉：

春陰垂野草青青，時有幽花一樹明。

晚泊孤舟古祠下，滿川風雨看潮生。

大概是被逐出首都汴京，南下蘇州，路經淮河時之作。值得注意的是，一首作於貶謫期間的寫景短詩，意境既幽美亦開闊，不訴羈旅之愁，亦無奔波之怨，只是掌握當下，欣賞晚泊犢頭所覽江岸夜景之美。全詩流露的正是，一分幽獨閒放之趣，以及瀟灑自在的風度。

（三）宋詩的風格確立──王安石、蘇軾、黃庭堅

宋詩如何自闢新境，終於確立其時代風格，展現其自家面目，仍然有待王安石（1021-1086）、蘇軾（1037-1101）、黃庭堅（1045-1105）諸輩的登上詩壇，促使宋詩堂廡特大，臻至發展的高峰，乃至確立了宋詩自成一家的風格。當然，這些詩人與前輩詩人相若，在創作過程中，對唐詩仍然無法忘情。就如蘇軾，始學劉禹錫，後學李白；王安石與黃庭堅二人，則均宗杜甫。

王安石在北宋政壇上雖以其「新法」的推動，毀譽參半，惟其在詩壇

的地位與名望，則自南宋以來，始終屹立不搖。觀其前期的詩作，顯然與
歐陽修、梅堯臣、蘇舜欽早期的作品相若，比較注重反映社會現實與民情
狀況。例如敘述民生疾苦的〈河北民〉，或批評貪官汙吏的〈兼併〉，即
是典型的例子。這類作品，雖然可視爲唐代杜甫、白居易諸人的社會諷諭
詩之繼承，也可以是宋詩重視「社會意識」，且善敘述、喜議論的表現。
不過，真正展現王安石個人詩歌成就者，還是晚年罷相之後，退出政治舞
臺，閒居江寧時期的作品。此時王安石築室鍾山半腰，且自號「半山」，
在閒居生活中，流連山水，賦詩學佛，心情趨於平靜，詩境亦傾向淡遠。
尤其是一些即興小詩，膾炙人口，最爲歷代論者稱道。

　　試舉其題壁詩〈書湖陰先生壁二首〉其一爲例：

　　　茅檐長掃靜無苔，花木成畦手自栽。

　　　一水護田將綠繞，兩岸排闥送青來。

　　按，「題壁詩」乃屬文人士大夫日常生活雅趣之一環，除了表示作者
曾「到此一遊」，留下痕跡，亦往往藉此抒發個人一己的情懷感受。詩題
所稱湖陰先生，即楊得逢，是王安石退居江寧時期的鄰居。或許是應湖陰
先生之求而書，全詩主要是推崇湖陰先生居所的清幽純樸，同時亦流露詩
人對隱居田園生活的嚮往。

　　王安石之外，蘇軾與黃庭堅則是宋詩風格確立之雙星。其實，宋詩之
有蘇黃，猶如唐詩之有李杜，自元祐以後，詩人迭起，均不出蘇黃二家。

　　蘇軾，自號東坡居士，是文學史上罕見的全才。其詩冠代，與黃庭堅
並稱「蘇黃」；其文章亦冠代，與歐陽修並稱「歐蘇」；在詞的創作上，
則是「豪放派」的開創者，與辛棄疾並稱「蘇辛」；此外，其書法亦造詣
不凡，與黃庭堅、米芾、蔡襄並列爲宋之四大家，並稱「蘇黃米蔡」。惟
在仕宦生涯上，則波折浮沉，一生均捲入新舊黨爭的漩渦，乃至屢遭流
放，最後死於自海南北返途中。

　　蘇軾的詩，才華洋溢，實與其文章風格有相通之處。諸如取材廣闊，
命意新穎，筆力雄健，氣象宏大，揮灑自如，往往有一瀉千里之勢，充分
展現其豐富的才學器度。除了那些繼承杜甫、白居易等重視詩歌的政治教

化功能之作外，其個人日常生活中的「私情」，包括手足之情，友朋之愛，鄉土之思，亦是東波詩關注的重點。此外，在藝術風貌上，宋詩以文為詩，以才學為詩，以議論為詩的特色，在東波詩中均表現顯著。惟值得注意的是：首先，蘇東坡把歐陽修以來宋詩的敘述傾向，發揮至更為圓熟的地步。如其初入仕途為陝西鳳翔府簽判時所作組詩〈鳳翔八觀〉八首，以及後來任杭州通判時所作的〈遊金山寺〉，其中無論寫器物，評字畫，或詠風物古蹟，或記遊覽見聞，大都是以敘述為主。其次，東坡詩之所以引人矚目，令人激賞，主要還是其詩中流露的開朗豁達的胸襟，詼諧風趣的智慧，以及溫厚仁愛的人格，瀟灑豪邁的情性，彷彿「萬斛泉源」一般，流蕩於字裡行間。因此可以萬物皆備於我的廣闊視野，在尋常平凡的人生經驗中悟出理趣，並且以超越過去詩人以悲哀為主的抒情傳統，揚棄以往詩人執著於悲哀訴求的習性，為宋詩確立了自成一家的風格特徵。

　　在東坡筆下，尋常的生活內容，平凡的自然景物，均可蘊含理趣，體味出深意。除了前舉〈題西林壁〉之外，試再舉〈和子由澠池懷舊〉一首：

　　　　人生到處知何似？應似飛鴻踏雪泥。

　　　　泥上偶然留指爪，鴻飛那復計東西。

　　　　老僧已死成新塔，壞壁無由見舊題。

　　　　往日崎嶇還記否？路長人困蹇驢嘶。

　　當屬嘉祐六年（1061），東坡初入仕途，授大理評事，出任陝西鳳翔府簽判，與其弟蘇轍分手後，過澠池之際的作品。是一首酬和其弟蘇轍〈懷澠池寄子瞻〉之作。按，酬和之作，一般屬於友朋同僚之間交遊往來的作品，可是蘇軾、蘇轍兄弟二人，不但手足情深，而且能互相談學識，說理念，訴心情，一直是文學史上的佳話。東坡此詩，主要是追憶兄弟二人當初赴汴京應舉，經過澠池的情景。惟詩中並無一般懷舊的傷感，而是蘊含著豐厚的人生哲理，可謂寄說理議論於懷舊之情中。這正是宋詩，尤其是東坡詩的「說理議論」高出唐詩之處。

　　試再看其〈出潁口初見淮山是日至壽州〉一首：

　　　　我行日夜向江海，楓葉蘆花秋興長。

平淮忽迷天遠近，青山久與船低昂。

壽山已見白石塔，短棹未轉黃茅岡。

波平風軟望不到，故人久立煙蒼茫。

此詩作於熙寧五年(1072)，亦即在新舊黨的政爭中，不得已離開汴京，赴任杭州通判途中。首聯點出環境時空：是楓葉蘆花滿目的秋天，日以繼夜船行於江海之途。繼而寫一路欣賞水天迷濛，忽遠忽近的奇觀，感受青山浮搖，時高時低的趣味。接著是輕快的「見白石塔」，「轉黃茅岡」，乃至懸想即將抵達的壽州，在「波平風軟望不到」境況中，「故人久立煙蒼茫」的情景，爲整首詩譜出一分對未來充滿期盼的達觀意味。全詩不訴行旅之苦，亦無悲秋之嘆，卻是懷著悠悠「秋興」，於船行途中觀覽風景，遙想故人久別重逢的喜悅。

蘇東坡溫厚豁達的人格，吸引不少年輕詩人歸其門下。最有名的即是號稱「蘇門四學士」的黃庭堅、張耒、晁補之、秦觀。其中秦觀在詞史上最富盛名，是周邦彥之前婉約詞的集大成者(詳後)。詩歌方面則以黃庭堅(1045-1105)的詩名最盛，且與蘇軾並稱「蘇黃」。前人論宋詩，每以蘇黃並稱，其實二人風格大不相同。蘇詩以意境勝，黃詩則以技巧勝，不過由於意境往往因作者的人格情性而別，技巧則可以模仿而近似之，因此對晚輩詩人創作之影響，自然以黃庭堅較爲深遠。宋人林光朝於其《艾軒集・讀韓柳蘇黃集》，論及蘇黃詩之異，曾有一段有趣的比喻：「蘇黃之別，如丈夫女子應接，丈夫見賓客，信步出將去，如女子則非塗澤不可。」

黃庭堅是江西人，因其詩風爲不少後輩詩人所宗，一時成爲風尚，故稱「江西詩派」的始祖。按，黃庭堅反對西崑體，服膺杜甫的「語不驚人死不休」，以及韓愈的「唯陳言之務去」，作詩強調「點鐵成金」、「脫胎換骨」、「以故爲新」，意圖在繼承傳統的同時，能在立意謀篇，以及用事琢句方面均有所變新，乃至創造出一種文人氣與書卷氣特別濃厚，並展示其生新瘦硬、精警峭拔的山谷詩風。首先，在題材內容方面，與王安石、蘇東坡之作，仍大同小異，惟顯得更喜愛吟詠書畫、筆墨、紙硯、香

扇、飲茶，以及亭臺樓閣等，與文人生活和文化活動相關事物。其次，在藝術技巧方面，則有意在唐詩之外，追求奇巧，另闢新境。如化用前人詩句，變為己意；或好押險韻，追求格韻高絕；又喜用奇字僻典，以造奇崛之境等。

　　試以其名篇〈寄黃幾復〉為例：

　　　我居北海君南海，寄雁傳書謝不能。

　　　桃李春風一杯酒，江湖夜雨十年燈。

　　　持家但有四立壁，治病不蘄三折肱。

　　　想見讀書頭已白，隔溪猿哭瘴溪藤。

　　此詩當屬文人士子之間「贈答酬和」之章。作於神宗元豐八年（1085），黃庭堅時監德州德平鎮（今山東）。詩題中的黃幾復，名介，江西南昌人，與黃庭堅少年交遊，此時則知四會縣（今廣東）。首聯先是化用《左傳》僖公四年所記楚子問齊桓公「君處北海，寡人處南海」之語，點出彼此所居乃是一北一南，海天茫茫之遙遠，以及望而不見的懷思之情；繼而用鴻雁傳書的慣用典故，卻以「謝不能」反其原意，立即予讀者以變陳熟為生新之感。二聯上句追憶京城相聚之樂，下句抒寫別後相思之深。後二聯則從「持家」、「治病」、「讀書」三方面表現黃幾復的為人和處境。既嘆黃幾復之貧病交困，且美其安貧樂道之志，憐其屈身下僚之命。詩人不平之鳴，憐才之意，流蕩期間。惟值得注意的是，詩中善用典故，內蘊豐富，以故為新，運古於律，拗折波峭，頗能表現黃庭堅詩之特色。

　　黃庭堅寫詩偏愛文人雅興，尤其是其致力追求技巧的風格，提供了寫詩的法則和規範，晚輩詩人相繼追隨模仿。於是吟詠書齋生活，推敲文字技巧，一時成為詩壇的風尚，文學史上所謂「江西詩派」，遂得以形成。按，所謂「江西詩派」之名，首見於《後村先生大全集》卷九十五載「江西詩派‧黃山谷」條，乃是呂本中（1084-1145）所提出。由於追隨者眾，甚至南渡詩人，亦多受沾溉，即使以陸游之傑出，仍難免與江西詩派有相當之淵源。

（四）宋詩的南渡情懷

　　宋欽宗靖康元年(1126)，崛起於東北的女眞族所建的金國，攻陷汴
京，次年，擄走徽宗、欽宗二帝，北宋滅亡。宋室倉皇南遷，建立南宋王
朝，以臨安爲都，淮河以北地區均淪爲金國領土，如此天翻地覆的巨大變
化，震撼朝野。隨著朝廷倉皇南渡的文人士子，在驚慌憂憤中開始重新檢
視自己面臨的生存環境。首先，將視野從個人寧靜的書齋生活或周遭瑣屑
事物，投向更廣闊的世局與社會現實，於是憂國傷時的情懷往往成爲許多
南渡詩人吟嘆的重點。繼而，在偏安的境況中，又將遠投的視野收回，重
新珍視一己日常生活的經驗感受，遂爲善於敘述說理議論的宋詩，增添了
個人的抒情意味，並且在生活細節的觀察中，流露出詼諧風趣的人生
體認。

　　試先看陳與義(1090-1138)〈登岳陽樓二首〉其一：

　　　洞庭之東江水西，簾旌不動夕陽遲。

　　　登臨吳蜀橫分地，徙倚湖山欲暮時。

　　　萬里來遊還望遠，三年多難更憑危。

　　　白頭弔古風霜裡，老木滄波無限悲。

　　此詩作於高宗建炎二年(1128)秋天，寫其南奔三年之後，某日登上名
勝古蹟岳陽樓望遠之際的經驗感受。眼前面對的正是三國時代吳、蜀爲爭
取荊州而彼此對峙之處，在暮靄沉沉、湖光山色裡，撫今追昔，湧上心頭
的，則是滿懷故國多難之恨與個人飄零之悲。值得注意的是，陳與義一向
被歸類於「江西詩派」，但其詩歌風格在南渡之後，已展示出明顯的變
化，亦即由早期的宗黃庭堅，轉而祖杜甫。換言之，在陳與義後期作品
中，雕琢文字的痕跡減少了，時時流露的，宛如杜甫在安史之亂前後作品
中的家國之念與身世之感，或許可說是「江西詩派」風格轉變的訊息，同
時爲一向平靜淡遠的宋詩，增添了抒情的濃度。

　　隨著南渡以後江西詩派風格的轉變，出現了陸游(1125-1210)、范成
大(1126-1193)、楊萬里(1127-1206)、尤袤(1127-1194)等，世稱「中興四
大詩人」，文學史一般認爲是歐陽修與蘇軾諸人確立宋詩風格之後，第二
次的創作高潮。四人的共同點是，早期均曾學江西體，後又以突破江西體

的藩籬，開闢新途徑見稱。其中以陸游的成就最高，視爲南宋詩壇的盟主。

　　陸游出生於北宋覆亡前夕，成長於偏安的南宋。現存詩近萬首，數量之多，題材之廣，內容之豐，均爲宋人之冠。雖然其詩之風格隨著年歲的增長，經過藻繪、宏肆、平淡三變，不過其中流蕩不已，揮之不去的，則是終其生未能忘懷的抗金北伐、收復中原的志業。可惜其雄心壯志，與世局現實以及朝廷政策有很大的落差，乃至有志不獲騁，且因其每每上書揮軍北伐，與主和派相違，遂屢遭排斥。但是，陸游以其至情至性的人格，始終未嘗放棄其收復中原的心願，即使在八十五歲辭世之前，還會寫出像〈示兒〉這樣動人心魂的作品：

　　　死去無知萬事空，但悲不見九州同。

　　　王師北定中原日，家祭勿忘告乃翁。

　　已經面臨個人生命的盡頭，也領悟到「死去無知萬事空」，卻仍然以不能親見「九州同」而感到悲哀，但是，繼而又在「王師北定中原日，家祭勿忘告乃翁」的期盼中，不但揚棄了悲哀，還含蘊著一分平靜的信心。全詩不假雕飾，直抒胸臆，眞情流露。既塗上唐詩的抒情色調，亦不離宋詩的老成風格。

　　不過，陸游詩中的眞情，不但流露在其對朝廷社稷的關懷裡，還揮灑在個人私己生活的吟嘆中。試看其懷念前妻唐氏而寫的一系列作品其中一首。其長達三十多字的詩題，宛如詩前小序，說明時空背景：〈禹跡寺南有沈氏小園，四十年前，嘗題小闋壁間，偶復一到，而園主已易主，刻小闋於後，讀之悵然〉：

　　　楓葉初丹槲葉黃，河陽愁鬢怯新霜。

　　　林亭感舊空回首，泉路憑誰說斷腸。

　　　壞壁醉題塵漠漠，斷雲幽夢事茫茫。

　　　年來妄念消除盡，回向禪龕一炷香。

　　陸游與表妹唐氏婚後感情極佳，卻因陸母不喜此兒媳（原因不詳），而被迫離異。此後唐氏改嫁趙士誠，陸游則另娶王氏。題中所謂「四十年前，嘗題小闋壁間」，當指紹興二十五年(1155)春天，陸游在沈園偶遇

趙、唐夫婦，感慨萬分，就在園壁上題一闋〈釵頭鳳〉之事。惟因唐氏在此次偶遇後不久即在傷痛中病逝，陸游此後一再重遊沈園，憑弔故人，不斷寫詩抒發對前妻唐氏的深情懷思。當然，這類作品或許可以遠溯至潘岳的〈悼亡詩〉，似乎與有感宋室南渡的憂國傷時情懷，並無關係；但是，詩人將視野從外在世局國運的關懷，轉而投向個人私己生活遭遇，畢竟為宋詩增添了個人的抒情意味。

值得注意的是，宋詩的南渡情懷，除了對朝廷社稷的關懷而引發的憂國傷時情懷之外，還不時流露在轉而對山水田園的賞愛與頌美中，以及對日常生活細節的品味裡。或許可以范成大與楊萬里的詩作為代表，二人均以學江西詩派風格始，繼而則隨著個人生活環境與情性愛好，各自分別為宋詩開拓了新的局面。

范成大自號石湖居士，因其多有描述田園農村生活情境的詩作，故而於文學史上有「田園詩人」之稱。蓋范成大乃是南宋著名詩人中仕宦生涯最為平順者，一生歷任不少地方要職，又曾奉命出使金國，晚年且位居宰相職的參知政事。在詩歌創作方面，除了那些繼承杜甫、白居易等反映社會現實和同情民生疾苦之作外，最受矚目的，就是一些記錄行旅紀行以及吟詠田園雜興的作品。試以其既述行旅經驗又寫田園鄉村景色的〈高淳道中〉為例：

> 路人高淳麥更深，草泥霑潤馬駸駸。
> 雨歸隴首雲凝黛，日漏山腰石滲金。
> 老柳不春花自蔓，古祠無壁樹空陰。
> 一簞定屬前村店，滾滾炊煙起竹林。

敘述自己在麥田高長、草泥濕潤的路上，行馬駸駸於赴高淳(今江蘇省內)途中，一路觀賞沿途雨後初晴的風景，繼而朝遠方遙望過去：「一簞定屬前村店，滾滾炊煙起竹林。」竹林裡冒著炊煙，歇腳吃飯的村店已不遠了，旅人心中的欣慰，已意在言外。全詩呈現的是，一幅安詳平靜的山野鄉村圖，其中含蘊一分田園山水的審美情趣，流露作者恬淡自適的生活態度。雖然只是一首短短的七律，卻熔敘事抒情寫景於一爐。

　　另外，在楊萬里現存詩中，除了對時政的關注，對民生的同情之外，最令論者矚目的，就是其轉而將注意力投向身邊日常生活瑣屑經驗的描述，並展現其詩歌題材之出奇，觀察之入微，以及用語之自由諸特點。正由於楊萬里詩之題材往往會出人意表，且又喜歡以俚詞俗語入詩，更不時流露出詼諧，已明顯展示宋詩對時下流行的俗文學之接納吸收現象。茲因楊萬里字誠齋，故後世遂特稱其詩為「誠齋體」。試看其〈凍蠅〉一首：

　　　　隔窗偶見負暄蠅，雙腳挼挲弄曉晴。

　　　　日影欲移先會得，忽然飛落別窗聲。

　　單看詩題「凍蠅」，已足以令人莞爾。不過是一隻在寒冬中怕冷的蒼蠅，其行為舉止，居然也會成為詩人注目觀察的焦點，甚至成為形容描述的對象。詩中所言主要是，隔窗觀看一隻受凍的蒼蠅，在曉晴中搓腳（取暖？），惟隨著時光的推移，日影的運轉，蒼蠅則噗的一聲忽然飛落別窗，意圖繼續享受日影提供的短暫暖意吧。如此瑣屑的題材，有趣的現象，展示詩人對尋常周遭環境觀察之敏銳，描述之細膩，同時在詼諧風趣中，流露其生活之平淡，心情之寧靜，以及對萬物萬象的同情共感。

　　再看楊萬里一首〈過神助橋亭〉：

　　　　下轎渾將野店看，只驚腳底水聲寒。

　　　　不知竹外長江近，忽有高桅出寸竿。

　　此詩所記，不過是行旅途中，在一間蓋在河上的「神助橋亭」野店，休息時的經驗感受。有趣的是，進入野店後，方「驚覺」「腳底水聲寒」，繼而又忽見「高桅出寸竿」，吃驚之餘，才發現「竹外長江近」，原來長江就在野店竹林外啊！像這樣一首日常生活瑣屑經驗的詩，沒有偉大的主題，亦無動人的情愫，不過就是「過神助橋亭」之際一些尋常的發現與感受而已，宛如詩人日常生活的雜感日誌，記錄一些瑣屑的、逗趣的經驗。這樣的作品，為詩歌增添了詼諧風趣意味，也正是宋詩能「自成一家」的標誌。

(五)宋詩的尾聲餘響──永嘉四靈與江湖詩派

　　除了宋初三體明顯展示對唐詩的追隨模仿之外，其實宋人對唐詩的傾

慕與嚮往，始終是詩壇的一股潛流。爰及南宋末期，甚至又由潛而顯，以回顧留戀唐詩為詩歌創作的風尚。儘管南宋末期已經沒有在文學史上受推崇的個別大詩人，但是詩壇並不寂寞，因為一批政治社會地位雖低微，卻可以視為具有某些群體共同特色的作者紛紛登場，為宋詩的發展點燃最後的燭火微光，奏出最後的尾聲。其中引人矚目的，即是所謂「永嘉四靈」，以及「江湖詩派」的表現。

蓋「永嘉四靈」乃是指四位活躍於寧宗時代(1195-1224)，或為布衣，或任微職，長期落拓的寒士，包括：徐照(?-1211)、徐璣(1162-1214)、趙師秀(1170-1220)、翁卷(?-1243以後?)。因為四人皆籍貫永嘉(今浙江溫州)，且每人字號中又有一「靈」字 [4]，詩風亦頗相近，故合稱「永嘉四靈」。四人同出於永嘉學派的領袖人物葉適(1150-1223)之門，彼此賡歌相和，且又因均不滿江西詩派，而以效學中晚唐詩人賈島、姚合的近體詩自期並互勉，甚至公然以復興唐詩的輝煌成就為己任。就看葉適為弟子徐璣所寫的墓誌銘〈徐文淵墓誌銘〉，即嘗誇獎四人「復興」唐詩的成就：「初，唐詩廢久，君與其友徐照、翁卷、趙師秀議曰：『昔人以浮聲切響單字隻句計巧拙，蓋風騷之至精也。近世乃連篇累牘，汗漫而無禁，豈能名家哉！』四人之語遂極其工，而唐詩由此復行矣！」

試以徐璣的七絕〈夏日閒坐〉為例：

無數山蟬噪夕陽，高峰影裡坐陰涼。

石邊偶看清泉滴，風過微聞松葉香。

顯然是一首自抒性靈，新巧可喜的小詩。其他「四靈」成員的詩作，以及追隨四靈的晚輩詩人，亦大抵不離這類日常生活賞景情趣的描述。對江西詩派特重用典、生澀瘦硬的詩風，或許有補弊之功。不過，由於四靈寫詩，通常不涉政治世局，亦無顧社會現實，在傳統詩論者心目中，格局難免稍嫌狹窄，猶如清人顧嗣立(1665-1722)於《寒聽詩話》評四靈詩所云：「間架太狹，學問太淺。」惟值得注意的是，四靈詩人作品中表現

---

4 按，徐照字靈暉，徐璣號靈淵，趙師秀號靈秀，翁卷字靈舒。

的，學唐詩而無唐詩的悲哀色彩，畢竟還是不離宋詩本色。

繼四靈之後，詩壇上出現另一批所謂「江湖派」的詩人。按，所謂「江湖」一詞，乃是相對於朝廷而言，即指在野民間之意，更確切的說，就是作者或屬於終生未曾入仕的布衣，或因懷才不遇，長期屈居下僚，乃至浪跡江湖者。江湖詩人之所以能成「派」，並非因擁有共同的詩歌主張，亦非屬於特定的族群團體，主要還是有賴於錢塘一位能詩的書商陳起(?-1256?)的功勞。按，陳起以其生意經營兼文化提倡的慧眼，除了刊刻一系列的唐人詩集，以應當時詩壇讀者之需，還熱心爲當代這些政治社會地位低下者出版詩集，刻印推銷，並且還採用類似叢刊的形式，陸續刻印發行，繼而將這些一百多家的詩集總名爲《江湖集》，後人遂將這些身分資歷各異的鬆散作家群體，合稱爲「江湖派」。惟江湖派詩人絕大多數的生平事跡已不可考，其中少數有幸受到後世矚目的詩人，當屬終身布衣的姜夔與戴復古，以及長期遊宦幕府的劉克莊。

姜夔(1155-1221)乃宋詞大家(其在詞史的地位詳後)，亦是江湖詩派的代表人物。一生飄零，未曾入仕，僅以清客之身寄討生活，遂以布衣終老。姜夔詩主要以七絕擅長，且多以寄情湖山勝景、抒寫個人情懷爲主。其視野雖稍嫌狹窄，卻氣格清空，意境雋淡，韻致深美。試看其膾炙人口的〈過垂虹〉：

　　自作新詞韻最嬌，小紅低唱我吹簫。

　　曲終過盡松林路，回首煙波十四橋。

像這樣捕捉自然景色，流露日常生活雅趣之作，可視爲唐詩抒情傳統的繼承。然而就其情味意境而言，亦不失宋詩中逍遙自在、寧靜平淡的追求。

另外，還有戴復古(1167-1248?)，也是一生不事科舉，唯好漫遊，自謂「狂夫本是農家子，拋卻一犁遊四方」(〈田園吟〉)，又云「七十老翁頭雪白，落在江湖賣詩冊」(〈市舶提舉〉)。按，戴復古主要以賣文維生，亦如姜夔一樣，終生布衣，惟周旋於權貴富豪之間，藉文名獻詩以謀生活。在詩歌創作方面，早年曾學詩於陸游，嘗推尊杜甫憂國恤民之思，

以及陳子昂感遇傷時之嘆[5]，之後又受四靈影響，崇尚晚唐。試看〈春日二首黃子邁大卿〉其一：

> 野人何得以詩鳴，落魄騎驢走帝京。
>
> 白髮半頭驚歲月，虛名一日動公卿。
>
> 頗思湖上春風約，不奈樓頭夜雨聲。
>
> 柳外斷雲篩日影，試聽幽鳥語新晴。

雖屬酬贈，實乃自述平生，自我嘲解之章。詩人自謙不過是一「野人」爾，卻能以詩名遊走帝京、名動公卿寄討生活；不過反顧自身，卻有感歲月流逝，驚嘆白髮半頭，乃至引發「虛名一日動公卿」的感悟；隨即沉浸在湖上春風、忍聽樓頭夜雨的氛圍中；惟爰及次日，眼觀柳外雨後雲斷日出，聆聽幽鳥呼新晴的愉悅。全詩所言，乃是一個「落魄野人」在自然大化運轉中，心情由自嘲到平淡的經驗過程。既展現唐詩重視個人情懷意趣的抒發，亦流露宋詩對一己日常生活的審視，同時揚棄悲哀人生的訴求。

還有一位不容忽視的江湖派詩人，則是劉克莊(1187-1269)。其一生宦海浮沉，長期遊幕於江浙閩廣諸地區，又曾因其〈落梅二首〉詩中有「東風謬掌花權柄，卻忌孤高不主張」諸句，觸怒了結黨擅權的宰相史彌遠，誣為譏諷朝政，並示不滿，於是遭貶官遠謫。此案影響甚巨，甚至還連累書商陳起亦遭受流放，導致江湖諸集的木板均全被銷毀，朝廷並下詔禁止文人作詩，這是宋史上一次著名的「詩禍」冤案[6]。惟正因如此冤案，江湖詩派反而名揚一時。劉克莊直到史彌遠死後，詩禍解除，方得以復官。在詩歌創作方面，劉克莊於其〈刻楮集序〉中，嘗自述其學詩過程，自認不過是傳統著名詩家的繼承者而已：「初余由放翁入，後喜誠

5 　戴復古〈論詩十絕〉其六云：「飄零憂國杜陵老，感遇傷時陳子昂。近日不聞秋鶴唳，亂蟬無數噪斜陽。」

6 　有關劉克莊涉及的「梅花詩案」對其個人以及在詩壇的影響，見吉川幸次郎，《宋詩概說》，頁247-248；程千帆、吳新雷，《兩宋文學史》(上海：上海古籍出版社，1991)，頁462-463。

齋，又兼取東都、南渡、江西諸老，上及於唐人，大小家數，手抄口
誦。」不過，葉適則認爲，劉克莊乃是繼四靈之後，能在詩壇上「建大將
旗鼓」的主帥，其詩以「涉歷老練，佈置闊遠」見長（葉適〈題劉潛夫
《南岳詩稿》〉）。

由於劉克莊曾經身爲朝廷官員，且目睹並經歷南宋在北方蒙古勢力日
益強大的威脅之下，難免湧現一些南渡情懷，寫了不少憂國憂民之類的詩
作，諸如〈增防江卒六首〉、〈開濠行〉、〈運糧行〉等即是。不過，就
其在宋代詩壇的成就視之，令人矚目者，還是那些有關日常生活中抒情寫
景的作品。試看其〈郊行〉一首：

> 一雨餞殘熱，忻然思杖藜。野田沙鸛立，古木廟鴉啼。
>
> 失僕迷行路，逢樵負過溪。獨遊吾有趣，何必問棲棲。

全詩立意新穎，語言工巧，而且筆觸清疏簡淡，不顯雕琢痕跡。其整
體風格可謂平易明朗，氣韻流暢，既展現郊野清幽的境界，又流露詩人蕭
散的情懷。頗有姚合與賈島詩的風味。其中所述雨後驅熱，郊野覽景，失
僕迷路，逢樵過溪的經歷，以及獨遊有趣，何必問棲的領悟，既有唐詩的
抒情寫景，亦含宋詩的人生理趣。這正是宋末詩歌，雖然已經趨於尾聲，
卻仍然流露，既承傳唐詩亦有其自家面目的表現。

當然，唐詩對後世詩歌創作的「影響」，其實並不局限於兩宋詩壇。
與南宋對峙的女眞族建立的金朝，以及最終滅宋的蒙古族建立的元朝，乃
至以後的明清二代，即使個別詩人在創作中，力求新變，卻仍然或多或少
徘徊在唐詩的留戀與顧盼裡。唐詩，在中國詩歌的發展中，儼然已經成爲
後世詩歌創作的宗主。

第二節　金元詩的發展大勢

金、元二朝，分別是由女眞與蒙古少數民族興起而建立的王朝，在生
活習慣與思想觀念上，自然應該與漢民族主導政權的朝代有所區別。但
是，由於漢文化的堅韌性與包容性，以及少數民族對漢文化的欽羨仰慕，

加上征服者以漢治漢的現實需要，乃至女眞與蒙古雖然在軍事上先後征服
中原，消滅宋朝，政權上統治了漢族世代群居的地區，卻仍然難免投身於
漢文化的熔爐中。尤其是金朝，不僅在典章制度、官僚體系方面仿效漢
人，即使文化政策亦鼓勵大量採用漢制。何況詩歌乃是漢文化中的精髓，
甚至金元二朝的君王貴族中，亦不乏爭相濡習漢學者。不過，就文學發展
演變的角度觀察，金元二朝詩壇，在繼承前人傳統，力求創新的過程中，
即使已經展現出少數民族與北方土壤特有的一些色調，卻始終未能擺脫唐
詩，甚至宋詩的影響，始終是唐宋詩的繼承者，始終是中國長遠詩歌傳統
的一部分。

一、金詩的發展軌跡

金朝(1115-1234)乃是由崛起於東北的女眞族，奪取了宋代北方領土
之後建立的政權。在建國之前，女眞族人主要還是以半農耕半狩獵的生活
形式，群居北方，按出虎水(意指金水)一帶森林地區，與世代守土農耕的
漢民族，以及游牧大草原維生的蒙古族，在文化上自然有其個別的差異。
金人的崛起，實與遼朝的腐朽，以及宋王朝的重文輕武，乃至武備顯弱有
關。爰及金人滅遼侵宋，占領了淮河以北的廣大地區，建立了與宋朝對峙
的金朝，宋人即使悔不當初，已無力回天。惟值得注意的是，在金朝立國
這一百多年間的君主，大多善於漢文，又在對漢文化的傾心仰慕之下，充
分利用世居北方或由南而歸北的漢人智力，爲其效命。於是在政治制度與
文化政策方面，均仿效宋朝，甚至也設立科舉制度，以詩賦取士，廣納人
才，乃至文學成就亦頗有可觀者，詩壇上人才輩出，且作品繁多。雖然金
詩在相當程度上受宋詩的滋養，但畢竟植根於北方的文化土壤，因而也就
走著與宋詩並不完全相同的道路，形成其自身的發展軌跡，在中國文學史
上，獲得不容忽視的篇幅。或可將金詩的發展軌跡，分爲以下四個階段。

(一)金詩的發軔——「借才異代」

金初從太祖到海陵朝(1115-1161)約四五十年間，詩壇活動主要還是
「借才異代」。當今學界一般皆同意清人莊仲方於〈金文雅序〉的觀察：

「金初無文字也，自太祖得遼人韓昉，而言始文；太宗入宋汴州，取經籍圖書。宋宇文虛中、張斛、蔡松年、高士談輩先後歸之，而文字偎興，然猶借才異代也。」換言之，金初詩壇之發軔，尚有賴宋詩的「北移」，亦即借助於由宋入金的文人士子撐場面，將宋詩的風格體式帶入。此期的代表作家，包括宇文虛中（1079-1146）、吳激（1093年以前-1142）、蔡松年（1107-1159）諸人。值得注意的是，儘管這些詩人已經入仕金朝，有的甚至享有高官顯位，不過，由於他們或在北宋滅亡時，乃是爲情勢所逼而降金，或因代表趙宋朝廷出使北方而被金人強迫羈留，遂不得南返，因此，在詩作中往往繼續以宋人自居，其詩歌創作還不能算是「金詩」，抒發的，通常是貳臣或遺民情懷中的故國之思與身世之感。

例如宇文虛中，在北宋已是頗具聲名的詩人，茲因奉使入金而被羈留。之後雖亦曾仕金，爲翰林學士承旨，金人甚至嘗奉爲「國師」，惟在其現存詩中卻時時繫念故國。試看其〈己酉歲書懷〉一首：

去國匆匆遂隔年，公私無益兩茫然。

當時議論不能固，今日窮愁何足憐。

生死已從前世定，是非留與後人傳。

孤臣不爲沉湘恨，悵望三韓別有天。

所言因憾恨己身之去國羈北，憂心個人身後的聲名，同時以孤臣之身，繫念故國，抒發一個被羈留者心境的悲涼鬱結。全詩既回溯，當初庾信羈留北朝的經歷與心情，同時亦流露，類似遺民詩人的蒼涼情調。儘管此詩不過是「借才異代」之作，卻因流蕩其間的，孤臣無力回天的悲愴情調，已經和典型的、以寧靜平淡爲主調的宋詩，有所區別。

(二)金詩的成熟——「國朝文派」

金世宗、章宗兩朝（1162-1208），即史稱大定、明昌的盛世。按此時期隨著金朝政權的穩固，典章制度的確立，君王權臣各方面漢化之日深，加以社會上不同族群在文化生活上已彼此融合，互相影響，何況在金朝統治下的新一代作家業已成長。這些新興作家的出身，又均與北方地緣有密切關係，在詩歌創作風格方面，自然與其「借才異代」的長輩相異，有明

顯的開拓。根據元好問《中州集‧序》的觀察：

> 國初文士如宇文太學、蔡丞相、吳深州之等，不可不謂之豪傑之
> 士，然皆宋儒，難以國朝文派論之。故斷自正甫(蔡珪)爲正傳之
> 宗，黨竹溪(黨懷英)次之，禮部閑閑公(趙秉文)又次之。自蕭戶
> 部眞卿(蕭貢)倡此論，天下迄今無異議云。

　　元氏所言指出，蔡珪(?-1174)「爲正傳之宗」，是「國朝文派」之始
倡者，初步形成了「金詩」自己有別於宋詩的風格特色。其實這時期的代
表詩人，除了蔡珪、黨懷英(1134-1211)之外，還有王庭筠(1151-1202)、
周昂(?-1211)諸館閣文臣。他們的詩歌創作，雖然並未完全擺脫宋詩的影
響，甚至還出現有意仿效蘇軾、黃庭堅之處，畢竟已各自展現一些個人獨
特的風貌。整體觀察這段時期的金詩，在內涵情韻上，大體可歸類爲兩種
主要的風格特點：

1. 蒼勁豪宕

　　此處所謂「蒼勁豪宕」風格，主要乃指詩中不時流露的，北國土壤醞
釀出的風格異彩。可以蔡珪〈野鷹來〉爲例：

> 南山有奇鷹，置穴於仞山。網羅雖欲施，藤石不可攀。
> 鷹朝飛，聳肩下視平蕪低。健狐躍兔藏何遲。
> 鷹暮來，腹內一飽精神開。招呼不上劉表台。
> 錦衣年少莫留意，飢飽不能隨爾輩。

　　按，蔡珪乃蔡松年之子，在生活經驗上，與乃父由南而北羈最大的不
同，即是其成長於金朝統治的北方，乃是金朝的臣民。上引此詩就題材內
容視之，或可歸類於「詠物詩」，不過，以「野鷹」爲吟詠對象，就其題
材的選擇，已透露一分北人習慣的蒼勁意味。全詩筆墨重點，在於展現野
鷹形象的凶猛矯健，同時寄寓一分對於那些在溫室中成長的錦衣少年之鄙
視，以及對於在逆境中展現豪邁矯厲者的推崇。此外，體制上又以三五七
言不規則的句式，錯落參差，宛如未加刻意修飾的歌行，顯得樸實無華，
豪宕無拘。當然，蒼勁豪宕的風格，並非蔡珪所獨有，而是遍布在「國朝
文派」確立後的許多作品中，已是金詩一種普遍的基調。

2. 清幽冷寂

其實清幽冷寂原屬一些宋代詩人沉浸在自然美景之際，繼唐代詩人追求的詩歌意境。不過，卻也是不少金代詩人追隨模仿的方向，並且促成清幽冷寂風格的流露，亦是金詩「國朝文派」之所以能成爲「派」的另一時代風格。可以王庭筠兩首小詩爲例：

> 日暮西風吹竹枝，天寒杖屨獨來時。
>
> 門前流水清如鏡，照我星星兩鬢絲。（〈偕樂亭〉）
>
> 閒來橋北行，偶過橋南去。
>
> 寂寞獨歸時，沙鷗晚無數。（〈孫氏午溝橋亭〉）

王庭筠在詩文書畫多方面的造詣均負盛名，尤其在詩歌創作方面，堪稱金代中期詩壇的翹楚。現存作品多屬即景抒懷之章，往往在蕭散平易的詩句中，浮現一分偏愛清幽景色的審美趣味，以及個人在人生天地間的孤寂落寞情懷。當然，金代詩歌或多或少均難免受宋詩的影響，王庭筠亦不例外，如其〈韓陵道中〉，的確有黃庭堅爲首的「江西詩派」在語言上追求奇峭的影子。但是相比照之下，王庭筠卻很少用典，不但擺脫江西詩派濃重的書卷氣、學者味，而且大多數的作品，均顯得清新自然。其中不時浮現清幽冷寂的韻味，顯然是受唐代詩人王維、劉長卿、柳宗元諸人的影響，上舉二詩即足以爲證。

蒼勁豪宕與清幽冷寂兩種不同風格詩歌的並存，爲「國朝文派」展現出金詩的成熟；不過，金詩的繁榮，卻是在金王朝被迫南渡之後。

(三)金詩的繁榮——南渡詩壇

自金代中葉詩壇「國朝文派」風格確立之後，金詩自然已經可以不必「借才異代」。但是，金詩創作的繁榮，仍然因朝代政權的盛衰爲其詩風轉變的主要背景。換言之，以金宣宗「貞祐南渡」（1214），遷都汴京爲轉折點，一直到蒙元兵圍汴（1232），金亡前夕。在這二三十年期間，金朝國勢趨向衰微，逐步走向敗亡，惟金室南渡後的詩壇，與當初被迫南遷的宋代詩壇相若，在時局的動盪與憂患中，亦出現了前所未有的繁榮現象，並且形成兩個不同的主要詩歌流派。一派是尙含蓄蘊藉，可以趙秉文（1159-

1232)、王若虛(1176-1243)爲代表；另一派則是主奇崛峭硬，可以李純甫
(1177-1223)、雷淵(1148-1231)爲代表。

1. 含蓄蘊藉

所謂「含蓄蘊藉」，即是不明白說破其主旨，端令讀者去體味個中奧
妙。這原本是傳統中國詩歌作者與評者，共同追求並推崇的審美趣味。此
時期的代表作家，首先當推在金朝堪稱一代文宗的趙秉文。按，據《金
史》本傳，趙秉文「上至六經解，外至浮屠、莊老、醫藥丹訣，無不究
心」。其對詩歌的創作主張：「爲詩當師三百篇、離騷、文選、古詩十九
首，下及李杜……盡得諸人所長，然後卓然自成一家。」（〈復李天英
書〉）對晚輩作家影響既深且遠。綜觀現存趙秉文詩，雖然主張「盡得諸
人所長」，換言之，須多方面繼承古人，不過其作品表現更多的，還是那
些頗得盛唐之餘風者。試看其〈桃花島寄王伯直〉：

　　冰破村橋擁，春寒旅雁低。遠山封霧小，高浪與雲齊。

　　島寺明松雪，潮舡減藕泥。詩情吟不盡，寄與畫中題。

前三聯均屬景語，尾聯不過是點出寫詩的緣由背景。全詩筆墨寫景如
畫，意境清新淡遠，含蓄蘊藉，實與王維、孟浩然諸人作品中，流露與自
然相即相融之審美趣味近似。惟不容忽略的是，以趙秉文爲首的這派詩人
的創作，似乎有意繞過宋詩，而遠追盛唐，尤其是王、孟、李、杜諸公之
詩，往往成爲師法追模的對象。

2. 奇崛峭硬

綜觀金代詩人的創作，與「含蓄蘊藉」之派同時出現於詩壇，惟風格
迴然不同者，就是以李純甫爲代表的奇崛峭硬詩派，其特點是，氣勢豪
肆，意象奇崛，硬語盤空。茲以李純甫〈灞陵風雪〉爲例：

　　君不見浣花老人醉歸圖，熊兒捉轡驥子扶。

　　又不見玉川先生一絕句，健倒莓苔三四五。

　　蹇驢馱著盡詩仙，短策長鞭似有緣。

　　正在灞陵風雪裡，管是襄陽孟浩然。

　　官家放歸殊不惡，蹇驢大勝揚州鶴。

莫愛東華門外軟紅塵，席帽烏靴老卻人。

題為「灞陵風雪」，惟全詩實際上可稱是一首「蹇驢嘆」。筆墨重點並不在於描寫灞陵的風雪，而是藉灞陵風雪而惋嘆前人，包括杜甫、盧仝、孟浩然等詩人生命中的乖蹇境遇，並藉此一澆鬱結於自己胸中的塊壘。其中參差不齊的散文句式，為整首詩奏出滔滔氣勢；「蹇驢」意象的運用，堪稱奇崛；加上「熊兒捉彎」、「健倒莓苔……」等盤空硬語，雖隱約有江西詩派的影子，卻更容易令讀者聯想到追求奇崛的中唐詩人，尤其是韓愈、孟郊等尚奇好怪的詩風。

由於李純甫與趙秉文同是南渡詩壇的領袖人物，晚輩詩人跟隨者無數，乃至為金朝南渡後詩壇的繁榮立下不可忽視的功勞。當然，金朝詩壇真正的大家，還是為金詩的卒章作總結的元好問。

(四)金詩的卒章——元好問的總結

金詩的卒章，時間上跨越金亡前後，人物上則以元好問為指標。其實，金末詩壇，甚至整個有金一代的詩壇，均可以元好問（1190-1257）為總代表。

元好問是金代最重要的詩人，也是文學批評理論史上著名的詩論家。其現存詩有一千四百餘首，作品之豐，在金代詩壇乃首屈一指，成就也最為傑出。按，元氏祖先雖出於北魏鮮卑族拓拔氏，惟其家族早已深受漢文化的薰陶。興定五年（1221）元好問登進士第，之後即歷任地方及朝廷各類官職。惟金亡之後則不仕，在蒙古統治下二十餘年，專心於詩詞創作，同時致力收集整理金代文獻，編成金史《壬辰雜編》，為金史的研究留下寶貴資料。此外又編成金詩總集《中州集》十卷，並附金詞總集《中州樂府》一卷，是研究金代詩詞的珍貴文獻。在詩歌創作方面，元好問則既推崇杜甫，又傾心於蘇軾，頗能顯示金朝詩人在宗唐與宗宋之間的徘徊顧盼。

由於元好問身逢金末的動亂時代，親身經歷了亡國之痛，個人的身世遭遇與朝廷社稷的命運息息相關，其寫於金亡前後一系列動人心魂的「紀亂詩」，往往令人聯想到金初詩壇「借才異代」之際北羈宋人的故國之

思,以及北宋滅亡之後,南渡詩人作品中不斷流露國亡家破、孤臣孽子的南渡情懷。

試看其七律〈癸巳四月二十九日出京〉:

> 塞外初捐宴賜金,當時南牧已駸駸。
>
> 只知灞上眞兒戲,誰謂神州遂陸沉。
>
> 華表鶴來應有語,銅盤人去亦何心。
>
> 興亡誰識天公意,留得青城閱古今。

此詩的背景乃是:天興二年癸巳歲(1233)四月,蒙古軍占領了汴京,四月二十日,金朝皇族五百餘人被押送蒙古軍中,除了太后、皇后、嬪妃諸女性成員外,餘皆被殺害。四月二十九日,元好問與其他金朝舊臣被蒙古兵挾解出京,暫時羈管於聊城。面臨這樣天翻地覆的境況,自然悲慨交心。上引詩例中,對於蒙古軍駸駸壓境,朝廷卻武備鬆弛,乃至招致敗亡,痛心疾首;回顧當年金軍破宋,虜走徽宗、欽宗,在青城受北宋之降,宛如目前;如今蒙古軍破金,聊城與當年青城一樣,儼然成爲古今朝代興亡、悲劇重演的見證者。全詩慷慨沉雄,既含懷古之悲,亦有傷今之痛,同時流露唐詩的抒情意味與宋詩的說理議論。

值得注意的是,就文學史以及文學批評理論史並觀之,元好問的「論詩詩」更令人矚目,尤其是其以詩論詩的〈論詩絕句三十首〉,意義重大。當然,梁代江淹(444-505)的〈雜詩三十首〉,雖出筆於對前人作品風格的模擬,已經流露對於傳統五言古詩的風格特徵,自漢魏以來演變的「史」觀。不過,對前人詩作的評論,且以七絕詩體論之,首創者則爲杜甫。如其〈戲爲六絕句〉諸作,即是表達對以往著名作家詩歌創作的感想與見解,雖屬隨想雜感,亦含對前人詩歌造詣的品評議論。杜甫之後,唐宋詩人中陸續有零星追隨模仿杜甫而以絕句論詩者,惟爰及元好問的〈論詩絕句三十首〉,方屬有意識並有系統的以詩論詩的詩歌評論。其評論始自漢魏下迄宋季,約一千餘年間重要詩人和詩派的風格特徵,既有詩歌「史」的觀點,同時亦表達自己重視詩歌自然天成的意境,以及推崇雄放壯偉風格的文學主張。這一組論詩絕句,涵蓋之廣,系統之詳,顯然已遠

超越杜甫的即興之作；不但在文學批評理論史上占有重要地位，也是歷代論詩之詩中的佳篇。姑舉其中論陶淵明、杜甫、蘇軾三首爲例：

> 一語天然萬古新，豪華落盡見眞淳。
> 南窗白日義皇上，未害淵明是晉人。
> 排比鋪張特一途，藩籬如此亦區區。
> 少陵自有連城璧，爭奈微之識碔砆。
> 金入洪爐不厭頻，精眞那計受纖塵。
> 蘇門果有忠臣在，肯放坡詩百態新。

元好問不僅是金代詩歌的總結者，也是中國詩歌評論史中的重要一員，同時還是金元易代之際詩壇遺民作家的代表。

小結：

金人雖屬女眞族，惟自建國之後，其君主王公貴族即開始崇儒雅，習辭藝，有的甚至與漢族文人士大夫經常交遊酬唱，吸收漢文化的精華，包括詩歌創作上的習宋追唐。金人統治下的文人士子，無分族群，就是在女眞王朝投身漢文化熔爐的過程中，留下不朽的創作痕跡。除了詩歌之外，金朝文人在詞、散文、散曲與戲曲方面的表現，將留待以後相關章節論述。

二、元詩的發展軌跡

元朝（1260-1368）是蒙古族建立的王朝，自太宗窩闊臺滅金（1234）之後，世祖忽必烈於中統元年（1260）建國中原，並於至元八年（1271）採用「大元」國號，繼而於至元十六年（1279）滅南宋，終於成爲中國歷史上第一個由北方游牧民族所肇建並統治全中國的王朝。元朝政權爲期雖然不長，惟其軍備武力之強，疆域版圖之廣，堪稱空前絕後。其實，蒙古族人原屬逐水草而居，以游牧爲生者，驍勇善戰是其特長。對世代定居於華夏的漢民族而言，元朝乃屬於由「外族」統治的「征服王朝」，其帶來的游牧文化對漢文化的衝擊，自然巨大。不過，忽必烈入主中原建立大元之

後，爲了統治的方便，遂採行「漢法」，包括政治制度、官僚體系，基本上均沿襲以往中原漢族王朝的慣例。但是，爲了永續保持征服王朝的少數統治，遂將其統轄的人民，分爲蒙古、色目(西域各族)、漢人(淮河以北，原金朝境內的居民)、南人(原南宋境內的居民)四個族群等級。官員的任用，則主要以其家世與蒙元政權淵源的深淺爲標準，遂導致大多數的漢族士人，尤其是世居江南的士人，頗難進入仕途，只得閒居在野，或投身鄉校，或遁跡市井，或隱逸山林。當然，仁宗延祐元年(1314)恢復了科舉考試，但爲了保障蒙古、色目族人的權益，設有族群與地域的配額制度，遂令漢族士人失去以往單憑科舉即可入仕問政的優勢。儘管如此，在人口比率上占極少數的蒙古或色目族人，於文學創作方面，實則與漢族作家並無差異，同樣必須憑個人的眞本事，各依其才華，或寫詩作文，或塡詞寫曲，方能在元代文壇占有一席地位。

元代文學涵蓋的時間，大致可以從蒙古軍滅金(1234)始，及至元朝被朱元璋軍隊推翻，順帝逃離大都(1368)止。當然，在文學史上，一向視出身於瓦舍勾欄的通俗文學，諸如散曲、戲曲、白話小說，爲元代文學的主流(詳後)。惟元代詩壇，實際上並不寂寞，尤其是元朝中葉之後，不但詩人眾多，詩社普及，文人雅集吟詠，活動頻繁，且往往是多元族群因共同的興趣與品味而共襄盛舉。展現的是，在漢族文人士大夫風雅文化的薰陶下，不同族群的文人士子交往頻繁，或相與優游行樂，即景賦詩，懷古述志，或相約觀覽書畫，題跋吟詠，同享雅趣。通過這些無分族群，融洽相處的文化活動，遂很自然的形成一種屬於社會菁英階層特有的「多族士人圈」[7]。影響所及，促成中國文化史上詩、文、書、畫並放異彩的一個高峰，亦令元詩的整體成就斐然，甚至超越金詩。

綜觀元詩在這一百多年間的演變大勢，或可分爲以下三個階段。

---

7 有關元朝多族士人圈之形成與特色，見蕭啓慶，〈元朝多族士人的形成初探〉，收入蕭著《元朝史新論》(台北：允晨出版社，1999)，頁203-242。

（一）元詩的初起

元代初期詩壇，大略概括蒙古軍滅金（1234），繼而滅南宋（1279）前後四五十年間的詩歌創作。其間既有宋金詩的餘緒，亦奏出不同於前朝的時代新聲。

1. 前朝影響──宋金詩餘緒

由於元初詩壇的作者，多身處朝代的輪替變遷中，或是由金入元，或是由宋入元的遺民，實與金初詩壇的「借才異代」情況頗有相似之處。其間代表詩人如元好問（1190-1257），以及曾受業於元好問的郝經（1223-1275），均屬由金入元者；另外，方回（1227-1307）、戴表元（1244-1310）諸人，則是由南宋入元者。這些由異代入元的作家，詩歌風格在入元之前已臻至成熟，自然不會因朝代的變換，隨即摒棄舊習，寫出新時代新風貌的作品。因此，在這些遺民詩人筆下，元詩本身的時代風格尚未確立，仍然是宋、金詩的餘緒。

但是，就在宋、金詩的餘緒裡，少數元初詩人還是奏出了一些「新聲」，有別於宋、金遺民詩中反覆吟嘆的滄桑之感、故國之思，或感時傷亂情懷。惟值得注意的是，這些新聲中，又往往流蕩著唐音的回響，為元詩的宗唐譜出基調。

2. 新聲初奏──唐音的回響

此處所謂元詩的「新聲」，乃是針對元初詩壇「借才異代」現象之外的情況而言。主要是由一些不同族群，不同身分背景的作家分別奏出，其聲雖雜，卻有一個共同的特點，亦即繞過宋、金詩，奏出唐音的回響。最顯著的例子，即是同樣出身「北方」，卻來自不同族群的耶律楚材與劉因的詩作。

耶律楚材（1190-1244）原是遼國契丹王族的後裔，其父耶律履，曾是金朝高官，仕金世宗為尚書右丞。金亡之前，耶律楚材亦嘗任職尚書省，及至蒙元大軍攻陷燕京，經創建大蒙古國的成吉思汗（即元太祖，在位：1206-1227）召見，對其文史、星曆、醫藥諸才能，大加賞識，方歸順蒙元。以後即在成吉思汗幕下隨扈西征，運籌帷幄，成為極受器重的親信。

從而又在太宗窩闊臺(在位：1229-1241)繼位後任職中書令，又以其理財
能力，備受重用。當然，耶律氏原屬一個漢化很深的家族，就看耶律楚材
「字晉卿，號湛然居士，又號玉泉老人」，在文化認同上，實與漢族士人
無異。在其現存詩中，最著名的，或許是其五律組詩〈西域河中十詠〉，
作於隨成吉思汗西征，並在西域河中府駐守數年期間。乃是一系列遙承盛
唐邊塞詩傳統之作，記錄一個契丹青年在西域的種種見聞和感受。此外，
或許又因身處太宗窩闊臺在蒙古勢力日益壯大，充滿希望的時代環境，其
詩中亦往往吐露個人的政治抱負與理想，諸如心懷輔佐君王，完成統一四
海的大業；不過，卻又時時流露「功成身退」的智慧，視功名如雲煙的超
脫。這樣的內涵情境，自然容易令讀者聯想到，傳統中國文人士大夫兼濟
天下與獨善其身的雙重人格，尤其是盛唐詩中那些既抒發濟蒼生的用世抱
負，亦吟詠棄軒冕的歸隱情懷。試看其七律〈和移剌繼先韻〉：

　　舊山盟約已衍期，一夢十年盡覺非。

　　瀚海路難人更少，天山雪重雁飛稀。

　　漸涼白髮寧辭老，未濟蒼生曷敢歸。

　　去國遲遲情幾許，倚樓空望白雲飛。

　　雖是一首唱和之作，卻並無一般唱和詩的應酬痕跡。全詩主要是抒發
作者「未濟蒼生」、「空望白雲」的複雜情懷，其中又經「瀚海」、「天
山」這些邊塞的異域風光與雄偉景象之點染，遂令整首詩煥發出浩闊蒼茫
的意境。耶律楚材雖然不能算是元代的主流詩人，卻以其個人特殊的經歷
與才華，率先為元詩奏出有別於宋、金遺民詩的新聲，同時亦為一個新時
代的詩壇，指出可能發展的方向。

　　劉因(1249-1293)則是另一位為元詩奏出新聲者。按，劉因家族乃是
世居北方的漢人，屬於金國統治下的臣民。其字夢吉，號靜修，雄州容城
(今河北)人，崇奉程朱理學，是元代著名的理學家，主要以講學授徒為
生。由於世祖忽必烈定燕京為大都之後，有意採用漢法，熱心徵召漢籍文
臣，嘗於至元十九年(1282)徵劉因為承德郎、右贊善大夫，未幾劉因即以
母病為由辭歸。至元二十八年(1291)，又以集賢學士召其入朝，惟稱病固

辭不就。因此，劉因乃是以辭官不仕的隱者身分見稱於世。

　　據清人顧嗣立(1665-1722)《元詩選》的觀察，劉因「詩才超卓，多豪邁不羈之氣」。這樣的風格，顯然與其辭官不仕的隱者身分並不相符，不過卻展現北方環境土壤孕育之下的豪邁之氣。試看其著名的〈渡白溝〉：

> 薊門霜落水天愁，匹馬衝寒渡白溝。
>
> 燕趙山河分上鎮，遼金風物異中州。
>
> 黃雲古戍孤城晚，落日西風一雁秋。
>
> 四海知名半凋落，天涯孤劍獨誰投。

　　所渡的「白溝」，原是定興新城境內的一條小河，當年宋遼兩國即嘗以此河爲分界，故而又名「界河」。可是，爰及劉因路經之時，白溝早已失去作爲界河的意義，徒自成爲引發懷古幽情的歷史古蹟而已。如今「匹馬衝寒渡白溝」，昔日遼金的風物依舊，日夜季節照樣運轉，惟「四海知名半凋落」，只剩得他「天涯孤劍獨誰投」。全詩既緬懷歷史，感嘆盛衰，亦抒發己懷，同時以「匹馬衝寒」、「燕趙山河」、「天涯孤劍」諸意象，爲整首詩增添一分豪邁雄偉、慷慨盈懷的意味。

　　端看上舉耶律楚材或劉因的詩作，或許就以爲「豪邁慷慨」之音，乃是詩歌在蒙元朝代展現的風格正宗。可是，這不過是多元族群的元代詩壇表現的一個基調而已。由於中原漢文化的吸引力，尤其是儒家文化中強調的中正和平、雍容儒雅，在異族政權統治之下，不但未嘗消歇，似乎還特別令人心儀；加上南北統一之後，江南地域文化展現的種種優勢，遂令一個出身草原文化的「征服王朝」詩壇，開始講求「雅正之音」。「雅正」不但成爲元代詩壇的一股主流，並且與一些漢化的西域詩人表現的「清麗」之風，共同構成元詩臻至鼎盛的重要標誌。

(二)元詩的鼎盛

　　元詩的鼎盛，自然與其所處的環境，亦即延祐前後年間政治社會日趨安定，經濟發展逐漸繁榮密切相關。按，世祖忽必烈後期，一統天下的征戰早已結束，雖然蒙古人與色目人在政治權益或仕宦機會上，還是享有特

權，漢族士人大多數依然不得志於政壇，但是，元初因異族入侵，導致文化衝突的混亂局勢，畢竟時過境遷，何況「能行中國之道，則中國之主也」(郝經《陵川文集‧與宋國丞相論本朝兵亂書》)，一般漢族士人的離心傾向也漸趨淡化，各自在這個已行「中國之道」的異族統治時代，謀求個人生存的空間，尋求自己的定位。從成宗大德(1297-1307)到仁宗延祐(1314-1323)年間，史稱是元朝政權的盛世。加上延祐二年(1315)，科舉制度恢復，雖有族群配額的不公，畢竟增加了漢族士人的仕進機會，同時也為一批以文才見稱的文臣，提供了表現的舞臺。在詩歌創作方面，一般即以延祐前後三四十年間，為元詩發展的鼎盛期，元代的主要詩人，亦大多集中於此時期。

　　不容忽略的是，此時期無論蒙古、色目、漢人、南人，早已習慣多元族群同處一朝的現實。何況經南北江山的統一，遂令多族士人在追求個人仕宦功名或優游行樂生涯的選擇中，可以各取所需，或南人北上追求功名，或北人南下心懷優游，不但為南北文化的交流，不同族群的融合，展現一個史無前例的、多元統一王朝的盛況，同時亦顯示，漢文化在「征服王朝」中繼續煥發出難以抗拒的吸引力。尤其在詩歌創作方面，不但有出身江南地區的館閣文人之表現，同時還因為一批漢化已深的少數民族詩人的登場，共同形成元詩「雅正」與「清麗」並存的主流風格，為元詩的鼎盛結出豐碩的果實。

1. 元音始倡

　　延祐前後時期的詩人，主要基於對宋人往往以文為詩、以理入詩的不滿，於是提出「宗唐復古」的主張，呼籲以唐詩和魏晉古詩為楷模，終於導致以「雅正之音」為詩壇主調的現象。所謂「雅正」，意指作品中展現風雅高古的意韻，不過在延祐前後詩壇，實可包括兩層含意：一是以儒家推崇的溫柔敦厚詩教為依歸，意韻溫雅平和；二是以歌詠當時治世的承平氣象為主調，風格雍容大度。這當然與元朝中期時局太平，以及當政者日趨「漢化」，對漢文化的尊重有關。就看此時期流行詩壇的贈答酬和之章、題詠書畫之作，已充分展現漢文化的影響，尤其是江南風雅文化的魅

力，即使在一個以游牧起家的「征服王朝」統治之下，亦難以抗拒。以書畫並稱於世的趙孟頫，即是元音的始倡者。

趙孟頫(1254-1322)字子昂，號松雪，湖州(今屬浙江吳興)人，原是趙宋皇族的後裔，在文化史上成就斐然，無論書法與繪畫均堪稱一代巨擘；繪畫方面提倡「古意」，書法方面則力求回復晉、唐古法。在詩壇，亦首領風騷，主張宗唐復古，成為「雅正之音」之始倡者。清人顧嗣立於其《寒廳詩話》即嘗云：「中統、至元而後，時際承平，盡洗宋金餘習，則松雪為之倡。」其實，趙孟頫因出身趙宋皇室後裔，宋亡入元，先後又受元世祖、仁宗之寵遇，難免受到時人的一些非議。其現存詩中，留下一些以趙宋王孫之身，抒發遭遇時變的傷痛與應徵仕元的愧疚，諸如〈罪出〉、〈岳鄂王墓〉等，即是經常成為元詩論者樂於引述的有名例子。這類作品，其實與元初的宋金遺民詩中流露的亡國之痛，故國之思，頗有類似之處。不過，綜觀趙孟頫詩整體風格的表現，則以其為元音之始倡更令人矚目。蓋趙孟頫詩或直接上承魏晉詩人的風雅高古，或融之以唐詩的圓融流暢，遂開啓延祐詩壇以「宗唐復古」為宗旨的雅正詩風。

試看其五古〈詠懷六首〉其二：

> 美人涉江來，遺我雲和琴。朱絲絚玉珍，古意一何深。
>
> 長歌和清彈，三嘆有遺音。逸響隨風發，高高不可尋。
>
> 奈何俚俗耳，折楊悅哀淫。此道棄捐久，沉吟獨傷心。

此詩頗有魏晉古詩風雅蕭散的韻味。正如其題為「詠懷」，筆墨間寄寓著一分曲高和寡，但傷知音稀的寂寞襟懷，可視為趙孟頫詩「風雅高古」風格的代表。詩中的「古意」，起於涉江來的美人「遺我雲和琴」，而且「長歌和清彈」，歌奏出的遺音逸響，不同於時下「俚俗」、「哀淫」之聲，可惜「此道棄捐久」，乃至「沉吟獨傷心」。

上舉趙孟頫詩作，已點出元詩可能朝風雅高古風格發展的傾向。不過，元詩發展的高峰，以及其時代風格的確立，仍須由所謂「元詩四大家」以及一些西域詩人的紛紛出場，方能建立其時代主流的風格特色。

2. 元詩主流

(1)雅正之音——元詩四大家

元仁宗延祐年間前後，一批出身於江南地區的士人，聚集於京師大都（今北京），彼此交往過從，馳騁清要，形成了一個互有情誼、彼此酬唱的文人集團，遂促成元詩的發展臻至鼎盛。根據活躍於延祐詩壇後期的歐陽玄(1283-1357)，於其〈羅舜美詩集序〉的描述：「我元延祐以來，彌文日盛，京師諸名公，咸宗魏晉唐，一去宋金季世之弊，而趨於雅正。」顧嗣立《寒廳詩話》則進一步點出「京師諸名公」所指的確切對象：「延祐、天曆之間，風氣日開，赫然鳴其治平者，有虞、楊、范、揭，一以唐為宗，而趨於雅，推一代之極盛。」按，虞集(1272-1348)、楊載(1271-1323)、范梈(1272-1330)、揭傒斯(1274-1344)，即為元詩史上所稱「元詩四大家」。按，此四人均曾經同時任職於集賢、翰林兩院，屬當朝的館閣文臣，除了彼此交遊酬唱，亦與京師其他文人士大夫相互翰墨往復，共同體現了以「雅正」為元詩的主旋律。

元四大家中當以虞集最富盛名，亦視為元代江南士人在朝的表率，以及館閣詩人的集大成者。其字伯生，號道園，又號邵庵，撫州崇仁(今江西)人，是南宋丞相虞允文的五世孫。成宗大德年間，以大臣薦舉入朝，授大都路儒學教授；以後又歷仕仁宗、文宗朝，皆一帆風順，直至文宗駕崩，乃以眼疾辭歸臨川。按，虞集一生著述繁富，《元史》本傳稱其「平生為文萬篇」，可惜「稿存者十二三」，其現存詩亦僅兩千多首，即使如此，仍然是元代詩人存詩最多者，成就也最高。虞集嘗比喻自己的詩有如「漢廷老吏」，顯然頗以章法嚴謹、格律工穩自許。

試以其七律〈送袁伯長扈從上京〉為例：

> 日色蒼涼映紫袍，時巡毋乃聖躬勞。
>
> 天連閣道晨留輦，星散周廬夜屬橐。
>
> 白馬錦韉來窈窕，紫駝銀甕出蒲萄。
>
> 從官車騎多如雨，只有揚雄賦最高。

詩題所指送別對象袁伯長，即袁桷(1266-1327)，比虞集較早入朝，歷任翰林直學士、侍講學士等文學侍從之職，是大德、延祐之間元代文壇

的重要人物。上舉虞集之作，乃是一首典型的、館閣文臣之間送往迎來的應酬詩。其章法之嚴謹，格律之工穩，意境之圓融，實頗類似盛唐時期的「應制」詩。儘管詩中言稱，袁桷出發後將面臨旅途的日夜奔波，卻並無一般送別詩中臨別依依不捨的喟嘆，亦無行子與居人別後均須面臨孤寂的懸想。全詩筆墨重點，主要在於稱美袁桷扈從上京之際，送行排場的富麗堂皇，並且趁此恭維袁桷的文才，可與漢代的揚雄相比擬。整首詩，行文平穩，用辭典麗，的確予人以雍容中正、溫文和雅的印象。既歌頌時代的承平，亦流露出身江南士人的作者，對這個承平時代的認同，可稱是元詩中雅正之音的典範。

　　儘管元詩四大家並馳詩壇，且各有其自身的風格特點，如虞集即嘗評四家云：「仲弘(楊載)詩如百戲健兒，德機(范梈)詩如唐臨晉帖，曼碩(揭傒斯)詩如美女簪花。」他自己則如「漢廷老吏」(《元詩選・道園學古錄》)。不過，由於四家均屬朝廷的館閣文臣，且相交情款，酬唱不絕，難免彼此影響，遂往往出現詩作體貌雷同，審美趣味類似之處，乃至引起風格上「共性」多於「個性」的批評。如明人胡應麟(1551-1602)《詩藪》即批評延祐詩壇：「皆雄渾流麗，步趨中程。然格調音響，人人如一，大概多模往局，少創新規，視宋人藻繪有餘，古澹不足。」惟不容忽略的是，時代詩風的形成，正有賴於不同作家作品的「共性」，也正因為四大家及其追隨者，在詩歌創作上體現的「共性」，才促成「雅正之音」一時成為延祐詩壇的主流風貌。

　　當然，延祐詩壇之鼎盛，不能單憑江南士人出身的元四大家及其追隨者之屬的創作。因為元朝畢竟是一個由多元族群組成的時代，其詩歌的時代風格，亦須經由不同族群作家的表現，方能展現一個由多元族群形成的詩壇之真實面貌。因此，除了江南士人的表現之外，非漢族詩人對元詩風格形成的貢獻，亦值得重視。

(2)清麗之響──非漢族詩人(西域詩人)

　　元代詩壇之盛，乃是由多元族群的詩人共同促成，非漢族詩人的矚目成就，亦不容忽略。非漢族的詩歌造詣，當然與元朝皇室對漢文化日益尊

重，以及非漢族士人漢化日深有關。按，元朝中期以後諸帝，包括仁宗、英宗、文宗，乃至末代皇帝順帝，不僅均具有漢文學與藝術的造詣，而且熱心提倡。影響所及，蒙古、色目官員中，研習漢文化，精通漢學者，日益增多，其致力的專長，亦逐漸由原先儒學的研習，進而登入文學及藝術的殿堂。顧嗣立《元詩選》論及元代少數民族詩人的表現，提出以下的觀察：

> 要而論之，有元之興，西北子弟，盡爲橫經。涵養既深，異才並出。雲石海涯，馬伯庸以崎麗清新之派，振起於前，而天錫繼之，清而不佻，麗而不縟，眞能與袁、趙、虞、楊之外，別開生面者也。於是雅正卿(琥)、達兼善(泰不華)、迺易之(賢)、余廷心(闕)諸人，各逞才華，標奇競秀。亦可謂一時之盛者歟！

顧氏所稱出身「西北子弟」，「各逞才華，標奇競秀」的詩人中，令人矚目者，即包括薩都剌(1280?-1346?)、馬祖常(1279-1338)、貫雲石(1286-1324)等，均屬「眞能與袁、趙、虞、楊之外，別開生面者」。值得注意的是，這些在詩壇上「別開生面」的少數民族詩人，雖各有其自身特色，卻與四大家有相同之處：均以宗唐爲創作之標的，惟表現的風格，則主要以「清麗」爲宗。其中貫雲石亦是元代散曲大家(詳後)，就詩歌而言，乃以薩都剌最具代表性，成就亦最高。

薩都剌出身將門之家，字天錫，號直齋，屬西域回族人，泰定四年(1327)進士，之後授鎮江錄事司達魯花赤，秩滿，入翰林國史院任職(官職不明，爲期亦不詳)，應當即是於此時期在京城與虞集諸館閣文臣結交，互有詩歌酬唱。至於薩都剌在京城待了多久，已無法確知。惟離京之後，則長期輾轉歷任各路地方官，晚年曾寓居杭州，最後不知所終。薩都剌的生平正史無傳，事跡多來自他人筆記傳聞，其確實生卒年至今尚未獲得學界定見。但是，在元代詩壇上，薩都剌的成就與影響，不容忽略。當時的文壇泰斗虞集，即稱薩都剌詩：「最長於情，流麗清婉，作者皆愛之。」(〈清江集序〉)

其實，薩都剌在元代詩壇，雖曾以一系列抒寫宮廷后妃宮女生活的

「宮詞」知名當世，其他後輩作者亦受其「宮詞」影響，紛紛提筆效法，元末楊維楨甚至將其比作唐代以宮詞見稱的王建(《西湖竹枝集》)。但是，薩都剌「長於情，流麗清婉」的詩風，實並不局限於令其成名的「宮詞」，同時亦流露於其他不同題材內容的作品中。試看其〈越臺懷古〉：

> 越王故國四圍山，雲氣猶屯虎豹關。
>
> 銅獸暗隨秋露泣，海鴉多背夕陽還。
>
> 一時人物風塵外，千古英雄草莽間。
>
> 日暮鷓鴣啼更急，荒臺野竹雨斑斑。

此詩的確寫得「流麗清婉」，情懷意趣亦繁富豐美，當屬「長於情」者之作。就主題內涵而言，是一首典型的懷古詩，其中有歷史的緬懷，古蹟風景的描寫，以及詩人當前的感懷。首先，其感懷者，即是一分對英雄人物的今昔之感：「一時人物風塵外，千古英雄草莽間。」這是自唐人懷古詩即縈繞不去的情懷。其次，詩中意象的運用，意境的營造，諸如「隨秋露泣」的「銅獸」，還有「日暮啼更急」的「鷓鴣」，均予人以唐詩彷彿的痕跡。令讀者回想到李白〈越中覽古〉中，「越王句踐破吳歸，義士還家盡錦衣」之際，何等意氣風發，舉國歡騰；俟鏡頭回到宮中，又是另一番「宮女如花滿春殿」，真是一片花團簇錦，富麗堂皇；可惜爰及李白造訪越臺古蹟時，卻「只今惟有鷓鴣飛」的滿目淒涼。再者，上舉薩都剌詩中「銅獸暗隨秋露泣」，銅獸隨秋露而泣的意象，亦隱約浮現著李賀〈金銅仙人辭漢歌〉中的金銅仙人在面臨時光流逝，朝代變遷的悲哀。按，當初漢武帝為求長生而鑄造的手捧接露盤的金銅仙人，原寄望於生命的永恆，最終卻難逃朝代的變遷，時光的淘汰，就連金銅仙人自己去留的命運，亦無法掌握，乃至忍不住「潸然淚下」。

明人胡應麟《詩藪》論及薩都剌在詩歌方面的承傳，認為「天錫誦法青蓮(李白)」，清人顧嗣立《元詩選》則以為「天錫善學義山(李商隱)」。其實，無論李白、李賀、李商隱，均屬唐詩的大家，薩都剌對他們詩作的追隨模仿，正好點出元代詩壇普遍宗唐的現象。其他詩人，無論漢族或非漢族，亦大多以唐詩為遵循模仿的典範，明顯展現元代詩人「宗

唐復古」的創作意圖。即使元末詩壇的泰斗楊維楨，亦難免如是。

(三)元詩的夕暉──鐵崖體

元末詩壇最令人矚目的詩人，當然非楊維楨(1296-1370)莫屬。其字廉夫，號鐵崖，亦號鐵笛道人，紹興會稽人，與薩都剌同爲泰定四年(1327)進士。因個性狷介，官運不暢，始終沉淪下僚，擔任幾年稅吏「鹽司令」的小官，即掛官而去。及至元末群雄蜂起，戰火紛飛，乃因避兵亂，流寓吳中，此後即輾轉於江南各地，活躍於各詩社之間，在晚輩詩人景仰中，儼然是一代宗師。不過，楊維楨在其生命歷程上，畢竟經歷了元朝末期的混亂與敗亡，乃至在詩歌創作上，有別於延祐詩壇的雅正與清麗詩風，展現出具有個人特殊風格的「鐵崖體」，且因追隨者無數，爲元代詩歌的多元性質，又增添一項重要的元素。據顧嗣立《元詩選》對元四大家之後詩壇的觀察：「至正改元，人才輩出，標新領導，則廉夫爲之雄。而元詩之變極矣！」值得注意的是，令元詩風格大變之「鐵崖體」，曾風靡一時，出入於其門下，追隨模仿其體的詩人，先後有上百人之多，因此是「標新領導」。影響所及，甚至綿延至元亡之後明初詩壇，諸如明初「吳中四士」(高啓、張羽、楊基、徐賁)之詩作，一般均視爲乃是從「鐵崖體」脫胎而出。

惟此處須先釐清，何謂「鐵崖體」，其特色何在。按，楊維楨在詩論和創作雙方面，均明顯表現意圖擺脫政教倫理的束縛，提倡自由揮灑的「復古」傾向。其於〈李仲虞詩序〉文中即主張，詩歌當表現作者的人格情性：「詩者，人之情性也。人各有情性，則人有各詩也。得於師者，其得爲吾自家之詩哉？」同時亦強調，詩歌語言當出於自然，故而反對雕琢。如其〈貢尙書玩齋集序〉即云：「發言成詩，不待雕琢，而大工焉。」因爲雕琢的語言，會令詩歌的古意消失，猶如其於〈瀟湘集序〉中點出：「務工於語言，而古意寢矣。」配合著楊維楨這些倡導「復古」的理論，展現在其創作上，就是以「古樂府」與「竹枝詞」之類作品，爲其筆墨重點。有趣的是，楊維楨在元末貌似「革新」的詩歌理論與實踐，實際上並未跳脫元詩整個時代「宗唐復古」的時代特徵。只不過對唐以前的

作品，以回歸漢魏六朝樂府爲主，對唐詩，則祖襲李白、杜甫、李賀，乃
至韓愈、李商隱諸人的歌行。泛覽楊維楨的現存詩歌，縱橫多姿，其實不
主一家，故顯得自由奔放，氣勢雄健，想落天外；不但擺脫北宋以來，偏
重說理議論的傾向，同時亦無視於延祐詩壇詩必雅正的要求。倘若綜觀其
詩之主要風格，猶如胡應麟《詩藪》所稱：「耽嗜瑰奇，沉淪綺藻。」換
言之，在立意構思上，超乎尋常，講究奇崛；在造語藻繪方面，則往往追
求綺麗，崇尚瑰奇。最能代表「鐵崖體」奇崛風貌者，無疑是其古樂府。

　　試看一首楊維楨自己頗以爲得意之作〈鴻門會〉：

　　　天迷關，地迷戶，東龍白日西龍雨。

　　　撞鐘飲酒愁海翻，碧火吹巢雙猰貐。

　　　照天萬古無二烏，殘天破月開天餘。

　　　座中有客天子氣，左股七十二子連明珠。

　　　軍聲十萬震屋瓦，撥劍當人面如赭。

　　　將軍下馬力拔山，氣卷黃河酒中瀉。

　　　劍光上天寒彗殘，明朝劃地分河山。

　　　將軍呼龍將客走，石破青天撞玉斗。

　　根據楊維楨門人吳復的評述：「先生酒酣時，常自歌是詩。此詩本用
賀體，而氣則過之。」（《元詩選·鐵崖古樂府》）按，上舉〈鴻門會〉，
顯然是模仿李賀寫鴻門宴的詠史詩〈公莫舞歌〉，在立場上亦同樣推崇劉
邦之所以成爲眞命天子的氣概。而且詩中構思之奇崛，造語之怪異，亦與
李賀原著相彷彿，可謂李賀詩風的繼承或模仿。然而，楊維楨此詩中，其
形容之誇張，氣勢之雄放，意象的飛動，實則已超越李賀的原著。展現的
是，由原著的讀者，轉換爲擬作的作者，身分轉換之際的創新；同時亦顯
示，這不僅是元詩有意「宗唐復古」的結果，也是楊維楨個人，有意尋求
不同於延祐詩風的表現。

　　值得注意的是，楊維楨「鐵崖體」另一面的風格特徵，且同樣影響深
遠者，則是其仿效晚唐詩人韓偓「香奩體」〈續斂集二十詠〉，以及劉禹
錫、白居易諸人〈竹枝詞〉而作的「竹枝歌」。試先以〈續斂集〉中的

〈的信〉一詩爲例：

> 平時詭語難爲信，醉後微言卻近眞。
>
> 昨夜寄將雙豆蔻，始知的的爲東鄰。

詩中女主角，其實已與韓偓詩中空閨幽怨的貴婦形象並不相同，卻有些像南朝吳歌西曲中，在商阜城鎮以聲貌取悅人的女子，或生活在元代市井社會中以才藝謀生的女子，無須受傳統禮教的束縛，可以坦率述說與情郎「私會」的經驗感受。胡應麟《詩藪》已觀察到：「廉夫〈香奩八詠〉……古今綺辭之極，然是曲子語約束入詩耳。句稍參差，便落王實甫、關漢卿。」按，楊維楨〈續斂集〉二十首聯章，與元代套曲的體制已相近，其中連續描述市井女子的日常愛情生活，與流行元代的俗文學已有共通之處。

此外，楊維楨於至正初十年，浪遊吳越期間，曾閒居杭州西湖，作有〈西湖竹枝歌〉(一名〈小臨海曲〉)，並以其詩壇盟主的地位，遂開啓了一次規模空前的「同題共詠」文化活動，參與者有數百人之眾，且包括不同族群的作家。至正八年(1348)秋，楊維楨將這些同題共詠的「西湖竹枝詞」彙編成《西湖竹枝集》，共收一百二十人的作品。其中楊維楨首倡之作有九首。試選其第七首爲例：

> 勸郎莫上南高峰，勸儂莫上北高峰。
>
> 南高峰雲北高雨，雲雨相催愁殺儂。

所稱「南高峰」、「北高峰」者，均屬西湖周邊的山名。儘管全詩是以西湖周遭山巒風景爲筆墨重點，不過其中以「勸郎」、「勸儂」的口吻，以及對「雲雨相催」的擔憂，立即予人以暗含「男女豔情」的印象。但是，這份豔情，與齊梁的宮體詩或晚唐的香奩體並不相同。因爲，其間的世俗情味與民間口語，實際上流露的是，有元一代市井文化孕育之下通俗文學的色調，同時也展現以楊維楨爲首的元末詩人，意圖學古出新的創作精神。

小結：

　　元朝乃是一個由少數民族統治，以多元族群組成的王朝。與前代王朝最大的不同，就是其政治社會的多元性。不過，在文化方面，雖然有不同族群的參與貢獻，卻仍然是以漢族文化占主流優勢。尤其是屬於菁英文化的元代詩壇，無論漢族或非漢族作家，即使奏出了新聲，甚至展示意圖顛覆某些漢文化傳統的束縛，在其演變過程中，卻往往難免回顧過去，在前人的創作中吸取養分，尋求認同，選擇歸屬，乃至始終未能擺脫漢魏六朝唐宋以來的詩歌傳統。中國詩人追懷往昔，迷戀過去的特色，爰及明清，並未改變。

第三節　明清詩的發展大勢——中國古典詩歌的卒章

　　明清二朝乃是中國社會從古老的傳統走向近代社會的過渡時期。惟就詩歌發展史的角度視之，則是中國古典詩歌的卒章，也是中國詩人對其詩歌傳統最後的回顧與不捨。儘管明清詩壇，各有其所處特殊的時代與環境背景，展現不同的發展演變歷程，整體視之，「宗唐」則是這兩代詩壇的主流，亦是大多數詩人創作的共同傾向。

一、明詩的發展歷程——宗唐與復古

　　明朝是一個推翻蒙古族「征服王朝」統治的朝代，從洪武元年(1368)太祖朱元璋開國，至崇禎十七年(1644)毅宗自縊，共維繫二百七十多年的歷史。身處元明易代之際的漢族文人士大夫，對於朱元璋打著「驅逐胡虜，恢復中華」旗幟，滅元立明，終於重建一個由漢族統一全國的政權，在心目中曾經浮現從此可以重整大漢天威，復興盛唐氣象的願景。不過，明代帝王的統治，其實遠比選擇以儒術治國的元朝諸帝更為嚴酷，朱元璋實際上開啓了中國歷史上一個極端君主專制的時代。在文化政策方面，主要以四書、五經為國子監的教材，推行八股科舉制度；思想言論方面，茲

因對文人士大夫多懷猜忌，往往嚴加箝制，屢興文字獄，誅殺異己，其殘酷無情，乃前所未有。例如高啓、方孝孺、解縉諸士之先後被殺害，不但震撼了文人士大夫階層的心靈，也局限了詩壇的創造性，進而影響到明詩的發展方向。

綜觀明代詩壇，即使在政治高壓之下，作者仍然創作不輟，並展現其時代的特徵。值得注意的是：(1)作者對詩歌傳統頻頻回顧，乃至「宗唐」與「復古」，成爲明代詩壇的普遍現象。(2)文人士子群體意識濃厚。作者往往以出身地域、政治態度、文學理念相聚合，且互相切磋，彼此標榜，因而詩歌流派林立。諸如「吳詩派」、「閩詩派」、「嶺南派」、「茶陵派」等，不勝枚舉。(3)才子型的文人活躍文壇，似乎也特別受到讀者與論者的青睞，習以「才子」的標籤將某一流派群體歸類稱之，諸如「東南五才子」、「景春十才子」、「吳中四才子」、「弘正七才子」(即前七子)、「嘉隆七才子」(即後七子)等，以標榜不同流派的群體風格。(4)民族意識開始擴散。當然，宋金及宋元對峙之際的詩詞作品，已經出現一些流露「民族意識」的悲憤之音，但那畢竟屬於少數「民族英雄」的情懷。爰及明代，身逢元明或明清易代的士人，往往在「君臣大義」的名節觀念影響下，有的不願改仕新朝，或雖改仕新朝，卻心懷故國。儘管出處選擇有異，可是在這些身逢易代的詩人作品中，不時流露「夷夏之辨」的民族意識，則是過去朝代較爲少見者。以上這些現象，均爲明代詩歌塗上其特有的色調。

(一)明詩的發端──宗唐之始

洪武建文年間(1368-1402)是明詩發展的開端，也是明詩宗唐之始。根據高棅(1356-1423)《唐詩品彙·序》，明初「閩詩派」詩人如林鴻等，首先以追模盛唐詩相號召，認爲：「開元天寶間，神秀聲律，粲然大備，故學者當以是爲楷式。」(類似引言亦見《明史·林鴻傳》)同屬「閩詩派」的高棅，於其《唐詩品彙》選詩，即專重盛唐，認爲明詩的宗唐，其「胚胎實兆於此」(《明史·高棅傳》)。值得注意的是，大多數明初詩人，即使尙未有意識的提出「宗唐」，在藝術風貌與情懷抒發方面的「宗

唐」痕跡，已宛然可見。

　　活躍於明初詩壇的著名詩人，諸如劉基（1311-1375）、高啟（1336-1374）、林鴻（約1383年前後在世）等，多生活於江南地區的吳山越水或八閩三楚之間，且均成長於蒙古統治的元朝，作品中難免會出現「猶存元紀之餘風」（沈德潛《明詩別裁・序》）者。不過，令人矚目的是，這些元末明初詩人，所以不同於以往易代之際的詩人，並不在於是否對故國有所懷思，而在於對朱元璋終於建立由漢族統一全國的新王朝，流露的「欣慰」之情。

　　試看高啟〈送沈左司從汪參政分省陝西汪由御史中丞出〉一首：

重臣分陝去台端，賓從威儀盡漢官。

四塞河山舊板籍，百年父老見衣冠。

函關月落聽雞渡，華岳雲開立馬看。

知爾西行定回首，如今江左是長安。

　　高啟字季迪，長洲人。據趙翼（1727-1814）《甌北詩話》，高啟「才氣超邁，宗法唐人，而自運胸臆。一出筆即有博大昌明氣象，亦關有明一代文運，論者推為明初詩人第一，信不虛也。」其實除了「宗法唐人」之外，高啟詩中明顯流露的濃厚「民族感情」，亦是前代詩人作品中所罕見。如上舉詩例，乃是送別友人同僚赴任之作，其時空背景是：洪武二年（1369）二月，徐達等人率兵西渡黃河，平定了陝西；四月，汪廣洋御史中丞出任陝西參政，高啟的友人沈左司則隨從赴陝西。詩中特別點出送別場合之盛美，以及隨從者禮儀服飾之威嚴，而且盡是「漢官」！此時四塞河山均已回歸舊時板籍，陝西父老在蒙元統治百年之後，終於能夠欣見身著漢族衣冠的官員。沈、汪諸人可以從容出關赴陝西就任了，預期他們在路過函谷關途中，立馬華山東望之際，必然欣慨交集，因為「如今江左是長安」，明朝已建都南京！高啟實際上乃是一書生，並非抗元英雄，其詩中流露的「民族感情」，昭然若揭。誰知五年後，卻因受蘇州知府魏觀案的株連被殺，高啟成為明太祖極端專制殘酷的受害者。惟在明初詩壇，高啟則擁有崇高的地位，其詩歌創作，內容廣泛多樣，氣勢浩闊，情懷澎湃，

不時浮現著宛如盛唐時期的「博大昌明氣象」，是爲明詩宗唐復古的先聲。

　　自成祖永樂至英宗天順年間(1403-1464)，明朝政權趨於穩固，而且上下圖治，社會承平，加上先前朱元璋大興文字獄的威嚇，詩壇一片恭順平和，遂出現以臺閣重臣「三楊」(楊寓、楊榮、楊溥)爲代表的「臺閣體」。其實，三楊均是承平之世的能臣賢相，他們的詩作，大多屬應制、頌聖、題贈之章，自然以恭維頌美、歌詠承平爲主要內容，往往顯得辭氣安閒，雍容典雅，惟欠缺個人眞情實意的抒發。在臺閣體盛行詩壇期間，也出現諸多不滿「臺閣體」的別體流派，其中以「茶陵派」的影響最爲深遠。其領袖人物李東陽(1447-1516)，以擬古樂府著稱，並從格調、法度方面論詩，推崇李白、杜甫，主張詩貴「眞情實意」。由於李東陽地位顯要，主盟文壇，一時風雲際會，追隨者眾。儘管「茶陵派」的詩作尙未完全擺脫臺閣氣息，卻已爲前後七子的宗唐復古掀開序幕。

(二)明詩的鼎盛──詩必盛唐

　　自弘治經正德、嘉靖，到隆慶年間(1488-1572)，是明朝國勢由盛轉衰的過渡，卻也是明詩的鼎盛時期。在朝政上，孝宗於弘治初期曾勵精圖治，廣開言路；世宗於嘉靖前期也曾銳意求治，試圖改革。可惜皇室羸弱，大權逐漸旁落，宦官與權臣日益專權，政治也日趨腐敗，加上「南倭北虜」的外患頻仍，北方蒙古韃靼、瓦剌部，幾次大舉入侵，加上來自日本的倭寇又在東南沿海屢次侵犯，明朝的國運急速走向下坡。不少文人士子，要求改良政治，改革文風，開始對雍容典雅，歌詠承平的「臺閣體」，以及服膺道學家高談性理的「道學體」表示不滿，意圖尋求改革之路。這時期的詩壇，創作繁盛，且理論蓬勃，最值得注意的是，主掌此期詩壇的前後七子，提出「詩必盛唐」的復古呼籲。

　　「前七子」即指「弘正七才子」，其成員包括李夢陽(1472-1529)、何景明(1483-1521)、徐禎卿(1479-1511)、邊貢(1476-1532)、康海(1475-1540)、王九思(1468-1551)、王廷相(1474-1544)等七人。可以其領袖人物李夢陽爲代表。據《明史‧文苑傳》李夢陽本傳，其人「才思雄鷙，卓然以復古自命……倡言『文必秦漢，詩必盛唐』，非是者弗道」。其實李

夢陽原本出於李東陽門下，只是在詩歌理論與實踐上，比反對「臺閣體」更進一步力主復古。綜觀李夢陽詩，以擬古之作爲多，而且古必漢魏，律必盛唐，並以杜詩的再現爲己任。

試看其七律〈歲暮〉五首之一：

> 萬木蕭蕭俱成暮，疏梅修竹可憐風。
>
> 三河晴雪飛鴻裡，四海孤城返照中。
>
> 白首園林惟闃寂，紫塵車馬自開通。
>
> 誰堪物序驚前事，況復憑高數廢宮。

此詩主要是寫歲暮時節，登高望遠所見所思所感：萬木蕭蕭，梅竹搖曳，三河四海均塗上歲暮的顏色，反顧自己，也已白首寂寥於園林，遠處的宮殿廢墟則歷歷在目，遂引起自然物序永恆運轉，人間世界盛衰興廢的感懷。詩的立意並不新穎，不過，其字辭的修飾，境界之浩闊，意象之跳躍，以及在自然與人事對比中的喟嘆，的確頗有模擬杜甫的痕跡。在前七子的衝擊之下，臺閣體逐漸衰落，惟道學體則仍然流行，於是遂有後七子的結社立派，繼續詩風的革新。

「後七子」乃指「嘉隆七才子」，其成員包括李攀龍（1514-1570）、王世貞（1526-1590）、謝榛（1495-1575）、梁有譽（約1551年前後在世）、宗臣（1525-1560）、徐中行（1517-1578）、吳國倫（約1565年前後在世）等七人。是前七子倡言復古的繼承者，均反對臺閣體，反對道學體，主張「文必秦漢，詩必盛唐」，同爲復古派。可以其領袖人物李攀龍爲代表。

李攀龍特別推崇漢魏古詩與盛唐近體，觀其所編選的《古今詩刪》十四卷，選唐詩之後即直接明代，且多錄同時代諸人之作，至於宋元詩則一概不取。李攀龍自己寫詩，亦以模擬古人爲主，據沈德潛《明詩別裁》的觀察：其「古樂府及五言古體，臨摹太過，痕跡宛然；七言律及七言絕句，高華矜貴，脫棄凡庸。去短取長，不存意見，歷下之眞面目出矣」。茲試舉李攀龍七律〈與元美登郡樓二首〉其一爲例：

> 開軒萬里坐高秋，把酒漳河正北流。
>
> 自愛青山供使者，誰堪華髮滯邢州。

浮雲不盡蕭條色，落日遙臨睥睨愁。

上國風塵還倚劍，中原我軍更登樓。

李攀龍字于麟，歷城(今山東)人。上舉詩題中所指共登郡樓者，乃後七子另一主將王世貞(字元美)。當時李攀龍任河北順德知府，逢老友王世貞來訪，於是作詩記其共同登樓的經驗感受。按，李、王二人，一向交情深厚，彼此推崇欣賞，不僅同為詩壇領袖，且互以英雄相許。此番一起登樓開軒賞景，把酒論世事，憂時局，睥睨冷對天下，幸見朝廷為預防蒙古軍的侵略，已有充分戒備。雖然明廷此時已處於內憂外患境況中，整首詩展現的則是，個體人格的自信，以及對大明軍勢與國朝穩固的期許。按，李攀龍的七律作品，王世貞於其《藝苑卮言》，即認為「自是神境，無容擬議」，並且推為杜甫以來第一人。可是，另一位同時代的胡應麟於其《詩藪》，則以李攀龍每每喜用「萬里」、「百年」、「天涯」、「海內」等大字眼，塑造浩大意象的習性，因而批評其近體詩：「用字多同……故十篇而外，不耐多讀。」胡氏對李攀龍詩的批評，雖稍嫌苛刻，實際上正巧點出，前後七子在宗唐復古的意念下，多模擬前人，甚至力求接近前人典範，結果往往「臨摹太過，痕跡宛然」，欠缺新意，易令讀者生厭。惟不容忽略的是，上引之詩對於「中原我軍」的自豪，並且在盛唐之音的追模中，遣辭用字以及情境塑造方面尋求認同的創作意圖。

前後七子的復古主張與模擬之風，影響明代詩壇幾近百年光景。在這期間，當然也不時出現其他各色的流派。其中在文化史上最著稱的，當是以詩書畫三藝擅絕，號稱「吳中四才子」者：亦即徐禎卿(1479-1511)、祝允明(1460-1526)、唐寅(1470-1523)、文徵明(1470-1559)四人。此外亦包括沈周等畫家。他們的詩作，根據陳田《明詩紀事》(成書於1899年)中對沈周詩的觀察，往往「不受拘束，吐詞天拔而頹然自放，俚詞讕言亦時攔入，然其奇警之處，亦非拘拘繩墨者所能夢見者」。這些不受拘束的書畫家兼詩人，雖然未能涉足明詩鼎盛時期的主流，卻正巧為主張獨抒性靈，崇尚自然，反對矯飾的明末詩壇開闢先路。

(三)明詩的夕暉——獨抒性靈

　　明神宗萬曆元年至光宗泰昌一年(1573-1620)，已是明朝的晚期。這時的政局，由於宦官專權，朋黨相鬥，乃至朝政腐敗，官僚體系日趨癱瘓。也就是在這樣的環境背景中，詩壇發生明顯的變化。一方面受王陽明(1472-1528)心學的啓發，承認人的本身，即具有與「天理」相對的「本性」。另一方面則受李贄(1527-1602)〈童心說〉的影響，認爲「童心者眞心也」，「失卻童心便失卻眞心，失卻眞心，便失卻眞人」；只要「童心長存」，則「無時不文，無人不文」，故而認爲「詩何必古選，文何必先秦」。這樣意欲顚覆傳統的理念觀點，對晚明詩壇產生極大的影響。首先「公安派」隨即提出「獨抒性靈」的主張，其後「信陵派」則相繼附和響應，雖然二派對所謂「性靈」的理解，並不盡相同，不過與前後七子復古主張的對立，則相仿，同樣是意圖對模擬之風的糾正，以及對正統載道文論的挑戰。

　　所謂「公安派」，乃指以出身公安(今屬湖北)的袁宗道(1560-1600)、宏道(1568-1610)、中道(1570-1623)三兄弟爲核心的流派。在理論上，公安派反對復古，反對模擬，力主創新，並強調作家須「任性而發」，令作品有「自家本色」。對於前代詩人，公安派仍然有其欽慕者，最推崇的是白居易與蘇軾，主要在於前者的閒適自在以及後者的曠達瀟灑。三袁之長兄袁宗道，甚至名其書齋爲「白蘇齋」，題其詩文集爲《白蘇齋集》。惟三兄弟中以袁宏道的成就最高，在理論上提出作詩要「獨抒性靈，不拘格套，非從自己胸臆流出，不肯下筆」，並特別稱許「今閭閻婦人孺子所唱……不效顰於漢魏，不學步於盛唐，任性而發，尚能通於人之喜怒哀樂嗜好情欲，是可喜也」(〈敘小修詩〉)。

　　試看袁宏道〈歸來〉一首：

> 歸來兄弟對門居，石浦河邊小結廬。
> 可比維摩方丈地，不妨楊子一床書。
> 蔬園有處皆添甲，花雨無多亦溜渠。
> 野服科頭常聚首，阮家禮法向來疏。

寫其歸返故里與兄弟對門而居，享受結廬鄉村的閒適之趣。廬舍雖

小，「可比維摩方丈地」的寧靜，亦「不妨楊子一床書」的雅興，加上田園景色的純樸，鄰里即興的聚會，真是逍遙自在，無拘無束。此詩雖不像「閭閻婦人孺子所唱」，惟予人以真情流露的印象，且用語淺白易懂，行文流暢自然，典故運用亦明白易曉。雖然袁宏道志在掃除復古派模擬之弊，上引之詩，實與受其推崇的白居易之閒適，以及蘇軾的曠達近似。

以袁宏道為首的公安派，提倡「獨抒性靈，不拘格套」，甚至特別指出作詩當「任性而發」，可謂是為詩歌創作爭取獨立自主的宣言。不過，倘若過分強調抒寫的自由，不受任何拘束，必然會喪失一些對詩歌傳統審美趣味的基本要求。乃至其追隨者，或因知識淺薄，或因追隨走樣，往往失之於輕率浮淺，甚至近於鄙俚庸俗。雖然「俚俗」正是流行於明代市井瓦舍的通俗文學諸如話本小說與地方戲曲的當行本色，不過對於詩歌而言，在大多數文人士大夫心目中，仍然認為自《詩》、《騷》以來有關政教倫理之作，方屬詩歌「正統」。即使作品中並無政教倫理的比興寄託，至少也應該流露一些文人士大夫獨立山海間的高尚人格特質，或高雅的審美品味。乃至對公安派之末流淪於輕率俚俗深感不滿者，大有人在，而「竟陵派」即因應而起。猶如錢謙益(1582-1664)於《列朝詩集小傳·袁稽勳宏道》所指，公安末流「狂瞽交扇，鄙俚公行，雅故滅裂，風華掃地」。於是「竟陵代起，以淒清幽獨矯之，而海內之風復大變」。

「公安派」在詩歌理論上強調自然韻趣，主張創作自由，反對傳統文學觀念的束縛，且充分表現追求現世生活樂趣的意圖。惟「竟陵派」則主張讀書養氣以求厚，注重義理，方能「出入仁義道德禮樂刑政之中」(鍾惺《東波文選·序》)。這是兩派最顯著的不同。「竟陵派」主要以鍾惺(1574-1624)、譚元春(1586-1637)為代表。由於二人均籍貫竟陵(今屬湖北)，且分別以《詩歸》、《明詩歸》之輯集詩選，傳達對詩歌的理論觀點。其實在理論上，竟陵派同樣反對模擬古人，主張抒寫個人「性靈」。不過，為了補救公安派過分淺率甚至淪於俚俗的流弊，其所謂「性靈」，主要是指避世絕俗的「孤懷孤詣」和「幽情單緒」，故而特別強調詩歌「幽深孤峭」的審美意趣(譚元春《詩歸·序》)。

試以鍾惺〈宿浦口周茂才池館〉為例：

> 江邊事事作山家，復有山齋著水涯。
>
> 一壑陰晴生草樹，六時喧寂在鶯花。
>
> 湖尋故步沙頻失，煙疊新浪嶺若加。
>
> 信宿也知酬對淺，暫將心跡借幽遐。

就內涵意境視之，可謂識趣幽微，襟懷淡遠，的確顯得意趣「幽深孤峭」。全詩筆墨重點在於摹寫浦口周茂才池館一帶景致的清幽絕俗，以及投宿者容身這樣的環境之下，恬靜曠達的襟懷。像這樣表現個人一己生活雅趣與幽獨心境的作品，自然並不陌生，屬於傳統社會菁英階層的文人士大夫之高雅情懷，與公安派「末流」展現的淺率俚俗傾向，有明顯的區別。

當然，「公安」與「竟陵」兩派在「獨抒性靈」方面，足以補救前後七子復古派「詩必盛唐」、專事模擬的弊病。然而在實際創作上，兩派作家往往因筆墨一再只顧圍繞著個人的生活嗜好，或一己的幽獨情懷，故而顯得格局稍嫌狹小，視野不夠寬廣，乃至詩境往往顯得薄弱。尤其是竟陵派，在力圖創新的過程中，刻意追求字句的翻新，反而容易流於「幽晦」，乃至在明代詩壇雖風行一時，畢竟難以形成持久的勢力與影響。何況這些文人士子能夠享受個人生活閒適雅趣的日子，並不久長。時局危機紛至沓來，明朝的氣運迅速衰敗，爰及明清易代之際，在天翻地覆的大動亂中，明末詩人遂吟出慷慨的悲歌，明詩亦進入由一些忠義之士歌出其最後的尾聲。

(四)明詩的尾聲——義士之歌

明熹宗天啓元年(1621)至毅宗崇禎十七年(1644)，亦即清史上清世祖順治元年，李自成攻入燕京，清軍入關，崇禎皇帝自縊，明朝就在風雨飄搖中，走向滅亡的命運。此後，明皇室在力抗清軍的忠臣義士維護之下，福王即位南京(1644)，至桂王被吳三桂所殺(1661)，前後十八年的掙扎奮戰，史稱「南明」。活躍於這樣一段天地巨變時期的文人士子，面對國家破亡、異族入侵的悲痛現實，有人選擇拒官歸隱，成為明朝遺民，有人則

逼不得已而改仕新朝，成爲滿清貳臣。這些明清易代之際的遺民或貳臣，
爲明詩吟出最後的輓歌。

其實，在明亡之前，不少文人士子面臨國家危難之際，置身風雨飄搖
的社會動盪中，因痛心國是日非，爲了挽救王朝的危機，曾參與明末兩項
主要的「救亡」活動。首先，目睹奸臣魏忠賢誤國，朝政腐敗，奮起而結
社，嘗試聯絡各地文社，組成具有濃厚政治色調的文學社團，意圖以興論
對朝政世局有所助益。其中的「復社」即以張溥(1602-1641)、張采爲盟
主，砥礪名節，指摘朝政。繼而有陳子龍與夏允彝等人則組織「幾社」，
並與「復社」相呼應。兩社都是東林的後勁，在文學上以復興絕學相期
勉，文章氣節相砥礪。其次，在政治上眼見興論無助，清軍繼續壯大，明
室瀕臨敗亡，有些乾脆直接參與抗清的軍事活動，意圖挽救明朝的勢運。
這些以行動表達對國是深切關懷的文人士子，在詩歌創作方面仍然以復古
爲號召，惟因個人不同尋常的經歷，寫出不少面對當下時局，憂國傷時的
動人作品，爲明詩增添了時代意義與抒情色調。

試先看陳子龍(1608-1647)〈秋日雜感十首〉之一：

行吟坐嘯獨悲秋，海霧江雲引暮愁。
不信有天常似醉，最憐無地可埋憂。
荒荒葵井多新鬼，寂寂瓜田識故侯。
見說五湖供飲馬，滄浪何處著漁舟。

陳子龍是明末詩壇盟主，字臥子，松江(今上海)人，崇禎十年進士。
曾仕紹興推官，後擢兵科給事中。惟眼見宦官攬權，明室垂危，何況「山
頭嵯峨烽火起，此時胡雛窺漢月」(〈檀州樂〉)，感憤之餘，幾度親自參
與抗清活動。其〈秋日雜感〉大約作於「南明」唐王龍武二年(1646)左
右，時清軍已經入關，南京也已陷落，陳子龍與夏允彝等在松江聚眾起義
反清，不幸失敗，乃潛回鄉村，寫下一系列的感懷之作。上引一詩，抒發
的就是一份對明朝覆亡的悲痛，但見江山易主，孤臣無力可回天的哀傷。
不久陳子龍即被捕，於押解赴京途中投水而死。

再看夏完淳(1631-1647)〈別雲間〉：

　　三年羈旅客，今日又南冠。無限河山淚，誰言天地寬？

　　已知泉路近，欲別故鄉難。毅魂歸來日，靈旗空際看。

　　夏完淳字存古，松江人，乃夏允彝之子，是明末詩壇的一顆彗星，亦是中國歷史上罕見的少年烈士。十四五歲即隨其父參加抗清活動，又追隨陳子龍起義，惟事敗被捕，解京受審，一路吟詠不絕，談笑自若，最後是寧死不屈，慷慨就義，死時年方十七歲。夏完淳因曾師事陳子龍，無論人格操守或詩歌風格，均深受其影響。上舉詩例，乃是被捕時告別故鄉之際所作。全詩情懷慷慨，忠肝義膽，視死如歸，矢言死後其魂魄也要重返故鄉的天空，看看大明的河山天地，以此表明其無限忠義、矢志不移的抗爭精神。

　　明代兩百七十多年的詩歌，就是在這些抗清義士筆下，完成其卒章。猶如夏完淳於〈自嘆〉中的慨嘆：

　　功名不可成，忠義敢自廢。烈士貴殉名，達人任遺世。……

　　既然身逢「功名不可成」的時代，唯有堅持對朝廷君王的「忠義」之情，成就以身殉名的高貴情操，乃是個人最終追求的生命意義。其中人格的高尚，道德的勇氣，輝映千古。

小結：

　　明朝雖然是一個極權專制的時代，並未能阻撓詩壇的活躍。惟始終以宗唐與復古為主流，展示明代詩人對過去詩歌傳統的回顧與留戀，基本上仍可視為唐詩的餘波蕩漾。當然，明人在宗唐復古氛圍中亦嘗試尋求有所創新，而且詩論蓬勃，詩派林立，即使不免受過去傳統的引導，已清楚流露創作的自覺意識。

　　值得注意的是，明代的立國，乃是從蒙古族手中奪回漢族政權，而明代的終結，又是被滿洲人奪去政權。這樣的處境，顯然與其他朝代輪替的情況迥異，乃至明初以及明末詩人易代意識的強烈，似乎遠甚於前朝作家。惟不容忽略的是，儘管在一些明初詩人作品中，已經初步流露「夷夏之辨」的「民族意識」，即使在明末義士詩歌中，業已發出「此時胡雛窺

漢月」的感嘆，但是這些詩作中抒發的，主要還是面臨亡國的悲憤，以及
對故國君王的忠義，實際上與宋元易代之際的「民族英雄」，包括文天祥
（1236-1283）、謝枋得（1226-1289）、鄭思肖（1239?-1318)諸人的「愛國詩
篇」相若，強調的主要還是個人以人臣之身，爲君主王朝效忠，吟出哀
歌。當然，身處元明易代之際的詩人，對於恢復漢族衣冠，建立漢族統一
王朝的欣悅，已經流露出一定程度「夷夏之辨」的民族意識；爰及明清易
代之際，儘管文人士子對明代朝政的嚴苛與腐敗如何不滿，仍然紛紛參與
「抗清」的激烈行列，這其中是否含蘊著近代文化興起的「民族意識」，
或許尚須由另一批入清之後的遺民或貳臣作家作品中方能揭曉。

二、清詩的發展歷程

　　清朝(1644-1911)是滿族入主中原建立的「征服王朝」，也是中國綿
延兩千多年的帝王制度瓦解之前的末代王朝。滿族原屬漢化頗深的女眞族
後裔，立國中原之後，一方面以懷柔手段籠絡士人，不但恢復科舉取士制
度，又開徵博學鴻儒科，廣攬人才，並薦舉山林隱逸，授翰林，開明史
館，以吸收明末入清的知識階層爲其效力。可是另一方面則又對漢族文人
士大夫心存疑慮，遂採取高壓政策，箝制思想，堵塞輿論，屢興文字獄，
以遏止反清的異心。清詩就是在這樣的環境背景之下，展開其兩百多年的
生命歷程，爲中國古典詩歌的發展劃上最後的句點。

　　綜觀清代詩壇，值得注意的是：(1)詩家人數之多，專集、總集之
豐，均屬空前；就其內涵意境與藝術風貌的拓展視之，亦超越元明二朝。
(2)儘管清代詩壇創作蓬勃，且流派紛呈，門戶林立，然而在傳統的回顧
中，大致不離「尊唐」與「宗宋」兩大主張，並且還是以尊唐爲主流，仍
然徜徉在唐詩之後的餘波裡。(3)清代詩人多屬「學者」型的博學之士，
與明代詩人多屬「才子」型的風流文人，有很大的不同。清代詩人往往以
講求學問爲重，或在經學、史學、哲學、樸學、訓詁諸領域建樹不凡。學
術風氣自然會影響詩壇風尙，一般學者創作多重實、重樸，乃至書卷味、
學究氣較重。(4)詩歌理論紛呈。不過，無論王士禎(1634-1711)的「神

韻」說，沈德潛(1673-1769)的「格調」說，或翁方綱(1733-1818)的「肌理」說，雖不乏新意，實際上還是沿襲前人詩觀，進一步的發揮。

（一）清詩的始唱──易代情懷與國朝情韻

清世祖順治至聖祖康熙年間(1644-1722)，滿清政權終於在明末反清勢力節節退敗中，由始建趨於安定穩固，清詩亦由此而始唱出其時代的音符。在這七八十年間的詩壇，實可分為前後兩個明顯的發展階段：亦即由順治時期的易代詩人情懷，轉向康熙時期國朝詩人興起，於是將視野從明代的敗亡中收回，改而投向當前新朝的現實環境，以及個人的心情意念。

1. 易代情懷

活躍於順治時期(1644-1661)前後的詩人，均屬明朝遺老。經過故國的滄桑與個人生命的巨大變故，對於個人的生涯規畫有不同的選擇，包括從此拒官退隱的「遺民」，以及轉而改仕新朝的「貳臣」。值得注意的是，這二類詩人，幾乎都參加過明末的抗清活動，惟事敗之後，面對現實人生的最終選擇，方有退隱和進仕之別。但在他們的詩作中，一再流露的、難以抑止的，對故國的懷思、易代的傷痛以及人生的滄桑，則並無差異，只是在使用的題材或表達的方式偶有不同而已。

試先看錢謙益(1582-1664)〈後秋興〉一百首組詩中第十三首：

海角崖山一線斜，從今也不屬中華。

更無魚腹捐軀地，況有龍涎泛海槎。

望斷關河非漢幟，吹殘日月是胡笳。

嫦娥老大無歸處，獨倚銀輪哭桂花。

錢謙益字牧齋，常熟(今江蘇)人，明萬曆三十八年(1610)進士，官至禮部尚書，曾是東林黨魁，清流領袖。不過南明時期，亦即清順治二年則迎降清軍，乃至大節有虧，惟「身在曹營心在漢」，繼續暗中與維護南明政權者，如鄭成功等抗清勢力籌劃往來，並於順治五年(1648)曾祕密支持並參與反清活動。惟康熙元年(1662)，明永曆帝(桂王)被吳三桂殺害，南明滅亡，恢復大明的期望終於破滅。按，錢謙益乃是以學問淵博見稱的學者，詩才亦高，尤其以七律見長，特別尊崇杜甫。上舉仿杜甫〈秋興八

首〉爲題的詩例，即是針對南明滅亡而作的易代詩人哀痛之音。值得注意的是，詩中流露的「民族情懷」：諸如從今「中華」大地已爲清軍所據，悲痛自己「更無魚腹捐軀地」，不能像南宋陸秀夫一樣，背負趙昺投海葬身魚腹。舉目只是「望斷關河非漢幟」；側耳但聽「吹殘日月是胡笳」。在這「漢幟」消失，「胡笳」處處的環境裡，自覺宛如已無歸處的嫦娥，永遠面對碧海青天，唯有痛哭而已。雖然錢謙益因改仕滿清，而視爲貳臣，其詩中流露的，亡國的痛切，孤臣的悲哀，以及漢胡之辨的民族意識，實已顯而易見。

清初詩壇，與錢謙益並稱的詩人，則是稍後的吳偉業(1609-1671)。其字駿公，號梅村，太倉(今江蘇)人，崇禎四年(1631)進士。明亡後嘗隱居十年，之後迫於情勢而出仕清廷，任祕書院侍講，遷國子監祭酒。不過常以仕清爲憾恨，三年後即以丁母憂辭歸故里，從此家居十四年不再復出。吳偉業的詩歌創作，以唐詩爲宗，尤長於七言歌行，往往取材於明清之際關乎朝代興亡、山河易主、社會變故、痛失名節之人生際遇，以詩敘史，時稱「梅村體」。其著名的〈圓圓曲〉，即以明清易代之際蘇州名妓陳圓圓的傳奇一生爲題材，藉陳圓圓與吳三桂之間的離合悲歡，構成全詩的敘事情節，並以故國愴懷與身世榮辱，寄託自己的興亡之感。可謂是繼白居易〈長恨歌〉之後難得的傑作。根據〈四庫全書總目提要〉對〈圓圓曲〉等歌行的觀察：「格律本乎四傑，而情韻爲深；敘述類乎香山，而風華爲勝。」吳偉業〈圓圓曲〉，不但是中國敘事詩發展的最後高峰，且爲清初的易代情懷開拓了新境界。

此外，清初的「遺民」詩人，著名者諸如顧炎武(1613-1682)、黃宗羲(1610-1695)、王夫之(1619-1692)等，亦皆屬博學多識之士，號稱「清初三大儒」，治學途徑雖不盡相同，惟對清代學術的發展，以及對清詩風格的影響，則既深且遠。三人於易代之際皆嘗投身抗清活動，明亡後則選擇終身不仕，以在野之身著書立說講學。其中顧炎武的名言：「君臣之分，所關者在一身；夷夏之防，所繫者在天下。」以「亡國、亡天下」區分朝代更替與民族存亡，呼籲「保天下者，匹夫之賤，與有責焉」(《日

知錄·管仲不死子糾》），爲面臨外族侵略的國人在「君臣之分」與「夷夏之防」的徘徊中，點出先後輕重之別，乃至「天下興亡，匹夫有責」至今仍爲中國知識分子表達愛國情操之際的座右銘。黃宗羲亦是屢拒清廷徵召的學者，注重學問，推崇宋詩，嘗與吳之振等選輯《宋詩鈔》，惟論詩則繼承杜甫「讀書破萬卷，下筆如有神」的體認，進一步指出：「多讀書，則詩不期工而自工，若學詩以求其工，則必不可得。讀經史百家，雖不見一詩，而詩在其中。」（〈詩曆題辭〉）爲清詩作者的學者風度，以及清詩的學術化，立下背書。王夫之亦博通經史，不過，其論詩則繼明代公安派「獨抒性靈」之說，認爲「詩以道性情」，且進一步提出詩中「情」與「景」交融的重要(《薑齋詩話》)，乃至成爲後來「神韻派」和「肌理派」的一大張本。這些清初的學者兼詩人，不但爲清代學風奠下基礎，也是清初詩壇理論與創作的主將。

　　試以顧炎武〈海上〉四首之一爲例：

　　　　日入空山海氣侵，秋光千里自登臨。

　　　　十年天地干戈老，四海蒼生弔哭深。

　　　　水湧神山來白鳥，雲浮仙闕見黃金。

　　　　此中何處無人世，只恐難酬烈士心。

　　顧炎武字寧人，別號亭林，崑山(江蘇)人。以學問淵博，品行高潔見稱於世，是清代學術的開山祖師，其治學特點是實事求是，通過文字訓詁、經學考據的治學方法，以便「通經致用」，與明代一般理學家之空談心性，顯然大相逕庭。顧炎武對於詩歌創作，則主張宗法盛唐。其寫景記遊詩中，時時流露的故國之思，擬古或詠史之作，則往往環繞著抗清復明的題旨，抒發孤臣孽子的激憤與憂傷。上引詩例，寫於順治三年(1646)秋天，時清兵已渡過錢塘江，魯王只得棄紹興入海。全詩以登高望遠開端，筆墨重點不在當前景色的描繪，而在於因景抒情，慨嘆明室於十年干戈後的衰亡，以及四海烈士壯志難酬的悲憤。其中情懷的慷慨悲涼，詩境的渾厚沉鬱，實可與杜甫於安史之亂期間感時傷亂的作品比美。

2. 國朝情韻

爰及康熙朝(1662-1722)，老一代詩人逐漸退出人生舞臺，新一代詩人已經成長，繼之而起的代表作家，有號稱「南施北宋」的施閏章(1618-1683)與宋琬(1614-1673)，以及「南朱北王」的朱彝尊(1629-1709)和王士禎(1634-1711)。這些詩人雖然各有其自身的風格，偶爾也還會流露一些對明朝的追憶，不過他們畢竟已經屬於成長於大清王朝的臣民，何況康熙以來，政治穩定，社會承平，因此於詩中已經不再吟嘆黍離之悲，或滄桑之感，即使故國之思也逐漸淡化甚至消失，取而代之的則是，身逢一個新興統一王朝者的經驗感受。乃至記遊覽景、酬和贈答，或個人抒情之章，成為康熙朝詩壇的主流。惟值得注意的是，回顧詩歌的過去，仍然是此期詩壇的普遍現象，其中以唐詩仍然煥發出難以抗拒的魅力，乃至大凡抒寫閒雅適意之趣，多繼承王、孟之餘風，抒發撫時觸事之懷，則多效仿杜、白之旨趣。

試舉王士禎〈秦淮雜詩〉十四首組詩中之一首為例：

年來斷腸秣陵舟，夢殘秦淮水上樓。

十日雨絲風片裡，濃春煙景似殘秋。

王士禎字貽上，號阮亭，別號漁洋山人，新城(山東)人，出身世家大族，順治年間進士，官至刑部尚書，乃是康熙朝詩壇盟主。按，王士禎在詩歌理論上提出「神韻」一說，強調詩歌本身須追求意境之美，其主旨實與梁代鍾嶸(468-518?)《詩品》的「滋味」說，以及唐代司空圖(837-908)《詩品》的「韻外之致」、「不著一字，盡得風流」，以及宋代嚴羽(1197?-1241?)《滄浪詩話》所謂「言有盡而意無窮」諸論所蘊含的美學觀念，一脈相承。可視為傳統詩論者意圖將詩歌獨立於儒家強調政教倫理的實用詩觀之外，單純追求審美趣味的「結果」。王士禎自己的詩，則以絕句見長，且風格清遠蕭淡，含蓄蘊藉，頗有王、孟之遺韻。上舉詩例，筆墨重點僅在於當前觀景的經驗感受，並不涉及任何具體的歷史或人物事件，卻隱然流露秦淮繁華舊事已成為過往雲煙的朦朧意趣。這正是標舉「神韻」，得「韻外之致」的表現。

王士禎之後，清初詩壇大略分為兩派，一派主張宗唐，以趙執信

(1662-1744)為代表；一派主張宗宋，以查慎行(1650-1727)為代表。不過，在清詩整體發展的主流脈絡上，還是王士禛的詩歌理論與創作，為清詩的鼎盛，掀開了門扉。

(二)清詩的鼎盛——理論與創作的繼承與翻新

清世宗雍正與高宗乾隆二朝(1723-1795)，隨著清王朝政權的鞏固，雖然迫害知識分子的文字獄有增無減，惟因政局穩定，經濟繁榮，一般均視為大清王朝的盛世，也是清詩的鼎盛期。此時詩壇活躍，人才輩出，而且流派紛呈。其中代表詩人，諸如沈德潛(1673-1769)、袁枚(1716-1797)、翁方綱(1733-1818)等，均在其創作之外分別提出各自的詩歌理論。

首先，沈德潛以儒家詩教為本，倡導「格調」說，而且尊唐抑宋，主張詩必須載道致用，「去淫濫以歸於雅正」，方能「和性情，厚人倫，匡政治」(《唐詩別裁集・序》)。對於詩人本身的修養，則要求「襟抱」與「學識」並重，因為「有第一等襟抱，第一等學識，斯有第一等眞詩」(《說詩晬語》)。沈德潛以古詩為源頭，唐詩為楷式，選輯《古詩源》、《唐詩別裁集》、《明詩別裁集》等著，以樹立讀者學習的範本，影響深遠。觀其現存詩作，的確頗有顯示襟抱與學識兼具者，惟多應制酬和之作，風格雍容典雅，乃屬典型的臺閣體。

此外，翁方綱論詩則進一步倡導「肌理」說，主張「為學必以考證為準，為詩必以肌理為準」(《言志集・序》)。按，翁方綱乃是博通經術的學者，其所謂「肌理」，實際上包括「義理」與「文理」兩方面。義理為「言有物」，乃指以六經為代表，合乎儒家道德規範的思想與學問；文理為「言有序」，則指詩律、結構、章句等作詩之法。他自己寫詩，也就往往以學問為詩，甚至不少是以用韻法則，以及經史或金石的考證為內容，顯然是典型的「學問詩」。《清史稿・本傳》即指翁方綱詩云：「自諸經注疏以及史傳考訂，金石文字之爬梳，皆貫徹洋溢其中。」儘管「肌理」說，已與抒情寫志的詩歌傳統相去甚遠，畢竟代表清代詩壇以學問為詩歌流派的創作方向。不過，在意欲突破儒家詩教傳統束縛者心目中，卻往往是譏諷調侃的對象。袁枚即嘗譏諷翁方綱之類學者作家的詩，乃是「錯把

抄書當作詩」（〈仿袁遺山論詩絕句〉）。

　　袁枚因不滿沈德潛倡導的溫柔敦厚、怨而不怒的「格調說」，以及翁方綱以考據學問爲詩的「肌理說」，從而遙承明代公安派與竟陵派，標舉「性靈說」。袁枚所謂「性靈」，包含詩人自身的情性、天分與才學，實際上具有反傳統、求創新的意圖。袁枚自己寫詩，多取材於日常生活，個人興趣與見識，可謂發乎情性者，而且辭尚自然，即使以議論爲詩，亦無說教的枯燥，甚至不時流露跳脫古板傳統的風趣詼諧。

　　試以其〈詠錢〉六首組詩之一爲例：

　　　　人生薪水尋常事，動輒煩君我亦愁。

　　　　解用何嘗非俊物，不談未必定清流。

　　　　空勞姹女千回數，屢見銅山一夕休。

　　　　擬把婆心向天奏，九州添設富民侯。

　　袁枚乃錢塘(浙江杭州)人，字子才，號簡齋，因家居南京小倉山隨園，世稱隨園先生，晚年自號倉山叟、隨園老人。雖身逢乾隆盛世，卻亦屬滿清王朝意圖箝制思想言論、屢興文字獄的時代，然而他不囿於儒教傳統，也不避諱言情享樂，甚至宣揚性情至上，肯定情欲合理，且無論在生活方式或創作風格上，均充分體現其通脫放浪，個性獨立不羈，甚至「反傳統」的意味。上舉詩例，單就標題，已有顛覆傳統之意。全詩可謂議論風生，且直言一般文人士子所不欲或不敢言者。按，從來文人士子意念中，多以清高爲尚，以鄙視錢財爲傲，遠避銅臭爲務，當然不屑於把「錢」字掛在嘴邊，可是，此處袁枚卻坦率以「錢」爲詠，且公然指出，能善加運用，錢未必不是「俊物」，不談錢，又未必就是「清流」。這樣的旨趣，不但拓展了詩歌的題材內容，亦顛覆了傳統士人的價值觀念，且流露坦然面對生活現實的智慧。當然，詩中仍不免引經據典之處，如以漢文帝賜銅山予寵臣鄧通鑄錢，卻導致通家被抄，窮餓而死的典故，嘲笑貪錢財者自取禍端，一無所有的結局，最後提出應讓平民百姓富有的呼籲。其詩立意，仍然難免「社會意識」或「道德教訓」的意味。不過整體視之，其取材的膽識，立意的新穎，已非傳統詩家所敢言，加上語言的犀利

與風趣，爲強調個人見識，超越傳統價值觀的意圖，點出其不同於前朝的
風格特色，的確爲清詩開拓了新局面。

　　袁枚之外，還有一些身逢盛世的詩人，或因性格獨特，言行特異，故
而有意吟出不同於傳統的音調。就有幾位卓然獨立於乾隆詩壇主流之外的
人物，各自以獨特的人格特質與詩歌創作，反映文人士子身處滿清盛世的
一些側面，爲清詩的總體風貌，塗上多元的色彩。其中最令人矚目者，當
是鄭燮(1693-1765)與紀昀(1724-1805)。

　　試先看鄭燮一首題畫詩〈題破盆蘭花圖〉：

　　　　春雨春風寫妙顏，幽情逸韻落人間。

　　　　而今究竟無知己，打破烏盆更入山。

　　鄭燮字克柔，號板橋，興化(江蘇)人，以書畫名見稱於世，亦工詩。
乾隆元年(1736)進士，曾任山東范縣、濰縣知縣，惟因得罪顯宦豪門而罷
官，晚年則寄居揚州，賣畫度日，爲「揚州八怪」之一。鄭燮一生，清白
耿介，詼諧玩俗，調侃人生。其名言「難得糊塗」，「聰明難，糊塗難，
由聰明轉入糊塗更難」，既透露面對清室文網密布的無奈，亦展示其人格
情性的灑脫疏放。上舉題畫詩例，乃是借物詠懷：點出畫中蘭花之清幽絕
俗，在春雨春風中展示出美妙的容顏，雖將其幽情逸韻流落人間，可惜俗
世人間並無知音，只得打破烏盆而出，投身山林荒野。雖然自魏晉以來，
表達世無知音，懷才不遇，轉而意欲投身山林，抒發隱逸之志的詩歌，俯
拾皆是，不過，像鄭板橋這樣，以「打破烏盆」的激烈舉動，象徵對俗世
人間的厭惡與疏離感，尚屬罕見。儘管全詩的立意，並未脫離隱逸詩的傳
統，其構思之奇特，姿態之潑辣，則已超越傳統。

　　再看紀昀〈自題詩〉一首：

　　　　平生心力坐銷磨，紙上煙雲過眼多。

　　　　擬筑書倉今老矣，只應說鬼似東坡。

　　紀昀字曉嵐，晚號石雲，獻縣(河北)人，乾隆十九年(1754)進士，頗
得乾隆寵信，官至禮部尚書。惟其間曾因事牽連，乃至經歷革職逮問、充
軍烏魯木齊等遭遇，召還後受令編《四庫全書》，任總纂官，歷十三年成

書。紀昀雖屬乾嘉時期執學術牛耳的學者，也是一位詩人，對於詩歌創作，理論上認爲「詩日變而日新」（〈四百三十二峰草堂詩鈔序〉），故而反對模擬，主張順從性情自然：「於古人不必求肖，亦不必求不肖；於今人不必求不同，亦不必求同。」（〈香亭文稿序〉）觀其現存詩作，多隨駕吟詠的御覽詩，或應酬、寫景之章。紀昀雖側身君側，屢遭危險，卻能保命全身，與其天性聰慧機智，不無關係。嘗自作輓聯自嘲：「浮沉宦海如鷗鳥，生死書叢似蠹魚。」詼諧風趣中含蘊著無奈，實與上引自題詩例，頗相彷彿。亦正巧反映，在專制帝王時代，處身顯要高位者，在自我觀察反思個人生命意義之際的情懷意念。紀昀與一生屈居地方知縣的鄭燮，雖有際遇高低之別，卻共同展現清代詩人在傳統與時代的壓抑束縛中，個體人格的伸張。這不但點出傳統中國士人自兩漢以來，不時浮現的個體意識，同時亦展示清代詩人在背負長遠傳統中的開拓精神。

然而，就在乾隆盛世，詩壇上已經出現因個人遭遇困頓潦倒，進而憂患盛世將轉衰的吟嘆，或可視爲預警盛世將衰的哀歌。其中最具代表的詩人，即是黃景仁（1749-1783）。

試看其〈癸巳除夕偶成〉二首之一：

千家笑語漏遲遲，憂患潛從外物知。

悄立市橋人不識，一星如月看多時。

黃景仁字仲則，自號鹿菲子，武進（今江蘇常州）人。雖生逢盛世，且以詩才見重於當時，卻多次應鄉試未中，始終未能進入仕途，乃至一生窮困潦倒。嘗於其〈雜感〉一詩中慨嘆：「十有九人堪白眼，百無一用是書生。」爲文人士子懷才不遇於盛世，悲不遇，鳴不平。又於〈朝來〉一詩中自嘆：「我曹生世良幸耳，太平之日爲餓民。」眞是號稱盛世的最大諷刺。上舉詩例，即依稀流露，在「千家笑語」的歡樂中，但感「憂患潛從」，盛世將衰的徵兆。含蘊的是，作者雖身處太平盛世，對當前政治社會即將變遷，敏感的「憂患潛從外物知」，爲晚清詩壇的哀輓之音，預先指出發展的方向。

（三）清詩的夕暉──哀輓之音

　　清仁宗嘉慶至宣宗道光朝(1796-1856)，開始邁入近代的19世紀，也是大清王朝的晚期。其間經過鴉片戰爭爆發(1840)，滿清政權在「西學東漸」的狂飆吹襲之下，飽受西方軍事與文化的劇烈衝擊，從此由盛轉衰，中國古老的傳統文化與政治社會制度，遭遇前所未有的挑戰。當然，傳統中國社會與西方文化的正式接觸，實始自明朝中葉耶穌會教士的相繼到來，少數知識階層開始接受西方宗教以及一些有關天文、地理方面的科學知識。不過，那時基本上還屬於中西「文化交流」的階段，可以對於西方文化某些成分選擇性的吸收容納，就如過去中國歷史上吸收其他外來文化一樣，成為具有包容力的華夏民族文化的一部分，因此並不構成對於華夏民族在傳統文化及其政治社會制度方面的威脅。可是，時代畢竟不同了，清王朝面對西方船堅炮利的科技優勢，手足無措，導致鴉片戰爭失敗的恥辱，對於向來以華夏文化為傲，並以天下為己任的傳統文人士大夫而言，真是驚懼交心，而且羞愧憤怒縈懷。在詩壇上，自然出現面對新舊時代中西文化衝擊的相應反映。值得注意的是，此時期詩篇中不時流露的，對國家民族存亡，難以擺脫的焦慮與傷痛。可以晚清詩人在鴉片戰爭前後的哀輓之音，瀏覽此期間詩壇的大概。茲以龔自珍與魏源的詩作各一首為代表。

　　先看龔自珍(1792-1841)〈己亥雜詩〉組詩中一首：

　　　九州生氣恃風雷，萬馬齊喑究可哀。

　　　我勸天公重抖擻，不拘一格降人才。

　　龔自珍乃是晚清詩人中首開近代詩風者。其字璱人，號定庵，仁和(今浙江杭州)人，道光九年(1829)進士。曾先後任宗人府及禮部主事等地位卑微的小京官。身處鴉片戰爭風暴到來的前夕，憂念時局，但感無能為力，嘗於〈漫感〉一詩中慨然長嘆云：「絕域從軍計惘然，東南幽恨滿詞箋。一簫一劍平生意，負盡狂名十五年。」道光十九年己亥(1839)，結束其二十年仕宦生涯，辭官南歸，寫成三百十五首七言絕句，總題〈己亥雜詩〉，將其旅途見聞，生平遭遇，和種種經驗感慨，通過抒情、敘事、議論相結合，構成一組規模空前宏大，內涵繁富豐美的組詩，雖自謙「一事

平生無齮齕，但開風氣不爲師」，畢竟爲晚清詩壇掀起一股不同於前一時期的新風尙。上引詩例，即表達作者對於時局的憂心和不滿，呼籲天公降下人才相救的無奈。在詩中對於朝廷的不滿與批評，當然並非創舉，遠在《詩經》、漢魏樂府、唐代新樂府歌詩中已屢見不鮮，這方面可視爲傳統的繼承。不過，對於缺乏應付九州困局的人才之焦慮，則顯然與當前的時局相關。倘若就龔自珍詩作的整體內涵意境視之，其語氣中濃厚的個人抒情意味，不時流露的桀驁不馴的人格情性，以及徬徨苦悶的心情，充分展現一個意欲突破傳統、衝決網羅的詩人形象，同時明顯奏出流蕩於晚清詩壇，對大清王朝的哀輓之音，猶如其〈雜詩，己卯自春徂夏……〉所云：「憑君且莫登高望，忽忽中原暮靄生。」

再看魏源(1794-1857)〈寰海〉十章其九：

> 城上旌旗城下盟，怒潮已作落潮聲。
> 陰疑陽戰玄黃血，電挾雷攻水火並。
> 鼓角豈眞天上降，琛珠合向海王傾。
> 全憑寶氣銷兵氣，此夕蛟宮萬丈明。

魏源字默深，邵陽(今湖南)人，道光二十五年(1845)進士。在中國近代史上，以思想開明，眼光先進見稱。面對國外強權的侵略，西學來勢的凶猛，嘗編纂《海國圖志》，介紹西方國家的情況，提出「師夷長技以制夷」，向西方學習技術，以便「以夷制夷」的呼籲。在詩歌創作方面，嘗於鴉片戰爭爆發前後兩三年內，寫下一系列以詩爲史之作，記錄論述兼批評時局，反映清末形勢的傾危，點出政治軍事腐朽敗壞的種種狀況。上舉詩例即針對靖逆將軍奕山在廣州戰敗，以巨額贖城費向英軍乞降之事，正可謂「城上旌旗城下盟，怒潮已作落潮聲」，由旌旗飄揚，怒潮洶湧，到戰敗後隨即在落潮聲中向英軍投降。其中用漢將周亞夫出奇兵平吳楚七國之亂，人「以爲將軍從天而下」的典故，諷刺奕山，只能「全憑寶氣銷兵器」，徒以大額金銀買降的恥辱。全詩瀰漫著對當權者無知無能的忿恨，對外敵軍火優勢的傾羨，以及畢竟技不如人的無奈與悲痛。

就在晚清詩人面對國家存亡而吟出哀輓之音的迴盪中，同時還有另一

批作家，則在詩壇上掀起了改革的風潮，爲中國古典詩歌奏出最後的樂章。

（四）清詩的尾聲——詩界革命與新派詩

自同治七年、光緒年間戊戌變法至宣統三年辛亥革命(1868-1911)，其間經過中日甲午戰爭(1894)割地賠款的挫敗與恥辱，是滿清政權掙扎圖存的末期，也是中國傳統社會瀕臨崩潰之時。大凡有識之士面對大清王朝的腐敗懦弱，以及外來強敵的侵辱，紛紛提出各種救國圖強的主張，掀起滿清政權一系列文化教育上的改革風潮，包括廢除科舉制度，興建新式學堂，培育外交人才等。在詩壇上，亦因社會的變革和思想的啓蒙，而展現出因應時變的痕跡，無論是提倡學古，標榜漢魏六朝詩的「同光體」[8]，或是以反對滿清，提倡民族氣節爲宗旨的「南社」[9]，均開始以富有時代氣息的創作，推出具有新意的作品。此時最令人矚目的，就是「新派詩」的產生，以及「詩界革命」的鼓吹。兩者實際上互爲表裡，而且相輔相成。

1.「詩界革命」

所謂「詩界革命」，乃是梁啓超(1873-1929)於光緒二十五年(1899)向清末詩壇發出的呼籲。梁氏於〈夏威夷遊記〉一文中嘗指出：中國詩歌已經「被千餘年來的鸚鵡名士占盡矣！雖有佳章佳句，一讀之，似在某集中曾相見者，是最可恨也……」；猶如當年的歐洲已經墾殖過渡，「地力已盡」，必須由哥倫布去尋找新大陸；又像法國的封建制度已經腐朽，必

8　所謂「同光體」，乃指同治、光緒年間由鄭孝胥、陳衍等標榜的詩派。其特點主要是學宋，但也不排除學唐，惟趨向於中唐的韓愈、孟郊、柳宗元，而非盛唐的李杜，亦非晚唐的溫李。「同光體」所以能在清末詩壇占有一席地位，首先在於神韻、性靈、格調諸詩派，至道光以後，已難以後繼；其次則在於其關鍵人物陳衍於清亡後發表並出版《石遺室詩話》，加上不少友朋學生奔走其門，遂得以風行一時。見錢仲聯，〈何謂『同光體』？有哪些代表人物？〉，收入《古典文學三百題》(上海：上海古籍出版社，1986)，頁373-376。

9　按，「南社」乃是清末的一個文學團體，於1909年11月13日由柳亞子諸人成立於蘇州，其會員中大多是「同盟會」會員。其實「南社」創立宗旨並非針對文學本身，而是標榜新學思潮，提倡民族氣節，鼓吹民族革命。見黃霖，〈何謂「南社」？主要有哪些人參加？〉，收入《古典文學三百題》，頁379-381。

須由革命健兒去進行革命；中國詩歌，也到了危急存亡關頭，「非有詩界革命，則詩運殆將絕」！當然，「革命」一詞，是近代才興起的概念，具有推翻傳統另立新端之意。不過梁啓超此番提出的「詩界革命」，其含意大致相當於「詩壇革新」或「詩歌改革」，實際上與中唐元稹、白居易諸人倡導的「新樂府運動」差別不大，並未脫離傳統儒家講求實用的文學觀。諸如，主張詩歌應當要有「新意境」、「新語句」，「又須以古人之風格入之，然後成其爲詩。……若三者具備，則可以爲二十世紀支那之詩王矣」（〈夏威夷遊記〉）。顯然梁啓超提出的「詩界革命」，並非針對傳統詩歌本質的不滿，而是基於實用的目的，將詩歌視爲傳播新思想、描寫新事物的「工具」，以適應變法的需要，故而鼓吹「能以舊風格含新意境，斯可以舉革命之實矣」（《飲冰室詩話》）。

其實，在西學東漸的狂飆情況中，用舊形式寫新題材的詩作，在戊戌變法前後已紛紛出現。只是經過梁啓超在媒體的鼓吹，「新派詩」方形成一時的流派。

2.「新派詩」

所謂「新派詩」一詞，其實最先出現於黃遵憲(1848-1905)對自己詩作的戲稱：「廢君一月官書力，讀我連篇新派詩。」（〈酬曾重伯編修〉其二)其後經梁啓超在《新民叢報》開闢了「詩界潮音集」專欄，連續刊載黃遵憲、康有爲、譚嗣同、丘逢甲諸人之詩作，並撰寫〈飲冰室詩話〉，評介他們的作品，鼓吹「詩界革命」的理論，「新派詩」方成爲清末詩壇的流派。在眾多「新派詩」人中，最受梁啓超推崇者，自然是黃遵憲。

黃遵憲在中國近代文學史上地位之重要，主要是基於其提出用口語白話寫詩的主張：「我手寫吾口，古豈能拘牽。即今流俗語，我若登簡編。五千年後人，驚爲古斕斑。」（〈雜感〉)遂令其儼然成爲五四「新文學運動」提倡白話文學的前驅。其實，黃遵憲的詩作，在當時之所以視爲「新派」，並不在於其行文之通俗淺白，主要還是在於其題材內涵以及辭彙用語之「新」。由於黃遵憲從光緒三年至二十年間(1877-1894)，嘗以外交官身分先後到過日、英、美、法、錫蘭、新加坡等地，有機會飽覽異國風

光，接觸中國以外的新鮮事物，將其經驗感受入詩，正如其《人境廬詩草・自序》中所言，乃是「以古人未有之物，未闢之境，耳目所歷，皆筆而書之」。其中包括寫日本櫻花(〈櫻花歌〉)、倫敦大霧(〈倫敦大霧行〉)、巴黎鐵塔(〈登巴黎鐵塔〉)、錫蘭臥佛(〈錫蘭島臥佛〉)，乃至夜航太平洋(〈八月十五夜太平洋舟中望月作歌〉)的種種經驗與感受，均是既新奇又有趣。再如其名篇〈今別離〉四首，分別以輪船、火車、電報、相片諸新鮮事物，以及東西兩半球晝夜相反的新鮮體會，遂令原本屬於傳統詩歌中吟詠不輟的離情主題，流露出令人嚮往的「新」滋味。對世代囿居中國本土，茫然不知外面世界之大之奇的讀者而言，自然予人以別開生面，耳目一「新」的印象。

此外，還有其他與黃遵憲先後同時代的詩人，基於個人特殊的經歷與感受，亦曾在自覺或不自覺間寫出「新派詩」。例如維新運動的領袖康有為(1858-1927)，即曾經在〈與菽園論詩〉中，吐露其面對新時代，意欲開拓詩歌新境的氣概：「新世瑰奇異境生，更搜歐亞造新聲。」維新變法事敗後，因流亡海外，寫下一系列登臨覽景之作，諸如〈望須彌山雲飛……〉、〈羅馬訪四霸遺跡〉、〈過比利時滑鐵盧……〉等，均結合異國風物以抒個人情懷，其中〈登巴黎鐵塔頂……〉一首的結尾，寫其從高處俯瞰大地的感受：「湯湯太平洋，橫海誰挐攫。我手攜地球，問天天驚愕。」其構思之奇特，氣概之宏偉，情懷之慷慨，可與李白那些充滿想像與氣勢的作品比肩，惟其中「太平洋」、「地球」諸新名詞，顯然屬於見過世面的近代作家方能運用的標誌。

儘管清末詩壇已經流行「新派詩」的創作，卻仍然未嘗跳脫中國古典詩歌的藩籬，其間紛紛出現的，用舊形式寫新題材的風尚，雖然反映了新時代的來臨，畢竟還徘徊在對過去傳統的留戀中，繼續在唐詩的餘波中徘徊蕩漾。因此，要打破傳統，另立新端，尚有賴民國初年其間，由胡適諸人掀起的，在形式體裁與內涵情境各方面，均意圖割斷傳統臍帶，展現不同於以往的「新文學運動」。當然，這將是中國現代文學史的關注範圍。

　　惟不容忽略的是，在漫長的中國文學史中，除了詩歌之外，還有其他文類在不同時代環境的崛起與流行。就如散體古文的創作，自先秦兩漢以來從來不曾中斷，其間雖然有駢儷之文的崛起，畢竟未嘗終止其發展演變；爰及唐代，又在有心人士的登高呼籲之下，導致文體革新之提倡與實踐，散體古文的復興，遂成為唐代文壇上的一件「大事」。唐代不僅是中國詩歌發展的高峰，同時也是中國散文發展史上的一次高峰，為兩宋乃至金元明清文人頻頻回顧的典範。